Giovanni Antonio Magini

Ephemerides coelestium motuum Io. Antonij Magini Patauini, ad annos 40. ab anno Domini 1581. vsque ad annum 1620 ... Ad longitudinem gr. 32.30'. sub qua inclyta vrbs Venetiarum sita est. Addita est eiusdem in stadium animaduersio, qua errores eius qu

Giovanni Antonio Magini

Ephemerides coelestium motuum Io. Antonij Magini Patauini, ad annos 40. ab anno Domini 1581. vsque ad annum 1620 ... Ad longitudinem gr. 32.30'. sub qua inclyta vrbs Venetiarum sita est. Addita est eiusdem in stadium animaduersio, qua errores eius qu

ISBN/EAN: 9783742814562

Manufactured in Europe, USA, Canada, Australia, Japa

Cover: Foto ©Andreas Hilbeck / pixelio.de

Manufactured and distributed by brebook publishing software (www.brebook.com)

Giovanni Antonio Magini

Ephemerides coelestium motuum Io. Antonij Magini Patauini, ad annos 40. ab anno Domini 1581. vsque ad annum 1620 ... Ad longitudinem gr. 32.30'. sub qua inclyta vrbs Venetiarum sita est. Addita est eiusdem in stadium animaduersio, qua errores eius qu

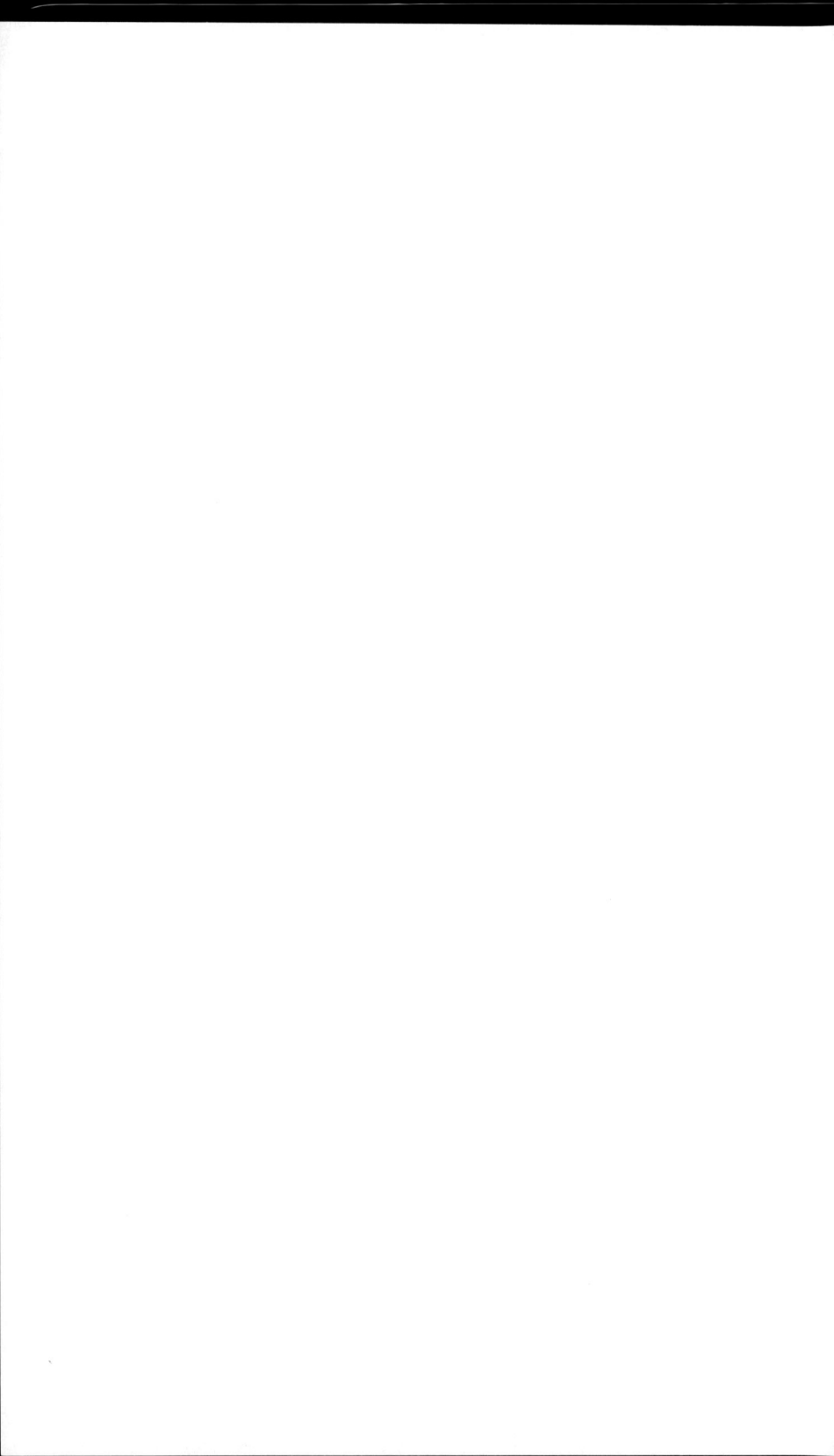

ANNO VIRGINEI PARTVS 1601 communi.

			D.	H.	′	″
Ingressus ☉ in principium	♋, Solstitium Æstatis	Iunij	21	[illegible]	13	29
	♎, Æquinoctium Autumnal	Septemb.	22	22	37	21
	♑, Solstitium Hiemis	Decemb.	21	17	5	26

	P.	′	″	‴
Vera præcessio Æquinoctiorum	28	5	35	7
Obliquitas Zodiaci	23	28	3	18

Eccentricitas ☉ 32217. Qualium semidiameter eccentrici ☉ par. 1000000, seu par. 1, 55′. 58″. 52‴. Qualium P. 60.

		P.	′	″			
Locus Apogæi	♄	29	34	28	♓	Aureus Numerus	6
	♃	6	50	21	♎	Cyclus Solis	14
	♂	28	38	10	♌	Epacta	26
	☉	9	29	53	♋	Indictio Romana	14
	♀	16	26	0	♊	Litera Dominicalis	G
	☿	0	13	58	♓	Interuallum hebd. 9. Dies	6

Festa mobilia secundum Sacrosanctæ Romanæ Ecclesiæ usum iuxta annum reformatum.

Septuagesima	Februarij	18
Cinis	Martij	7
Pascha	Aprilis	22
Rogationes	Maij	27
Ascensio Domini	Maij	31
Pentecostes	Iunij	10
Corpus Christi	Iunij	21
Aduentus Domini	Decemb.	2

Quatuor Tempora anni, seu Ieiunia	Martij	14	16	17
	Iunij	13	15	16
	Septembris	19	21	22
	Decembris	19	21	22

Eclipsis Lunæ anno 1601.

Die 15. Iunij anni reformati, vel die 5. anni veteris post occasum ☉ apparebit Orientalioribus aliquis defectus ☽, nam qui certa loca Græciæ incolunt cernere poterunt medium, & finem huius Eclipsis: sed in nostro horizonte minimè videbitur, nec in locis Occidentalioribus. Medium autem ad Venetiarum meridianum relatum continget H. 6. 6′. 9″. æquatis. Puncta ecliptica 3. 13′. & tempus incidentiæ H. 1. 4′.

Altera Eclipsis Lunæ anno prædicto.

Accidit & altera ☽ Eclipsis die 9. Decembris anni Gregoriani, qui competit diei 29. Nouembris anni veteris H. 6. 45′. 44″. à meridie æquatis non procul à ☋ draconis in par. 17. 21′. 8″. ♊. Anomalia autem Lunaris ad dictum tempus reperitur par. 171. 38′. 58″. & eius semidiameter apparens 17′. 48″. Sol verò accidens ad Perigæon Eccentri habet anomaliæ par. 158. 11′. 17″. & eius semidiameter est 16′. 49″. Semidiameter autem umbræ terræ æquata est 48′. 50″. Verus motus latitudinis ☽ 84. 38′. 26″. vera ☽ latitudo 34′. 11″. Bor. Ad initium autem defectus 38′. 35″. Bor. & ad exitum 27′. 49″. Bor. Puncta ecliptica 11. 17′. Tempus casus H. 1. 38′. 48″.

		H.	scr.		
Eclipsis huius Lunaris digit. 11. 17′.	*Principium continget*	5	7	P. M.	*Duratio totius Eclipsis H. 3 scr. 18.*
		0	47	N. S.	
	Medium, seu vera ☍	6	46	P. M.	
		2	26	N. S.	
	Finis apparebit	8	25	P. M.	
		4	5	N. S.	

Sequitur Typus prædictæ Eclipsis Lunæ.

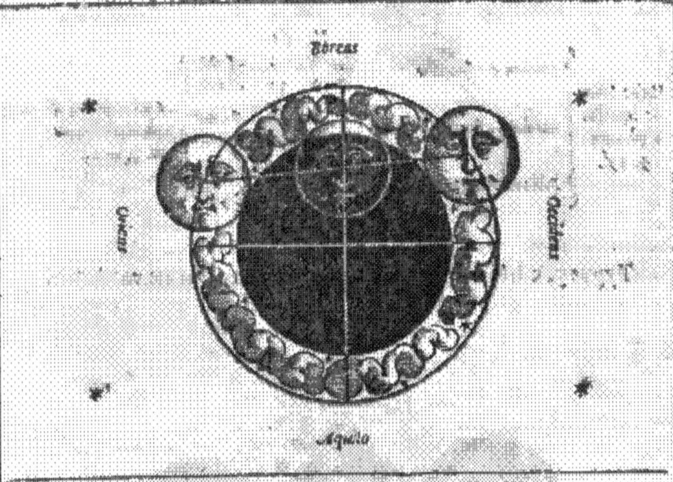

Labor Solis anno 1601.

Contingit hoc anno alterius etiam luminaris Eclipsis, nam die 24. Decembris anni innouati, seu die 14. anni veteris H.1.6'.46". æquatis Sol cum Luna coibit in gr. 2.22'.33". ♑ non procul à ☊ draconis; sed quoniam hæc continget in quadrante cœli occidentali, ideo apparens, seu visibilis coniunctio sequetur veram, quæ quidem est H.1.42'.4". Est enim interuallum inter veram & visibilem synodum H.0.35'.18" cum parallaxis longitudinis sit 15'.39". Distantia autem luminarium à Zenith inuenitur par. 72.10'. Sol verò reperitur in ima ferè sui Eccentrici abside, nam eius anomalia annua coæquata est par. 171.4'.57". & eius apparens semidiameter 16'.52". Anomalia autem ☽ æquata est par. 5.8'.21". & eius semidiameter 15'.0". Verus motus latitudinis ☽ est par. 279.43'.55". Vera autem ☽ latitudo 50'.39". Bor. sed parallaxis, seu diuersitas aspectus secundum latitudinem est 44'.58". Austrina. Ideo apparens latitudo 5'.41". Bor. Ad principium verò defectus visa latitudo est 2'.58". & ad finem 8'.25". semper Borea. Digiti Ecliptici apparebunt 9.19'. Tempus casus, quod est à principio ad medium defectus H.1.43'.10". Acquisitionis autem amissi luminis, quod est à medio ad finem H.1.36'.0".

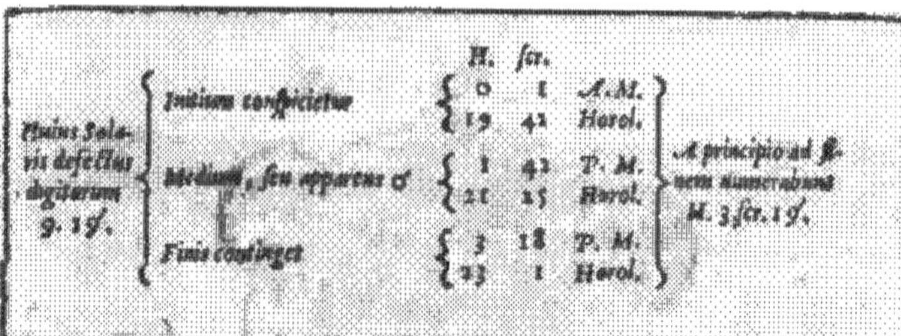

		H.	scr.		
Huius Solaris defectus digitorum 9. 15.	Initium conspicietur	0	1	A. M.	A principio ad finem numerabunt H. 3, scr. 15.
		19	42	Horol.	
	Medium, seu apparens ☌	1	42	P. M.	
		21	25	Horol.	
	Finis continget	3	18	P. M.	
		23	1	Horol.	

Typus prædicti defectus Solis, prout in sexto climate videbitur.

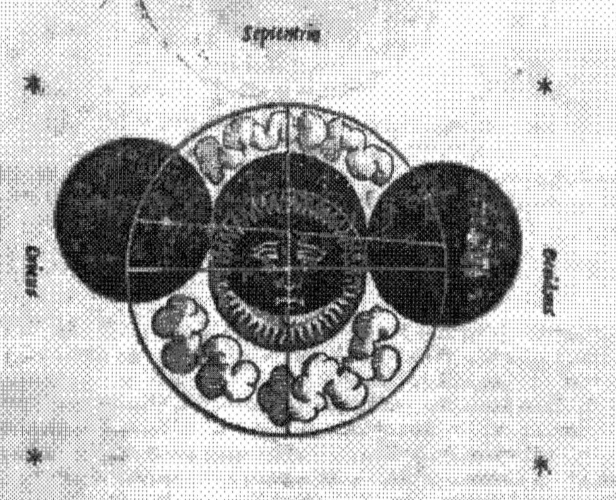

Parallaxes huius Eclipsis Solis.

	Punct.					
Magnitudo huius Eclipsis ☉ erit	8 27	In climate	Quarto, &	gr.	36	Eleuationis poli.
	9 9		Quinto, &	gr.	41	
	9 19		Sexto, &	gr.	45	
	9 44		Septimo, &	gr.	49	
	9 42		Octauo, &	gr.	52	

Planetarum status.

♄	Toto hoc anno spatio incedit à longitudine media versus augem sui Eccentrici. Die 27. Aprilis in Perigæo } Sui Epicycli reperitur. Die 5. Nouemb. in Apogæo Regressu afficitur à die 19. Februarij vsque ad diem 8. Iulij.
♃	Hoc anno ad Apogæum Eccentri properat, & ad eum die 23. Nouembris deuenit. Die 9. Martii Perigæum } Epicycli permeat. Die 25. Septembris Apogæum Retrogressum claudit die 10. Maii, & inde fit directus.
♂	Hoc anno pertinget ad infimam sui deferentis partem die 21. Februarii. Die 15. Februarij ad Apogæum sui Epicycli deueniet. A regressione hoc anno immunis est.
♀ Die	8. Iunij in Apogæo } Eccentri existit. 7. Decemb. in Perigæo 22. Iulij in Perigæo Epicycli est. Reuertitur in priores signorū partes ab vltimo Iunii vsque ad 11. Augusti.
☿ Die	23 Maii demissiorem } Eccentri partem occupat. 21 Nouemb sublimiorem 22 Ianuarij Perigæum } Epicycli perlustrat. 21 Martii Apogæum 18 Maii Perigæum 16 Iulii Apogæum 12 Septemb. Perigæum 9 Nouemb. Apogæum 11 Ianuarii vsque post 3. Februarii } Regressum facit. 8 Maii vsque ad penult. eiusdem 1 Septemb. vsque post 5. Octobris

Huius Solaris defectus digitorum 9. 15'.		H.	scr.		
	Initium conspicietur	0	8	A. M.	A principio ad finem numerabuntur H. 3. scr. 15'.
		17	42	Horol.	
	Medium, seu apparens ☌	1	42	P. M.	
		21	25	Horol.	
	Finis contingit	3	18	P. M.	
		23	1	Horol.	

Typus prædicti defectus Solis, prout in sexto climate videbitur.

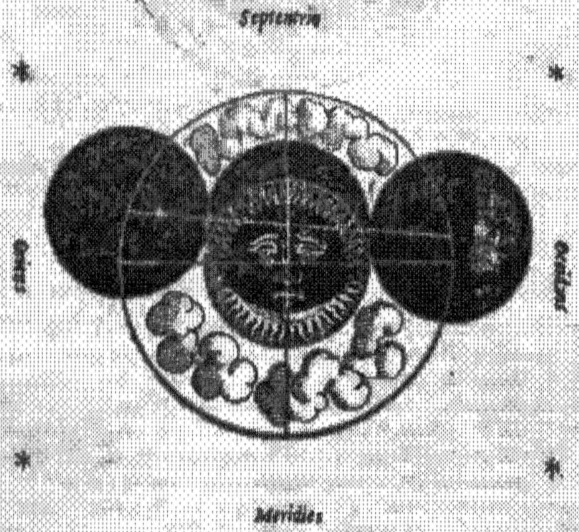

Septentrio

Oriens

Occidens

Meridies

Parallaxes huius Eclipsis Solis.

	Punct.					
Magnitudo huius Eclipsis ☉ erit	8	27	In climate	Quarto, &	gr. 36	Eleuationis poli.
	9	9		Quinto, &	gr. 41	
	9	19		Sexto, &	gr. 45	
	9	44		Septimo, &	gr. 49	
	9	42		Octauo, &	gr. 52	

Planetarum status.

♄ Toto hoc annuo spatio incedit à longitudine media versus augem sui Eccentrici.
Die 27. Aprilis in Perigæo / Die 3. Nouemb. in Apogæo } Sui Epicycli reperitur.
Regressu afficitur à die 19. Februarij vsque ad diem 8. Iulij.

♃ Hoc anno ad Apogæum Eccentri properat, & ad eum die 23. Nouembris deuenit.
Die 9. Martii Perigæum / Die 23. Septembris Apogæum } Epicycli permeat.
Retrogressum claudit die 10. Maij, & inde fit directus.

♂ Hoc anno pertinget ad infimam sui deferentis partem die 21. Februarii.
Die 13. Februarij ad Apogæum sui Epicycli deueniet.
A regressione hoc anno immunis est.

♀ Die
8. Iunij in Apogæo / 7. Decemb. in Perigæo } Eccentri existit.
22. Iulij in Perigæo Epicycli est.
Reuertitur in priores signorũ partes ab vltimo Iunii vsque ad 11. Augusti.

☿ Die
23 Maij demissiorem / 21 Nouemb sublimiorem } Eccentri partem occupat.
22 Ianuarij Perigæum / 21 Martii Apogæum / 18 Maij Perigæum / 16 Iulii Apogæum / 12 Septemb. Perigæum / 9 Nouemb. Apogæum } Epicycli perlustrat.
11 Ianuarii vsque post 3. Februarii / 8 Maii vsque ad penult. eiusdem / 1 Septemb. vsque post 3. Octobris } Regressum facit.

Anni veteris	Anni Gregor.	Positus Planetarum Diurnus.																
							S	A	S	A	M	A	M	D	M	A		
		☉ ♑			☽ ♐		♄ ♋		♃ ♍		♂ ♑		♀ ♒		☿ ♑		☊ ♑	
Dies		P	'	"	P	'	P	'	P	'	P	'	P	'	P	'	P	'
22	1	10	44	1	7	32	9	13	21	59	19	46	3	13	29 ♐	5	11	4[illegible]
23	2	11	45	7	19 ♑	28	9	18	22	0	20	32	5	0	0	7	11	4[illegible]
24	3	12	46	13	1	27	9	22	21	1	21	18	6	15	0	57	11	43
25	4	13	47	19	13	35	9	26	21	1	22	5	7	30	1	41	11	40
26	5	14	48	25	25 ♒	54	9	30	22	2	22	51	8 A	45	2	24	11	36
27	6	15	49	30	8	26	9	34	22	2	23	37	10	0	3	0	11	33
G 28	7	16	50	35	21 ♓	14	9	38	22 ℞	2	24	24	11	15	3	31	11	30
29	8	17	51	40	4	21	9	42	22	1	25	10	12	30	3	57	11	27
30	9	18	52	45	17 ♈	48	9	45	22	1	25	57	13	45	4 S	18	11	24
31	10	19	53	50	1	37	9	50	22	1	26	41	15	0	4	23	11	21
Ian. 1	11	20	54	54	15 ♉	4[illegible]	9	54	22	2	27	30	16	15	4 ℞	40	11	19
2	12	21	55	58	0	5	9	58	22	1	28	26	17	30	4	40	11	16
3	13	22	57	1	14	41	10	2	22	0	29	3	18	45	4	34	11	13
G 4	14	23	58	4	29	11	10	5	21	58	29	50	19	59	4	21	11	9
5	15	24	59	0	13 ♊	58	10	9	21	57	0 ♒	36	21	14	4	2	11	6
6	16	26	0	8	28	47	10	12	21	55	1	23	22	28	3	36	11	3
7	17	27	1	9	12 ♋	42	10	16	21	53	2	9	23	43	3	4	11	0
8	18	28	2	9	26	41	10	19	21	51	2	56	24	57	2	26	10	57
9	19	29	3	9	10 ♌	22	10	23	21	49	3	42	26	12	1	43	10	54
10	20	0 ♒	4	8	23	45	10	26	21	47	4	29	27	26	0	56	10	50
G 11	21	1	5	6	6 ♍	51	10	29	21	44	5	16	28	40	0 ♐	6	10	47
12	22	2	6	3	19	43	10	32	21	42	6	2	29	55	29	14	10	44
13	23	3	7	0	2 ♎	20	10	35	21	39	6	49	1 ♓	9	28	21	10	41
14	24	4	7	56	14	47	10	37	21	36	7	36	2	23	27	37	10	38
15	25	5	8	51	27	6	10	40	21	33	8	23	3	37	26	35	10	35
16	26	6	9	45	9 ♏	19	10	42	21	30	9	9	4	51	25	46	10	31
17	27	7	10	38	21	27	10	45	21	26	9	56	6	5	25 D	0	10	28
G 18	28	8	11	30	3 ♐	33	10	47	21	23	10	43	7	19	24	18	10	25
19	29	9	12	21	15	42	10	49	21	19	11	30	8	33	23	41	10	22
20	30	10	13	11	27	52	10	51	21	15	12	17	9	47	23	10	10	19
21	31	11	14	0	10 ♑	9	10	53	21	11	13	4	11	0	22	40	10	15
Latitudo Planetarū ad diē	1						2	19	1	13	0	6	1	17	1 S	28		
	11						2	23	1	17	0	6	1	17	0	31	Mensis	
	21						2	27	1	21	0	5	1	13	1 D	54		

Syzygiæ Lunares.

		Orient.	Orient.	Occid.	Occid.	Occid.	Syzygiæ Planetarũ mutuæ, & eorum congressus cum illustrioribus aliquibus stellis fixis.
	☉	♄	♃	♂	♀	☿	
Dies	H ′	H ′	H ′	H ′	H ′	H ′	
1							☿ cauda cygni.
2			1 □ 5				♂ m.c.cum aqui.☌ ♀ cũ
3		15 ✶ 45					☽ ☊ 20. 12. △ ♃ ♂
4 ☌	0 26		16 △ 25	17 ☌ 39			☿ m.c cũ ca.Del.(11.58
5 Asc.	9 ♉					13 ☌ 4	□ ♄ ☿ 13.13.
6		2 □ 8			5 ☌ 19		♄ or.cum cauda cygni.
7							
8		9 △ 35					♀ occ.cum Fomah.
9	2 ✶ 10		7 ☍ 18	14 ✶ 58			♀ oc.cũ aqui.☌ cau. ♑
10						4 ✶ 55	
11 □	5 13			10 □ 39	0 ✶ 53		♂ m.c.cum cor. ♑☌ ♀
12 Asc.	15 ♍	16 ☍ 15				7 □ 24	△ ☽ ♃ 1.56 (cũ cau. ♑
13	14 △ 32		11 △ 55		7 □ 15		☽ Perig. ♀ or. cũ cau. ♑.
14				0 △ 51		8 △ 2	
15			13 □ 12		13 △ 9		♄ or.cum lancibus (Del.
16		19 △ 52					☽ ☋ 21.9 ♂ m.c cũ ca.
17			15 ✶ 43				☌ ♂ ☿ 15.32.
18 ☍	2 29			11 ☍ 36		9 ☍ 35	♀ occ. cum cauda Del.
19 Asc.	3 ♋	0 □ 2					☿ m.c.cum cauda Del.
20					7 ☍ 28		☌ ☽ ☿ 11.14 ☿ or.cũ a o
21		6 ✶ 48				Orient.	♂ m.c.cum cauda cyg. a.
22			3 ☌ 46			16 △ 55	
23	1 △ 39			9 △ 14			
24						23 □ 3	☿ m.c.cum cornu ♑.
25 □	17 9				24 △ 13		
26 Asc.	19 ♓	2 ☌ 44	21 ✶ 58	1 □ 0			♀ occ.cum lyra.
27						7 ✶ 13	☽ Apog.
28	10 ✶ 0			2 ✶ 1	8 □ 17		□ ♄ ♂ 2.8.
29			11 □ 2				♀ m.c.cum Fomah.
30							□ ☽ ♄ 5.27 △ ♄ ☿ 21.48
31		1 ✶ 27	21 △ 12		1 ✶ 49	13 ☌ 48	☽ ☊ 60.12 ♂ oc.cũ Fom.

a. Die 31. ♀ occ. cum rostro gallinæ.
☿ Fit ☿ m.c. cum cauda cygni.

Februarius 1601

Dies (Julian.)	Greg.	☉ ♒ °	′	″	☽ ♑ P	′	♄ ♒ P	′	♃ ♍ P	′	♂ ♒ P	′	♀ ♓ P	′	☿ ♑ P	′	☊ ♑ P	′
		Positus Planetarum Diurnus.					S	A	S	A	M	A	M	A	S	D		
22	1	12	14	45	22 ♒	34	10	55	21	7	13	50	12	14	22	28	10	12
23	2	13	15	35	5	11	10	57	21	2	14	37	13	27	22	17	10	9
24	3	14	16	20	18 ♓	2	10	58	20	58	15	24	14	41	22 D	12	10	6
G 25	4	15	17	4	1	8	11	0	20	53	16	11	15	54	22	15	10	3
26	5	16	17	47	14	32	11	1	20	48	16	58	17	8	22	24	10	0
27	6	17	18	29	26 ♈	14	11	3	20	43	17	45	18	21	22	40	9	56
28	7	18	19	9	12	13	11	4	20	38	18	32	19	34	23	2	9	53
29	8	19	19	48	26 ♉	27	11	5	20	32	19	19	20	48	23	30	9	50
30	9	20	20	25	10	52	11	6	20	27	20	6	22	1	24	4	9	47
31	10	21	21	1	25 ♊	22	11	7	20	21	20	53	23	14	24	44	9	44
G 1	11	22	21	36	9	52	11	8	20	15	21	40	24	27	25	29	9	40
Feb. 2	12	23	22	10	24 ♋	15	11	8	20	9	22	27	25	40	26	19	9	37
3	13	24	22	41	8	27	11	9	20	3	23	14	26	53	27	14	9	34
4	14	25	23	13	22 ♌	22	11	9	19	57	24 D	0	28	6	28	14	9	31
5	15	26	23	42	6	0	11	10	19	51	24	47	29 V	19	29	18	9	28
6	16	27	24	9	19 ♍	20	11	10	19	45	25	34	0	32	0 ♒	26	9	25
7	17	28	24	35	2	13	11	11	19	38	26	21	1	44	1	37	9	21
G 8	18	29 ♓	24	59	15	22	11	11	19	32	27	8	2	57	2	52	9	18
9	19	0	25	22	27 ♎	46	11 R	11	19	25	27	55	4	10	4	10	9	15
10	20	1	25	43	10	11	11	11	19	19	28	42	5	22	5 M	31	9	12
11	21	2	26	2	22 ♏	28	11	11	19	12	29 ♓	29	6	35	6	54	9	9
12	22	3	26	20	4	40	11	10	19	5	0	16	7	47	8	20	9	6
13	23	4	26	36	16	49	11	10	18	58	1	3	8	59	9	48	9	2
14	24	5	26	50	28 ♐	57	11	10	18	51	1	50	10	11	11	18	8	59
G 15	25	6	27	2	11	7	11	9	18	44	2	37	11	23	12	50	8	56
16	26	7	27	13	23 ♑	21	11	9	18	37	3	24	12	35	14	24	8	53
17	27	8	27	22	5	42	11	8	18	29	4	11	13	47	16	0	8	50
18	28	9	27	29	18	12	11	7	18	22	4	58	14	59	17	38	8	47

Latitudo Planetarū ad diē	♄	′	♃	′	♂	′	♀	′	☿	′	
1	2	32	1	25	0	5	1	9	3	14	
11	2	37	1	28	0 D	4	0	53	1 M	39	Mensis
21	2	42	1	31	0	5	0	32	0	3	

Dies		☽	Orient. ♄	Orient. ♃	Occid. ♂	Occid. ♀	Orient. ☿	Syzygiæ Planetarũ u-truq; & eorum congres-sus cum illustrioribus aliquibus stellis fixis
		H ′	H ′	H ′	H ′	H ′	H ′	
1								
2	☌	16 16	10 □ 47		18 ☌ 46			♂ occ. cũ aqui. & ca. ♑
3	Asc.	13 ♓						△ ♃ ♀ per orbem.
4			17 △ 41					
5				10 ☍ 55		5 ☌ 0	14 ✶ 4	♂ m. c. cum cauda ♑.
6								♃ m. c. cum cauda ♌.
7		11 ✶ 5			11 ✶ 16		18 □ 51	☍ ☿ ♀ 19. 12 ☌ ☽
8					Orient.			(23. 3
9	□	16 41	0 ☍ 26	15 △ 43	16 □ 9	20 ✶ 6	12 △ 55	
10	Asc.	8 ♑						☽ Perig. ♂ or. cũ ca. ♑
11		22 △ 23		17 □ 17	20 △ 50			
12						2 □ 35		
13			4 △ 39	19 ✶ 50				☽ ☋ 1. 54. ☿ m. c. cu
14						11 △ 5	11 ☍ 13	(cum ♑
15			9 □ 18					
16	☍	15 56			12 ☍ 13			♂ occ. cum cauda Del.
17	Asc.	3 ♑	16 ✶ 30					☿ m. c. cum cum cau. De
18				8 ☌ 13				
19						13 ☍ 41	13 △ 53	✶ ☿ ♀ 0. 0.
20								☿ m. c. cum cauda cygn
21		21 △ 22			14 △ 45			♂ oc. cum rostro gallin
22			12 ☌ 51				8 □ 14	♂ or. cum cap. Med. b.
23				4 ✶ 13				□ ♄ ♀ 21. 52.
24	□	13 51			6 □ 4			☽ Apog.
25	Asc.	13 ♓		14 □ 49		0 △ 34	3 ✶ 51	☿ occ. cum Fomalh.
26					10 ✶ 53			☿ oc. cũ aq. & cauda ♑
27		5 ✶ 44	18 ✶ 26			17 □ 10		☽ ☊ 6. 0. ☿ m. c. cum
28				0 △ 19				(cauda ♑

a. *Die 5. ♀ occ. cum acarnar.*

b. *Die 22. ♀ or. cum cor. ♈.*

Die 8. Erit congressus corporeus ☽ cum ♂, quoniam ♂ paucam habet latitudinem, ut pos

7	17	26	24	58	11	41	10	35	16	10	18	17	5	4	18	10	7	52
8	18	27	24	24	24 ♌	11	10	32	16 D	9	19	3	6	19	20	3	7	45
9	19	28	23	55	6	25	10	30	16	2	19	59	7	24	21	56	7	40
10	20	29	23	24	18	30	10	27	15	54	20	37	8	34	23	49	7	43
11	21	0 ♈	22	51	0 ♏	37	10	24	15	47	21	23	9	43	25	43	7	40
12	22	1	22	16	12	36	10	21	15	40	22	10	10	53	27	37	7	37
13	23	2	21	40	24 ♐	35	10	18	15	33	22	57	12	2	29 ♈	31	7	33
14	24	3	21	3	6	36	10	15	15	26	22	44	13	13	1	25	7	30
15	25	4	20	22	16 ♑	42	10	12	15	19	24	31	14	21	3	19	7	27
16	26	5	19	40	0	50	10	9	15	12	25	18	15	30	5	12	7	24
17	27	6	18	56	13	20	10	5	15	5	26	4	16	39	7	5	7	21
18	28	7	18	10	25	50	10	2	14	59	26	51	17	48	8	58	7	18
19	29	8	17	22	8 ♒	47	9	59	14	52	27	37	18	56	10	52	7	14
20	30	9	16	32	21	54	9	55	14	45	28	24	20	1	12	43	7	11
21	31	10	15	40	5 ♓	19	9	51	14	35	29	10	21	13	14	35	7	8

Latitudo Planetarũ ad diẽ											
	1	2	46	1	33	0	[illegible]	0	13	1	7
	11	2	50	1 D	34	0	6	0	12	1 A	50 Meridis
	21	2	54	1	34	0	7	0	40	1	41

13 *

3

–

21 □

Orient.	Occid.	Occid.	Syzygi tuę,&e fus cum aliquib
♂	♀	☿	
H '	H '	H '	
15 ☌ 37	6 ✱ 7		♀ *m.c.c* ☿ *or.cũ*
		4 ☌ 58	☿ *or.cum*

Positus Planetarum Diurnus.

		☉ ♉			☽ ♈		♄ ♋ (s D)		♃ ♍ (S D)		♂ ♈ (M A)		♀ ♊ (S A)		☿ ♊ (S A)		☊ ♑	
Dies		P	′	″	P	′	P	′	P	′	P	′	P	′	P	′	P	′
21	1	10	33	3	16 ♉	6	7	30	11	23	22	56	25	0	0	36	5	30
22	2	11	31	13	10	55	7	25	12	22	23	42	26	1	1	15	5	26
23	3	12	29	21	25 ♊	52	7	20	12	21	24	27	27	2	1 D	48	5	23
24	4	13	27	28	10	51	7	15	12	20	25	12	28	3	2	15	5	20
25	5	14	25	33	25 ♋	44	7	10	12	19	25	58	29 ♋	3	2	35	5	17
☊ 26	6	15	23	36	10	23	7	5	12	19	26	43	0	3	2	49	5	14
27	7	16	21	38	24 ♌	44	7	0	12	18	27	28	1	3	2	56	5	10
28	8	17	19	38	8	44	6	56	12	18	28	14	2	2	2	56	5	7
29	9	18	17	37	22 ♍	21	6	51	12	18	28	59	3	1	2	49	5	4
30	10	19	15	34	5	34	6	46	12 D	18	29	44	4	0	2	36	5	1
Ma. 1	11	20	13	30	18 ♎	25	6	41	12	18	0 ♉	29	4	58	2	16	4	58
2	12	21	11	24	0	55	6	37	12	18	1	14	5	56	1	47	4	54
G 3	13	22	9	17	13	7	6	32	12	18	1	59	6	54	1	12	4	51
4	14	23	7	9	25	6	6	27	12	19	2	44	7 D	51	0 ♉	31	4	48
5	15	24	4	59	6 ♏	55	6	23	12	19	3	29	8	45	29	45	4	45
6	16	25	2	48	18	36	6	18	12	20	4	14	9	44	28 M	53	4	42
7	17	26	0	30	0 ♐	14	6	14	12	21	4	58	10	40	28	1	4	38
8	18	26	58	23	11	52	6	9	12	22	5	43	11	35	27	5	4	35
9	19	27	56	9	23 ♑	34	6	5	12	24	6	28	12	29	26	8	4	32
G 10	20	28	53	53	5	23	6	1	12	26	7	12	13	23	25	12	4	29
11	21	29 ♊	51	36	17	22	5	56	12	28	7	57	14	16	24	17	4	26
12	22	0	49	18	29 ♒	35	5	52	12	30	8	41	15	9	23	23	4	23
13	23	1	46	59	12	4	5	48	12	33	9	26	16	1	22	37	4	19
14	24	2	44	38	24 ♓	53	5	44	12	35	10	10	16	53	21	54	4	16
15	25	3	42	16	8	4	5	40	12	38	10	54	17	44	21	16	4	13
16	26	4	39	52	21 ♈	38	5	36	12	41	11	39	18	34	20	44	4	10
G 17	27	5	37	29	5	34	5	32	12	44	12	23	19	24	20	19	4	7
18	28	6	35	4	19 ♉	53	5	28	12	47	13	7	20	13	20	1	4	3
19	29	7	32	38	4	32	5	24	12	51	13	51	21	1	19	50	4	0
20	30	8	30	11	19 ♊	15	5	20	12	54	14	35	21	49	19 D	46	3	57
21	31	9	27	44	4	26	5	17	12	58	15	19	22	36	19	40	3	54

Latitudo Planetarum ad diē		♄		♃		♂		♀		☿		
	1	3	2	1	30	0	7	2	48	2 D	37	Mensis
	11	3	1	1	27	0	7	3 D	4	3 M	28	
	21	2	59	1	24	0	6	3	8	1	36	

	☿ ap. ♀ oc. cū
	☍ ♄ ♂ 12. 44.
Oriens.	☽ 6. 42. 11.

Anni Iuliani	Anni Gregor.	Positus Planetarum Diurnus.																
							S	D	S	D	M	A	S	D	M	D		
		☉ ♊			☽ ♊		♄ ♌		♃ ♍		♂ ♉		♀ ♋		☿ ♉		☊ ♑	
D	D	P	'	"	P	'	P	'	P	'	P	'	P	'	P	'	P	'
22	1	10	25	16	19 ♋	26	5	13	13	2	16	3	23	22	19	59	3	51
23	2	11	22	47	4	21	5	10	13	6	16	47	24	7	20	36	3	48
G 24	3	12	20	17	19 ♌	2	5	6	13	10	17	31	24	51	20	39	3	44
25	4	13	17	47	3	25	5	3	13	15	18	14	25	34	21	9	3	41
26	5	14	15	16	17 ♍	26	4	59	13	19	18	58	26	16	21	45	3	38
27	6	15	12	44	1	5	4	56	13	24	19	42	26	57	22	17	3	35
28	7	16	10	11	14	22	4	53	13	29	20	25	27	37	23	14	3	32
29	8	17	7	37	27 ♎	16	4	50	13	34	21	9	28	15	24	6	3	28
30	9	18	5	3	9	51	4	47	13	39	21	52	28	52	25 A	2	3	25
G 31	10	19	2	26	22 ♏	9	4	44	13	44	22	36	29	28	26	3	3	22
Iun. 1	11	19	59	46	4	12	4	41	13	50	23	19	0 ♌	3	27	8	3	19
2	12	20	57	12	16	4	4	38	13	55	24	3	0	37	28	17	3	16
3	13	21	54	34	27 ♐	49	4	35	14	1	24	46	1	9	19 ♊	30	3	13
4	14	22	51	56	9	29	4	32	14	7	25	29	1	40	0	46	3	9
5	15	23	49	17	21 ♑	8	4	29	14	13	26	13	2	10	2	5	3	6
6	16	24	46	38	3	49	4	27	14	19	26	56	2	38	3	27	3	3
G 7	17	25	43	59	14	37	4	25	14	25	27	39	3	5	4	52	3	0
8	18	26	41	19	26	34	4	23	14	31	28	22	3	31	6	19	2	57
9	19	27	38	39	8 ♒	44	4	21	14	38	29	5	3	55	7	48	2	53
10	20	28	35	59	21	10	4	19	14	45	29	48	4	17	9	19	2	50
11	21	29	33	19	3 ♓	50	4	17	14	52	0 ♊	31	4	37	10	52	2	47
12	22	0 ♋	30	38	17	4	4	16	14	59	1	14	4	55	12	27	2	44
13	23	1	27	57	0 ♈	35	4	14	15	6	1	57	5	11	14	4	2	41
G 14	24	2	25	16	14	30	4	12	15	13	2	39	5	25	15	43	2	38
15	25	3	22	35	28 ♉	46	4	11	15	21	3	21	5	38	17	23	2	34
16	26	4	19	54	13	21	4	9	15	28	4	4	5	49	19	5	2	31
17	27	5	17	13	28 ♊	10	4	8	15	36	4	46	5	58	20	48	2	28
18	28	6	14	31	13	7	4	7	15	44	5	29	6	4	22	32	2	25
19	29	7	11	49	28 ♋	2	4	6	15	52	6	11	6 M	8	24	17	2	22
20	30	8	9	7	12	50	4	3	16	0	6	54	6 ℞	10	26	3	2	19

Latitudo Planetarū ad diē		♄		♃		♂		♀		☿		
	1	2	57	1	21	0	6	1	55	3 A	51	Mensis
	11	2	54	1	17	0	5	1	23	3	43	
	21	2	50	1	14	0	4	1 M	16	2	32	

⚹ ♄ ♀ 3. 11. ☌ occasu Ald.

♂ or. cum cane maiore.

☌ m: c. ũ hia. ☿ 1c, ců 21

[illegible]	Anni Grego.	Positus Planetarum Diurnus							
				S D	S D	M A	M D	M A	
		☉ ♋	☽ ♋	♄ ♒	♃ ♍	♂ ♊	♀ ♌	☿ ♊	☊ ♑
Dies		P ' "	P '	P '	P '	P '	P '	P '	P '
21	1	9 6 25	27 ♌ 25	4 4	16 8	7 36	6 8	27 50	2 15
22	2	10 3 42	11 42	4 4	16 16	8 18	6 4	29 28	2 12
23	3	11 0 59	25 ♍ 39	4 3	16 25	9 0	5 58	1 ♋ 47	2 9
24	4	11 58 16	9 15	4 3	16 33	9 42	5 50	3 17	2 6
25	5	12 55 33	22 ♎ 30	4 2	16 41	10 24	5 40	5 5	2 3
26	6	13 52 50	5 26	4 2	16 50	11 6	5 27	6 S 59	1 59
27	7	14 50 8	18 ♏ 5	4 2	16 59	11 48	5 12	8 51	1 56
G 28	8	15 47 26	0 29	4 2 Di	17 8	12 29	4 55	10 43	1 53
29	9	16 44 44	12 40	4 2	17 17	13 11	4 36	12 36	1 50
30	10	17 42 3	24 41	4 2	17 27	13 52	4 15	14 29	1 47
Iul. 1	11	18 39 22	6 ♐ 36	4 2	17 37	14 33	3 53	16 22	1 44
2	12	19 36 41	18 26	4 3	17 46	15 10	3 26	18 15	1 40
3	13	20 34 0	0 ♑ 15	4 3	17 50	15 50	2 58	20 9	1 37
4	14	21 31 20	12 6	4 4	18 5	16 39	2 28	22 3	1 34
G 5	15	22 28 40	24 ♒ 2	4 4	18 15	17 21	1 57	23 57	1 31
6	16	23 26 0	6 5	4 5	18 24	18 2	1 24	25 51	1 28
7	17	24 23 21	18 ♓ 21	4 6	18 34	18 43	0 50	27 45	1 25
8	18	25 20 41	0 52	4 7	18 44	19 25	0 15	29 39	1 21
9	19	26 18 5	13 42	4 8	18 54	20 6	29 ♋ 39	1 ♌ 33	1 18
10	20	27 15 28	26 52	4 9	19 4	20 S 47	29 2	3 27	1 15
11	21	28 12 51	10 ♈ 24	4 11	19 14	21 28	28 24	5 20	1 12
G 12	22	29 10 15	24 17	4 12	19 24	22 9	27 47	7 13	1 9
13	23	0 ♌ 7 39	8 ♉ 30	4 14	19 34	22 50	27 9	9 6	1 6
14	24	1 5 4	22 59	4 15	19 45	23 31	26 32	10 59	1 2
15	25	2 2 29	7 ♊ 39	4 17	19 56	24 12	25 55	12 51	0 59
16	26	2 59 55	22 24	4 19	20 6	24 52	25 19	14 43	0 56
17	27	3 57 21	7 ♋ 7	4 21	20 17	25 33	24 44	16 D 35	0 53
18	28	4 54 48	21 40	4 23	20 28	26 13	24 10	18 26	0 50
G 19	29	5 52 15	5 ♌ 59	4 25	20 39	26 54	23 38	20 16	0 46
20	30	6 49 43	20 2	4 27	20 50	27 34	23 8	22 5	0 43
21	31	7 47 12	3 ♍ 46	4 30	21 1	28 15	22 40	23 53	0 40
Latitudo Planetarũ ad diẽ			1	2 45	1 12	0 3	0 17	0 S 49	Mensis
			11	2 40	1 5	0 S 1	2 4	0 41	
			21	2 35	1 7	0 0	3 50	1 D 5	

3 △ 40	13 △ 33	☐ ♄ ♀ 9. c ☿ oc.
Orient. 5 ☐ 29		☌ ☉ ♀ 2.49. ☿ or. cum ast. bor.
5 ✱ 25	1 ☐ 10	♂ m. c. cum de. bu ♉ or. cum cane ma

Anni veteris	Anni Gregor.	Positus Planetarum Diurnus.					S D		S D		S A		M D		S D			
		☉ ♌			☽ ♍		♄ ♋		♃ ♍		♂ ♊		♀ ♋		☿ ♌		☊ ♓	
Dies		G	′	″	P	′	P	′	P	′	P	′	P	′	P	′	P	′
22	1	8	44	43	17	11	4	32	21	12	28	55	22	13	25	40	0	37
23	2	9	42	15	0 ♎	19	4	34	21	23	29	35	21	47	27	26	0	34
24	3	10	39	48	13	11	4	37	21	35	0 ♋	16	21	25	29	11	0	31
25	4	11	37	22	25	49	4	40	21	46	0	56	21	4	0 ♍	55	0	27
G 26	5	12	34	57	8 ♏	15	4	42	21	58	1	36	20	46	2	38	0	24
27	6	13	32	33	20	31	4	45	22	9	2	16	20 A	30	4	20	0	21
28	7	14	30	10	2 ♐	40	4	48	22	21	2	56	20	16	6	1	0	18
29	8	15	27	48	14	44	4	51	22	33	3	30	20	5	7	40	0	15
30	9	16	25	27	26	46	4	54	22	45	4	16	19	57	9	17	0	11
31	10	17	23	7	8 ♑	48	4	57	22	56	4	56	19	52	10	52	0	8
Au. 1	11	18	20	48	20	54	5	0	23	8	5	36	19 D	50	12	25	0	5
G 2	12	19	18	30	3 ♒	5	5	3	23	19	6	15	19	50	13	56	0	2
3	13	20	16	14	15	25	5	7	23	31	6	55	19	52	15	25	29 ♒	59
4	14	21	13	59	27	56	5	10	23	43	7	34	19	56	16	51	29	55
5	15	22	11	45	10 ♓	42	5	14	23	55	8	14	20	2	18 M	15	29	52
6	16	23	9	32	23	44	5	18	24	7	8	53	20	10	19	36	29	49
7	17	24	7	20	7 ♈	5	5	22	24	19	9	32	20	20	20	54	29	46
8	18	25	5	9	20	45	5	26	24	31	10	12	20	32	22	9	29	43
G 9	19	26	2	59	4 ♉	45	5	30	24	43	10	51	20	46	23	21	29	40
10	20	27	0	50	19	1	5	34	24	55	11	30	21	2	24	29	29	36
11	21	27	58	43	3 ♊	27	5	38	25	7	12	9	21	20	25	33	29	33
12	22	28	56	37	17	59	5	42	25	19	12	48	21	40	26	33	29	30
13	23	29	54	33	2 ♋	31	5	47	25	32	13	27	22	2	27	29	29	27
14	24	0 ♍	52	31	16	58	5	52	25	44	14	6	22	26	28	20	29	24
15	25	1	50	31	1 ♌	13	5	56	25	56	14	44	22	52	29	6	29	20
G 16	26	2	48	32	15	13	6	1	26	9	15	22	23	19	29	46	29	17
17	27	3	46	34	28 ♍	56	6	5	26	21	16	1	23	48	0 ♎	20	29	14
18	28	4	44	38	12	10	6	10	26	33	16	39	24	18	0	48	29	11
19	29	5	42	43	25	28	6	14	26	46	17	17	24	50	1	10	29	8
20	30	6	40	50	8 ♎	19	6	19	26	58	17	56	25	21	1	25	29	5
21	31	7	38	58	20	58	6	25	27	11	18	34	25	58	1	34	29	1

Latitudo Planetarũ ad diẽ		♄		♃		♂		♀		☿		
	1	1	30	1	5	0	3	4 A	52	1	40	Menſis
	11	2	25	1	3	0	6	5	9	0 M	45	
	21	2	20	1	1	0	10	4	43	0	56	

3					16 □ 5		(erica,
4		17 ☌ 8		10 △ 27		11 ✶ 24	✶ ♂ ☿ 0. 20. ☿ or. cũ
5 □	9 11				13 △ 58		☿ or. cum lucida hydre.
6 Asc.	7 ♈		3 ✶ 17				✶ ♄ ☿ 6. 9.
7						7 □ 42	♂ or. cum stella,
8	1 △ 36		15 □ 50				☿ Apr. ♂ or. cum Ap.
9		16 ✶ 16		15 ☍ 50			☿ 360. 46. (cum ♌)
10					21 ☍ 53	4 △ 42	△ ♄ ♂ 0. 39. ☿ or. cũ
11			4 △ 28				
12		3 □ 55					
13 ☍	10 0						♂ m. c. cum Syrio.
14 Asc.	24 ♉	13 △ 41		29 △ 4			
15					17 △ 21	15 ☌ 30	
16			0 ☍ 43				✶ ♀ ☿ 12. 0.
17				4 □ 38	23 □ 35		☿ m. c. cum cauda ♌.
18	8 △ 0						
19		1 ☍ 25		10 ✶ 45			♂ occ. cũ hydra. (cũ 141.
20 □	14 19		9 △ 57		3 ✶ 26	9 △ 50	☌ ♃ ☿ 12. 0. ♂ or.
21 Asc.	26 ♋						♂ or. cum Her. (cũ 160.a
22	19 ✶ 25		12 □ 16			15 □ 7	☿ Pe. ☌ ♃ 19. 2 ☿ m. c.
23		5 △ 28		19 ☌ 0			♀ or. cum vindemiatrice.
24			14 ✶ 58		9 ☌ 29	20 ✶ 14	
25		8 □ 9					
26							♀ occ. cum al. austr.
27 ☌	9 26	12 ✶ 53					♂ or. cũ Ri. ♀ or. cũ Pra.
28 Asc.	18 ♉			8 ✶ 16	22 ✶ 44		♂ or. cũ 137. c. (☉ Ap. b
29			2 ☌ 30			10 ☌ 3	✶ ☉ ♄ 14. 2.
30				19 □ 13			♂ m. c. cum cane mino.
31					10 □ 3		♂ m. c. cum Hercule.

a. *Die 22. ♂ or. cum prima zenzeno.*
b. *Die 27. ♂ m. c. cum Apolline, & occ. cum hydra.*
c. *Die 28. ♃ m. c. cum rostro corui.*
♀ *Fit directa in occasu eius cum Hercule.*

Dies (Iulian.)	Dies (Gregor.)	☉ ♍ P	'	"	☽ ♒ P	'	♄ ♒ S D P	'	♃ ♍ S D P	'	♂ ♋ S A P	'	☿ ♋ M A P	'	♀ ♎ M D P	'	☊ ♓ P	'
Motus Planetarum Diurnus																		
22	1	8	37	8	3	27	6	29	27	23	19	11	26	34	1	36	28	58
G 23	2	9	35	19	15	48	6	34	27	36	19	50	27	11	1	11	28	55
24	3	10	33	32	28 ♐	2	6	39	27	49	20	28	27	42	1	18	28	52
25	4	11	31	47	10	13	6	44	28	2	21	6	28	29	0	58	28	49
26	5	12	30	3	22 ♑	22	6	49	28	15	21	44	29	10	0 ♍	31	28	45
27	6	13	28	21	4	33	6	54	28	28	22	21	29	52	29	57	28	42
28	7	14	26	40	16	41	7	0	28	41	22	59	0 ♌	35	29	17	28	39
29	8	15	25	1	29	4	7	5	28	54	23	37	1	19	28	32	28	36
G 30	9	16	23	24	11 ♒	31	7	10	29	7	24	14	2	4	17 A	41	28	33
31	10	17	21	49	24	5	7	16	29	20	24	52	2	50	16	55	28	30
Sep. 1	11	18	20	16	6 ♓	55	7	22	29	33	25	29	3	36	25	51	28	26
2	12	19	18	45	20 ♈	7	7	28	29	45	26	8	4	23	24	58	28	23
3	13	20	17	15	3	50	7	33	29	50	26	43	5	11	24	1	28	20
4	14	21	15	47	27 ♉	19	7	39	0 ♎	11	27	20	6	0	23	6	28	17
5	15	22	14	31	1	7	7	45	0	23	27	57	6	50	22	14	28	14
G 6	16	23	12	56	15	21	7	51	0	36	28	34	7	41	21	26	28	10
7	17	24	11	33	29 ♊	47	7	57	0	49	29	11	8	33	20	42	28	7
8	18	25	10	12	14	18	8	3	1	2	29	47	9	25	20	2	28	4
9	19	26	8	53	18 ♋	49	8	9	1	14	0 ♌	24	10	18	19	28	28	1
10	20	27	7	36	13	15	8	15	1	27	1	1	11	12	19	1	27	58
11	21	28	6	21	27 ♌	30	8	21	1	40	1	37	12	6	18	41	27	55
12	22	29	5	2	11	21	8	27	2	53 A	2	14	13	1	18	28	27	51
G 13	23	0 ♎	3	56	25 ♍	9	8	34	2	6	2	50	13	58	18 D	22	27	48
14	24	1	2	45	8	29	8	40	2	19	3	27	14	52	18	23	27	45
15	25	2	1	30	21 ♎	34	8	47	2	32	4	3	15	48	18	31	27	42
16	26	3	0	33	4	22	8	53	2	45	4	39	16	45	18	45	27	39
17	27	3	59	29	17	55	9	0	2	58	5	15	17	42	19	6	27	35
18	28	4	58	27	29	17	9	6	3	11	5	51	18	40	19	33	27	32
19	29	5	57	27	11 ♏	30	9	12	3	24	6	27	19	38	20	6	27	29
G 20	30	6	56	29	23	37	9	19	3	37	7	3	20	37	20	44	27	26
Latitudo Planetarũ ad diẽ					1		2	16	1	1	0	15	3	50	3 A	5		
					11		2	13	1	0	0	20	3	47	3	58	Meridi	
					21		2	11	1 A	0	0	26	1	44	2	23		

23 △ 40	12 ☍ 48	4 ☍ 36	22 △ 0	☌ ♃ ♀ 14.54. ☿ or. cũ (asi. austr.
				(cum 180. ☿ or. cũ vinde. & m. c.
17 ☍ 22	11 △ 15		8 ☍ 8	✶ ☌ ☿ 6.38.
	18 □ 18	3 △ 9		
	22 ✶ 56	10 □ 15	Orient. 9 △ 38	☌ ☽ ♀ 0.0. ♃ m. c. cum □ ♄ ♀ 5.13. (trica. a.
1 △ 45		13 ✶ 25	9 □ 7	♂ oc. cũ Her. ☿ m. c. cũ 50 ☽ Pe & ☋ 22.40. b.
4 □ 9			9 ✶ 10	(& Acarner.
7 ✶ 16	7 ☌ 24	2 ☌ 52		✶ ♃ ☌ 3.0 ☌ or. cũ Pr. ♃ m. c. cum Algorab. c.
			18 ☌ 20	☌ or. cũ cane mi. & asi. (austr. d.
20 ☌ 54 Orient.	0 ✶ 33	21 ✶ 34		☌ ☽ ♃ 15.39. ☿ m. c. cũ ♄ m. c. cũ lan. aust. (hydra.
	13 □ 34			
10 ✶ 14		17 □ 32	17 ✶ 58	☌ occ. cum asino boreo. ✶ ☉ ☌ 7.0 ☿ m. c. cũ 10

rui, & dex. hu. Aur.
& ♀ cum Syria.
r.
ie, & Apoll.

Syzygiæ Lunares.

t.	Occid. ♃	Orient. ♂	Occid. ♀	Occid. ☿	Syzygiæ Planetarũ mutuę, & eorum congressus cum illustrioribus aliquibus stellis fixis.
	H '	H '	H '	H '	
		15 ☌ 37	6 ✱ 7		♀ m.c.cum ple.(14.✱♃. ☿ or.cũ hędis, & oc.cũ
1	19 △ 37			4 ☌ 58	☿ or.cum dex.hu. Auri
	19 □ 57	3 ✱ 41	17 ☌ 35		♀ occ.cũ hiad. & pleia. ☊ Pe. ☿ m.c.cũ cor. ♈
8	21 ✱ 19	7 □ 49		20 ✱ 33	♀ oc.cũ zo.Ori.& Bella. ☊ ♃ 9.39.
3		14 △ 26	6 ✱ 16	6 □ 53	♀ m.c.cũ hiad.& occ.cũ ♀ oc.cũ Syrio.(Alde.a.
			17 □ 42	21 △ 26	♀ m.c.cum Aldeb.
2	8 ☌ 35				☍ ♄ ☿ 21.11 ♂ or.cũ (cor. ♈.
		15 ☍ 3	9 △ 26		☿ or.cum Fomab.(20. △ ♃ ☿ 9.39 ☿ m.c.cũ
8	7 ✱ 16			14 ☍ 15	♀ occ.cum de.hu.Orio. ♄ m.c.cum lance austr.b
	19 □ 52		23 ☍ 14		□ ♃ ♀ 12.42. ☿ or.cũ ☊ Ap. ♀ m.c.cũ cas.bia.
4		1 △ 20			♀ m.c.cũ 130, & Rigel. ☊ ♌ 18.7 ☿ or.cũ Alde.
	7 △ 37	16 □ 35		5 △ 18	✱ ♂ ♀ 18.40. ♀ occ. (cum 20.
		4 ✱ 50	6 △ 15	18 □ 36	♀ m.c.cũ zo.Or. ♂ or.cũ ☿ or.cũ hia.et pl.(ca.✱♃
5	13 ☍ 25		15 □ 53		♂ or.cum hędis. ☍ ☉ ♄ 2.40.
		18 ☌ 29	22 ✱ 3	3 ✱ 5	♀ m.c.cũ de.hu.Aur.&. ♂ or.cum de.hu.Auri.

r.
is, & ☿ cum acar. & dex.lat.Pers.
ibus, & occ.cum Rigel.
hu.Orio.

Syzygiæ Lunares.	Syzygiæ Lunares.	Syzygiæ Lunares.	Syzygiæ Lunares.	Syzygiæ Lunares.	
Occid.	Occid.	Orient.	Occid.	Occid.	Syzygię Planetarũ mutuę, & eorum congressus cum illustrioribus aliquibus stellis fixis.
♄	♃	♂	♀	☿	
/	H /	H /	H /	H /	
☍ 21					☿ m.c. cum hiad.
	2 △ 19				△ ☉ ♃ 3. 15 ☿ oc. cũ Ald
				9 ☌ 46	☊ Perig. ☿ oc. cũ Syrio.
	2 □ 22				♂ m.c. cum cor. ♌.
△ 37		0 ✶ 25	5 ☌ 41		☉ ☋ 15. 35.
	3 ✶ 14				
□ 56		4 □ 58		14 ✶ 1	
		12 △ 46	20 ✶ 32	18 □ 42	♀ occ. cum ca. ne minore.
✶ 12	12 ☌ 34				
					(cor. ♌
			10 □ 43	1 △ 44	△ ♄ ♀ 15. 37. ♂ oc. cũ
					♀ or. cũ Bella. & Apo.
☌ 56		16 ☍ 33			
	10 ✶ 59		3 △ 51		♀ occ. cum zona Orio.
				19 ☍ 45	☿ occ. cum pleia.
					☊ ap. ☿ or. cũ Bel (4 2
	1 □ 0				☍ ♄ ♂ 12. 44. ✶ ♃ ☿ 21.
				Orient.	☽ ☋ 22. 11.
✶ 16	14 △ 4	3 △ 55	19 ☍ 28		
				12 △ 38	♀ or. cum dc. hu. Orio.
□ 0		18 □ 37			♂ or. cũ to. & ☿ cũ pl.
				18 □ 42	♀ or. cum zona Ori. & m.
△ 38					(c. cum Apoll.
	8 ☍ 2	5 ✶ 18	15 △ 14	22 ✶ 27	(proc. & Hercu.
					♀ or. cũ Rigel. & m.c.
					△ ♃ ♂ 10. 41 ☌ ♀ ☿
			0 □ 37		♂ m.c. cũ ca. Me. (19. 41
☍ 24	13 △ 22				♂ or. cũ pri. pleia. ♀ occ.
			4 ✶ 3	0 ☌ 34	(cum hydra
	1 □ 21	13 ☌ 43			☊ Perig.

Die 13. ♀ m.c. cum Syrio.]c. Die 27. ♀ or. cum ultima zo.

28.

hedis.

Hercu.

Anni veteris	Anni Grego.	☉ ♊			☽ ♊		♄ ♒ S D		♃ ♍ S D		♂ ♉ M A		♀ ♋ S D		☿ ♉ M D		☊ ♑	
Dies		P	′	″	P	′	P	′	P	′	P	′	P	′	P	′	P	′
22	1	10	25	16	19 ♋	26	5	13	13	2	16	3	23	22	19	59	3	51
23	2	11	22	47	4	21	5	10	13	6	16	47	24	7	20	16	3	48
G 24	3	12	20	17	19 ♌	2	5	6	13	10	17	31	24	51	20	39	3	44
25	4	13	17	47	3	25	5	3	13	15	18	14	25	34	21	9	3	41
26	5	14	15	16	17 ♍	26	4	59	13	19	18	58	26	16	21	45	3	38
27	6	15	12	44	1	5	4	56	13	24	19	42	26	57	22	27	3	35
28	7	16	10	11	14	22	4	53	13	29	20	25	27	37	23	14	3	32
29	8	17	7	37	27 ♎	16	4	50	13	34	21	9	28	15	24	6	3	28
30	9	18	5	2	9	51	4	47	13	39	21	52	28	52	25 A	2	3	25
G 31	10	19	2	26	21 ♏	9	4	44	13	44	22	36	29	28	26	3	3	22
Iun. 1	11	19	59	49	4	11	4	41	13	50	23	19	0 ♌	3	27	8	3	19
2	12	20	57	12	16	4	4	38	13	55	24	3	0	37	28	17	3	16
3	13	21	54	34	27 ♐	49	4	35	14	1	24	46	1	9	29	30	3	13
4	14	22	51	56	9	39	4	32	14	7	25	29	1	40	0 ♊	46	3	9
5	15	23	49	17	21 ♑	8	4	29	14	13	26	13	2	10	2	5	3	6
6	16	24	46	38	3	49	4	27	14	19	26	50	2	38	3	27	3	3
G 7	17	25	43	59	14	37	4	25	14	25	27	39	3	5	4	52	3	0
8	18	26	41	19	26	34	4	23	14	32	28	22	3	31	6	19	2	57
9	19	27	38	39	8 ♒	44	4	21	14	38	29	5	3	55	7	48	2	53
10	20	28	35	59	21	10	4	19	14	45	29	48	4	17	9	19	2	50
11	21	29	33	19	3 ♓	50	4	17	14	52	0 ♊	31	4	37	10	52	2	47
12	22	0 ♋	30	38	17	4	4	16	14	59	1	14	4	55	12	27	2	44
13	23	1	27	57	0 ♈	35	4	14	15	6	1	57	5	11	14	4	2	41
G 14	24	2	25	16	14	30	4	12	15	13	2	39	5	25	15	43	2	38
15	25	3	22	35	28 ♉	46	4	11	15	21	3	21	5	38	17	23	2	34
16	26	4	19	54	13	11	4	9	15	28	4	4	5	49	19	5	2	31
17	27	5	17	13	28 ♊	10	4	8	15	36	4	46	5	58	20	48	2	28
18	28	6	14	31	12	7	4	7	15	44	5	29	6	4	22 ℞	32	2	25
19	29	7	11	49	27 ♋	2	4	6	15	52	6	11	6 M	8	24	17	2	22
20	30	8	9	7	12	50	4	5	16	0	6	54	6 ℞	10	26	3	2	19

Latitudo Planetarũ ad diẽ		♄		♃		♂		♀		☿		
	1	2	57	1	21	0	6	2	55	1 A	51	
	11	2	54	1	17	0	5	2	23	1	42	Mensis
	21	2	50	1	14	0	4	1 M	16	2	32	

Positus Planetarum Diurnus.

[illegible]	Anni Grego.	☉ ♋ P	′	″	☽ ♋ P	′	♄ ♒ P (S)	′ (D)	♃ ♍ P (S)	′ (D)	♂ ♊ P (M)	′ (A)	♀ ♌ P (M)	′ (D)	☿ ♊ P (M)	′ (A)	☊ ♑ P	′
21	1	9	6	25	27 ♌	25	4	4	16	8	7	36	6	8	27	50	2	15
22	2	10	3	42	11	42	4	4	16	16	8	18	6	4	29	38	2	12
23	3	11	0	59	25 ♍	39	4	3	16	25	9	0	5	58	1 ♋	47	2	9
24	4	11	58	16	9	15	4	3	16	33	9	42	5	50	3	17	2	6
25	5	12	55	33	22 ♎	30	4	2	16	41	10	24	5	40	5	8	2	3
26	6	13	52	50	5	26	4	2	16	50	11	6	5	27	6 S	59	1	59
27	7	14	50	8	18 ♏	3	4	2	16	59	11	48	5	12	8	51	1	56
G 28	8	15	47	26	0	29	4 Di	2	17	8	12	29	4	55	10	43	1	53
29	9	16	44	44	12	40	4	2	17	17	13	11	4	36	12	36	1	50
30	10	17	42	3	24 ♐	41	4	2	17	27	13	53	4	15	14	29	1	47
Iul. 1	11	18	39	22	6	36	4	2	17	37	14	35	3	53	16	22	1	44
2	12	19	36	41	18 ♑	26	4	3	17	46	15	16	3	30	18	15	1	40
3	13	20	34	0	0	15	4	3	17	56	15	58	2	58	20	9	1	37
4	14	21	31	20	12	6	4	4	18	5	16	39	2	28	22	3	1	34
G 5	15	22	28	40	24 ♒	1	4	4	18	15	17	21	1	57	23	57	1	31
6	16	23	26	0	6	5	4	5	18	24	18	2	1	24	25	51	1	28
7	17	24	23	21	18 ♓	21	4	6	18	34	18	43	0	50	27	45	1	25
8	18	25	20	43	0	52	4	7	18	44	19	25	0	15	29	39	1	21
9	19	26	18	5	13	42	4	8	18	54	20	6	29 ♋	39	1 ♌	33	1	18
10	20	27	15	28	26 ♈	53	4	9	19	4	20 S	47	29	2	3	27	1	15
11	21	28	12	51	10	24	4	11	19	14	21	28	28	24	5	20	1	12
G 12	22	29	10	15	24 ♉	17	4	12	19	24	22	9	27	47	7	13	1	9
13	23	0 ♌	7	39	8	30	4	14	19	34	22	50	27	9	9	6	1	6
14	24	1	5	4	22 ♊	59	4	15	19	45	23	31	26	32	10	59	1	3
15	25	2	2	29	7	39	4	17	19	56	24	12	25	55	12	51	0	59
16	26	2	59	55	22 ♋	24	4	19	20	6	24	52	25	19	14	43	0	56
17	27	3	57	21	7	7	4	21	20	17	25	33	24	44	16 D	35	0	53
18	28	4	54	48	21 ♌	40	4	23	20	28	26	13	24	10	18	26	0	50
G 19	29	5	52	15	5	59	4	25	20	39	26	54	23	36	20	16	0	46
20	30	6	49	43	0 ♍	2	4	27	20	50	27	34	23	8	22	5	0	43
21	31	7	47	12	3	46	4	30	21	1	28	15	22	40	23	53	0	40

Latitudo Planetarũ ad diẽ		♄		♃		♂		♀		☿		
	5	2	45	1	12	0	3	0	17	0 S	49	Mensis
	11	2	40	1	5	0 S	2	2	4	0	43	
	21	2	35	1	7	0	0	3	50	1 D	3	

♂ ♀ ☿ 4 4 8 ♀ ar

♀ or chm acar. cr

□ ♄ ♀ ♀ t ♀ or

Poſitus Planetarum Diurnus.

Iuliani veteris	Gregorii noui	☉ ♌			☽ ♍		S ♄ ♒	D	S ♃ ♍	D	S ♂ ♊	A	M ♀ ♋	D	S ☿ ♌	D	☊ ♑	
Dies		G	′	″	P	′	P	′	P	′	P	′	P	′	P	′	P	′
22	1	8	44	47	17	11	4	32	21	12	28	55	22	13	25	40	0	37
23	2	9	42	15	0 ♎	19	4	34	21	23	19	35	21	48	27	26	0	34
24	3	10	39	48	13	21	4	37	21	35	0 ♋	16	21	25	29 ♍	11	0	31
25	4	11	37	12	25	49	4	40	21	46	0	56	21	4	0	55	0	27
G 26	5	12	34	57	8 ♏	15	4	42	21	58	1	36	20	46	2	38	0	24
27	6	13	31	33	20	51	4	45	22	9	2	16	20 A	30	4	20	0	21
28	7	14	30	10	2 ♐	40	4	48	22	21	2	56	20	16	6	1	0	18
29	8	15	27	48	14	44	4	51	22	33	3	36	20	5	7	40	0	15
30	9	16	25	27	26 ♑	46	4	54	22	45	4	16	19	57	9	17	0	11
31	10	17	23	7	8	48	4	57	22	56	4	56	19	58	10	52	0	8
Au. 1	11	18	20	48	20	54	5	0	23	8	5	36	19 Di	50	12	25	0	5
G 2	12	19	18	30	3 ♒	5	5	3	23	19	6	15	19	50	13	56	0	2
3	13	20	16	14	15	25	5	7	23	31	6	55	19	52	15	25	29 ♐	59
4	14	21	13	59	27	56	5	10	23	43	7	34	19	50	16	51	29	55
5	15	22	11	45	10 ♓	42	5	14	23	55	8	14	20	2	18 M	15	29	52
6	16	23	9	32	23	44	5	18	24	7	8	53	20	10	19	36	29	49
7	17	24	7	20	7 ♈	5	5	22	24	19	9	32	20	20	20	54	29	46
8	18	25	5	9	10	45	5	26	24	31	10	12	20	32	22	9	29	43
G 9	19	26	2	59	4 ♉	45	5	30	24	43	10	51	20	46	23	21	29	40
10	20	27	0	50	19	1	5	34	24	55	11	30	21	2	24	29	29	36
11	21	27	58	43	3 ♊	27	5	38	25	7	12	9	21	20	25	33	29	33
12	22	28	56	37	17	59	5	42	25	19	12	48	21	40	26	33	29	30
13	23	29 ♍	54	33	2 ♋	31	5	47	25	32	13	27	22	2	27	29	29	27
14	24	0	52	31	16	58	5	52	25	41	14	5	22	26	28	20	29	24
15	25	1	50	31	1 ♌	13	5	56	25	56	14	44	22	52	29	6	29	20
G 16	26	2	48	32	15	13	6	1	26	9	15	22	23	19	29	46	29	17
17	27	3	46	34	28 ♍	56	6	5	26	21	16	1	23	46	0 ♎	10	29	14
18	28	4	44	38	12	20	6	10	26	33	16	39	24	18	0	48	29	11
19	29	5	42	43	15 ♎	28	6	14	26	46	17	17	24	50	1	10	29	8
20	30	6	40	50	8	10	6	19	26	58	17	56	25	23	1	25	29	5
21	31	7	38	58	20	58	6	25	27	11	18	34	25	56	1	34	29	1
Latitudo Planetarũ ad diẽ				1			2	30	1	5	0	3	4 A	52	1	40	Meaſis	
				11			2	25	1	3	0	6	5	9	0 M	45		
				21			2	20	1	2	0	10	4	43	0	56		

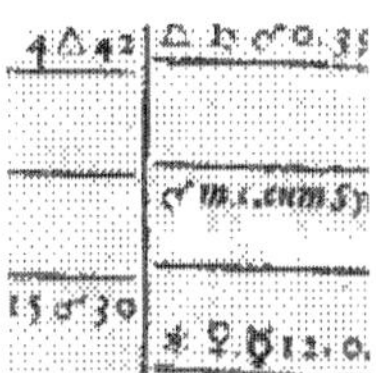

Anni veteris	Anni Gregor.	Positus Planetarum Diurnus.																
							S	D	S	D	S	A	M	A	M	D		
		☉ ♍			☽ ♐		♄ ♒		♃ ♍		♂ ♋		☿ ♋		♀ ♎		☊ ♐	
Dies		P	′	″	P	′	P	′	P	′	P	′	P	′	P	′	P	′
22	1	8	37	8	3	27	6	29	17	23	19	12	26	34	1 ℞	36	28	58
G 23	2	9	35	19	15	48	6	34	17	36	19	50	27	12	1	41	28	55
24	3	10	33	31	28 ♐	2	6	39	17	49	20	28	27	49	1	18	28	52
25	4	11	31	47	10	13	6	44	18	2	21	6	28	29	0	58	28	49
26	5	12	30	3	22 ♑	11	6	49	18	15	21	44	29	10	0 ♍	31	28	45
27	6	13	28	21	4	32	6	54	18	28	22	21	29	52	29	57	28	42
28	7	14	26	40	16	45	7	0	18	41	22	59	0 ♌	35	29	17	28	39
29	8	15	25	1	29	4	7	5	18	54	23	37	1	19	28	32	28	36
G 30	9	16	23	23	11 ♒	33	7	10	19	7	24	14	2	4	27 A	41	28	33
31	10	17	21	49	24	5	7	16	19	20	24	52	2	50	26	50	28	30
Sep. 1	11	18	20	16	6 ♓	55	7	22	19	32	25	29	3	36	25	55	28	26
2	12	19	18	45	10	7	7	28	19	45	26	6	4	23	24	58	28	23
3	13	20	17	15	3 ♈	30	7	33	19 ♎	50	26	43	5	11	24	1	28	20
4	14	21	15	47	17	10	7	39	0	11	27	20	6	0	23	6	28	17
5	15	22	14	21	1 ♉	7	7	45	0	13	27	57	6	50	22	14	28	14
G 6	16	23	12	56	15	21	7	51	0	36	28	34	7	41	21	26	28	10
7	17	24	11	33	29 ♊	47	7	57	0	49	29	11	8	33	20	41	28	7
8	18	25	10	11	14	18	8	3	1	2	29	47	9	25	20	2	28	4
9	19	26	8	53	13 ♋	49	8	9	1	14	0 ♌	24	10	18	19	28	28	1
10	20	27	7	36	13	11	8	15	1	27	1	1	11	12	19	1	27	58
11	21	28	6	21	27 ♌	50	8	21	1	40	1	37	12	6	18	41	27	55
12	22	29	5	8	11	29	8	27	1	53	2	14	13	1	18	28	27	51
G 13	23	0 ♎	3	56	25 ♍	9	8	34	2 A	6	2	50	13	56	18 D	22	27	48
14	24	1	2	45	8	29	8	40	2	19	3	27	14	52	18	23	27	45
15	25	2	1	39	21 ♎	34	8	47	2	32	4	3	15	48	18	31	27	42
16	26	3	0	33	4	22	8	53	2	45	4	39	16	45	18	45	27	39
17	27	3	59	19	17	58	9	0	2	58	5	15	17	42	19	6	27	35
18	28	4	58	27	29	17	9	6	3	11	5	51	18	40	19	33	27	32
19	29	5	57	27	11 ♏	30	9	12	3	24	6	27	19	38	20	6	27	29
G 20	30	6	56	29	23	37	9	19	3	37	7	3	20	37	20	44	27	26

Latitudo Planetarũ ad diẽ											
1	2	16	1	1	0	15	3	50	3 A	5	Menses
11	2	13	1	0	0	20	2	47	3	58	
21	2	11	1 A	0	0	26	2	44	2	23	

☌ ♍ ♀ 0.0.

□ ♄ ♀ 5.13

♂ oc.xii Iter.

Positus Planetarum Diurnus.

Anni Iuliani	Anni Gregor.	☉ ♎			☽ ♓		♄ ♋ S D		♃ ♎ S A		♂ ♌ S A		☿ ♌ M A		♀ ♍ M A		☊ ♓	
Dies		P	′	″	P	′	P	′	P	′	P	′	P	′	I	′	P	′
21	1	7	55	34	5	43	9	26	3	50	7	38	21	36	21	27	27	23
22	2	8	54	40	17	45	9	32	4	3	8	14	22	36	22 S	15	27	20
23	3	9	53	48	29 ♑	51	9	39	4	16	8	49	23	36	23	7	27	16
24	4	10	52	58	11	2	9	45	4	29	9	24	24	37	24	3	27	13
25	5	11	52	10	24 ♒	20	9	52	4	42	9	59	25	38	25	3	27	10
26	6	12	51	24	6	47	9	59	4	56	10	34	26	40	26	6	27	7
G 27	7	13	50	40	19 ♓	25	10	6	5	9	11	9	27	42	27	13	27	4
28	8	14	49	58	2	17	10	13	5	22	11	44	28 S	44	28	33	27	1
29	9	15	49	18	15	25	10	20	5	35	12	18	29 ♍	47	29 ♎	36	26	57
30	10	16	48	40	28	50	10	27	5	48	12	53	0	50	0	53	26	54
Oc. 1	11	17	48	4	12 ♈	32	10	35	6	1	13	27	1	54	2	10	26	51
2	12	18	47	30	26	33	10	42	6	14	14	2	2	58	3	31	26	48
3	13	19	46	58	10 ♉	50	10	49	6	27	14	36	4	2	4	54	26	45
G 4	14	20	46	28	25	21	10	56	6	40	15	10	5	6	6	19	26	41
5	15	21	46	0	10 ♊	2	11	3	6	53	15	44	6	11	7	45	26	38
6	16	22	45	34	24	45	11	10	7	5	16	18	7	16	9	13	26	35
7	17	23	45	10	9 ♋	23	11	17	7	18	16	52	8	21	10	42	26	32
8	18	24	44	48	23	50	11	24	7	31	17	25	9	26	12	13	26	29
9	19	25	44	27	8 ♌	0	11	32	7	44	17	59	10	32	13 D	46	26	26
10	20	26	44	8	22 ♍	51	11	39	7	56	18	32	11	38	15	20	26	23
G 11	21	27	43	51	5	10	11	46	8	9	19	5	12	44	16	55	26	19
12	22	28	43	36	19	28	11	54	8	22	19	38	13	51	18	31	26	16
13	23	29	43	23	1 ♎	16	12	1	8	34	20	11	14	57	20	8	26	13
14	24	0 ♏	43	12	17	47	12	8	8	47	20	44	16	4	21	45	26	10
15	25	1	43	3	16 ♏	4	12	16	8	59	21	16	17	21	23	23	26	6
16	26	2	42	56	6	9	12	23	9	12	21	49	18	28	25	2	26	3
17	27	3	42	51	20 ♐	6	12	30	9	24	22	21	19	36	26	42	26	0
G 18	28	4	42	48	1	59	12	37	9	36	22	53	20	32	28	21	25	57
19	29	5	42	47	13	51	12	45	9	48	23	25	21	41	0 ♏	3	25	54
20	30	6	42	47	15	45	12	52	10	1	23	57	22	49	1	44	25	51
21	31	7	42	49	7	42	12	59	10	13	24	29	23	37	3	26	25	47

Latitudo Planetarū ad diē	♄		♃		♂		☿		♀		
1	2	9	1	1	0	34	0 S	47	0 S	11	Mensis
11	2	7	1	2	0	42	0	7	0	57	
21	2	5	1	3	0	51	0	50	1 D	14	

m. c. cum pede,
or. c. cum corona.

Anni Veteris	Anni Gregor.	Positus Planetarum Diurnus.																		
							S	A	S	A	S	A	S	A	S	D		
		☉ ♐			☽ ♑		♄ ♐		♃ ♎		♂ ♌		☿ ♍		♀ ♐		☊ ♓	
Dies		°	′	″	P	′	P	′	P	′	P	′	P	′	P	′	P	′
22	1	8	42	53	19 ♒	46	13	6	10	25	25	1	25	5	5	8	25	44
23	2	9	42	59	2	0	13	14	10	37	25	31	26	14	6	50	25	41
24	3	10	43	7	14	26	13	21	10	49	26	4	27	22	8	33	25	38
G 25	4	11	43	16	27	7	13	28	11	0	26	35	28	31	10	16	25	35
26	5	12	43	27	10 ♓	0	13	35	11	12	27	6	29	40	11	59	25	31
27	6	13	43	40	23	24	13	42	11	27	27	37	0 ♎	49	13	42	25	28
28	7	14	43	55	7 ♈	2	13	50	11	35	28	8	1	58	15 M	26	25	25
29	8	15	44	11	20	58	13	57	11	46	28	39	3	8	17	9	25	22
30	9	16	44	29	5 ♉	15	14	4	11	58	29	9	4	17	18	52	25	19
31	10	17	44	49	19	50	14	12	12	9	29 ♍	40	5	27	20	35	25	16
G 1	11	18	45	10	4 ♊	32	14	19	12	20	0	10	6	37	21	18	25	12
No. 2	12	19	45	32	19	51	14	26	12	32	0	40	7	47	24	1	25	9
3	13	20	45	57	5 ♋	25	14	33	12	43	1	10	8	57	25	44	25	6
4	14	21	46	23	20	11	14	41	12	54	1	40	10	7	27	26	25	3
5	15	22	46	51	3 ♌	42	14	48	13	5	2	9	11	18	29 ♑	8	25	0
6	16	23	47	20	17 ♍	35	14	55	13	16	2	38	12	28	0	50	24	50
7	17	24	47	51	1	40	15	2	13	27	3	7	13	39	2	31	24	53
G 8	18	25	48	23	15	14	15	9	13	38	3	37	14	50	4	13	24	50
9	19	26	48	57	28 ♎	19	15	17	13	49	4	5	16	1	5	52	24	47
10	20	27	49	32	11	2	15	24	13	59	4	33	17	12	7	31	24	44
11	21	28	50	9	23 ♏	26	15	32	14	10	5	1	18	23	9	10	24	40
12	22	29 ♑	50	47	5	34	15	39	14	21	5	29	19	35	10	48	24	37
13	23	0	51	26	17	30	15	46	14	31	5	57	20	46	12	26	24	34
14	24	1	52	6	29	18	15	53	14	42	6	24	21	58	14	3	24	31
G 15	25	2	52	48	11 ♐	1	16	0	14	52	6	51	23	10	15	39	24	28
16	26	3	53	31	22	41	16	7	15	2	7	18	24	22	17	14	24	25
17	27	4	54	15	4 ♑	23	16	14	15	12	7	45	25	34	18	48	24	21
18	28	5	55	0	16	10	16	21	15	22	8	11	26	46	20	21	24	18
19	29	6	55	40	28	5	16	28	15	32	8	37	27	58	21	53	24	15
20	30	7	56	19	10 ♒	11	16	35	15	42	9	3	29	10	23	23	24	12

Latitudo Planetarũ ad diẽ	♄		♃		♂		☿		♀		
1	2	3	1	5	1	2	1	26	0 M	35	Mensis
11	2	4	1	7	1	14	1	55	0	24	
21	2	5	1	10	1	27	2	8	1	28	

✳ 23	☿ gr.
	☿ gr.
	♀ gr.
	♀ gr.

Positus Planetarũ Diurnus.

Dies (stilo veteri)	Dies (Gregor.)	☉ ♓ P	'	"	☽ ♒ P	'	S ♄ ♒ P	A '	♃ ♎ P	A '	S ♂ ♍ P	A '	S ♀ ♒ P	D '	M ☿ ♓ P	D '	☊ ♓ P	'
21	1	8	57	23	22 ♓	32	16	42	15	52	9	29	0	23	24	31	24	9
G 22	2	9	58	13	5	10	16	49	16	3	9	55	1	35	26	18	24	5
23	3	10	59	4	18 ♈	7	16	55	16	11	10	20	2	4	27	44	24	2
24	4	11	59	56	1	26	17	2	16	21	10	45	4	0	29	5	23	59
25	5	13	0	49	15	8	17	9	16	31	11	10	5	13	0 ♑	31	23	56
26	6	14	1	4[illegible]	29	11	17	16	16	41	11	34	6	26	1	52	23	53
27	7	15	2	38	13 ♉	37	17	22	16	50	11	58	7	38	3	11	23	50
28	8	16	3	34	28	30	17	29	17	0	12	22	8	51	4 A	18	23	46
G 29	9	17	4	31	13 ♊	15	17	36	17	9	12	46	10	4	5	42	23	43
30	10	18	5	29	28	17	17	42	17	18	13	9	11	17	6	33	23	40
De. 1	11	19	6	28	13 ♋	1[illegible]	17	49	17	28	13	32	12	30	8	1	23	37
2	12	20	7	28	28	5	17	56	17	37	13	55	13	43	9	7	23	34
3	13	21	8	28	12 ♌	44	18	3	17	46	14	17	14	56	10	9	23	30
4	14	22	9	29	27 ♍	0	18	9	17	54	14	39	16	9	11	8	23	27
5	15	23	10	31	10	54	18	15	18	3	15	1	17	23	12	3	23	24
G 6	16	24	11	33	24 ♎	24	18	21	18	11	15	22	18	36	12	55	23	21
7	17	25	12	36	7	31	18	28	18	20	15	43	19	49	13	43	23	18
8	18	26	13	39	20	1[illegible]	18	35	18	28	16	4	21	5	14	26	23	14
9	19	27	14	42	2 ♏	45	18	41	18	36	16	24	22	16	15	4	23	11
10	20	28	15	46	14	52	18	47	18	44	16	45	23	30	15	38	23	8
11	21	29 ♑	16	50	26 ♐	49	18	53	18	52	17	5	24	43	16	7	23	5
12	22	0	17	54	8	36	18	59	19	0	17	22	25	57	16	33	23	2
G 13	23	1	18	58	20 ♑	17	19	5	19	7	17	41	27	10	16	50	22	59
14	24	2	20	3	2	54	19	11	19	15	17	59	28	24	17	3	22	55
15	25	3	21	8	13	32	19	17	19	22	18	17	29 ♓	38	17	10	22	52
16	26	4	22	13	25	14	19	23	19	29	18	34	0	51	17 R	12	22	49
17	27	5	23	18	7 ♒	4	19	28	19	36	18	51	2	5	17 S	6	22	46
18	28	6	24	24	19	5	19	34	19	43	19	7	3	19	16	55	22	43
19	29	7	25	30	1 ♓	20	19	40	19	49	19	23	4	33	16	39	22	39
G 20	30	8	26	36	13	52	19	45	19	56	19	39	5	47	16	17	22	36
21	31	9	27	41	26	47	19	51	20	2	19	54	7	1	15	50	22	33

Latitudo Planetarũ ad diẽ		♄		♃		♂		♀		☿		
	1	2	7	1	13	1	41	2	13	2 A	17	Mensis
	11	2	9	1	16	1	53	3	11	2	28	
	21	2	11	1	20	1	43	4	4	1 S	33	

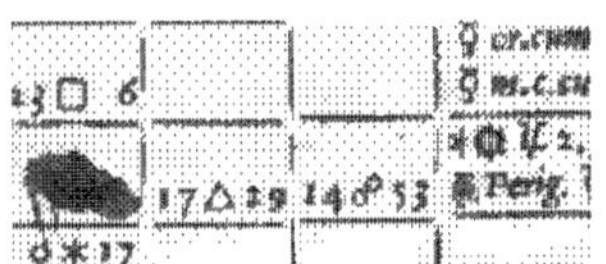

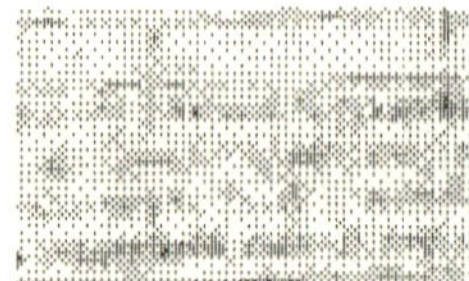

EPHEMERIS IOANNIS ANTONII MAGINI PATAVINI

Ad annum Dominicæ Incarnationis 1602.

Qui est secundus post Bissextilem, à Kalendarij Gregoriana reformatione 20. & à mundo incohato 5564.

Constitutio cœli ad tempus ingressus Solis in Arietis principium.

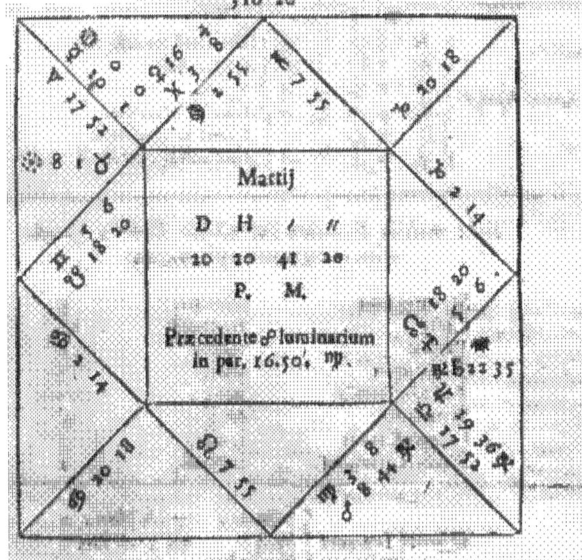

Anni Tropici vera magnitudo:

Dierum 365. *Horarum* 5. *Scr.* 55'. 31''. 12'''. 17''''.

ANNO DOMINICAE INCARNATIONIS 1602 communi.

			D.	H.	′	″
Ingressus ☉ in principium	♋, Seu solstitij æstiui	Iunij	21	17	8	34
	♎, Seu æquinoctij autumni	Septemb.	23	4	32	43
	♑, Seu solstitij hiemalis	Decemb.	21	23	2	41

	P.	′	″	‴
Vera præcessio Æquinoctiorum.	28	6	10	0
Obliquitas Zodiaci	23	28	3	10

Eccentricitas ☉ 32215. Qualium semidiameter eccentrici ☉ par. 1000000. seu par. 1.55′.58″.32‴. Qualium P. 60.

		P.	′	″			
Locus Apogæi	♄	29	25	40	♐	Aureus Numerus	7
	♃	6	51	6	♎	Cyclus Solis	23
	♂	28	39	14	♌	Epacta	7
	☉	5	31	49	♋	Indictio Romana	15
	♀	16	27	10	♊	Litera Dominicalis	F
	☿	0	25	30	♐	Interuallum hebd. 7. Dies	5

Festa mobilia secundum Sacrosanctæ Romanæ Ecclesiæ usum iuxta annum reformatum.

Septuagesima	Februarij	3
Cineris	Februarij	20
Pascha	Aprilis	7
Rogationes	Maij	12
Ascensio Domini	Maij	16
Pentecostes	Maij	26
Corpus Christi	Iunij	6
Aduentus Domini	Decemb.	1

Quatuor Tempora anni, seu Ieiunia	Februarij	27.	& Mar. 1	2
	Maij	29	31. & Iun.	1
	Septembris	18	20	21
	Decembris	18	20	21

fectus Lunæ anno Domini 1602.

nriani, qui congruit cum die 25. May anni veteris H. 7. 5′. 21″. à ... ☾ suo lumine in umbram terræ ingrediens prope draconis ☊. ... 5″. 44 Soli opposita. Anomalia ☾ coæquata seu argumentum ve- ... semidiameter eius apparens 15′. 13″. Sol verò reperitur in parte ... ad Apogæum, cum eius anomalia annua sit par. 352. 58′. 50″. semi ... Semidiameter verò umbræ terræ æquata est 40′. 33″. Verus mo- ... 269. 0′. 8″. Vera autem ☾ latitudo 5′. 14″. Austr. Ad princi ... 8″. Austr. & ad finem 0′. 5″. Bor. Digiti ecliptici 19. 56′. Tempus ... 7′. 40″. Mora autem dimidia H. 0. 54. 33″.

	H.	scr.			
... accidet	4	3	T. M.		Consumabitur tota integra Eclipsis H. scr. 4. 4.
	20	15	Horol.		
... talis obscurationis	5	11	T. M.	Moratur in tenebris H. scr. 1. 49.	
	21	33	Horol.		
... tu summa obscura.	6	5	T. M.		
	22	27	Horol.		
... is obscurationis,	7	0	T. M.		
... recuper. luminis	23	22	Horol.		
... is Eclipsis	8	8	T. M.		
	0	30	N. S.		

... horizonte nostro minimè observatuti sumus, cùm nec principium, ... finem videbimus; nam occidente Sole orietur ☾ ex dimidia ferè par- ... m quantitas obscurationis per dimidiam horæ decrescet. Qui verò ... sunt, utpotè qui Galliam, Hispaniam, Helvetiam, Flandriam, Braban- ... & Londinum incolunt, vel loca in simili longitudine, Eclipsim hanc ... sed qui nobis orientaliores sunt, utpotè qui Venetiam, Apuliam, Si- ... am & Capuam Italiæ civitatem habitant, totam Lunam lumine pri- ... nt: mediam autem & principium minimè; sed qui Græciam inco- ... sis videbunt, principium verò non; ita & qui in consimilibus lon- ... e.

Typus prædictæ Eclipsis.

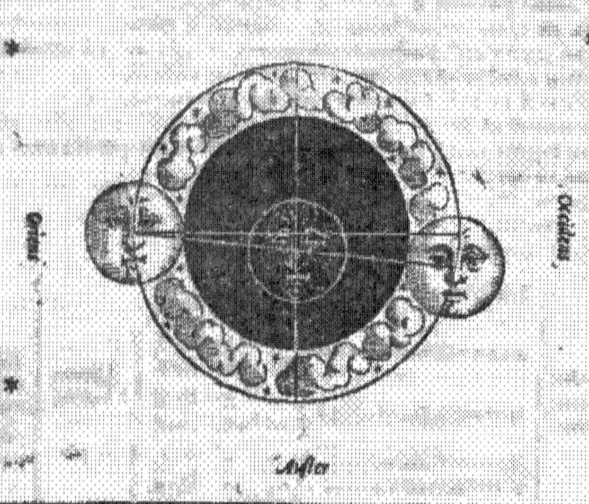

Altera Eclipsis Lunæ anno prædicto.

Die 28. Nouembris anni reformati, seu die 18. anni veteris erit Eclipsis ☽ valde magna Digitorum 19. 16'. cuius quidem Eclipsis principium vsque ad totalem obscurationem animaduertetur ab occidentalioribus ante exortum Solis, vtpote ab his, qui Galliam, Britanniam, Hispaniam, Angliam, Brabantiam, Flandriam, Portugalliam, & Scotiam, quamuis hi, qui Landiam, & Hiberniam habitant etiam medium obseruare poterunt. Nos verò cum orientalioribus nobis de hac Eclipsi nil penitus visuri sumus. Huius autem Eclipsis medium ad meridianum Venetiarum reductum continget H. 21. 43'. 51'', à meridie æquatis. Principium verò H. 19. 53'. P. M. & Horol. 13. 26'. & Sol in horizonte nostro oritur H. 15. 6'. Tempus incidentiæ H. 1. 0'. Moræ autem dimidiatæ H. 0. 51'.

Planetarum status.

♄ Per totum integrum annum incedit versus longitudinem mediam sui Eccentrici.
Die 12. Maij per Perigæum } Sui Epicycli transit.
Die 16 Nouemb. per Apogæum } Sui Epicycli transit.
Retrocedit à 2 Martij vsque in 21. Iunij.

♃ Hoc anno ab Auge Eccentrici versus medietatem paulatim recedit,
Die 9. Aprilis in Perigæo } Epicycli inuenitur.
Die 24. Octobris in Apogæo } Epicycli inuenitur.
Contra signorum ordinem meabit à die 7. Febr. vsque ad 9 Iunij.

♂ Ad Apogæum sui Eccentrici peruenit die vltimo Ianuarij.
Die 5 Martij in Epicycli Perigæo commoratur.
A die 23. Ianuarij vsque post 14. Aprilis regreßione afficietur.

♀ Die
8. Iunij ad Apogæum } Sui deferentis deuenit.
8. Decemb. ad Perigæum } Sui deferentis deuenit.
11. Maij in Apogæo Epicycli versatur.
Hoc anno semper secundum signorum seriem gradietur.

☿ Die
17 Maij Perigæum } Eccentri tenet.
21 Nouemb. Apogæum } Eccentri tenet.
5 Ianuarij in Perigæo } Parui orbis inuenitur.
4 Martij in Apogæo } Parui orbis inuenitur.
1 Maij in Perigæo } Parui orbis inuenitur.
29 Iunij in Apogæo } Parui orbis inuenitur.
26 Augusti in Perigæo } Parui orbis inuenitur.
13 Octobris in Apogæo } Parui orbis inuenitur.
19 Decembris in Perigæo } Parui orbis inuenitur.
17 Ianuarij regreßionem perficit
20 Aprilis vsque post 12. Maij } Regreßibus molestatur.
15 Augusti vsque ad 7. Septembris } Regreßibus molestatur.
9 Decemb. vsq; ad calcem eiusdem } Regreßibus molestatur.

Poſitus Planetarum Diurnus.

Stylo vet.	Anni Grego.	☉ ♑ P	'	"	☽ ♈ P	'	S ♄ ♒ P	A '	S ♃ ♎ P	A '	S ♂ ♍ P	A '	S ♀ ♐ P	D '	S ☿ ♑ P	A '	☊ ♐ P	'
Dies																		
22	1	10	28	49	10	3	19	56	20	8	20	9	8	15	15	18	22	3
23	2	11	29	56	23 ♉	41	20	1	20	13	20	23	9	29	14	42	22	[illegible]
24	3	12	31	3	7	47	20	6	20	20	20	37	10	43	14	4	22	[illegible]
25	4	13	32	9	22 ♊	12	20	11	20	26	20	50	11	57	13	17	22	20
16	5	14	33	15	6	55	20	16	20	31	21	3	13	11	12	33	22	1
F 17	6	15	34	21	21 ♋	50	20	21	20	37	21	15	14	26	11	49	22	1
28	7	16	35	27	0	50	20	26	20	42	21	26	15	40	10	59	22	1
29	8	17	36	32	21 ♌	48	20	31	20	47	21	37	16	54	10	13	22	[illegible]
30	9	18	37	37	0	37	20	36	20	52	21	47	18	9	9	30	22	5
31	10	19	38	42	21 ♍	10	20	41	20	57	21	57	19	23	8	50	22	2
Ian. 1	11	20	39	46	5	24	20	46	21	2	22	6	20	37	8	13	21	59
2	12	21	40	49	19 ♎	17	20	51	21	6	22	15	21	51	7	41	21	56
F 3	13	22	41	52	2	42	20	55	21	11	22	23	23	5	7 D	15	21	53
4	14	23	42	54	15	56	21	0	21	15	22	30	24	20	6	55	21	49
5	15	24	43	56	28 ♏	47	21	4	21	19	22	37	25	34	6	41	21	46
6	16	25	44	58	11	19	21	9	21	23	22	43	26	48	6	32	21	43
7	17	26	45	59	23 ♐	35	21	13	21	27	22	48	28	3	6 D.	30	21	40
8	18	27	47	0	5	38	21	17	21	30	22	52	29	17	6	31	21	37
9	19	28	48	0	17	32	21	21	21	34	22	57	0 ♑	32	6	45	21	34
F 10	20	29	49	0	29 ♑	20	21	25	21	37	23	0	1	46	7	1	21	30
11	21	0 ♒	49	59	11	4	21	29	21	40	23	3	3	1	7	25	21	27
12	22	1	50	57	22	48	21	33	21	43	23	5	4	15	7	53	21	24
13	23	2	51	54	4 ♒	35	21	37	21	46	23 ℞	7	5	30	8	28	21	21
14	24	3	52	50	16	26	21	41	21	48	23	7	6	44	9	9	21	18
15	25	4	53	45	28 ♓	32	21	44	21	50	23	6	7	59	9	55	21	15
16	26	5	54	39	10	48	21	48	21	52	23	5	9	13	10	45	21	11
17	27	6	55	32	23 ♈	22	21	51	21	54	23	3	10	28	11	39	21	8
18	28	7	56	23	6	15	21	55	21	56	23	0	11	42	12	37	21	5
19	29	8	57	15	19 ♉	30	21	58	21	58	22	57	12	57	13	39	21	2
20	30	9	58	5	3	8	22	1	21	59	22	53	14	12	14	44	20	59
21	31	10	58	54	17	8	22	4	22	0	22	48	15	26	15	52	20	55

Latitudo Planetarū ad diē		♄		♃		♂		♀		☿		
	1	2	14	1	25	2	35	1	37	1	13	Menſis
	11	2	17	1	31	2	56	1	15	2 D	53	
	21	2	21	1	36	3	19	0	52	1	26	

	Dies		☉ ♒			☽ ♊		♄ ✱	S A	♃ ♎	S A	♂ ♍	S A	♀ ♑	S D	☿ ♑	S D	☊ ♓	
			Positus Planetarum Diurnus																
	Dies		P	′	″	P	′	P	′	P	′	P	′	P	′	P	′	P	′
	22	1	11	59	42	1	16	22	7	22	1	22	43	16	41	17	3	20	52
	23	2	12	0	29	16 ♋	5	22	10	22	2	22	37	17	56	18	17	20	49
F	24	3	14	1	15	0	52	22	12	22	2	22	30	19	10	19	34	20	46
	25	4	15	1	59	15 ♌	45	22	15	22	3	22	22	20	25	20	54	20	43
	26	5	16	2	42	0	31	22	18	22	3	22	13	21	39	22	18	20	40
	27	6	17	3	24	15	7	22	21	22	4	22	4	22	54	23	42	20	36
	28	7	18	4	5	29 ♍	30	22	23	22 ℞	4	21	54	24	8	25 M	10	20	33
	29	8	19	4	45	13	34	22	25	22	4	21	43	25	23	26	40	20	30
	30	9	20	5	23	27 ♎	18	22	29	22	4	21	31	26	37	28	12	20	27
F	31	10	21	6	0	11	43	22	31	22	4	21	18	27	52	29	46	20	24
Feb	1	11	22	6	36	25 ✱	49	22	33	22	4	21	4	29 M ♒	6	1 ♒	22	20	20
	2	12	23	7	10	9	35	22	35	22	3	20	50	0	21	3	0	20	17
	3	13	24	7	43	19 ♓	[illegible]	22	37	22	3	20	35	1	35	4	40	20	14
	4	14	25	8	13	7	10	22	39	22	2	20	19	2	50	6	21	20	11
	5	15	26	8	43	13	48	22	41	22	1	20	3	4	4	8	3	20	8
	6	16	27	9	11	25 ♑	53	22	42	22	0	19	46	5	19	9	46	20	4
F	7	17	28	9	37	7	51	22	44	21	58	19	28	6	33	11	30	20	1
	8	18	29	10	2	19	47	22	45	21	56	19	10	7	48	13	15	19	58
	9	19	0 ♓	10	25	1 ♒	43	22	47	21	54	18	51	9	2	15	1	19	55
	10	20	1	10	47	13	42	22	48	21	51	18	32	10	17	16	48	19	52
	11	21	2	11	7	25 ♓	48	22	49	21	49	18	12	11	31	18	35	19	49
	12	22	3	11	25	8	1	22	50	21	46	17	52	12	45	20	23	19	45
	13	23	4	11	41	20 ♈	31	22	51	21	43	17	31	14	0	22	12	19	42
F	14	24	5	11	55	3	14	22	51	21	40	17	9	15	15	24	1	19	39
	15	25	6	12	8	16	15	22	52	21	37	16	47	16	29	25	51	19	36
	16	26	7	12	19	29 ♉	36	22	52	21	33	16	25	17	44	27	42	19	33
	17	27	8	12	28	13	18	22	53	21	30	16	2	18	58	29 ♓	57	19	30
	18	28	9	12	36	27	19	22	53	21	26	15	39	20	13	2	24	19	26

Latitudo Planetarũ ad diẽ											
	1	2	25	1	41	3	43	0 M	24	0 M	49
	11	2	19	1	46	4	6	0	3	0	36
	21	2	34	1	50	4	12	0	23	1	31

Mensis

Syzygiæ Lunares.

		Occident.	Orient	Orient.	Orient	Orient.	Syzygiæ Planetarũ mutuæ, & eorum congressus cum illustrioribus aliquibus stellis fixis.
	☽	♄	♃	♂	♀	☿	
ho.	H '	H '	H '	H '	H '	H '	
1	18 △ 30						☿ m.c. cũ rost. galline a.
2			5 △ 28	10 □ 29			☉ ♀ 7.40 ☌ ♀ ☿ fere.
3							☉ Perig. (19.43. b.
4		10 △ 36	10 □ 14	10 ✶ 38	8 ☍ 17	0 ☍ 16	✶ ♄ ♂ 11.0. □ ♃ ☿
5							□ ♃ ☿ 7.42. ✶ ♄ ☿
6 ☍	3 20	11 □ 5	11 ✶ 35				(11.0. c.
7 Alc.	29 ♋						
8		15 ✶ 32		14 ☌ 2	22 △ 45		☿ m.c. cum cor. ♌.
9						1 △ 40	☿ m.c. cũ cor. ♏ (ca. Me.
10	20 △ 29		10 ☌ 47				△ ☉ ♃ 22.58. ☿ or. cũ
11					10 □ 56	16 □ 19	□ ☉ ♄ 10.36 ♀ m.c. cũ
12							(cauda Del.
13 □	10 12	6 ☌ 35		2 ✶ 35			♀ m.c. cum cauda Del. ♂
14 Alc.	23 ♎				2 ✶ 42	10 ✶ 51	(☿ cum cauda cygni.
15			16 ✶ 19	12 □ 7			☿ ☊ 11.32.
16	2 ✶ 46						☉ Ap. ♀ m.c. cũ ca. cyg.
17				22 △ 46			♂ m.c. cum cauda ♌.
18		6 ✶ 0	4 □ 19				☿ occ. cum Fomah.
19					16 ☌ 22		☿ occ. cum aq. ♂ ca. ♑.
20		18 □ 5	16 △ 8			7 ☌ 12	☿ m.c. cum cauda ♑.
21 ☌	13 30						(Fomah.
22 Alc.	6 ♐			18 ☍ 23			△ ♃ ☿ 17.34 ♀ oc. cum
23		9 △ 24					□ ♄ ☿ 5.35 ♀ oc. cũ aq. et
24							☿ oc. cũ cau. Del. (ca. ♑.
25			9 ☍ 36		0 ✶ 27	20 ✶ 2	♀ m.c. cum cauda ♑.
26	14 ✶ 22						
27		16 ☍ 23		4 △ 34	10 □ 39		♀ or. cũ cau. ♑. ☿ oc. cũ
28 □	21 20					7 □ 51	△ ♃ ♀ 22.28. (8 1.
Alc.	24 ♉						

a. *Die* 1. ♀ occ. cum corona. ☿ m.c. cum rostro galline.
b. *Die* 4. △ ♂ ☿ 21.43. ♀ m.c. cum aquila. ☿ or. cum cauda ♑, ♂ m.c. cum aquila.
c. *Die* 5. ✶ ♄ ♀ 0.0. △ ♂ ♀ 9.43.
♃ & ♄ prope crucem eius cum cauda ☊.

Positus Planetarum Diurnus.

	Dies Iul.	Dies Greg.	☉ ♓			☽ ♊		♄ ♏ S	A	♃ ♎ S	A	♂ ♍ S	A	♀ ♒ M	D	☿ ♓ M	A	☊ ♐	
	Dies		P	'	''	P	'	P	'	P	'	P	'	P	'	P	'	P	'
	19	1	10	12	41	11	38	22	53	21	22	15	15	21	27	3	16	19	23
	20	2	11	12	47	26	9	22 R	53	21	18	14	51	22	41	5	8	19	20
F	21	3	12	12	50	10 ♋	46	22	54	21	14	14	27	23	56	7	0	19	17
	22	4	13	12	51	25	23	22	53	21	9	14	3	25	11	8	53	19	14
	23	5	14	12	50	9 ♌	54	22	53	21	5	13	39	26	25	10	46	19	10
	24	6	15	12	47	24	18	22	52	21	0	13	15	27	39	12	39	19	7
	25	7	16	12	42	8 ♍	17	22	52	20	55	12	51	28 ♓	54	14	32	19	4
	26	8	17	12	35	22	3	22	52	20	50	12 D	27	0	8	16	25	19	1
	27	9	18	12	26	5 ♎	32	22	52	20	45	12	3	1	22	18	18	18	58
F	28	10	19	12	15	18	41	22	51	20	39	11	39	2	37	20	10	18	54
Ma.	1	11	20	12	2	1 ♏	38	22	50	20	34	11	15	3	51	22	2	18	51
	2	12	21	11	48	14	20	22	49	20	28	10	52	5	5	23	53	18	48
	3	13	22	11	32	26	50	22	48	20	23	10	29	6	20	25	44	18	45
	4	14	23	11	14	9 ♐	11	22	46	20	17	10	6	7	34	27	35	18	42
	5	15	24	10	54	21	25	22	45	20	11	9	44	8	48	29 ♈	25	18	39
	6	16	25	10	32	3 ♑	34	22	43	20	5	9	22	10	2	1	15	18	35
F	7	17	26	10	8	15	41	22	42	19	59	9	1	11	17	3	4	18	32
	8	18	27	9	41	27	49	22	40	19	53	8	40	12	31	4	53	18	29
	9	19	28	9	13	9 ♒	59	22	38	19	47	8	20	13	45	6	41	18	26
	10	20	29	8	42	22	15	22	37	19	41	8	0	14	59	8	29	18	23
	11	21	0 ♈	8	10	4 ♓	38	22	35	19	34	7	41	16	14	10	16	18	20
	12	22	1	7	37	17	11	22	33	19	27	7	22	17	28	12	2	18	16
	13	23	2	7	1	29 ♈	57	22	31	19	21	7	4	18	42	13 S	47	18	13
F	14	24	3	6	23	12	59	22	29	19	14	6	46	19	56	15	31	18	10
	15	25	4	5	48	26 ♉	17	22	27	19	7	6	29	21	10	17	13	18	7
	16	26	5	5	1	9	53	22	24	19	0	6	12	22	24	18	53	18	4
	17	27	6	4	18	23 ♊	47	22	22	18	53	5	56	23	38	20	32	18	1
	18	28	7	3	32	7	58	22	19	18	46	5	40	24	52	22	10	17	57
	19	29	8	2	44	22	21	22	16	18	39	5	25	26	6	23	44	17	54
	20	30	9	1	54	6 ♋	51	22	14	18	31	5	11	27	20	25	17	17	51
F	21	31	10	1	2	21	22	22	11	18	24	4	58	28	34	26	48	17	48

Latitudo Planetarū ad dië		♄		♃		♂		♀		☿		
	1	2	38	1	54	4 D	14	0	47	1	46	Mensis
	11	2	42	1	57	4	15	0	57	1	26	
	21	2	46	2	0	4	6	1	1	0 ☿	23	

Syzygiæ Lunares.							
		Orient.	Orient.	Orient.	Orient.	Orient.	Syzygiæ Planetarũ mutuæ, & eorum congressus cum illustrioribus aliquibus stellis fixis.
	☽	♄	♃	♂	♀	☿	
D. ☽	H ′	H ′	H ′	H ′	H ′	H ′	
1			16△0	5□48	17△45		☽ ☋ 12.46.
2						16△53	☽ Pe. □ ♄ ♀ 3.14. a.
3	2△33	19△53	17□5	5✱54			♀ occ. cum cauda Del.
4							☍ ☽ ☿ 14.17 ☿ m.c.cũ
5		21□47	18✱39	Occid.			(Fomah.
6					6☍25		☍ ♂ ☿ 5.1. ♀ or. cũ 10.
7 ☍	14 49			7☌45		12☍37	♀ occ. cum rost. gallinæ.
8 Asc.	4 ♑	2✱26					☌ ☽ ☿ 21.17. ♂ or.
9						Occid.	(cum cauda ♌ b.
10			3☌37				
11				17✱17	4△38		△ ♄ ☿ 10.17.
12	14△19	16☌13				21△29	♀ occ. cum lyra.
13					20□31		△ ☽ ♄ 13.3. (Fom. c.
14			21✱32	1□47			☽ ☊ 18.36. ♀ m.c.cũ
15 □	5 54					18□36	☍ ♂ ♀ 14.0.
16 Asc.	25 ♈			11△10	14✱17		☽ Apog.
17	22✱35	13✱50	8□25				
18						16✱21	
19			19△2				
20		0□43					♃ or. cum spica ♍.
21				5☍42			☿ or. cum cor. ♈.
22		10△3			0☌33		♀ oc. cum lucida Eridani.
23 ☌	4 19						
24 Asc.	12 ♍		11☍22			5☌14	(cauda cyg.
25				17△37			♃ oc. cũ spica ♍, ☍ ☿ cũ
26		21☍35			23✱44		△ ♄ ♀ 0. ☍ ♃ ☿ 1.15
27	22✱21			10□10			
28			17△52				● ☋ 16.36 ☿ or. cũ hy.
29				11✱10	7□47	1✱33	(Aur. d.
30 □	3 55		19□8				☽ Pe. ☿ or. cum de. hu.
31 Asc.	13 ♍	1△10			13△7	10□5	♃ or. cum sing. ♍.

a. *Die* 1. ☿ *occ. cum lucid. Aquilæ.*
b. *Die* 8. ☿ *oct cum Arcturo.*
c. *Die* 14. ♂ *occ. cum Algenib.*
d. *Die* 30. ☿ *m.c. cum cornu* ♈.

Positus Planetarum Diurnus

Dies		☉ ♈			☽ ♌		♄ A		♃ A		♂ D		☿ M D ♓		♀ S A ♈		☊	
		P	'	"	P	'	P	'	P	'	P	'	P	'	P	'	P	'
22	1	11	0	8	5	47	22	9	18	10	4	40	29	41	28	17	17	45
23	2	11	59	12	20 ♍	2	22	6	18	9	4	31	1 ♈	2	29	44	17	41
24	3	12	58	14	4	3	22	3	18	1	4	25	2 A	16	1 ♉	8	17	38
25	4	13	57	15	17 ♎	46	22	0	17	54	4	16	2	56	2	30	17	35
26	5	14	56	14	1	10	21	57	17	46	4	7	4	44	3	49	17	32
27	6	15	55	13	14	17	21	54	17	38	3	59	5	58	5	5	17	29
F 28	7	16	54	10	27	9	21	50	17	31	3	52	7	11	6	18	17	26
29	8	17	52	59	9 ♐	47	21	47	17	24	3	46	8	25	7	27	17	23
30	9	18	51	50	22 ♑	14	21	44	17	16	3	41	9	39	8	32	17	19
31	10	19	50	19	4	33	21	40	17	8	3	36	10	53	9	33	17	16
Ap. 1	11	20	47	26	16	47	21	36	17	0	3	32	12	7	10	29	17	13
2	12	21	48	11	28 ♒	57	21	33	16	53	3	29	13	21	11	22	17	10
3	13	22	46	54	11	5	21	29	16	45	3	27	14	34	12	9	17	7
F 4	14	23	45	30	23	14	21	25	16 D	37	3	25	15	48	12	50	17	3
5	15	24	44	16	5 ♓	27	21	21	16	30	3 D	24	17	2	13	25	17	0
6	16	25	42	54	17	46	21	17	16	22	3	25	18	16	13 D	54	16	57
7	17	26	41	30	0 ♈	12	21	13	16	15	3	27	19	29	14	16	16	54
8	18	27	40	4	12	51	21	9	16	7	3	29	20	43	14	31	16	51
9	19	28	38	36	25	41	21	5	16	0	3	32	21	57	14	39	16	47
10	20	29	37	6	8	40	21	1	15	52	3	35	23	10	14	40	16	44
11	21	0 ♉	35	33	22 ♉	6	20	57	15	45	3	39	24	24	14	34	16	41
12	22	1	33	[illegible]	5	4	20	53	15	38	3	44	25	38	14	21	16	38
13	23	2	32	27	19 ♊	45	20	49	15	31	3	49	26	51	14	6	16	35
14	24	3	30	50	3	55	20	44	15	24	3	53	28	5	13	52	16	32
15	25	4	29	11	18 ♋	16	20	40	15	17	4	2	29 ♉	19	12	57	16	28
16	26	5	27	30	3	1	20	36	15	10	4	9	0	32	12	16	16	25
17	27	6	25	48	17 ♌	37	20	31	15	4	4	17	1	40	11	36	16	22
18	28	7	24	4	2	8	20	27	14	57	4	25	3	0	10	59	16	19
19	29	8	22	19	16 ♍	29	20	22	14	51	4	34	4	13	9	45	16	16
20	30	9	20	32	0	35	20	17	14	44	4	44	5	27	8	40	16	13

Latitudo Planetarũ ad diẽ	♄		♃		♂		☿		♀		
1	2	50	2	2	3	36	1 A	9	1	32	
11	2	54	2 D	1	3	10	1	4	2 D	47	Mensis
21	2	57	2	3	2	42	0	53	2	49	

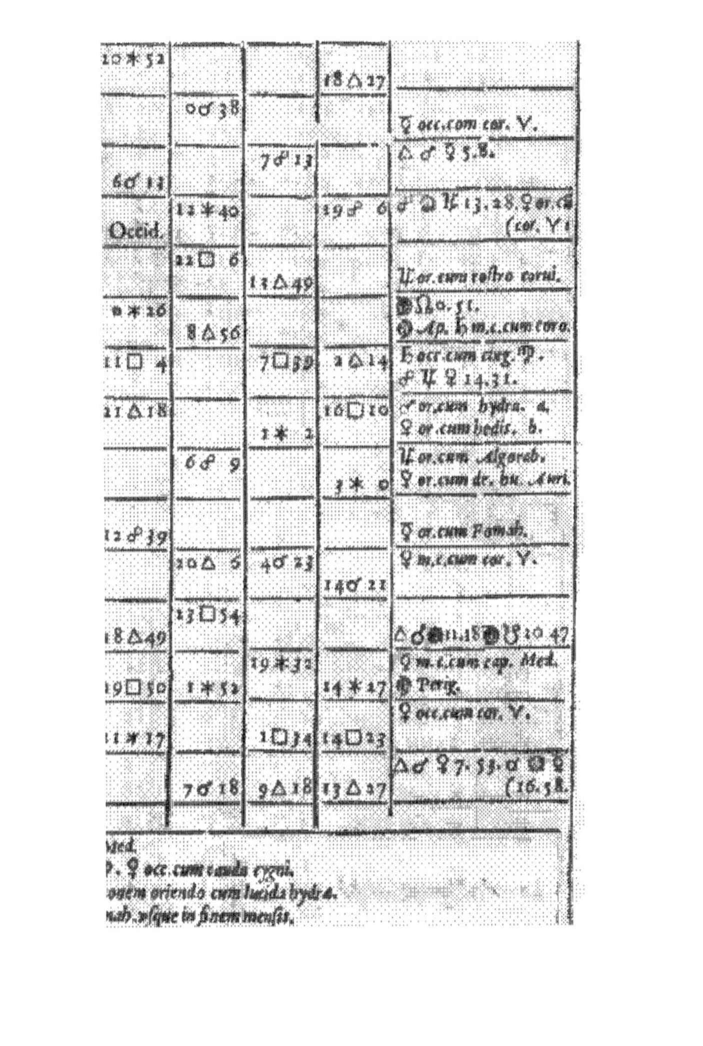

10 ✱ 52			18 △ 27	
	0 ☌ 38			☿ occ.cum cor. ♈.
6 ☌ 11		7 ☍ 13		△ ♂ ☿ 5.8.
Occid.	12 ✱ 40		19 ☍ 6	☍ ☽ ♃ 13.28. ♀ or.c (cor. ♈
	22 □ 6	13 △ 49		♃ or.cum rostro corui.
0 ✱ 26	8 △ 56			☽ ☊ 0.51. ☽ Ap. ♄ m.c.cum coro.
11 □ 4		7 □ 59	2 △ 14	♄ occ.cum cauz. ♍. ☍ ♃ ♀ 14.31.
21 △ 18		1 ✱ 2	16 □ 10	♂ or.cum hydra. a. ♀ or.cum hedis. b.
	6 ☍ 9		3 ✱ 0	♃ or.cum Algorab. ☿ or.cum de. hu. Auri.
12 ☍ 39				☿ or.cum Pomah.
	20 △ 5	4 ☌ 23	14 ☌ 21	♀ m.c.cum cor. ♈.
18 △ 49	13 □ 54			△ ♂ ☽ 11.18 ☽ ☋ 20.47.
19 □ 50	1 ✱ 52	19 ✱ 32	14 ✱ 27	♀ m.c.cum cap. Med. ☽ Perig.
11 ✱ 17		1 □ 34	14 □ 23	♀ occ.cum cor. ♈.
	7 ☌ 18	9 △ 18	13 △ 27	△ ♂ ♀ 7.53. ☌ ☽ ♀ (16.58.

Med.
♍. ♀ occ.cum cauda cygni.
ogem oriendo cum lucida hydra.
mah. vsque in finem mensis.

[illegible]	Anni Gregor.	Positus Planetarum Diurnus.																
							S	A	S	D	S	D M	A	S	D			
		☉ ♉			☽ ♍		♄ ♒		♃ ♎		♂ ♍		♀ ♉		☿ ♉		☊ ♓	
Dies		G	′	″	P	′	P	′	P	′	d	′	P	′	P	′	P	′
21	1	10	13	43	14	23	20	13	14	38	4	54	6	41	7	46	16	9
22	2	11	16	53	27	50	20	8	14	31	5	5	7	54	6	47	16	6
23	3	12	15	1	10 ♎	37	20	3	14	25	5	17	9	8	5 M	50	16	3
24	4	13	13	8	23	46	19	58	14	19	5	29	10	21	4	58	16	0
F 25	5	14	11	13	6 ♏	19	19	53	14	13	5	42	11	35	4	6	15	57
26	6	15	9	17	18	39	19	48	14	7	5	55	12	48	3	21	15	53
27	7	16	7	19	0 ♐	48	19	43	14	1	6	9	14	2	2	41	15	50
28	8	17	5	10	12	50	19	38	13	55	6	24	15	15	2	7	15	47
29	9	18	3	19	24 ♑	49	19	33	13	50	6	39	16	29	1	39	15	44
30	10	19	1	17	6	47	19	28	13	44	6	55	17	42	1	18	15	40
Ma. 1	11	19	59	13	18 ♒	46	19	23	13	39	7	11	18	56	1	5	15	37
F 2	12	20	57	8	0	50	19	18 D	13	35	7	28	20	9	1	0 Di	15	34
3	13	21	55	2	13	2	19	13	13	30	7	45	21	23	1	2	15	31
4	14	22	52	54	25	20	19	8	13	25	8	3	22	36	1	12	15	28
5	15	23	50	45	7 ♓	52	19	3	13	20	8	21	23	50	1	29	15	25
6	16	24	48	35	20	38	18	58	13	16	8	40	25	3	1	52	15	21
7	17	25	46	23	3 ♈	40	18	53	13	12	8	59	26	17	2	21	15	18
8	18	26	44	10	17	0	18	48	13	7	9	18	27	30	2	56	15	15
F 9	19	27	41	56	0 ♉	38	18	44	13	3	9	38	28	43	3	37	15	12
10	20	28	39	41	14	37	18	39	12	59	9	58	29 ♊	57	4	23	15	9
11	21	29 ♊	37	25	28 ♊	51	18	34	12	56	10	18	1 S	10	5	14	15	6
12	22	0	35	7	13	15	18	29	12	52	10	39	2	23	6	10	15	2
13	23	1	32	48	28 ♋	8	18	24	12	49	11	0	3	37	7	10	14	59
14	24	2	30	28	12	57	18	20	12	46	11	21	4	50	8	14	14	56
15	25	3	28	6	27 ♌	45	18	15	12	43	11	43	6	3	9 A	22	14	53
F 16	26	4	25	43	12	23	18	10	12	40	12	5	7	17	10	35	14	50
17	27	5	23	19	26 ♍	46	18	5	12	38	12	28	8	30	11	50	14	46
18	28	6	20	54	10	50	18	1	12	35	12	51	9	44	13	8	14	43
19	29	7	18	29	24 ♎	34	17	57	12	33	13	14	10	57	14	29	14	40
20	30	8	16	3	7	51	17	53	12	31	13	38	12	10	15	53	14	37
21	31	9	13	36	20	13	17	48	12	29	14	2	13	23	17	20	14	34
Latitudo Planetarũ ad dię						1	2	58	2	1	2	16	0	39	0 M	39	Mensis	
						11	2 D	59	1	58	1	53	0	21	2	26		
						21	2	58	1	55	1	31	0 S	1	3 A	49		

giæ Lunares.

Occid. ♂	Orient. ♀	Orient. ☿	Syzygię Planetarũ mu- tuę, & eorum congres- sus cum illustrioribus aliquibus stellis fixis.
H	H	H	
			☌ ♀ ☿ 11.37 (cũ Alg... ♀ or. cũ Fomah. ♂ occ...
22 ✶ 46		20 ☍ 0	△ ♂ ☿ 12.0.
	11 ☍ 1		♀ or. cũ pl. & m.c. cũ 20...
10 □ 52			(Acarnar... ☊ 5. 52. ♀ m.c. c...
0 △ 16		13 △ 18	Apo. ♀ m.c. cum 22... ☌ ♄ 10.27. ♀ oc. c...
	0 △ 42	0 □ 20	☍ ♄ ♃ 8.18. (Rigel... ☿ occ. cum cor. ♌.
	18 □ 5	11 ✶ 30	♀ m.c. cum pleia.
0 ☍ 55	Occid. 9 ✶ 0		☌ ♀ 1.12. (hiad. & ple'ad...
			♃ or. cum cor. ♀ occ. c... ☿ occ. cum zona Orio. a...
15 △ 49		5 ☌ 24	♀ occ. cum Spica.
19 □ 17	4 ☌ 7		♀ m.c. cum hiad. ☊ 2.37 ☿ or. cũ ple...
21 ✶ 21		15 ✶ 45	Perig. ♀ m.c. cum Aldeb.
	14 ✶ 52	20 □ 46	♂ or. cum cauda ☋.
3 ☌ 37	21 □ 57	4 △ 26	△ ♂ ☿ 16.35 ♀ or. cũ hi... ☿ m.c. cũ capite Algol...
	8 △ 42		♀ m.c. cum hiadis. △ ♃ ♀ 6.43 ☿ m.c. cũ ...
			☍ ♄ ☿ 7.11 □ ♂ ♀ 18.41...

1602

neiarism

S D

♃

♎

	✱ ♂ ♀ 3.5 ♂
3 □ 5 ☉	✱ ♂ ♀ 4.29.
	☌ ♀ ☿ 8.14. (
13 ✱ 4	☽ ☋ 17.56.

Positus Planetarum Diurnus.

	Dies		☉ ♌ P	′	″	☽ ♑ P	′	♄ ♒ S P	D ′	♃ ♎ S P	D ′	♂ ♎ S P	D ′	♀ ♌ S P	D ′	☿ ♍ S P	D ′	☊ ♓ P	′
	22	1	8	30	41	21	51	15	51	16	12	10	27	19 ♍	0	5	31	11	1
	23	2	9	28	13	3 ♒	30	15	52	16	21	17	3	0	14	6	42	11	14
	24	3	10	25	45	15	12	15	54	16	29	17	39	1	27	7 M	33	11	2[illegible]
F	25	4	11	23	38	26	57	15	55	16	38	18	16	2	40	8	55	11	[illegible]
	26	5	12	20	52	8 ♓	50	15	57	16	46	18	53	3	53	9	59	11	4
	27	6	13	18	27	20	55	15	58	16	55	19	30	5	7	10	55	11	1
	28	7	14	16	3	3 ♈	15	16	0	17	4	20	7	6	20	11	47	10	58
	29	8	15	13	40	15	54	16	2	17	13	20	44	7	33	12	34	10	54
	30	9	16	11	18	28	55	16	4	17	22	21	21	8	46	13	16	10	51
	31	10	17	8	57	11 ♉	18	16	6	17	31	21	59	10	0	13	52	10	48
F	1	11	18	6	37	26	5	16	8	17	41	22	36	11	13	14	21	10	45
An.	2	12	19	4	18	10 ♊	14	16	10	17	50	23 M	14	12	26	14	47	10	41
	3	13	20	2	0	24	43	16	13	17	59	23	51	13	3	14	57	10	38
	4	14	20	59	44	9 ♋	27	16	15	18	9	24	29	14	52	15	5	10	35
	5	15	21	57	29	24	21	16	17	18	19	25	7	16	6	15 R	5	10	32
	6	16	22	55	16	9 ♌	17	16	20	18	29	25	45	17	19	14	57	10	29
	7	17	23	53	4	24 ♍	8	16	23	18	39	26	23	18	32	14	41	10	26
F	8	18	24	50	53	8	47	16	26	18	49	27	1	19	45	14	18	10	23
	9	19	25	48	41	22 ♎	10	16	29	18	59	27	40	20	59	13	48	10	19
	10	20	26	46	35	7	13	16	32	19	9	28	18	22	12	13	11	10	16
	11	21	27	44	28	20 ♏	55	16	35	19	20	28	57	23	25	12	28	10	13
	12	22	28	42	22	4	18	16	38	19	30	29	35	24	38	11	39	10	10
	13	23	29 ♍	40	18	17 ♐	21	16	41	19	40	0 ♏	14	25	52	10	45	10	7
	14	24	0	38	16	0	5	16	45	19	51	0	53	27	5	9	47	10	3
F	15	25	1	36	15	12	34	16	48	20	2	1	32	28	18	8	46	10	0
	16	26	2	34	15	24	50	16	52	20	12	2	11	29	31	7	44	9	57
	17	27	3	32	17	6 ♑	55	16	55	20	23	2	50	0 ♎	45	6 A	43	9	54
	18	28	4	30	20	18	52	16	59	20	34	3	29	1	58	5	43	9	51
	19	29	5	28	25	4 ♒	44	17	3	20	45	4	9	3	11	4	46	9	48
	20	30	6	26	31	12	34	17	7	20	56	4	48	4	24	3	52	9	44
	21	31	7	24	38	24	24	17	11	21	7	5	28	5	38	3	3	9	41

Latitudo Planetarũ ad diẽ		♄		♃		♂		♀		☿		
	1	2	32	1	21	0	7	1	22	0 M	22	
	11	2	27	1	15	0 M	0	1	10	1	44	Meridia
	21	2	21	1	15	0	5	0	59	3 A	57	

Syzygiæ Lunares.

	Occid.	Occid.	Occid.	Occid.	Syzygiæ Planetarū mutuę, & eorum congressus cum illustrioribus aliquibus stellis fixis.
	♃	♂	♀	☿	
	H	H	H	H	
					☉ Ap. ♂ or. cū rost. cor. ♀ or. cum trica. a.
8	2△41	5△28	12☍52		♂ or. cum cing. ♍. ♃ or. cū rost. corui. b.
10				2☍33	♂ or. cum spica ♍. ♃ or. cū spica ♍. ☿ or. cū (50.
	2☍27	9☍21			□ ☉ ♄ 20. 57.
37			19△30	2△49	✱ ☉ ♃ 11. 0.
	12△43	12△30	4□59	7□32	♃ occ. cū 55. & ♀ cum ☉ ☍ 0. 46 (cauda ☊.
58	14□10		9✱31	9✱ 4	✱ ♄ ☿ per m. ☌ ♀ ☿ 4. 13
27	15✱ 0	1□10			☉ Peri. ✱ ♄ ♀ 3. 46.
48		3✱51	10☌ 1	8☌51	♂ m. c. cum cing. ♍.
	21☌11				♀ m. c. cum cauda ☊. ♃ or cum spica ♍.
46		15☌ 7		12✱38	
			17✱43	20□18	(19. 5. c. ✱ ☽ ♂ 18. 57. ☉ ☊
	14✱49	15✱26	10□20	3△38	♀ or. cū vind. ♂ m. c. cū ♂ or. cum lyra, (arctu. d
10	5□29				♀ m. c. cum coma Bere. ☌ ☉ ☿ 13. 15. ♀ m. c. cū
17	17△12	7□20	5△32	Orient.	☉ Ap. ✱ ♂ ☿ 2. 31 (Arg. ♀ occ. cum Arcturo.
		23△37		16☍25	

spica ♍, & m. c. cum cauda ☊.
ntra, & occ. cum Algo. & ♃ m. c. cum spica ♍.
ostro corui. ♃ occ. cum cauda ☊.
uda ☊.

Iuliani	Gregor.	Positus Planetarum Diurnus.					S	D	S	D	M	D	S	D	M	A		
		☉ ♍			☽ ♓		♄ ♏		♃ ♎		♂ ♏		♀ ♎		☿ ♍		☊ ♐	
Dies		P	′	″	P	′	P	′	P	′	P	′	P	′	P	′	P	′
22	1	8	22	37	6	16	17	15	21	24	6	[illegible]	6	51	2	40	9	3[illegible]
23	2	9	20	57	18	20	17	19	21	30	6	47	8	4	1	47	9	3[illegible]
24	3	10	19	9	♈ 0	33	17	24	21	41	7	27	9	17	1	[illegible]	9	3[illegible]
25	4	11	17	29	13	59	17	28	21	52	8	7	10	31	0	51	9	2[illegible]
26	5	12	15	39	25	42	17	33	22	4	8	47	11	44	0	3[illegible]	9	25
27	6	13	13	56	♉ 8	45	17	38	22	16	9	27	12	57	0	[illegible]	9	2[illegible]
28	7	14	12	15	22	9	17	42	22	27	10	[illegible]	14	10	0 D	[illegible]	9	1[illegible]
29	8	15	10	36	♊ 5	54	17	47	22	39	10	48	15	24	0	[illegible]	9	1[illegible]
30	9	16	8	59	20	1	17	51	22	51	11	29	16	37	0	54	9	1[illegible]
31	10	17	7	21	♋ 4	25	17	55	23	[illegible]	12	9	17	50	1	10	9	9
Sep 1	11	18	5	51	19	2	17	59	23	14	12	50	19	3	1	43	9	6
2	12	19	4	19	♌ 3	46	18	4	23	25	13	30	20	16	2	1[illegible]	9	3
3	13	20	2	49	18	29	18	9	23	3[illegible]	14	11	21	29	2	57	9	[illegible]
4	14	21	1	20	♍ 3	5	18	14	23	49	14	52	22	42	3	42	8	57
5	15	21	59	53	17	28	18	19	24	0	15	33	23	56	4	32	8	5[illegible]
6	16	22	58	28	♎ 1	35	18	24	24	12	16	14	25	9	5	26	8	50
7	17	23	57	4	15	25	18	29	24	24	16	55	26 M	22	6	24	8	47
8	18	24	55	42	28	56	18	24	24	36	17	36	27	35	7 S	27	8	44
9	19	25	54	24	♏ 12	9	18	39	24	48	18	17	28	48	8	34	8	41
10	20	26	53	6	24	5	18	45	25	0	18	59	♏ 0	1	9	44	8	3[illegible]
11	21	27	51	51	♐ 7	[illegible]	18	50	25	13	19	40	1	14	10	58	8	34
F 12	22	28	50	38	20	17	18	56	25	25	20	21	2	27	12	15	8	31
13	23	29	49	25	♑ 2	30	19	2	25	37	21	3	3	40	13	34	8	28
14	24	♎ 0	48	15	14	47	19	7	25	49	21	44	4	53	14	56	8	25
15	25	1	47	7	26	53	19	13	26	2	22	26	6	6	16	20	8	22
16	26	2	46	1	♒ 8	56	19	19	26	14	23	7	7	19	17	46	8	18
17	27	3	44	58	20	58	19	25	26	27	23	49	8	32	19	14	8	15
18	28	4	43	56	♓ 3	4	19	31	26	39	24	31	9	45	20	44	8	12
F 19	29	5	42	56	15	24	19	37	26	52	25	13	10	58	22	15	8	9
20	30	6	41	58	27	32	19	43	27	4	25	55	12	11	23	47	8	6

Latitudo Planetarū ad diē		♄		♃		♂		♀		☿		
	1	2	16	1	13	0	9	0	37	3	30	
	11	2	12	1	11	0	12	0 M	17	1 S	22	Mensis
	21	2	9	1	10	0	15	0	5	0	25	

Occid.	Orient.	Syzygię Planetarũ
♀	☿	tuę, & omnes cong fus cum illuftrio aliquibus ftellis fi
H	H	
18 ♂ 44		(m, c, cum ♂ or. cum cau. cyg.
	8 △ 50	♂ or. cũ chelis. (m ♀ or. cũ cato. ♂ oc

Octobar **1602**

Anni veteris	Anni Gregor.	Positus Planetarum Diurnus.																	
							S	D	S	D	M	D	M	D	S	A		
		☉ ♎			☽ ♈		♄ ♏		♃ ♎		♂ ♏		♀ ♏		☿ ♍		☊ ♐	
Dies		P	'	''	P	'	P	'	P	'	P	'	P	'	P	'	P	'
21	1	7	41	2	10	0	19	49	17	17	16	37	13	23	25	20	8	3
22	2	8	40	7	22 ♉	42	19	55	17	30	17	19	14	36	26	55	7	59
23	3	9	39	15	5	39	20	1	17	42	18	2	15	49	28 ♎	31	7	56
24	4	10	38	25	18	54	20	7	17	55	18	44	17	2	0	8	7	53
25	5	11	37	36	2 ♊	29	20	13	18	8	19 ♐	27	18	14	1	46	7	50
F 26	6	12	36	49	16	22	20	19	18	21	0	9	19	27	3 D	25	7	47
27	7	13	36	4	0 ♋	33	20	26	18	34	0	52	20	40	5	5	7	44
28	8	14	35	21	14	57	20	32	18	47	1	34	21	52	6	46	7	40
29	9	15	34	40	29 ♌	28	20	39	19	0	2	17	23	5	8	28	7	37
30	10	16	34	1	14	0	20	45	19	13	3	0	24	17	10	11	7	34
Oc. 1	11	17	33	24	28 ♍	29	20	51	19	26	3	41	25	29	11	54	7	31
2	12	18	32	49	12	48	20	58	19	39	4	26	26	42	13	36	7	28
F 3	13	19	32	16	26 ♎	52	21	5	29 ♏	52	5	9	27	54	15	19	7	24
4	14	20	31	45	10	39	21	12	0	5	5	52	29	7	17	2	7	21
5	15	21	31	16	24 ♏	9	21	18	0	18	6	35	0 ♐	19	18	46	7	18
6	16	22	30	49	7	22	21	25	0	32	7	19	1	31	20	30	7	15
7	17	23	30	24	20 ♐	18	21	32	0	45	8	2	2	41	22	14	7	12
8	18	24	30	2	3	0	21	38	0	58	8	46	3	50	23	59	7	9
9	19	25	29	39	15	31	21	45	1	11	9	29	5	8	25	44	7	5
F 10	20	26	29	20	27 ♑	53	21	52	1	24	10	12	6	20	27	29	7	2
11	21	27	29	3	10	8	21	59	1	37	10	56	7	32	29 ♏	14	6	59
12	22	28	28	48	22	19	22	6	1	51	11	39	8	44	0	59	6	56
13	23	29 ♏	28	35	4 ♒	28	22	13	2	4	12	23	9	56	2	43	6	53
14	24	0	28	24	17	38	22	20	2	17	13	6	11	8	4	28	6	49
15	25	1	28	15	28 ♓	51	22	27	2	30	13	50	12	19	6	12	6	46
16	26	2	28	8	11	8	22	34	2 A	43	14	34	13	31	7 M	56	6	43
F 17	27	3	28	3	23 ♈	33	22	41	2	56	15	18	14	42	9	39	6	40
18	28	4	28	0	6	8	22	48	3	9	16	2	15	54	11	22	6	37
19	29	5	27	58	18 ♉	54	22	55	3	22	16	46	17	5	13	4	6	34
20	30	6	27	58	1	38	23	2	3	35	17	30	18	17	14	46	6	30
21	31	7	28	0	15	14	23	9	3	48	18	14	19	28	16	27	6	27

Latitudo Planetarū ad diē											
1	2	6	1	9	0	17	0	39	1 D	17	
11	2	4	1	8	0	18	1	11	1	17	Mensis
21	2	2	1 A	7	0	19	1	34	0 M	24	

Syzygiæ Lunares.

Dies		☉ H ′	Occid. ♄ H ′	Occid. ♃ H ′	Occid. ♂ H ′	Occid. ♀ H ′	Orient ☿ H ′	Syzygiæ Planetarū mutuæ, & eorum congressus cum illustrioribus aliquibus stellis fixis.
1								(cing. ♍.
2				9 ☍ 2				✱ ♂ ☿ 10.52 ♀ m. cū
3						20 ☍ 17		♂ or. cum Medusa. ♏ a
4			2 ☍ 10		18 ☍ 20		22 △ 34	♂ or. cum rostro gallinæ.
5		17 ♎ 1						☽ ☌ ☿ 9 u. ♂ oc. cū lā bo.
6				25 ☌ 55				☌ ♄ ☿ 15.55. ♂ m. c. cū
7	□	27 17					8 □ 34	☿ or. cū ar. (pal. oph. b.
8	Alc.	14 44	9 △ 18	23 □ 8		12 △ 29		♀ m. c. cum corona.
9					4 △ 53		16 ✱ 51	☽ Perig.
10		4 ✱ 33	11 □ 16			18 □ 34		♂ m. c. cum antare. c.
11				1 ✱ 39	9 □ 15			♀ m. c. cū penna fron. ♏
12			14 ✱ 3					♄ m. c. et ☿ m. cū coro. a
13					15 ✱ 13	1 ✱ 54		☿ or. cum δ ♎. (☌ 160.
14	☌	19 20					13 ☌ 1	♂ oc. cū tri ☿ m. cū Aq.
15	Alc.	0 ♏	[illegible]	11 ☌ 22				♀ m. c. cum palma Ophi.
16								☿ or. cum corde ♏.
17			2 ☌ 21					♀ m. c. cū ant. et oc. cū 3[illegible]
18					11 ☌ 43	1 ☌ 57		☽ ☊ 7.55 ☌ ☉ ☿ 16.
19		18 ✱ 5[illegible]					23 ✱ 9	(32. e
20				7 ✱ 1			Occid.	♀ or. cum antare.
21			13 ✱ 34					
22	□	13 3		19 □ 10			20 □ 0	☌ ♃ ☿ 13.34.
23	Alc.	1 ♍			16 ✱ 16	11 ✱ 58		☽ Ap. ♀ or. cum Fidicu.
24			11 □ 18					
25		5 △ 34		7 △ 15			16 △ 41	♃ or. cum Fidicula. (cyg.
26			22 △ 18		7 □ 2	5 □ 5		☌ ☉ ☿ 9.40 ☿ or. cū can
27				Orient.				☿ or. cum chelis.
28					19 △ 45	20 △ 13		☌ ♂ ♀ 7.7 ♀ oc. cū arc.
29								♀ m. c. cū acu. ♏ (ar. ♏
30	☍	9 13		3 ☍ 2				♀ or. cū aqui. ♂ m. c. cum
31	Alc.	16 ♋	14 ☍ 5				2 ☍ 15	☿ m. c. cum lance bor.

November 1602

Positus Planetarum Diurnus.

Stylo veteri	Stylo Gregor.	☉ ♏ P	′	″	☽ ♉ P	′	♄ ♒ (S D) P	′	♃ ♒ (S A) P	′	♂ ♐ (M D) P	′	♀ ♐ (M D) P	′	☿ ♏ (M D) P	′	☊ ♐ P	′
Dies 22	1	8	28	4	28 ♊	50	23	16	4	1	18	58	20	39	18	5	6	24
23	2	9	28	9	12	43	23	23	4	14	19	43	21	50	19	41	6	21
F 24	3	10	28	16	26 ♋	52	23	31	4	27	20 A	27	23	1	21	27	6	18
25	4	11	28	25	11	15	23	38	4	40	21	11	24	12	22	1	6	14
26	5	12	28	35	25 ♌	45	23	45	4	53	21	56	25	22	24	44	6	11
27	6	13	28	47	10	17	23	52	5	6	22	40	26	33	26	21	6	8
28	7	14	29	1	24 ♍	45	23	59	5	19	23	25	27	43	27	58	6	5
29	8	15	29	17	9	4	24	6	5	32	24	9	28	54	29	33	6	2
30	9	16	29	34	23 ♎	8	24	13	5	45	24	54	0 ♑	4	1 ♐	9	5	59
F 31	10	17	29	53	6	55	24	20	5	58	25	38	1	14	2	45	5	55
No. 1	11	18	30	13	20 ♏	22	24	28	6	11	26	23	2	24	4	16	5	52
2	12	19	30	35	3	31	24	35	6	24	27	8	3	34	5	47	5	49
3	13	20	30	59	16	23	24	42	6	37	27	53	4	44	7	16	5	46
4	14	21	31	24	29	0	24	49	6	50	28	38	5	53	8	43	5	43
5	15	22	31	51	11 ♐	23	24	56	7	3	29 ♑	23	7	3	10	9	5	40
6	16	23	32	20	23 ♑	38	25	4	7	15	0	8	8	12	11	33	5	37
F 7	17	24	32	50	5	40	25	11	7	28	0	53	9	22	12	56	5	34
8	18	25	33	22	17	52	25 A	18	7	41	1	38	10	31	14	17	5	30
9	19	26	33	55	29 ♒	45	25	25	7	54	2	23	11	40	15	36	5	27
10	20	27	34	30	12	0	25	32	8	6	3	8	12	49	16	53	5	24
11	21	28	35	6	24 ♓	8	25	39	8	19	3	54	13	58	18	6	5	21
12	22	29	35	44	6	23	25	46	8	32	4	39	15	6	19	17	5	18
13	23	0 ♐	36	23	18 ♈	47	25	54	8	44	5	24	16	15	20	26	5	15
F 14	24	1	37	4	1	21	26	1	8	57	6	10	17	23	21	33	5	11
15	25	2	37	45	14	9	26	8	9	9	6	55	18	32	22 A	35	5	8
16	26	3	38	28	27 ♉	12	26	15	9	21	7	41	19	40	23	35	5	[illegible]
17	27	4	39	12	10	31	26	23	9	34	8	26	20 A	48	24	31	5	[illegible]
18	28	5	39	57	24 ♊	8	26	30	9	46	9	12	21	56	25	[illegible]	4	51
19	29	6	40	43	8	5	26	37	9	58	9	57	23	4	[illegible]	[illegible]	4	55
20	30	7	41	30	22	16	26	44	10	10	10	43	24	11	26	55	4	53

Latitudo Planetarum ad diē	♄		♃		♂		♀		☿		
1	2	0	1	7	0 A	15	6	57	0	40	Mensis
11	1 A	59	1	8	0	15	6	17	1	51	
21	3	0	1	9	0	18	2 A	12	2 A	39	

☿ or. cū neb. me ♀

♄ .ap. ħm. c. cū pri

♀ oc. cū corona. ♀

♀ or. cum aqui. {a

Positus Planetarum Diurnus.

Stylo veteri	Stylo Gregor.	☉ ♐			☽ ♋		♄ ♒ S	A	♃ ♒ S	A	♂ ♑ M	A	♀ ♑ M	A	☿ ♐ M	A	☊ ♐	
Dies		P	′	″	P	′	P	′	P	′	P	′	P	′	P	′	P	′
F 21	1	8	42	18	6	46	26	51	10	22	11	29	25	18	27	35	4	49
22	2	9	43	7	21 ♌	25	26	59	10	34	12	15	26	25	28	11	4	[illegible]
23	3	10	43	57	6	8	27	6	10	46	13	0	27	32	28	42	4	42
24	4	11	44	49	20 ♍	48	27	13	10	58	13	46	28	38	29	9	4	[illegible]
25	5	12	45	42	5	19	27	20	11	10	14	33	29 ♒	44	29	31	4	36
26	6	13	46	36	19	56	27	27	11	22	15	18	0	50	29	48	4	33
27	7	14	47	31	3 ♎	34	27	34	11	34	16	4	1	55	0 ♑	0	4	30
F 28	8	15	48	27	17	11	27	41	11	46	16	50	3	0	0	6	4	27
29	9	16	49	24	0 ♏	20	27	48	11	58	17	36	4	5	0 R	6	4	23
30	10	17	50	22	13	20	27	55	12	10	18	22	5	9	0	1	4	20
De. 1	11	18	51	21	25 ♐	50	28	2	12	21	19	8	6	13	29 ♐	50	4	17
2	12	19	52	20	8	16	28	9	12	33	19	54	7	17	29	34	4	14
3	13	20	53	20	20 ♑	24	28	16	12	44	20	40	8	21	29	13	4	11
4	14	21	54	21	2	23	28	23	12	56	21	26	9	24	28	48	4	7
F 5	15	22	55	22	14	17	28	30	13	7	22	12	10	27	28 S	19	4	4
6	16	23	56	24	26	8	28	37	13	18	22	58	11	30	27	46	4	1
7	17	24	57	27	8 ♒	0	28	44	13	30	23	44	12	33	27	10	3	58
8	18	25	58	[illegible]	19	55	28	50	13	41	24	30	13	35	26	32	3	55
9	19	26	59	33	1 ♓	50	28	57	13	52	25	17	14	37	25	53	3	51
10	20	28	0	37	14	5	29	4	14	3	26	3	15	38	25	14	3	48
11	21	29 ♑	1	41	26 ♈	27	29	10	14	14	26	49	16	39	24	34	3	45
F 12	22	0	2	45	9	3	29	17	14	25	27	36	17	39	23	56	3	42
13	23	1	3	49	21 ♉	55	29	24	14	36	28	22	18	39	23	20	3	39
14	24	2	4	54	5	6	29	30	14	46	29	9	19	38	22	47	3	36
15	25	3	5	59	18 ♊	37	29	37	14	57	29 ♒	55	20	37	22	18	3	32
16	26	4	7	4	2	28	29	44	15	7	0	42	21	35	21	54	3	29
17	27	5	8	10	16 ♋	39	29	50	15	18	1	28	22	33	21	34	3	26
18	28	6	9	16	1	8	29	56	15	28	2	15	23	31	21	19	3	23
F 19	29	7	10	22	15 ♌	52	0 ♓	2	15	38	3	1	24	28	21	9	3	20
20	30	8	11	28	0	45	0	8	15	48	3	48	25	25	21	4	3	16
21	31	9	12	35	15	41	0	14	15	58	4	35	26	21	21 D	4	3	13

Latitudo Planetarū ad diē	♄		♃		♂		♀		☿		
1	2	3	1	10	0	16	2	27	2	35	Mensis
11	2	2	1	12	0	17	2	33	[illegible] S	4	
21	2	3	1	14	0	16	2	53	2	17	

Syzygiæ Lunares.

		Orient.	Orient.	Occid.	Occid.
	☉	♄	♃	♂	♀
Dies	H ′	H ′	H ′	H ′	H ′
1			6 △ 58	8 ☍ 8	
2		9 △ 9			8 ☍ 50
3	8 △ 6		7 □ 41		
4		10 □ 42			
5 □	13 29		9 ✶ 58	16 △ 52	
6 Asc.	3 ♎	13 ✶ 36			18 △ 54
7	21 ✶ 24			23 □ 20	
8					

ANNO VIRGINEI PARTVS 1603 communi.

Ingressus ☉ in principium			D.	H.	′	″
	♋, Seu solstitij æstiui	Iunij	21	23	3	15
	♎, Seu æquinoctij autumni	Septemb.	23	10	27	21
	♑, Seu solstitij hiemalis	Decemb.	22	4	59	33

	P.	′	″	‴
Vera præcessio Æquinoctiorum	28	6	44	44
Obliquitas Zodiaci	23	28	3	2

Eccentricitas ☉ 32215. Qualium semidiameter eccentrici ☉ par. 1000000. seu par. 1. 55′. 58″. 22‴. Qualium P. 60.

Locus Apogæi		P.	′	″			
	♄	29	26	51	♓	Aureus Numerus	8
	♃	6	51	52	♎	Cyclus Solis	16
	♂	28	40	17	♌	Epacta	18
	☉	9	33	45	♋	Indictio Romana	1
	♀	16	27	44	♊	Litera Dominicalis	E
	☿	0	27	3	♓	Interuallum hebd. 6, Dies	4

Festa mobilia secundum Sacrosanctæ Romanæ Ecclesiæ usum iuxta annum reformatum.

Septuagesima	Ianuarij	26
Cinis	Februarij	12
Pascha	Martij	30
Rogationes	Maij	4
Ascensio Domini	Maij	8
Pentecostes	Maij	18
Corpus Christi	Maij	29
Aduentus Domini	Nouemb.	30

Quatuor Tempora anni, seu Ieiunia				
	Februarij	19	21	22
	Maij	21	23	24
	Septembris	17	19	20
	Decembris	17	19	20

Defectus Lunæ anno Domini 1603.

Accidit hoc anno plenilunium Eclipticum die 24. Maij iuxta Gregorianam anni restitutionem, qui ad diem 14. eiusdem secundum rationem anni veteris refertur H. 12. 53'. 2''. æquatis, quo quidem temporis momento Luna reperitur in gr. 2. 45'. 15''. ♐ ex aduerso Solis sita, eiusq; anomalia est par. 270. 1'. 53''. vnde semidiameter eius 16'. 14''. Sol autem versatur in parte sui Eccentrici ascendente ad Apogæum, cum eius anomalia annua coæquata sit par. 322. 4'. 15''. & eius semidiameter 15'. 55''. Semidiameter autem vmbræ terrenæ coæquata reperitur 45'. 4''. Verus motus latitudinis ☽ par. 277. 10'. 45''. Vera autem latitudo 37'. 27''. Bor. Et ad principium defectus 33'. 4'' Bor. ad finem verò 41'. 48''. similiter Bor. Digiti eclipsici numerabuntur 8. 26'. Tempus incidentiæ, seu casus H. 1. 32'. 30''.

		H.	scr.		
Huius autē Lunaris defectus digit. 8. 26'.	*Principium spectabitur*	10	41	P. M.	*Tota duratio erit spatio H. 3. scr. 5'.*
		3	11	N. S.	
	Medium, seu vera ☍	12	13	P. M.	
		4	44	N. S.	
	Exitus erit	13	46	P. M.	
		6	17	N. S.	

Typus prædictæ Eclipsis.

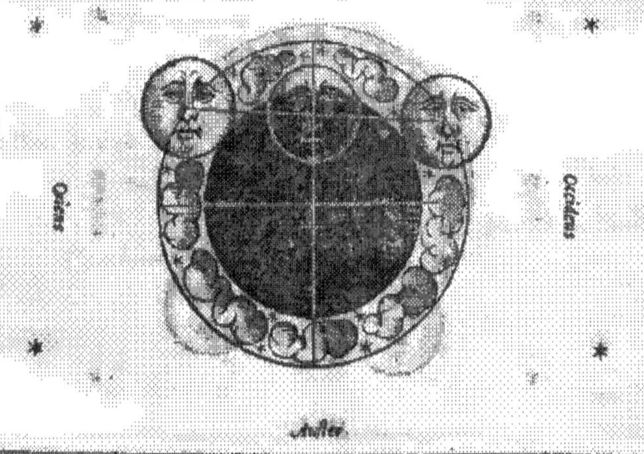

Poſitus Planetarum Diurnus.

Iuliani	Gregor.	☉ ♌ P	'	"	☽ ♑ P	'	S ♄ ♏ P	D '	S ♃ ♎ P	D '	S ♂ ♎ P	D '	S ♀ ♌ P	D '	S ☿ ♍ P	D '	☊ ♐ P	'
22	1	8	30	41	21 ♒	51	15	51	16	12	16	27	29 ♍	0	5	31	11	1
23	2	9	28	13	3	30	15	52	16	21	17	3	0	14	6	44	11	14
24	3	10	25	45	15	11	15	54	16	29	17	39	1	27	7 M	55	11	10
F 25	4	11	23	18	26	57	15	55	16	38	18	16	2	40	8	53	11	7
26	5	12	20	52	8 ♓	50	15	57	16	46	18	53	3	53	9	59	11	4
27	6	13	18	27	20	55	15	58	16	55	19	30	5	7	10	55	11	1
28	7	14	16	3	3 ♈	15	16	0	17	4	20	7	6	20	11	47	10	58
29	8	15	13	40	15	54	16	2	17	13	20	44	7	33	12	38	10	54
30	9	16	11	18	28	55	16	4	17	22	21	21	8	46	13	16	10	51
31	10	17	8	57	12 ♉	18	16	6	17	31	21	59	10	0	13	52	10	48
F 1	11	18	6	37	26 ♊	5	16	8	17	41	22	36	11	13	14	21	10	45
Au. 2	12	19	4	18	10	14	16	10	17	50	23 M	14	12	26	14	41	10	42
3	13	20	2	0	24 ♋	43	16	13	17	59	23	54	13	3	14	57	10	38
4	14	20	59	41	9	27	16	15	18	9	24	29	14	52	15	5	10	35
5	15	21	57	29	24 ♌	21	16	17	18	19	25	7	16	6	15 ℞	3	10	32
6	16	22	55	16	9	17	16	20	18	29	25	45	17	19	14	57	10	29
7	17	23	53	4	24 ♍	6	16	23	18	39	26	23	18	32	14	41	10	26
F 8	18	24	50	53	8	47	16	26	18	49	27	1	19	45	14	18	10	23
9	19	25	48	43	23 ♎	10	16	29	18	59	27	40	20	59	13	48	10	19
10	20	26	46	35	7	13	16	32	19	9	28	18	22	12	13	11	10	16
11	21	27	44	28	20 ♏	55	16	35	19	20	28	57	23	25	12	28	10	13
12	22	28	42	23	4	18	16	38	19	30	29	35	24	38	11	39	10	10
13	23	29 ♍	40	18	17 ♐	21	16	41	19	40	0 ♏	14	25	52	10	45	10	7
14	24	0	38	16	0	5	16	45	19	51	0	53	27	5	9	47	10	3
F 15	25	1	36	15	12	34	16	48	20	2	1	32	28	18	8	46	10	0
16	26	2	34	15	24 ♑	50	16	52	20	12	2	11	29	31	7	44	9	57
17	27	3	32	17	6	55	16	55	20	23	2	50	0 ♎	45	6 A	43	9	54
18	28	4	30	20	18	52	16	59	20	34	3	29	1	58	5	43	9	51
19	29	5	28	25	4 ♒	41	17	3	20	45	4	9	3	11	4	46	9	48
20	30	6	26	31	12	34	17	7	20	56	4	48	4	24	3	52	9	44
21	31	7	24	38	24	24	17	11	21	7	5	28	5	38	3	3	9	41

Latitudo Planetarũ ad diẽ			♄		♃		♂		♀		☿		
	1		2	32	1	22	0	7	1	22	0 M	22	
	17		2	37	1	18	0 M	0	1	10	1	44	Mensis
	31		2	21	1	15	0	5	0	59	3 A	57	

or. cum hydra, & occ. cum Argo. & 18 occ. cum spica ♍.
m. c. cum rostro corui. 18 occ. cum cauda ♑.
or. cum cauda ♌.

		Positus Planetarum D								
							S D		S D	
Iuul veteris	Anni Grego.	☉ ♍			☽ ♓		♄ ♋		♃ ♎	
Dies		P	'	''	P	'	P	'	P	'
22	1	8	22	47	6	16	17	15	21	16
23	2	9	20	57	18	20	17	19	21	[illegible]
					♈					
24	3	10	19	9	0	33	17	24	21	41

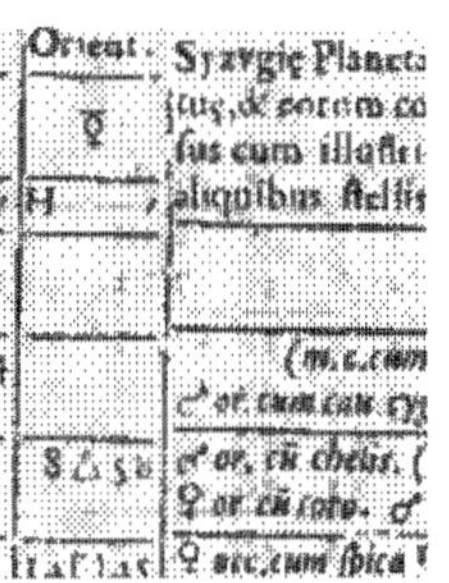

Anni Iuliani	Anni Gregor.	☉ ♎ G	′	″	☽ ♈ G	′	♄ ♏ G	′	♃ ♎ G	′	♂ ♏ G	′	♀ ♏ G	′	☿ ♍ G	′	☊ ♐ G	′
		Positus Planetarum Diurnus					S	D	S	D	M	D	M	D	S	A		
Dies		G	′	″	G	′	G	′	G	′	G	′	G	′	G	′	G	′
21	1	7	41	2	10	0	19	49	27	17	26	37	13	23	25	20	8	2
22	2	8	40	7	23	42	19	55	27	30	27	19	14	36	26	55	7	59
23	3	9	39	15	5 ♉	39	20	1	27	42	28	2	15	49	28	31	7	56
24	4	10	38	25	18	54	20	7	27	55	28	45	17	2	0 ♎	8	7	53
25	5	11	37	36	2 ♊	29	20	13	28	8	29	27	18	14	1	46	7	50
F 26	6	12	36	49	16	22	20	19	28	21	0 ♐	9	19	27	3 D	25	7	47
27	7	13	36	4	0 ♋	33	20	26	28	34	0	52	20	40	5	5	7	44
28	8	14	35	21	14	57	20	32	28	47	1	34	21	52	6	46	7	40
29	9	15	34	40	29	28	20	39	29	0	2	17	23	5	8	26	7	37
30	10	16	34	1	14 ♌	0	20	45	29	13	3	0	24	17	10	11	7	34
Oc. 1	11	17	33	24	28	29	20	52	29	26	3	41	25	29	11	54	7	31
2	12	18	32	49	12 ♍	48	20	58	29	39	4	26	26	42	13	36	7	28
F 3	13	19	32	16	26	32	21	5	29	52	5	9	27	54	15	19	7	24
4	14	20	31	45	10 ♎	39	21	12	0 ♏	5	5	52	29	7	17	2	7	21
5	15	21	31	16	24	9	21	18	0	18	6	35	0 ♐	19	18	46	7	18
6	16	22	30	49	7 ♏	22	21	25	0	32	7	19	1	31	20	30	7	15
7	17	23	30	24	20	18	21	32	0	45	8	2	2	43	22	14	7	12
8	18	24	30	2	3 ♐	0	21	38	0	58	8	46	3	56	23	59	7	9
9	19	25	29	39	15	31	21	45	1	11	9	29	5	8	25	44	7	5
F 10	20	26	29	20	27	53	21	52	1	24	10	13	6	20	27	29	7	2
11	21	27	29	3	10 ♑	8	21	59	1	37	10	56	7	32	29 ♏	14	6	59
12	22	28	28	48	22	19	22	6	1	51	11	39	8	44	0	59	6	56
13	23	29	28	35	4 ♒	28	22	13	2	4	12	23	9	56	2	44	6	53
14	24	0 ♏	28	24	16	38	22	20	2	17	13	6	11	8	4	28	6	49
15	25	1	28	15	28	51	22	27	2	30	13	50	12	19	6	13	6	46
16	26	2	28	8	11 ♓	8	22	34	2 A	43	14	34	13	31	7 M	56	6	43
F 17	27	3	28	3	23	33	22	41	2	50	15	18	14	42	9	39	6	40
18	28	4	28	0	6 ♈	8	22	48	3	9	16	2	15	54	11	22	6	37
19	29	5	27	58	18	54	22	55	3	22	16	46	17	5	13	4	6	34
20	30	6	27	58	1 ♉	56	23	2	3	35	17	30	18	17	14	46	6	30
21	31	7	28	0	15	14	23	9	3	48	18	14	19	28	16	27	6	27

Latitudo Planetarū ad diē		♄ G	′	♃ G	′	♂ G	′	♀ G	′	☿ G	′	
	1	2	6	1	9	0	17	0	39	1 D	17	
	11	2	4	1	8	0	18	1	11	1	17	Mensis
	21	2	2	1 A	7	0	19	1	34	0 M	24	

☿ or. cum ☌ 2. (☍ 160.
♂ oc. cũ tri ☿ m. cũ Alg.
☿ m c. cum palma Ophi.
☿ or. cum corde ♏.

♀ m c. cũ ant et oc. cũ [illegible]
☽ ☊ 7. 55 ☌ ☉ ☿ 16.

(☿ [illegible]

Positus Planetarum Diurnus.

☽ ♉		♄ ♏ (S D)		♃ ♏ (S A)		♂ ♐ (M D)		♀ ♐ (M D)		☿ ♏ (M D)		☊ ♐	
P	′	P	′	P	′	P	′	P	′	P	′	P	′
28 ♊	50	23	16	4	1	18	58	20	39	18	8	6	24
13	43	23	23	4	14	19	43	21	50	19	48	6	21
26 ♋	52	23	31	4	27	20 △	27	23	1	21	27	6	18
11	15	23	38	4	40	21	11	24	12	23	1	6	14
25 ♌	45	23	45	4	53	21	56	25	22	24	44	6	11
10	17	23	52	5	6	22	40	26	33	26	21	6	8
24 ♍	45	23	59	5	19	23	25	27	43	27	58	6	5
9	4	24	6	5	32	24	9	28	54	29	33	6	2
23 ♎	8	24	13	5	45	24	54	0 ♑	4	1 ♐	9	5	59
6	55	24	20	5	58	25	38	1	14	2	43	5	55
20 ♏	22	24	28	6	11	26	23	2	24	4	10	5	52
3	31	24	35	6	24	27	8	3	34	5	47	5	46
16	23	24	42	6	37	27	53	4	44	7	16	5	40
29	0	24	49	6	50	28	38	5	53	8	43	5	43
11 ♐	24	24	56	7	3	29 ♑	23	7	3	10	9	5	40
23	38	25	4	7	16	0	8	8	12	11	33	5	37
5 ♑	46	25	11	7	28	0	53	9	22	13	56	5	34
17	53	25 A	18	7	41	1	38	10	31	14	17	5	30
29 ♒	55	25	25	7	54	2	23	11	40	15	36	5	27
12	0	25	32	8	6	3	8	12	49	16	52	5	24
24 ♓	8	25	39	8	19	3	54	13	[illegible]	18	6	5	21
6	23	25	46	8	32	4	39	15	6	19	17	5	18
18 ♈	47	25	54	8	44	5	24	16	15	20	26	5	14
1	21	26	1	8	57	6	10	17	23	21	33	5	11
14	9	26	8	9	9	6	55	18	32	22 A	35	5	8
27	22	26	15	9	21	7	41	19	40	23	35	5	5
10 ♉	31	26	23	9	34	8	26	20 A	48	24	31	5	2
24	[illegible]	26	30	9	46	9	12	21	36	25	27	4	5[illegible]
8 ♊	5	26	37	9	58	9	57	23	4	26	11	4	55
22	18	26	44	10	10	10	43	24	31	26	55	4	52

	♄		♃		♂		♀		☿		
die 1	2	0	1	7	0 A	59	1	57	0	40	
11	1 A	59	1	8	0	59	2	17	1	51	Mensis
21	2	0	1	9	0	58	2 A	22	2 A	39	

.4 ♃ 0.0.

☽ ♄ 16.53
or.cū neb.4

Positus Planetarum Diurnus.

	veteris	Anni Gregor.	☉ ♐			☽ ♋		♄ ♏ S	A	♃ ♏ S	A	♂ ♑ M	A	♀ ♑ M	A	☿ ♐ M	A	☊ ♐	
	Dies		P	′	″	P	′	P	′	P	′	P	′	P	′	P	′	P	′
F	21	1	8	42	18	6	46	26	51	10	22	11	29	25	18	27	35	4	49
	22	2	9	43	7	21 ♌	25	26	59	10	34	12	15	26	25	28	11	4	46
	23	3	10	43	57	6	8	27	6	10	46	13	0	27	32	28	42	4	43
	24	4	11	44	49	20 ♍	48	27	13	10	58	13	46	28	38	29	9	4	[illegible]
	25	5	12	45	42	5	19	27	20	11	10	14	31	29	44	29	31	4	36
	26	6	13	46	36	19	16	27	27	11	22	15	18	0 ♒	50	29	48	4	33
	27	7	14	47	31	3 ♎	34	27	34	11	34	16	4	1	55	0 ♑	0	4	30
F	28	8	15	48	27	17	11	27	41	11	46	16	50	3	0	0	6	4	27
	29	9	16	49	24	0 ♏	26	27	48	11	58	17	36	4	5	0 R	6	4	23
	30	10	17	50	21	13	20	27	55	12	10	18	22	5	9	0	1	4	20
De.	1	11	18	51	21	25 ♐	56	28	2	12	21	19	8	6	13	29 ♐	50	4	17
	2	12	19	52	20	8	16	28	9	12	33	19	54	7	17	29	34	4	14
	3	13	20	53	20	20 ♑	24	28	16	12	44	20	40	8	21	29	13	4	11
	4	14	21	54	21	2	23	28	23	12	56	21	26	9	24	28	48	4	7
F	5	15	22	55	22	14	17	28	30	13	7	22	12	10	27	28 S	19	4	4
	6	16	23	56	24	26	8	28	37	13	18	22	58	11	30	27	46	4	1
	7	17	24	57	27	8 ♒	0	28	44	13	30	23	44	12	33	27	10	3	58
	8	18	25	58	[illegible]	19	55	28	50	13	41	24	30	13	35	26	32	3	55
	9	19	26	59	33	1 ♓	50	28	57	13	52	25	17	14	37	25	53	3	51
	10	20	28	0	37	14	5	29	4	14	3	26	3	15	38	25	13	3	48
	11	21	29 ♑	1	41	26 ♈	27	29	10	14	14	26	49	16	39	24	34	3	45
F	12	22	0	2	45	9	3	29	17	14	25	27	36	17	39	23	56	3	42
	13	23	1	3	49	21 ♉	55	29	24	14	36	28	22	18	39	23	20	3	39
	14	24	2	4	54	5	6	29	30	14	46	29	9	19	38	22	47	3	36
	15	25	3	5	59	18 ♊	37	29	37	14	57	29	55	20	37	22	18	3	32
	16	26	4	7	4	2	28	29	44	15	7	0 ♒	42	21	35	21	54	3	29
	17	27	5	8	10	16 ♋	39	29	50	15	18	1	28	22	33	21	34	3	26
	18	28	6	9	16	1	8	29	56	15	28	2	15	23	31	21	19	3	23
F	19	29	7	10	22	15 ♌	52	0 ♐	2	15	38	3	1	24	28	21	9	3	20
	20	30	8	11	28	0	45	0	8	15	48	3	48	25	25	21	4	3	16
	21	31	9	12	35	15	41	0	14	15	58	4	35	26	21	21 D	4	3	13

Latitudo Planetarũ ad diẽ		♄		♃		♂		♀		☿		
	1	2	1	1	10	0	18	2	23	2	35	Mensis
	11	2	2	1	12	0	17	2	13	1 S	4	
	21	2	3	1	14	0	16	2	52	2	17	

		Syzygiæ Lunares.				
		Orient.	Orient.	Occid.	Occid.	Occid[illegible]
	☉	♄	♃	♂	♀	☿
Dies	H ′	H ′	H ′	H ′	H ′	H
1			6△58	8☍8		
2		9△9			8☍50	
3	8△6		7□41			
4		10□42				14△[illegible]
5 □	13 29		9✶58	16△52		
6 Asc.	3 ♎	13✶36			10△54	17□[illegible]
7	21✶24			23□20		
8						23✶[illegible]
9			21☌48		7□24	
10				10✶13		
11		4☌7			21✶54	
12						
13 ☌	1 3					17☌
14 Asc.	12 ♈		21✶40			
15				17☌7		
16		5✶6				
17			11□15		10☌2	
18	13✶12	18□0				12✶
19			23△56			Orie[illegible]
20						20□
21 □	5 20	5△13		0✶44		
22 Asc.	13 ♋				17✶34	
23	18△3			12□30		2△
24			17☍24			

EPHEMERIS IOANNIS ANTONII MAGINI PATAVINI

Ad annum Dominicæ Incarnationis 1603.

Qui est ab Intercalari tertius, à Kalendario restituto 21. & à principio Mundi 5565.

Figura cæli quando ☉ ad Arietis principium pertinget.

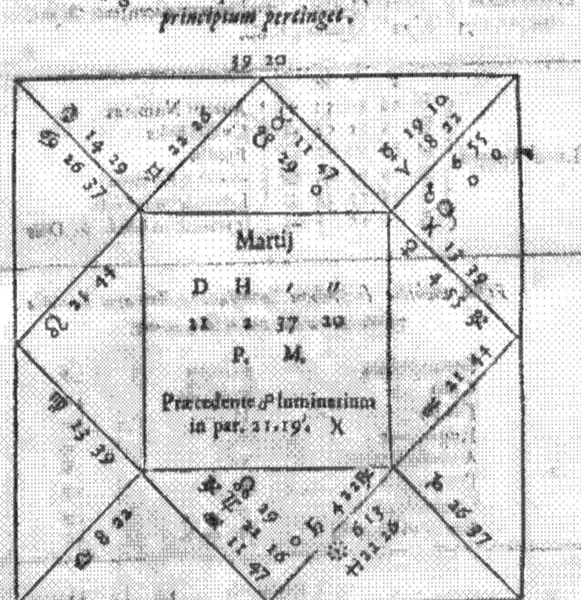

Anni Tropici vera magnitudo.

Dierum 365. *Horarum* 5. *Scr.* 55'. 31''. 26'''. 0''''.

ANNO VIRGINEI PARTVS 1603 communi.

			D.	H.	′	″
Ingressus ☉ in principium	♋, Seu solstitij æstiui	Iunij	21	23	3	15
	♎, Seu æquinoctij autumni	Septemb.	23	10	27	21
	♑, Seu solstitij hiemalis	Decemb.	22	4	59	33

	P.	′	″	‴
Vera præcessio Æquinoctiorum	28	6	44	44
Obliquitas Zodiaci	23	28	3	2

Eccentricitas ☉ 32215. Qualium semidiameter eccentrici ☉ par. 1000000, seu par. 1.55′.58″.22‴. Qualium P. 60.

		P.	′	″			
Locus Apogæi	♄	29	26	51	♓	Aureus Numerus	8
	♃	6	51	53	♎	Cyclus Solis	16
	♂	28	40	17	♌	Epacta	18
	☉	9	33	45	♋	Indictio Romana	1
	♀	16	27	44	♊	Litera Dominicalis	E
	☿	0	27	3	♓	Interuallum hebd. 6, Dies	4

Festa mobilia secundum Sacrosanctæ Romanæ Ecclesiæ usum iuxta annum reformatum.

Septuagesima	Ianuarij	26
Cinis	Februarij	12
Pascha	Martij	30
Rogationes	Maij	4
Ascensio Domini	Maij	8
Pentecostes	Maij	18
Corpus Christi	Maij	29
Aduentus Domini	Nouemb.	30

Quatuor Tempora anni, seu Ieiunia	Februarij	19	21	22
	Maij	21	23	24
	Septembris	17	19	20
	Decembris	17	19	20

Defectus Lunæ anno Domini 1603.

*...ccidit hoc anno plenilunium Eclipticum die 24. Maij iuxta Gregorianam anni restitu-
...tem, quæ ad diem 14. eiusdem secundum rationem anni veteris refertur H. 12. 13'. 2''.
...atis, quo quidem temporis momento Luna reperitur in gr. 2. 45'. 13''. ♐ ex aduerso Solis
..., eiusq; anomalia est par. 270. 1'. 53''. vnde semidiameter eius 16'. 14''. Sol autem ver-
...r in parte ♊ Eccentrici ascendente ad Apogæum, cum eius anomalia annua coæquata sit
...322. 4'. 15''. & eius semidiameter 15'. 55''. Semidiameter autem vmbræ terrenæ con-
...ta reperitur 45'. 4''. Verus motus latitudinis ☊ par. 277. 10'. 45''. Vera autem lati-
...o 37'. 27''. Bor. Et ad principium defectus 33'. 4'' Bor. ad finem verò 41'. 48''. simili-
... Bor. Digiti ecliptici numerabuntur 8. 26'. Tempus incidentiæ, seu casus H. 1. 31'. 30''.*

...tius au- Lunaris ...ectus di 8. 26'.		H.	scr.		
	Principium spectabitur	10	41	P. M.	*Tota duratio erit spatio H. 3. scr. 5'.*
		3	12	N. S.	
	Medium, seu vera ☍	12	13	P. M.	
		4	44	N. S.	
	Exitus erit	13	46	P. M.	
		6	17	N. S.	

Typus prædictæ Eclipsis.

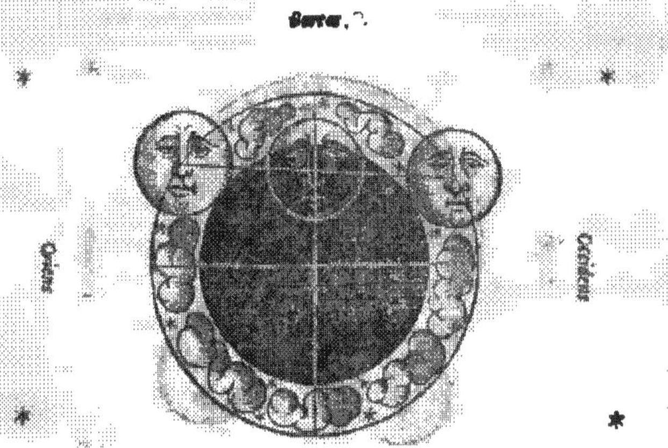

Altera Eclipsis Lunæ huius anni 1603.

Die 18. Novembris iuxta annum correctum, qui dici 8. eiusdem secundum annum veterem adscribitur H. 7. 4'. 33''. à meridie conspicietur ☽ iterum ex aliqua parte luminis hebetata, dum pertinget ad par. 25. 33'. 20''. ♉ in diametro Solis iuxta ☋ draconis. Anomalia, seu argumentum eius æquatum est par. 76. 39'. 7''. & eius semidiameter apparens 15'. 54''. Sol autem cum sit in longitudine media sui Eccentrici habet congruam anomaliam par. 137. 8'. 7''. & eius semidiameter est 16'. 43''. Semidiameter autem umbræ terrenæ absoluta est 42'. 16''. Verus latitudinis ☽ motus par. 99. 25'. 34''. Veraque latitudo 49'. 0''. Austr. Sed ad initium Eclipsis 46'. 11''. & ad finem vero 52'. 3''. semper Austr. Digiti Eclipsici numerantur 3. 26'. Tempus vero incidentiæ H. 1. 3'. 33''.

		H.	scr.		
Huius autē Eclipsis Lunæ punct. 3. 26'.	*Initium conspicietur*	6	1	P. M.	*A principio ad finem absoluentur H. 2. scr. 7.*
		1	23	N. S.	
	Medium apparebit	7	5	P. M.	
		2	27	N. S.	
	Finis continget	8	8	P. M.	
		3	30	N. S.	

Schema prædictæ defectionis Lunæ.

Septentrio

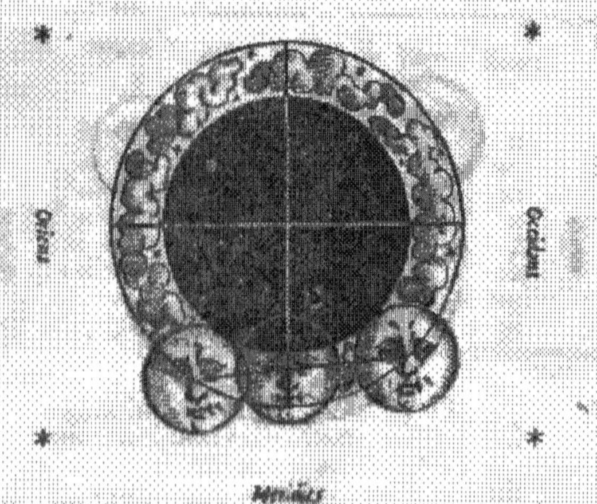

Meridies

Planetarum status.

♄
Toto hoc anno properat versus Apogæon sui deferentis.
Die 24. Maij ad Perigæum
Die 28. Nouemb. ad Apogæum } Epicycli pertinget.
A die 14. Martij vsque in 1. Augusti regressu afficitur.

♃
Præsenti anno descendit ab Apogæo versus Eccentri medietatem.
Die 2. Maij in Perigæo
Die 15. Nouembris in Apogæo } Parui orbis versatur.
A die 10. Martij vsque ad 10. Iulij retrocessionem absoluit.

♂
Sublimiorem sui deferentis partem occupat die 8. Decembris.
Die 9. Ianuarij in Perigæo.
Die 23. Aprilis in Apogæo. } Epicycli residet.
Hoc anno semper secundum signorum ordinem incedet.

♀ Die
8. Iunij Apogæum
8. Decemb. Perigæum } Eccentri transit,
3. Martij in Perigæo
16 Decemb. in Apogæo } Epicycli est.
9. Februarij vsque ad 24. Martij retrograde mouetur.

☿ Die
13 Maij inferiorem
22 Nouemb. superiorem } Deferentis partem tenet.
14 Februarij Apogæum
13 Aprilis Perigæum
11 Iunij Apogæum
9 Augusti Perigæum
5 Octobris Apogæum
2 Decembris Perigæum } Epicycli possidet.
2 Aprilis vsque in 25. eiusdem
28 Iulij vsque in 21. Augusti
21 Nouemb. vsq; post 13. Decemb. } Contra signorũ sequelã incedet.

	Anni veteris	Anni Gregor.	☉ ♑			☽ ♍			♄ ♐ S A		♃ ♒ S A		♂ ♒ M A		♀ ♒ M A		☿ ♐ S D		☊ ♐	
	Dies		P	′	″	P		′	P	′	P	′	P	′	P	′	P	′	P	′
	22	1	10	13	42	0		31	0	20	16	8	5	21	17	16	21	17	3	10
	23	2	11	14	49	15		8	0	26	16	18	6	8	18	11	21	24	3	7
	24	3	12	15	56	29	♎	28	0	32	16	28	6	55	19	5	21	42	3	4
	25	4	13	17	2	13		27	0	38	16	37	7	42	29	59	22	6	3	1
E	26	5	14	18	8	27	♏	3	0	44	16	47	8	28	0 ♓	52	22	35	2	57
	27	6	15	19	14	10		10	0	50	16	56	9	15	1	44	23	9	2	54
	28	7	16	20	19	23	♐	6	0	55	17	6	10	2	2	36	23	47	2	51
	29	8	17	21	24	5		36	1	1	17	15	10	49	3	27	24	30	2	48
	30	9	18	22	29	17		49	1	7	17	24	11	36	4	17	25	17	2	45
	31	10	19	23	34	29	♑	49	1	12	17	34	12	23	5	6	26	8	2	42
	Ian. 1	11	20	24	38	11		39	1	18	17	43	13	10	5	55	27	3	2	39
E	2	12	21	25	41	23		22	1	23	17	52	13	57	6 S	43	28	3	2	36
	3	13	22	26	44	5	♒	2	1	26	18	1	14	44	7	30	29 ♑	7	2	33
	4	14	23	27	47	16		41	1	34	18	10	15	31	8	16	0	14	2	29
	5	15	24	28	49	28	♓	18	1	39	18	19	16	18	9	1	1	24	2	26
	6	16	25	29	51	10		20	1	43	18	27	17	5	9	45	2	57	2	23
	7	17	26	30	52	22	♈	22	1	49	18	36	17	51	10	27	3	53	2	20
	8	18	27	31	52	4		37	1	54	18	44	18	38	11	8	5	12	2	17
E	9	19	28	32	52	17		7	1	59	18	53	19	25	11	48	6	33	2	14
	10	20	29	33	52	29	♉	57	2	4	19	1	20	12	11	36	7	57	2	10
	11	21	0 ♒	34	51	13		9	2	9	19	9	20	59	13	3	9	23	2	7
	12	22	1	35	49	26		43	2	13	19	17	21	46	13	39	10	51	2	4
	13	23	2	36	40	10	♊	39	2	18	19	24	22	32	14	14	12	21	2	1
	14	24	3	37	43	24		58	2	23	19	32	23	19	14	46	13 M	53	1	58
	15	25	4	38	39	9	♋	30	2	27	19	39	24	6	15	20	15	27	1	55
E	16	26	5	39	34	24		28	2	32	19	46	24	53	15	51	17	2	1	51
	17	27	6	40	28	9	♌	16	2	36	19	53	25	40	16	20	18	39	1	48
	18	28	7	41	21	24		30	2	41	20	0	26	27	16	47	20	17	1	45
	19	29	8	42	13	9	♍	25	2	45	20	7	27	14	17	13	21	57	1	42
	20	30	9	43	4	24		7	2	49	20	13	28	1	17	37	23	38	1	39
	21	31	10	43	54	8	♎	31	2	54	20	20	28	48	17	59	25	20	1	35

Latitudo Planetarũ ad diē		♄		♃		♂		♀		☿		
	1	2	5	1	17	0	15	1	4	1	18	Mensis
	11	2	7	1	20	0	13	0 S	5	1	33	
	21	2	10	1	24	0	12	1	7	0 M	18	

			Orient.	Orient.	Occid.	Occid.	Orient.	Syzygiæ Planetarũ mu-
		☉	♄	♃	♂	♀	☿	tuę, & eorum congref- sus cum illustrioribus
Dies		H ′	H ′	H ′	H ′	H ′	H ′	aliquibus stellis fixis.
1		17 △ 9						♃ m.c. cũ lance bor. a.
2				2 ✶ 58			10 □ 43	♀ or. cum cap. Med.
3	□	23 42	1 ✶ 50		13 △ 33			☿ or. cum aq ☌ m c c…
4	Asc.	18 ♈					15 ✶ 50	□ ♄ ♀ 19.56. (neb. …
5					22 □ 0	7 △ 24		
6		10 ✶ 16		12 ☌ 39				
7			15 ☌ 8			19 □ 34		✶ ☉ ♃ 21.14 ☉ 8…
8					10 ✶ 57			(18 38.
9							10 ☌ 4	
10						11 ✶ 31		
11	☌	19 38		12 ✶ 35				♂ occ. cum Pomab.
12	Asc.	22 ♑	16 ✶ 30					♂ occ. cum aquila. b
13					21 ☌ 27			☉ Ap. ♂ occ. cũ cauda ♑
14				2 □ 0				☿ m.c. cum vlti. fuf. ≈
15			6 □ 29			12 ☌ 4…	6 ✶ 36	♃ or. cum ving. ♍.
16				16 △ 24				♂ m.c. cum cauda ♑.
17		8 ✶ 50	18 △ 38					(syn…
18							1 □ 11	□ ♃ ♂ 3.47. ☿ m.c. c…
19	□	13 14			4 ✶ 35			☿ or. cum neb. ♐.
20	Asc.	7 ♌				23 ✶ 48	16 △ 19	☿ or. cum acu. ♏.
21				10 ☍ 43	14 □ 41			♂ or. cum cauda ♑.
22		9 △ 4	9 ☍ 31					☽ ☊ 9.11 ✶ ☉ ♄ 15.51.
23					21 △ 5	0 □ 14		☿ or. cum neb. ♏.
24								✶ ♀ ☿ 11.27.
25				16 △ 21		9 △ 35	10 ☍ 33	☿ occ. cum corona.
26	☍	19 7	12 △ 58					♂ oc. cum cauda Del. c.
27	Asc.	3 ≈		10 □ 45				☽ Per. ✶ ♃ ☿ 19.30.
28			11 □ 37		3 ☍ 17			☿ m.c. cum aquila.
29				17 ✶ 35		13 ☍ 5	23 △ 3	♄ m. c. cum corde ♏.
30			14 ✶ 34					
31		4 △ 5						

a. Die 1. ☿ or. cum cap. Med.
b. Die 12. ☿ or. cum cauda Del.
c. Die 26. ☿ m. c. cum rostro gallinæ.

Anni Iuliani	Anni Grego.	Motus Planetarum Diurnus																
							S	A	S	A	M	A	S	A	M	D		
		☉ ♒			☽ ♎		♄ ♓		♃ ♒		♂ ♒		♀ ♓		☿ ♑		☊ ♓	
Dies		P	'	''	P	'	P	'	P	'	P	'	P	'	P	'	P	'
22	1	11	44	43	21	33	2	58	20	26	29	35	18	20	17	3	1	32
E 23	2	12	45	30	6 ♏	11	3	2	20	32	0 ♓	22	18	39	18	46	1	29
24	3	13	46	16	19	26	3	6	20	38	1	9	18	56	0 ♒	30	1	26
25	4	14	47	1	2 ♐	19	3	10	20	44	1	56	19	10	2	15	1	23
26	5	15	47	44	14	52	3	14	20	49	2	42	19	22	4	1	1	20
27	6	16	48	26	27	6	3	17	20	55	3	29	19	32	5	48	1	16
28	7	17	49	7	9 ♑	7	3	21	21	0	4	16	19	40	7	36	1	13
29	8	18	49	46	10	57	3	24	21	5	5	3	19	46	9	25	1	10
E 30	9	19	50	24	2 ♒	39	3	27	21	10	5	50	19	50	11	14	1	7
31	10	20	51	1	14	17	3	31	21	15	6	37	19 ℞	52	13	3	1	4
Feb. 1	11	21	51	36	25	55	3	34	21	20	7	24	19	51	14	53	1	0
2	12	22	52	10	7 ♓	36	3	37	21	25	8	10	19	49	16	44	0	57
3	13	23	52	42	19	23	3	40	21	29	8	57	19	44	18	35	0	54
4	14	24	53	13	1 ♈	20	3	43	21	34	9	44	19	36	20	17	0	51
5	15	25	53	42	13	30	3	46	21	38	10	31	19	26	22	19	0	48
E 6	16	26	54	10	25	56	3	48	21	42	11	17	19	11	24	11	0	45
7	17	27	54	36	8 ♉	42	3	51	21	46	12	4	18	58	26	3	0	41
8	18	28	55	1	21	50	3	53	21	50	12	51	18	40	27 A	54	0	38
9	19	29	55	24	5 ♊	22	3	56	21	53	13	37	18	20	29	45	0	35
10	20	0 ♓	55	46	19	17	3	58	21	57	14	24	17	57	1 ♓	36	0	32
11	21	1	56	7	3 ♋	34	4	0	22	0	15	11	17	32	3	26	0	29
12	22	2	56	26	18	11	4	2	22	3	15	57	17	6	5	16	0	26
E 13	23	3	56	43	3 ♌	3	4	4	22	6	16	44	16	39	7	8	0	22
14	24	4	56	59	18	2	4	6	22	9	17	31	16	10	8	55	0	19
15	25	5	57	13	3 ♍	1	4	8	22	11	18	17	15	40	10	44	0	16
16	26	6	57	26	17	53	4	9	22	13	19	4	15	8	12	33	0	13
17	27	7	57	37	2 ♎	32	4	11	22	15	19	50	14	35	14	21	0	10
18	28	8	57	46	16	32	4	13	22	17	10	37	14	0	16	9	0	7

Latitudo Planetarũ ad diẽ		♄		♃		♂		♀		☿		
	1	2	14	1	29	0	11	2	39	0	59	Mensis
	11	2	19	1	32	0	10	4	10	1 A	41	
	21	2	24	1	36	0	9	5	18	1	44	

Syzygiæ Lunares.							
		Orient.	Orient.	Occid.	Occid.	Orient.	Syzygiæ Planetarũ mutuæ, & eorum congressus cum illustrioribus aliquibus stellis fixis.
	☉	♄	♃	♂	♀	☿	
Dies	H ′	H ′	H ′	H ′	H ′	H ′	
1				13 △ 8		9 □ 4	♂ m.c. cum cap. Med. &
2 □	12 47				23 △ 0		☿ occ. cum ♀ 2. a.
3 Asc.	13 ♒		2 ☌ 15	13 □ 16		23 ✶ 52	☽ ☊ 4.2. (scor. b
4		1 ☌ 40					✶ ♄ ☿ 12.56. ♀ oc. cũ
5	1 ✶ 59				8 □ 57		□ ♄ ♂ 17.27. (ioi
6				13 ✶ 38			△ ♃ ♀ per or. ☊ m.c. cũ
7					21 ✶ 30		
8			0 ✶ 16				
9		1 ✶ 38				21 ☌ 0	♂ oc. cum lucida lyr.
10 ☌	14 43		14 □ 28				☽ Ap. □ ☉ ♃ 10.17. c
11 Asc.	12 ♓	15 □ 46					(Fomah. d
12				1 ☌ 9			♃ m.c. cũ coro. et ♂ cum
13			4 △ 15		0 ☌ 43		☿ or. cum cauda ♑.
14		4 △ 42					□ ♃ ☿ 14.53.
15						20 ✶ 1	
16	1 ✶ 58						☿ occ. cum cauda Del.
17				6 ✶ 32	18 ✶ 21		(capite Med. e.
18 □	11 36	21 ☍ 46	0 ☍ 0			12 □ 27	☽ ☋ 15.32. ☿ or. cum
19 Asc.	10 ♈			15 □ 5	21 □ 34		☌ ☉ ♀ 4.42.
20	21 △ 0					23 △ 48	
21				10 △ 7	22 △ 13	Occid.	□ ♄ ☿ 7.33. (lyra.
22			6 △ 15				☌ ♂ ♀ 22.33 ☿ oc. cũ
23		5 △ 38					□ ☉ ♄ 2.54.
24			6 □ 36				☽ Perig. ♂ oc. cum aqu.
25 ☍	4 57	1 □ 47			19 ☍ 42	14 ☍ 13	
26 Asc.	1 ♍		7 ✶ 7	1 ☍ 58			
27		2 ✶ 44					☌ ♀ ☿ 2.8.
28							

a. *Die* 1. ☿ *m.c. cum corde* ♌. | d. *Die* 12. ☿ *m.c. cum cauda* ♑.
b. *Die* 4. ☿ *m.c. cum cauda Del.* | e. *Die* 18. ☿ *occ. cum rostro gallinæ.*
c. *Die* 10. ☿ *occ. cum ultima aquæ ac. & cum aquila, & cauda* ♑.
♀ *Fit* [illegible] *exoriendo cum lucida Eridani.*

Positus Planetarum Diurnus

	Anni veteris	Anni Grego.	☉ ♓			☽ ♒		♄ ♐ (S A)		♃ ♒ (S A)		♂ ♓ (M A)		☿ ♓ (S A)		♀ ♓ (M A)		☊ ♐	
	Dies		P	′	″	P	′	P	′	P	′	P	′	P	′	P	′	P	′
	19	1	9	57	53	0	52	4	14	22	19	21	24	13	25	17	57	0	3
E	20	2	10	57	58	14	30	4	16	22	20	22	10	12	48	19	41	0	0
	21	3	11	58	1	27 ♐	47	4	17	22	21	22	57	12	12	21	31	29 ♏	57
	22	4	12	58	2	10	44	4	19	22	23	23	43	11	36	23	17	29	54
	23	5	13	58	3	23 ♑	22	4	20	22	24	24	30	11 D	2	25	3	29	51
	24	6	14	57	58	5	43	4	21	22	25	25	16	10	28	26	46	29	47
	25	7	15	57	53	17	50	4	22	22	26	26	3	9	56	28 ♈	28	29	44
	26	8	16	57	46	29	48	4	23	22	27	26	49	9	24	0	9	29	41
E	27	9	17	57	37	11 ♒	39	4	23	22	27	27	36	8	52	1	48	29	38
	28	10	18	57	27	23	25	4	24	22 ℞	27	28	22	8	21	3	26	29	35
Ma.	1	11	19	57	15	5 ♓	9	4	24	22	27	29	9	7	52	5	2	29	31
	2	12	20	57	1	16	55	4	24	22	27	29	55	7	25	6	37	29	28
	3	13	21	56	45	28 ♈	46	4	24	22	26	0 ♈	41	7	0	8	10	29	25
	4	14	22	56	27	10	46	4 ℞	24	22	26	1	28	6	37	9	41	29	22
	5	15	23	56	7	22 ♉	58	4	24	22	25	2	14	6	16	11	10	29	19
E	6	16	24	55	45	5	25	4	24	22	24	3	0	5	57	12	36	29	16
	7	17	25	55	21	18 ♊	11	4	24	22	23	3	46	5	40	14	0	29	12
	8	18	26	54	55	1	18	4	24	22	21	4	32	5	26	15	21	29	9
	9	19	27	54	28	14	48	4	23	22	20	5	18	5	14	16	39	29	6
	10	20	28	53	59	28 ♋	40	4	23	22	18	6	4	5	4	17	53	29	3
	11	21	29 ♈	53	26	12	54	4	22	22	16	6	50	4	56	19	3	29	0
	12	22	0	52	55	27 ♌	26	4	22	22	14	7	36	4	50	20	9	28	57
E	13	23	1	52	20	12	11	4	21	22	12	8	21	4	47	21	11	28	53
	14	24	2	51	43	27 ♍	1	4	20	22	9	9	7	4 D	46	22	9	28	50
	15	25	3	51	4	11	50	4	19	22	7	9	54	4	46	23	2	28	47
	16	26	4	50	23	26	30	4	17	22	4	10	39	4	52	23	50	28	44
	17	27	5	49	40	10 ♎	50	4	16	22	1	11	25	4	58	24	33	28	41
	18	28	6	48	55	25	5	4	14	21	58	12	11	5	7	25	10	28	38
	19	29	7	48	8	8 ♏	56	4	13	21	55	12	56	5	18	25	41	28	34
E	20	30	8	47	19	22	26	4	11	21	52	13	42	5	31	26	5	28	31
	21	31	9	46	28	5 ♐	38	4	10	21	48	14	28	5	46	26	22	28	28

Latitudo Planetarũ ad diẽ	♄		♃		♂		☿		♀		Mensis
1	2	28	1	40	0	8	6 D	9	1 S	9	
11	2	32	1	44	0	6	5	54	0	9	
21	2	36	1	47	0	5	4	52	1	50	

Syzygiæ Lunares.

Dies	☉	Orient. ♄	Orient. ♃	Occid. ♂	Occid. ♀	Occid. ☿	Syzygiæ Planetarũ mutuæ, & eorum congressus cum illustrioribus aliquibus stellis fixis.
	H ′	H ′	H ′	H ′	H ′	H ′	
1	17△17				21△7		☿ or. cum lucida Eridani
2			14☌11	14△45		10△55	△ ♃ ♂ 5.20.
3		12☌5					☽ ☊ 4.00 ☌ ♀ 2.30. a
4 □	4 3[illegible]				1□19		☌ ♂ ♀ 10.45.
5 Asc.	1 ♍			2□14	Orient.	3□50	
6	19✱58				8✱42		
7			9✱14	17✱37			
8		9✱24				0✱45	
9			22□3				♀ occ. cum lucida hydr.
10		22□28					☽ Ap. △ ♄ ♂ 14.30.
11					5☌0		
12 ☌	8 51		11△21				
13 Asc.	26 ♎	11△16		4☌5		21☌36	△ ☉ ♃ 11.36.
14							
15							☿ or. cum cor. ♌.
16					0✱58		
17	15✱19		7☍40				☽ ☋ 20.5 △ ♄ ♂ 19.50
18		5☍31		6✱6	7□14		
19						3✱31	
20 □	0 24			13□11	10△40		☿ occ. cum cauda cygni.
21 Asc.	26 ♋		15△26			11□0	
22	6△0	11△17		17△25			
23			16□10			15△35	
24		11□51			12☍35		☽ Per. □ ♄ ♀ ferè. b.
25			16✱45				△ ☉ ♄ 11.1.
26 ☍	7 47	12✱55					
27 Asc.	24 ♎			0☍55			☿ or. cum de. hum. Aur.
28					17△38	0☍9	☿ m. c. cum corde ♌.
29			23☌0				
30		21☌8					☽ ☊ 11.1.
	8 ♎ 19			17△18	0□10		

a. Die 3. △ ♃ ☿ 11.40.
b. Die 24 ♂ or. cum cor. ♌. ☿ or. cum hadis.
♄ Fit stationarius ad ♃ occidendo cum lance bor. ferè.

Aprilis

Anni veteris	Anni Gregor.	Positus Planetarum Diurnus.																		
							☽	A	☽	A	M	A	S	D	S	A		
		☉ ♈			☽ ♓		♄ ♐		♃ ♒		♂ ♈		♀ ♓		☿ ♈		☊ ♒	
Dies		P	′	″	P	′	P	′	P	′	P	′	P	′	P	′	P	′
22	1	10	41	31	16 ♑	33	4	8	21	41	15	13	6	5	26	32	28	25
23	2	11	41	15	1	13	4	6	21	40	15	59	6	21	26	35	28	22
24	3	12	43	45	13	39	4	4	21	36	16	44	6	41	26 ℞	31	28	18
25	4	13	42	41	15	54	4	2	21	32	17	30	7	3	26	19	28	15
26	5	14	41	43	8 ♒	1	4	0	21	27	18	15	7	27	26	0	28	12
E 27	6	15	40	40	10	2	3	58	21	23	19	1	7	53	25 D	34	28	9
28	7	16	39	35	1 ♓	59	3	55	21	18	19	46	8	20	24	59	28	6
29	8	17	38	28	13	56	3	53	21	13	20	32	8	48	24	18	28	3
30	9	18	37	19	25 ♈	54	3	50	21	8	21	17	9	18	23	31	27	59
31	10	19	36	8	7	59	3	47	21	3	22	2	9	49	22	39	27	56
Ap. 1	11	10	34	56	20 ♉	13	3	45	20	57	22	47	10	22	21	44	27	53
2	12	21	33	42	2	58	3	42	20	52	23	32	10	56	20	46	27	50
E 3	13	22	32	26	15	17	3	40	20	46	24	17	11	31	19	45	27	47
4	14	23	31	8	28	32	3	37	20	41	25	2	12	7	18	43	27	44
5	15	24	29	48	11 ♊	27	3	34	20	35	25	47	12	44	17	42	27	40
6	16	25	28	26	25	2	3	31	20	29	26	32	13	23	16	42	27	37
7	17	26	27	1	8 ♋	57	3	28	20	23	27	17	14	3	15	48	27	34
8	18	27	25	36	23	10	3	25	20	17	28	2	14	44	14	57	27	31
9	19	28	24	9	7 ♌	37	3	21	20	11	28	47	15	26	14	12	27	28
E 10	20	29	22	40	22	10	3	18	20	5	29	32	16	9	13 M	33	27	24
11	21	0 ♉	21	9	6 ♍	49	3	14	19	58	0 ♉	16	16	53	13	1	27	21
12	22	1	19	36	21	23	3	10	19	51	1	1	17	38	12	37	27	18
13	23	2	18	2	5 ♎	45	3	7	19	45	1	46	18	24	12	21	27	15
14	24	3	16	26	19	53	3	3	19	38	2	30	19	11	12	12	27	12
15	25	4	14	48	3 ♏	45	2	59	19	31	3	15	19	58	12 D	11	27	9
16	26	5	13	8	17	17	2	55	19	24	3	59	20	46	12	17	26	5
E 17	27	6	11	27	0 ♐	33	2	51	19	17	4	44	21	35	12	31	27	2
18	28	7	9	44	13	31	2	47	19	10	5	28	22 M	24	12	52	26	59
19	29	8	7	59	26 ♑	13	2	43	19	3	6	13	23	14	13	20	26	56
20	30	9	6	12	8	30	2	39	18	55	6	57	24	5	13	54	26	53

Latitudo Planetarũ ad diẽ		♄		♃		♂		♀		☿		
	1	2	39	1	50	0	4	3	21	3 D	15	
	11	2	42	1	53	0	3	1	36	2 M	37	Mensis
	21	2	45	1	55	0	2	0 M	41	0	13	

Syzygiæ Lunares.

		Orient.	Orient.	Occid.	Orient.	Occid.	Syzygiæ Planetarũ mutuæ, & eorum congressus cum illustrioribus aliquibus stellis fixis.
	☉	♄	♃	♂	♀	☿	
Dies	H ′	H ′	H ′	H ′	H ′	H ′	
1						15 △ 11	
2 □	12 7				10 ✱ 11		
3 Asc.	8 ♋		15 ✱ 29	6 □ 37			
4		16 ✱ 4				0 □ 49	♃ m.c. cum corona.
5	14 ✱ 33			21 ✱ 48			♂ occ. cũ cauda cyg. ♂
6			2 □ 42			10 ✱ 34	(♀ cũ hydra.
7		3 □ 52			13 ☌ 16		☽ Ap. ☿ or. cũ dex. hu.
8			14 △ 30				♂ or. cũ hydra. (Aur. a.
9		15 △ 40					cum 31. b.
10							☌ ♂ ☿ .8. 53. ♂ .or.
11 ☌	0 52			5 ☌ 17		2 ☌ 46	☌ ☽ ☿ 14. 10.
12 Asc.	16 ♌				16 ✱ 30	Orient.	
13			10 ☍ 8				☽ ☋ 3. 9.
14		9 ☍ 45					♂ m.c. cum cor. ♌.
15					2 □ 23	10 ✱ 17	☿ occ. cum cauda cygni.
16	0 ✱ 13			2 ✱ 44			
17			19 △ 9		9 △ 3	11 □ 42	
18 □	7 45	16 △ 56		8 □ 31			
19 Asc.	10 [illegible]		20 □ 42			10 △ 22	
20	12 △ 38	18 □ 8		12 △ 40			☽ Perig. ☌ ☽ ♂ 15. 26.
21			21 ✱ 31	Orient.	17 ☍ 30		
22		19 ✱ 37					♃ occ. cum cing. ♍.
23						11 ☍ 6	♂ occ. cũ cor. ♌. ☿ occ
24				13 ☍ 6			△ ♃ ♀ 16. 12. (cũ Acar.
25 ☍	1 6						
26 Asc.	19 ♌		3 ☌ 48		6 △ 42		☽ ☊ 17. 39.
27		4 ☌ 14				22 △ 45	
28					17 □ 52		
29				20 △ 10			
30	0 △ 14		19 ✱ 20			10 □ 22	

a. Die 7. ☿ m.c. cum corna ♌.
b. Die 10. ☿ or. cum hædis.
Die 10. erit ☌ ☽ ♂ corporea: ♂ enim recedit ab Ecliptica ser. 2. solum versus Austrum.

Motus Planetarum Diurnus.

Dies		☉ ♉			☽		♄ ♐ S D		♃ ♏ S A		♂ ♉ M A		♀ ♓ M D		☿ ♈ M D		☊ ♏	
		P	′	″	P	′	P	′	P	′	P	′	P	′	P	′	P	′
21	1	10	4	24	21 ♒	14	2	35	18	48	7	41	24	56	14	34	26	50
22	2	11	2	15	3	30	2	31	18	40	8	26	25	48	15	20	26	46
23	3	12	0	44	15	41	2	26	18	32	9	10	26	40	16	11	26	43
E 24	4	12	58	52	27	49	2	22	18	25	9	54	27	33	17	7	26	40
25	5	13	56	58	9 ♓	57	2	17	18 D	17	10	38	28	17	18	7	26	37
26	6	14	55	2	21	7	2	13	18	9	11	22	29	21	19	11	26	34
27	7	15	53	5	4 ♈	21	2	8	18	1	12	6	0 ♈	16	20	19	26	30
28	8	16	51	6	16	42	2	4	17	54	12	50	1	12	21	32	26	27
29	9	17	49	5	29 ♉	12	2	0	17	46	13	34	2	8	22	44	26	24
30	10	18	47	3	11	55	1	55	17	38	14	18	3	5	24 A	1	26	21
E 1	11	19	44	59	24	53	1	51	17	30	15	2	4	1	25	21	26	18
Ma. 2	12	20	42	54	8 ♊	6	1	46	17	22	15	45	4	59	26	45	26	14
3	13	21	40	48	21 ♋	37	1	41	17	15	16	29	5	57	28	10	26	11
4	14	22	38	40	5	27	1	37	17	7	17	13	6	55	29	39	26	8
5	15	23	36	31	19 ♌	33	1	32	16	59	17	56	7	53	1 ♉	10	26	5
6	16	24	34	21	3	53	1	27	16	52	18	40	8	52	2	43	26	2
7	17	25	32	10	18 ♍	21	1	23	16	44	19	23	9	51	4	18	25	58
E 8	18	26	29	58	2	52	1	18	16	37	20	7	10	50	5	55	25	55
9	19	27	27	44	17 ♎	20	1	13	16	29	20	50	11	50	7	34	25	52
10	20	28	25	29	1	38	1	8	16	22	21	34	12	50	9	15	25	49
11	21	29	23	13	15	45	1	3	16	14	22	17	13	50	10	57	25	46
12	22	0 ♊	20	55	29 ♏	33	0 D	58	16	7	23	1	14	51	12	40	25	43
13	23	1	18	36	13	3	0	54	16	0	23	44	15	52	14	24	25	39
14	24	2	16	16	26	15	0	49	15	53	24	28	16	53	16	9	25	36
E 15	25	3	13	55	9 ♐	10	0	44	15	46	25	11	17	55	17	55	25	33
16	26	4	11	33	21	51	0	39	15	39	25	54	18	57	19	42	25	30
17	27	5	9	10	4 ♑	21	0	34	15	32	26	37	19	59	21	30	25	27
18	28	6	6	46	16	40	0	30	15	25	27	20	21	2	23	19	25	24
19	29	7	4	21	28	53	0	25	15	18	28	3	22	4	25	9	25	20
20	30	8	1	55	11 ♒	2	0	20	15	12	28	46	23	7	26	59	25	17
21	31	8	59	28	23	9	0	16	15	5	29	29	24	10	28	50	25	14

Latitudo Planetarũ ad diẽ	♄		♃		♂		♀		☿		
1	2	47	1 D	56	0	2	0	19	2 A	43	Mensis
11	2	48	1	56	0	1	1	12	3	33	
21	2 D	49	1	54	0	1	1	45	2	55	

Syzygiæ Lunares.

		Orient.	Orient.	Orient.	Orient.	Orient.	Syzygiæ Planetarũ mutuæ, & eorum congressus cum illustrioribus aliquibus stellis fixis.
	☉	♄	♃	♂	♀	☿	
Dies	H ′	H ′	H ′	H ′	H ′	H ′	
1		22 ✶ 4			7 ✶ 47		♄ m.c. cũ ant. ☿ or. cũ ♄
2 □	16 20			10 □ 20			♂ or. cum Fomah. (cũ ♄)
3 Alc.	17 ♈		5 □ 36			1 ✶ 5	♄ oc. cũ corde ♏. ☿ or.
4		8 □ 58					☽ Ap. ☿ oc. cũ cau. cyg.
5	8 ✶ 34			1 ✶ 25			♄ occ. cum neb. ♏.
6		19 △ 41	16 △ 14		15 ☌ 19		
7							(22.55.
8						10 ☌ 13	△ ♄ ♀ 20.48. ☌ ☉ ♃
9			Occid.				♂ m.c. cũ cap. Med. et or.
10 ☌	13 56		10 ☍ 29	4 ☌ 40			(cum pleia.
11 Alc.	4 ♊	12 ☍ 35			17 ✶ 55		☽ ☊ 2.35.
12							♂ m.c. cum acar.
13						12 ✶ 43	☍ ♃ ☿ 21.49. ♂ m.c. cũ
14			19 △ 40	21 ✶ 5	2 □ 41		(dex. lat. Per.
15	7 ✶ 18	19 △ 35				21 □ 47	♂ or. cum ulti. pleia. a.
16			21 □ 20		8 △ 51		♂ occ. cum Rigel.
17 □	12 54	21 □ 25		1 □ 47			☽ Perig.
18 Alc.	19 ♋		22 ✶ 37			5 △ 43	♀ or. cum Fomah.
19	18 △ 14	23 ✶ 9		6 △ 11			
20					20 ☍ 29		♄ or. cum rostro galli.
21							♂ m.c. & ♀ or. cum ple.
22							☍ ☉ ♄ 14.19. (20.
23		Occid.	5 ☌ 19	22 ☍ 22		2 ☍ 50	☽ ☋ 21.49. ☍ ♃ ☿ 19.
24 ☍	12 13	8 ☌ 25					♃ m.c. cũ lance bor.
25 △ Alc.	14 ♋				18 △ 19		♀ or. cũ luc. ☿ oc. cũ Rib. b.
26							♂ occ. cũ Hiad. & pleia.
27			21 ✶ 33				♀ or. cum dext. hu. Aur.
28				22 △ 18	9 □ 21	13 △ 22	♂ occ. cum zona Ori.
29	17 △ 33	3 ✶ 1					♂ occ. cum Bella. c.
30			8 □ 8				☽ Ap. ♃ oc. cũ lã. austr.
31		24 □ 0		13 □ 19	2 ✶ 12	13 □ 15	☌ ♂ ☿ 13.45. ☍ ♄ ☿ 17.47

a. *Die* 15. ♀ *or.* & ☿ *occ. cum cornu* ♈.
b. *Die* 25. ♀ *occ. cum cauda cygni.*
c. *Die* 29. ☿ *occ. cum hiad.* & *pleia.*

Anni veteris	Anni Gregor.	☉ ♊			☽ ♓		♄ ♐ S D		♃ ♒ S D		♂ ♊ M A		♀ ♈ M D		☿ ♊ M A		☊ ♒	
Dies		P	'	"	P	'	P	'	P	'	P	'	P	'	P	'	P	'
E 22	1	9	57	0	5	17	0	11	14	59	0	12	25	14	0	41	25	11
23	2	10	54	32	17	28	0	6	14	52	0	54	26	17	2	33	25	8
24	3	11	52	3	29 ♈	44	0 ♒	1	14	46	1	37	27	21	4	25	25	4
25	4	12	49	35	11	7	29	56	14	40	2	20	28	25	6	16	25	1
26	5	13	47	2	24 ♉	41	29	52	14	34	3 S	3	29	26	8	11	24	58
27	6	14	44	30	7	27	29	47	14	28	3	45	0 ♉	32	10	4	24	55
28	7	15	41	57	20 ♊	27	29	42	14	22	4	27	1	38	11	57	24	52
E 29	8	16	39	23	3	41	29	37	14	16	5	10	2	43	13	51	24	48
30	9	17	36	48	17 ♋	17	29	33	14	11	5	52	3	48	15	45	24	45
31	10	18	34	12	1	9	29	28	14	5	6	35	4	53	17	30	24	42
Iun. 1	11	19	31	36	15	17	29	24	14	0	7	17	5	59	19 S	33	24	39
2	12	20	28	59	29	41	29	19	13	55	8	0	7	4	21	28	24	36
3	13	21	26	22	14 ♌	15	29	15	13	50	8	42	8	10	23	21	24	33
4	14	22	23	44	28	52	29	10	13	45	9	24	9	16	25	16	24	29
E 5	15	23	21	6	13 ♍	27	29	6	13	41	10	7	10	22	27	10	24	26
6	16	24	18	27	27	52	29	2	13	36	10	49	11	28	29	4	24	23
7	17	25	15	46	11 ♎	4	28	58	13	32	11	31	12 A	34	0 ♋	57	24	20
8	18	26	13	9	25	56	28	54	13	28	12	13	13	41	2	50	24	17
9	19	27	10	29	9 ♏	31	28	50	13	24	12	55	14	48	4	43	24	13
10	20	28	7	49	22	46	28	46	13	20	13	37	15	55	6	36	24	10
11	21	29 ♊	5	9	5 ♐	41	28	41	13	17	14	19	17	2	8	28	24	7
E 12	22	0 ♋	2	28	18	19	28	38	13	13	15	1	18	9	10	20	24	4
13	23	0	59	47	0 ♑	43	28	35	13	10	15	42	19	17	12	12	24	1
14	24	1	57	6	12	53	28	31	13	7	16	24	20	24	14	3	23	58
15	25	2	54	25	24 ♒	59	28	27	13	4	17	6	21	32	15	54	23	54
16	26	3	51	44	6	58	28	24	13	1	17	47	22	39	17	44	23	51
17	28	4	49	2	18 ♓	55	28	20	12	59	18	39	23	47	19	35	23	48
18	27	5	46	20	0	55	28	17	12	56	19	10	24	55	21	21	23	45
E 19	29	6	43	38	12	54	28	13	12	54	19	52	26	3	23	8	23	42
20	30	7	40	56	15	2	28	10	12	52	20	34	27	11	24	55	23	39

Latitudo Planetarũ ad diẽ	♄		♃		♂		♀		☿		
1	2	48	1	51	0 S	0	2	4	1 S	29	
11	2	47	1	47	0	0	2 A	22	0	3	Meridi
21	2	44	1	41	0	1	2	12	1	12	

Syzygiæ Lunares.

Dies	☾	Occid. ♄	Occid. ♃	Orient. ♂	Orient. ♀	Orient. ☿	Syzygiæ Planetarũ mutuæ, & eorum congressus cum illustrioribus aliquibus stellis fixis.
	H	H	H	H	H	H	
1 □	10 18		18 △ 50				♂ ♄ ☌ 0.0. a
2 Asc.	18 ♑						☌ m.c.cũ his et oc.cũ Sy.
3		0 △ 33		3 ✶ 53		9 ✶ 46	☿ m.c.cum Alde. (hiad.
4	1 ✶ 29						♃ oc.cũ pind. ☿ or. cum
5					9 ☌ 50		♀ occ. cum cor. ♈.
6			12 ☍ 52				☿ m.c.cum hadis.
7		16 ☍ 38					☉ ☋ 7.57. ☿ or.cũ Ald.
8				2 ☌ 42		10 ☌ 56	☌ m.c. cũ Ald. ☿ m.c. cũ
9 ☌	0 41						♀ or. cum Fomah. (capra
10 Asc.	28 ♍		21 △ 51		6 ✶ 52		☿ m.c. cum zona Orio.
11		23 △ 21					☌ ☉ ☿ 0.37. (cũ 141.
12			27 □ 13	14 ✶ 14	13 □ 9	Occid.	♂ or. cum hiad. & occ.
13	12 ✶ 36					17 ✶ 11	☉ Perig. ☿ m.c. cum 31.
14		0 □ 32		18 □ 13	18 △ 41		(& 141.
15 □	27 46		0 ✶ 26				♀ oc. cum pleia.
16 Asc.	25 ♐	2 ✶ 0		23 △ 2		2 □ 24	♂ m.c. cum hadis.
17							☌ ♃ ♀ 19.13 ♀ m.c.cũ 20
18	0 △ 25					14 △ 5	♂ or. cum Alde.
19			7 ☌ 0		10 ☍ 36		☿ m.c.cũ ocu. ♉ 22. b
20		11 ☌ 5					☉ ☊ 2.35 ☌ m.c.cũ ca. c
21				17 ☍ 22			☌ or.c. cum fin.hu.Ori. &
22							(Rigel. d
23 ☍	0 41						△ ♃ ♀ 11.13.
24 Asc.	8 ♎		0 ✶ 24		16 △ 26	2 ☍ 49	☿ or. cũ 131. et Her. (Or.
25		0 ✶ 54					♀ m.c.cũ pl. ☿ or.cũ zo.
26			12 □ 7	13 △ 6			☿ or.cũ Ri. et m.c.cũ pr.
27		18 □ 49			19 □ 47		☉ Ap. ☌ m.c.cũ zo. Ori
28	16 △ 36						♀ occ.cũ hiad. & pleia
29			0 △ 9	14 □ 38		23 △ 42	☿ oc. cum zona Orio.
30		6 △ 13			4 ✶ 39		☍ ♄ ♀ 19.40. ♂ occ.
							(cum Bella. & ult. pleia.

a. Die 1. ♀ m.c. cum cor. ♈. ♂ occ. cum Ald. & ☿ m.c. cum hiadibus.

b. Die 19. ☿ or. cum Bella. & Apoll.

c. Die 20. ☿ m.c. cum Syrio.

d. Die 21. ♂ occ. cum cap. Med. & ♀ cum sinistro pede Orionis.

Positus Planetarum Diurnus.

Anni veteris	Anni Grego.	☉ ♋			☽ ♈		S ♄ ♒ D		S ♃ ♒ D		S ♂ ♊ A		M ♀ ♉ A		S ☿ ♋ A		☊ ♒	
Dies		P	′	″	P	′	P	′	P	′	P	′	P	′	P	′	P	′
21	1	8	35	14	7	19	28	7	12	50	21	15	28	20	26	41	23	35
22	2	9	35	41	19	47	28	4	12	48	21	56	29	38	28	26	23	32
23	3	10	32	48	2 ♉	28	28	1	12	47	22	38	0 ♊	37	0 ♌	10	23	29
24	4	11	30	5	15	25	27	58	12	46	23	19	1	46	1	52	23	26
25	5	12	27	20	25 ♊	39	27	56	12	45	24	0	2	54	3	33	23	23
E 26	6	13	24	40	12	11	27	53	12	44	24	41	4	3	5 D	12	23	19
27	7	14	21	56	26 ♋	3	27	51	12	44	25	22	5	12	6	49	23	16
28	8	15	19	16	10	4	27	49	12	43	26	3	6	21	8	24	23	13
29	9	16	16	34	24 ♌	41	27	46	12	43	26	44	7	30	9	56	23	10
30	10	17	13	53	9	43	27	44	12 D	43	27	25	8	39	11	26	23	7
Iul. 1	11	18	11	12	24 ♍	12	27	41	12	43	28	6	9	49	12	53	23	4
2	12	19	8	31	9	3	27	39	12	43	28	47	10	58	14	17	23	0
E 3	13	20	5	50	23 ♎	44	27	37	12	43	29 ♋	27	12	8	15	39	22	57
4	14	21	3	10	8	13	27	35	12	44	0	6	13	17	16	56	22	54
5	15	22	0	30	22 ♏	41	27	33	12	44	0	49	14	27	18	14	22	51
6	16	22	57	50	6	15	27	32	12	45	1	29	15	37	19	27	22	48
7	17	23	55	11	19 ♐	45	27	30	12	46	2	10	16	47	20	36	22	45
8	18	24	52	31	2	51	27	29	12	47	2	50	17	57	21	41	22	41
9	19	25	49	54	15	35	27	27	12	49	3	31	19	7	22	42	22	38
E 10	20	26	47	10	28 ♑	1	27	26	12	51	4	11	20	17	23 M	39	22	35
11	21	27	44	32	10	12	27	25	12	53	4	52	21	28	24	31	22	32
12	22	28	41	2	22	12	27	23	12	55	5	33	22	38	25	16	22	29
13	23	29	39	20	4 ♒	3	27	22	12	58	6	13	23	48	26	0	22	26
14	24	0 ♌	36	50	15	41	27	21	13	0	6	53	24	59	26	36	22	23
15	25	1	34	15	27 ♓	33	27	20	13	3	7	34	26	9	27	6	22	19
16	26	2	31	40	9	20	27	19	13	6	8	14	27	20	27	29	22	16
E 17	27	3	[illegible]	6	21 ♈	11	27	19	13	9	8	54	28	30	27	43	22	13
18	28	4	[illegible]	32	3	9	27	18	13	12	9	34	29	41	27	49	22	10
19	29	5	24	0	15	18	27	18	13	16	10	14	0 ♋	52	27 ℞	47	22	6
20	30	6	21	28	27	41	27	17	13	19	10	54	2	3	27	38	22	3
21	31	7	[illegible]	57	10 ♉	21	27	17	13	23	11	34	3	14	27	21	22	0

Latitudo Planetarũ ad diẽ		♄		♃		♂		♀		☿		
	1	2	41	1	39	0	1	2	0	1 D	49	
	11	2	37	1	35	0	4	1	46	1 M	28	Mensis
	21	2	33	1	31	0	6	1	20	0	4	

Syzygiæ Lunares.

Dies	☉	Occid. ♄	Occid. ♃	Orient. ♂	Orient. ♀	Occid. ☿	Syzygię Planetarũ mutuę, & eorum congressus cum illustrioribus aliquibus stellis fixis.
	H ʹ	H ʹ	H ʹ	H ʹ	H ʹ	H ʹ	
1 □	2 48						△ ♄ ☿ 19.7. ♀ oc.cum
2 Asc.	9 ♒			4 ✶ 18		18 □ 58	♀ occ.cum ca.m.a.(Ald.
3	16 ✶ 10		19 ☍ 6				✶ ♀ ☿ 19.38. a.
4		18 ☍ 41					☽ ☊ 14.29 ☍ m.c.cũ 3 st.
5					8 ☌ 13	9 ✶ 56	△ ☉ ♃ 7.27. ♂ m.c.
6				12 ☌ 40			(cum 141. c.
7							♀ or.cum hiad.
8 ☌	9 3		4 △ 7				♀ oc. cum de.hum Orio.
9 Asc.	12 ♍	5 △ 0			12 ✶ 31		(Syrio.
10			5 □ 13			3 ☌ 40	□ ♃ ☿ 21.14 ☿ or.c.
11		5 □ 37		6 ✶ 17			☽ Perig. ♀ or.cum Ald.
12	17 ✶ 19		6 ✶ 1		3 □ 26		♀ m.c.cũ hu. et ☿ cũ hy.
13		6 ✶ 24		9 □ 54			♂ occ.cum cane maiore.
14 □	22 33				9 △ 21	16 ✶ 14	♀ m.c.cũ capra, et c 30.d.
15 Asc.	2 ♎			15 △ 19			♀ m.c. cum Rigel.
16			11 ☌ 33				
17	8 △ 14	14 ☌ 11				1 □ 41	☽ ☊ 5.18.
18							♂ or. cũ Bella. (Apoll.
19					7 ☍ 31	14 △ 53	♀ m.c. cũ 20.Ori ♂ or.cũ
20				12 ☍ 52			△ ☉ ♄ 16.8. ☌ ☿ cũ reg.
21			5 ✶ 23				
22 ☍	14 19	10 ✶ 29					♀ m.c.cum de.hu. Auri.
23 Asc.	2 ♋		18 □ 15				♀ m.c. cum 141.
24		23 □ 34			20 △ 48	23 ☍ 6	☽ Apo. ☍ m.c. cum Sy.
25				21 △ 46			□ ♄ ☿ 14.0.
26			7 △ 39				✶ ♀ ☿ 3.51.
27		12 △ 17			16 □ 17		♃ oc. cũ vin. et ♀ cũ pr.
28	2 △ 47			13 □ 23			
29						23 △ 55	
30 □	17 45				9 ✶ 7		♀ or.cũ Bel. & Apol. e.
31 Asc.	19 ♌		3 ☍ 38	2 ✶ 23			☽ ☋ 21.27 ♂ or.cũ

a. Die 3. ♀ m.c.cum hiad. ☿ or.cum asinis, | e. Die 30. ♂ occ.cum hœdis.
b. Die 4. ☿ or.cum Præsepe, & asin.
c. Die 5. ☿ or.cum cane minore.
d. Die 14. ♀ occ.cum cap.Med.

Anni Iuliani	Anni Grego.	☉ ♌			☽ ♉		S ♄ ♐ D		S ♃ ♐ D		S ♂ ♋ A		M ♀ ♋ A		M ☿ ♌ D		☊ ♐	
Dies		P	'	''	P	'	P	'	P	'	P	'	P	'	P	'	P	'
22	1	8	16	27	23	20	27	17	13	27	12	14	4	25	26	56	21	57
23	2	9	15	58	6 ♊	19	27 Di	17	13	31	12	54	5	36	26	23	21	54
E 24	3	10	11	30	20 ♋	19	27	17	13	35	13	34	6	47	25	42	21	51
25	4	11	9	3	4	20	27	17	13	39	14	13	7	59	24	59	21	47
26	5	12	6	37	18 ♌	42	27	17	13	44	14	53	9	10	24	2	21	44
27	6	13	4	12	3	12	27	18	13	48	15	33	10	22	23	5	21	41
28	7	14	1	48	18 ♍	15	27	18	13	53	16	12	11	33	22	4	21	38
29	8	14	59	26	3	14	27	19	13	58	16	52	12	45	21	2	21	35
30	9	15	57	5	18 ♎	13	27	20	14	3	17	31	13	56	19	57	21	31
31	10	16	54	45	3	3	27	20	14	8	18	10	15	8	18 A	55	21	28
Au 1	11	17	52	26	17 ♏	40	27	21	14	13	18	50	16	20	17	52	21	25
2	12	18	50	8	1	55	27	22	14	19	19	29	17	31	16	54	21	22
3	13	19	47	51	15	48	27	23	14	24	20	8	18	43	16	0	21	19
4	14	20	45	35	29	17	27	24	14	30	20	48	19	55	15	12	21	15
5	15	21	43	20	12 ♐	23	27	25	14	36	21	27	21	7	14	28	21	12
6	16	22	41	7	25	7	27	27	14	42	22	6	22	19	13	52	21	9
E 7	17	23	38	55	7 ♑	51	27	28	14	48	22	45	23	31	13	23	21	6
8	18	24	36	44	19	39	27	30	14	55	23	24	24	43	13	1	21	3
9	19	25	34	34	1 ♒	35	27	31	15	1	24	3	25	55	12	46	21	0
10	20	26	32	25	13	21	27	33	15	8	24	42	27	8	12 D	38	20	56
11	21	27	30	17	25	1	27	35	15	15	25	41	28	20	12	38	20	53
12	22	28	28	11	6 ♓	39	27	37	15	22	26	0	29	32	12	46	20	50
13	23	29 ♍	26	6	18 ♈	18	27	39	15	29	26	38	0 ♌	45	13	2	20	47
E 14	24	0	24	2	0	2	27	41	15	36	27	17	2 S	57	13	25	20	44
15	25	1	21	59	11	53	27	43	15	44	27	56	3	10	13	54	20	40
16	26	2	19	58	23	55	27	46	15	51	28	34	4	23	14	29	20	37
17	27	3	17	58	6 ♉	11	27	48	15	59	29	13	5	35	15	11	20	34
18	28	4	15	58	18	46	27	50	16	7	29	51	6	48	15	59	20	31
19	29	5	14	0	1 ♊	41	27	53	16	15	0 ♌	30	8	1	16	52	20	28
20	30	6	12	4	14	59	27	56	16	23	1	8	9	14	17	49	20	25
E 21	31	7	10	9	28	40	27	59	16	31	1	47	10	17	18	50	20	21

Latitudo Planetarũ ad diẽ		♄		♃		♂		♀		☿		
	1	2	28	2	20	0	8	0	55	2 A	46	Mensis
	11	2	25	1	22	0	11	0	35	4	4	
	21	2	17	1	17	0	14	0 S	9	2	39	

	Syzygiæ Lunares.						
		Occid.	Occid.	Orient	Orient.	Occid.	Syzygiæ Planetarũ mutuę, & eorum congressus cum illustrioribus aliquibus stelis fixis.
	☽	♄	♃	♂	♀	☿	
Dies	H ′	H ′	H ′	H ′	H ′	H ′	
1		7 ☍ 7				6 □ 13	♂ or. cũ Her. ♃ oc. cũ a.
2	4 ✱ 54						♂ or. cũ pri. zõ. Or. (aust.
3						8 ✱ 43	△ ♃ ♂ 0.36 ♀ m. c. cũ
4			15 △ 39	17 ☌ 19	6 ☌ 38		(Syrio.
5		14 △ 3					♀ occ. cum he. (cũ Ap. a.
6 ☌	16 44		16 □ 55				□ ☽ ♃ 19.55. ♂ m. c.
7 Asc.	13 ♌	14 □ 31				5 ☌ 43	☽ Pe. ♀ or. cũ zõ. Ori. b.
8			17 ✱ 18	22 ✱ 47	16 ✱ 33		♂ or. cũ ult. zonæ Orio.
9		14 ✱ 45					△ ♃ ♀ 2.30.
10					21 □ 37		☿ m. c. cũ pr. ♀ or. cũ Ri. c
11	0 ✱ 22			2 □ 5		0 ✱ 19	☌ ☽ ♀ 0.0 ♂ m. c. cum
12			21 ☌ 34			Orient.	(Herc. d.
13 □	7 41	10 ☌ 39		8 △ 6	5 △ 42	0 □ 22	☽ ☊ 9.47 ♀ m. c. cũ pr.
14 Asc.	7 ♓						□ ♃ ♀ 20.5. (& Her
15	19 △ 2					3 △ 45	☍ ☿ ♀ 14.33. ☿ m. c.
16							(cum hydra.
17			14 ✱ 33				
18		15 ✱ 50		8 ☍ 19	11 ☍ 20		
19						22 ☍ 34	
20			3 □ 42				△ ♄ ♀ 8.34.
21 ☍	5 38	5 □ 18					□ ☽ ♄ 2.9 (oc. cũ Her.
22 Asc.	1 ♍		18 △ 8				☽ Ap. ♀ or. cũ as. bo. &
23		19 △ 12		18 △ 2			☿ or. cũ Pr. & oc. (et as.
24					4 △ 20		☌ ♄ ☿ 15.31 ♀ m. c. cũ Pr.
25						4 △ 13	♀ or. cũ pr. et as. austr. e.
26	17 △ 55			9 □ 36	22 □ 48		☿ m. c. cum hy. (cũ Her.
27			18 ☍ 53			18 □ 19	♃ m. c. cũ lac. bor. ♂ oc.
28		16 ☍ 54		21 ✱ 40			☽ ☋ 3.14. □ ♃ ♀ 4.
29 □	6 59				12 ✱ 35		(16. f.
30 Asc.	15 ♓					5 ✱ 22	♂ or. cũ Pr. et alternat.
31	15 ✱ 54						♀ or. cum Syrio. ♂ oc. cũ

a. Die 6. ♂ or. cum Rigel, & ♀ cum dex. hum. Orio. & Hercu. (as. austr.

b. Die 7. ☿ occ. cum hydra.

c. Die 10. ♀ occ. cum hydra.

d. Die 11. ♀ m. c. cum Apolline, & or. cum ultima zona Orio.

e. Die 25. ♀ occ. cum Pr. as. & Apoll.

f. Die 28. ♂ or. cum as. bor.

Anni Veteris		Anni Gregor.	☉ ♍			☽ ♋		♄ ♏ S	D	♃ ♏ S	D	♂ ♌ S	A	♀ ♌ S	A	☿ ♌ M	A	☊ ♏	
Dies			P	'	"	P	'	P	'	P	'	P	'	P	'	P	'	P	'
22		1	8	8	16	12	45	28	2	16	40	2	25	11	40	19	55	20	18
23		2	9	6	25	27	10	28	5	16	48	3	3	12	53	21	4	20	15
24		3	10	4	35	11 ♌	53	28	8	16	57	3	42	14	6	22	16	20	12
25		4	11	2	47	26	49	28	12	17	5	4	20	15	20	23	31	20	9
26		5	12	1	1	11 ♍	51	28	15	17	14	4	58	16	33	24	50	20	5
27		6	12	59	17	26	51	28	19	17	23	5	36	17	46	26	12	20	2
28	E	7	13	57	34	11 ♎	42	28	22	17	32	6	14	19	0	27 S	36	19	59
29		8	14	55	53	26	18	28	26	17	41	6	52	20	13	29	2	19	56
30		9	15	54	14	10 ♏	33	28	29	17	51	7	30	21	27	0 ♍	30	19	53
31		10	16	52	36	24	27	28	33	18	0	8	8	22	40	2	0	19	50
Sep. 1		11	17	51	26	7 ♐	59	28	37	18	10	8	46	23	54	3	32	19	46
2		12	18	49	54	21	8	28	41	18	19	9	23	25	7	5	6	19	43
3		13	19	48	13	3 ♑	56	28	45	18	29	10	1	26	21	6	42	19	40
4	E	14	20	46	33	16	15	28	49	18	39	10	39	27	35	8	19	19	37
5		15	21	45	27	28	38	28	53	18	48	11	16	28 ♍	48	9	57	19	34
6		16	22	44	2	10 ♒	18	28	58	18	58	11	54	0	2	11	36	19	30
7		17	23	42	39	22	28	29	2	19	8	12	31	1	16	13	16	19	27
8		18	24	41	17	4 ♓	12	29	7	19	18	13	9	2	30	14	57	19	24
9		19	25	39	57	15	53	29	11	19	28	13	46	3	44	16	39	19	21
10		20	26	38	39	27	33	29	16	19	38	14	23	4	58	18	21	19	18
11	E	21	27	37	23	9 ♈	17	29	20	19	49	15	1	6	12	20	4	19	15
12		22	28	36	9	21	8	29	25	19	59	15	38	7	26	21	48	19	11
13		23	29 ♎	34	56	3 ♉	9	29	29	20	10	16	15	8	40	23	32	19	8
14		24	0	33	45	15	24	29	34	20	21	16	52	9	54	25 D	17	19	5
15		25	1	32	36	27	57	29	39	20	31	17	29	11	8	27	2	19	2
16		26	2	31	30	10 ♊	49	29	44	20	42	18	6	12	23	28	48	18	59
17		27	3	30	25	24 ♋	4	29	49	20	53	18	43	13	37	0 ♎	34	18	55
18	E	28	4	29	22	7	42	29	54	21	4	19	20	14	51	2	20	18	52
19		29	5	28	21	21 ♌	43	29 ♐	59	21	15	19	57	16	6	4	7	18	49
20		30	6	27	22	6	5	0	4	21	26	20	33	17	20	5	54	18	46

Latitudo Planetarũ ad diẽ	♄		♃		♂		♀		☿		
1	2	32	1	13	0	17	0	18	1 S	10	Mensis
11	2	8	1	9	0	23	0	37	0	59	
21	2	5	1	6	0	36	0	57	1 D	32	

Syzygiæ Lunares.							
		Occid.	Occid.	Orient.	Orient.	Orient.	Syzygiæ Planetarū mutuæ, & eorum congressus cum illustrioribus aliquibus stellis fixis.
	☉	♄	♃	♂	♀	☿	
Dies	H ʹ	H ʹ	H ʹ	H ʹ	H ʹ	H ʹ	
1			6 △ 35				♂ m.c.cū asi. etc.
2		1 △ 30		10 ☌ 1			♂ or.cum asi.austr.
3			8 □ 12		3 ☌ 53	18 ☌ 12	♀ m.c.cū hy. et oc.cū...
4		2 □ 12					☿ or.cū reg. (☌ 32. a
5 ☌	0 24		8 ✶ 41				☉ Per. □ ♃ ☿ 15.23.
6 Asc.	6 ♎	2 ✶ 23		14 ✶ 46			
7					13 ✶ 4		□ ♄ ☿ 13.28.
8				18 □ 37		5 ✶ 8	
9	9 ✶ 56		12 ☌ 44		20 □ 36		☉ ☊ 16.2. ☿ or cū ...
10		7 ☌ 20				15 □ 6	♃ occ.cum ving. ♍. b
11 □	19 34			1 △ 32			✶ ☉ ♃ 9.19. ☌ ♀ cum
12 Asc.	8 ♎				8 △ 16		(Reg. c.
13						6 △ 6	
14	9 △ 18		4 ✶ 26				♂ or. cum cane maiore.
15		0 ✶ 30					□ ♄ ♀ 1.44.
16			17 □ 8	2 ☍ 40			☿ or. cum cauda ♌.
17		13 □ 30			20 ☍ 6		♀ or. cum coma Beren.
18							♀ or.cū hy. et oc.cū Alg.
19 ☍	22 10		7 △ 29			2 ☍ 50	☉ ap. ♂ oc. cū ... ☌
20 Asc.	15 [illegible]	3 △ 21					✶ ♃ ☿ 20.6.
21				13 △ 17			♂ m.c.cū hy. et ☿ ...
22							✶ ☉ ♄ 21.23.
23					12 △ 0		
24			9 ☍ 35	4 □ 58		21 △ 50	☉ ☋ 7.1. (160
25	7 △ 17	3 ☍ 13					♀ or.cū cū ♌. ☿ m.c.c
26				13 ✶ 50	3 □ 18		✶ ♄ ☿ 13.19 ☿ or.cū ...
27 □	18 9					13 □ 9	☿ m.c. cum spica.
28 Asc.	4 ♎		23 △ 13		13 ✶ 36		♄ or. cum media fron. ♏ c
29		13 △ 53				23 ✶ 38	♄ or.cū rost. gall. (cum e
30	0 ✶ 41						☌ ☉ ☿ 16.30. ♃ m.c.cū

a. Die 3. ♂ occ. cum Præsepe, & Asell.
b. Die 10. ☿ or. cum lucida hydr.
c. Die 11. ♂ occ. cum asino bor.
d. Die 28. ☿ m.c. cum Algorab.
e. Die 30. ☿ or. cum ...

Dies	Dies	☉ ♎ P	′	″	☽ ♌ P	′	♄ ♐ S D P	′	♃ ♐ S D P	′	♂ ♌ S A P	′	♀ ♍ S A P	′	☿ ♎ S D P	′	☊ ♐ P	′
21	1	7	26	25	20 ♍	45	0	9	21	38	21	10	18	34	7	41	18	43
22	2	8	25	30	5	36	0	14	21	49	21	47	19	49	9	28	18	40
23	3	9	24	37	19 ♎	32	0	20	22	0	22 □	23	21	3	11	15	18	36
24	4	10	23	46	5	24	0	25	22	12	23	0	22	18	13	2	18	33
E. 25	5	11	22	57	20 ♏	7	0	31	22	24	23	36	23	33	14	48	18	30
26	6	12	22	10	4	35	0	37	22	36	24	13	24	47	16	34	18	27
27	7	13	21	25	18 ♐	45	0	43	22	48	24	49	26	2	18	20	18	24
28	8	14	20	42	2	34	0	49	23	0	25	26	27	17	20	5	18	21
29	9	15	20	1	16	3	0	55	23	12	26	2	28	32	21	50	18	17
30	10	16	19	22	29 ♑	12	1	1	23	24	26	38	29 ♎	46	23	35	18	14
Octob. 1	11	17	18	44	12	3	1	6	23	36	27	14	1	1	25	19	18	11
2	12	18	18	9	24	37	1	12	23	48	27	50	2	16	27	2	18	8
3	13	19	17	36	6 ♒	57	1	18	24	0	28	26	3	31	28 ♏	45	18	5
4	14	20	17	5	19	6	1	24	24	12	29	2	4	46	0 M	28	18	1
5	15	21	16	36	1 ♓	0	1	30	24	24	29 ♍	38	6	1	2	10	17	58
6	16	22	16	9	13	0	1	36	24	36	0	13	7	16	3	52	17	55
7	17	23	15	44	24 ♈	52	1	42	24	48	0	49	8	31	5	33	17	52
8	18	24	15	20	6	41	1	48	25	0	1	24	9	46	7	13	17	49
E. 9	19	25	14	58	18 ♉	34	1	55	25	13	2	0	11	1	8	52	17	46
10	20	26	14	38	0	34	2	1	25	25	2	35	12	16	10	30	17	42
11	21	27	14	20	12	44	2	7	25	38	3	11	13 D	31	12	7	17	39
12	22	28	14	4	25 ♊	6	2	14	25	50	3	46	14	47	13	43	17	36
13	23	29 ♏	13	50	7	43	2	20	26	3	4	22	16	2	15	18	17	33
14	24	0	13	38	20 ♋	39	2	27	26	16	4	57	17	17	16	52	17	30
15	25	1	13	28	3	50	2	33	26	28	5	32	18	32	18	24	17	26
E. 16	26	2	13	20	17 ♌	35	2	40	26	41	6	7	19	47	19	55	17	23
17	27	3	13	14	1	35	2	47	26	54	6	42	21	2	21	24	17	20
18	28	4	13	10	15 ♍	54	2	53	27	6	7	17	22	18	22	52	17	17
19	29	5	13	8	0	26	3	0	27	19	7	51	23	33	24	18	17	14
20	30	6	13	7	15	0	3	7	27	32	8	26	24	48	25	42	17	11
21	31	7	13	8	29	51	3	13	27	45	9	0	26	4	27	4	17	7

Latitudo Planetarũ ad diẽ		♄	′	♃	′	♂	′	♀	′	☿	′	
	1	2	2	1	3	0	31	1	7	1	27	
	11	1	59	1	0	0	36	1	58	0 M	25	Mensis
	21	1	56	0	58	0	44	1 D	16	0	51	

Syzygiæ Lunares.

Dies	☽ H	Occid. ♄ H	Occid. ♃ H	Orient. ♂ H	Orient. ♀ H	Occid. ☿ H	Syzygiæ Planetarũ mutuæ, & eorum congressus cum illustrioribus aliquibus stellis fixis.
1		15 □ 10	1 □ 47	0 ☌ 47			♄ occ. cum neb. ♋.
2							☽ Perig. □ ♃ ☿ 1. 53
3		19 ✱ 34	2 ✱ 24		0 ☌ 55		✱ ♃ ♀ 21. 43 ♀ m.c. cũ ca[illegible]
4 ☌	9 [illegible]					14 ☌ 9	☿ or. cum corona. (♌).
5 Asc.	21 [illegible]			16 ✱ 1			♂ ☌ cum Reg.
6							☽ ☊ 23. 14 ♀ or. cũ Alg.
7		20 ☌ 55	7 ☌ 7	11 □ 2	13 ✱ 54		♀ m.c. & ☿ or. cum cor.
8	22 ✱ 52						♃ occ. cũ acu. ♏ & ♂ c[illegible]
9				19 △ 5		11 ✱ 11	♀ or. cum vindem. (reg.
10					1 □ 8		♀ m.c. cum trica.
11 □	21 [illegible] 3		22 ✱ 24				✱ ♄ ♀ 1. 44 [illegible]
12 Asc.	26 ♋	12 ✱ 15			16 △ 13	5 □ 7	✱ ♂ ☿ 17. 12. ♀ m.c.
13							
14	12 △ 33		10 □ 23	20 ☍ 15			♀ or. & ☿ m.c. cũ arct.
15		0 □ 48				2 △ 30	♀ or. cum Fidicula.
16			23 △ 54				
17		14 △ 10					☽ Ap. ♂ or. cũ [illegible]
18					6 ☍ 59		□ ♄ ♂ 19. 53 ☿ m.c. [illegible]
19 ☍	14 53						♂ or. cũ [illegible] et oc. cũ [illegible]
20 Asc.	21 ♍			4 △ 11		22 ☍ 35	♃ oc. cũ media fron. ♏.
21							♏ ☋ 9. 19 ♀ or. cũ coro.
22		13 ☍ 40	1 ☍ 24	17 □ 19			♃ m.c. cum pri. ✱ fro. ♏
23					27 △ 8		♀ or. cum Alg. et cũ [illegible]
24	18 △ 44						♀ m.c. cum spi. ♍. & or.
25				2 ✱ 56			☿ or. cũ cing. ♍ [illegible]
26			15 △ 50		4 □ 6	4 △ 28	♄ m.c. cũ corde ♏ ☿ or. cũ
27 □	3 18	2 △ 1					♀ m.c. cum corona.
28 Asc.	22 ♓		18 □ 56		21 ✱ 53	21 □ 45	♄ occ. cum bor. lance.
29	8 ✱ 22	4 □ 13		12 ☌ 57			
30			20 ✱ 32			19 ✱ 0	☽ Pe. ☿ m.c. cũ pr. fro. ♏
31		5 ✱ 33					☌ ♀ ☿ 14. 49 ♀ m.c. cũ [illegible]

a. Die 3. ♄ occ. cum corde ♋.
b. Die 19. ☿ or. cum cauda cygni, & chelis.
c. Die 23. ♀ occ. cum spica ♍.
d. Die 26. ☿ occ. cum cauda ♌.
e. Die 31. ♃ occ. cum neb. ♋. ☿ or. cum rostro galli.

Positus Planetarum Diurnus.

	Dies (Stylo vet.)	Dies (Stylo Greg.)	⊙ ♏ P	′	″	☽ ♎ P	′	♄ ♐ S D P	′	♃ ♏ S D P	′	♂ ♍ S A P	′	♀ ♎ S D P	′	☿ ♏ M D P	′	☊ ♏ P	′
	22	1	8	13	12	14	29	3	20	27	58	9	35	27	19	28	24	17	4
E	23	2	9	13	16	18	56	3	27	28	11	10	9	28	35	29	41	17	1
	24	3	10	13	23	13 ♏	8	3	34	28	24	10	44	29 ♏	50	0 ♐	58	16	58
	25	4	11	13	31	27	13	3	41	28	37	11	18	1	6	2	15	16	55
	26	5	12	13	41	10 ♐	40	3	48	28	50	11	52	2	21	3	21	16	52
	27	6	13	13	53	23	57	3	55	29	3	12	26	3	37	4	26	16	48
	28	7	14	14	6	6 ♑	58	4	2	29	16	13	0	4	53	5	31	16	45
	29	8	15	14	21	19	44	4	9	29	29	13	34	6	8	6	33	16	42
E	30	9	16	14	38	2 ♒	17	4	16	29	42	14	8	7	24	7	31	16	39
	31	10	17	14	57	14	40	4	23	29	55	14	41	8	39	8	25	16	36
No.	1	11	18	15	17	26 ♓	54	4	30	0 ♐	9	15	15	9	55	9	16	16	32
	2	12	19	15	39	9	1	4	37	0	22	15	48	11	10	10	2	16	29
	3	13	20	16	2	21 ♈	5	4	44	0	35	16	22	12	26	10 A	44	16	26
	4	14	21	16	27	3	9	4	51	0	49	16	55	13	42	11	22	16	23
	5	15	22	16	54	15	14	4	58	1	2	17	29	14	58	11	50	16	19
E	6	16	23	17	22	27	25	5	6	1	15	18	2	16	14	12	23	16	16
	7	17	24	17	52	9 ♉	38	5	13	1	29	18	35	17	30	12	50	16	13
	8	18	25	18	23	21	3	5	20	1	42	19	8	18	46	13	10	16	10
	9	19	26	18	56	4 ♊	41	5	27	1	55	19	41	20	1	13	25	16	7
	10	20	27	19	31	17	34	5	34	2	8	20	14	21	17	13	35	16	3
	11	21	28	20	7	0 ♋	44	5	41	2	22	20	46	22	33	13	38	16	0
	12	22	29	20	44	14	12	5	48	2	35	21	19	23	49	13 ♏	36	15	57
E	13	23	0 ♐	21	23	28 ♌	0	5	55	2	48	21	52	25	5	13	29	15	54
	14	24	1	22	3	12	6	6	2	3	2	22	24	26	21	13	18	15	51
	15	25	2	22	44	26 ♍	26	6	10	3	15	22	57	27	37	13	2	15	48
	16	26	3	23	26	10	56	6	17	3	29	23	29	28	53	12	42	15	44
	17	28	4	24	10	25 ♎	29	6	24	3	42	24	1	0 ♐	9	12	18	15	41
	18	27	5	24	56	9	59	6	31	3	55	24	33	1	25	11	50	15	38
	19	29	6	25	43	24	21	6	39	4	8	25	5	2	41	11	19	15	35
E	20	30	7	26	31	8 ♏	29	6	46	4	22	25	37	3	57	10	45	15	32

Latitudo Planetarũ ad diẽ	♄	′	♃	′	♂	′	♀	′	☿	′	
1	1	54	0	56	0	50	1	9	3	12	
11	1	52	0	55	0	58	0	59	3 A	0	Mensis
21	1	51	0	54	1	6	0	43	2	37	

	Syzygiæ Lunares.						
		Occid.	Occid.	Orient.	Orient.	Occid.	Syzygię Planetarũ mutuę, & eorum congressus cum illustrioribus aliquibus stellis fixis.
	☉	♄	♃	♂	♀	☿	
Dies	H ′	H ′	H ′	H ′	H ′	H ′	
1					13 ☌ 21		♃ occ. cum corde ♏.
2 ☌	19 4			19 ✱ 45			
3 Asc.	10 ♏						☉ ☊ 6.34. (cũ arctu. a.
4		11 ☌ 47	2 ☌ 48			9 ☌ 53	✱ ☉ ♂ 3. 42. ♀ m.c.
5				2 □ 16			☌ ♄ ☿ 10.48 ☿ m.c. cũ
6					19 ✱ 43		♃ or. cũ media fr. ♏ (an. b
7	14 ✱ 49			11 △ 52			♃ or. cum rostro galli.
8			18 ✱ 39				☿ or. cum antare.
9		3 ✱ 53			11 □ 2	10 ✱ 55	(cum cauda cyg.
10 □	5 53						♀ m.c. cum lã. aus. & or.
11 Asc.	9 ♊	15 □ 12	6 □ 33				♃ m.c. cũ pal. Oph. ♀ or.
12	11 △ 13			14 ☍ 9	4 △ 47	2 □ 5	(cum lancibus.
13			19 △ 16				☉ Apog. ☿ oc. cum vin.
14		3 △ 20				17 △ 7	☿ occ. cum lance austr.
15							□ ♂ ☿ per orbem.
16							♀ m.c. cum lance bor.
17				18 △ 6	16 ☍ 56		☉ ☋ 12.41. ♃ oc. cũ lã.
18 ☍	7 5		18 ☍ 38				✱ ♂ ♀ 12.34. (bor. c.
19 Asc.	4 ♋	1 ☍ 25				16 ☍ 29	
20				5 □ 4			♀ m.c. cum corona.
21							♂ m.c. cũ cauda ♌. ☿ oc.
22				12 ✱ 54	18 △ 24		(cum acu. ♏.
23	4 △ 19	13 △ 36	8 △ 18				♃ m.c. cum antare. d.
24						2 △ 0	
25 □	10 54	16 □ 15	11 □ 28		2 □ 9		♀ oc. cũ neb. & corde ♏
26 Asc.	26 ♌			2 ☌ 50		2 □ 50	☌ ☉ ☿ 3.0 ☿ or. cũ ro. gal.
27	15 ✱ 52	18 ✱ 12	13 ✱ 48		8 ✱ 28		☉ Perig. ♀ m.c. cũ pal.
28			Orient.			3 ✱ 0	♃ oc. cũ lãce bor. (Oph.
29							☌ ☉ ♄ 5.47 ♀ m.c. cũ an.
30		Orient.					☌ ☿ ♀ 9.31 ☉ ☊ 11.9

a. Die 4. ♂ or. cum cauda ♌.
b. Die 5. ☿ or. cum Fidicula.
c. Die 17. ♀ occ. cum cingulo ♍.
d. Die 23. ♀ m.c. cum prima ✱ frontis ♏.

Positus Planetarum Diurnus

Dies	Dies	☉ ♐			☽ ♒		♄ ♐ S	D	♃ ♐ S	D	♂ ♍ S	A	♀ ♐ S	D	☿ ♐ M;	A	☊ ♒	
		P	′	″	P	′	P	′	P	′	P	′	P	′	P	′	P	′
21	1	8	27	20	22 ♐	21	6	53	4	35	26	8	5	13	10	9	15	28
22	2	9	28	9	5	35	7	0	4	48	26	40	6	29	9	33	15	25
23	3	10	28	59	19 ♑	11	7	7	5	1	27	11	7	45	8	57	15	22
24	4	11	29	50	2	11	7 A	14	5	13	27	43	9	0	8 S	12	15	19
25	5	12	30	42	14	57	7	21	5	27	28	14	10	16	7	48	15	16
26	6	13	31	35	27 ♒	31	7	28	5	40	28	45	11	32	7	16	15	13
E 27	7	14	32	29	9	50	7	36	5	54	29	16	12	48	6	47	15	9
28	8	15	33	24	22 ♓	14	7	43	6	7	29	47	14	4	6	22	15	6
29	9	16	34	20	4	20	7	50	6	20	0 ♎	18	15	20	6	1	15	3
30	10	17	35	17	16	35	7	58	6	33	0	48	16	36	5	45	15	0
De. 1	11	18	36	15	28 ♈	44	8	5	6	46	1	18	17	51	5	34	14	57
2	12	19	37	14	10	55	8	12	7 A	0	1	48	19	7	5	27	14	54
3	13	20	38	14	23 ♉	11	8	19	7	13	2	18	20	23	5 D	23	14	50
E 4	14	21	39	15	5	34	8	26	7	26	2	48	21	39	5	29	14	47
5	15	22	40	16	18 ♊	6	8	33	7	40	3	18	22	55	5 D	38	14	44
6	16	23	41	18	0	50	8	40	7	53	3	47	24	11	5	53	14	41
7	17	24	42	20	13	48	8	47	8	6	4	17	25 M	27	6	13	14	38
8	18	25	43	23	27 ♋	1	8	54	8	19	4	46	26	43	6	38	14	34
9	19	26	44	26	10	32	9	1	8	32	5	15	27	59	7	8	14	31
10	20	27	45	29	24 ♌	20	9	8	8	45	5	44	29	15	7	43	14	28
E 11	21	28	46	33	8	25	9	15	8	58	6	13	0	31	8	22	14	25
12	22	29 ♑	47	37	22 ♍	44	9	22	9	10	6	41	1	46	9	6	14	22
13	23	0	48	41	7	15	9	29	9	23	7	9	3	2	9	54	14	19
14	24	1	49	46	21 ♎	48	9	36	9	36	7	37	4	18	10	46	14	15
15	25	2	50	51	6	17	9	43	9	48	8	5	5	34	11	41	14	12
16	26	3	51	56	20 ♏	19	9	49	10	1	8	33	6	50	12	40	14	9
17	27	4	53	1	4	48	9	56	10	13	9	0	8	6	13	43	14	6
E 18	28	5	54	7	18 ♐	49	10	3	10	26	9	28	9	21	14	49	14	3
19	29	6	55	13	3	13	10	10	10	38	9	55	10	37	15	58	13	59
20	30	7	56	19	15	27	10	16	10	51	10	21	11	53	17	10	13	56
21	31	8	57	25	28	23	10	23	11	3	10	49	13	9	18	25	13	53

Latitudo Planetarũ ad diẽ	♄		♃		♂		♀		☿		
1	1 A	50	0	53	1	15	0	17	0 S	40	Mensis
11	1	51	0 A	52	1	25	0 M	10	1 D	23	
21	1	52	0	53	1	35	0	6	1	44	

Syzygiæ Lunares.

Dies	☉ H ′	Orient. ♄ H ′	Orient ♃ H ′	Orient. ♂ H ′	Orient. ♀ H ′	Occid. ☿ H ′	Syzygiæ Planetarũ mutuæ, & eorum congressus cum illustrioribus aliquibus stellis fixis.
1			21☌57	6✱58			(47. a.
2 ☌	7 14	1☌58			1☌ 8	6☌17	☌☽☿1.14.☌♄☿10.
3 Asc.	19 ♋			15□24		Orient.	☌♀☿15.43. ☿ or.cũ
4							♂ or.cũ vinde. (antare.
5							☌ ♄ ☿16.37.
6		19✱25	16✱ 2	2△30		18✱ 6	☿ or.cum antare.
7	9✱47				6✱13		
8							☌ ♃ ☿10.36.
9		6□55	3□46			3□ 4	
10 □	2 21				0□ 2		☽ Ap. ♂ m.c. cũ trice.
11 Asc.	11 ♉	18△36	16△ 8	5☍15		13△21	♀ m.c.cum acu. ✱.
12	18△32				17△53		♀ occ.cum arcturo.
13							♂ m.c.cum Algorab. b.
14					Occid.		☌☉♀0.0 ☽☿17.35.c.
15							♃ occ.cum coma Beren.
16		14☍37	13☍16	5△41		9☍36	♄ occ cum coma Beren.
17 ☍	21 36				23☍27		♃ or.cum antare.
18 Asc.	23 ♑			14□17			✱♂☿ platicè ♂ or.cũ ar.
19							♄ or.cũ ant. ☌ ☿ cũ 67.
20				20✱ 7		23△55	
21		1△25	0△53				
22	12△34				16△21		☌♃☿2.45.☌♄☿9.21
23		3□46	3□34			4□38	☽ Perig. (cum lyra.
24 □	18 1				22□38		☌ ♄ ♃ 0.0. ♀ m.c.
25 Asc.	10 ♓	5✱47	5✱58	3☌ 6		9✱30	♀ or.cum neb. ♓.
26							♀ m.c.cum neb. ♓.
27	0✱10				6✱16		☽ ☊ 16.6. ♀ or.cum
28							(acu. ✱.
29		14☌33	15☌31	14✱27			✱♄♂17.8 (cũ acu. ✱
30						3☌31	♂ m.c.cum vinde. ☌ ☿
31 ☌	21 47						☿ or.cum neb. ✱.
Asc.	20 ♒						

a. Die 2. ♂ m.c. cum rostro corvi. ♀ occ. cum coma Beren.

b. Die 13. ☿ or. cum aquila.

c. Die 14 Erit ☌ ☉ cum ♀ ferè per corpus. item ♀ m.c. cum neb. ✱.

EPHEMERIS
IOANNIS ANTONII MAGINI PATAVINI

Ad annum Dominicæ Incarnationis
1604.
Intercalarem, qui est 22. à Gregoriana restitutione Kalendarij, & à principio Mundi 5566.

Figura cæli in ingressu Solis in ♈ æquinoctium veris.

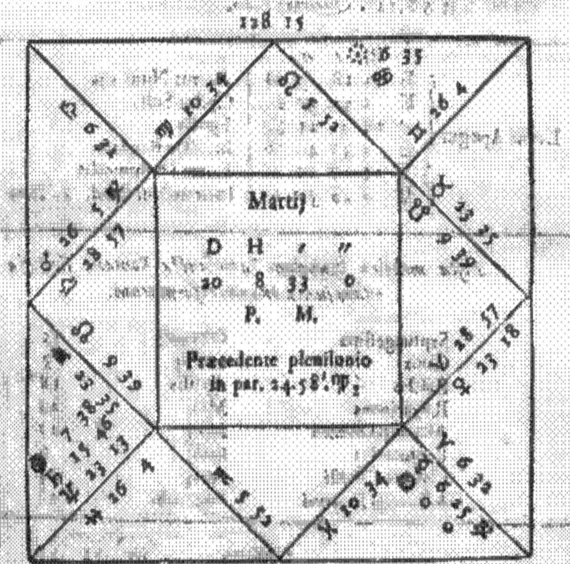

Anni Tropici vera magnitudo.

Dierum 365. Horarum 5. Scr. 55'. 31". 39'''. 40''''.

ANNO DOMINICÆ INCARNATIONIS 1604 Intercalari.

			D.	H.	′	″
Ingressus ☉ in principium	♋, Seu solstitij æstiui	Iunij	21	4	56	38
	♎, Seu æquinoctij autumni	Septemb.	22	16	23	11
	♑, Seu solstitij hiemalis	Decemb.	21	10	56	44

	P.	′	″	‴
Vera præcessio Æquinoctiorum	28	7	19	35
Obliquitas Zodiaci	23	28	2	55

Eccentricitas ☉ 32214. Qualium semidiameter eccentrici ☉ par. 1000000, seu par. 1, 55′, 58″, 12‴. Qualium P. 60.

		P.	′	″			
Locus Apogæi	♄	29	18	3	♐	Aureus Numerus	9
	♃	6	52	37	♎	Cyclus Solis	17
	♂	28	41	21	♌	Epacta	29
	☉	9	35	40	♋	Indictio Romana	2
	♀	16	48	49	♊	Litera Dominicalis	D C
	☿	0	18	36	♐	Interuallum hebd. 9. Dies	3

Festa mobilia secundum Sacrosanctæ Romanæ Ecclesiæ vsum iuxta annum reformatum.

Septuagesima	Februarij	15
Cinis	Martij	3
Pascha	Aprilis	18
Rogationes	Maij	23
Ascensio Domini	Maij	27
Pentecostes	Iunij	6
Corpus Christi	Iunij	17
Aduentus Domini	Nouemb.	28

Quatuor Tempora anni, seu ieiunia	Martij	10	12	13
	Iunij	9	11	13
	Septembris	15	17	18
	Decembris	15	17	18

Nullam conspicuam Eclipsim neq; Sol, neq; Luna hoc anno patietur.

Planetarum status.

♄ { Hoc anno accedit paulatim ad Apogæum sui Eccentrici.
Die 3. Iunij ad Perigæum } Epicycli pertransit,
Die 9. Decemb. ad Apogæum }
A die 25. Martij vsque ad 13. Augusti reuertitur in priora.

♃ { Toto hoc anno per longitudinem mediam Eccentrici discurrit.
Die 9. Iunij in Perigæo } Sui Epicycli permeat.
Die 27. Decembris in Apogæo }
A die 21. Aprilis vsque ad 9. Augusti retrogradè incedet.

♂ { Infimam sui deferentis partem tangit die 26. Nouembris.
Die 11. Aprilis in infima Epicycli parte reperitur.
A capite Martij vsque ad 19. Maij regressionem perficiet.

♀ Die { 7. Iunij imum } Absidis Eccẽtrici percurrit.
7. Decemb. summum }
1. Octobris in Perigæo Epicycli versatur.
Contra ordinem signorum incedet à 9. Septemb. vsq; post 21. Octob.

☿ Die {
21 Maij Perigæum } Eccentrici occupat.
21 Nouemb. Apogæum }
28 Ianuarij in Apogæo }
26 Martij in Perigæo }
23 Maij in Apogæo }
21 Iulij in Perigæo } Epicycli est.
17 Septemb. in Apogæo }
13 Nouembris in Perigæo }
15 Martij vsque post 6. Aprilis }
10 Iulij vsque post 2. Augusti } Regressibus afficitur.
3 Nouemb. vsq; in 25. eiusdem }

[illegible]

S A	M D	S D	
♂ ♎	♀ ♑	☿ ♓	☊
P ′	P ′	P ′	P
11 16	14 25	19 43	13 5
11 42	15 41	21 3	13 4
12 8	16 56	22 35	13 4
12 34	18 12	23 49	13 4
13 0	19 28	25 15	13 3
13 25	20 44	26 43	13 3
13 51	21 59	28 13	13 3
14 16	23 15	29 44 M ♑	13 2
14 41	24 31	1 17	13 2
15 6	25 47	2 51	13 2
15 31	27 [illegible]	4 26	13 25
15 55	28 17	6 2	13 1
16 19	29 33	7 42	13 1
16 43	0 48	9 22	13 5
17 6	2 4	11 3	13
17 29	3 19	12 45	13
17 52	4 35	14 28	13
18 14	5 50	16 11	12 5
18 36	7 6	17 55	12 5
18 58	8 21	19 40	12 5
19 20	9 37	21 25	12 4
19 41	10 53	23 11	12 4
20 2	12 8	24 57	12 4
20 23	13 23	26 44	12 3
20 43	14 39	28 31	12 3
21 3	15 54	0 19	12 3
21 22	17 10	2 7	12 2
21 41	18 25	3 56	12 2
22 0	19 40	5 45	12 2
22 18	20 55	7 35	12 1
22 36	22 11	9 25	12 1

△ – □ – *

14	5	16
14	10	18
14	13	18
14	18	18
14	21	19
14	26	19

♎	44	15
	42	15
[illegible]	40	15
	37	15
♓	57	15
	6	15

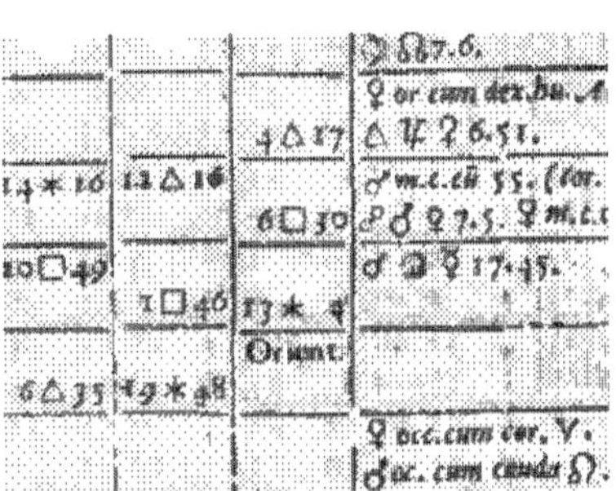

			☽ ☊ 7.6.
			♀ or. cum dex. hu. A
		4 △ 17	△ ♃ ☿ 6.51.
14 ✱ 10	12 △ 16		♂ m. c. cũ 55. (cor.
		6 □ 50	☍ ♂ ♀ 7.5. ☿ m. c.
10 □ 49			☌ ☽ ☿ 17.45.
	1 □ 46	13 ✱ 4	
		Orient.	
6 △ 35	19 ✱ 48		
			♀ occ. cum cor. ♈.
			♂ oc. cum cauda ☊.

	Dies		☉ ♈			☽ ♉		♄ ♐ S A		♃ ♐ S A		♂ ♎ S D		♀ ♉ S A		☿ ♓ S D		☊ ♏	
			P	'	''	P	'	P	'	P	'	P	'	P	'	P	'	P	'
	22	1	11	30	2	1	40	15	45	23	46	22	54	7	16	25	23	9	2
	23	2	12	29	6	13	33	15	44	23	48	22	33	8	42	24	45	8	59
	24	3	13	28	8	25	38	15	43	23	49	22	11	9	53	24	15	8	55
C	25	4	14	27	8	7 ♊	58	15	42	23	51	21	50	11	6	23	53	8	52
	26	5	15	26	6	20	37	15	41	23	52	21	28	12	18	23	40	8	49
	27	6	16	25	2	3 ♋	38	15	40	23	54	21	6	13	30	23	34	8	46
	28	7	17	23	56	17 ♌	2	15	38	23	55	20	45	14	43	23 Di	[illegible]	8	43
	29	8	18	22	48	0	49	15	37	23	56	20	20	15	55	23	45	8	40
	30	9	19	21	38	14	59	15	36	23	56	19	57	17	7	24	2	8	36
	31	10	20	20	26	29 ♍	30	15	34	23	56	19	33	18	19	24	26	8	33
C	1	11	21	19	12	14	17	15	32	23 R	56	19	9	19	31	24	50	8	30
Ap.	2	12	22	17	56	29 ♎	11	15	30	23	56	18	45	20	43	25	13	8	27
	3	13	23	16	38	14	14	15	28	23	56	18	21	21	55	26 M	16	8	24
	4	14	24	15	19	29 ♏	8	15	26	23	55	17	58	23	7	27	4	8	21
	5	15	25	13	58	13	52	15	24	23	55	17	34	24	19	27	57	8	17
	6	16	26	12	35	28 ♐	18	15	22	23	54	17	11	25	31	28	55	8	14
	7	17	27	11	10	12	25	15	19	23	53	16	48	26	43	29 ♈	57	8	11
C	8	18	28	9	43	26 ♑	11	15	17	23	52	16	25	27	55	1	4	8	8
	9	19	29	8	15	9	35	15	14	23	50	16	3	29	6	2	15	8	5
	10	20	0 ♉	6	45	22 ♒	39	15	11	23	49	15	41	0 ♊	18	3	30	8	2
	11	21	1	5	13	5	23	15	9	23	47	15	20	1	30	4	48	7	58
	12	22	2	3	39	17	50	15	6	23	45	14	59	2	41	6	9	7	55
	13	23	3	2	3	0 ♓	2	15	4	23	43	14	38	3	53	7	32	7	52
	14	24	4	0	25	12	4	15	1	23	40	14	18	5	4	8	58	7	49
C	15	25	4	58	45	23 ♈	57	14	58	23	38	13	58	6	16	10	26	7	46
	16	26	5	57	4	5	44	14	55	23	35	13	39	7	27	11	56	7	42
	17	27	6	55	21	17	29	14	52	23	32	13	21	8	39	13 A	28	7	39
	18	28	7	53	36	29 ♉	14	14	49	23	29	13	3	9	50	15	2	7	36
	19	29	8	51	50	11	3	14	46	23	26	12	46	11	1	16	38	7	33
	20	30	9	50	2	23	0	14	42	23	22	12	29	12	12	18	16	7	30

Latitudo Planetarũ ad diẽ		♄		♃		♂		♀		☿		
	1	2	21	1	10	3	5	0	8	1	42	
	11	2	24	1	12	2	51	0	34	0 M	21	Mensis
	21	2	27	1	14	2	30	1	0	2 A	49	

Syzygiæ Lunares.

		Orient.	Orient.	Orient.	Occid.	Orient.	Syzygiæ Planetarū mutuæ, & eorum congressus cum illustrioribus aliquibus stellis fixis.
	☉	♄	♃	♂	♀	☿	
Dies	H ′	H ′	H ′	H ′	H ′	H ′	
1					13 ☌ 3		☽ ☋ 14.46.
2						21 ✱ 20	♀ or. cum ulti. [illegible]
3							
4	13 ✱ 20	14 ☍ 40					□ ♃ ☿ 3.26.
5			6 ☍ 0	1 △ 36		5 □ 34	△ ☉ ♄ 6.0.
6					19 ✱ 25		♀ m. c. cum cap. Med.
7 □	0 46			6 □ 15		11 △ 34	♀ or. cum ple. ♂ occ. cū
8 Asc	13 ♌						♀ m. c. cū ac. et 22 (spi ♍
9	7 △ 47	1 △ 0	14 △ 48	8 ✱ 0	3 □ 50		☍ ☉ ♂ 10.7. ♂ oc. cum
10				Occid.			♀ oc. cum Rig. (spica ♍.
11		2 □ 0	15 □ 29		9 △ 7	17 ☍ 50	
12							☽ Pe. ♂ or. cum cin. ♍.
13 ☍	15 44	1 ✱ 58	13 ✱ 36	6 ☌ 49			♀ m. c. cum pleia.
14 Asc	7 ♓						☽ ☊ 13.0.
15					18 ☍ 57		♂ or. cum rostro corui.
16						1 △ 8	♀ occ. cum ple. & hiad.
17		5 ☌ 4	19 ☌ 56	7 ✱ 26			
18	3 △ 50					9 □ 35	♂ or. cum Algorab. a.
19				21 □ 33			♂ m. c. cum spica ♍.
20 □	15 22				15 △ 55	21 ✱ 50	♀ occ. cum Alde.
21 Asc	11 ♓	18 ✱ 46		18 △ 39			△ ♄ ♂ 11.0 ♀ m. c. cū
22			11 ✱ 38				(hiad. b.
23	6 ✱ 30				8 □ 51		♀ or. cum cor. ♈.
24		5 □ 58	23 □ 21				♀ m. c. cum Aldebaran.
25							
26		18 △ 40		13 ☍ 33	3 ✱ 54	14 ☌ 33	☽ Ap. □ ♂ ☿ 22.28.
27			12 △ 18				△ ♄ ☿ 10.47 ♂ or. cū co. c
28 ☌	19 19						☽ ☋ 15.55 ♀ or. cū hia.
29 Asc	22 ♎						♀ m. c. cum ba. ☿ or. cū
30							△ ♂ ♀ 4.41. (31. d.

a. *Die 18. ♀ occ. cum zona, & fin. hu. Ori. & ultima ple.*
b. *Die 21. ♀ occ. cum cane maiore.*
c. *Die 27. ♀ occ. cum dex. hu. Orio. ☿ or. cum hadis.*
d. *Die 29. ♀ occ. cum cauda cygni.*

		Positus Planetarum Diurnus.																	
Anni veteris	Anni Gregor.	☉ ♉			☽ ♊		S ♄ ♐	A	S ♃ ♐	A	S ♂ ♎	D	S ♀ ♊	A	M ☿ ♈	A	☊ ♒	
Dies		P	'	''	P	'	P	'	P	'	P	'	P	'	P	'	P	'
21	1	10	40	13	5	8	14	39	23	19	12	15	13	23	19	38	7	27
C 22	2	11	38	22	17	30	14	36	23	15	11	58	14	34	21	30	7	23
23	3	12	44	30	0 ♋	10	14	32	23	11	11	44	15	45	23	19	7	20
24	4	13	42	36	13	10	14	29	23	7	11	30	16	56	25	3	7	17
25	5	14	40	40	26 ♌	32	14	25	23	3	11	17	18	6	26	49	7	14
26	6	15	38	43	10	17	14	21	22	59	11	5	19	17	28	36	7	11
27	7	16	36	45	24 ♍	24	14	17	22	54	10	54	20	27	0 ♉	24	7	7
28	8	17	34	45	8	49	14	13	22	50	10	44	21	38	2	13	7	4
C 29	9	18	32	44	23 ♎	29	14	9	22	45	10	35	22	48	4	1	7	1
30	10	19	30	42	8	18	14	5	22	40	10	27	23	59	5	52	6	58
Ma. 1	11	20	28	38	23 ♏	8	14	1	22	35	10	20	25	9	7	46	6	55
2	12	21	26	34	7	51	13	57	22	29	10	14	26	19	9	32	6	51
3	13	22	24	26	22 ♐	23	13	52	22	24	10	8	27	29	11	23	6	48
4	14	23	22	17	6	37	13	48	22	18	10	3	28	39	13	15	6	45
5	15	24	20	7	20 ♑	33	13	43	22	12	9	59	29	49	15	7	6	42
C 6	16	25	17	56	4	10	13	39	22	6	9	55	0 ♋	59	17	0	6	39
7	17	26	15	43	17 ♒	28	13	34	22	0	9	51	2	8	18	53	6	35
8	18	27	13	29	0	29	13	30	21	54	9	50	3	18	20	46	6	32
9	19	28	11	14	13	14	13	26	21	48	9 D	49	4	27	22	39	6	29
10	20	29	8	58	25	41	13	21	21	42	9	50	5	37	24	33	6	26
11	21	0 ♊	6	41	8 ♓	4	13	17	21	35	9	51	6	46	26	27	6	23
12	22	1	4	22	20	13	13	12	21	29	9	53	7	56	28	21	6	20
C 13	23	2	2	4	2 ♈	15	13	7	21 D	22	9	56	9	5	0 ♊	16	6	16
14	24	2	59	43	14	14	13	3	21	16	9	59	10	14	2	10	6	13
15	25	3	57	21	26	11	12	58	21	9	10	3	11	23	4	5	6	10
16	26	4	54	58	8 ♉	10	12	53	21	2	10	8	12	32	6	0	6	7
17	27	5	52	34	20	23	12	49	20	55	10	13	13	41	7	54	6	4
18	28	6	50	9	2 ♊	33	12	44	20	48	10	19	14	50	9	48	6	0
19	29	7	47	43	14	44	12	39	20	41	10	26	15	58	11	43	5	57
C 20	30	8	45	16	27	19	12	34	20	34	10	33	17	7	13	36	5	54
21	31	9	42	49	10 ♋	9	12	29	20	27	10	41	18	15	15	29	5	51

Latitudo Planetarũ ad diẽ		♄		♃		♂		♀		☿	
	1	2	30	1	10	2	7	1	28	2	0
	11	2	32	1	17	1	24	1	50	3.	15. Menfis
	21	2	33	1 D	16	1	40	2.	8	0 S	55

3 △ 3	☿ occ. cum cane
1 □ 16	♀ or. cū Bella. ☉

Dies	Greg.	☉ ♊ P	m	s	☽ ♋ P	′	♄ ♓ (S D) P	′	♃ ♓ (S D) P	′	♂ ♎ (S D) P	′	♀ ♋ (S A) P	′	☿ ♊ (S A) P	′	☊ ♒ P	′
22	1	10	40	21	23	18	12	24	20	19	10	50	19	24	17	22	5	48
23	2	11	37	52	6 ♌	46	12	20	20	11	11	0	20	33	19	14	5	45
24	3	12	35	22	20 ♍	35	12	15	20	4	11	10	21	40	21	6	5	41
25	4	13	32	51	4	42	12	10	19	56	11	21	22	49	22	57	5	38
26	5	14	30	19	19 ♎	4	12	5	19	49	11	33	23	57	24	48	5	35
C 27	6	15	27	48	3	36	12	0	19	42	11	45	25	5	26	38	5	32
28	7	16	25	15	18 ♏	13	11	56	19	33	11	58	26	13	28	28	5	29
29	8	17	22	41	2	48	11	51	19	25	12	11	27	21	0 ♋	17	5	25
30	9	18	20	6	17 ♐	14	11	46	19	18	12	25	28	28	2	6	5	22
31	10	19	17	30	1	27	11	42	19	10	12	39	29 D	36	3	54	5	19
Iun. 1	11	20	14	53	15	23	11	37	19	2	12	54	0 ♌	44	5	42	5	16
2	12	21	12	16	29 ♑	2	11	32	18	54	13	10	1	51	7	28	5	13
C 3	13	22	9	38	12	23	11	27	18	46	13	26	2	58	9	13	5	10
4	14	23	7	0	25 ♒	27	11	22	18	39	13	43	4	5	10	57	5	6
5	15	24	4	22	8	16	11	17	18	31	14	0	5	12	12	40	5	3
6	16	25	1	43	20 ♓	53	11	12	18	23	14	18	6	18	14	21	5	0
7	17	25	59	4	3	19	11	7	18	16	14	36	7	25	16	0	4	57
8	18	26	56	24	15	37	11	3	18	8	14	55	8	31	17	38	4	54
9	19	27	53	44	27 ♈	49	10	58	18	1	15	14	9	37	19	14	4	50
C 10	20	28	51	4	9	58	10	53	17	53	15	34	10	43	20 D	48	4	47
11	21	29	48	24	22 ♉	5	10	49	17	46	15	54	11	49	22	20	4	44
12	22	0 ♋	45	43	4	14	10	44	17	38	16	14	12	55	23	50	4	41
13	23	1	43	2	16	27	10	40	17	31	16	35	14	0	25	17	4	38
14	24	2	40	21	28	46	10	36	17	24	16	56	15	6	26	41	4	35
15	25	3	37	39	11 ♊	14	10	32	17	17	17	18	16	11	28	2	4	31
16	26	4	34	57	23	53	10	28	17	10	17	40	17	16	29	20	4	28
C 17	27	5	32	15	6 ♋	46	10	24	17	3	18	3	18	21	0 ♌	35	4	25
18	28	6	29	33	19	57	10	20	16	56	18	26	19	25	1	46	4	22
19	29	7	26	50	3 ♌	23	10	16	16	50	18 M	49	20	30	2	53	4	19
20	30	8	24	7	17	8	10	12	16	43	19	13	21	34	3	57	4	16

Latitudo Planetarū ad diē		♄		♃		♂		♀		☿		
	1	2	34	1	17	0	47	2 D	22	0	38	Mensis
	11	2	33	1	16	0	21	2	26	1 D	40	
	21	2	31	1	14	0 M	9	2	19	1	53	

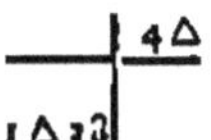
4Δ
1Δ13

Positus Planetarum Diurnus.

Dies (st. vet.)	Dies (st. nov.)	☉ ♋ P	′	″	☽ ♍ P	′	♄ ♓ (S D) P	′	♃ ♓ (S D) P	′	♂ ♎ (M D) P	′	♀ ♌ (S D) P	′	☿ ♌ (S D) P	′	☊ [illegible] P	′
21	1	9	21	24	1	10	10	8	16	37	19	37	21	38	4	57	4	12
22	2	10	18	41	15	26	10	4	16	30	20	2	23	42	5	53	4	9
23	3	11	15	58	29 ♎	55	10	1	16	24	20	27	24	46	6	44	4	6
C 24	4	12	13	16	14	23	9	58	16	17	20	52	25	49	7	40	4	3
25	5	13	10	34	28 ♏	52	9	54	16	11	21	18	26	52	8	30	4	0
26	6	14	7	52	13	13	9	52	16	5	21	44	27	55	8 M	44	3	59
27	7	15	5	10	27 ♐	23	9	47	15	59	22	10	28 ♍	57	9	11	3	53
28	8	16	2	28	11	16	9	44	15	53	22	37	0	0	9	31	3	50
29	9	16	59	47	24 ♑	51	9	40	15	47	23	4	1	2	9	44	3	47
30	10	17	57	6	8	0	9	37	15	41	23	31	2	4	9 R	49	3	44
C 1	11	18	54	25	21 ♒	8	9	34	15	36	24	0	3	6	9	47	3	41
Iul. 2	12	19	51	44	3	55	9	31	15	31	24	28	4	7	9	35	3	37
3	13	20	49	3	16	27	9	29	15	26	24	56	5	8	9	16	3	34
4	14	21	46	23	28 ♓	50	9	26	15	22	25	25	6	9	8	49	3	31
5	15	22	43	43	11	5	9	24	15	17	25	54	7	10	8	15	3	28
6	16	23	41	4	23	14	9	22	15	13	26	23	8	10	7	34	3	25
7	17	24	38	25	5 ♈	21	9	19	15	9	26	53	9	10	6	46	3	22
C 8	18	25	35	46	17	28	9	17	15	5	27	23	10	9	5	52	3	18
9	19	26	33	8	29 ♉	38	9	14	15	1	27	53	11	8	4	55	3	15
10	20	27	30	30	11	53	9	11	14	57	28	23	12	7	3	51	3	12
11	21	28	27	53	24 ♊	15	9	9	14	54	28	53	13	5	2	48	3	9
12	22	29	25	17	6	46	9	7	14	50	29	24	14	3	1	44	3	6
13	23	0 ♌	22	41	19 ♋	29	9	4	14	47	29 ♏	55	15	1	0 ♋	41	3	3
14	24	1	20	7	2	25	9	2	14	44	0	26	15	58	29	40	2	59
C 15	25	2	17	33	15	37	9	0	14	40	0	58	16	55	28	42	2	56
16	26	3	15	0	28	[illegible]	8	58	14	37	1	30	17	51	27	47	2	53
17	27	4	12	27	11 ♌	55	8	56	14	34	2	2	18	47	26 A	37	2	50
18	28	5	9	54	26 ♍	58	8	55	14	31	2	34	19	42	26	13	2	47
19	29	6	7	22	11	19	8	53	14	29	3	6	20 M	37	25	37	2	43
20	30	7	4	51	25	51	8	51	14	26	3	39	21	31	25	9	2	40
21	31	8	2	21	10 ♎	29	8	50	14	24	4	12	22	25	24	50	2	37

Latitudo Planetarū ad diē	♄	′	♃	′	♂	′	♀	′	☿	′	
1	2	48	1	11	0	3	2	2	0 M	58	
11	2	25	1	6	0	16	1	27	1	17	Mensis
21	2	22	1	5	0	26	0 M	44	1 A	41	

△ ♄ ☿ 5.38.

♄ oc. cum quinare.

♂ m. c. cum cin. ♍.

Motus Planetarum Diurnus.

Dies	Greg.	☉ ♌ °	′	″	☽ ♎ °	′	♄ ♐ S °	D ′	♃ ♐ S °	D ′	♂ ♏ M °	D ′	♀ ♍ M °	D ′	☿ ♋ M °	A ′	☊ ♏ °	′
C 22	1	8	59	52	25 ♏	6	8	49	14	22	4	45	23	18	24	38	2	34
23	2	9	57	24	9	35	8	47	14	20	5	18	24	11	24 Di	34	2	31
24	3	10	54	56	23 ♐	52	8	46	14	18	5	52	25	3	24	38	2	28
25	4	11	52	30	7	51	8	45	14	17	6	25	25	14	24	50	2	24
26	5	12	50	5	21 ♑	34	8	44	14	16	7	0	26	45	25	9	2	21
27	6	13	47	41	4	51	8	43	14	15	7	33	27	35	25	34	2	18
28	7	14	45	18	17 ♒	51	8	42	14	14	8	5	28	25	26	6	2	15
C 29	8	15	42	56	0	33	8	42	14	13	8	14	29	14	26	44	2	12
30	9	16	40	35	13	0	8	41	14	13	9	18	0 ♌	3	27	28	2	8
31	10	17	38	15	25	13	8	41	14 Di	13	9	51	0	40	28	17	2	5
Au. 1	11	18	35	56	7 ♓	28	8	40	14	13	10	28	1	35	29	11	2	2
2	12	19	33	38	19	18	8	40	14	13	11	3	2	21	0 ♌	10	1	59
3	13	20	31	21	1 ♈	15	8 Di	40	14	13	11	39	3	6	1	13	1	56
4	14	21	29	6	13	12	8	40	14	14	12	14	3	50	2	20	1	52
C 5	15	22	26	52	25 ♉	11	8	40	14	14	12	50	4	33	3	31	1	49
6	16	23	24	39	7	16	8	40	14	15	13	26	5	15	4	45	1	46
7	17	24	22	27	19 ♊	28	8	41	14	16	14	2	5	56	6	3	1	43
8	18	25	20	16	1	51	8	41	14	18	14	38	6	36	7	24	1	40
9	19	26	18	6	14	27	8	42	14	20	15	15	7	14	8 S	48	1	37
10	20	27	15	58	27	19	8	42	14	22	15	51	7	51	10	14	1	33
11	21	28	13	51	10 ♋	27	8	43	14	24	16	28	8	27	11	43	1	30
C 12	22	29	11	47	23	53	8	44	14	27	17	5	9	2	13	14	1	27
13	23	0 ♍	9	44	7 ♌	36	8	45	14	30	17	41	9	36	14	46	1	24
14	24	1	7	42	21 ♍	43	8	46	14	33	18	19	10	8	16	20	1	21
15	25	2	5	42	6	6	8	47	14	36	18	57	10	3[illegible]	17	55	1	17
16	26	3	3	43	20	45	8	49	14	39	19	35	11	[illegible]	19	32	1	14
17	27	4	1	45	5 ♎	33	8	50	14	42	20	13	11	36	21	11	1	11
18	28	4	59	40	20	24	8	51	14	46	20	50	12	2	22	51	1	8
C 19	29	5	57	54	5 ♏	10	8	53	14	49	21	28	12	26	24	32	1	5
20	30	6	56	1	19	41	8	54	14	53	22	6	12	52	26	15	1	2
21	31	7	54	9	4 ♐	2	8	58	14	57	22	44	13	16	27	57	0	58

Latitudo Planetarũ ad diẽ		♄ °	′	♃ °	′	♂ °	′	♀ °	′	☿ °	′	
	1	2	18	1	2	0	34	0	12	2	41	Mensis
	11	2	15	0	58	0	41	1	[illegible]	1 S	39	
	21	2	9	0	54	0	41	2	44	0	16	

						4 ✶ 30	☉ ♌ 17.23.
	2 ✶ 26						♂ or. cũ media frõ. ♏.
				4 ☌ 10		13 □ 24	♂ m. c. cum corona.
□	7 14	8 ☌ 26	18 ☌ 51		16 ✶ 13		
Alc.	27 ♓						

a. Die 10. ☿ or. cum ♏ bor. d. Die 29. ☿ or. cum Regula.

Die 21. ☿ occ. cum spica ♍.

Die 22. ☿ occ. cum rostro corui, ☉ 21

Dies		☉ ♍ P	'	''	☽ P	'	♄ ♐ (S D) P	'	♃ ♐ (S D) P	'	♂ ♏ (M D) P	'	♀ ♎ (M D) P	'	☿ ♌ (S A) P	'	☊ ♏ P	'
22	1	8	52	19	18 ♑	0	8	58	15	1	23	23	13	35	19 ♍	41	0	55
23	2	9	50	31	1	16	9	0	15	5	24	1	13	54	1	16	0	52
24	3	10	48	44	14	49	9	2	15	9	24	40	14	11	3	12	0	49
25	4	11	46	57	27	40	9	4	15	14	25	19	14	26	4	58	0	46
C 26	5	12	45	10	10 ♒	12	9	7	15	18	25	58	14	39	6	49	0	43
27	6	13	43	24	22	27	9	9	15	23	26	37	14	50	8	32	0	39
28	7	14	41	54	4 ♓	30	9	12	15	27	27	17	14	58	10	20	0	36
29	8	15	40	16	16	23	9	14	15	32	27	56	15	3	11	8	0	33
30	9	16	38	39	28 ♈	10	9	17	15	37	28	36	15	6	13 D	56	0	30
31	10	17	37	4	0	54	9	20	15	42	29	16	15	4	15	45	0	27
Sep. 1	11	18	35	31	21 ♉	38	9	23	15	48	29 ♐	56	15	2	17	34	0	23
C 2	12	19	33	59	3	26	9	26	15	54	0	36	14	58	19	21	0	20
3	13	20	32	29	15	21	9	29	16	0	1	16	14	52	21	11	0	17
4	14	21	31	1	27	26	9	33	16	6	1	56	14	41	23	3	0	14
5	15	22	29	35	9 ♊	41	9	36	16	12	2	36	14	34	24	50	0	11
6	16	23	28	11	22	18	9	40	16	18	3	17	14	21	26	39	0	7
7	17	24	26	49	5 ♋	15	9	44	16	25	3	57	14	0	28	28	0	4
8	18	25	25	29	18	22	9	47	16	31	4	38	13	49	0 ♎	16	0	1
C 9	19	26	24	10	1 ♌	51	9	50	16	38	5	18	13	30	2	4	29 ♎	58
10	20	27	22	55	15 ♍	13	9	53	16	45	5	59	13	9	3	52	29	55
11	21	28	21	38	0	0	9	56	16	52	6	40	12	46	5	40	29	52
12	22	29	20	24	14	41	10	1	16	59	7	21	12	21	7	27	29	48
13	23	0 ♎	19	13	29 ♎	30	10	6	17	7	8	3	11	54	9	14	29	45
14	24	1	18	4	14	28	10	10	17	14	8	42	11	25	10	59	29	42
15	25	2	16	57	29 ♏	23	10	14	17	22	9	25	10 A	53	12	45	29	39
C 16	26	3	15	52	14	23	10	19	17	30	10	6	10	21	14	29	29	36
17	27	4	14	50	29 ♐	4	10	23	17	38	10	48	9	52	16	13	29	33
18	28	5	13	49	13	26	10	28	17	46	11	29	9	19	17	56	29	29
19	29	6	12	50	27 ♑	27	10	32	17	54	12	11	8	45	19	38	29	26
20	30	7	11	53	11	5	10	37	18	2	12	52	8	10	21	20	29	23

Latitudo Planetarū ad diē		♄		♃		♂		♀		☿		
	1	2	4	0	50	0	49	4	3	1 D	21	Mensis
	11	2	0	0	47	0	51	5	15	1	41	
	21	1	55	0	43	0	52	5 A	45	2	10	

□ ♄ ☿ 8. 29.

□ ☽ ♃ 10. 2

⚹ ♃ ♀ quasi

□ ♃ ♀ 23. 1

Positus Planetarum Diurnus.

Anni veteris	Anni Gregor.	☉ ♎ °	'	"	☽ ♑ P	'	♄ ♐ (S D) P	'	♃ ♐ (S D) P	'	♂ ♐ (M A) P	'	♀ ♎ (M A) P	'	☿ ♎ (S D) P	'	☊ ♌ P	'
Dies																		
21	1	8	10	58	24 ♒	19	10	42	18	11	13	35	7	34	13 M	1	29	20
22	2	9	10	4	7	11	10	46	18	19	14	17	7	0	14	41	29	17
C 23	3	10	9	12	19 ♓	41	10	50	18	28	15	0	6	26	16	20	29	13
24	4	11	8	22	1	54	10	55	18	37	15	42	5	52	17	58	29	10
25	5	12	7	34	13	54	10	59	18	46	16	25	5	19	[illegible] ♏	34	29	7
26	6	13	6	48	25 ♈	43	11	4	18	55	17	7	4	47	1	9	29	4
27	7	14	6	4	7	25	11	9	19	4	17	50	4	16	2	43	29	1
28	8	15	5	22	19 ♉	3	11	13	19	14	18	33	3	47	4	15	28	58
29	9	16	4	42	0	41	11	18	19	23	19	16	3	19	5	45	28	54
C 30	10	17	4	4	12	22	11	23	19	32	19	59	2	53	7	13	28	51
Oct. 1	11	18	3	28	24 ♊	10	11	28	19	42	20	42	2	29	8	39	28	48
2	12	19	2	54	6	8	11	33	19	52	21	25	2	7	10	4	28	45
3	13	20	1	22	18 ♋	19	11	35	20	2	21	9	1	47	11	27	28	42
4	14	21	1	52	0	47	11	44	20	12	22	52	1	29	11	47	28	38
5	15	22	1	24	13	35	11	49	20	22	23	35	1	13	14	5	28	35
6	16	23	0	58	26 ♌	45	11	55	20	32	24	19	0	59	15	21	28	32
C 7	17	24	0	34	1[illegible]	16	12	1	20	42	25	2	0	47	16	34	28	29
8	18	25	0	12	24 ♍	14	12	6	20	53	25	46	0	38	17	44	28	26
9	19	25	59	52	8	32	12	12	21	3	26	29	0	31	18	51	28	23
10	20	26	59	34	21 ♎	9	12	18	21	14	27	13	0	27	19	54	28	19
11	21	27	59	18	[illegible]	1	12	24	21	24	27	56	0 D	25	20	54	28	16
12	22	28	59	4	2[illegible] ♏	2	12	30	21	35	28	40	0	25	21	51	28	13
13	23	29 ♏	58	52	[illegible]	3	12	36	21	46	29 ♑	24	0	28	22	45	28	10
C 14	24	0	58	41	12 ♐	57	12	42	21	57	0	8	0	33	23	35	28	7
15	25	1	58	32	7	39	12	48	22	8	0	52	0	40	24	21	28	3
16	26	2	58	25	22 ♑	2	12	54	22	19	1	36	0	50	25	3	28	0
17	27	3	58	20	6	3	13	0	22	31	2	20	1	2	25	40	27	57
18	28	4	58	17	19	42	13	6	22	42	3	4	1	16	26	13	27	54
19	29	5	58	16	1 ♒	59	13	12	22	54	3	48	1	32	26	41	27	51
20	30	6	58	17	1[illegible]	55	13	19	23	5	4	33	1	50	27 A	3	27	48
C 21	31	7	58	20	28	31	13	25	23	17	5	17	2	10	27	20	27	44

Latitudo Planetarũ ad diẽ	♄	'	♃	'	♂	'	♀	'	☿	'	
1	2	51	0	40	0	53	5	42	0 M	3	Mensis
11	2	47	0	37	0	52	4	27	1	19	
21	2	41	0	34	0	50	3	46	2 A	41	

Syzygiæ Lunares

	Occid. ♃	Occid. ♂	Orient. ♀	Occid. ☿	Syzygiæ Planetarũ mutuæ, & eorum congressus cum illustrioribus aliquibus stellis fixis.
	H	H	H	H	
55	21 ✶ 39	14 ✶ 26	23 △ 35		
8				15 △ 5	✶ ☽ ♄ 18, 13.
	10 □ 1	5 □ 26	17 ☍ 17		(30 a. ♀ m.c. cũ Alg. & occ. cũ
44	0 △ 13	22 △ 58			♂ m.c. cũ [illegible] & oc. ☽ Ap et ☊ 20, 21 (cũ or.
				11 ☍ 53	☍ ♃ ♂ 4. 37 ☿ or. [illegible] ♀ m.c. cum [illegible] b.
44			16 △ 11		♀ oc. cũ [illegible] & occ. cum (Spica ♍ c
	3 ☍ 21	7 ☌ 49	1 □ 17		✶ ☽ ♃ 0. 0. ♂ m.c. cum (neb. [illegible] d.
			7 ✶ 13	1 △ 0	♃ occ. cum [illegible] ♃ or. cũ aqui. ☿ oc. cum
56	8 △ 8	2 △ 42		11 □ 47	☿ occ. cũ [illegible] & corde [illegible]
3	20 □ 50	6 □ 54	11 ☌ 45	18 ✶ 15	(canda Del. ✶ ☽ ☿ 19. 47. ♂ or. cum
2	21 ✶ 39	9 ✶ 27			♃ m.c. cum neb. [illegible] ☽ Perig. & ☊ 8. 16.
			12 ✶ 30	1 ☌ 6	(lancebus. □ ♂ ♀ 15. 13 ☿ oc. cũ
40	1 ☌ 30	17 ☌ 16	15 □ 17		
			21 △ 18	12 ✶ 11	
8	13 ✶ 52			21 □ 38	☿ or. cũ [illegible] gal. (oc. 44 ☿ m.c. cũ [illegible] et or. cũ
		14 ✶ 8			

icula.
ndem.
da cygni, & Lancibus.
g. ♍.

Positus Planetarum Diurnus.

Dies	Anni Greg.	☉ ♏ P	′	″	☽ ♓ P	′	♄ ♐ P (S)	′ (D)	♃ ♐ P (S)	′ (D)	♂ ♑ P (M)	′ (A)	♀ ♎ P (M)	′ (A)	☿ ♏ P (M)	′ (A)	☊ ♎ P	′
22	1	8	58	24	10	50	13	31	23	29	6	2	2	52	27	32	27	42
23	2	9	58	30	22	54	13	38	23	40	6	47	2	56	27	38	27	38
24	3	10	58	38	♈ 4	48	13	44	23	52	7	31	3	21	27 ℞	39	27	35
25	4	11	58	48	16	35	13	51	24	4	8	16	3	48	27	35	27	32
26	5	12	58	59	28	17	13	57	24	15	9	1	4	17	27	25	27	28
27	6	13	59	12	♉ 9	57	14	4	24	27	9	45	4	47	27	10	27	25
C 28	7	14	59	27	21	39	14	11	24	39	10	30	5 S	18	26	51	27	22
29	8	15	59	43	♊ 3	27	14	17	24	50	11	15	5	51	26	28	27	19
30	9	17	0	1	15	24	14	24	25	2	12	0	6	26	26	1	27	16
31	10	18	0	21	27	34	14	31	25	13	12	45	7	2	25	32	27	13
No. 1	11	19	0	43	♋ 10	0	14	37	25	26	13	30	7	39	24	58	27	9
2	12	20	1	6	22	45	14	44	25	38	14	15	8	18	24	23	27	6
3	13	21	1	31	♌ 5	52	14	51	25	50	15	0	8	58	23	48	27	3
C 4	14	22	1	57	19	21	14	57	26	2	15	45	9	39	23	12	27	0
5	15	23	2	25	♍ 3	14	15	4	26	14	16	30	10	21	22	37	26	57
6	16	24	2	54	17	31	15	11	26	27	17	15	11	4	22	3	26	53
7	17	25	3	25	♎ 2	5	15	18	26	39	18	1	11	48	21	32	26	50
8	18	26	3	57	16	51	15	25	26	52	18	46	12	33	21	2	26	47
9	19	27	4	31	♏ 1	46	15	32	27	4	19	31	13	19	20	36	26	44
10	20	28	5	6	16	42	15	39	27	17	20	17	14	6	20 S	14	26	41
C 11	21	29	5	43	♐ 1	28	15	45	27	30	21	2	14	54	19	56	26	37
12	22	♐ 0	6	21	16	2	15	52	27	43	21	48	15	43	19	42	26	34
13	23	1	7	0	♑ 0	16	15	59	27	56	22	33	16	33	19	33	26	31
14	24	2	7	41	14	12	16	6	28	9	23	19	17	23	19 D	29	26	28
15	25	3	8	23	27	46	16	13	28	22	24	5	18	14	19	30	26	25
16	26	4	9	7	♒ 11	1	16	20	28	35	24	50	19	6	19	36	26	22
17	27	5	9	52	23	58	16	27	28	48	25	36	19	59	19	48	26	18
C 18	28	6	10	38	♓ 6	18	16	34	29	2	26	22	20	52	20	5	26	15
19	29	7	11	25	19	3	16	41	29	15	27	8	21	46	20	27	26	12
20	30	8	12	13	♈ 1	16	16	48	29	28	27	54	22	41	20	54	26	9

Latitudo Planetarū ad diē	♄ P	′	♃ P	′	♂ P	′	♀ P	′	☿ P	′	
1	1	42	0	32	0	48	1 S	2	3	27	Mensis
11	1	40	0	30	0	46	0	29	2 S	6	
21	1	38	0	28	0	43	1	35	0	7	

	Syzygiæ Lunares.							
			Occid.	Occid.	Occid.	Orient.	Occid.	Syzygię Planetarũ inter se & eorum congressus cum illustrioribus aliquibus stellis fixis
		☉	♄	♃	♂	♀	☿	
Dies		H '	H '	H '	H '	H '	H '	
1			5 □ 24					♂ or. cũ ac. m. [illegible], ♂ oc. cũ
2				1 □ 51		10 ☍ 58	9 △ 31	♀ m.c. cũ Alg. (neb. +
3			18 △ 23		5 □ 55			☽ ♈ 22. 20.
4				15 △ 35				
5					23 △ 35			☽ Ap. ♀ or. cũ ac. Aur.
6	☍	9 24						
7	Alc.	14 ♋					10 ☌ 14	
8			21 ☍ 58			5 △ 3		♂ or. cum neb. ♏.
9				19 ☍ 19				
10						19 □ 13		
11		18 △ 24			7 ☍ 6			♀ oc. cũ cor. ♏, et ne. ♏
12							2 △ 52	♂ occ. cũ lucide coronę.
13			16 △ 4			5 ✱ 48		
14	□	5 16		11 △ 30			6 □ 19	☌ ☽ ☿ 17. 19.
15	Alc.	3 ♊	20 □ 2		13 △ 30		Orient.	☿ m.c. cum pondere.
16		11 ✱ 34		15 □ 55			7 ✱ 13	♂ m.c. cum rostro galli.
17			21 ✱ 35			16 ☌ 35		
18				16 ✱ 16	3 □ 11			☽ ☊ 15. 52.
19								☽ Per. ✱ ♂ ♀ 22. 56. a
20	☌	20 11			6 ✱ 3		5 ☌ 38	♂ m.c. cum aquila.
21	Alc.	7 ♐	23 ☌ 44			23 ✱ 20		♀ occ. cum aculeo ♏.
22				20 ☌ 0				✱ ♄ ♀ 5. 4.
23								♀ m.c. cũ spi. ♍, & or. cũ
24					17 ☌ 6	6 □ 2	9 ✱ 23	♀ m. cũ ro. corui. (Alc.
25		10 ✱ 32						♀ or. cũ sin. ♍. b. spi. ♍
26			9 ✱ 57			16 △ 5	16 □ 9	☿ or. cũ cau. Del. ☌ ♀ cũ
27	□	23 21		9 ✱ 19				
28	Alc.	0 ♒	19 □ 23					
29				20 □ 24	16 ✱ 56		2 △ 46	♂ m.c. cũ cor. ♏. ♀ oc.
30		25 △ 7						cum 50.

a. Die 19. ☿ or. cum corona.
b. Die 25. ♀ occ. cum spica ♍.
☿ Fit directus occidendo cum aculeo ♏.

Anni veteris	Anni Gregor.	Positus Planetarum Diurnus.																
							S	D	S	D	M	A	S	A	S	A		
		☉ ♐			☽ ♈		♄ ♐		♃ ♐		♂ ♑		♀ ♎		☿ ♏		☊ ♎	
Dies		P	′	″	P	′	P	′	P	′	P	′	P	′	P	′	P	′
21	1	9	13	2	13	19	16	55	29	42	28	40	23	30	21	26	26	6
22	2	10	13	52	25	15	17	2	29	55	29	26	24	33	22	2	26	2
23	3	11	14	43	♉ 7	7	17	9	♑ 0	8	♒ 0	12	25	28	22 D	43	25	59
24	4	12	15	35	18	58	17	16	0	22	0	58	26	25	23	28	25	56
☾ 25	5	13	16	28	♊ 0	51	17	24	0	35	1	44	27	22	24	17	25	53
26	6	14	17	22	12	49	17	31	0	48	2	31	28	20	25	10	25	50
27	7	15	18	17	24	55	17	38	1	2	3	17	29	18	26	6	25	47
28	8	16	19	23	♋ 7	13	17	45	1	15	4	3	♏ 0	17	27	6	25	43
29	9	17	20	10	19	46	17	52	1	28	4	49	1	16	28	9	25	40
30	10	18	21	8	♌ 2	36	18	0	1	42	5	36	2	16	29	15	25	37
Dec. 1	11	19	22	0	15	46	18	8	1	55	6	22	3	17	♐ 0	24	25	34
☾ 2	12	20	23	5	19	16	18	15	2	9	7	8	4	18	1	36	25	31
3	13	21	24	5	♍ 13	11	18	22	2	22	7	54	5	19	2	50	25	27
4	14	22	25	6	27	23	18	29	2	36	8	41	6	21	4	7	25	24
5	15	23	26	7	♎ 11	51	18	36	2	49	9	27	7	23	5	26	25	21
6	16	24	27	9	26	29	18 A	44	3	3	10	14	8	25	6	47	25	18
7	17	25	28	12	♏ 11	12	18	51	3	16	11	0	9	28	8	10	25	15
8	18	26	29	15	25	57	18	58	3	30	11	46	10	31	9	35	25	11
☾ 9	19	27	30	18	♐ 10	23	19	5	3	43	12	33	11	34	11	2	25	8
10	20	28	31	22	24	40	19	12	3	57	13	19	12	38	12	31	25	5
11	21	29	32	26	♑ 8	39	19	19	4	11	14	5	13	42	14	1	25	2
12	22	♑ 0	33	31	21	21	19	26	4	24	14	52	14	46	15	33	24	59
13	23	1	34	36	♒ 5	44	19	33	4	38	15	38	15 D	51	17	6	24	56
14	24	2	35	41	18	50	19	40	4	52	16	25	16	56	18	40	24	52
15	25	3	36	47	♓ 1	41	19	47	5	6	17	11	18	1	20 M	16	24	49
☾ 16	26	4	37	53	14	18	19	54	5	19	17	58	19	6	21	53	24	46
17	27	5	38	59	26	44	20	1	5	33	18	44	20	12	23	31	24	43
18	28	6	40	5	♈ 9	1	20	8	5	47	19	31	21	18	25	10	24	40
19	29	7	41	11	21	30	20	15	6	0	20	17	22	24	26	50	24	37
20	30	8	42	18	♉ 3	26	20	22	6	14	21	3	23	30	28	31	24	33
21	31	9	43	25	15	20	20	29	6	28	21	50	24	37	♑ 0	13	24	30

Latitudo Planetarũ ad diẽ		♄		♃		♂		♀		☿		
	1	1	37	0	27	0	40	2	24	1 D	21	Mensis
	11	1 A	36	0	26	0	36	2	51	1	11	
	21	1	37	0	24	0	33	3 D	0	0 M	21	

Dies	☉	Occid. ♄	Occid. ♃	Occid. ♂	Orient. ♀	Orient. ☿	Syzygiæ Planetarū mutuę, & eorum congressus cum illustrioribus aliquibus stellis fixis.
	H ′	H ′	H ′	H ′	H ′	H ′	
1		7△18			12☍17		
2			7△36	9□3			☉ ☋ 1.35.
3							☉ Ap. ♀ m.c.cū cin. ♍.
4						9☍46	☿ occ.cum acu ✱.
5				1△54			♄ m.c.cum acu. ✱ et ♂
6 ☍	3 26	9☍25					(cum cauda Del.
7 Alc.	18 ♉		12☍9		9△17		☿ or cū media fron. ✱.
8							☿ occ.cū oc. & cordi ♏.
9					23□18	17△9	✱ ♃ ☿ 6.16. ☌ ☉ ♄ 14.
10		Orient.		5☍48			☿ or.cum rost.gal. (19.a
11	6△53	4△14					♀ or.cum Fidicula.
12			5△1		9✱20	4□21	
13 □	15 9	8□50					
14 Alc.	29 ♎		8□47	19△48		12✱17	
15	2✱47	11✱10					☉ ☊ 22.4.
16			10✱53	23□40	20☌58		☉ Pe. ♀ m.c. cū face aust.
17							♀ or.cū cau.cyg et ☿ [illegible]
18							♀ or.cum chelis (mitare
19		14☌44		3✱51		1☌25	
20 ☌	7 16		16☌11				♂ occ.cum Fomah.
21 Alc.	6 ♌				9✱36		✱ ♂ ☿ 2.8 ♂ oc.cū aqui.
22							□ ♂ ♀ 7.31 ♀ m.c.cū [illegible]
23				19☌17	20□12	23✱40	♃ m.c.cum Fidicula. c.
24		1✱32					☌ ♄ ☿ 16.11 ♀ oc. cū 270
25	4✱0		6✱36				♂ m.c.cū ca. ♑. ☿ or.
26		10□54			10△10	16□51	☌ ☉ ♃ 20.57. (cū aq
27 □	19 4		17□42				♂ or.cum ca. ♑. (coru.
28 Alc.	28 44	22△10	Orient.	22✱12			✱ ♄ ♂ 12.46. ♀ m.c.cū
29						13△7	☉ ☋ 0.50 ♃ or.cū 297. a
30	11△48		6△4				☉ Ap. ☿ or.cū 87 (fr. m
31				11□47	20☍19		♃ m.c.cū 197. et ♀ [illegible]

a. Die 9. ♂ m.c.cum cauda cygni, & ♀ cum arcturo.
b. Die 22. ♂ occ.cum cauda ♑.
c. Die 23. ♀ occ.cum vindem.
d. Die 29. ♀ occ.cum boreali lance.

EPHEMERIS IOANNIS ANTONII MAGINI PATAVINI

Ad annum Dominicæ Incarnationis 1605.

Qui est annus primus ab Intercalari, à Kalendarij reformatione 23. & à principio Mundi 5567.

Constitutio cæli ad tempus ingressus Solis in Arietis principium.

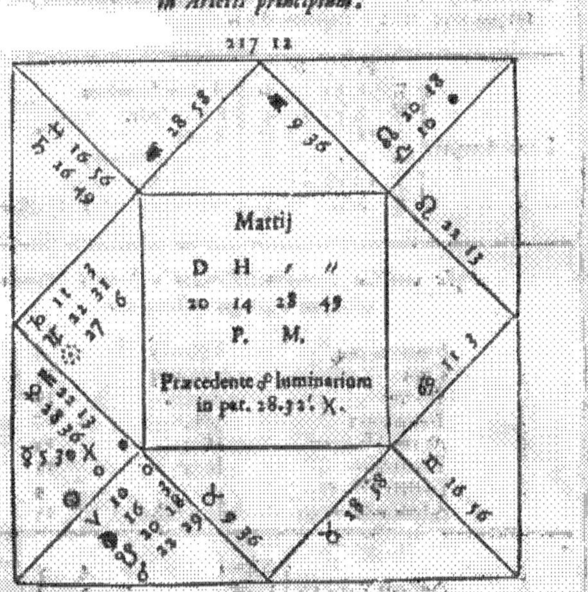

Anni Tropici vera magnitudo.

Dierum 365. *Horarum* 5. *Scr.* 55'. 32''. 16'''. 37''''.

ANNO VIRGINEI PARTVS
1605 communi.

			D.	H.	′	″
Ingressus ☉ in principium	♋, Seu solstitij æstiui	Iunij	21	10	51	42
	♎, Seu æquinoctij autumni	Septemb.	23	22	18	9
	♑, Seu solstitij hiemalis	Decemb.	21	16	53	39

	P.	′	″	‴
Vera præcessio Æquinoctiorum	28	7	54	40
Obliquitas Zodiaci	23	28	2	48

Eccentricitas ☉ 32213. Qualium semidiameter eccentrici ☉ par. 1000000. seu par. 1, 55′. 58″. 2‴. Qualium P. 60.

		P.	′	″			
Locus Apogæi	♄	29	29	14	♓	Aureus Numerus	10
	♃	6	53	23	♎	Cyclus Solis	18
	♂	28	42	24	♌	Epacta	10
	☉	9	37	36	♋	Indictio Romana	3
	♀	16	28	54	♊	Litera Dominicalis	B
	☿	0	30	9	♓	Interuallum hebd. 8. Dies	1

Festa mobilia secundum Sacrosanctæ Romanæ Ecclesiæ usum iuxta annum reformatum.

Septuagesima	Februarij	6
Cinis	Februarij	23
Pascha	Aprilis	10
Rogationes	Maij	15
Ascensio Domini	Maij	19
Pentecostes	Maij	29
Corpus Christi	Iunij	9
Aduentus Domini	Nouemb.	27

Quatuor Tempora anni, seu Ieiunia	Martij	2	4	5
	Iunij	1	3	4
	Septembris	21	23	24
	Decembris	14	16	17

Eclipticum Plenilunium anno Domini 1605.

Die 3. Aprilis anni Gregoriani, qui competit iuxta computum anni veteris diei 24. Martij H. 8. 22'. 46''. P. M. æquatis conspicietur ☽ in diametro Solis cum totali sui luminis iactura in gr. 13. 34'. 4''. ♎ apud draconis ☋. Cuius anomalia, seu argumentum æquatum reperitur par. 156. 20'. 54''. & eius semidiameter 17'. 40''. Solis autem anomalia annua coæquata est par. 272. 5'. 32''. versans in longitudine media sui Eccentrici, semidiameter eius apparens est 16'. 17''. Semidiameter verò umbræ terræ correcta est 48'. 49''. Austr. Verus latitudinis ☽ motus par. 264. 0'. 16''. Latitudo autem ☽ 31'. 18''. Austr. Sed ad initium Eclipsis 37'. 10''. Austr. ad finem verò 25'. 51''. eiusdem affectionis. Puncta obscurata erunt 11. 57'. Tempus item casus H. 1. 41'. 19''.

		H.	scr.		
Huius Eclipsis Lunæ digitorum 11. 57'.	*Principium spectabitur*	6	41	P. M.	*A principio ad finem durabit H. 3. scr. 23'.*
		0	19	N. S.	
	Medium, seu vera ☍	8	23	P. M.	
		2	1	N. S.	
	Exitus erit	10	4	P. M.	
		3	43	N. S.	

Typus prædictæ Eclipsis.

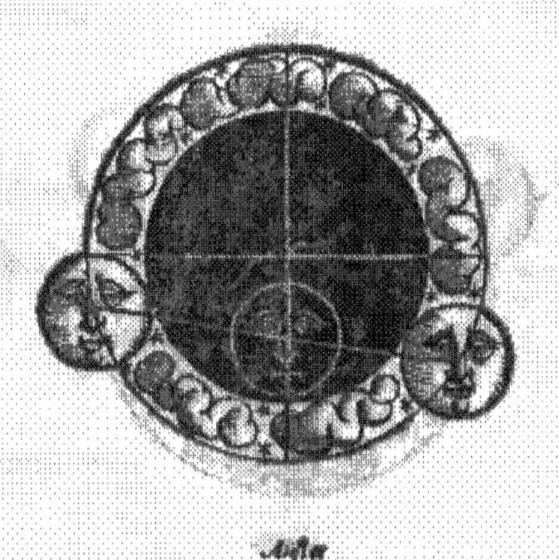

in quamplaribus locis occidentalioribus, vtpotè Galliç, Hispaniç, Angliç, Landiç, Hi-
, & reliquis principium huius Eclipsis minimè obseruari poterit, cum in his locis ☉
itium defectus occidat.

Altera Eclipsis Lunæ anno 1605.

16. Septemb. anni reformati, qui est dies 6. eiusdem iuxta annū veterem H. 16. 57'. 52".
lie æquatis conspicietur ☽ iterum lumine obscurata in gr. 3. 42'. 23". ♈ prope dra-
☋. Anomalia autem Lunaris est par. 294. 55'. 50". & eius semidiameter 15'. 41".
em reperitur in longitudine media sui Eccentrici, & anomalia eius est par. 83. 51'. 34".
us semidiameter est 16'. 16". Semidiameter vmbræ terræ æquata 41'. 47". verus mo-
tudinis ☽ est par. 83. 29'. 0". ex quo inuenta fuit latitudo ☽ 34'. 0". Bor. Sed ad
pleniluny 38'. 25" Bor. & ad exitum 29'. 36" Bor. Punéta corporis ☽ Eclipsata
. 0'. Tempus incidentiç, seu casus H. 1. 36'. 37".

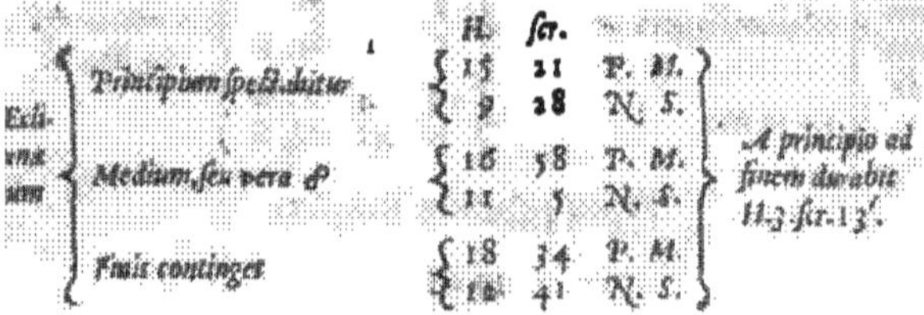

		H.	scr.		
Ecli- ūnæ um	Principium spectabitur	15	21	P. M.	A principio ad finem durabit H. 3 scr. 13'.
		9	28	N. S.	
	Medium, seu vera ☍	16	58	P. M.	
		11	5	N. S.	
	Finis continget	18	34	P. M.	
		12	41	N. S.	

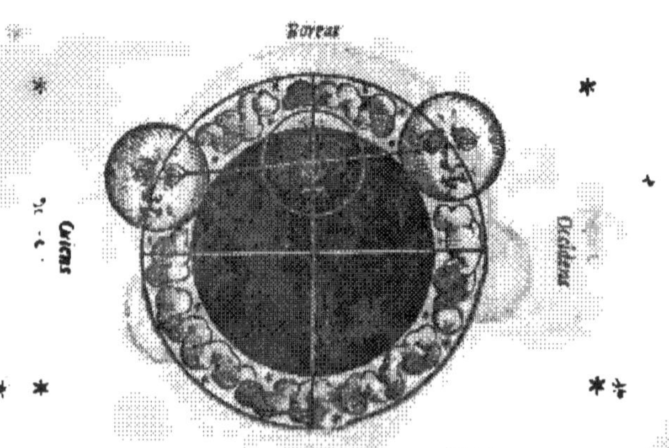

Huius Eclipsis finem in nostro horizonte non videbimus, continget enim scr. 14. post Solis occasum, nec etiam ii, qui nobis orientaliores sunt, ut qui Vngariam, Siciliam, Apuliam, Calabriam, & caetera loca in longitudine similia habitant; quinimo, qui Graeciam, Syriam, Ephesum, Ezelichem, & Hierosolymam incolunt, nec medium Eclipsis obseruaturi sunt. In regionibus autem occidentalioribus tota Eclipsis conspici satis poterit.

Ecliptica synodus dicto anno 1605.

Die 12. Octobris secundum annum correctum, qui dicit 2. eiusdem iuxta annum veterem ascribitur H. 2. 37'. 4". à meridie aequalis accidet coniunctio luminarium in par. 18. 53'. 51". ♎ prope nodum eucheuntem, seu draconis ☊, versante Sole in longitudine media sui Eccentrici: sed quoniam haec Ecliptica synodus celebrabitur in parte caeli occidentali, ideo coniunctio, quae secundum visum accidet, sequetur veram, & erit H. 2. 54'. 50". P. M. ita ut sit interuallum inter veram & apparentem ☌ H. 0. 17'. 46". Parallaxis enim, seu diuersitas aspectus longitudinis est scr. 10'. 1". Distantia autem luminarium à Zenith est par. 65. 27'. Anomalia item ☉ reperitur par. 101. 4'. 56". & eius semidiameter 16'. 15". Lunae verò anomalia est par. 140. 34'. 16". & eius apparens semidiameter 17'. 25". Verus latitudinis ☽ motus tempore visibilis coitionis est par. 179. 40'. 6". Veraque Lunae latitudo 50'. 19". Septentr. Parallaxis autem latitudinis 51'. 40". Ideo latitudo ☽ apparens 1'. 21". Austr. Latitudo denique Lunae apparens ad initium defectus 5'. 17". Austr. & ad finem 0'. 36". Bor. Puncta corporis Lunaris obscurata erunt 11. 31'. Tempus incidentiae H. 1. 19'. 14". Acquisitionis autem deperditi luminis H. 1. 13'. 50".

		H.	scr.		
Huius Eclipsis Solaris puncta 11. 31'.	*Principium continget*	1	36	*P. M.*	*Et sic à principio ad finem pertransient H. 2. scr. 33'.*
		10	6	*Horol.*	
	Medium, seu vera ☌	2	55	*P. M.*	
		11	15	*Horol.*	
	Finis conspicietur	4	9	*P. M.*	
		12	39	*Horol.*	

Configuratio Prædictæ obſcurationis Solis ad medium ſexti climatis.

Septentrio

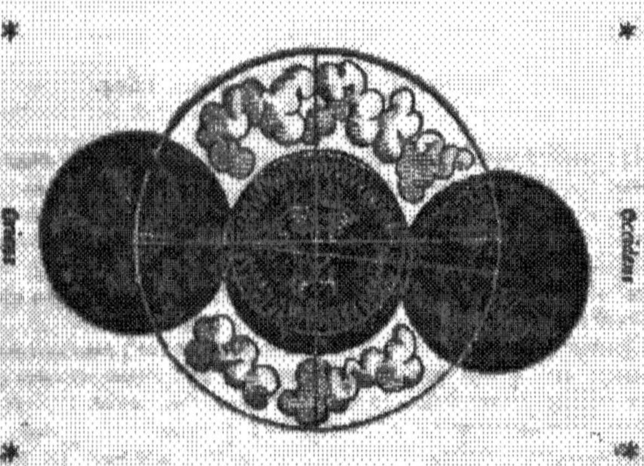

Meridies

Parallaxes huius Solaris defectus ad infraſcripta climata.

	Puncta.						
Magnitudo huius Eclipſis ☉ erit	12 13	*in climate*	*Quarto,*	&	*gr.*	36	*Eleuationis poli.*
	11 46		*Quinto,*	&	*gr.*	41	
	11 31		*Sexto,*	&	*gr.*	45	
	11 29		*Septimo,*	&	*gr.*	49	
	11 34		*Octauo,*	&	*gr.*	51	

Planetarum status.

♄	Per totum hoc anni spatium versatur circa Apogæum sui Eccentrici, & in calce anni in eo reperitur. Die 15 Iunij in Perigæo } Epicycli existit. Die 10 Decemb. in Apogæo } Epicycli existit. Post 6. Aprilis vsque in 25. Augusti regressum patitur.
♃	A longitudine media descendit versus oppositum augis Eccentrici. Die 14. Iulij Perigæum Epicycli tenet. Die 15. Maij vsque ad 12. Septembris regressione vexabitur.
♂	Die 5. Nouembris ad Apogæum sui deferentis peruenit. Die 18. Iunij in Apogæo Epicycli reperitur. Regressionem minimè hoc anno substinebit.
♀ Die	8. Iunij ad Apogæum } Eccentri deuenit. 8. Decemb. ad Perigæum } Eccentri deuenit. 21. Iulij in Auge Epicycli existit. Hoc anno regressum haud accipiet.
☿ Die	22 Maij in Perigæo } Eccentrici est. 21 Nouemb. in Apogæo } Eccentrici est. 9 Ianuarij in Apogæo 8 Martij in Perigæo 6 Maij in Apogæo 4 Iulij in Perigæo 31 Augusti in Apogæo 27 Octobris in Perigæo 13 Decemb. in Apogæo } Epicycli est. 25 Februarij vsque post 20. Martij 23 Iunij vsque in 16. Iulij 16 Octobris vsq; ad 7. Nouemb. } Regressione vexabitur.

Dies	Dies anni	☉ ♑ G	′	″	☽ ♉ P	′	S A ♄ ♐ P	′	S D ♃ ♑ P	′	M A ♂ ♒ P	′	S D ♀ ♒ P	′	M D ☿ ♑ P	′	☊ ♎ P	′
22	1	10	44	32	27 ♊	45	20	36	6	41	22	36	25	41	1	55	24	27
B 23	2	11	45	38	9	33	20	43	6	51	23	22	26	50	3	38	24	24
24	3	12	46	44	21 ♋	47	20	49	7	9	24	9	27	57	5	21	24	21
25	4	13	47	50	4	10	20	55	7	22	24	55	29	4	7	5	24	18
26	5	14	48	56	16	44	21	2	7	36	25	41	0 ♓	12	8	49	24	14
27	6	15	50	1	29	32	21	9	7	49	26	28	1	19	10	34	24	11
28	7	16	51	6	12 ♌	38	21	16	8	3	27	14	2	27	12	19	24	8
29	8	17	52	11	26	1	21	23	8	16	28	1	3	35	14	4	24	5
B 30	9	18	53	16	9 ♍	43	21	29	8	30	28	47	4	43	15	50	24	2
31	10	19	54	21	23	43	21	36	8	43	29	33	5	51	17	38	23	59
Ian. 1	11	20	55	25	7 ♎	59	21	43	8	57	0 ♓	20	7	0	19	23	23	56
2	12	21	56	29	22 ♏	25	21	49	9	11	1	6	8	9	21	10	23	53
3	13	22	57	32	6	56	21	56	9	24	1	52	9	18	22	58	23	50
4	14	23	58	35	21 ♐	27	22	2	9	38	2	39	10	27	24	45	23	47
5	15	24	59	37	5	51	22	9	9	51	3	25	11	36	26	32	23	43
B 6	16	26	0	39	20 ♑	3	22	16	10	5	4	11	12	45	28	19	23	40
7	17	27	1	40	4	0	22	22	10	18	4	58	13	55	0 ♒	6	23	37
8	18	28	2	41	17 ♒	58	22	28	10	32	5	44	15	4	1	52	23	34
9	19	29	3	41	0	59	22	35	10	45	6	30	16	14	3	38	23	31
10	20	0 ♒	4	40	14	4	22	41	10	59	7	16	17	23	5 A	24	23	28
11	21	1	5	38	26 ♓	54	22	47	11	12	8	3	18	32	7	10	23	24
12	22	2	6	35	9	29	22	53	11	25	8	49	19	41	8	54	23	21
B 13	23	3	7	32	21 ♈	57	22	59	11	39	9	35	20	53	10	39	23	18
14	24	4	8	R 28	4	15	23	5	11	52	10	22	22	3	12	22	23	15
15	25	5	9	23	16	29	23	11	12	5	11	8	23	13	14	10	23	12
16	26	6	10	17	28	38	23	17	12	18	11	54	24	23	15	53	23	9
17	27	7	11	10	10 ♉	46	23	23	12	31	12	41	25	34	17	35	23	5
18	28	8	12	2	22	59	23	29	12	44	13	27	26	44	19	16	23	2
19	29	9	12	53	5 ♊	14	23	35	12	57	14	13	27	55	20	57	22	59
B 20	30	10	13	43	17	35	23	40	13	10	15	0	29	5	22	37	22	56
21	31	11	14	32	0 ♋	4	23	46	13	23	15	40	0 ♑	16	24	16	22	53

Latitudo Planetarũ ad diẽ		♄		♃		♂		♀		☿		
	1	1	38	0	23	0	29	1	55	0	49	
	11	1	39	0	22	0	25	1	34	1 A	37	Mensis
	21	1	40	0	21	0	21	1	13	1	54	

Syzygiæ Lunares.

Dies	☽	Orient. ♄	Orient. ♃	Occid. ♂	Orient. ♀	Orient. ☿	Syzygię Planetarũ mutuę, & eorum congressus cum illustrioribus aliquibus stellis fixis.
	H ′	H ′	H ′	H ′	H ′	H ′	
1							♀ m.e. cũ pri. fron. ♏.
2		22 ☍ 0					☿ or. cum neb. ♐.
3				4 △ 54			☿ or. cum acu. ♏.
4 ☍	20 2		6 ☍ 21			6 ☍ 28	☌ ♃ ☿ 4.32. a.
5 Asc.	21 ♑						♀ or. cum rostro gallinę.
6					3 △ 25		☿ or. cum neb. ♏. b.
7		13 △ 35					♃ or. cum aculeo ♏.
8			21 △ 51	3 ☍ 41	14 □ 27		♀ oc. cũ lã. bor. c (cũ 18 [illegible]
9	10 △ 55	0 □ 10				12 △ 0	♂ or. cum cap. Me. [illegible] c.
10					22 ✱ 22		♄ or. cũ aq. ♂ oc. cũ 8 2.
11 □	23 5	22 ✱ 58				11 □ 30	♄ occ. cum arcturo.
12 Asc.	19 ♈			15 △ 9			☽ ☊ 2.25.
13			4 ✱ 10				☽ Pe. ☌ ☉ ☿ 2.0. ♀ oc.
14	4 ✱ 36			19 □ 43		6 ✱ 16	(cum 51. d.
15					10 ☌ 31	Occid.	
16		3 ☌ 49					
17			12 ☌ 16	1 ✱ 47			
18 ☌	20 12						♂ oc. cũ ♄. ☿ m.e. cũ 8 7
19 Asc.	14 ♒					5 ☌ 37	♀ m.e. cauda cygni.
20		16 ✱ 9			6 ✱ 49		♀ m.e. cum acu. ♏.
21				21 ☌ 20			♂ m.e. cum Fomah.
22			3 ✱ 31		21 □ 43		
23	23 ✱ 46	2 □ 2					
24			15 □ 13			18 ✱ 45	☌ ♄ ♀ 23.25 ♀ or. cũ aq. c
25		13 △ 20			24 △ 48		☽ ☋ 13.13 ☿ oc. cũ aq. c
26 □	16 5						☽ Ap. ✱ ♃ ♂ 16.56 ([illegible]
27 Asc.	8 △		3 △ 27	3 ✱ 46		15 □ 31	
28							☿ or. cum cauda ♑.
29	8 △ 26			18 □ 38			♃ or. cum neb. ♏.
30		21 ☍ 47				11 △ 9	✱ ♄ ☿ 16.25.
31					0 ☍ 34		♀ or. ☌ ☿ oc. cũ ca. Dei

a. Die 4. ♂ occ. cũ ca. Dei | e. Die 24. ♀ m.e. cũ acu. ♏. ☌ occ. cum arct. ☌ ☿ cũ Fomah.
b. Die 6. ♃ occ. cum neb. ♐.
c. Die 8. ☿ occ. cum corona. ♀ m.e. cum antare.
d. Die 13. ♀ or. cum antare.

Positus Planetarum Diurnus.

	Dies		☉ ♒ P	′	″	☽ ♋ P	′	♄ ♓ (S A) P	′	♃ ♑ (S A) P	′	♂ ♓ (M A) P	′	♀ ♑ (S D) P	′	☿ ♒ (M A) P	′	☊ ♎ P	′
	22	1	12	15	20	12	41	23	52	13	36	16	33	1	27	25	54	22	49
	23	2	13	16	6	25	37	23	57	13	49	17	18	2	38	27	31	22	46
	24	3	14	16	51	8 ♌	46	24	2	14	1	18	4	3	49	29	6	22	43
	25	4	15	17	35	22	13	24	8	14	14	18	50	5	0	0 ♓	40	22	40
	26	5	16	18	18	5 ♍	57	24	13	14	27	19	36	6	11	2	12	22	37
B	27	6	17	19	0	19	57	24	19	14	39	20	22	7	23	3	42	22	33
	28	7	18	19	40	4 ♎	13	24	24	14	52	21	8	8	34	5	9	22	30
	29	8	19	20	19	18	41	24	29	15	4	21	54	9	45	6	34	22	27
	30	9	20	20	57	3 ♏	14	24	34	15	17	22	40	10	57	7	56	22	24
	31	10	21	21	34	17	46	24	39	15	29	23	25	12	8	9	15	22	21
Feb.	1	11	22	22	10	2 ♐	12	24	43	15	42	24	11	13	20	10	31	22	17
	2	12	23	22	45	16	25	24	48	15	54	24	57	14	32	11	44	22	14
B	3	13	24	23	17	0 ♑	29	24	53	16	6	25	42	15	44	12 S	54	22	11
	4	14	25	23	48	14	3	24	58	16	19	26	28	16	55	14	1	22	8
	5	15	26	24	17	27 ♒	14	25	2	16	31	27	14	18	7	15	4	22	5
	6	16	27	24	45	10	26	25	7	16	43	27	59	19	19	16	3	22	2
	7	17	28	25	11	23 ♓	11	25	11	16	55	28	45	20	30	16	58	21	58
	8	18	29	25	35	5	41	25	15	17	8	29 ♈	30	21	42	17	48	21	55
	9	19	0 ♓	25	58	18 ♈	0	25	20	17	20	0	16	22	54	18	32	21	52
B	10	20	1	26	19	0	10	25	24	17	32	1	1	24	6	19	10	21	49
	11	21	2	26	38	12	15	25	29	17	44	1	47	25	18	19	42	21	46
	12	22	3	26	55	24 ♉	17	25	33	17	56	2	32	26	30	20	8	21	43
	13	23	4	27	11	6	19	25	37	18	8	3	17	27	42	20	28	21	39
	14	24	5	27	25	18	24	25	41	18	19	4	3	28	54	20	41	21	36
	15	25	6	27	38	0 ♊	33	25	45	18	31	4	48	0 ♒	6	20 R	47	21	33
	16	26	7	27	40	12	50	25	48	18	42	5	33	1	18	20	45	21	30
B	17	27	8	27	58	25 ♋	17	25	52	18	54	6	19	2	31	20	34	21	27
	18	28	9	28	5	7	56	25	56	19	5	7	4	3	43	20	15	21	24

Latitudo Planetarũ ad diẽ	♄		♃		♂		♀		☿		
1	2	43	0	21	0	17	1	47	1	18	
11	2	44	0	22	0	14	1	8	0 S	5	Mensis
21	2	46	0	22	0	11	0	39	2	0	

Syzygiæ Lunares.							
		Orient.	Orient.	Occid.	Orient.	Occid.	Syzygiæ Planetarũ mutuæ, & eorum congressus cum illustrioribus aliquibus stellis fixis.
	☉	♄	♃	♂	♀	☿	
Dies	H ′	H ′	H ′	H ′	H ′	H ′	
1			1 ☍ 39	7 △ 31			
2							☿ or. cum cap. Med.
3 ☍	10 31						♂ occ. cum acarnar. a.
4 Asc.	19 ♎	3 △ 22				16 ☍ 57	♀ m.c. cum Fidicula.
5			14 △ 47		0 △ 28		♀ m.c. cum neb. ♋.
6		7 □ 24		0 ☍ 37			♀ or. cum neb. ♋.
7			17 □ 54		7 □ 51		♀ or. cum acu. ♏. ♂ or.
8	1 △ 9	9 ✱ 37					☽ ☊ 6.12 (cũ neb. ♋). b
9			20 ✱ 11		13 ✱ 52	8 △ 32	☽ Per. ☿ m.c. cũ Fomalh.
10 □	6 19			9 △ 55			
11 Asc.	6 ♍					15 □ 20	□ ♄ ☌ 18.44. ♀ or. cum
12	11 ✱ 1	14 ☌ 28		15 □ 28			✱ ♀ ☿ per orbẽ. (neb. ♏.
13						23 ✱ 56	☌ ♃ ♀ 9.0. ✱ ☽ ♄ 12.51.
14			4 ☌ 8	23 ✱ 41	5 ☌ 14		♃ ☌ ♀ occ. cũ corona. c.
15							
16							✱ ♃ ☿ 22.32.
17 ☌	10 47	3 ✱ 51					♀ m.c. cum aquila.
18 Asc.	2 ♓		22 ✱ 40				♀ occ. cum Acarnar.
19		14 □ 35			10 ✱ 44	1 ☌ 6	♃ m.c. cum rostro gall.
20				1 ☌ 45			
21			11 □ 7				☽ ☋ 16.57.
22	19 ✱ 57	2 △ 33			4 □ 55		☽ Ap. ☿ m.c. cũ cor. ♌.
23			23 △ 50				
24					23 △ 6	4 ✱ 33	
25 □	12 28			8 ✱ 50			□ ♄ ♀ platicẽ.
26 Asc.	27 ♓					15 □ 2	♀ m.c. cum cauda Del.
27		1 ☍ 8		22 □ 16			
28	3 △ 8		21 ☍ 4			22 △ 10	

a. Die 3. ☿ occ. cum rostro gallinæ.
b. Die 7. ☿ occ. cum lucida lyræ.
c. Die 14 ♀ m.c. cum rostro gallinæ.

Positus Planetarum Diurnus.

Anni Iuliani	Anni Gregor.	☉ ♓ G	M	S	☽ ♋ G	M	♄ ♓ G	M	♃ ♑ G	M	♂ ♈ G	M	♀ ♒ G	M	☿ ♓ G	M	☊ ♋ G	M
							S	A	S	D	M	A	S	D	S	A		
Dies		G	M	S	G	M	G	M	G	M	G	M	G	M	G	M	G	M
19	1	10	28	11	20 ♌	49	25	59	19	16	7	50	4	55	19	48	21	20
20	2	11	28	15	3	59	26	3	19	27	8	35	6	7	19	13	21	17
21	3	12	28	17	17 ♍	24	26	6	19	38	9	20	7	20	18	30	21	14
22	4	13	28	17	1	9	26	10	19	49	10	6	8 M	32	17	41	21	11
23	5	14	28	16	15	13	26	13	19	59	10	51	9	44	16	47	21	8
B 24	6	15	28	13	29 ♎	34	26	16	20	10	11	36	10	57	15	49	21	4
25	7	16	28	8	14	8	26	19	20	20	12	21	12	9	14 D	48	21	1
26	8	17	28	1	28	51	26	22	20	30	13	6	13	22	13	44	20	58
27	9	18	27	52	13 ♏	30	26	25	20	40	13	51	14	34	12	39	20	55
28	10	19	27	41	28	16	26	28	20	50	14	36	15	47	11	35	20	52
Ma. 1	11	20	27	28	12 ♐	43	26	30	21	0	15	21	16	59	10	33	20	48
2	12	21	27	13	26	54	26	32	21	9	16	6	18	12	9	34	20	45
B 3	13	22	26	56	10 ♑	45	26	35	21	19	16	51	19	24	8	40	20	42
4	14	23	26	37	24	14	26	37	21	29	17	35	20	37	7	51	20	39
5	15	24	26	16	7 ♒	22	26	39	21	38	18	20	21	49	7	8	20	36
6	16	25	25	53	20	10	26	41	21	48	19	5	23	1	6	32	20	33
7	17	26	25	29	2 ♓	40	26	43	21	57	19	49	24	14	6	4	20	29
8	18	27	25	3	14	55	26	45	22	7	20	34	25	27	5	44	20	26
9	19	28	24	35	26 ♈	59	26	47	22	16	21	18	26	40	5	31	20	23
B 10	20	29 ♈	24	5	8	54	26	48	22	26	22	3	27	52	5 D	28	20	20
11	21	0	23	33	20 ♉	44	26	50	22	35	22	47	29 ♓	5	5	31	20	17
12	22	1	22	59	2	33	26	52	22	44	23	32	0	18	5	41	20	14
13	23	2	22	23	14	24	26	53	22	53	24	16	1	30	5	59	20	10
14	24	3	21	45	26 ♊	19	26	55	23	2	25	1	2	43	6	25	20	7
15	25	4	21	5	8	21	26	56	23	11	25	45	3	55	6	57	20	4
16	26	5	20	23	20 ♋	34	26	57	23	19	26	29	5	8	7 M	36	20	1
B 17	27	6	19	39	2	59	26	58	23	28	27	14	6	21	8	20	19	58
18	28	7	18	53	15	39	26	59	23	36	27	58	7	34	9	10	19	55
19	29	8	18	5	28 ♌	37	27	0	23	44	28	42	8	47	10	5	19	51
20	30	9	17	15	11	55	27	1	23	52	29 ♉	26	9	59	11	5	19	48
21	31	10	16	23	25	33	27	2	24	0	0	10	11	12	12	9	19	45

Latitudo Planetarũ ad diẽ		♄		♃		♂		♀		☿		
	1	2	49	0	21	0	8	0 M	6	3 D	34	Meridia
	11	2	53	0	21	0	6	0	8	3	35	
	21	2	55	0	22	0	4	0	36	1 M	9	

Syzygiæ Lunares.

		Orient.	Orient.	Occid.	Orient.	Occid.	Syzygiæ Planetarũ mutuę, & eorum congressus cum illustrioribus aliquibus stellis fixis.
	☽	♄	♃	♂	♀	☿	
Dies	H ′	H ′	H ′	H ′	H ′	H ′	
1							♀ occ. cũ acar. a. (cũ aq.
2				8△43	4☍12		♂ cr. cum cor. ♈ ♃ m. c.
3		15△16					
4 ☍	12 31						
5 Asc.	19 ♒	18□18	8△5			2☍2	
6				20☍53	20△26		☌ ☽ ☿ 9.20.
7		19✶56	10□12			Orient	✶ ♂ ♀ 10.17 ☽ ☊ 12.
8						22△32	☽ Pe. ♀ oc. cũ Po.(12.
9	8△33		12✶41		1□44		☿ occ. cũ aq. & cau. ♑.
10						20□39	
11 □	14 1	23☌19		4△42	7✶54		✶ ☽ ♃ 15.21. ♀ m. cũ
12 Asc.	27 ♐					10✶36	(cauda ♑.
13	22✶28		19☌1	10□19			
14							♀ or. cum cauda ♑.
15				21✶50			♂ oc. cum cauda cygni. b.
16		12✶33			6☌5		
17						6☌29	□ ☽ ♄ 7.27 ♀ m. cum
18		23□36	14✶30				♀ occ. cũ ca. Del. (hadis
19 ☌	3 ♉						✶ ♄ ♀ 2.22.
20 Asc.	17 ♌						□ ♃ ♂ 15.40 ☽ ☋ 23.6
21		22△25	2□48	4☌27	18✶54		☿ or. cum cap. Med.
22						6✶31	☽ Apo. ♀ occ. cum ♉
23			17△18				(cor. ♈.
24	25✶28				14□21	21□5	♀ occ. cũ lyra. ♂ m. c. c.
25							
26		12☍12		12✶10			△ ♄ ♂ 15.17.
27 □	6 53				7△3	18△51	♀ occ. cum Fidicula.
28 Asc.	14 ♎		14☍52				♀ m. c. cum Fomah.
29	18△52			9□10			
30							
31		1△33		8△14			

a. Die 1. ☿ m. c. cum cauda cygni.
b. Die 15. ☿ occ. cum lucida lyræ.
c. Die 26. ☿ or. cum dextro hum. Aurigæ.

	Dies		☉ ♈ P	'	"	☽ ♍ P	'	♄ ♐ P	'	♃ ♑ P	'	♂ ♉ P	'	♀ ♓ P	'	☿ ♓ P	'	☊ ♎ P	'
			Positus Planetarum Diurnus.					S	A	S	D	M	A	M	D	M	D		
	22	1	11	15	29	9	31	27	3	14	8	0	54	12	45	13	17	19	4
	23	2	12	14	33	23	49	27	3	14	15	1	38	13	38	14	28	19	39
B	24	3	13	13	33	♎ 6	25	27	3	14	23	2	22	14	51	15	41	19	35
	25	4	14	12	31	23	14	27	4	14	30	3	6	16	54	17	0	19	32
	26	5	15	11	33	♏ 8	20	27	4	14	37	3	50	17	16	18	21	19	29
	27	6	16	10	29	23	1	27 ℞	4	14	44	4	33	18	29	19	45	19	26
	28	7	17	9	23	♐ 7	53	27	4	14	51	5	17	19	42	21	11	19	23
	29	8	18	8	15	22 ♑	2	27	4	14	58	6	1	20	55	22	42	19	20
	30	9	19	7	6	6	47	27	4	15	4	6	44	22	6	24	14	19	16
B	31	10	20	5	55	20 ♒	34	27	3	15	11	7	28	23	20	25	47	19	13
Ap.	1	11	21	4	42	4	[illegible]	27	3	15	18	8	12	24	33	27	27	19	10
	2	12	22	3	27	17	5	27	2	15	24	8	55	25	46	29	6	19	7
	3	13	23	2	10	29 ♓	5	27	1	15	30	9	39	26	59	♈ 0	47	19	4
	4	14	24	0	53	12	11	27	0	15	36	10	22	28	12	2	29	19	1
	5	15	24	59	30	24 ♈	15	26	59	15	42	11	6	29 ♈	24	4 A	12	18	57
	6	16	25	58	7	6	31	26	58	15	47	11	49	0	37	5	56	18	54
B	7	17	26	56	41	18	0	26	57	15	53	12	33	1	50	7	41	18	51
	8	18	27	55	17	29 ♉	49	26	55	15	58	13	16	3	3	9	27	18	48
	9	19	28	53	49	11	28	26	54	16	3	13	59	4	16	11	14	18	45
	10	20	29	52	19	23	9	26	53	16	8	14	43	5	28	13	1	18	41
	11	21	♉ 0	50	47	♊ 4	55	26	51	16	13	15	26	6	41	14	50	18	38
	12	22	1	49	14	16	49	26	50	16	17	16	9	7	54	16	39	18	35
	13	23	2	47	39	28 ♋	53	26	48	16	21	16	52	9	7	18	28	18	32
B	14	24	3	46	2	11	12	26	46	16	25	17	35	10 A	20	20	18	18	29
	15	25	4	44	23	23 ♌	45	26	44	16	29	18	18	11	32	22	8	18	26
	16	26	5	42	42	6	45	26	42	16	32	19	1	12	45	23	59	18	22
	17	27	6	41	0	20 ♍	3	26	40	16	36	19	44	13	58	25	51	18	19
	18	28	7	39	16	3	49	26	38	16	39	20	27	15	11	27	43	18	16
	19	29	8	37	31	17 ♎	49	26	35	16	43	21	9	16	24	29 ♉	36	18	13
	20	30	9	35	44	2	13	26	33	16	46	21	52	17	37	1	29	18	10

Latitudo Planetarũ ad diẽ		♄	'	♃	'	♂	'	♀	'	☿	'	
	1	2	58	0	20	0	3	0	58	1	25	
	11	2	1	0	20	0	2	1	21	2	18	Mensis
	21	2	4	0	19	0	1	1 A	15	2	30	

		Orient.	Orient.	Occid.	Orient.	Orient.	Syzygiæ Planetarũ mutuæ, & eorum congressus cum illustrioribus aliquibus stellis fixis.
	☉	♄	♃	♂	♀	☿	
Dies	H ′	H ′	H ′	H ′	H ′	H ′	
1					5 ☍ 19	6 ☍ 53	(cum cor. ♌.
2		5 □ 19	0 △ 47				☌ ♀ ☌ pleiad. ♂ occ.
3 ☍	8 23						☽ ☊ 18. 1.
4 Asc.	7 ♏	6 ⚹ 9	2 □ 3	16 ☍ 40			☿ occ. cum Acarnar.
5					15 △ 57	18 △ 4	☽ Perig. ♀ oc. cũ Acar.
6			2 ⚹ 41				
7	16 △ 21				21 □ 15		
8		7 ☌ 46				0 □ 18	
9 □	23 13			0 △ 4			⚹ ♃ ♀ 13. 38.
10 Asc.	27 ♋		8 ☌ 18		5 ⚹ 15	10 ⚹ 37	□ ♃ ☿ 18. 8.
11				8 □ 1			⚹ ♃ ♀ 16. 7. ♂ or. cũ
12	10 ⚹ 3	18 ⚹ 38					(Fomah.
13				20 ⚹ 5			
14							
15		5 □ 9	2 ⚹ 37		11 ☌ 9	13 ☌ 8	□ ☉ ♃ 19. 7. ☿ or. cũ
16							(cor. ♌.
17 ☌	19 34	18 △ 6	16 □ 2				△ ☉ ♄ 0. 0. ☽ ☋ 1. 26.
18 Asc.	20 ♊						♂ m.c. cum cap. Med.
19				5 ☌ 31			☽ Apog. ♂ or. cũ pleia-
20			6 △ 7				(dis.
21					3 ⚹ 58	13 ⚹ 38	♀ or. cũ cor. ♌. ☌ ♀ cũ
22		19 ☍ 51					☿ or. cũ dex. hu. Aurig. a.
23	8 ⚹ 17				22 □ 8		☿ occ. cum cau. cygni.
24				11 ⚹ 53		20 □ 17	
25 □	22 5		3 ☍ 0				♂ or. cũ vir. pleia. ☌ or.
26 Asc.	25 ♋			23 □ 22	11 △ 57		(cũ Rigel.
27		11 △ 33				11 △ 45	□ ♃ ☿ 9. 55. △ ♄ ☿ 10.
28	7 △ 9						(42. b.
29		14 □ 35	14 △ 53	5 △ 50			
30							♀ occ. cum cau. cygni. c.

a. Die 22. ♂ m.c. cum oc. austr. & dex. hu. Persei.
b. Die 27. ☿ m.c. cum cor. ♌.
c. Die 30. ♂ m.c. cum pleiad.

	Dies		☉			☽		♄		♃		♂		♀		☿		☊	
	Stylo veteri	Stylo novo	Positus Planetarum Diurnus.					S A		S D		S A		M A		M A			
			♉			♎		♓		♑		♋		♈		♉		♎	
	Dies		P	'	"	P	'	P	'	P	'	P	'	P	'	P	'	P	'
B	21	1	10	33	55	16 ♏	50	26	30	26	49	22	35	18	50	3	12	18	7
	22	2	11	31	5	1	52	26	27	26	52	23	17	20	3	5	16	18	3
	23	3	12	30	13	16 ♐	53	26	25	26	55	24	0	21	16	7	10	18	0
	24	4	13	28	20	1	54	26	22	26	57	24	42	22	29	9	4	17	57
	25	5	14	26	25	16 ♑	46	26	20	26	59	25	25	23	42	10	59	17	54
	26	6	15	24	29	1	22	26	17	27	1	26	8	24	55	12	53	17	51
	27	7	16	22	31	15	38	26	14	27	3	26	50	26	8	14	48	17	47
B	28	8	17	20	31	29	32	26	11	27	5	27	33	27	21	16	42	17	44
	29	9	18	18	30	13 ♒	4	26	8	27	6	28	15	28	34	18	37	17	41
	30	10	19	16	27	26	13	26	5	27	7	28	58	29	47	20	32	17	38
	Ma. 1	11	20	14	23	9 ♓	0	26	2	27	8	29 Ⅱ	40	1 ♉	0	22	26	17	35
	2	12	21	12	17	21	17	25	58	27	8	0	23	2	13	24	19	17	31
	3	13	22	10	10	4 ♈	38	25	55	27	9	1	5	3	26	26	12	17	28
	4	14	23	8	2	11	36	25	52	27	9	1	47	4	39	28 S	5	17	25
B	5	15	24	5	53	27 ♉	24	25	48	27 ℞	9	2	30	5	52	29 Ⅱ	57	17	22
	6	16	25	3	42	9	5	25	45	27	9	3	12	7	5	1	49	17	19
	7	17	26	1	30	20 Ⅱ	43	25	41	27	9	3	54	8	18	3	41	27	15
	8	18	26	59	17	2	21	25	37	27	8	4	36	9	31	5	32	17	12
	9	19	27	57	3	14	3	25	33	27	8	5	18	10	44	7	23	17	9
	10	20	28	54	48	25	53	25	29	27	7	6	0	11	57	9	13	17	6
	11	21	29	52	31	7 ♋	53	25	25	27	6	6	42	13	10	11	3	17	3
B	12	22	0 Ⅱ	50	13	20	8	25	21	27	5	7	24	14	23	12	50	17	0
	13	23	1	47	54	2 ♌	40	25	17	27	3	8	6	15	36	14	37	16	56
	14	24	2	45	34	15	33	25	13	27	2	8	48	16	49	16	23	16	53
	15	25	3	43	12	28 ♍	48	25	8	27	0	9	29	18	2	18	20	16	50
	16	26	4	40	49	12	26	25	4	26	58	10	11	19	15	19	55	16	47
	17	27	5	38	25	26 ♎	27	24	58	26	56	10	53	20	28	21	39	16	44
	18	28	6	36	0	10	50	24	55	26	54	11	34	21	41	23	22	16	40
B	19	29	7	33	34	25 ♏	33	24	50	26	51	12	16	22	54	25	4	16	37
	20	30	8	31	7	10	26	24	46	26	48	12	57	24	7	26	44	16	34
	21	31	9	28	40	25	15	24	42	26	46	13	39	25	20	28	22	16	31
Latitudo Planetarũ ad diẽ							1	2	6	0	18	0	0	1	19	1	40	Mensis	
							11	2	8	0	18	0	1	1	10	0 S	31		
							21	2	10	0	17	0	2	0	59	1	4		

Syzygiæ Lunares.

Dies	☽	Orient. ♄	Orient. ♃	Occid. ♂	Orient. ♀	Orient. ☿	Syzygiæ Planetarũ mutuę, & eorum congressus cum illustrioribus aliquibus stellis fixis.
	H ′	H ′	H ′	H ′	H ′	H ′	
1		15 ✱ 19	15 □ 56		3 ☌ 19		☽ ☊ 2.57 ♀ or. cũ hœdis
2 ☍	16 40					6 ☍ 13	♀ or. cum de hu. Aurigę.
3 Asc.	6 ♉		16 ✱ 2	11 ☍ 37			☽ Perig. ☿ or. cum Fo.
4							
5		15 ☌ 40			12 △ 25		(pleia. a.
6						13 △ 20	△ ♄ ♂ 4.48 ♀ or. cum
7	1 △ 24		19 ☌ 46	20 △ 22	19 □ 52		△ ♄ ♀ 1.54. b.
8							☌ ☽ ☿ 16.25.
9 □	10 29	23 ✱ 45				11 □ 52	♂ oc. cũ 20. Or. & Bel. c.
10 Asc.	28 ♓			5 □ 28	7 ✱ 13	Occid.	♂ oc. cum ultima pleia.
11	23 ✱ 30						♂ oc. cũ ult. 20. et Ald. d.
12		18 □ 52	11 ✱ 13	18 ✱ 40		6 ✱ 40	(Syrio. e.
13							△ ♃ ☿ 12.6. ♂ oc. cũ
14		20 △ 45	23 □ 30				☽ ☊ 3.40. ☿ oc. cũ 20.
15					19 ☌ 14		♀ or. cũ Ald. et Sy. (Or.
16							♀ or. cum Fomalh.
17 ☌	22 6		13 △ 17				☽ Apo. ☌ ♂ ♀ 4.31.
18 Asc.	2 ♒			4 ☌ 55		7 ☌ 45	△ ☽ ♃ 3.43.
19		25 ☍ 12					♂ m. c. cũ Ald. (oc. cũ 42
20							♀ or. cũ pl. et ☿ cũ hœ. &
21					11 ✱ 30		♀ m. c. cum cap. Med.
22	12 ✱ 15		13 ☍ 15				
23				10 ✱ 42			♂ or. cũ hœ. et ☿ cũ Ald. f.
24		17 △ 22			2 □ 32	1 ✱ 46	♀ or. cũ ult. pl. ☿ oc. cũ 20.
25 □	9 30			19 □ 49			♀ occ. cum Rigel.
26 Asc.	29 ♓	21 □ 30			11 △ 47	14 □ 37	
27	16 △ 26		0 △ 52				♂ m. c. cum hœdis.
28		22 ✱ 57		1 △ 15		23 △ 9	☽ ☊ 9.19. ☍ ♄ ♀ 20.52
29			2 □ 6				♂ or. cũ Ald. ♀ m. c. cũ pl.
30					23 ☍ 51		
31			2 ✱ 9				☽ Pe. ♀ oc. cũ pl. et hœ. g.

a. *Die* 6. ♂ oc. cũ hœ. et ple. ♀ m. c. cũ cor. ♈.
b. *Die* 7. □ ♃ ♀ 18.35.
c. *Die* 9. ☿ occ. cum Rigel.
♃ Ple ♒ m. c. cum cor. ♌.
d. *Die* 11. ♀ occ. cum prima ✱ ♈.
e. *Die* 13. ☿ oc. cũ pl. et hœ. et ♂ m. c. cũ hœ.
f. *Die* 23. ♂ oc. cũ 141. ♀ m. c. cũ oc. & 22.
g. *Die* 31. ♂ m. c. cum capra, & 130.

Dies Iulian.	Greg.	☉ ♊ P	′	″	☽ ♐ P	′	♄ ♐ P (S)	′ (A)	♃ ♑ P (S)	′ (D)	♂ ♊ P (S)	′ (A)	♀ ♉ P (M)	′ (A)	☿ ♊ P (S)	′ (A)	☊ ♎ P	′
		Positus Planetarum Diurnus																
22	1	10	26	12	10	22	24	37	26	43	14	20	16	33	29 ♋	59	16	28
23	2	11	23	41	25 ♑	10	24	33	26	40	15	2	17	46	1	34	16	25
24	3	12	21	13	9	43	24	28	26	37	15	43	29	0	3	7	16	21
25	4	13	18	42	23 ♒	57	24	23	26	33	16	24	0 ♊	13	4	37	16	18
B 26	5	14	16	11	4	50	24 D	19	26	30	17	6	1	26	6	4	16	15
27	6	15	13	39	21	21	24	14	26	26	17	47	2	39	7	29	16	12
28	7	16	11	6	4 ♓	31	24	9	26	22	18	28	3	51	8	51	16	9
29	8	17	8	32	17	22	24	5	26	18	19	9	5	5	10 D	10	16	5
30	9	18	5	57	29 ♈	55	24	0	26	14	19	50	6	18	11	26	16	2
31	10	19	3	22	12	13	23	55	26	10	20	31	7	31	12	38	15	59
Iun. 1	11	20	0	46	24 ♉	18	23	50	26	5	21	12	8	44	13	47	15	56
B 2	12	20	58	9	6	14	23	45	26	0	21	53	9	57	14	52	15	53
3	13	21	55	32	18	4	23	40	25	55	22	34	11	10	15	53	15	50
4	14	22	52	54	29	50	23	36	25	50	23	15	12	23	16	50	15	46
5	15	23	50	16	11 ♊	35	23	31	25	45	23	56	13	37	17	43	15	43
6	16	24	47	37	23	24	23	26	25	39	24	37	14	50	18	31	15	40
7	17	25	44	58	5 ♋	19	23	21	25	34	25	18	16	3	19	14	15	37
8	18	26	42	18	17	23	23	16	25	28	25	59	17	17	19	51	15	34
B 9	19	27	39	37	29 ♌	40	23	12	25	22	26	39	18	30	20	21	15	30
10	20	28	36	56	12	13	23	7	25	16	27	20	19	43	20	45	15	27
11	21	29	34	10	25 ♍	6	23	1	25	10	28	1	20	56	21	2	15	24
12	22	0 ♋	31	35	8	21	22	58	25	4	28	41	22	9	21 M	12	15	21
13	23	1	28	54	21 ♎	59	22	53	24	57	29	22	23	23	21 R	14	15	18
14	24	2	26	14	5	59	22	48	24	51	0 ♋	3	24	36	21	9	15	15
15	25	3	23	33	20 ♏	18	22	43	24	44	0	43	25 S	49	20	57	15	11
B 16	26	4	20	52	4	53	22	38	24	37	1	24	27	2	20	37	15	8
17	27	5	18	10	19 ♐	39	22	34	24	31	2	4	28	16	20	9	15	5
18	28	6	15	28	4	28	22	29	24	24	2	45	29	29	19	34	15	2
19	29	7	12	46	19 ♑	13	22	24	24	17	3	25	0 ♋	42	18	52	14	59
20	30	8	10	4	3	48	22	19	24	10	4	5	1	55	18	4	14	56

Latitudo Planetarũ ad diẽ	♄		♃		♂		♀		☿		
1	2 D	12	0	16	0	3	0	45	1 D	57	Meridies
11	2	12	0	15	0	3	0	25	1	49	
21	2	10	0	14	0	4	0 A	7	0 M	13	

Syzygiæ Lunares.

		Orient.	Orient.	Occid.	Orient.	Occid.	Syzygiæ Planetarũ mutuę, & eorum congressus cum illustrioribus aliquibus stellis fixis.
☽	☉	♄	♃	♂	♀	☿	
D	° ′	H ′	H ′	H ′	H ′	H ′	
1 ☍	0 16	23 ☌ 2		6 ☍ 46			△ ♃ ♀ 3.9 ♂ oc. cũ 20. a
2 Asc.	17 ♍					11 ☍ 49	☿ occ. cum sin. hu. ori. b.
3							♀ oc. cũ vit. zo. Or. et Ald.
4			4 ☌ 11		11 △ 0		♀ occ. cum Spica.
5	11 △ 16			16 △ 48			♀ or. cum Bel. & Apo.
6		5 ✶ 13			21 □ 41		(♀ m. c. cum hiad.
7 □	23 42					9 △ 1	(♀ cum Alde.
8 Asc.	16 ♍	12 □ 16	17 ✶ 0	3 □ 36			♂ m. c. cum zona Ori. &
9					13 ✶ 48		
10	14 ✶ 44	23 △ 4		17 ✶ 19		0 □ 52	☿ ☋ 7.26 ♀ or. cũ hia. c
11			2 □ 34				
12						19 ✶ 8	☿ or. cum 241. & Her.
13			15 △ 52				♀ or. cũ Ald. et ♀ cũ zo.
14							☿ Ap. ☌ ♄ ☌ 10.57 d (Or.
15		Occid.			4 ☌ 37		☌ ☉ ☌ ♀ 1 ☿ oc. cũ vit. zo.
16 ☌	1 10	0 ☍ 4		2 ☌ 30			☿ oc. cũ hy. ♀ m. c. cũ Ri.
17 Asc.	2 ♋			Orient.			
18			15 ☍ 39			5 ☌ 1	
19							♀ m. c. cum zona Ori.
20		20 △ 11			15 ✶ 26		
21	8 ✶ 43			5 ✶ 33			
22						21 ✶ 37	☍ ♄ ♀ 14.53 e
23 □	17 32	1 □ 33	5 △ 3	13 □ 19	2 □ 37		☌ ♃ ☿ pla. ♀ m. c. cũ 31.
24 Asc.	18 ♋						☿ ☊ 1.29 ♂ oc. cũ pro.
25	27 △ 2	9 ✶ 57	2 □ 21	18 △ 0	9 △ 55	2 □ 5	
26							
27			7 ✶ 48			0 △ 49	
28							☿ Perig. ♀ oc. cũ ca. mi.
29		3 ☌ 12			20 ☍ 37		♂ or. cũ Bila & Apol.
30 ☍	7 54			0 ☍ 31		22 ☍ 25	♄ occ. cum ☌ Reo.
Asc.							

a. Die 1. ♀ oc. cũ zo. Or. ♂ m. c. cũ Ri. c. Die 10. ♀ oc. cum 141. & ☿ cum hadis.
b. Die 2. ☿ occ. cum cane minore. d. Die 14. ☌ ☿ ♄ 16.39 ☿ or. cũ Rig. ♂ m. c. cum 31.
Die 15. Erit ☌ ☿ cum ♂ per contrariũ progr. cum ♂ paucam habeat à borea latitudinem, vix potest.
e. Item ☿ occ. cum cap. Med. & ♂ m. c. cum 141. & ♀ m. c. cum capra, & 150.

Motus Planetarum Diurnus

Anni Iuliani	Anni Gregor.	☉ ♊			☽ ♐		♄ ♐ S A		♃ ♑ S D		♂ ♊ S A		♀ ♉ M A		☿ ♊ S A		☊ ♎	
Dies		P	′	″	P	′	P	′	P	′	P	′	P	′	P	′	P	′
22	1	10	26	12	10	22	14	37	26	43	14	20	26	33	29 ♋	59	16	28
23	2	11	23	45	25 ♑	10	14	33	26	40	15	2	27	46	1	34	16	25
24	3	12	21	13	9	43	14	28	26	37	15	43	29	0	3	7	16	21
25	4	13	18	42	23	57	14	23	26	33	16	24	0 ♊	13	4	37	16	18
B 26	5	14	16	11	4 ♒	50	24 D	19	26	30	17	6	1	26	6	4	16	15
27	6	15	13	39	21	21	24	14	26	26	17	47	2	39	7	29	16	12
28	7	16	11	6	4 ♓	32	24	9	26	22	18	28	3	52	8	51	16	9
29	8	17	8	40	17	22	24	5	26	18	19	9	5	5	10 D	10	16	5
30	9	18	5	57	29 ♈	55	24	0	26	14	19	50	6	18	11	26	16	2
31	10	19	3	22	12	13	23	55	26	10	20	31	7	31	12	38	15	59
Iun. 1	11	20	0	46	24 ♉	18	23	50	26	5	21	12	8	44	13	47	15	56
B 2	12	20	58	9	6	14	23	45	26	0	21	53	9	57	14	52	15	53
3	13	21	55	32	18	4	23	40	25	55	22	34	11	10	15	53	15	50
4	14	22	52	54	29	50	23	36	25	50	23	15	12	23	16	50	15	46
5	15	23	50	10	11 ♊	35	23	31	25	45	23	56	13	37	17	43	15	43
6	16	24	47	37	23	24	23	26	25	39	24	37	14	50	18	31	15	40
7	17	25	44	58	5 ♋	19	23	21	25	34	25	18	16	3	19	14	15	37
8	18	26	42	18	17	23	23	16	25	28	25	59	17	17	19	51	15	34
B 9	19	27	39	37	29 ♌	40	23	12	25	22	26	39	18	30	20	22	15	30
10	20	28	36	56	12	23	23	7	25	16	27	20	19	44	20	45	15	27
11	21	29 ♋	34	16	25 ♍	6	23	2	25	10	28	1	20	57	21	2	15	24
12	22	0	31	35	8	21	22	58	25	4	28	41	22	9	21 M	12	15	21
13	23	1	28	54	21 ♎	59	22	53	24	57	29 ♋	22	23	23	21 ♊	14	15	18
14	24	2	26	14	5	59	22	48	24	51	0	3	24	36	21	9	15	15
15	25	3	23	33	20 ♏	18	22	43	24	44	0	43	25 S	49	20	57	15	12
B 16	26	4	20	52	4	53	22	38	24	37	1	24	27	2	20	37	15	8
17	27	5	18	10	19 ♐	39	22	34	24	31	2	4	28	16	20	9	15	5
18	28	6	15	28	4	28	22	29	24	24	2	45	29	29	19	34	15	2
19	29	7	12	46	19 ♑	13	22	24	24	17	3	25	0 ♋	42	18	52	14	59
20	30	8	10	4	3	48	22	19	24	10	4	5	1	55	18	4	14	56

Latitudo Planetarũ ad diẽ		♄		♃		♂		♀		☿		
	1	2 D	12	0	16	0	2	0	45	1 D	57	Mensis
	11	2	13	0	15	0	3	0	25	1	49	
	21	2	10	0	14	0	4	0 S	7	0 M	13	

Syzygiæ Lunares.

		Orient.	Orient.	Occid.	Orient.	Occid.	Syzygiæ Planetarũ mutuę, & eorum congressus cum illustrioribus aliquibus stellis fixis.
	☾	♄	♃	♂	♀	☿	
D ei	° ′	H ′	H ′	H ′	H ′	H ′	
1 ☍	0 16	23 ☌ 2		6 ☍ 46			△ ♃ ♀ 3.9 ♂ oc. cũ 10. a
2 Asc.	23 ♍					11 ☍ 49	♀ occ. cum sin. hu. ori. b.
3							♀ or. cũ vir. zo. &c. et aid.
4			4 ☌ 11		11 △ 0		♀ occ. cum Spica.
5	11 △ 16			16 △ 46			♀ or. cum Bel. & Apo.
6		5 ✱ 13			22 □ 41		(♀ m. c. cum Inad.
7 □	13 42					9 △ 1	(♀ cum Alde.
8 Asc.	16 ♍	12 □ 46	17 ✱ 0	3 □ 36			♂ m. c. cum zona Ori. &
9					13 ✱ 48		
10	14 ✱ 44	23 △ 4		17 ✱ 29		0 □ 52	☊ [illegible] 7.36 ♀ or. cũ bla. c
11			2 □ 34				
12						19 ✱ 8	☿ or. cum 1 41. & Her.
13			15 △ 52				♀ or. cũ. vid. et ♀ in zo.
14							☊ ap. ☌ ♄ ♂ 10.57 d (Or.
15		Occid.			4 ☌ 37		☌ ☉ ♂ 9 1 ☿ or. cũ uit. zo.
16 ☌	1 10	0 ☍ 4		2 ☌ 36			☿ occ. cũ hy. ♀ m. c. cũ Ri.
17 Asc.	2 [illegible]			Orient.			
18			15 ☍ 39			5 ☌ 1	
19							♀ m. c. cum zona orio.
20		10 △ 11			15 ✱ 26		
21	8 ✱ 43			5 ✱ 33			
22						21 ✱ 37	☍ ♄ ♀ 14.53.
23 □	17 32	1 □ 33	5 △ 3	13 □ 19	2 □ 37		☌ ♃ ☿ plu. ♀ m. c. cũ 31,
24 Asc.	18 ♋						☊ ☌ 11.29. ♂ oc. cũ pro.
25	23 △ 2	3 ✱ 57	2 □ 21	18 △ 0	9 △ 55	1 □ 5	
26							
27			7 ✱ 48			0 △ 49	
28							☊ Trig. ♀ oc. cũ ca. mi.
29		3 ☌ 12			20 ☍ 37		♂ or. cũ Bella & Apol.
30 ☍	7 34			0 ☍ 31		22 ☍ 25	♄ occ. cum ors[illegible].
Asc.							

a. Die 1. ♀ oc. cũ zo. Or. ♂ m. c. cũ Ri. | c. Die 10. ♀ oc. cum 1 41. & ♀ cum hœdis.

b. Die 2. ☿ occ. cum cane minore. | d. Die 14. ☌ ☉ ♄ 16.39 ♀ o. cũ Rig. ♂ m. c. cum 31.

Die 15. Erit ☌ ☉ cum ♂ per centra fere, cum ♂ paucam habeat i Borea latitudinem, reposi fer. 3. Item ☿ occ. cum cap. Med. & ♂ m. c. cum 1 41. & ♀ m. c. cum capra, & 150.

Positus Planetarum Diurnus.

					S	D	S	D	S	A	S	A	M	D		
☉ ♋			☽ ♑		♄ ♓		♃ ♑		♂ ♋		♀ ♋		☿ ♋		☊ ♎	
P	′	″	P	′	P	′	P	′	P	′	P	′	P	′	P	′
9	7	22	18	8	22	15	24	3	4	46	3	8	17	10	14	52
10	4	39	2 ♒	01	22	10	23	56	5	26	4	22	16	11	14	49
11	1	56	15	53	22	6	23	48	6	6	5	35	15	9	14	46
11	59	13	29	17	22	1	23	41	6	46	6	49	14	7	14	43
12	56	30	12 ♓	22	21	57	23	33	7	26	8	2	13	4	14	40
13	53	48	25	11	21	53	23	25	8	6	9	15	12	3	14	36
14	51	6	7 ♈	46	21	49	23	18	8	46	10	29	11	3	14	33
15	48	24	20	9	21	45	23	10	9	26	11	42	10	11	14	30
16	45	42	2 ♉	11	21	41	23	2	10	6	12	55	9	22	14	27
17	43	0	14	27	21	37	22	54	10	46	14	9	8	38	14	24
18	40	19	26	26	21	33	22	46	11	26	15	22	8	0	14	21
19	37	38	8 ♊	24	21	29	22	38	12	6	16	36	7	30	14	17
20	34	57	20	13	21	25	22	30	12	46	17	49	7 A	7	14	14
21	32	17	2 ♋	15	21	21	22	22	13	26	19	3	6	51	14	11
22	29	37	14	33	21	18	22	14	14	6	20	16	6	43	14	8
23	26	58	26	52	21	14	22	6	14	45	21	30	6	42	14	5
24	24	19	9 ♌	21	21	10	21	58	15	25	22	43	6 Di	49	14	2
25	21	41	22	6	21	7	21	51	16	5	23	57	7	3	13	58
26	19	3	5 ♍	8	21	3	21	43	16	44	25	11	7	24	13	55
27	16	25	18	31	21	0	21	35	17	24	26	24	7	52	13	52
28	13	48	2 ♎	13	20	56	21	28	18	4	27	38	8	27	13	49
29	11	11	16	18	20	53	21	20	18	43	28	52	9	8	13	46
0 ♌	8	35	0 ♏	36	20	50	21	12	19	23	0 ♌	5	9	54	13	43
1	6	0	15	5	20	47	21	5	20	2	1	19	10	45	13	39
2	3	25	29	41	20	44	20	58	20	42	2	33	11	41	13	36
3	0	51	14 ♐	16	20	41	20	50	21	21	3	46	12	41	13	33
3	57	17	28	45	20	38	20	43	22	1	5	0	13	47	13	30
4	55	44	13 ♑	1	20	35	20	36	22	40	6	13	14	56	13	27
5	53	11	27	2	20	33	20	29	23	20	7	27	16	8	13	23
6	50	39	10 ♒	46	20	30	20	22	23	59	8	41	17	24	13	20
7	48	8	24	11	20	27	20	15	24	38	9	54	18	43	13	17
				1	2	8	0	13	0	5	0	18	1	41		
Planetarū ad dié				11	2	6	0	11	0	6	0	29	4 A	13	Mensis	
[illegible]				21	2	3	0	8	0	7	0	45	2	42		

Syzygiæ Lunares.

Dies	☽	♄ Occid.	♃ Orient.	♂ Orient.	♀ Orient.	☿ Occid.	Syzygiæ Planetarũ mutuę, & eorum congressus cum illustrioribus aliquibus stellis fixis.
	H ′	H ′	H ′	H ′	H ′	H ′	
1			10 ☌ 2				♄ or. cũ aq. & ♀ cũ Bel.
2							(& Apoll.
3		13 ✱ 4					☌ ♂ ♀ 21. 53 (cũ Spica)
4				14 △ 38	15 △ 14		☿ or. cũ zona Or. & m. c.
5	1 △ 9	17 □ 50	20 ✱ 43			1 △ 12	☌ ☉ ♀ 1. 31 ☿ or. cum
6						Orient.	(Rigel.
7 □	14 59			2 □ 1	5 □ 50	6 □ 0	☌ ♀ ☿ 6. 41 ☽ ☋ 13. 6.
8 Asc.	25 ♊	3 △ 8	5 □ 51				☌ ♂ ☿ 12. 8. a.
9				16 ✱ 14	23 ✱ 21	13 ✱ 6	♀ or. cum Her. & 1. 41.
10	7 ✱ 7		16 △ 44				♀ or. cum zona Orio. b.
11							☽ Apo. ♂ or. cum 1. 41.
12							♂ or. cũ Her. & ♀ cũ Ri.
13		2 ☍ 4					♀ or. cum ulc. zona Orio.
14				13 ☌ 4		8 ☌ 40	☍ ☉ ♃ 18. 18. ♂ or. cum
15 ☌	16 48		14 ☍ 50		12 ☌ 24		(zona Orio.
16 Asc.	27 ♋		Occid.				
17		22 △ 9					☍ ♃ ♀ 13. 20. (cũ Ap. &
18							♂ or. cum Rigel, & m. c.
19				21 ✱ 48		4 ✱ 13	
20	16 ✱ 15	4 □ 19	5 △ 18		15 ✱ 9		♂ or. cum ulti. zona Ori.
21						11 □ 8	☽ ☊ 19. 41 ♂ m. c. cũ pr.
22 □	13 10	7 ✱ 39	8 □ 22	4 □ 15	23 □ 0		♂ m. c. cum Hercu.
23 Asc.	15 ♎					16 △ 22	☌ ☽ ♀ 4. 31 ♀ oc. cũ Her.
24			9 ✱ 47	8 △ 31	Occid.		♀ or. cum ast. boreo. d.
25	4 △ 10				5 △ 9		☽ Per. ☍ ♃ ♂ 8. 8. e.
26		10 ☌ 36					♀ or. cũ ca. mi. & ast. &
27							(oc. cum Apo.
28			13 ☌ 34	17 ☍ 21		3 ☍ 35	☿ or. cum Rigel.
29 ☍	16 40				20 ☍ 0		☿ or. cum ulti. za. Orio.
30 Asc.	6 ♌	17 ✱ 21					♃ m. c. cum aquila.
31							

a. Die 8. ♀ or. cũ de. hu. Or. & Her. & oc. cũ ba.
b. Die 10. ♂ occ. cum hydra, ♄ m. c. cum ocu. ta.
c. Die 18. ♂ occ. cum hydra.
d. Die 24. ☿ or. cum zona Orio.
e. Die 25. ♀ or. cũ Pro. & ac. ☿ oc. c. hy.
☿ Fit der. oriendo ferè cum sin. hu. Orio. & Her. & occ. cum hydra.

Dies Juliani	Dies Gregor.	Positus Planetarum Diurnus.																
		☉ ♌			☽ ♊		♄ ♓ S	D	♃ ♑ S	D	♂ ♋ S	A	♀ ♌ S	A	☿ ♋ M	A	☊ ♎	
Dies		P	′	″	P	′	P	′	P	′	P	′	P	′	P	′	P	′
22	1	8	45	38	7	39	10	25	20	8	25	18	11	8	20	5	13	14
23	2	9	43	10	20	12	20	22	20	1	25	57	12	22	21	30	13	11
24	3	10	40	43	♈ 2	52	20	20	19	54	26	36	13	36	22	57	13	8
25	4	11	38	17	15	31	20	18	19	48	27	15	14	50	24	27	13	4
26	5	12	35	52	27 ♉	41	20	16	19	41	27	54	16	4	25	59	13	1
27	6	13	33	28	9	54	20	14	19	35	28	33	17	18	27	31	12	58
B 28	7	14	31	5	22 ♊	3	20	13	19	28	29	12	18	32	29 S	9	12	55
29	8	15	28	41	4	11	20	11	19	22	29	51	19	46	0 ♌	46	12	52
30	9	16	26	22	16	20	20	9	19	16	0 ♌	30	21	0	2	23	12	48
31	10	17	24	2	28	31	20	8	19	10	1	9	22	14	4	5	12	45
Au. 1	11	18	21	43	♋ 10	47	20	6	19	4	1	48	23	28	5	46	12	42
2	12	19	19	25	23 ♌	12	20	5	18	59	2	27	24	42	7	29	12	39
3	13	20	17	8	5	47	20	4	18	53	3	6	25	56	9	13	12	36
B 4	14	21	14	52	18 ♍	36	20	3	18	48	3	45	27	10	10	58	12	33
5	15	22	12	38	1	41	20	2	18	43	4	23	28	24	12	44	12	29
6	16	23	10	25	15	3	20	1	18	38	5	2	29 ♍	38	14	31	12	26
7	17	24	8	13	28 ♎	44	20	0	18	33	5	41	0	52	16	18	12	23
8	18	25	6	2	12	42	19	59	18	29	6	19	2	6	18	6	12	20
9	19	26	3	52	26 ♏	55	19	59	18	24	6	58	3	21	19	55	12	17
10	20	27	1	43	11	19	19	58	18	20	7	36	4	35	21	44	12	13
B 11	21	27	59	36	25 ♐	50	19	58	18	16	8	15	5	49	23	33	12	10
12	22	28	57	30	10	21	19	57	18	12	8	53	7 D	4	25	23	12	7
13	23	29 ♍	55	26	24 ♑	46	19	57	18	8	9	32	8	18	27	13	12	4
14	24	0	53	24	8	59	19	57	18	4	10	10	9	32	29 ♍	3	12	1
15	25	1	51	23	22 ♒	57	19 D	57	18	1	10	49	10	46	0	54	11	57
16	26	2	49	24	6	38	19	57	17	57	11	27	12	1	2 D	45	11	54
17	27	3	47	26	20 ♓	0	19	57	17	54	12	6	13	15	4	36	11	51
B 18	28	4	45	30	3	5	19	57	17	51	12	45	14	29	6	27	11	48
19	29	5	43	35	15	54	19	58	17	48	13	23	15	44	8	18	11	45
20	30	6	41	42	28 ♈	29	19	58	17	45	14	1	16	58	10	9	11	42
21	31	7	39	50	10	53	19	59	17	43	14	40	18	12	11	59	11	38

Latitudo Planetarũ ad diẽ											
1	2	0	0	6	0	9	0	56	1 S	5	Menfis
11	1	56	0	4	0	11	1	3	0	35	
21	1	53	0	2	0	13	1 D	5	1 D	36	

Syzygiæ Lunares.

Dies		☉	Occid. ♄	Occid. ♃	Orient. ♂	Occid. ♀	Orient. ☿	Syzygiæ Planetarũ mutuę, & eorum congressus cum illustrioribus aliquibus stellis fixis.
		H '	H '	H '	H '	H '	H '	
1				23 ✱ 36				☌ ♃ ♀ 0.47 ♀ or. cũ ce.
2			0 □ 19		11 △ 29		2 △ 46	(maiore.
3		16 △ 17				22 △ 58		☽ ☋ 19.39.
4			9 △ 56	4 □ 33			20 □ 13	♀ occ. cum rost. cor. & 3[illegible]
5					0 □ 26			
6	□	7 51		19 △ 6		15 □ 16		
7	Alc.	0 ♓			14 ✱ 56		16 ✱ 11	☽ Apo. ☌ ♂ ☿ 1.14. a
8								△ ♄ ♀ 7.54 ♂ or. cũ 24.4 b
9		0 ✱ 12	7 ☍ 33			10 ✱ 14		☿ or. cũ Præs. oc. & pro.
10								♂ or. cũ Pr. & oc. cũ Ap.
11				15 ☍ 54				♂ or. cũ oc. & oc. cũ asi.
12					18 ☌ 30			△ ☽ ♄ 18.43 ♂ or. cũ pr.
13							7 ☌ 26	♂ oc. cũ Ap. (et 24 5. c
14	☌	5 16	2 △ 40			13 ☌ 17		☿ or. cum Syrio.
15	Alc.	17 ♭						
16			8 □ 43	6 △ 14				☿ occ. cũ rost. cor. & 32.
17					12 ✱ 30			☽ ☊ 13.22 ♀ or. cũ tri. d
18		22 ✱ 26	12 ✱ 16	11 □ 17			10 ✱ 28	♀ or. cum hydra.
19					17 □ 36	11 ✱ 44		△ ♄ ♀ 0.52.
20				11 ✱ 32			19 □ 41	
21	□	3 53			21 △ 26	18 □ 3		☽ Perig.
22	Alc.	2 ♭	15 ☌ 58					☿ or. cum Regulo.
23		9 △ 19					4 △ 36	
24				15 ☌ 13		2 △ 0		♂ or. cum Syrio.
25								♀ or. cum tri. (14.♌). e.
26			23 ✱ 54		9 ☍ 5			☌ ☽ ☿ 2.0. ♀ or. cum
27							Occid.	
28	☍	3 27				23 ☍ 40	7 ☍ 21	♂ oc. cũ rost. cor. & 32.
29	Alc.	2 ♭	7 □ 45	3 ✱ 37				
30								△ ♃ ♀ 14.10. (in ♌) f.
31			17 △ 49	13 □ 21	7 △ 43			☽ ☋ 1.20. ♀ or. cum

a. *Die* 7. ♂ & ☿ *occ. cum Her.*
b. *Die* 8. ☿ *or. cum asinis.*
c. *Die* 12. ♀ *or. cum Basilisco.*
d. *Die* 17. ♀ *occ. cum Algorab.*
e. *Die* 26. ☿ *or. cum hydra, & oc. cũ Alg.*
f. *Die* 31. ♂ *oc. cum hydra.*

September 1605

Stil. Julian.	Stil. Gregor.	Positus Planetarum Diurnus. ☉ ♍	☽ ♈	S D ♄ ♐	S D ♃ ♑	S A ♂ ♌	S D ♀ ♍	S D ☿ ♍	☊ ♎
Dies		P ′ ″	P ′	P ′	P ′	P ′	P ′	P ′	P ′
22	1	8 38 0	23 9	19 59	17 40	15 18	19 27	13 49	11 51
23	2	9 36 11	♉ 5 20	20 0	17 38	15 56	20 41	15 39	11 32
24	3	10 34 24	17 28	20 1	17 36	16 35	21 55	17 29	11 29
B 25	4	11 32 38	29 35	20 2	17 34	17 13	23 9	19 19	11 26
26	5	12 30 54	♊ 11 43	20 3	17 M 32	17 51	24 24	21 8	11 22
27	6	13 29 12	23 56	20 5	17 31	18 29	25 38	22 57	11 19
28	7	14 27 31	♋ 6 15	20 6	17 30	19 7	26 52	24 45	11 16
29	8	15 25 52	18 43	20 7	17 29	19 45	28 7	26 33	11 13
30	9	16 24 15	♌ 1 23	20 8	17 28	20 23	29 21	28 20	11 10
31	10	17 22 39	14 16	20 10	17 27	21 1	♎ 0 35	♎ 0 7	11 7
B 1	11	18 21 5	♍ 27 23	20 11	17 27	21 39	1 50	1 54	11 3
Sep. 2	12	19 19 33	10 48	20 14	17 27	22 17	3 4	3 38	11 0
3	13	20 18 3	♎ 24 30	20 16	17 D 27	22 55	4 19	5 22	10 57
4	14	21 16 35	8 30	20 18	17 27	23 33	5 33	7 5	10 54
5	15	22 15 9	22 47	20 20	17 27	24 11	6 48	8 47	10 51
6	16	23 13 44	♏ 7 17	20 22	17 28	24 49	8 2	10 27	10 47
7	17	24 12 21	21 54	20 25	17 28	25 27	9 17	12 6	10 44
B 8	18	25 11 0	♐ 6 32	20 27	17 29	26 4	10 32	13 44	10 41
9	19	26 9 41	21 4	20 30	17 30	26 42	11 46	15 M 21	10 38
10	20	27 8 24	♑ 5 25	20 32	17 31	27 20	13 1	16 56	10 35
11	21	28 7 9	19 31	20 35	17 33	27 57	14 16	18 30	10 32
12	22	29 5 55	♒ 3 18	20 37	17 35	28 35	15 31	20 3	10 28
13	23	♎ 0 4 43	16 44	20 40	17 37	29 13	16 45	21 34	10 25
14	24	1 3 33	29 49	20 43	17 39	29 50	18 0	23 3	10 22
B 15	25	2 2 25	♓ 12 36	20 46	17 42	♍ 0 28	19 15	24 30	10 19
16	26	3 1 19	25 7	20 49	17 45	1 5	20 30	25 54	10 16
17	27	4 0 15	♈ 7 25	20 52	17 48	1 43	21 45	27 17	10 13
18	28	4 59 11	19 37	20 56	17 51	2 20	22 59	28 37	10 9
19	29	5 58 11	♉ 1 33	20 59	17 54	2 58	24 14	29 53	10 6
20	30	6 57 15	13 29	21 3	17 58	3 35	25 29	♏ 1 8	10 3

Latitudo Planetarũ ad diẽ	Dies	♄	♃	♂	♀	☿	
	1	1 49	0 M 1	0 15	1 2	1 40	Mensis
	11	1 45	0 1	0 17	0 55	1 M 4	
	21	1 40	0 3	0 20	0 42	0 27	

Positus Planetarum Diurnus.

Anni veteris	Anni Gregor.	☉ ♎			☽ ♉		♄ ♐ S	D	♃ ♑ M	D	♂ ♍ S	A	♀ ♎ S	D	☿ ♏ M	D	☊ ♎	
Dies		P	′	″	P	′	P	′	P	′	P	′	P	′	P	′	P	′
21	1	7	36	19	25 ♊	24	21	6	18	1	4	12	26	44	2	19	10	0
B 22	2	8	55	25	7	21	21	10	18	5	4	50	27	59	3	26	9	57
23	3	9	54	33	19 ♋	23	21	13	18	9	5	27	29 ♏	13	4	30	9	53
24	4	10	53	43	1	32	21	17	18	13	6	4	0	18	5	31	9	50
25	5	11	52	53	13	51	21	21	18	17	6	41	1	43	6	29	9	47
26	6	12	52	9	26 ♌	23	21	25	18	21	7	18	2	58	7	23	9	44
27	7	13	51	25	9	9	21	29	18	26	7	55	4	12	8	13	9	41
28	8	14	50	43	22 ♍	13	21	33	18	30	8	32	5	27	8	58	9	38
B 29	9	15	50	2	5	32	21	38	18	35	9	9	6	42	9	39	9	34
30	10	16	49	23	19 ♎	12	21	42	18	40	9	46	7	57	10	15	9	31
Oc. 1	11	17	48	46	3	12	21	47	18	45	10	23	9	12	10	46	9	28
2	12	18	48	11	17 ♏	30	21	52	18	50	11	0	10 M	27	11	12	9	25
3	13	19	47	40	2	4	21	57	18	56	11	37	11	42	11	31	9	22
4	14	20	47	10	16 ♐	50	22	1	19	1	12	14	12	57	11	46	9	18
5	15	21	46	42	1	41	22	6	19	7	12	51	14	12	11	55	9	15
B 6	16	22	46	15	16 ♑	30	22	11	19	13	13	28	15	27	11 ℞	59	9	12
7	17	23	45	50	1	10	22	16	19	19	14	5	16	42	11 A	57	9	9
8	18	24	45	27	15	36	22	21	19	25	14	41	17	57	11	50	9	6
9	19	25	45	6	29 ♒	42	22	26	19	32	15	18	19	12	11	37	9	3
10	20	26	44	47	13	26	22	31	19	38	15	55	20	27	11	19	8	59
11	21	27	44	30	26 ♓	47	22	36	19	45	16	31	21	42	10	56	8	56
12	22	28	44	15	9	45	22	41	19	52	17	8	22	57	10	28	8	53
B 13	23	29 ♏	44	2	22 ♈	23	22	47	19	59	17	45	24	11	9	56	8	50
14	24	0	43	51	4	43	22	52	20	6	18	21	25	26	9	21	8	47
15	25	1	43	42	16	49	22	58	20	14	18	58	26	41	8	44	8	43
16	26	2	43	35	28 ♉	44	23	3	20	21	19	34	27	56	8	6	8	40
17	27	3	43	30	10	33	23	9	20	29	20	10	29 ♐	11	7	27	8	37
18	28	4	43	27	22	16	23	15	20	37	20	47	0	26	6	49	8	34
19	29	5	43	25	3 ♊	59	23	20	20	45	21	23	1	40	6	12	8	31
B 20	30	6	43	25	15	45	23	26	20	53	21	59	2	55	5	36	8	28
21	31	7	43	27	27	37	23	32	21	2	22	36	4	10	5	2	8	24
Latitudo Planetarũ ad diē				1			1	36	0	4	0	23	0	24	1	51	Mensis	
				11			1	33	0	5	0	27	0 M	3	2 A	12		
				21			1	30	0	6	0	31	0	19	3	31		

Dies	☉	Occid. ♄	Occid. ♃	Orient. ♂	Occid. ♀	Occid. ☿	Syzygiæ Planetarũ mutuæ, & eorum congressus cum illustrioribus aliquibus stellis fixis.
	H ′	H ′	H ′	H ′	H ′	H ′	
1				18□39			☿ or. cum Fidicula.
2	3△14						
3		3☍17			21△39		♀ occ. cum hinde.
4 □	20 8			9✶18		8△25	☿ occ. cum lance austr.
5 Alc.	2 ♏		8☍31				✶ ♂ ☿ 16.57 ♀ m.c. cũ
6					13□42	22□8	♀ or. cũ Fidicula, a[illegible]
7	9✶21	22△48					♄ occ. cum arcturo.
8							☿ occ. cum cing. ♍.
9			13△1	6☌39	2✶15	7✶34	♄ m.c. cum acu. ♏.
10		4□39					♀ or. cum cauda cygni.
11							☿ ☊ 10.25 ♀ or. cũ cb. b
12 ☌	3 37	7✶17	2□12				□ ☉ ♃ 0.53. ✶ ♂ ♀
13 Alc.	4 ♏			16✶12	17☌6	15☌38	(20.51. c.
14			3✶33				☿ Trig.
15				18□51			✶ ☉ ♄ 8.18.
16	11✶0	9☌21					♀ occ. cum cing. ♍.
17				22△21		17✶48	☿ occ. cum acu ♏.
18 □	27 8		6☌32		4✶13		
19 Alc.	8 ♎					20□22	✶ ♃ ♀ 6.57 ☿ oc. cum
20		16✶26			13□55		(aculeo ♏.
21	1△34						♀ occ. cũ media fron. ♏.
22			19✶24	14☍45		1△14	
23		0□47			6△2		♀ oc. cũ ne & corde ♏.
24							☿ 338.0.
25		12△28	6□56				(occ. cum [illegible]
26 ☍	9 35					20☍8	♀ or. cum rostro corui &
27 Alc.	13 ♐		20△35	10△48			△ ♃ ♂ 15.47 ☿ or. cũ [illegible]
28					18☍40		☿ Ap. ☿ m.c. cũ [illegible]
29							☌ ☉ ♀ 7.15.
30		15☍41		13□17		Orient.	♀ m.c. cum antare.
31	22△0					14△12	☿ occ. cum coma Beren.

a. Die 1. ☿ or. cum cauda cygni, & ibelis.
b. Die 11. ♀ occ. cum pleiaden.
c. Die 12. ☌ ♂ ☿ 15.31. & ☌ ♀ ☿ 19.12. ♂ or. cum cauda ☊. ♀ occ. cum lance austr. ☿ Pis. B. occ. cum aculeo ♏.
d. Die 28. ♂ m.c. cum cauda ☊.

Dies Iulian.	Dies Gregor.	☉ ♏ P	′	″	☽ ♋ P	′	♄ ♐ P	′	♃ ♑ P	′	♂ ♍ P	′	♀ ♐ P	′	☿ ♏ P	′	☊ ♎ P	′
		Positus Planetarum Diurnus.					S	D	M	D	S	A	M	D	M	A		
22	1	8	43	31	9	38	23	37	21	10	23	12	5	25	4	31	8	21
23	2	9	43	37	21 ♌	50	23	43	21	19	23	48	6	40	4	5	8	18
24	3	10	43	44	4	17	23	49	21	28	24	24	7	54	3	39	8	15
25	4	11	43	53	17	2	23	55	21	37	25	0	9	9	3	20	8	12
26	5	12	44	4	0 ♍	7	24	1	21	46	25	36	10	24	3	7	8	8
B 27	6	13	44	17	13	33	24	7	21	55	26	12	11	39	3	0	8	5
28	7	14	44	31	27 ♎	21	24	13	22	4	26	48	12	53	2 D	58	8	2
29	8	15	44	47	11	30	24	19	22	14	27	24	14	8	3 S	2	7	59
30	9	16	45	5	25 ♏	59	24	25	22	23	28	0	15	23	3	12	7	56
31	10	17	45	35	10	45	24	31	22	33	28	36	16	38	3	27	7	53
No. 1	11	18	45	46	25 ♐	41	24	37	22	42	29	12	17	52	3	47	7	49
2	12	19	46	9	10	42	24	43	22	52	29	48	19	7	4	11	7	46
B 3	13	20	46	34	25 ♑	39	24	50	23	2	0 ♎	23	20	22	4	40	7	43
4	14	21	47	0	10	26	24	56	23	12	0	59	21	36	5	13	7	40
5	15	22	47	28	24 ♒	55	25	3	23	22	1	34	22	51	5	51	7	37
6	16	23	47	57	9	3	25	9	23	32	2	10	24	5	6	31	7	33
7	17	24	48	27	22 ♓	48	25	15	23	42	2	45	25	20	7	22	7	30
8	18	25	48	59	6	11	25	22	23	53	3	21	26	34	8	13	7	27
9	19	26	49	32	19 ♈	11	25	29	24	3	3	56	27	49	9	8	7	24
B 10	20	27	50	7	2	49	25	35	24	14	4	32	29	3	10	6	7	21
11	21	28	50	43	14	8	25	42	24	25	5	7	0 ♑	18	11	8	7	17
12	22	29	51	20	26 ♉	31	25	49	24	35	5	42	1	32	12 D	12	7	14
13	23	0 ♐	51	59	8	3	25	56	24	45	6	17	2	46	13	19	7	11
14	24	1	52	39	19	47	26	2	24	57	6	53	4	1	14	29	7	8
15	25	2	53	21	1 ♊	26	26	9	25	8	7	28	5	15	15	42	7	5
16	26	3	54	4	13	4	26	16	25	19	8	3	6	29	16	58	7	2
B 17	27	4	54	48	24 ♋	49	26	23	25	30	8	38	7	43	18	16	6	58
18	28	5	55	33	6	29	26	29	25	42	9	13	8	57	19	36	6	55
19	29	6	56	19	18 ♌	23	26	36	25	53	9	49	10	11	20	58	6	52
20	30	7	57	6	0	29	26	43	26	5	10	24	11	25	22	22	6	49

Latitudo Planetarũ ad diẽ		♄		♃		♂		♀		☿		
	1	1	28	0	7	0	35	0	41	1 S	24	
	11	1	26	0	8	0	40	1	3	0	32	Mensis
	21	1	24	0	9	0	45	1	22	1 D	12	

Syzygiæ Lunares.

		O. cid.	O. cid.	O. cor.	O. cid.	Orient.	
	☉	♄	♃	♂	♀	☿	Syzygiæ Planetarũ mutuæ, & eorum congressus cum illustrioribus aliquibus stellis fixis.
Dies	H	H	H	H	H	H	
1			22 ☌ 58				☐ ♃ ♂ 20. 0.
2				4 ✱ 0		22 ☐ 52	♀ or. cum antare.
3 ☐	13 38				7 △ 34		
4 Asc.	9 ♍	11 △ 42					
5					20 ☐ 16	5 ✱ 19	
6	0 ✱ 21	18 ☐ 31	14 △ 42	23 ☌ 0			
7							☉ ♄ 18. 4. ☌ m. c. cũ ro.
8		21 ✱ 23	18 ☐ 0		4 ✱ 47		(corui.
9						11 ☌ 55	♂ or. cum vindem.
10 ☌	17 35		19 ✱ 9				
11 Asc.	7 ♍			6 ✱ 51			☽ Per. ♀ oc. cũ ascellu. a.
12		22 ☌ 45			14 ☌ 45		♀ or. cum aquila.
13				8 ☐ 17		15 ✱ 14	(occ. ✱.
14	20 ✱ 13		21 ☌ 24				♂ m. c. cũ tri. ☌. ♀ cum
15				11 △ 47		19 ☐ 34	✱ ☉ ♃ 16. 48. (gor.
16							☌ ♄ ♀ 21. 16 ☌ m. c. cũ Al
17 ☐	4 13	4 ✱ 26			5 ✱ 0		
18 Asc.	16 ♉					4 △ 5	♀ or. cum canda Del.
19	15 △ 47	12 ☐ 3	9 ✱ 22		18 ☐ 11		♀ or. cum 101. ☌ chel.
20				5 ☍ 31			☽ ☋ 10. 41 ☌ or. cũ arct.
21		23 △ 16	20 ☐ 46				
22					12 △ 4		☿ occ. cum vindem.
23						13 ☍ 58	☿ occ. cum lanci auſtr.
24			10 △ 49				♀ or. cum neb. ♐.
25 ☍	3 39			13 △ 6			☽ Ap. ♀ or. cũ neb. ♐. b
26 Asc.	51 ♉						♀ or. cum aculeo ✱.
27		3 ☍ 23					♀ occ. cum virg. ♍.
28				5 ☐ 48	5 ☍ 13		☐ ♂ ♀ 9. 51.
29			15 ☍ 8			5 △ 47	♀ or. cũ neb. ✱. ♂ m. c.
30	15 △ 47			20 ✱ 13			(cũ vind. c.

a. *Die 12. ♀ m. c. cum aculeo ✱.*
b. *Die 25. ♀ m. c. cum lyra.*
c. *Die 30. ☿ occ. cum media frontis ✱.*
♂ Fit directus oriendo cum lucida lyræ quaſi.

Positus Planetarum Diurnus.

	Dies Iul.	Dies Greg.	☉ ♐ P ' "	☽ ♌ P '	S D ♄ ♓ P '	M D ♃ ♑ P '	S A ♂ ♎ P '	M D ♀ ♑ P '	S D ☿ ♏ P '	☊ ♎ P '
	21	1	8 57 59	12 51	26 50	26 16	10 59	12 39	23 47	6 46
	22	2	9 58 44	25 31 ♍	26 57	26 28	11 34	13 55	25 14	6 43
	23	3	10 59 35	8 33	27 4	26 40	12 9	15 7	26 42	6 39
B	24	4	12 0 27	21 58 ♎	27 11	26 51	12 41	16 20	28 12	6 36
	25	5	13 1 20	5 45	27 18	27 3	13 18	17 34	29 41	6 33
	26	6	14 2 14	19 55 ♏	27 25	27 15	13 53	18 48	1 11	6 30
	27	7	15 3 9	4 25	27 32	27 27	14 28	20 2	2 49	6 27
	28	8	16 4 5	19 14 ♐	27 39	27 39	15 2	21 15	4 24	6 23
	29	9	17 5 2	4 13	27 46	27 51	15 37	22 29	6 0	6 20
	30	10	18 6 0	19 15 ♑	27 53	28 3	16 12	23 42	7 37	6 17
B	1	11	19 6 59	4 12	28 0	28 16	16 47	24 55	9M 15	6 14
De	2	12	20 7 59	18 59 ♒	28 7	28 28	17 21	26 9	10 53	6 11
	3	13	21 8 59	3 29	28 14	28 40	17 50	27 22	12 32	6 7
	4	14	22 10 0	17 38 ♓	28 21	28 53	18 30	28 36	14 11	6 4
	5	15	23 11 2	1 25	28 28	29 5	19 5	29 49 ♒	15 51	6 1
	6	16	24 12 4	14 49	28 35	29 18	19 39	1 3	17 31	5 58
	7	17	25 13 6	27 51 ♈	28 42	29 31	20 14	2 16	19 17	5 55
B	8	18	26 14 9	10 33	28 50	29 43	20 48	3 30	21 0	5 52
	9	19	27 15 12	23 0 ♉	28 57	29 56 ♒	21 22	4 43	22 43	5 48
	10	20	28 16 16	5 9	29 4	0 9	21 56	5 56	24 26	5 45
	11	21	29 17 20 ♑	17 6	29 11	0 22	22 30	7 A 9	26 10	5 42
	12	22	0 18 24	28 55	29 18	0 35	23 4	8 22	27 54	5 39
	13	23	1 19 28	10 ♊ 39	29 25	0 48	23 37	9 35	29 ♑ 38	5 36
	14	24	2 20 33	22 19 ♋	29 33	1 1	24 11	10 48	1 23	5 33
B	15	25	3 21 38	4 1	29 40	1 14	24 44	12 1	3 8	5 29
	16	26	4 22 43	15 47	29 47	1 27	25 18	13 13	4 51	5 26
	17	27	5 23 48	27 ♌ 41	29 ♑ 54	1 41	25 51	14 26	6 39	5 23
	18	28	6 24 54	9 46	0 1	1 54	26 25	15 38	8 24	5 20
	19	29	7 26 0	22 ♍ 6	0 9	2 8	26 58	16 51	10 9	5 17
	20	30	8 27 6	4 44	0 16	2 21	27 31	18 3	11 54	5 14
	21	31	9 28 12	17 43	0 23	2 35	28 4	19 15	13 39	5 10

Latitudo Planetarũ ad diẽ		♄	♃	♂	♀	☿	
	1	1 22	0 9	0 51	1 37	0 51	Mensis
	11	1 20	0 10	0 57	1 50	0M 1	
	21	1 19	0 11	1 2	1 A 3	1 4	

	Syzygiae Lunares						
		Occid.	Occid.	Orient	Occid.	Orient.	Syzygiae Planetarū mutuę, & eorum congressus cum illustrioribus aliquibus stellis fixis.
	☉	♄	♃	♂	♀	☿	
Dies	H /	H /	H /	H /	H /	H /	
1						23 □ 21	
2		2 △ 38					♀ occ. cum corona.
3 □	5 7				12 △ 56		☿ oc. cū neb. & cor. ♏.
4 Asc.	21 ♊	9 □ 10	8 △ 38			11 ✱ 11	♂ or. cū cor. et ☿ cū ro. ga.
5	13 ✱ 16			13 ☌ 20	21 □ 57		☽ ☊ 2. 21. ✱ ☉ ♂ 15. 41. a
6		12 ✱ 29	12 □ 19				
7							♃ m. c. cū cor. ♌, ☌ ♀
8			13 ✱ 40		3 ✱ 31		☿ oc. cū tri. Ber. (cū aq.
9 ☌	12 15			18 ✱ 56		3 ☌ 12	♂ occ. cum spica ♍.
10 Asc.	26 ♑	14 ☌ 1					♂ or. cum Algorab. b.
11				21 □ 14			☽ Per. ♂ or. cū ro. cor.
12			15 ☌ 52		12 ☌ 37		(cum cor. ♌.
13						17 ✱ 24	♂ or. cū can. ♍, ☿ m. c.
14	8 ✱ 31	18 ✱ 49		1 △ 34			☌ ♃ ♀ 6. 41 ♂ oc. cū ca. ♌
15							♂ or. cum spica ♍.
16 □	18 55					5 □ 50	☿ oc. cū arct. ♀ m. c. cū 37
17 Asc.	14 ♓	1 □ 33	3 ✱ 10		9 ✱ 11		☽ ☋ 15. 8 ✱ ♂ ☿ 19. 31. c
18				20 ☍ 40		23 △ 25	
19	9 △ 20	11 △ 52	13 □ 57				♀ m. c. cum cau. cygni.
20					1 □ 44		☌ ☉ ♄ 21. 20.
21		Orient.					☿ or. cum cau. Del.
22			3 △ 28		21 △ 38		☌ ♄ ☿ 20. 47.
23							♄ or. cum cau. Del.
24 ☍	22 38	13 ☍ 0		4 △ 1		21 ☍ 52	☽ Apog.
25 Asc.	28 ♒						☌ ☉ ☿ 7. 38. ♀ oc. cū. Fo.
26				20 □ 5		Occid.	♀ or. cum neb ♓. d.
27			8 ☍ 5				☿ m. cū acu. ♏, & oc. cū
28					12 ☍ 40		♃ m. c. cū ca. Del. (ne. ♓)
29		15 △ 26		9 ✱ 40			☿ or. cū neb. ♏. ♀ m. c.
30	7 △ 27					15 △ 18	♀ or. cū cau. ♑. (cū 32 l.
31		22 □ 57					♀ occ. cum corona.

a. Die 5. ☿ occ. cum lance boreali.
b. Die 10. ☿ or. cum corde ♏.
c. Die 17. ☿ or. cum aquila.
d. Die 26. ♀ occ cum aquila, & cauda ♑.

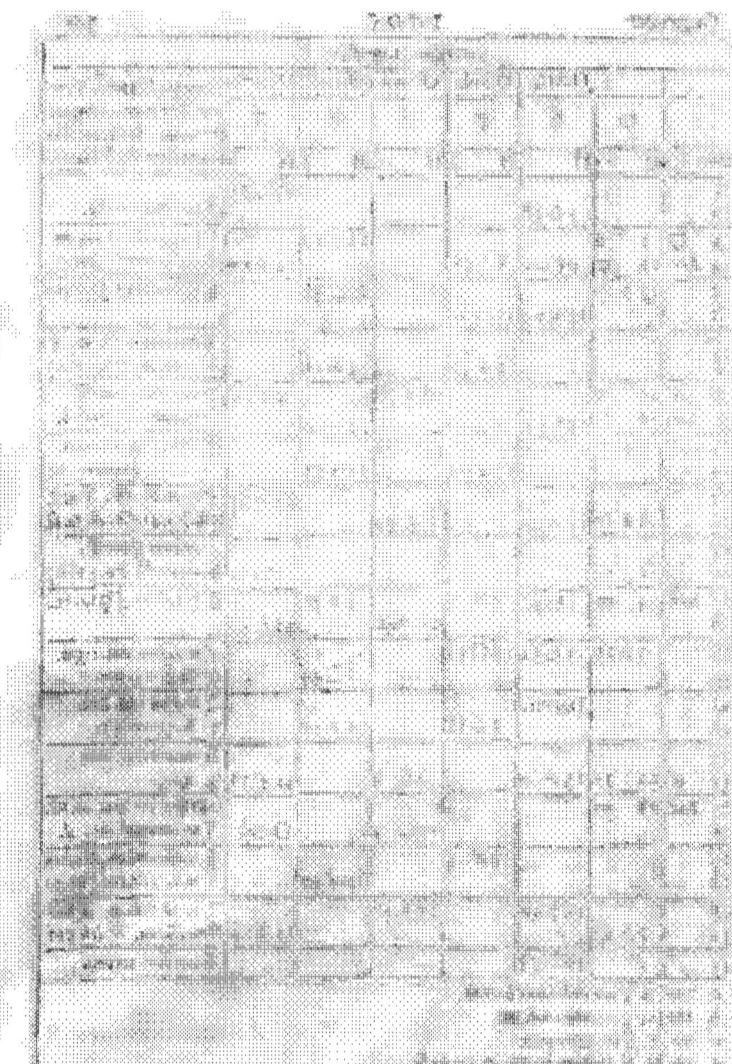

EPHEMERIS IOANNIS ANTONII MAGINI PATAVINI

Ad annum Dominicæ Incarnationis 1606.

Secundus post Bissextilem, 24. post Kalendarium restitutum, & ab origine Mundi 5568.

Figura cœli in ingressu Solis in ♈ æquinoctium veris.

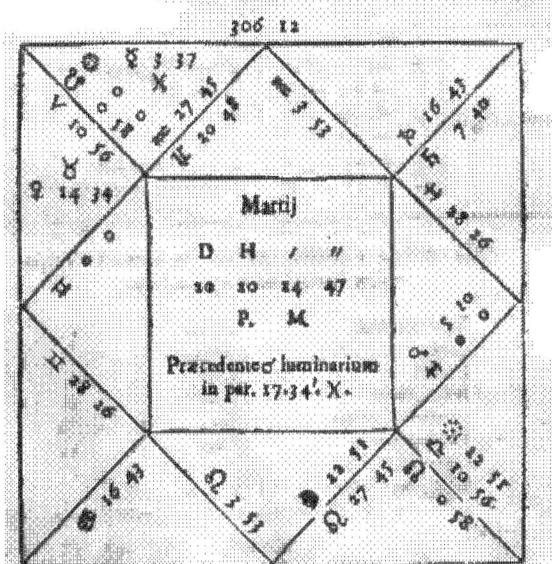

Anni Tropici vera magnitudo.

Dierum 365. *Horarum* 5. *Scr.* 55′. 32″. 53‴. 32⁗.

ANNO DOMINICAE INCARNATIONIS 1606 communi.

			D.	H.	′	″
Ingressus ☉ in principium	♋, Seu solstitij æstiui	Iunij	21	16	44	43
	♎, Seu æquinoctij autumni	Septemb.	23	4	13	32
	♑, Seu solstitij hiemalis	Decemb.	21	22	30	53

	P.	′	″	‴
Vera præcessio Æquinoctiorum	28	8	29	10
Obliquitas Zodiaci	23	28	2	41

Eccentricitas ☉ 32212. Qualium semidiameter eccentrici ☉ par. 1000000, seu par. 1.55′.57″.52‴ Qualium P. 60.

		P.	′	″			
Locus Apogæi	♄	29	30	26	♐	Aureus Numerus	11
	♃	6	54	7	♎	Cyclus Solis	19
	♂	28	43	27	♌	Epacta	21
	☉	9	39	32	♋	Indictio Romana	4
	♀	16	29	28	♊	Litera Dominicalis	A
	☿	0	31	41	♓	Interuallum hebd. 6. Dies	0

Festa mobilia secundum Sacrosancta Romana Ecclesia usum iuxta annum reformatum.

Septuagesima	Ianuarij	22
Cinis	Februarij	8
Pascha	Martij	26
Rogationes	Aprilis	30
Ascensio Domini	Maij	4
Pentecostes	Maij	14
Corpus Christi	Maij	25
Aduentus Domini	Decemb.	3

Quatuor Tempora anni, seu Ieiunia	Februarij	15	17	18
	Maij	17	19	20
	Septembris	20	22	23
	Decembris	20	22	23

Præsenti anno nulla luminarium defectio ex calculo Astronomico deprehenditur.

Planetarum status.

♄ { In toto hoc anno parum ab Apogæo Eccentrici elongatur.
Die 27. Iunij inferiorem partem Epicycli possidet.
A die 17. Aprilis vsque ad 5. Septembris regressu molestatur.

♃ { Hoc anno descendit versus imam sui deferentis partem.
Die 10. Ianuarij in Apogæo } Epicycli commoratur.
Die 19. Augusti in Perigæo }
Reuertitur in præcedentia à die 21. Iunij vsque ad diem 17. Octobris.

♂ { Deuenit ad infimam Eccentrici partem die 14. Octobris.
Die 27 Maij ad infimam Epicycli partem pertinget.
Mouetur contra signorum seriem à die 24. Aprilis vsque ad 2. Iulij.

♀ Die { 8. Iunij in Apogæo } Deferentis est.
8. Decemb. in Perigæo }
12. Maij inferiorem partem Epicycli transit.
21. Aprilis vsque in diem 5. Iunij regressum arripiet.

☿ Die {
23 Maij ad Perigæum } Eccentri donenit.
21 Nouemb. ad Apogæum }
19 Februarij in Perigæo }
18 Aprilis in Apogæo }
16 Iunij in Perigæo }
13 Augusti in Apogæo } Sui parui orbis inuenitur.
11 Octobris in Perigæo }
6 Decemb. in Apogæo }
8 Februarij vsque in 5. Martij }
5 Iunij vsque in 18. eiusdem } Regredietur.
29 Septemb. vsq; in 11. Octobris }

Anni veteris	Anni Gregor.	Motus Planetarum Diurnus																	
							S	A	M	U	S	A	M	A	M	D			
		☉ ♑			☽ ♎		♄ ♑		♃ ♒		♂ ♎		♀ ♒		☿ ♑		☊ ♎	
Dies		P	'	''	P	'	P	'	P	'	P	'	P	'	P	'	P	'
A 22	1	10	29	19	1	5	0	30	2	48	28	37	10	27	15	23	5	7
23	2	11	30	26	14	51	0	37	3	2	29	10	11	39	17	7	5	4
24	3	12	31	33	28	59	0	44	3	15	29	43	12	51	18	51	5	1
25	4	13	32	40	13	26	0	51	3	29	0	15	14	2	20	34	4	58
26	5	14	33	46	28 ♐	9	0	58	3	43	0	48	15	14	22	17	4	54
27	6	15	34	52	13	2	1	5	3	56	1	20	16	26	23	59	4	51
28	7	16	35	58	27 ♑	57	1	12	4	10	1	53	17	37	25 A	41	4	48
A 29	8	17	37	4	12	46	1	19	4	24	2	25	18 ♓	49	27	22	4	45
30	9	18	38	9	27 ♒	23	1	26	4	37	2	58	0	0	29 ♒	3	4	42
31	10	19	39	14	11	44	1	33	4	51	3	30	1	12	0	43	4	39
Ian. 1	11	20	40	19	25 ♓	46	1	40	5	5	4	3	2	23	2	22	4	36
2	12	21	41	22	9	18	1	47	5	19	4	35	3	34	4	0	4	33
3	13	22	42	25	22 ♈	50	1	54	5	33	5	7	4	45	5	38	4	30
4	14	23	43	27	5	53	2	0	5	47	5	39	5	55	7	14	4	26
A 5	15	24	44	29	18 ♉	38	2	7	6	1	6	11	7	6	8	49	4	23
6	16	25	45	31	1	8	2	14	6	15	6	43	8	16	10	23	4	20
7	17	26	46	32	13	25	2	21	6	29	7	14	9	27	11	54	4	17
8	18	27	47	33	25	31	2	27	6	43	7	46	10	37	13	24	4	14
9	19	28	48	33	7 ♊	29	2	34	6	57	8	17	11	47	14	53	4	11
10	20	29	49	32	19	23	2	41	7	11	8	49	12	57	16	20	4	8
11	21	0 ♒	50	31	1 ♋	15	2	47	7	25	9	20	14	7	17	45	4	4
A 12	22	1	51	29	13	8	2	54	7	39	9	54	15	16	19	8	4	1
13	23	2	52	26	25 ♌	5	3	0	7	53	10	22	16	26	20	28	3	58
14	24	3	53	22	7	8	3	7	8	7	10	53	17	35	21	46	3	55
15	25	4	54	17	19 ♍	23	3	14	8	21	11	24	18	44	23	0	3	52
16	26	5	55	11	1	51	3	20	8	35	11	55	19	53	24	11	3	49
17	27	6	56	4	14	35	3	27	8	49	12	25	21	2	25	19	3	45
18	28	7	56	56	27 ♎	26	3	33	9	3	12	56	22	10	26	24	3	42
A 19	29	8	57	47	11	[illegible]	3	39	9	17	13	26	23	19	27 S	25	3	39
20	30	9	58	37	24	50	3	45	9	31	13	57	24	27	28	21	3	36
21	31	10	59	26	8 ♏	56	3	52	9	45	14	27	25	35	29	13	3	33

Latitudo Planetarum ad diem		♄		♃		♂		♀		☿		
	1	1	19	0	12	1	7	1	39	1	A 51	Mensis
	11	1	20	0	12	1	12	1	25	1	57	
	21	1	21	0	13	1	16	1	4	1	S 16	

		Orient.	Occid.	Orient	Occid.	Occid.	
	☽	♄	♃	♂	♀	☿	Syzygiæ Planetarũ mutuæ, & eorum congressus cum illustrioribus aliquibus stellis fixis.
Dies	H ′	H ′	H ′	H ′	H ′	H ′	
1 □	17 44		3 △ 2				☽ ☊ 7.0.
2 Asc.	15 ♓				12 △ 37	4 □ 23	☿ m. c. cũ rostro gallinæ.
3		2 ✱ 55	7 □ 12	1 ☌ 16			
4	0 ✱ 11				18 □ 49	13 ✱ 10	♀ occ. cum cauda Del. a.
5			9 ✱ 7				✱ ♄ ♂ 9.36.
6					23 ✱ 26		☽ Pe. ♀ or. cũ cap. Me. b
7		5 ☌ 18		6 ✱ 35			
8 ☌	8 33						♂ or. cum Fidicula. c.
9 Asc.	6 ♍		12 ☌ 18	9 □ 41		3 ☌ 9	(cauda Del.
10							✱ ♄ ♀ 13.3 ☿ m. c. cum
11		10 ✱ 24		15 △ 7	14 ☌ 40		♃ m. c. cum cauda cygni.
12	23 ✱ 44						□ ♂ ☿ 12.41 ☌ ♃ ☿ 22.31
13		16 □ 48	23 ✱ 48				△ ♂ ♀ 13.54 ☽ ☋ 21.21 d
14						2 ✱ 54	□ ♃ ♂ 10.40 ♀ or. cũ
15 □	12 41						(lyræ.
16 Asc.	18 ♎	2 △ 10	10 □ 11	11 ☍ 23	25 ✱ 25	20 □ 37	♀ m. c. cum Fomah.
17							
18	5 △ 0		22 △ 56				☿ oc. cum Foma. & aq.
19					9 □ 36	17 △ 0	☿ oc. cũ cauda (cygni.
20							☽ Apo. ♂ or. cum can.
21		3 ☍ 9		17 △ 4			♂ or. cum lancibus.
22					4 △ 45		♂ m. c. cum austr. lance.
23 ☍	16 50						☿ or. cum cauda ♑.
24 Asc.	24 ♓		3 ☍ 57	7 □ 40			☿ occ. cum Acarnar.
25						7 ☍ 41	
26		2 △ 49		19 ✱ 45			
27					13 ☍ 0		♂ oc. cũ vin. & ☿ cũ 87
28	19 △ 58	10 □ 39	20 △ 46				☽ ☊ 20.48.
29							☌ ☽ ♃ 9.40. ♂ occ. cũ
30		15 ✱ 18	Orient.			6 △ 22	(lance austr.
31 □	5 39		1 □ 25	9 ☌ 32			☿ occ. cum rostro galli.
Asc.	28 ♋						

a. *Die 4. ☿ m. c. cum aquila volante.*

b. *Die 6. ♂ m. c. cum ostrato.*

c. *Die 8. ♀ occ. cum rostro gallinæ. ☿ m. c. cum cornu ♑.*

d. *Die 13. ☿ m. c. cum cauda cygni.*

Motus Planet. cum Diurnus.

Anni veteris	Anni Grego	☉ ♒ P	′	″	☽ ♒ P	′	S A ♄ ♑ P	′	M D ♃ ♒ P	′	S A ♂ ♒ P	′	M A ♀ ♓ P	′	S A ☿ ♓ P	′	☊ ♎ P	′
Dies																		
22	1	12	0	14	23 ♐	19	3	58	9	59	14	57	16	43	0	0	3	29
23	2	13	1	1	7	53	4	4	10	13	15	27	17	51	0	42	3	26
24	3	14	1	46	22 ♑	34	4	10	10	27	15	57	18 ♈	58	1	19	3	23
25	4	15	2	30	7	15	4	16	10	41	16	26	0	5	1	52	3	20
A 26	5	16	3	13	21 ♒	49	4	22	10	55	16	56	1	12	2	15	3	17
27	6	17	3	55	6	20	4	28	11	9	17	25	2	19	2	34	3	13
28	7	18	4	36	20 ♓	15	4	34	11	23	17	54	3	26	2	46	3	10
29	8	19	5	16	4	2	4	40	11	37	18	23	4	32	2	50	3	7
30	9	20	5	55	17 ♈	30	4	46	11	51	18	52	5 S	38	2	48	3	4
31	10	21	6	33	0	41	4	51	12	5	19	20	6	44	2	35	3	1
Feb. 1	11	22	7	9	13	36	4	57	12	19	19	49	7	49	2	17	2	57
A 2	12	23	7	44	26 ♉	17	5	3	12	33	20	17	8	55	1	56	2	54
3	13	24	8	17	8	46	5	8	12	47	20	45	10	0	1	28	2	51
4	14	25	8	49	21 ♊	5	5	14	13	1	21	13	11	5	0	53	2	48
5	15	26	9	19	3	17	5	19	13	15	21	41	12	10	29 ♒	47	2	45
6	16	27	9	47	15	24	5	24	13	29	22	8	13	14	28	54	2	42
7	17	28	10	14	27 ♋	29	5	30	13	43	22	36	14	18	27	57	2	38
8	18	29	10	39	9	34	5	35	13	57	23	3	15	22	26	57	2	35
A 9	19	0 ♓	11	2	21 ♌	42	5	40	14	11	23	30	16	25	25 D	56	2	32
10	20	1	11	24	3	54	5	45	14	25	23	57	17	28	24	54	2	29
11	21	2	11	44	16	13	5	50	14	39	24	24	18	31	23	52	2	26
12	22	3	12	2	28 ♍	45	5	55	14	52	24	50	19	34	22	52	2	23
13	23	4	12	18	11	29	6	0	15	6	25	17	20	36	21	56	2	19
14	24	5	12	32	24 ♎	30	6	5	15	20	25	43	21	38	21	4	2	16
15	25	6	12	41	7	48	6	9	15	34	26	9	22	39	20	17	2	13
A 16	26	7	12	55	21 ♏	25	6	14	15	47	26	35	23	40	19	36	2	10
17	27	8	13	4	5	20	6	19	16	1	27	1	24	41	19	3	2	7
18	28	9	13	12	19	31	6	23	16	15	27	26	25	41	18	36	2	4

Latitudo Planetarũ ad diẽ	♄ P	′	♃ P	′	♂ P	′	♀ P	′	☿ P	′	
1	1	22	0	14	1	20	0 S	35	0	41	Mensis
11	1	23	0	15	1	23	0	7	3 D	5	
21	1	24	0	16	1	25	0	53	4	3	

Syzygiæ Lunares.

		Orient.	Orient.	Orient.	Occid.	Occid.	Syzygiæ Planetarũ inter se, & eorum congressus cum illustrioribus aliquibus stellis fixis.
	☉	♄	♃	♂	♀	☿	
Dies	H ′	H ′	H ′	H ′	H ′	H ′	
1					6 △ 5	11 □ 34	
2	9 ⚹ 1		3 ⚹ 52				
3		19 ☌ 4			11 □ 20	14 ⚹ 49	☉ Pe. ☿ or. cũ cap. Med.
4				15 ⚹ 40			♂ m.c. cum bor. lance.
5					17 ⚹ 1		
6 ☌	19 56		8 ☌ 28	19 □ 51			□ ☉ ♂ 15.45.
7 Alc.	10 ♓					21 ☌ 53	⚹ ♄ ☿ platic.
8		1 ⚹ 9					□ ♄ ♀ 3.12 [illegible]
9				2 △ 35			♀ or. cum cor. ♈.
10		7 □ 48	21 ⚹ 33		12 ☌ 16		☽ ♑ 4.19.
11	17 ⚹ 31						
12		16 △ 58				10 ⚹ 12	
13			8 □ 0				
14 □	8 35			0 ☍ 16		17 □ 32	
15 Alc.	3 ♎		20 △ 7		19 ⚹ 16		♂ m.c. cum coro. (31. b
16							⚹ ♃ ♀ 7.12 ☌ ☉ ☿ 21.
17	1 △ 29	16 ☍ 2				0 △ 51	☿ Apo. ☿ or. cũ can. [illegible]
18					12 □ 33	Orient.	♂ oc. cum acu. ♏, ☌ ☿
19				3 △ 40			(cum 87
20			10 ☍ 56				□ ♂ ☿ 15.21 ♃ oc. cũ aq
21				16 □ 13	4 △ 48	13 ☍ 34	♃ occ. cum cauda ♑, ☌
22 ☍	8 39	13 △ 35					(♀ cum cauda cygni
23 Alc.	15 ♎						⚹ ♀ ☿ 10.31 (21.17 [illegible]
24		21 □ 0		1 ⚹ 17			☽ ☊ 13. 18. ⚹ ☉ ♄
25			13 △ 55			10 △ 57	
26					4 ☍ 11		♀ or. cum hædis.
27	4 △ 52	1 ⚹ 41	18 □ 21			22 □ 30	♀ m.c. cum cor. ♈.
28				13 ☌ 34			♄ m.c. cum neb. ♋.

a. Die 8. ☿ occ. cum cing. ♍.
b. Die 16. ♃ occ. cum Fomah.
c. Die 24. ♂ m.c. cum prima frontis ♏.
☿ Fit ℞ oriendo cum capite Med. & occ. cum rostro gallinæ.

Martius 1606

Positus Planetarum Diurnus.

Dies Iul.	Dies Greg.	☉ ♓ ♈ P	'	"	☽ ♐ P	'	S A ♄ ♑ P	'	M D ♃ ♒ P	'	S D ♂ ♒ P	'	S A ♀ ♈ P	'	S D ☿ ♒ P	'	☊ ♎ P	'
19	1	10	13	18	3	55	6	28	16	28	27	51	26	41	18	18	2	0
20	2	11	13	23	18	26	6	32	16	42	28	16	27	46	18	8	1	57
21	3	12	13	26	2 ♑	57	6	37	16	55	28	40	28	39	18 Di	6	1	54
22	4	13	13	27	17	24	6	41	17	9	29	4	29	37	18	11	1	51
A 23	5	14	13	26	1 ♒	40	6	45	17	22	29	28	0 ♉	35	18	23	1	48
24	6	15	13	23	15	42	6	49	17	35	29	51	1	32	18	37	1	44
25	7	16	13	18	29	25	6	53	17	49	0 ♓	15	2	29	19	8	1	41
26	8	17	13	11	12 ♓	51	6	57	18	2	0	38	3	25	19	40	1	38
27	9	18	13	3	26	1	7	1	18	15	1	1	4	21	20	18	1	35
28	10	19	12	53	8 ♈	54	7	5	18	28	1	24	5	16	21	2	1	32
Ma. 1	11	20	12	41	21	34	7	9	18	41	1	46	6	11	21	51	1	28
A 2	12	21	12	27	4 ♉	3	7	13	18	54	2	8	7	5	22	45	1	25
3	13	22	12	11	16	24	7	16	19	7	2	30	7	59	23	43	1	22
4	14	23	11	53	28	35	7	20	19	20	2	51	8	52	24 M	46	1	19
5	15	24	11	33	10 ♊	49	7	23	19	33	3	13	9	43	25	53	1	16
6	16	25	11	11	22	58	7	26	19	46	3	34	10	35	27	4	1	13
7	17	26	10	47	5 ♋	8	7	29	19	59	3	55	11	26	28	19	1	9
8	18	27	10	21	17	21	7	32	20	12	4	15	12	16	29	37	1	6
A 9	19	28	9	53	29	40	7	35	20	25	4	35	13	5	0 ♓	58	1	3
10	20	29	9	23	12 ♌	7	7	38	20	38	4	54	13	54	2	21	1	0
11	21	0 ♈	8	51	24 ♍	44	7	40	20	50	5	13	14	42	3	51	0	57
12	22	1	8	17	7	33	7	43	21	3	5	32	15	29	5	22	0	54
13	23	2	7	41	20 ♎	38	7	45	21	16	5	50	16	15	6	55	0	50
14	24	3	7	4	3	59	7	47	21	28	6	8	17	0	8	30	0	47
15	25	4	6	25	17 ♏	37	7	50	21	42	6	25	17	44	10	7	0	44
A 16	26	5	5	44	1	33	7	52	21	53	6	42	18	27	11	45	0	41
17	27	6	5	0	15 ♐	45	7	54	22	5	6	59	19	9	13	25	0	38
18	28	7	4	14	0	10	7	56	22	18	7	15	19	50	15	6	0	35
19	29	8	3	26	14	42	7	58	22	30	7	31	20	30	16	49	0	31
20	30	9	2	36	29 ♑	15	8	0	22	42	7	46	21	9	18	33	0	28
21	31	10	1	44	13	41	8	2	22	54	8	1	21	47	20	18	0	25

Latitudo Planetarũ ad diẽ	♄	'	♃	'	♂	'	♀	'	☿	'	
1	1	26	0	17	1	20	4	31	2	51	
11	1	28	0	19	1	25	2	19	0 M	28	Mensis
21	1	30	0	20	1	23	3	14	1	23	♄

Syzygiæ Lunares.

Dies	☽	♄	♃	♂	♀	☿	Syzygiæ Planetarũ mutuæ & eorum congressus cum illustrioribus aliquibus stellis fixis.
		Oriens.	Oriens.	Oriens.	Occid.	Orient.	
Dies	H ′	H ′	H ′	H ′	H ′	H ′	
1 □	11 5		21 ✱ 5			23 ✱ 27	☉ Perig. ☿ or. cum 31.
2 Asc.	14 ♏				16 △ 21		♂ oc. cũ ne. et corde ♏.
3	15 ✱ 24	6 ☌ 7					♃ m. c. cũ ca. ♉ (ex 81.
4				20 ✱ 21	21 □ 5		♂ or. cũ medii fron. ♏.
5							☌ ♃ ☿ per orbem.
6			3 ☌ 22			5 ☌ 27	
7		13 ✱ 24		7 □ 31	5 ✱ 53		♀ occ. cum cor. ♈.
8 ☌	8 31						♂ occ. cum lance bor.
9 Asc.	20 ♎	20 □ 35		9 △ 36			☿ ☋ 10. 20.
10			15 ✱ 27				
11						0 ✱ 34	♄ or. cum neb. ♋. a
12		6 △ 11			6 ☌ 21		△ ♄ ♀ 3. 46.
13	12 ✱ 23		5 □ 26			15 □ 42	
14				8 ☍ 36			☿ occ. cum cauda Del.
15			17 △ 31				♂ m. c. cum corde ♏.
16 □	4 44					9 △ 0	☿ apog.
17 Asc.	13 ♍	4 ☍ 39			13 ✱ 17		(cum 81.
18	20 △ 48						☿ or. cũ cap. Arc. & occ.
19				9 △ 44			♀ or. cũ Fo. & m. c. cũ 20
20			16 ☍ 27		3 □ 17		
21				20 □ 8		19 ☍ 22	(lyra. b.
22		0 △ 19			13 △ 26		□ ♂ ☿ 7. 12. ☿ occ. cũ
23 ☍	22 18						△ ♄ ☿ 12. 38 ☿ ☊ 18. 10
24 Asc.	3 [illegible]	6 □ 43		3 ✱ 31			♃ or. cum cauda ♌.
25			7 △ 6				
26		10 ✱ 41				19 △ 32	♀ occ. cum Regul.
27			10 □ 43		3 ☍ 56		c (21. 54. c.
28	12 △ 12			11 ☌ 34			△ ☉ ♂ 6. 11. □ ☽ ♄
29			13 ✱ 2			3 □ 57	☉ Pe. ☿ or. cum ple. d.
30 □	17 28	14 ☌ 35					
31 Asc.	3 ♈				24 △ 8	12 ✱ 36	

a. Die 11. ☿ or. cum cauda ♌.
b. Die 22. ♀ m. c. cum acar. & dex. lat. Persei.
c. Die 28. ♂ occ. cum coma Beren.
d. Die 29. ☿ occ. cum Acar.

Anni veteris	Anni Gregor.	Positus Planetarum Diurnus.																
							S	A	M	D	S	D	S	A	M	D		
		☉ ♈			☽ ♑		♄ ♑		♃ ♒		♂ ♓		♀ ♉		☿ ♓		☊ ♎	
Dies		P	′	″	P	′	P	′	P	′	P	′	P	′	P	′	P	′
22	1	11	0	52	28 ♒	2	8	3	23	6	8	15	22	24	22	4	0	21
A 23	2	11	59	56	12	5	8	5	23	18	8	29	23	0	23	51	0	19
24	3	12	58	59	25 ♓	50	8	7	23	29	8	42	23	34	25	39	0	15
25	4	13	58	0	9	15	8	8	23	41	8	55	24	7	27 A	28	0	12
26	5	14	56	59	22 ♈	21	8	10	23	52	9	8	24	38	29 ♈	17	0	9
27	6	15	55	56	5	10	8	11	24	3	9	20	25	8	1	7	0	6
28	7	16	54	51	17 ♉	43	8	13	24	15	9	31	25	36	2	55	0	3
29	8	17	53	44	0	6	8	14	24	26	9	43	26	2	4	49	0	0
A 30	9	18	52	31	12	18	8	15	24	37	9	53	26	26	6	41	29 ♍	56
31	10	19	51	24	24	24	8	16	24	48	10	3	26	48	8	33	29	53
Ap. 1	11	20	50	11	6 ♊	27	8	17	24	59	10	12	27	8	10	26	29	50
2	12	21	48	57	18	29	8	18	25	10	10	21	27	26	12	19	29	47
3	13	22	47	41	0 ♋	31	8	18	25	20	10	29	27	43	14	12	29	44
4	14	23	46	23	12	39	8	19	25	31	10	36	27	58	16	5	29	41
5	15	24	45	3	24 ♌	53	8	19	25	41	10	43	28	11	17	59	29	37
A 6	16	25	43	41	7	16	8	19	25	51	10	49	28	22	19	53	29	34
7	17	26	42	17	19 ♍	50	8	19	26	2	10	54	28	31	21	47	29	31
8	18	27	40	51	2	39	8 ℞	19	26	12	10	59	28	38	23	42	29	28
9	19	28	39	24	15	43	8	19	26	22	11	3	28	43	25	36	29	25
10	20	29	37	55	29	4	8	19	26	32	11	6	28 D	46	27	31	29	21
11	21	0 ♉	36	24	12 ♎	44	8	18	26	42	11	8	28 ℞	47	29 ♉	25	29	18
12	22	1	34	51	26	43	8	18	26	52	11	10	28	45	1	19	29	15
A 13	23	2	33	16	11 ♏	0	8	18	27	1	11	12	28	40	3	13	29	12
14	24	3	31	39	25	31	8	17	27	11	11 ℞	11	28	33	5	7	29	9
15	25	4	30	0	10 ♐	11	8	17	27	21	11	11	28	23	7	2	29	6
16	26	5	28	19	24	58	8	16	27	30	11	10	28	11	8	54	29	3
17	27	6	26	37	9 ♑	40	8	15	27	40	11	8	27	56	10	47	28	59
18	28	7	24	53	24	12	8	14	27	49	11	5	27	39	12	39	28	56
19	29	8	23	8	8 ♒	29	8	13	27	58	11	1	27	20	14 S	31	28	53
A 20	30	9	21	22	22	28	8	12	28	7	10	56	26	59	16	22	28	50

Latitudo Planetarũ ad diẽ		♄		♃		♂		♀		☿		
	1	1	32	0	22	1	18	4	7	2 A	14	
	11	1	35	0	24	1	7	4	34	2	3	Mensis
	21	1	37	0	26	0	54	4 D	50	1 S	6	

	Syzygiæ Lunares.						
		Orient.	Orient.	Orient.	Occid.	Orient.	Syzygiæ Planetarũ mutuę, & eorum congressus cum illustrioribus aliquibus stellis fixis.
	☉	♄	♃	♂	♀	☿	
Dies	H ′	H ′	H ′	H ′	H ′	H ′	
1	23 ✶ 51			17 ✶ 44			✶ ♀ ☿ 6.46. ♀ m.c. cū
2			21 ☌ 26		19 □ 52		□ ♃ ♀ 18.47 (pleia.c.
3		21 ✶ 59		23 □ 22			
4							
5					4 ✶ 28	15 ☌ 7	☽ ☋ 14.33.
6 ☌	23 21	5 □ 46		8 △ 5			
7 Alc.	13 ♋		12 ✶ 49				
8		16 △ 1					☿ or. cum cor. ♌.
9							
10			0 □ 48		4 ☌ 54		△ ♂ ☿ 20.46.
11				7 ☍ 34		9 ✶ 25	☽ Apog.
12	7 ✶ 13		13 △ 30				
13		15 ☍ 24					♃ occ. cum cauda Del.
14 □	23 49					7 □ 58	(cauda cygni.
15 Alc.	8 ♌				6 ✶ 30		♀ or. cum hedis et oc. cū
16				6 △ 49			✶ ☉ ♃ 3.30 ☿ m.c. cū 3
17	13 △ 55		11 ☍ 46		16 □ 25	4 △ 17	
18		10 △ 25		15 □ 23			♀ occ. cum pleia. & hiad.
19					13 △ 27		✶ ♃ ♀ 10.31 ☿ m.c. cū
20		16 □ 14		21 ✶ 11			☉ ☊ 0.23. (cor. ♌.
21							(cor. ♌.
22 ☍	8 55	19 ✶ 27	0 △ 16			8 ☍ 54	☌ ☉ ☿ 5.51. ☿ occ. cū
23 Alc.	25 ♏					Occid.	
24			2 □ 45		4 ☍ 54		
25				1 ☌ 36			☽ Pe. △ ♄ ♀ 16.0 ☿ or.
26	18 △ 20	21 ☌ 41	4 ✶ 11				(cum Fomah.
27						2 △ 6	□ ♃ ♀ 14.45.
28 □	23 58				5 △ 41		△ ☉ ♄ 19.58. (cū 10.
29 Alc.	18 ♌			4 ✶ 19		11 □ 56	☿ or. cum pleiad. & m.c.
30			10 ☌ 5		3 □ 45		☿ m.c. cum ocul. ♉ 22.

a. Die 1. ♂ or. cum corde ♏.
♄ fit ♃ oriendo ferè cum aculeo ♏, & occ. cum neb. 44.
♀ Fit ♃ occidendo cum pleia. & hiadibus.

Syzygiæ Lunares.

Dies	☉	Orient. ♄	Orient. ♃	Orient. ♂	Occid. ♀	Occid. ☿	Syzygiæ Planetarũ mutuę, & earum congressus cum illustrioribus aliquibus stellis fixis.
	H /	H /	H /	H /	H /	H /	
1	8 ⚹ 17	3 ⚹ 44		8 □ 19			♀ occ. cum Rigel.
2					12 ⚹ 14	1 ⚹ 15	☽ ☋ 17.23.
3		11 □ 11		15 △ 30			☿ m. c. cum pleia.
4							☌ ♀ ☿ 16.1.
5		21 △ 35	3 ⚹ 24				☿ or. cum pleia. & hia.
6 ☌	13 4						♀ or. cũ pl. ☿ oc. cũ 137
7 Asc.	7 ♒		16 □ 11		4 ☌ 33	18 ☌ 32	□ ♃ ☿ 1.29. (et stella
8				13 ☍ 56			♀ or. cum Ald. et syr. a
9							☽ Apog.
10		22 ☍ 36	5 △ 45				♄ or. cum neb. ♓.
11					23 ⚹ 52		☌ ☉ ♀ 16 35 ♃ or. cũ
12	0 ⚹ 14				Orient.		☍ ♂ ☿ 19.7. (82.b
13				11 △ 31		14 ⚹ 22	♀ oc. cum Ri. & ☿ in 14
14 □	16 35				7 □ 34		♀ m. c. cum hiadis.
15 Asc.	17 ♉	18 △ 42	4 ☍ 38	19 □ 20			♀ or. cum hiad.
16					13 △ 5	6 □ 53	♀ m. c. cũ capra. & 1.30.
17	4 △ 3						☽ ☊ 17.32. ☿ oc. cũ 20.
18		0 □ 39		0 ⚹ 13		18 △ 37	♂ or. cũ cor. ♏ et ☿ cũ ald.
19			16 △ 7				☿ m. c. cũ dex. lat. Perse.
20		3 ⚹ 36			16 ☍ 30		♀ m. c. cum acarnar.
21 ☍	17 22		19 □ 33				
22 Asc.	15 ♊			2 ☌ 21			□ ☉ ♃ 5.52.
23			18 ⚹ 32			7 ☍ 4	☽ Per. ☿ m. c. cum 31
24		4 ☌ 35			6 △ 24		♃ or. cũ cap. Me. ☿ m. c.
25							♂ oc. cũ co. Ber. (cũ 4
26	1 △ 1			1 ⚹ 7	15 □ 33		☽ ☊ ☌ 2.24.
27			21 ☌ 27	Occid.		17 △ 27	♀ m. c. cum cap. Med.
28 □	7 54	8 ⚹ 19		2 □ 46	18 ⚹ 25		
29 Asc.	11 ♓						☽ ☋ 20. 40. ♂ m. c. cũ
30	18 ⚹ 36	14 □ 27		7 △ 17		2 □ 3	(antare.
31							♀ occ. cum canc minore.

a. *Die 8. ☿ m.c. cum hiad.*
b. *Die 11. ☿ m.c. cum Aldebaram.*
c. *Die 19. ☿ m.c. cum zona Or.*
♀ or. cum pleia. a die 6. usque in finem mensis.

11	19	46	53
12	20	44	1
13	21	41	45

Syzygiæ Lunares.

Dies		☉	♄ Orient.	♃ Orient.	♂ Occid.	♀ Orient.	☿ Occid.	Syzygiæ Planetarũ mutuæ, & eorum congressus cum illustrioribus aliquibus stellis fixis.
		H ′	H ′	H ′	H ′	H ′	H ′	
1			23△58	14✱10			14✱12	△♃♀ 13. 6.
2						21☌ 6		□♃♂ 14. 46.
3								△♄☿ per orbem.
4				2□42	1☍30			♄ m.c. cum neb. [illegible]
5	☌	4 18						
6	Asc.	6 [illegible]		16△41			17☌27	☽ Ap. ☍ ♄ ☿ platicè.
7			1☍36			14✱41		♂ m.c. cum palma Oph.
8								△♃♀ 0. 0.
9					1△ 0			
10		16✱20				4□23		♀ m.c. cum cap. Med.
11				16☍36	10□41		13✱ 0	
12			0△16			15△34		☿ occ. cum cane minore.
13	□	6 11			17✱34		17□38	☽ ☊ 14. 22.
14	Asc.	3 [illegible]	7□ 2					♀ or. cum ult. pleiad.
15		15△18					19△ 2	
16			10✱37	4△57				☌ ☉ ☿ 20. 4.
17					12☌28	3☍57	Orient.	♀ m.c. cũ atar. (Alg. a.
18				6□32				♂ oc. cũ luc. bor. & ♀ cũ
19							15☍24	♂ or. cũ ro. can. ♀ m.c.
20	☍	0 40	11☌31	6✱42				☽ Perig. (cũ 31.
21	Asc.	6 ♎			21✱41	8△ 9		
22								
23					22□42	11□12	12△ 6	
24		9△21	13✱24	8☌46				△ ☉ ♃ 0. 51.
25						17✱ 1	14□ 3	
26	□	18 30	18□ 0		2△17			☽ ☋ 2. 48. ☍ [illegible] 16. 39
27	Asc.	28 ♋	Occid.				19✱58	
28				21✱18				♄ m.c. cũ Fid. & ♀ cũ pl.
29		7✱14	2△ 0					♂ m.c. cũ pri. fron. ♏.
30					20☍ 0	14☌51		♀ occ. cum ple. & hia.

a. Die 18. ♀ m.c. cum dex. hu. Persei, & ☿ cum 141.
♃ Fit stationarius ad ♓ oriendo ferè cum capite Medusæ.
♀ Fit directa oriendo cum pleiadibus.
☿ Fit ♓ oriendo cum Bellatrice, & Apoll. & m.c. cum zona Orio.

Dies		☉ ♋			☽ ♉		♄ ♑		♃ ♓		♂ ♒		♀ ♉		☿ ♊		☊ ♍	
							S	D	M	D	M	D	M	D	M	A		
		P	′	″	P	′	P	′	P	′	P	′	P	′	P	′	P	′
21	1	8	53	15	27 ♊	52	4	26	2	6	25	49	24	33	19	21	25	33
A 22	2	9	50	32	9	43	4	21	2	4	25 D	48	25	20	19	46	25	29
23	3	10	47	49	21 ♋	26	4	16	2	2	25	49	26	6	20	17	25	26
24	4	11	45	6	3	5	4	12	2	0	25	51	26	53	20	54	25	23
25	5	12	42	24	14	44	4	7	1	57	25	54	27	41	21	37	25	20
26	6	13	39	41	26 ♌	24	4	2	1	54	25	57	28	29	22	25	25	16
27	7	14	37	0	8	11	3	58	1	51	26	0	29 ♊	18	23	18	25	13
28	8	15	34	18	20 ♍	7	3	53	1	48	26	4	0 A	8	24	16	25	10
A 29	9	16	31	36	2	11	3	48	1	44	26	9	0	59	25	18	25	7
30	10	17	28	55	14	4	3	44	1	41	26	15	1	50	26	21	25	4
Iul. 1	11	18	26	14	27 ♎	27	3	39	1	37	26	22	2	42	27	37	25	1
2	12	19	23	33	10	35	3	34	1	33	26	30	3	35	28	52	24	57
3	13	20	20	52	24 ♏	0	3	29	1	29	26	38	4	28	0 ♋	10	24	54
4	14	21	18	12	8	0	3	24	1	24	26	47	5	22	1	31	24	51
5	15	22	15	32	22 ♐	18	3	20	1	20	26	57	6	16	2	55	24	48
A 6	16	23	12	53	6	52	3	15	1	15	27	8	7	11	4	21	24	45
7	17	24	10	14	21 ♑	42	3	11	1	10	27	20	8	6	5	50	24	42
8	18	25	7	36	6	40	3	6	1	5	27	32	9	2	7	22	24	38
9	19	26	4	58	21 ♒	38	3	2	1	0	27	45	9	58	8	53	24	35
10	20	27	2	20	6	29	2	58	0	54	27	59	10	55	10	27	24	32
11	21	27	59	43	21 ♓	7	2	54	0	49	28	13	11	52	12	3	24	29
12	22	28	57	6	5	27	2	50	0	43	28	28	12	50	13	41	24	26
A 13	23	29 ♌	54	30	19 ♈	26	2	46	0	37	28	43	13	48	15	20	24	23
14	24	0	51	54	3	4	2	42	0	31	28	59	14	47	17	1	24	19
15	25	1	49	19	16	21	2	38	0	25	29	16	15	46	18	42	24	16
16	26	2	46	44	29 ♉	18	2	35	0	19	29	33	16	46	20	27	24	13
17	27	3	44	10	11	56	2	31	0	12	29 ♓	51	17	46	22 S	12	24	10
18	28	4	41	37	24	19	2	27	0	5	0	9	18	46	23	58	24	7
19	29	5	39	5	6 ♊	28	2	24	29 ♒	59	0	28	19	47	25	45	24	3
A 20	30	6	36	34	18	28	2	20	29	53	0	47	20	48	27	33	24	0
21	31	7	34	4	0 ♋	20	2	17	29	45	1	7	21	49	29	21	23	57
Latitudo Planetarũ ad diẽ				1			1	42	0	50	2	7	3 A	5	4	3	Mensis	
				11			1	41	0	53	2	18	3	5	2	44		
				21			1	39	0	57	2	23	2	56	0 S	51		

Syzygiæ Lunares.

☽	☉	Occid. ♄	Orient. ♃	Occid. ♂	Orient. ♀	Orient. ☿	Syzygię Planetarũ inter se, & eorum congressus cum illustrioribus aliquibus stellis fixis.
Dies.	H '	H '	H '	H '	H '	H '	
1			8 □ 33				♃ or. cum cap. Med.
2						21 ☌ 32	♂ occ. cum lance bor.
3			21 △ 48				♀ occ. cũ Zona Or. et Bel.
4 ☌	19 30	2 ☍ 16					☽ Apog.
5 Asc.	19 ♌			23 △ 6			♀ oc. cũ ult. Zonę, &
6					4 ✱ 14		♀ occ. cum ça. ma. (Alde.
7							
8			22 ☍ 57	12 □ 1	21 □ 16	8 ✱ 58	
9		2 △ 57					□ ♃ ♀ 20.0 ♀ m.c. cũ bu.
10	5 ✱ 40			21 ✱ 54			☽ ☊ 19.16 ☿ or. cũ ca. m.
11		11 □ 16			10 △ 17	0 □ 20	
12 □	16 51						♀ or. cũ hind. (cũ Ald. a
13 Asc.	25 ♋	16 ✱ 5	12 △ 39			12 △ 36	✱ ♄ ♃ fere partilis ♀ m.c.
14							☿ or. cum Bella. & Apo
15	9 △ 0		14 □ 49	7 ☌ 48			☍ ♄ ☿ 6.36 ♀ oc. cũ i.
16					0 ☍ 36		♂ or. cum rostro corui.
17		18 ☌ 17	15 ✱ 5				♀ or. cum Alde.
18						1 ☍ 20	☽ Perig.
19 ☍	7 41			10 ✱ 1			
20 Asc.	0 ♒				7 △ 49		♀ or. cũ 3 4 1. & Her. b.
21		19 ✱ 40	16 ☌ 8	12 □ 6			c. ☽ ☌ 7.5 ☿ or. cũ zo. Or.
22					13 □ 37	16 △ 1	♀ occ. cum cap. Med.
23	19 △ 48	23 □ 19		16 △ 41			☽ ☋ 6.41 ☿ or. cũ Ri. c
24					22 ✱ 50		♀ m.c. cum Rigel.
25						5 □ 1	
26 □	7 9	6 △ 12	2 ✱ 6				
27 Asc.	28 ♉					23 ✱ 18	□ ♃ ♂ 19.10 (cũ zo. Or.
28	22 ✱ 15		11 □ 18	11 ☍ 49			♂ m.c. cũ pal. Ceph. & ♀
29							
30			13 △ 50		5 ☌ 9		
31		3 ☍ 54					☿ occ. cum Heren.

a. Die 13. △ ♃ ☿ 12.3.
b. Die 20. ☿ occ. cum hędis. ♀ m.c. cum hędis.
c. Die 23. ☿ occ. cum hydra. ♀ m.c. cum capra, & 130.
♂ Fit directus in principio mensis occidendo cũ boreali lance, & m.c. cum stellis frontis [illegible].

Syzygiæ Lunares.

		Occid.	Orient.	Occid.	Orient.	Orient.	
	☉	♄	♃	♂	♀	☿	Syzygię Planetarũ mutuę, & eorum congressus cum illustrioribus aliquibus stellis fixis.
Dies	H ′	H ′	H ′	H ′	H ′	H ′	
1							☉ Ap. △ ♂ ♀ 4.54 a.
2				16 △ 40		21 ☌ 58	☿ or. cũ Pr. & oc. et pro.
3 ☌	10 30						♃ oc. cũ rost. gal. ☿ oc. cũ
4 Asc.	8 ♉		22 ☍ 8		19 ✶ 21		(Apolli.
5		4 △ 46		6 □ 48			(42. b.
6							△ ♃ ♀ 19.33 ☉ ☊ 22.
7		14 □ 20		18 ✶ 19	9 □ 57		☿ or. cũ Sy. ♀ oc. cũ proc.
8	15 ✶ 13					15 ✶ 6	♀ or. cũ Bella. & Apo. c.
9		20 ✶ 41	14 △ 34		21 △ 24		☌ ☉ ☿ 5.40 ☍ ♄ ♀ 21
10						Occid.	(44.
11 □	1 4		17 □ 16			4 □ 17	
12 Asc.	20 ♐			6 ☌ 50			♂ or. cum antare.
13	6 △ 39		19 ✶ 15			13 △ 32	(Syrio.
14		1 ☌ 7			10 ☍ 0		☿ or. cum reg. ♀ m. c. cũ
15							☉ Per. ☌ ♃ ☿ 7.12. d.
16				12 ✶ 0			
17 ☍	15 39		20 ☌ 34				△ ♄ ☿ 5.31 ☿ or. cũ 14.
18 Asc.	8 ☊	3 ✶ 15		15 □ 42	21 △ 5	6 ☍ 26	♀ or. cũ γο. Cr. e (et Her.
19							☉ ♍ 16.1.
20		6 □ 57		22 △ 52			☍ ☉ ♃ 10.11.
21			Occid.		6 □ 36		☿ oc. c. hu. hydræ
22	9 △ 4	13 △ 18	5 ✶ 19				□ ♂ ☿ 1.57 ☿ or. cũ Ri.
23					19 ✶ 38	10 △ 34	☿ or. cũ ve. zona Orio f.
24 □	12 51		13 □ 20				△ ☉ ♄ 16.24.
25 Asc.	5 ♓			19 ☍ 56			♀ m. c. cũ proc. & Herc.
26			23 △ 24			6 □ 50	
27	15 ✶ 7	9 ☍ 20					
28							☿ m. c. cum cauda ☊.
29					5 ☌ 55	4 ✶ 47	☉ Apog.
30							✶ ♀ ☿ 2.7.
31			23 ☍ 1	1 △ 0			♂ occ. cum [illegible]

a. Die 1. ☿ or. cũ ast. hor. ♂ oc. cũ Tri. ♀ m. c. cũ 31.
b. Die 6. ♂ m. c. cum antare.
c. Die 8. ☿ occ. cum rostro corui, & 31.
d. Die 15. ♀ occ. cum badir.
e. Die 18. ☿ or. cũ hy. & oc. cũ Alg.
f. Die 23. ☿ or. cum cauda ☊.

[illegible]			[illegible]		S	D	M	D	M	A
☉ ♍			☽ ♌		♄ ♑		♃ ♒		♂ ♓	
P	′	″	P	′	P	′	P	′	P	′
8	23	41	26 ♍	43	1	13	25	44	15	42
9	21	51	8	58	1	12	25	37	16	15
10	20	3	21 ♎	25	1	12	25	30	16	49
11	18	16	4	6	1	12	25	23	17	22
12	16	31	17 ♏	4	1 Di	12	25	16	17	56
13	14	48	0	21	1	12	25	9	18	30
14	13	7	13	57	1	12	25	2	19	4
15	11	26	27	53	1	12	24	56	19	39
16	9	50	12 ♐	7	1	13	24	49	20	14
17	8	14	26	37	1	13	24	43	20	49
18	6	40	11 ♑	7	1	14	24	36	21	25
19	5	8	25	43	1	15	24	30	22	1
20	3	37	10 ♒	13	1	15	24	23	22	37
21	2	8	24	33	1	16	24 A	17	23	13
22	0	41	8 ♓	38	1	17	24	11	23	50
22	59	16	22	27	1	18	24	5	24	26
23	57	53	5 ♈	58	1	19	23	59	25	3
24	56	31	19	31	1	21	23	53	25	40
25	55	12	3 ♉	8	1	22	23	48	26	17
26	53	53	14	52	1	23	23	43	26	54
27	52	37	27 ♊	24	1	25	23	38	27	32
28	51	23	9	46	1	27	23	33	28	10
29 ♎	50	12	22 ♋	1	1	28	23	29	28	48
0	49	2	4	12	1	30	23	24	29 ♑	26
1	47	54	16	21	1	32	23	20	0	5
2	46	48	28	30	1	34	23	16	0	43
3	45	44	10 ♌	41	1	36	23	12	1	22
4	44	42	12	56	1	38	23	8	2	1
5	43	43	5 ♍	19	1	41	23	5	2	40
6	42	44	17	52	1	43	23	1	3	19

Syzygiæ Lunares.

Dies	☉ (H ′)	Occid. ♄ (H ′)	Occid. ♃ (H ′)	Occid. ♂ (H ′)	Orient. ♀ (H ′)	Occid. ☿ (H ′)	Syzygiæ Planetarũ mutuæ, & eorum congressus cum illustrioribus aliquibus stellis fixis
1		8△48					☿ or. cum vinde.
2 ☌	0 58			14□42			♀ occ. cum Hercule.
3 Alc.	4 [illegible]	18□31			15✱47	20☌52	☽ ☊ 1.25 □ ♄ ☿ 2.0.a
4							☿ or. cū Præs. & arma
5			14△42	1✱40			♂ or. cū aq. ♃ oc. cū 8 7b
6		1✱30			4□4		☿ or. cum ag[illegible], ♀ oc. cum Apoll.
7	0✱30		18□57				
8					12△39	20✱18	
9 □	7 23		20✱58	14☌4			♀ occ. cū ast. bor.
10 Alc.	15 ♈	7☌41					☿ or. cum corona.
11	12△28					3□22	☽ Per. ♂ m.c. cū oc. ♏
12							☿ or. cū Alg. et oc. cū 50
13			23☌30	21✱40	0☍40	9△42	♀ or. cum cane maiore.
14		11✱27					☿ or. cū rost. cor. & 5c
15							✱ ♃ ☌ 12.0 ☽ ☋ 22.16c
16 ☍	1 12	15□44		1□4			☿ or. cum spica ♍.
17 Alc.	18 [illegible]				18△35		♀ m.c. cum hydra.
18		22△35	8✱40	12△37		3☍37	♂ or. cum cauda Del.
19							
20			16□50		8□21		□ ☉ ♂ 0 0.
21	1△1						△ ♃ ☿ 2.33.
22							✱ ♂ ☿ per orbem.
23 □	16 59	18☍40	2△53	14☍6	0✱44	5△52	☌ ♃ ♀ 20.53.
24 Alc.	28 ♍						□ ☉ ♄ 7 34 ☌ ♀ cū Re.
25						19□13	☽ Apog.
26	9✱10						✱ ♀ ☿ 1.3.
27							☌ ♄ ♂ 9.5.
28		16△56	0☍24	18△35	11☌33	6✱57	♃ or. cum cauda ♑.
29							♀ or. cum crat.
30							☽ ☊ 5.21 △ ♄ ♀ 20.7d

a. Die 3. ♀ or. cum ast. bor.
b. Die 5. ♀ or. cum cane minore, & asino austr. ♂ m.c. cum acu. ♏.
c. Die 15. ♀ occ. cum rostro corvi, & de humero Aurigæ.
d. Die 30. ♂ or. cum neb. ♋.

Stylo veteri	Stylo Gregor.	Positus Planetarum Diurnus.																		
								S	D	M	A	M	A	S	A	M	D		
		☉ ♎			☽ ♎			♄ ♑		♃ ♒		♂ ♑		♀ ♍		☿ ♎		☊ ♍	
Dies		P	′	″	P		′	P	′	P	′	P	′	P	′	P	′	P	′
A 21	1	7	41	47	0		37	1	46	22	58	3	59	1	56	26	17	20	40
22	2	8	40	52	13		47	1	48	22	55	4	38	3	8	26	0	20	37
23	3	9	39	50	26	♏	54	1	51	22	52	5	18	4	20	25	37	20	33
24	4	10	39	7	10		29	1	53	22	49	5	58	5	32	25 A	8	20	30
25	5	11	38	18	24	♐	21	1	56	22	47	6	38	6	45	24	34	20	27
26	6	12	37	31	8		39	1	59	22	44	7	18	7	57	23	50	20	24
27	7	13	36	46	22	♑	50	2	2	22	42	7	58	9	0	23	14	20	21
A 28	8	14	36	1	7		20	2	5	22	40	8	35	10	12	22	30	20	18
29	9	15	35	22	21	♒	52	2	8	22	38	9	19	11	35	21	44	20	14
30	10	16	34	45	6		19	2	12	22	36	10	0	12	48	20	59	20	11
Oc. 1	11	17	34	6	20	♓	36	2	15	22	35	10	41	14	0	20	14	20	8
2	12	18	33	31	4		39	2	19	22	34	11	22	15	13	19	30	20	5
3	13	19	32	58	18	♈	25	2	22	22	33	12	3	16	26	18	47	20	2
4	14	20	32	27	2		51	2	26	22	33	12	44	17	39	18	[illegible]	19	58
A 5	15	21	31	58	15		1	2	30	22	32	13	26	18	52	17	37	19	55
6	16	22	31	31	27	♉	14	2	34	22	32	14	7	20	4	17	8	19	52
7	17	23	31	6	10		34	2	38	22 Di	32	14	48	21	16	16	41	19	49
8	18	24	30	45	23		0	2	40	22	32	15	31	22	31	16	25	19	46
9	19	25	30	22	5	♊	18	2	47	22	32	16	13	23	45	16	13	19	43
10	20	26	30	3	17		30	2	51	22	32	16	55	24	58	16	5	19	39
11	21	27	29	46	29	♋	38	2	55	22	33	17	37	26	11	16 Di	4	19	36
A 12	22	28	29	31	11		44	3	0	22	33	18	19	27	25	16	8	19	33
13	23	29 ♏	29	17	23	♌	51	3	4	22	34	19	1	28	38	16	18	19	30
14	24	0	29	5	6		2	3	9	22	35	19	44	29 ♎	52	16	34	19	27
15	25	1	28	55	18	♍	15	3	13	22	36	20	27	1	6	16	55	19	25
16	26	2	28	47	0		44	3	18	22	38	21	9	2	19	17 S	21	19	20
17	27	3	28	41	13		20	3	23	22	40	21	52	3	33	17	52	19	17
18	28	4	28	37	26		9	3	27	22	42	22	35	4	47	18	28	19	14
A 19	29	5	28	35	9	♎	12	3	32	22	44	23	17	6	1	19	9	19	11
20	30	6	28	35	22		31	3	37	22	47	24	0	7	15	19	55	19	8
21	31	7	28	37	6	♏	8	3	42	22	49	24	43	8	29	20	45	19	4
Latitudo Planetarū ad diē							1	2	18	1	5	1	59	0	41	3 A	43	Mensis	
							11	2	15	1	4	1	50	1	7	3	21		
							21	2	12	1	3	1	41	1	23	0 S	53		

Syzygiæ Lunares.

		Occid.	Occid.	Occid.	Orient.	Occid.	Syzygię Planetarũ mutuę, & eorum congressus cum illustrioribus aliquibus stellis fixis.
	☽	♄	♃	♂	♀	☿	
Dies	H ′	H ′	H ′	H ′	H ′	H ′	
1 ☌	14 25	2 □ 8		6 □ 32			♀ or. cũ hy. et oc. cũ Alg.
2 Asc.	15 ♌		16 △ 44			21 ☌ 47	♂ m. c. cum lyra.
3		8 ✶ 45		15 ✶ 35	14 ✶ 24		♂ or. cũ arn. ☿ oc. cũ
4			21 □ 18				△ ♂ ☿ 18. 54. (ne. ♓.
5					22 □ 58		♂ m. c. cum neb. ♓.
6	7 ✶ 27		23 ✶ 45				
7		15 ☌ 16				0 ✶ 43	△ ♃ ☿ 18. 17.
8 □	13 11			2 ☌ 17	5 △ 28	13 □ 47	☽ Perig.
9 Asc.	16 ♌						♀ or. cum cauda ♌.
10	18 ☍ 31					23 △ 19	
11		20 ✶ 0	23 ☌ 39				♂ or. cum neb ♋.
12				13 ✶ 20	20 ☍ 11		☌ ☽ ☿ 13. 49.
13						Orient.	☿ ☋ 2. 52.
14		2 □ 2		20 □ 56			(corona.
15 ☍	13 31		14 ✶ 0			4 ☍ 40	♀ or. cũ spi. ♍. ♂ occ. cũ
16 Asc.	24 ♌	8 △ 53					△ ☽ ♃ 0. 0 ☿ m. c. cũ spi.
17			23 □ 16	8 △ 40	22 △ 58		♀ m. c. cu can. ♌. (♍.
18							
19						21 △ 15	□ ♂ ♀ 0. 0.
20	19 △ 24		9 △ 58		16 □ 25		
21		0 ☍ 34					♂ m. c. cũ rost. galli. & ♀
22				13 ☍ 52		8 □ 50	☽ Apog. (cũ 160.
23 □	11 17				10 ✶ 29		♀ or. cum ninde.
24 Asc.	19 ♌					21 ✶ 10	(m. c. cũ aq. a.
25			8 ☍ 17				☿ occ. cum cauda ♌. ♂
26	3 ✶ 17	4 △ 55					□ ♄ ♀ 20. 31 ✶ ☽ b 21. 21 b
27				16 △ 55			☽ ☊ 11. 6 ☿ or. cũ 55.
28		13 □ 31			17 ☌ 32		♀ or. cum arcturo.
29						19 ☌ 0	☿ or. cum spica ♍.
30		19 ✶ 41	0 △ 32	2 □ 45			
31 ☌	2 52						
Asc.	8 ♓						

a. Die 25. ♀ m. c. cum crinis Bere.

b. Die 26. ♀ m. c. cum Algorab.

♃ Fit directus oriendo cum cauda ♑.

☿ Fit dir. oriendo cum rostro corui.

Planetarum Diurnus.

D	M	A	M	A	S	A	S	A		
	♃ ♒		♂ ♑		♀ ♎		☿ ♎		☊ ♍	
'	P	'	P	'	P	'	P	'	P	'
47	22	52	25	26	9	43	21	39	19	1
52	22	55	26	9	10	58	22	37	18	58
57	22	58	26	52	12	12	23	38	18	55
3	23	1	27	35	13	26	24	42	18	52
8	23	5	28	19	14	41	25	49	18	48
13	23	9	29	2	15	55	26	59	18	45
19	23	13	29	45	17	10	28D	12	18	42
25	23	17	0 ♒	29	18	24	29	27	18	39
31	23	21	1	12	19	39	0 ♏	44	18	36
36	23	26	1	56	20	53	2	3	18	33
42	23	30	2	40	22	7	3	24	18	29
48	23	35	3	23	23	22	4	47	18	26
53	23	40	4	7	24D	36	6	11	18	23
59	23	45	4	50	25	51	7	39	18	20
5	23	50	5	34	27	6	9	8	18	17
11	23	56	6	18	28	20	10	38	18	13
17	24	1	7	1	29	35	12	9	18	10
23	24	7	7	45	0 ♏	50	13	41	18	7
29	24	13	8	29	2	5	15	14	18	4
35	24	19	9	13	3	20	16	48	18	1
41	24	25	9	57	4	35	18	23	17	57
48	24	31	10	41	5	50	19	59	17	54
54	24	38	11	25	7	5	21	36	17	51
0	24	44	12	10	8	20	23	14	17	48
7	24	51	12	54	9	35	24	53	17	45
13	24	58	13	39	10	50	26	33	17	41
20	25	5	14	23	12	5	28M	13	17	38
26	25	12	15	8	13	20	29	53	17	35
33	25	20	15	52	14	36	1 ♐	34	17	32
40	25	27	16	37	15	51	3	15	17	29

Syzygiæ Lunares.

		Occid.	Occid.	Occid.	Orient.	Orient.	Syzygiæ Planetarũ mutuę, & eorum congressus cum illustrioribus aliquibus stellis fixis.
	☉	♄	♃	♂	♀	☿	
Dies	H ′	H ′	H ′	H ′	H ′	H ′	
1			4□46	9✱55			☿ m.c. cum vinde.
2					12✱13		△ ♃ ☿ 7.27.
3			7✱3			8✱47	♂ m.c. cum cor. ♌.
4	14✱24	1☌16			18□9		♍ Pr. ☿ or. cum corona.
5				17☌15		14□4	
6 □	19 51				13△41		♀ or. cum Algorab.
7 Asc.	23 ♒		10☌33			20△46	♀ or. cũ rost. cor. et oc. cũ
8		5✱35					☿ or. cum 55. (Spica ♍.
9	2△43				. ♑ .		☽ ☋ 6.13 □ ♂ ☿ 19.12 a
10		10□53		6✱27			☿ or. cũ 15 ♂ m.c. cũ 87.
11			22✱1		23☍19		♄ m.c. cum lyra.
12		19△25		17□37		21☍43	✱ ♄ ☿ 0.18. ☌ ♃ ♀ 4.31.
13							
14 ☍	4 28		8□13				♂ m.c. cum caudæ cygni.
15 Asc.	17 ♉			8△2			☿ or. cũ 101. & cincti.
16			20△39				□ ☽ ♃ 9.51. ☿ oc. cũ 27.
17		19☍23			8△40		♀ occ. cum lance austr.
18						13△56	♍ 49. ☿ m.c. cum arctu.
19	14△0						
20				16☍9	3□55		♀ or. cum Fidicula. b.
21			21☍24			10□37	✱ ♄ ♀ 23.18.
22 □	8 4	19△13			21✱26		
23 Asc.	20 ♋						♍ ♌ 17.53 ☿ oc. cũ al. ♍
24	21✱16					4✱58	□ ♃ ☿ 23.29 ♀ or. s[illegible]
25		3□52		17△6			♀ or. cũ lucidus. c. cygni.
26			13△46				♂ occ. cum aquila. d.
27		9✱30			21☌22		☿ or. cum rostro galli. e.
28			17□53	0□48			♃ oc. cũ a. Del. et ☿ cũ 91.
29 ☌	14 7					4☌57	☿ oc. cũ lance austr. 12 ♑
30 Asc.	5 ♎		19✱47	5✱30			♄ or. cũ nc. [illegible]

a. Die 9. ☿ or. cum spica ♍, et occ. cũ caudæ ♌. *e.* Die 27. ♂ oc. cũ ca. ♑. ♄ m.c. cũ nc. 54.
b. Die 20. ☿ occ. cum cing. ♍.
c. Die 25. ♂ occ. cum Fomalh.
d. Die 26. ☿ or. cum nc. & corde ♏.

Dies	☉ ♐			☽ ♐		♄ ♑ S	D	♃ ♒ M	A	♂ ♒ M	A	♀ [illegible] S	D	☿ ♐ M	D	♒ ♍	
	P	′	″	P	′	P	′	P	′	P	′	P	′	P	′	P	
1	8	42	51	28 ♑	8	6	46	25	35	17	21	17	6	4	57	17	[illegible]
2	9	43	40	12	59	6	53	25	43	18	6	18	21	6	39	17	[illegible]
3	10	44	30	27 ♒	51	6	59	25	51	18	51	19	37	8	21	17	[illegible]
4	11	45	22	13	36	7	6	25	59	19	35	20	52	10	3	17	[illegible]
5	12	46	15	27 ♓	7	7	13	26	8	20	20	22	7	11	46	17	[illegible]
6	13	47	9	11	20	7	19	26	16	21	5	23	23	13	29	17	10
7	14	48	4	25 ♈	12	7	26	26	25	21	50	24	38	15	12	17	7
8	15	49	0	8	40	7	33	26	34	22	35	25	53	16	56	17	3
9	16	49	57	21 ♉	46	7	40	26	43	23	20	27	9	18	40	17	0
10	17	50	54	4	30	7	47	26	52	24	5	28	24	20	24	16	57
11	18	51	52	16	55	7	54	27	2	24	50	29	39	22	7	16	54
12	19	52	51	29	5	8	1	27	11	25	35	0 ♐	55	23	50	16	51
13	20	53	51	11 ♊	3	8	[illegible]	27	21	26	20	2	10	25	33	16	47
14	21	54	52	22	52	8	[illegible]	27	31	27	5	3	26	27	16	16	44
15	22	55	53	♋ 4	36	8	22	27	40	27	50	4	42	28 ♑	59	16	41
16	23	56	55	16	18	8	29	27	50	28	34	5	57	0	41	16	38
17	24	57	57	28 ♌	2	8	36	28	0	29 ♓	19	7	13	2	23	16	35
18	25	59	0	9	51	8	43	28	10	0	4	8	28	4	5	16	32
19	27	0	3	21 ♍	48	8	50	28	20	0	48	9	44	5	46	16	28
20	28	1	7	3	55	8	57	28	30	1	33	10	59	7	27	16	25
21	29 ♑	2	11	16	17	9	4	28	41	2	18	12	15	9	7	16	22
22	0	3	15	28	55	9	11	28	51	3	2	13	30	10	46	16	19
23	1	4	20	♎ 11	53	9	18	29	2	3	47	14	46	12	24	16	16
24	2	5	24	25	11	9	25	29	12	4	32	16	1	14	1	16	13
25	3	6	29	♏ 8	52	9	32	29	23	5	16	17	17	15	37	16	9
26	4	7	34	22	55	9	39	29	34	6	1	18	32	17	12	16	6
27	5	8	40	♐ 7	18	9	46	29	45	6	46	19	48	18	46	16	3
28	6	9	46	22	0	9	53	29	56	7	30	21	4	20	19	16	0
29	7	10	53	♑ 6	54	10	0	0 ♓	7	8	15	22	19	21 A	50	15	57
30	8	11	59	21	54	10	8	0	18	9	0	23	35	23	20	15	54
31	0	13	6	♒ 6	54	10	15	0	39	9	44	24	50	24	49	15	50

	Syzygiæ Lunares.						
		Occid.	Occid.	Occid.	Orient.	Orient.	Syzygiæ Planetarũ mutuę, & eorum congressus cum illustrioribus aliquibus stellis fixis.
	☉	♄	♃	♂	♀	☿	
Dies	H ′	H ′	H ′	H ′	H ′	H ′	
1		14 ☌ 4					☽ Per. □ ♂ ♀ 12.0.a.
2					9 ✶ 29		☿ occ. cum cing. ♍.
3	22 ✶ 33					19 ✶ 19	☿ or. cum corde ♌.
4			22 ☌ 18	11 ☌ 11	14 □ 57		♂ or. cum cauda ♑.
5		17 ✶ 10					☿ occ. cum aculeo ♏. b.
6 □	4 49				22 △ 59	4 □ 14	☽ ☋ 10.20 ☌ ☉ ☿ 10.1;
7 Asc.	21 ♊	22 □ 0				Occid.	(a. Burg. c.
8	14 △ 11					17 △ 27	□ ♃ ♀ 14.41 ☿ oc. cl.
9			9 ✶ 16	3 ✶ 8			☿ oc. cũ aq. ☿ oc. cũ nc.
10		6 △ 14					♀ occ. cum antare (♏.
11			20 □ 13	16 □ 40			♀ or. cum rostro galli. d
12					4 ☍ 5		♀ occ. cum lance bor.
13 ☍	22 4						✶ ♂ ♀ 13.27 (17.20 e
14 Asc.	28 ♑		9 △ 38	9 △ 13		10 ☍ 34	✶ ♃ ☿ 3.50. ☌ ♃ ♂
15		7 ☍ 47					♂ or. cum cap. Med.
16							☽ Apog. (cum 82. f
17					20 △ 51		♄ oc. cum neb. ✛✛. ☍ ♂
18							♀ or. cum antare. (ne. ✛✛
19	11 △ 15		13 ☍ 7	19 ☍ 0			♄ or. cũ acu. ♏. ☿ oc. cũ
20		9 △ 56			15 □ 17	7 △ 55	✶ ☉ ♃ 13.55. ☌ ♄ ☿
21							☽ ☊ 0.10. (23.14.
22 □	2 24	19 □ 10					
23 Asc.	0 ♊				5 ✶ 44	1 □ 4	
24	13 ✶ 5		7 △ 9	17 △ 18			☿ occ. cum corona.
25		1 ✶ 9				13 ✶ 0	♀ m. c. cum acu. ♏.
26			11 □ 16	23 □ 0			☿ oc. cũ 82. ☍ ♂ cũ lyra
27					22 ☌ 13		♀ occ. cum arcturo.
28			11 ✶ 55				♀ or. cum aquila.
29 ☌	0 25	5 ☌ 1		2 ✶ 17			♂ m. c. cum Fomah.
30 Asc.	28 ♈					2 ☌ 42	☽ Perig.
31							✶ ♄ ♂ 19.35.

a. Die 1. ☿ occ. cum coma Beren.
b. Die 5. ♀ m. c. cum corona.
c. Die 8. ♀ m. c. cum prima frontis ♏.
d. Die 11. ♂ oc. cum cauda Del.
e. Die 14. ♀ m. c. cum corde ♏.
f. Die 17. ☿ occ. cum coma Beren.

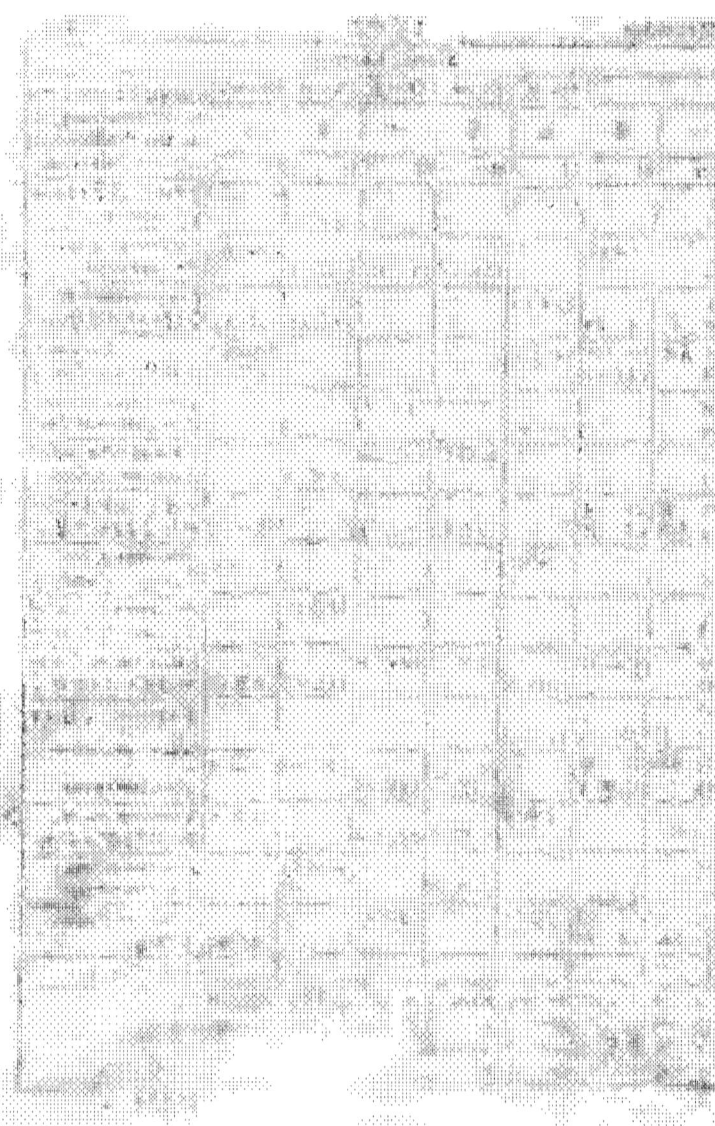

EPHEMERIS IOANNIS ANTONII MAGINI PATAVINI

Ad annum Dominicæ
Incarnationis
1607.

Tertius post Bissextilem, 25. post Kalendarium restitutum, & ab origine Mundi 5569.

Constitutio cæli ad tempus ingressus Solis in Arietis principium.

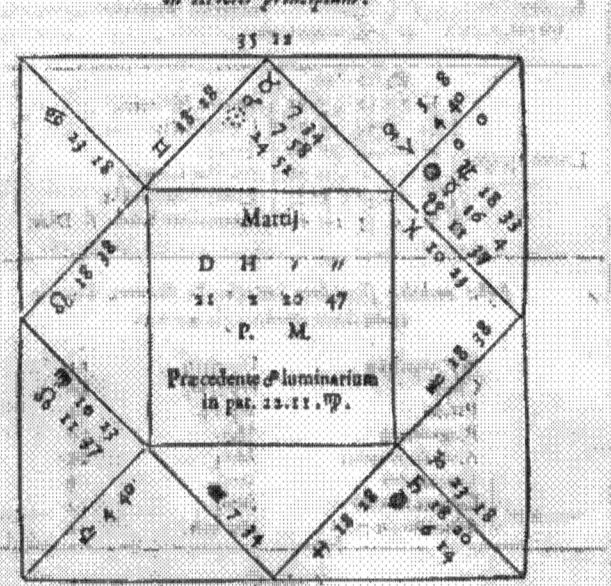

Martij

D	H	′	″
21	2	20	47

P. M.

Præcedente ☍ luminarium in par. 22.11. ♍.

Anni Tropici vera magnitudo.

Dierum 365. *Horarum* 5. *Scr.* 55′. 32″. 12‴. 19⁗.

ANNO DOMINICAE INCARNATIONIS 1607 communi.

			D.	H.	′	″
Ingressus ☉ in principium	♋, Seu solstitij æstiui	Iunij	21	21	39	24
	♎, Seu æquinoctij autumni	Septemb.	23	10	8	22
	♑, Seu solstitij hiemalis	Decemb.	22	4	47	45

	P.	′	″	‴
Vera præcessio Æquinoctiorum	28	9	3	57
Obliquitas Zodiaci	23	28	2	34

Eccentricitas ☉ 32111. Qualium semidiameter eccentrici ☉ par. 1000000, seu par. 1. 55′. 57″. 42‴. Qualium P. 60.

		P.	′	″	
Locus Apogei	♄	29	32	37	♐
	♃	6	54	51	♎
	♂	28	44	31	♌
	☉	9	41	28	♋
	♀	16	30	3	♊
	☿	0	33	14	♐

Aureus Numerus	12
Cyclus Solis	20
Epacta	2
Indictio Romana	5
Litera Dominicalis	G.
Interuallum hebd. 8. Dies	6

Festa mobilia secundum Sacrosanctæ Romanæ Ecclesiæ usum iuxta annum reformatum.

Septuagesima	Februarij	11
Cinis	Februarij	28
Pascha	Aprilis	15.
Rogationes	Maij	20
Ascensio Domini	Maij	24
Pentecostes	Iunij	3
Corpus Christi	Iunij	14
Aduentus Domini	Decemb.	2

Quatuor Tempora anni, seu Ieiunia	Martij	7	9	10
	Iunij	6	8	9
	Septembris	19	21	22
	Decembris	19	21	22

Computatio Solaris deliquij anno 1607.

Die 25. Februarij H. 20. 46'. 1". à meridie tempore æquato congredient ambo luminaria secundum veros motus in par. 6. 50'. 10". ♓ parum à ☋ draconis elongata: sed quoniam hæc copulatio fiet in parte cœli orientali, ideo secundum visum nostrum apparebit H. 20. 19'. 2". ita quod apparens, seu visibilis synodus antecedet veram intervallo scr. 26'. 57". nam parallaxis longitudinis reperitur 15'. 25". Distant autem luminaria à nostro Zenith tempore visibilis synodi par. 73. 22'. & anomalia Solis annua coæquata est par. 235. 34'. 23". & eius apparens semidiameter 16'. 37". Anomalia item ☾ absoluta est par. 214. 42'. 52". & eius apparens semidiameter 17'. 30". Verus latitudinis ☾ motus par. 83. 43'. 0". Vera autem ☾ latitudo 32'. 47". Bor. Sed parallaxis latitudinis est 54'. 42". Ideo apparens latitudo remanet 21'. 55". Austr. Sed ad principium defectus vera latitudo est 19'. 39". Austr. & ad finem 24'. 11". Austr. Puncta corporis Solaris obscurata erunt 4. 24'. Tempus incidentiæ, quod numeratur à principio deliquij ad summam obscurationem est H. 0. 53'. 57". Liberationis autem sui luminis, quod est à medio ad finem est H. 0. 57'. 56".

		H.	Scr.		
Huius Eclipsis Solaris digitorum 4. 14'.	*Principium continget*	19	25	P. M.	*Et sic à principio ad finem pertransient H. 1. scr. 52'.*
		14	1	Horol.	
	Medium, seu vera ☌	20	19	P. M.	
		14	55	Horol.	
	Finis conspicietur	21	17	P. M.	
		15	53	Horol.	

Parallaxes Eclipsis Solis ad infrascripta climata.

	Punct.						
Magnitudo huius Eclipsis ☉ erit	5	33	*In climate*	*Quarto, &*	*gr.*	36	*Elevationis pol.*
	4	56		*Quinto, &*	*gr.*	41	
	4	34		*Sexto, &*	*gr.*	45	
	4	14		*Septimo, &*	*gr.*	49	
	4	2		*Octavo, &*	*gr.*	52	

Schema Prædictæ obſcurationis Solaris, prout in ſexto climate videbitur.

Eclipticum Plenilunium dicto anno 1607.

Die 13. Martij H. 5. 30′. 45″. à meridie æquatis amittet ☽ *à ſuperiori parte lumen ſuum per umbram terræ permeans in Solis diametro ſub par. 22. 11′. 14″.* ♍ *non procul à* ☊ *draconis. Ad dictum verò tempus anomalia Solis reperitur par. 250. 43′. 52″. prope longitudinem mediam, eius autem apparens ſemidiameter 16′. 30″. Lunæ autem anomalia æquata eſt par. 59. 0′. 5″. ſemidiameter eius 15′. 33″. ſemidiameter umbræ æquata 41′. 12″. Veri item motus latitudinis* ☽ *280. 10′. 15″. Vera autem* ☽ *latitudo 52′. 55″. Bor. Ad principium verò defectus 51′. 0″. Bor. & ad finem 54′. 49″. Bor. Puncta obſcurata 1. 19′. Tempus caſus, ſeu dimidia duratio H. 0. 43′. 15″.*

		H.	scr.		
Huius Eclipsis Lunae digitorum 1. 29'.	*Principium spectabitur*	4	48	P. M.	*A principio ad finem durabit H. 1. scr. 26'.*
		23	0	Horol.	
	Medium, seu vera ☍	5	31	P. M.	
		23	41	Horol.	
	Finis continget	6	14	P. M.	
		0	36	N. S.	

Verum nec principium, nec medium, sed solum finem huius Eclipsis supra finitorem nostrum habebimus, quoniam ☾ oritur in decremento suae obscurationis; multo minus qui nobis occidentaliores sunt, quemadmodum qui Galliam, Britanniam, Hispaniam, Heluetiam, Flandriam, Brabantiam, Regnum Aragoniae, Scotiam, Hiberniam, Candiam, Angliam, Portugalliam, & caetera loca longitudine conformia habitant hanc Eclipsim penitus non habebunt. Contra verò qui nobis orientaliores sunt maiorem partem obscurationis percipient, & qui Graeciam incolunt totam Eclipsim observare poterunt.

Typum autem huius Eclipsis Lunaris eò praetermittimus, quia ob exiguitatem obscurationis vix animaduerti poterit.

Alter deliquium Lunae praedicto anno 1607.

Die 5. Septembris H. 15. 57'. 17". tempore correcto per aequationem dierum conspicietur ☾ iterum lumine obfuscata prope ☋ in gr. 12. 41'. 13". ♓. Quo quidem tempore anom. ☉ aequata est par. 64. 36'. 34". & eius semidiameter 16'. 5". accedens ad longitudinem mediam. Anomalia autem Lunaris est par. 199. 6'. 40". & eius semidiameter 49'. 26". Semidiameter autem umbrae terrae est 49'. 12". Verus latitudinis ☾ motus par. 100. 6'. 56". per quem inventa fuit latitudo Lunae 52'. 7". Austr. Sed initio defectus 48'. 15". Austr. & in fine 55'. 57". Austr. Puncta Lunaris corporis lumine privata erunt 5. 6'. Tempus item casus H. . . .

		H.	scr.		
Huius defectus Lunae digitorum 5. 6'.	*Principium continget*	14	45	P. M.	*Notantur à principio ad finem H. 2. scr. 24'.*
		8	18	N. S.	
	Medium, seu vera ☍	15	57	P. M.	
		9	30	N. S.	
	Finis conspicietur	17	9	P. M.	
		10	41	N. S.	

Typus prædicti deliquij Lunaris.

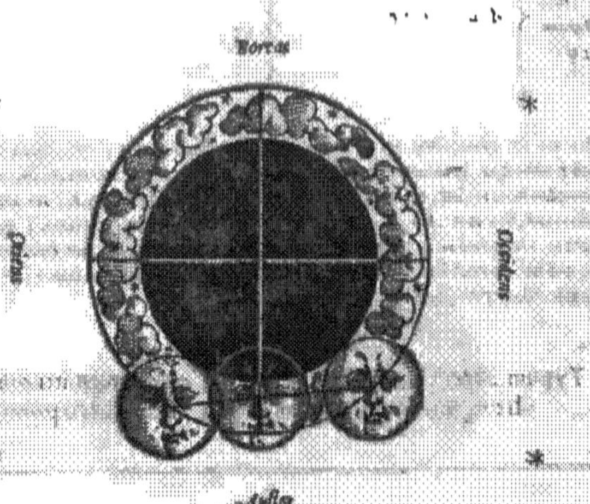

In aliquibus locis orientalioribus finis huius Eclipsis haudquanquam videbitur, ut sunt Apulia, Sicilia, Nicea, Vngaria, Livonia, Ruthenia, Dalmatia, & cætera loca situ conformia, quinimò in aliquibus locis Græciæ, nec ipsum medium obseruari poterit, quoniam exoriente Sole occidet Luna tenebrosa.

Planetarum status.

♄

Hoc anno recedit paulatim ab Apogæo versus medietatem sui Eccentrici.
Die 1. Ianuarij in Apogæo
Die 9 Iulij in Perigæo } Epicycli reperitur.
Cõtra signorũ serie mouebitur à die penultimo Aprilis vsque in 17. Septẽb.

♃

Præsenti anno circa Eccẽ. Perigæũ cõmoratur, & die 28. Octob. ipsum tãgit.
Die 8. Martij ad supremam
Die 26 Septembris ad infimam } Epicycli partem deuenit.
Retrocurrit à die 28. Iulij vsque in diem 23. Nouembris.

♂

Ad Apogæum sui Eccentrici peruenit die 22. Septembris.
Et ad Epicycli Apogæum die 26. Iulij.
Regressionem minime hoc anno subibit: sed semper progredietur.

♀ Die

8. Iunij ad Augem
8. Decemb. ad oppositum Augis } Eccentri deuenit.
2. Martij supremam
15. Decembris infimam } Epicycli partem tenet.
26. Nouemb. vsque in futurum annum regressum arripiet.

☿ Die

23 Maij Perigæum
22 Nouemb. Apogæum } Eccentrici perlustrat.
2 Februarij in Perigæo
1 Aprilis in Apogæo
29 Maij in Perigæo
27 Iulij in Apogæo
22 Septemb. in Perigæo
19. Nouemb. in Apogæo } Epicycli est.
22 Ianuarij vsque ad 14. Februarij
19. Maij vsque ad 10. Iunij
23. Septemb. vsq; in 4. Octobris } Regressibus afficietur.

Anni veteris	Anni Gregor.	Positus Planetarum Diurnus						S	D	M	A	M	A	S	D	M	A		
		☉ ♑			☽ ♒			♄ ♑		♃ ♓		♂ ♓		♀ ♒		☿ ♑		☊ ♍	
Dies		G	′	″	G		′	G	′	G	′	G	′	G	′	G	′	G	′
22	1	10	14	13	21	♓	45	10	22	0	41	10	29	26	6	26	16	15	47
23	2	11	15	20	6		21	10	29	0	53	11	13	27	21	27	42	15	44
24	3	12	16	27	20	♈	37	10	36	1	5	11	58	28	37	29	6	15	41
25	4	13	17	33	4		10	10	43	1	16	12	43	29	53	0 ♒	28	15	38
26	5	14	18	39	18	♉	1	10	51	1	28	13	27	1 ♑	8	1	48	15	34
27	6	15	19	45	1		9	10	58	1	40	14	12	2	24	3	6	15	31
G 28	7	16	20	50	13		53	11	5	1	52	14	57	3	40	4	21	15	28
29	8	17	21	55	26		10	11	12	2	4	15	41	4	55	5	33	15	25
30	9	18	23	0	8	♊	29	11	19	2	16	16	26	6	11	6	42	15	22
31	10	19	24	4	20		25	11	27	2	28	17	10	7	26	7	48	15	19
Ian. 1	11	20	25	8	2	♋	31	11	34	2	41	17	55	8	42	8	50	15	16
2	12	21	26	12	14		51	11	41	2	53	18	39	9	58	9	48	15	13
3	13	22	27	15	25	♌	38	11	48	3	6	19	24	11 M	13	10	42	15	9
G 4	14	23	28	18	7		56	11	55	3	18	20	8	12	29	11	32	15	6
5	15	24	29	20	18	♍	49	12	2	3	31	20	53	13	45	12	17	15	3
6	16	25	30	22	0		19	12	9	3	43	21	37	15	0	12 S	57	15	0
7	17	26	31	23	12		40	12	16	3	50	22	21	16	16	13	32	14	57
8	18	27	32	24	24		56	12	23	4	9	23	6	17	31	14	1	14	54
9	19	28	33	24	7	♎	29	12	30	4	21	23	50	18	47	14	26	14	51
10	20	29	34	23	20		25	12	37	4	34	24	35	20	3	14	44	14	47
G 11	21	0 ♒	35	22	3	♏	40	12	44	4	47	25	19	21	18	14	55	14	44
12	22	1	36	20	17		20	12	51	5	0	26	3	22	33	14	59	14	41
13	23	2	37	17	1	♐	21	12 A	58	5	13	26	48	23	49	14 ♑	56	14	38
14	24	3	38	14	15		46	13	5	5	26	27	32	25	4	14	45	14	35
15	25	4	39	10	0	♑	19	13	12	5	39	28	16	26	20	14	27	14	32
16	26	5	40	5	15		25	13	18	5	52	29	0	27	35	14	2	14	28
17	27	6	40	59	0	♒	26	13	25	6	6	29 ♈	44	28	50	13	30	14	25
G 18	28	7	41	52	15		25	13	32	6	19	0	28	0 ♒	6	12	51	14	22
19	29	8	42	44	0	♓	15	13	39	6	32	1	12	1	21	12	7	14	19
20	30	9	43	35	14		51	13	45	6	46	1	56	2	36	11	19	14	16
21	31	10	44	25	29		7	13	52	6	59	2	40	3	52	10	27	14	13

Latitudo Planetarũ ad diẽ		♄		♃		♂		♀		☿		
	1	1	1	0	52	0	38	0	27	1	59	Mensis
	11	1	0	0	50	0	30	0 M	6	1 S	1	
	21	1 A	0	0	49	0	22	0	15	1	7	

Syzygiae Lunares.

Dies	☉	Occid. ♄	Occid. ♃	Occid. ♂	Orient. ♀	Occid. ☿	Syzygiae Planetarum mutuae, & eorum congressus cum illustrioribus aliquibus stellis fixis
	H /	H /	H /	H /	H /	H /	
1			14 ☌ 53		7 ⚹ 49		☌ ☉ ♄ 3.59 ⚹ ☉ ♂ 21
2	8 ⚹ 51	7 ⚹ 1		8 ☌ 39			☉ ☋ 15.47. (15. a
3		Orient.			15 □ 13	16 ⚹ 15	♀ or. cum cauda Del.
4 □	16 55	11 □ 8					☿ m.c. cum cauda Del.
5 Alc.	7 ♐						⚹ ♃ ♀ 7.30.
6		18 △ 38	0 ⚹ 58		2 △ 36	4 □ 4	♃ or. cum cap. Med.
7	5 △ 0			2 ⚹ 34			♀ m.c. cum cauda cygni
8			19 □ 51			20 △ 7	♀ m.c. cum Fidicula.
9				17 □ 3			♀ or. cum neb. ♐.
10							♀ occ. cum neb. ♐.
11		19 ☍ 30	3 △ 2		13 ☍ 2		♀ or. cum aculeo ♏. b.
12 ☍	17 8			10 △ 36			☾ Apog.
13 Alc.	17 ♐						☌ ♄ ♀ 12.11.
14						9 ☍ 42	♀ or. cum neb. ♏.
15							
16		13 △ 11	6 ☍ 24				♀ occ. cum corona.
17				20 ☍ 11	7 △ 50		☉ ☊ 4.26. ☿ oc. cũ Po.
18	5 △ 24						♀ m.c. cum rostro galli.
19		9 □ 25			23 □ 18	13 △ 24	♀ occ. cum aquila.
20 □	17 55						♀ m.c. cum aquila.
21 Alc.	5 ♑	16 ⚹ 3	1 △ 58			19 □ 51	♀ occ. cum cauda ♑.
22				15 △ 43	9 ⚹ 49		
23	2 ⚹ 14		6 □ 31			22 ⚹ 10	
24				20 □ 10			
25		20 ☌ 35	8 ⚹ 25				♃ occ. cum lyra.
26				22 ⚹ 47	21 ☌ 8		♀ m.c. cum cornu ♑.
27 ☌	10 38					20 ☌ 4	☾ Perig.
28 Alc.	14 ♎						⚹ ♂ ♀ 17.2.
29		22 ⚹ 9	10 ☌ 30				☉ ☋ 23.3 ♀ m.c. cũ [illegible]
30							☌ ☉ ☿ 7.24.
31	21 ⚹ 36			6 ☌ 27	9 ⚹ 0	18 ⚹ 10	

a. Die 1. ☿ m.c. cum cornu ♑.

b. Die 11. ♂ occ. cum lucida Eridani.

☿ Fit ℞ occidendo cum Pannub. aquila, & cauda ♑.

M	A	M	D	S	A
♂ ♈		♀ ♓		☿ ♓	
P	′	P	′	P	′
3	24	5	7	9	32
4	8	6	22	8	35
4	52	7	38	7	38
5	36	8	53	6	41
6	20	10	9	5	46
7	3	11	24	4	55
7	47	12	39	4 D	8
8	31	13	55	3	26
9	15	15	10	2	50
9	58	16	25	2	20
10	42	17	40	1	56
11	26	18	55	1	40
12	9	20	10	1	31
12	53	21	26	1	30
				D	
13	36	22	41	1	36
14	20	23	56	1	49
15	3	25	11	2	9
15	47	26	26	2	35
16	30	27	41	3	7
17	14	28	56	3	45
		♈			
17	57	0	11	4	25
18	40	1	26	5	1
19	24	2	41	6	1
20	7	3	56	7	1
20	50	5	11	8	1
21	33	6	26	9	1
22	16	7	41	10 M	2
22	59	8	55	11	4

		Orient.	Occid.	Occid.	Orient.	Orient.	
	☊	♄	♃	♂	♀	☿	Syzygiæ Planetarũ mutuæ, & eorum congressus cum illustrioribus aliquibus stellis fixis.
Dies	H ′	H ′	H ′	H ′	H ′	H ′	
1		1 □ 43					♀ m.c.cum cau.cygni.
2			20 ⚹ 8		19 □ 42	20 □ 14	
3 □	8 4	8 △ 43					☌ ♀ ☿ o. o.
4 Asc.	10 ♍						⚹ ♂ ☿ 15. 46.
5	12 △ 50		6 □ 4	2 ⚹ 36	11 △ 26	1 △ 35	♃ m.c.cū Fo.et ☿ cū 101.
6							
7			17 △ 30	18 □ 7			♀ oc.cū Fomalh.(aqui.a
8		7 ☍ 12					♂ or.cū cor. ♈. ♀ oc.cū
9						19 ☍ 18	
10				11 △ 30			● Ap. ♀ m.c.cū cau. ♑.
11 ☌	12 35				2 ☌ 54		
12 Asc.	26 ♉						♀ or.cum cauda ♑.
13		10 △ 40	0 ☍ 0				● ☊ 7. 2.
14						18 △ 45	
15		21 □ 39		19 ☍ 1			
16	20 △ 19				14 △ 46		
17			20 △ 50			4 □ 41	♀ occ.cum cauda Del.
18		5 ⚹ 9					□ ♄ ♂ o. o.
19 □	5 12				2 □ 13	11 ⚹ 53	(cum 82.
20 Asc.	21 ♍		1 □ 57	11 △ 49			♀ or.cū cap.Med.& oc.
21	12 ⚹ 29				9 ⚹ 31		♂ occ.cum cau. cygni.
22		10 ☌ 51	4 ⚹ 18	15 □ 37			☿ m.c.cum cauda cygni.
23						20 ☌ 27	
24				18 ⚹ 30			● Per. ♂ or. cū hædis.
25 ☌	20 46				19 ☌ 53		♀ occ.cum lyra.
26 Asc.	7 ♉	13 ⚹ 3	7 ☌ 20				● ☋ 6. 47.
27							♂ or.cū dex.hu.Aurig.b
28		16 □ 30				8 ⚹ 25	☌ ☉ ♀ 4. 48.

a. Die 8. ♀ occ.cum cauda ♑.
b. Die 27. ♄ occ.cum lucida corona. ♀ m.c.cum ult. fistonis aquæ oc.
☿ Fit directus m.c.cum cauda Del.

Positus Planetarum Diurnus.

Dies	Greg.	☉ ♓ P	M	S	☽ ♈ P	M	♄ ♑ S P	A M	♃ ♓ P	D M	♂ ♈ P	A M	♀ ♓ P	D M	☿ ♒ P	D M	☊ ♍ P	M
19	1	9	58	28	21 ♉	6	16	49	13	47	13	42	10	10	12	59	12	40
20	2	10	58	31	4	34	16	54	14	1	14	25	11	25	14	19	12	37
21	3	11	58	36	17 ♊	43	16	59	14	15	15	8	12	40	15	42	12	34
G 22	4	12	58	37	0	33	17	4	14	30	15	51	13	54	17	7	12	31
23	5	13	58	30	13	11	17	9	14	44	16	34	15	9	18	33	12	28
24	6	14	58	24	25	33	17	14	14	58	17	16	16	24	20	6	12	24
25	7	15	58	20	7 ♋	43	17	19	15	12	17	59	17	38	21	39	12	21
26	8	16	58	24	19	43	17	24	15	27	18	42	18	55	23	14	12	18
27	9	17	58	16	1 ♌	[illegible]	17	28	15	41	29 ♉	24	20 A	8	24	50	12	15
28	10	18	58	[illegible]	13	33	17	33	15	55	0	7	21	21	26	28	12	12
G 1	11	19	57	54	25 ♍	26	17	38	16	9	0	50	22	37	28	8	12	8
Ma 2	12	20	57	40	7	22	17	42	16	24	1	32	23	51	29 ♓	30	12	5
3	13	21	57	24	19 ♎	34	17	47	16	38	2	15	25	6	1	33	12	2
4	14	22	57	6	1	[illegible]	17	51	16	52	2	57	26	20	3	17	11	59
5	15	23	56	46	13	59	17	55	17	6	3 ♉	40	27	31	5	2	11	56
6	16	24	56	25	26	[illegible]	18	0	17	21	4	22	28	49	6	48	11	53
h 7	17	25	56	2	8 ♏	[illegible]	18	4	17	35	5	5	0 ♈	3	8	35	11	49
G 8	18	26	55	37	21	[illegible]	18	8	17	49	5	47	1	18	10 A	23	11	46
9	19	27	55	[illegible]	[illegible]	[illegible]	18	12	18	3	6	29	2	32	12	12	11	43
10	20	28	54	[illegible]	[illegible]	36	18	16	18	18	7	12	3	46	14	2	11	40
11	21	29 ♈	54	9	4 ♐	48	18	20	18	32	7	54	5	1	15	53	11	37
12	22	0	53	36	19	13	18	24	18	46	8	36	6	15	17	44	11	34
13	23	1	53	2	3 ♑	36	18	27	19	0	9	19	7	29	19	36	11	30
14	24	2	52	25	18	30	18	31	19	15	10	1	8	43	21	28	11	27
G 15	25	3	51	46	3 ♓	15	18	35	19	29	10	43	9	58	23	20	11	24
16	26	4	51	5	17	40	18	38	19	43	11	25	11	12	25	13	11	21
17	27	5	50	22	1 ♈	49	18	42	19	57	12	7	12	26	27	6	11	18
18	28	6	49	37	15	41	18	45	20	11	12	49	13	40	28	59	11	15
19	29	7	48	50	29 ♉	14	18	48	20	26	13	31	14	54	0 ♈	52	11	11
20	30	8	48	1	12	30	18	51	20	40	14	13	16	8	2	46	11	8
21	31	9	47	10	25	30	18	54	20	54	14	55	17	22	4	40	11	5

Latitudo Planetarū ad die		♄		♃		♂		♀		☿		
	1	1	2	0	45	0	4	1 A	2	0	24	
	11	1	3	0	48	0 S	1	1	2	1 A	29	Mensis
	21	1	4	0	49	0	1	0	56	2	0	

Syzygiae Lunares.

Dies	☉	Orient. ♄	Occid. ♃	Occid. ♂	Occid. ♀	Orient. ☿	Syzygiae Planetarũ mutuae, & eorum congressus cum illustrioribus aliquibus stellis fixis.
	H ′	H ′	H ′	H ′	H ′	H ′	
1				4 ☌ 52			☿ occ. cum Fomah.
2	12 ✶ 40	22 △ 39	17 ✶ 35		13 ✶ 47	19 □ 53	☿ oc. cũ aqui. & occ. ♄
3							♂ m.c. cũ cor. ♌ (oc. ♄
4							☌ ♃ ♀ 14.10 ☿ m.c.cũ
5 □	1 38		3 □ 3		4 □ 15	11 △ 57	☌ ☉ ♃ 23.40 (oc. ✶
6 Asc.	19 ♋		Orient.	3 ✶ 56			✶ ♄ ♀ 13.23. ☿ or.cũ
7	15 △ 2	19 ☌ 18	13 △ 16		22 ∠ 9		☿ occ. cum Acarnar.
8				19 □ 10			✶ ☉ ♄ 11.9.
9							☿ occ. cum cauda Del.
10							☉ [illegible] ♄ m.c. cũ ro. gal.
11				11 △ 33		6 ☍ 21	☿ or. cũ cap. Med. (♈ oc
12		20 △ 46	18 ☍ 22				☉ ☊ ♄ 9.23. ♂ or. cũ cor.
13 ☍	5 31				12 ☍ 30		✶ ♂ ☿ 16.15.
14 Asc.	19 ♍						
15		7 □ 30					☿ occ. cum lyra.
16				15 ☍ 10		21 △ 51	
17		15 ✶ 23	14 △ 42				♃ occ. cũ aquil. ☿ m.c. cũ
18	7 △ 42				16 △ 16		(Fomah.
19			20 □ 6			11 □ 11	✶ ♄ ♃ 19.39.
20 □	15 8						
21 Asc.	21 ♑	22 ☌ 29	13 ✶ 6	5 △ 22	0 □ 24	21 ✶ 0	(15.11.b.
22	20 ✶ 21						✶ ♄ ☿ 8.48 ☌ ♃ ♀
23				9 □ 10	6 ✶ 16		☉ Pe. ☿ or. cum cor. ♌
24							
25				13 ✶ 3			☉ ☋ 13.31.
26		1 ✶ 35	3 ☌ 32			14 ☌ 47	
27 ☌	7 29				20 ☌ 20		
28 Asc.	21 ♎	5 □ 27					
29							♂ or. cũ pr. pisc. & m.c. cũ
30		11 △ 46	13 ✶ 22	3 ☌ 21			(10.
31						20 ✶ 15	☿ occ. cum cauda cygni.

a. *Die 12. ☿ occ. cum rostro gallinae.*
b. *Die 21. ♂ oritur cum Fomah & ☿ occ. cum lucida Eridani.*
Die 5. Erit ☌ ♃ ♀ cum differentia latitudinis scr. 15.

Positus Planetarum Diurnus.

Anni veteris	Anni Gregor.	☉ ♈			☽ ♊		S ♄ ♑	A	M ♃ ♓	D	S ♂ ♉	A	M ♀ ♈	A	M ☿ ♈	A	☊ ♍	
Dies		P	′	″	P	′	P	′	P	′	P	′	P	′	P	′	P	′
G 22	1	10	46	17	8	16	18	57	21	8	15	37	18	36	6	33	11	2
23	2	11	45	22	20	49	19	0	21	22	16	19	19	50	8	29	10	59
24	3	12	44	25	3 ♋	11	19	2	21	36	17	0	21	4	10	23	10	55
25	4	13	43	26	15	26	19	5	21	50	17	42	22	17	12	17	10	52
26	5	14	42	25	27 ♌	35	19	7	22	4	18	24	23	31	14	11	10	49
27	6	15	41	22	9	41	19	9	22	18	19	5	24	45	16	5	10	46
28	7	16	40	17	21 ♍	40	19	12	22	32	19	47	25	59	17	58	10	43
G 29	8	17	39	11	3	53	19	14	22	46	20	29	27	13	19	51	10	40
30	9	18	38	3	16	4	19	16	23	0	21	10	28	27	21	44	10	36
31	10	19	36	53	28	22	19	18	23	13	21	52	29	40	23	36	10	33
Ap. 1	11	20	35	41	10 ♎	49	19	20	23	27	22	34	0 ♈	54	25	28	10	30
2	12	21	34	27	23	30	19	22	23	41	23	15	2	8	27	19	10	27
3	13	22	33	11	6 ♏	26	19	23	23	54	23	57	3	21	29 ♉	9	10	24
4	14	23	31	53	19	39	19	25	24	8	24	38	4	35	0	59	10	21
G 5	15	24	30	33	3 ♐	10	19	27	24	21	25	20	5	48	2 S	48	10	17
6	16	25	29	12	17	0	19	28	24	34	26	1	7	2	4	36	10	14
7	17	26	27	49	1 ♑	7	19	29	24	48	26	43	8	15	6	24	10	11
8	18	27	26	24	15	28	19	31	25	1	27	24	9	29	8	11	10	8
9	19	28	24	57	29	57	19	32	25	14	28	6	10	43	9	57	10	5
10	20	29	23	28	14 ♒	28	19	33	25	27	28	47	11	56	11	42	10	1
11	21	0 ♉	21	57	28 ♓	56	19	34	25	41	29	28	13	9	13	26	9	58
G 12	22	1	20	25	13	15	19	34	25	54	0 ♊	10	14	23	15	9	9	55
13	23	2	18	51	27 ♈	30	19	35	26	7	0	51	15	36	16	50	9	52
14	24	3	17	15	11	8	19	35	26	20	1	32	16	49	18	30	9	49
15	25	4	15	37	24 ♉	39	19	35	26	33	2	13	18 S	3	20	8	9	46
16	26	5	13	57	7	54	19	36	26	46	2	54	19	16	21	44	9	43
17	27	6	12	16	20 ♊	52	19	36	26	59	3	35	20	29	23	19	9	39
18	28	7	10	33	3	35	19	36	27	12	4	16	21	42	24	52	9	36
G 19	29	8	8	48	16	7	19 R	36	27	24	4	57	22	56	26	23	9	33
20	30	9	7	2	28	30	19	36	27	37	5	38	24	9	27	51	9	30

Latitudo Planetarum ad diē		♄		♃		♂		♀		☿		
	1	1	5	0	50	0	3	0	49	1	35	Meridis
	13	1	7	0	52	0	6	0	30	0 S	37	
	21	1	8	0	54	0	7	0 S	11	0	50	

Syzygiæ Lunares.

Dies		☉	Orient. ♄	Orient. ♃	Occid. ♂	Occid. ♀	Orient. ☿	Syzygię Planetarũ mutuę, & eorum congressus cum illustrioribus aliquibus stellis fixis.
		H ʒ	H ʒ	H ʒ	H ʒ	H ʒ	H ʒ	
1		5 ✱ 11				22 ✱ 58		□ ♄ ♀ 7.6 ☿ or. cũ ba. a
2				1 □ 5				♂ m.c. cum 22.
3	□	20 23					16 □ 41	♀ or. cum de hu. Aur.
4	Asc.	15 ♊	7 ☍ 12	12 △ 38	4 ✱ 45	15 □ 7		(pleia. b.
5								☌ ☉ ☽ 13.32 ♂ or. cũ ult.
6		12 △ 58			19 □ 19		15 △ 13	☿ Ap. △ ♄ ♂ 2.28. c
7						8 △ 30	Occid.	□ ♄ ☿ 15.0 ☿ or. cũ hę. d
8								☽ ... 13.18 ☿ or. cũ 21.
9			6 △ 16	13 ☌ 48	10 △ 33			□ ☉ ♄ 20.0.
10								
11	☍	20 10	15 □ 9					☿ occ. cũ cor. ♌ ♂ m.c.
12	Asc.	18 ♊				17 ☍ 45	8 ☍ 15	(cum pleia.
13			23 ✱ 54					
14				8 △ 5	9 ☍ 19			☿ occ. cum cor. ♌.
15								
16		15 △ 31		13 □ 5				♂ occ. cũ hiad. & pleia.
17						13 △ 3	10 △ 5	♀ or. cum Fomah.
18	□	21 24	6 ☌ 33	16 ✱ 3	20 △ 45			
19	Asc.	22 ♋				19 □ 24	18 □ 48	☽ Pe. ♂ oc. cũ zo. Dr. &
20								☌ ♀ ☿ 21.32. (Bella. r.
21		12 ✱ 35			1 □ 0			☽ ☋ 13.26 ♀ or. cũ pl. f.
22			10 ✱ 46	11 ☌ 54		2 ✱ 7	3 ✱ 40	♂ oc. cũ Ald. ☿ or. cũ pl.
23					6 ✱ 26			♂ oc. cum ca. ma. g. (hiad.
24			15 □ 0					△ ♄ ☿ 15.55 ♂ m.c. cũ
25	☍	18 57						♀ oc. cum vlt. pleia. h.
26	Asc.	27 ♊	21 △ 41			23 ☌ 14		△ ♄ ♀ 6.33.
27				21 ✱ 44			5 ☌ 16	(cor. ♌.
28					1 ☌ 24			♀ m.c. cum ple. & ☿ cũ
29				22 □ 16				✱ ♃ ☿ 19.21 ♂ m.c. cũ Ald.
30		21 ✱ 38						☿ oc. cũ pl. & bis et 20.
								(Orio.

a. Die 1. ☿ or. cũ cor. ♌ ♂ m.c. cũ ac.
b. Die 5. ♂ oc. cũ sinistro pede Orio.
c. Die 6. ☿ m.c. cum cor. ♌.
d. Die 7. ☿ occ. cum cauda cygni.

e. Die 19. ☿ or. cum Fomah.
f. Die 21. ☿ m.c. cum capite Medusę.
g. Die 23. ☿ m.c. cum ca. Bor. & dex. lat. Persei.
h. Die 25. ☿ occ. cum sinistro pede Orio.

Positus Planetarum Diurnus.

Dies		☉ ♉ P	′	″	☽ ♋ P	′	♄ ♑ S A P	′	♃ ♓ M D P	′	♂ ♊ S A P	′	♀ ♉ S A P	′	☿ ♉ S A P	′	☊ ♍ P	′
21	1	10	5	14	10	46	19	36	27	50	6	19	15	22	29 ♊	17	9	27
22	2	11	3	25	22 ♌	58	19	35	28	2	6	59	16	35	0	40	9	23
23	3	12	1	34	5	7	19	35	28	15	7	40	17	48	2	0	9	20
24	4	12	59	42	17	16	19	34	28	27	8	21	29 ♊	1	3	17	9	17
25	5	13	57	48	29 ♍	27	19	34	28	40	9	1	0	14	4	31	9	14
G 26	6	14	55	53	11	44	19	33	28	52	9	42	1	27	5	42	9	11
27	7	15	53	56	24 ♎	8	19	33	29	4	10	22	2	40	6	49	9	7
28	8	16	51	57	6	42	19	32	29	16	11	3	3	53	7	52	9	4
29	9	17	49	57	19 ♏	28	19	31	29	28	11	43	5	6	8	51	9	1
30	10	18	47	55	2	18	19	30	29	40	12	24	6	19	9	43	8	58
Ma. 1	11	19	45	51	15	44	19	29	29 ♈	51	13	5	7	32	10 D	35	8	55
2	12	20	43	46	29 ♐	17	19	28	0	3	13	46	8	44	11	19	8	51
G 3	13	21	41	40	13	9	19	26	0	14	14	27	9	57	11	58	8	48
4	14	22	39	33	27 ♑	17	19	24	0	26	15	7	11	10	12	31	8	45
5	15	23	37	24	11	39	19	23	0	37	15	48	12	23	12	58	8	42
6	16	24	35	14	26	10	19	21	0	48	16	28	13	35	13	18	8	39
7	17	25	33	3	10 ♒	44	19	19	1	0	17	9	14	48	13	31	8	35
8	18	26	30	51	25	15	19	17	1	11	17	49	16	0	13	38	8	32
9	19	27	28	38	9 ♓	37	19	15	1	22	18	30	17	13	13 ℞	38	8	29
G 10	20	28	26	23	23	45	19	13	1	33	19	10	18	26	13	31	8	26
11	21	29	24	7	7 ♈	36	19	10	1	44	19	50	19	38	13	16	8	23
12	22	0 ♊	21	49	21	7	19	8	1	55	20	31	20	51	12	54	8	20
13	23	1	19	30	4 ♉	18	19	6	2	5	21	11	22	4	12	26	8	16
14	24	2	17	10	17	11	19	3	2	16	21	51	23	16	11	52	8	13
15	25	3	14	49	29 ♊	49	19	1	2	26	22	31	24	29	11 M	12	8	10
16	26	4	12	27	12	15	18	58	2	37	23	11	25	41	10	27	8	7
G 17	27	5	10	4	24 ♋	19	18	56	2	47	23	51	26	54	9	37	8	4
18	28	6	7	40	6	36	18	53	2	58	24	31	28	6	8	43	8	0
19	29	7	5	15	18 ♌	39	18	51	3	8	25	11	29 ♋	19	7	47	7	57
20	30	8	2	49	0	40	18	48	3	18	25	51	0	31	6	50	7	54
21	31	9	0	22	12	42	18	45	3	28	26	30	1	43	5	53	7	51

Latitudo Planetarũ ad diẽ	♄		♃		♂		♀		☿		
1	1	10	0	56	0	8	0	14	2	4	
11	1	11	0	59	0	8	0	33	2 D	27	Mensis
21	1	12	1	3	0	9	0	50	0 M	59	

Syzygiæ Lunares.

Dies	☉	Orient. ♄	Orient. ♃	Occid. ♂	Occid. ♀	Occid. ☿	Syzygiæ Planetarũ mutuæ & eorum congressus cum illustrioribus aliquibus stellis fixis.
Dies	H /	H /	H /	H /	H /	H /	
1		17 ☍ 21					♀ oc. cum pleia. & hued.
2			10 △ 12		7 ✶ 56	17 ✶ 4	☊ Apog. (20. Ori.a
3 □	14 59			5 ✶ 20			✶ ♃ ☿ 10.17. ♀ oc. cũ
4 Asc.	20 ♓						♂ or. cũ hu. et oc. cũ 14.
5				19 □ 47	1 □ 41	10 □ 58	☊ ☊ 19.4. ♀ oc. cũ Ald.
6	6 △ 41	15 △ 18					♀ or. cum ... ma. & m.
7			9 ☍ 14		18 △ 0		(c. cum hiadibus
8				8 △ 38		2 △ 19	♂ m.c. cum hyadis.
9		10 □ 6					♀ m.c. cum Aldebaram.
10							△ ☉ ♄ 17. ...
11 ☍	7 52	6 ✶ 39					♂ m.c. cum capra (1306
12 Asc.	27 [illegible]		1 △ 11		17 ☍ 56	21 ☍ 50	☌ ♂ ♀ pleiad. ... m.c. cũ
13				2 ☌ 19			♀ or. cũ hu. ♂ or. cũ 20c
14			5 □ 19				☿ or. cũ hu. ♀ m.c. cũ he.
15	21 △ 11	12 ☌ 44					☌ ☿ ♀ 16.9 (c. cũ capra
16			7 ✶ 44				☊ Pe. ♀ or. cũ Ald. et m.
17				11 △ 8	17 △ 19	4 △ 39	♀ occ. cum cap. Med. d
18 □	2 26						[illegible] 22. ... m.c. cũ capr.
19 Asc.	1 ♎	16 ✶ 20		15 □ 51	14 □ 7	6 □ 46	♀ m.c. cum sin. hum. Orio.
20	8 ✶ 42		15 ☌ 41				♂ ☌ ♀ m.c. cũ ... Orio.
21		20 □ 28		22 ✶ 53	23 ✶ 0	9 ✶ 47	☌ ♂ ♀ 9.0.
22							
23							☊ ♃ 23. 29.
24		3 △ 32					♀ m.c. cum de. hu. Auri.
25 ☌	7 22		5 ✶ 8			10 ☌ 42	♀ m.c. cum de. hu. ...
26 Asc.	2 ♓			23 ☌ 40			♂ m.c. cum de. hu. Auri.
27			16 □ 41		5 ☌ 18		♂ m.c. cum de. hu. Orio
28							
29		0 ☍ 24					☌ ☉ ♀ 8.46.
30	16 ✶ 0		5 △ 20			13 ✶ 24	☊ Ap. ♀ oc. cũ cap. ...
31						Orient.	

a. Die 3. ♀ occ. cum sinistr. humero Orionis, & vltima pleiadum.
b. Die 21 ♀ occ. cum dex. hu. Orio.
d. Die 17. ♀ m.c. cum Rigel.
c. Die 13. ♂ m.c. cum Rigel.
e. Die 25. ☿ m.c. cum hedis.
☿ hic [illegible] in euersu eius [illegible] usque ad stationem secundam.

Positus Planetarum Diurnus.

Dies Iulian.	Dies Gregor.	☉ ♊ °	′	″	☽ ♌ °	′	♄ ♑ ° (S)	′ (A)	♃ ♈ ° (M)	′ (D)	♂ ♊ ° (S)	′ (A)	♀ ♋ ° (S)	′ (A)	☿ ♊ ° (M)	′ (D)	☊ ♍ °	′
22	1	9	57	54	24 ♍	48	18	42	3	38	27	10	2	56	4	58	7	48
23	2	10	55	26	6	59	18	39	3	47	27	50	4	8	4	7	7	45
G 24	3	11	52	57	19 ♎	19	18	36	3	57	28	30	5	20	3	20	7	41
25	4	12	50	27	1	40	18	32	4	6	29	9	6	32	2	37	7	38
26	5	13	47	56	14	33	18	29	4	15	29 ♋	49	7	44	1	59	7	35
27	6	14	45	24	27 ♏	31	18	26	4	24	0	29	8	57	1	27	7	32
28	7	15	42	51	10	47	18	22	4	53	1	8	10	9	1	1	7	29
29	8	16	40	17	24 ♐	22	18	19	4	42	1	48	11	21	0	42	7	25
30	9	17	37	43	8	15	18	15	4	51	2 D	28	12	33	0	30	7	22
G 31	10	18	35	8	22 ♑	27	18	11	4	59	3	8	13	45	0 D	26	7	19
Iun. 1	11	19	32	32	6	54	18	7	5	8	3	48	14	57	0	29	7	16
2	12	20	29	55	21	33	18	3	5	16	4	28	16	9	0	38	7	13
3	13	21	27	18	6 ♒	19	17	59	5	25	5	7	17	21	0	53	7	10
4	14	22	24	40	21	4	17	55	5	33	5	47	18	33	1 A	15	7	6
5	15	23	22	2	5 ♓	40	17	51	5	41	6	27	19	45	1	49	7	3
6	16	24	19	23	20	3	17	46	5	49	7	6	20	57	2	25	7	0
G 7	17	25	16	44	4 ♈	8	17	42	5	57	7	46	22	9	3	7	6	57
8	18	26	14	5	17	53	17	38	6	4	8	25	23	21	3	55	6	54
9	19	27	11	25	1 ♉	13	17	33	6	12	9	5	24	32	4	48	6	50
10	20	28	8	45	14	25	17	29	6	19	9	44	25	44	5	46	6	47
11	21	29	6	5	26 ♊	50	17	24	6	26	10	24	26	56	6	48	6	44
12	22	0 ♋	3	25	9	20	17	20	6	33	11	3	28	8	7	54	6	41
13	23	1	0	44	21 ♋	30	17	16	6	40	11	43	29 ♌	19	9	4	6	38
G 14	24	1	58	3	3	30	17	11	6	46	12	22	0	31	10	17	6	35
15	25	2	55	22	15	22	17	7	6	53	13	2	1	43	11	33	6	31
16	26	3	52	41	27	9	17 D	2	6	59	13	41	2	54	12	52	6	28
17	27	4	49	59	8 ♌	57	16	57	7	5	14	20	4	6	14	14	6	25
18	28	5	47	17	20	47	16	53	7	11	15	0	5	17	15	39	6	22
19	29	6	44	35	2 ♍	43	16	48	7	17	15	39	6	29	17	6	6	19
20	30	7	41	53	14	48	16	43	7	22	16	18	7	40	18	35	6	16

Latitudo Planetarũ ad diẽ	♄ °	′	♃ °	′	♂ °	′	♀ °	′	☿ °	′	
1	2	13	1	8	0 D	9	2	10	3	16	
11	2	13	1	13	0	9	2	36	4 A	2	Meridio.
21	2 D	14	1	18	0	8	2	43	3	49	

Syzygiæ Lunares.

Dies	☉	Orient. ♄	Orient. ♃	Occid. ♂	Occid. ♀	Orient. ☿	Syzygiæ Planetarũ mutuæ, & eorum congressus cum illustrioribus aliquibus stellis fixis.
	H ′	H ′	H ′	H ′	H ′	H ′	
1				4 ✱ 56	17 ✱ 45	18 □ 43	□ ♃ ☿ 16.32.
2 □	8 26	22 △ 15					☽ ☊ 1.30. ✱ ♃ ☿ 8.25.
3 Asc.	22 44			18 □ 35			♀ or. cum Bella. & Ap.
4	22 △ 30		4 ☍ 20		9 □ 48	1 △ 23	♀ m.c. cum Syrio.
5		7 □ 15					♂ occ. cum cane minore.
6				5 △ 39	22 △ 44		
7		13 ✱ 21					
8			18 △ 3			10 ☍ 47	
9 ☍	17 8						♀ occ. cum hy. (et Her.
10 Asc.	0 ♑		21 □ 8	18 ☍ 36			♂ or. cũ Bel. ♀ m.c. cũ 41.
11		18 ☌ 26			14 ☍ 21		♂ or. cũ Ap. & ♀ cũ zo.
12			22 ✱ 32			15 △ 3	☽ Pe. ♀ m.c. cũ Ap. sin.
13							☌ ♄ ☿ 12.0. □ ♃ ♂ 13.34
14	2 △ 22					17 □ 27	♀ or. cũ Re. et m.c. cũ pr.
15		20 ✱ 14		1 △ 21			☽ ☋ 2.18 ♀ or. cũ 137.
16 □	7 54				1 △ 39	22 ✱ 10	(♂ m.c. cum Syrio.
17 Asc.	28 ♓	23 □ 30	8 ☌ 11	6 □ 40			
18	16 ✱ 8				10 □ 46		
19				15 ✱ 13			♄ m.c. cum rostro galli.
20		6 △ 5					✱ ♃ ☿ 14.24.
21			18 ✱ 34		0 ✱ 0	10 ☌ 57	♀ or. cum Aldeb.
22							☿ occ. cum hydr.
23 ☌	20 44						♂ or. cũ de. hu. Ce. et Her.
24 Asc.	24 ♌		6 □ 39	19 ☌ 0			♀ m.c. cum hydra.
25		3 ☍ 33					♂ or. cum zona Orio. b.
26			20 △ 14		13 ☌ 1		☽ Ap. ♀ or. cũ Prae. &
27						12 ✱ 9	♀ or. cum ca. mi. (Apo.
28							♀ or. cũ asc. austr. (18. c.
29	8 ✱ 41						□ ☉ ♃ 13.46. ☌ ♄ ☿ 17.
30		3 △ 50		3 ✱ 6		8 □ 26	☌ ♄ ♂ 13.58 ♂ m.c. cũ hyd.
							(♂ or. cũ sin. pede Ori.

a. *Die 13. ♀ occ. cum hydra.*
b. *Die 25. ♀ or. cum asc. bor. & occ. cum Her.*
c. *Die 29. ☽ ☊ 7.6. ♄ occ. cum corona, & ♀ cum Apoll. ♂ m.c. cum Apolli.*
☿ Fit dir. oriendo cum hi. adibus.

Positus Planetarum Diurnus.

Dies		☉ ♋			☽ ♍		♄ ♑ (S D)		♃ ♈ (M D)		♂ ♋ (S D)		♀ ♌ (S A)		☿ ♊ (M A)		☊ ♍	
Dies		P	′	″	P	′	P	′	P	′	P	′	P	′	P	′	P	′
G 21	1	8	39	11	27 ♎	4	16	39	7	27	16	52	8	52	20	6	6	12
22	2	9	36	28	9	14	16	34	7	32	17	37	10	3	21	39	6	9
23	3	10	33	45	22 ♏	20	16	29	7	37	18	16	11	15	23	14	6	6
24	4	11	31	1	5	25	16	25	7	42	18	55	12 D	26	24	51	6	3
25	5	12	28	19	18 ♐	49	16	20	7	46	19	34	13	38	26	30	6	0
26	6	13	25	37	2	34	16	15	7	50	20	14	14	49	28	11	5	56
27	7	14	22	55	16 ♑	40	16	11	7	54	20	53	16	0	29 ♋	54	5	53
G 28	8	15	20	13	1	6	16	6	7	58	21	32	17	12	1	38	5	50
29	9	16	17	31	15 ♒	47	16	1	8	2	22	12	18	23	3	43	5	47
30	10	17	14	50	0	0	15	56	8	5	22	51	19	34	5	9	5	44
1	11	18	12	9	15 ♓	37	15	51	8	9	23	30	20	45	6	56	5	41
2	12	19	9	28	0	33	15	47	8	12	24	10	21	56	8	44	5	37
3	13	20	6	47	15	17	15	42	8	15	24	49	23	7	10	32	5	34
4	14	21	4	7	29 ♈	45	15	37	8	18	25	28	24	18	12	21	5	31
G 5	15	22	1	27	13	53	15	32	8	21	26	7	25	29	14 S	11	5	28
6	16	22	58	47	27 ♉	38	15	28	8	23	26	47	26	40	16	1	5	25
7	17	23	56	8	10	59	15	23	8	26	27	26	27	51	17	52	5	22
8	18	24	53	29	23 ♊	58	15	18	8	28	28	5	29	2	19	43	5	18
9	19	25	50	51	6	35	15	14	8	30	28	44	0 ♍	13	21	35	5	15
10	20	26	48	13	18 ♋	54	15	9	8	32	29 ♌	23	1	23	23	27	5	12
11	21	27	45	36	0	58	15	4	8	34	0	2	2	34	25	20	5	9
G 12	22	28	42	59	12	51	15	0	8	35	0	41	3	45	27	13	5	6
13	23	29 ♌	40	23	24 ♌	35	14	55	8	36	1 A	19	4	55	29 ♌	6	5	3
14	24	0	37	47	6	14	14	50	8	37	1	58	6	6	1	0	4	59
15	25	1	35	12	17	52	14	46	8	38	2	37	7	17	2	54	4	56
16	26	2	32	37	29 ♍	23	14	41	8	38	3	15	8	27	4	48	4	53
17	27	3	30	3	11	20	14	36	8	39	3	54	9	38	6	42	4	50
18	28	4	27	30	23 ♎	15	14	32	8 R	39	4	32	10	48	8	36	4	47
G 19	29	5	24	57	5	22	14	28	8	39	5	11	11	59	10	30	4	43
20	30	6	22	25	17 ♏	45	14	23	8	39	5	49	13	9	12	24	4	40
21	31	7	19	54	0	28	14	19	8	38	6	28	14	19	14	17	4	37

Latitudo Planetarũ ad diẽ		♄		♃		♂		♀		☿		
	1	1	13	1	23	0	8	1 D	47	1	12	Mensis
	11	1	13	1	27	0	7	1	46	0 S	38	
	21	1	12	1	32	0 A	7	1	32	0	59	

Syzygiae Lunares.

Dies	☉	Orient. ♄	Orient. ♃	Occid. ♂	Occid. ♀	Orient. ☿	Syzygiae Planetarũ inter se, & eorum congressus cum illustrioribus aliquibus stellis fixis.
	H ′	H ′	H ′	H ′	H ′	H ′	
1			20 ☍ 4				☿ or. cum ult. zonae Orio.
2 □	0 7	13 □ 4		13 □ 36	0 ✶ 58		
3 Asc.	9 ♎					1 △ 49	♀ or. cũ Sy. & ♂ m. c. cũ
4	11 △ 45	19 ✶ 35			13 □ 48		♂ m. c. cũ Hercule & roc.
5				1 △ 23			(☿ m. c. cum hydra
6			9 △ 0		11 △ 46		♀ occ. cũ rest cor. & 3 1
7							(Bella.
8		Occid.	11 □ 16			1 ☍ 1	☍ ☽ ♄ 17.48. ☿ or. cũ
9 ☍	0 55	0 ☌ 26		10 ☍ 50			☿ or. cum Apoll.
10 Asc.	24 ♎		12 ✶ 0				☽ Perig.
11					8 ☍ 58		□ ♃ ♀ 16.41.
12						15 △ 11	☽ ☋ 8.14
13	8 △ 17	0 ✶ 46		16 △ 33			☿ occ. cum ba. (et Her.
14			14 ☌ 34				☌ ♀ cũ Re. ☿ or. cũ 3.41
15 □	15 16	2 □ 51		23 □ 26	22 △ 9	0 □ 35	☍ ♄ ☿ 17.4 ☿ or. cũ [illegible] Or.
16 Asc.	8 ♋						☿ or. cũ Re. et oc. cũ hyd.
17		8 △ 5				14 ✶ 50	☿ or. cum ul. zonae Orio.
18	1 ✶ 50			8 ✶ 15	8 □ 32		
19			3 ✶ 47				
20							☿ or. cũ tri. ☿ oc. cũ Her.
21			15 □ 0		3 ✶ 35		♂ or. cũ asi. bor. ☿ or. cũ
22		4 ☍ 21					♀ occ. cum Algo. (hyd.
23 ☌	13 24			14 ☌ 41		11 ☌ 7	☌ ☽ ☿ 14.31 ☿ or. cũ Pr. et
24 Asc.	12 ♉		4 △ 55			Occid.	☽ Ap. ☌ ☿ ☿ 18.31 (b)
25							♂ or. cũ pr. et oc. cũ Pr. c
26					20 ☌ 8		☽ ☊ 10.49 ☿ or. cũ 2.45
27		6 △ 32					(6. 1.
28				23 ✶ 37			△ ♃ ☿ 0.38. ☌ ☽ ♂
29	0 ✶ 8	17 □ 32	6 ☍ 21	Orient.		11 ✶ 45	♀ or. cũ ca. ☊, et ☿ cũ Sy.
30							
31 □	13 36			12 □ 36			△ ♄ ♀ quasi.
Asc.	0 ♋						

a. Die 23. ☿ or. cum asi. bor.

b. Die 24. ♂ occ. cum asi. ☿ or. cum Pras. & Acerum.

c. Die 25. ☿ or. cum canc sumore, & asi. austr.

Die 28. Erit ☌ ☽ cum ♂ ferè per corpus disdat, est scr. 8. quae ab eorũ semid. cõprehendetur.

Augustus 1607

Dies Iuliani	Dies Gregor.	☉ ♌ P	′	″	☽ ♒ P	′	♄ ♑ P (S D)	′	♃ ♈ P (M D)	′	♂ ♌ P (S A)	′	♀ ♍ P (S D)	′	☿ ♌ P (S A)	′	☊ ♍ P	′
		Motus Planetarum Diurnus.																
22	1	8	17	24	13	32	14	15	8	38	7	6	15	30	16	10	4	34
23	2	9	14	55	26	59	14	11	8	37	7	45	16	40	18	2	4	31
24	3	10	12	27	♐ 10	47	14	7	8	36	8	23	17	50	19	54	4	28
25	4	11	10	0	24 ♑	58	14	3	8	35	9	2	19	0	21	45	4	24
G 26	5	12	7	34	9	29	13	59	8	33	9	41	20	10	23 D	36	4	21
27	6	13	5	9	24	27	13	55	8	32	10	19	21	20	25	26	4	18
28	7	14	2	45	♒ 9	25	13	52	8	30	10	58	22	30	27	16	4	15
29	8	15	0	13	24	17	13	48	8	28	11	30	23	40	29	6	4	12
30	9	15	58	1	♓ 9	10	13	44	8	26	12	15	24	50	♍ 0	55	4	8
31	10	16	55	40	24	3	13	41	8	24	12	53	25	59	2	43	4	5
Au. 1	11	17	53	21	♈ 8	34	13	37	8	21	13	32	27	9	4	31	4	2
G 2	12	18	51	3	22	44	13	34	8	18	14	11	28	18	6	17	3	59
3	13	19	48	46	♉ 6	30	13	30	8	15	14	49	29	28	8	2	3	56
4	14	20	46	30	19	54	13	27	8	12	15	28	♎ 0	37	9	46	3	52
5	15	21	44	15	♊ 2	56	13	24	8	8	16	6	1	46	11	29	3	49
6	16	22	42	1	15	37	13	21	8	5	16	45	2	56	13	10	3	46
7	17	23	39	49	27	59	13	18	8	1	17	23	4	5	14	50	3	43
8	18	24	37	38	♋ 10	6	13	15	7	57	18	1	5	14	16	28	3	40
G 9	19	25	35	28	22	1	13	12	7	53	18	40	6	23	18	5	3	37
10	20	26	33	19	♌ 3	47	13	9	7	49	19	18	7	32	19	41	3	33
11	21	27	31	11	15	28	13	7	7	44	19	57	8	41	21	15	3	30
12	22	28	29	4	27	7	13	4	7	40	20	35	9	50	22	47	3	27
13	23	29 ♍	26	59	♍ 8	40	13	2	7	35	21	13	10	59	24	16	3	24
14	24	0	24	55	20	30	12	59	7	30	21	51	12 M	8	25 M	42	3	21
15	25	1	22	52	♎ 2	23	12	57	7	25	22	29	13	10	27	5	3	17
G 16	26	2	20	51	14	28	12	54	7	20	23	8	14	25	28	26	3	14
17	27	3	18	51	26 ♏	47	12	52	7	15	23	46	15	33	29	44	3	11
18	28	4	16	53	9	25	12	50	7	9	24	24	16	41	♎ 0	59	3	8
19	29	5	14	56	22	25	12	48	7	4	25	3	17	49	1	10	3	5
20	30	6	13	1	♐ 5	47	12	46	6	58	25	41	18	57	3	18	3	2
21	31	7	11	8	19	33	12	45	6	52	26	19	20	5	4	22	2	58
Latitudo Planetarū ad diē				1			1	10	1	37	0	8	1	11	1 D	45	Mensis	
				11			1	8	1	41	0	8	0	46	1	31		
				21			1	5	1	46	0	9	0 M	11	0 M	25		

Syzygiæ Lunares.

		Occid.	Orient.	Orient.	Occid.	Occid.	Syzygiæ Planetarū mutuæ, & eorum congressus cum illustrioribus aliquibus stellis fixis.
	☉	♄	♃	♂	♀	☿	
Dies	H ʹ	H ʹ	H ʹ	H ʹ	H ʹ	H ʹ	
1		1 ✶ 28			3 ✶ 50	5 □ 27	△ ☉ ♃ 8. 41.
2	12 △ 56		20 △ 12	19 △ 38			
3					13 □ 1	17 △ 45	△ ♃ ♂ 7. 48.
4			22 □ 19				
5		7 ☌ 15			18 △ 48		☌ ♀ cum Regulo.
6			21 ✶ 48				☌ or. cum cane majore. a.
7 ☍	8 23			2 ☍ 52			☽ Perig.
8 Asc.	11 ♓					8 ☍ 46	☽ ☋ 15. 50.
9		7 ✶ 13					☿ m. c. cū rostro corvi. b.
10			23 ☌ 36		3 ☍ 28		♂ oc. cū de hum. Auri. c
11	16 △ 56	8 □ 31		8 △ 48			♀ m. c. cum rostro corui.
12							♀ or. cum vindem.
13		12 △ 29		15 □ 39		3 △ 9	♂ m. c. cum hydra.
14 □	1 47				21 △ 38		♀ m. c. cum coma Bere.
15 Asc.	0 ♐		9 ✶ 49			18 □ 39	♀ or. cū ca. ♌. ☿ m. c. cū
16	14 ✶ 55			2 ✶ 19			△ ♄ ♀ 2. 34 (aligu.
17			15 □ 46		13 □ 41		
18		6 ☍ 19				14 ✶ 51	♀ or. cum arcturo.
19							
20			8 △ 14		8 ✶ 32		☍ ♃ ♀ 5. 31.
21				9 ☌ 46			☽ apog. ♀ m. c. cū 50ʹ
22 ☌	3 7						☽ ♌ 13. 0 ♀ m. c. cū ✶
23 Asc.	23 ♐	8 △ 41					(corona.
24						11 ☌ 54	□ ♄ ♀ 17. 29. ♀ or. cū
25		20 □ 54	9 ☍ 56		23 ☌ 54		♀ occ. cum spica ♍. ♀
26				17 ✶ 48			(or. cum vinde. d.
27	13 ✶ 26						☌ ♂ cū Reg. contrariae. e
28		6 ✶ 17					♀ or. cū rost. cor. et 58. f.
29				6 □ 31		19 ✶ 7	♀ or. cum spica ♍.
30 □	0 52		2 △ 3				
31 Asc.	1 ♐			12 △ 2	1 ✶ 0		♀ or. cum arcturo.

a. Die 6. ♀ m. c. cum cauda ♌.
b. Die 9. ♀ or. cum trica.
c. Die 10. ☿ or. cum lucida Hydræ.
d. Die 25. ☿ m. c. cum rostro corui.
e. Die 27. ♀ or. cum ala dex. corui.
f. Die 28. ♀ occ. cum cauda ♌.

Positus Planetarum Diurnus.

Anni veteris	Anni Gregoriani	☉ ♍ P	'	"	☽ ♑ P	'	♄ ♑ S D P	'	♃ ♈ M D P	'	♂ ♌ S A P	'	♀ ♎ M D P	'	☿ ♎ M D P	'	☊ ♍ P	'
Dies																		
22	1	8	9	16	3	42	12	43	6	46	26	58	21	12	5	22	2	55
G 23	2	9	7	26	18	11	12	41	6	40	27	36	22	20	6	18	2	52
24	3	10	5	38	2 ♒	57	12	40	6	33	28	14	23	27	7	10	2	49
25	4	11	3	52	17	53	12	38	6	27	28	53	24	35	7	58	2	46
26	5	12	2	7	2 ♓	52	12	37	6	20	29 ♍	31	25	42	8	41	2	42
27	6	13	0	24	17	45	12	35	6	13	0 ♎	9	16	49	9	18	2	39
28	7	13	58	43	2 ♈	27	12	34	6	6	0	48	27	56	9	49	2	36
29	8	14	57	4	16	53	12	33	5	59	1	26	29	3	10	14	2	33
G 30	9	15	55	26	0 ♉	59	12	32	5	52	2	4	0 ♏	9	10	33	2	30
31	10	16	53	50	14	44	12	31	5	44	2	42	1	16	10	46	2	27
Sep. 1	11	17	52	16	28	7	12	31	5	37	3	20	2	22	10 ♎	55	2	23
2	12	18	50	43	11 ♊	11	12	30	5	29	3	58	3	28	10	52	2	20
3	13	19	49	12	23	56	12	30	5	22	4	36	4	34	10	44	2	17
4	14	20	47	41	6 ♋	25	12	29	5	14	5	14	5	40	10	29	2	14
5	15	21	46	16	18	40	12	29	5	6	5	52	6	45	10	8	2	11
G 6	16	22	44	51	0 ♌	44	12	29	4	59	6	30	7	51	9	40	2	7
7	17	23	43	27	12	39	12 D	29	4	51	7	8	8	56	9	6	2	4
8	18	24	42	5	24	38	12	29	4	43	7	46	10	1	8 A	27	2	1
9	19	25	40	45	6 ♍	25	12	29	4	36	8	24	11	6	7	43	1	58
10	20	26	39	27	18	3	12	29	4	28	9	2	12	11	6	55	1	55
11	21	27	38	11	29	52	12	30	4	20	9	40	13	15	6	4	1	52
12	22	28	36	56	11 ♎	50	12	30	4	12	10	18	14	19	5	11	1	48
G 13	23	29	35	43	23	59	12	31	4	5	10	56	15	23	4	17	1	45
14	24	0 ♎	34	32	6 ♏	22	12	31	3	57	11	34	16	27	3	24	1	42
15	25	1	33	23	19	3	12	32	3	49	12	12	17	30	2	34	1	39
16	26	2	32	16	2 ♐	4	12	33	3	41	12	50	18	33	1	47	1	36
17	27	3	31	11	15	26	12	34	3	33	13	28	19	36	1	3	1	32
18	28	4	30	8	29	11	12	35	3 A	26	14	6	20	38	0	24	1	29
19	29	5	29	7	13 ♑	47	12	37	3	18	14	44	21	40	29 ♍	50	1	26
G 20	30	6	28	8	27	41	12	38	3	10	15	22	22	42	29	21	1	23

Latitudo Planetarũ ad diẽ	♄	'	♃	'	♂	'	♀	'	☿	'	
1	1	2	1	50	0	11	0	27	1	19	
11	1	0	1	54	0	13	1	10	2 A	13	Mensis
21	0	57	1 A	57	0	14	1	51	2	55	

[illegible] Syzygiæ Lunares [illegible]

	☽	Occid. ♄	Orient. ♃	Orient. ♂	Occid. ♀	Occid. ☿	Syzygię Planetarũ mutuę, & eorum congressus cum illustrioribus aliquibus stellis fixis.
Dies	H	H	H	H	H	H	
1	7△54	14☌55	5□3			2□57	
2					7□17		☍ ♃ ☿ 8.57.
3			5✱46			7△10	
4				18☍14	16△36		☾ Perig. ☌ ☋ 13.41.
5 ☍	15 57	15✱42					△ ☉ ♄ 14.0 (cũ cing. ♍
6 Asc.	25 ♌						♂ or. cum crica. ♀ m.c.
7		16□48	6☌0			12☍37	
8					21☍28		♂ or. cum hydra.
9		20△7		1△58			(cum arcturo.
10	4△11						☿ or. cum corona ♀ m.c.
11			13✱39	10□15		23△26	♀ or. cum Fidicula.
12 □	15 47						△ ♄ ☿ per orbem.
13 Asc.	27 ♌		21□44	21✱35	22△25		✱ ♂ ♀ 1.43. ♂ occ. cũ
14		11☍53				7□45	(Alge.
15	6✱42						
16			8△28		15□47	17✱10	♀ or. cũ cauda cygni. a.
17							♀ or. cum chelis.
18							☾ Apog. ☌ ☊ 13.19.
19		12△43		4☌39	19✱52		
20 ☌	19 16						✱ ♄ ♀ 6.51.
21 Asc.	13 ♎		8☍51			11☌30	
22		1□19					♀ occ. cum cing. ♍.
23							☍ ♃ ☿ 0.24.
24		11✱40		10✱21	20☌48		☿ or. cum arcturo. b.
25						23✱31	△ ♄ ♂ 15.15 ☌ ☉ ☿ 13.49
26	0✱56		2△53	20□18		Orient.	♀ occ. cum [illegible]
27			Occid.				☍ ☉ ♃ 0.14.
28 □	9 59	22☌51	7□10			1□59	♀ occ. cũ media fron. ♏
29 Asc.	0 ♏			2△31	15✱7		♀ m.c. cum corona.
30	15△28		8✱54			2△41	♀ occ. cũ sc. & cord. ♏.

a. Die 16. ♀ occ. cum vindem.
b. Die 24. ♀ m.c. cum lance boreali.
☿ Fit ♃ oriendo cum corona.

11 17 15
15 16 14

13 10 31

Syzygiæ Lunares.

		Occid.	Occid.	Orient.	Occid.	Orient.	Syzygiæ Planetarũ mutuæ, & eorum congressus cum illustrioribus aliquibus stellis fixis.
	☉	♄	♃	♂	♀	☿	
Dies	H ′	H ′	H ′	H ′	H ′	H ′	
1					19 □ 55		♀ occ. cum lucide bor.
2							☾ Perig. ☍ 136. 49.
3		1 ✱ 25		9 ☍ 16			♀ m.c. cũ pri. fron. ♏.
4			10 ☌ 0		0 △ 26	3 ☍ 21	♀ or. cum rostro gallinæ
5 ☍	21 [illegible]	3 □ 10					(32.
6 Asc.	0 [illegible]						✱ ♀ ☿ 2.20 □ ☾ ♄ 10.
7		6 △ 12		19 △ 44			♀ m.c. cum palma oph.
8			10 ✱ 51		15 ☍ 37	12 △ 47	♀ occ. cum coma Beren.
9	18 △ 40						△ ♃ ♀ 6. 39 ☌ m.c. cum
10				5 □ 19		23 □ 2	☿ m.c. cũ ant. a. (can. ♌.
11		21 ☍ 39	9 □ 4				☍ ♃ ♀ 14. 35.
12 □	8 53			17 ✱ 49			☿ m.c. cum Algorab.
13 Asc.	27 ♊		9 △ 39		19 △ 4	13 ✱ 7	☿ or. cum ancare.
14							
15	0 ✱ 50						☾ ☊ 19.22 ☿ or. cũ arct.
16		10 △ 48			11 □ 48		☾ Apog.
17				13 ☌ 40			
18			8 ☍ 4			23 ☌ 58	♂ m.c. cum rostro corui.
19		8 □ 41			4 ✱ 20		(eundem.
20 ☌	11 6						♂ or. cum vin. ☿ m. c. cũ
21 Asc.	0 ♌	10 ✱ 58					
22							□ ♄ ☿ 15.8 ☿ or. cũ coro.
23			2 △ 35	1 ✱ 39			☍ ♃ ♂ 4.22 ✱ ♀ ☿ 18.0
24					5 ☌ 51	6 ✱ 21	♀ occ. cum a[illegible].
25	10 ✱ 21		7 □ 48	9 □ 47			☿ or. cũ Algo. ☍ 160. b
26		7 ☌ 22				16 □ 32	♀ or. cum aquila. c.
27 □	17 35		10 ✱ 38	15 △ 13			☿ or. cũ spi. ♍, ♂ m.c.
28 Asc.	19 ♎				18 ✱ 14		(cum Algo. d.
29	22 △ 24					0 △ 15	☾ ☋ 11.58.
30		11 ✱ 24			22 □ 28		☾ Perig. (58.
31			13 ☌ 24	23 ☍ 0			♂ or. cũ arct. ☿ m.c. cũ

a. Die 10. ☿ m.c. cum crinis Beren.
b. Die 25. ☿ m.c. cum spica ♍.
c. Die 26. ☿ or. cum cingulo ♍.
d. Die 27. ♀ m.c. cum [illegible] ♏.

15	10
10	11
8	11

Syzygiæ Lunares.

Dies	☉	Occid. ♄	Occid. ♃	Orient. ♂	Occid. ♀	Orient. ☿	Syzygiæ Planetarũ mutuæ, & eorum congressus cum illustrioribus aliquibus stellis fixis.
Dies	H ′	H ′	H ′	H ′	H ′	H ′	
1		13□31					☿ m.c. cum ocu. ♏ [illegible]
2					3△34	15☍48	
3 ☍	12 7	18△12					☿ m.c. cum arcturo.
4 Asc.	12 ♌		21✱14				☿ m.c. cum cauda Del. a.
5				13△36			
6					11☍4		
7			4□51			22△46	✱ ☉ ♄ 9.51.
8	12△25	10☍15		1□2			☿ [illegible] ebel s.
9			14△31				♂ m.c. cum [illegible]
10				14✱34		13□14	
11 □	4 34				22△47		✱ ♄ ☿ 19.49.
12 Asc.	14 ♉						☿ apog. [illegible] 16.b.
13	20✱40	8△58				15✱0	♂ or. cum corona.
14			12☍11		12□1		□ ♃ ☿ 16.19.
15		20□3		18☌48			♀ m.c. cu corv. [illegible] spi. ♍
16					13✱50		□ ♄ ☌ 22.33 ♂ occ.
17							☍ ☉ ☿ [illegible] Alg.
18		5✱32				Occid.	☿ m.c. cum pi. fron. ♏.
19 ☌	1 54		6△5			3☌51	♃ ☿ [illegible] ♂ or. coro.
20 Asc.	16 ♓			16✱7			♂ or. cum [illegible] (cor [illegible]
21			11□54		15☌1		△ ♃ ♀ 12.35 ♂ m.c. [illegible]
22		17☌2		12□24			♂ or. [illegible] (cau. ♌).
23	20✱21		14✱40				☿ m.c. cum aulare.
24						7✱38	☿ or. cum aulare.
25				2△54	20✱28		☿ Per. [illegible] 15.47.
26 ☾	0 25	21✱3				11□7	
27 Asc.	19 ♍		18☌22		12□1.		
28	5△51					20△16	♄ occ. cum corona.
29		0□30		12☍9			
30					1△16		

a. Die 4. ☿ or. cum lucida lyræ.
b. Die 13. ♀ m.c. cum luce boreali.
c. Die 19. ☿ or. cum rostro galli. [illegible]
d. Die 30. ♂ m.c. cum spica ♍.

Syzygiæ Lunares.

Dies		☉	Occid. ♄	Occid. ♃	Orient. ♂	Occid. ♀	Occid. ☿	Syzygiæ Planetarũ mutuæ, & eorum congressus cum illustrioribus aliquibus stellis fixis.
		H ′	H ′	H ′	H ′	H ′	H ′	
1			5 △ 36					♀ m.c. cum acie [illegible].
2				3 ✶ 43				♀ or. cum aquila.
3	☍	1 24						☿ m.c. cum neb. [illegible].
4	Asc.	0 ♈		12 □ 12	7 △ 9	13 ☍ 37	0 ☍ 4	
5			23 ✶ 30					♂ m.c. cum cingulo ♍.
6				3 △ 6	20 □ 43			☌ ♃ ☿ 4.17. ♀ or. cū 67.
7								✶ ♂ ♀ 14.19 ✶ ♂ ☿
8		8 △ 11						□ ♃ ☿ 2.47.(17.31.4
9					11 ✶ 23	7 △ 48	15 △ 23	☿ Apo. ☉ 66 14.16. Di.
10			23 △ 32					
11	□	1 16		14 ☍ 12		16 □ 42		♀ or. cum neb. ♋ (illy.
12	Asc.	13 ♈					10 □ 34	♀ or. cum acu. ♏ [illegible]
13		16 ✶ 29	10 □ 22					♂ m.c. cum arcturo. c.
14					14 ☌ 11	0 ✶ 19		♂ or. cum Fidicula.
15			19 ✶ 14				3 ✶ 6	☿ or. cum neb. [illegible].
16				15 △ 58				☌ ☉ ☿ 9.41.
17						Orient.		
18	☌	15 9		21 □ 7		9 ☌ 5		
19	Asc.	2 [illegible]			6 ✶ 58			
20			5 ☌ 16				0 ☌ 36	♀ or. cū aq. et oc. cū [illegible].
21				0 ✶ 0	11 □ 27			☿ m.c. cum acu. ♏. d.
22						10 ✶ 17		□ ☉ ♃ 11.34 ☉ [illegible]
23		2 ✶ 31			14 △ 50			(19.58.e.
24			8 ✶ 55			10 □ 5	11 ✶ 32	♂ or. cum cauda Cygni.
25	□	7 36		3 ☌ 25				♂ or. cum [illegible].
26	Asc.	17 ♌	11 □ 46			11 △ 13	17 □ 35	♂ m.c. cum lance austr.
27		15 △ 24						
28			17 △ 5		1 ☍ 24			♂ occ. cum vindem.
29				13 ✶ 26			2 △ 7	
30						21 ☍ 36		♂ occ. cum lance austr.
31				23 □ 0				

a. Die 7. ☌ ♀ ☿ 16.0 ♄ m.c. cum rost. galli.
b. Die 9. ☿ or. cum cauda Del.
c. Die 13. ☿ m.c. cum neb. ♋.
d. Die 21. ☿ m.c. cum rostro galli.
e. Die 22. ☌ ♄ ☿ 18.12.
f. Die 24. ☿ m.c. cum aquila.

EPHEMERIS IOANNIS ANTONII MAGINI PATAVINI

Ad annum Dominicæ Incarnationis

1608.

Intercalarem, qui est annus 26. post Kalendarij Gregorianam restitutionem, & ab initio Mundi 5570.

Figura cœli in ingressu Solis in ♈ æquinoctium veris.

123 58

Martij

D H ′ ″

20 8 15 54

P. M.

Præcedente ☌ luminarium in par. 25.36. ♓.

Anni Tropici vera magnitudo.

Dierum 365. *Horarum* 5. *Scr.* 55. 32′. 19″. 25‴.

ANNO VIRGINEI PARTVS 1668. Bissextili.

			D.	H.	′	″
Ingressus ☉ in principium	♋, Seu solstitij æstiui.	Iunij	21	4	32	47
	♎, Seu æquinoctij autumni	Septemb.	22	16	4	1
	♑, Seu solstitij hiemalis	Decemb.	21	10	45	13

	P.	′	″	‴
Vera præcessio Æquinoctiorum	28	9	38	36
Obliquitas Zodiaci	23	28	2	28

Eccentricitas ☉ 32211. Qualium semidiameter eccentrici ☉ par. 1000000, seu par. 1.55′.57″.32‴. Qualium P. 60.

		P.	′	″			
Locus Apogæi	♄	29	32	49	♐	Aureus Numerus	13
	♃	6	55	38	♎	Cyclus Solis	21
	♂	28	41	34	♌	Epacta	13
	☉	9	42	24	♋	Indictio Romana	6
	♀	16	30	30	♊	Littera Dominicalis	F E
	☿	0	34	47	♐	Interuallum hebd. 7. Dies	5

Festa mobilia secundum Sacrosanctæ Romanæ Ecclesiæ vsum iuxta annum reformatum.

Septuagesima	Februarij	5
Cinis	Februarij	28
Pascha	Aprilis	6
Rogationes	Maij	12
Ascensio Domini	Maij	15
Pentecostes	Maij	25
Corpus Christi	Iunij	5
Aduentus Domini	Nouemb.	30

Quatuor Tempora anni, seu Ieiunia	Februarij	27	29	Mar. 1
	Maij	28	30	31
	Septembris	17	19	20
	Decembris	17	19	20

Deliquium Solare anno 1608.

Die 31. Iulij H. 4. 7'. 42''. à meridie numeratis, & iuxta æquationis dierum canonem correctis congrediunt luminaria secundum suos veros motus in par. 17. 49'. 1''. ♌ apud ☊ caput; sed secundum motus apparentes, seu visus accidet H. 4. 55'. 30''. nam distantia veræ copulæ à visibili est H. 0. 51'. 48''. addenda, quoniam accidet in quadrante cœli occidentali, cum parallaxis in longitudine sit 23'. 55''. Elongantur verò luminaria à Zenith, seu vertice nostro tempore visibilis coniunctionis par. 61. 37'. quo tempore Solis anomalia reperitur par. 39. 14'. 50''. & eius semidiameter 15'. 5[illegible]. Lunæ autem anomalia est par. 314. 50'. 19''. & eius semidiameter 15'. 20''. & eius latitudinis [illegible] motus ad tempus visæ copulæ est par. 273. 38'. 53''. vera autem latitudo 58'. 36''. 8 [illegible] cum parallaxis, seu diuersitas aspectus latitudinis sit 41'. 19''. Aquilonaris. Itaque latitudo Lunæ apparens erit 22'. 41''. Aquilonaris. Ad principium verò defectus apparens latitudo erit 24'. 31''. Austr. et ad exitum 20'. 50''. similiter Austr. Digiti pariter Solis ab opacitate [illegible] tollerentur 3. 14'. & tempus incidentiæ H. 0. 51'. 43''. sed emersionis, seu recuperationis luminis H. 0. 40'. 58''.

		H.	scr.		
Huius deliquij Solis digitorum 3. 14'.	*Principium spectabitur*	4	8	*P. M.*	*Et sic à principio usque ad finem pertransient H. 1. scr. 39.*
		21	4	*Horol.*	
	Medium, seu vera ☌	5	0	*P. M.*	
		21	56	*Horol.*	
	Finis continget	5	47	*P. M.*	
		22	43	*Horol.*	

Parallaxis, seu diuersitas aspectus in infrascriptis locis.

	Punct.						
Magnitudo huius Eclipsis ☉ erit	4	44	*In climate*	*Quarto, &*	*gr.*	36	*Eleuationis poli.*
	3	45		*Quinto, &*	*gr.*	41	
	3	14		*Sexto, &*	*gr.*	45	
	2	26		*Septimo, &*	*gr.*	49	
	2	[illegible]1		*Octauo, &*	*gr.*	52	

Typus Prædicti defectus Solis quemadmodum in sexto climate apparebit.

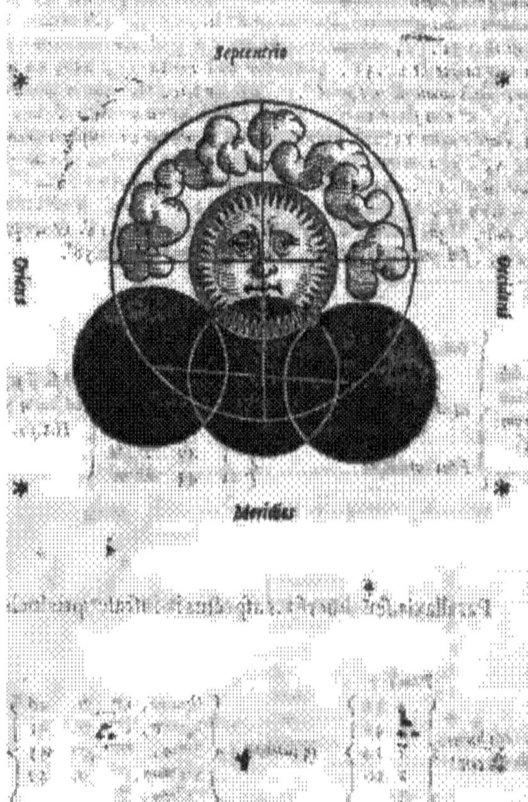

Planetarum status.

♄ Hoc anno ab Apogæo Eccentri incedit versus longitudinem mediam.
Die 13. Ianuarij in Apogæo } Epicycli inuenitur.
Die 19 Iulij in Perigæo
Mouetur in præcedentia à die 10. Maij vsque in 28. Septembris.

♃ Recedit paulatim ab opposito augis versus medietatem sui Eccentrici.
Die 13. Aprilis Apogæum } Parui orbis possidet.
Die 2. Octobris Perigæum
Retrogradus fit à 2. Septemb. vsque ad penultimum Decembris.

♂ Die vltimo Augusti per inferiora sui Eccentrici discurrit.
Die vltimo Iulij inferiora Epicycli tenet.
Reuertitur in priora à calce Iunij vsque ad exitum Augusti.

♀ Die
7. Iunij summum } Absidis Eccentri tenet.
7. Decemb. imum
Vltimo Septembris per superiorem Epicycli partem defertur.
5. Ianuarij liberabitur à retrogressione, & inde semper progredietur.

☿ Die
22 Maij in Perigæo } Eccentrici inuenitur.
21 Nouemb. in Apogæo
15 Ianuarij in Perigæo } Epicycli est.
13 Martij in Apogæo
11 Maij in Perigæo
8 Iulij in Apogæo
5 Septemb. in Perigæo
1 Nouemb. in Apogæo
28 Decemb. in Perigæo
5 Ianuarij vsque ad 28. eiusdem } Regressiones complet.
30 Aprilis vsque post 22. Maij
24 Augusti vsque post 16. Septemb.
18 Decemb. vsq; in futurum annum

	☉ ♑		☽ ♋		S ♄ ♑	D	M ♃ ♈	A	S ♂ ♐
	′	″	P	′	P	′	P	′	P
	59	8	1	48	20	18	1	17	13
	0	8	14	1	20	25	1	24	14
	1	15	26 ♌	4	20	32	1	31	14
	2	21	8	1	20	40	1	39	15
	3	28	19 ♍	54	20	47	1	46	16
	4	34	1	48	20	54	1	54	16
	5	40	13	45	21	1	2	2	17
	6	45	25	48	21	8	2	10	17
	7	50	7 ♎	59	21	15	2	18	18
	8	55	20	22	21	22	2	26	19
	10	0	2 ♏	58	21	30	2	35	19
	11	4	15	49	21	37	2	43	20
	12	8	28 ♐	57	21	44	2	52	21
	13	12	12	25	21	51	3	1	21
	14	14	26 ♑	13	21	58	3	10	22
	15	16	10	21	22	6	3	19	22
5	16	17	24 ♒	47	22	13	3	28	23
7	17	18	9	27	22	20	3	38	23
8	18	18	24 ♓	16	22	27	3	47	24
9	19	18	9	9	22	34	3	57	25
0	20	17	23 ♈	58	22	41	4	7	26
1	21	15	8	39	22	49	4	17	26
2	22	12	22 ♉	55	22	56	4	27	27
3	23	9	6	54	23	3	4	37	27
4	24	5	20 ♊	30	23	11	4	47	28
5	25	0	3	43	23	18	4	58	29
6	25	54	16	34	23	25	5	8	29
7	26	47	29	5	23	33	5	18	0 ♓
8	27	39	11 ♋	20	23	39	5	29	0

		Occid.	Occid.	Orient.	Orient.	Occid.	
	Syzygiæ Lunares.						Syzygiç Planetarū mutuę, & eorum congressus cum illustrioribus aliquibus stellis fixis.
	☉	♄	♃	♂	♀	☿	
Dies	H ′	H ′	H ′	H ′	H ′	H ′	
1 ☍	17 35						
2 Asc.	13 ♓	12 ☍ 52		0 △ 18			
3			11 △ 4			2 ☍ 9	
4				15 □ 57	19 △ 17		♄ m.c. cum aquila.
5							☾ Apog. ☌ ☊ 12.41. a
6							♂ occ. cum cing. ♍.
7	5 △ 7	14 △ 37		7 ✱ 36	7 □ 47		
8			12 ☍ 41			2 △ 7	
9 □	21 25				19 ✱ 23		
10 Asc.	26 ♒	2 □ 0				10 □ 21	✱ ☾ ♂ 4.0.
11							
12	10 ✱ 38	10 ✱ 43		8 ☌ 51		13 ✱ 37	☌ ☾ ♄ 11.33 (ecn ♏
13		Orient.	7 △ 3				♂ m.c. cū coro. ♂ occ. cū
14					11 ☌ 45		☌ ☾ ☿ 1.45. ✱ ♄ ♂ 5.0.
15			11 □ 56			Orient.	✱ ♂ ☿ 3.26. ☌ ♄ ☿
16		19 ☌ 41		21 ✱ 49		17 ☌ 47	(12.50.
17 ☌	2 32		14 ✱ 23				
18 Asc.	2 ♋				18 ✱ 27		♂ oc. cū media fron. ♏.
19				0 □ 57			☾ Perig. ☌ ☋ 1.38.
20		21 ✱ 56			20 □ 32	14 ✱ 27	♂ m.c. cum media fr. ♏.
21	12 ✱ 14		16 ☌ 52	3 △ 29			
22						14 □ 56	♂ oc. cū ne. & corde ♏.
23 □	17 23	0 □ 2			0 △ 6		☿ m.c. cum acu. ♏.
24 Asc.	0 ♑					16 △ 7	
25		4 △ 55		15 ☍ 10			✱ ☾ ♃ 11.2.
26	3 △ 27		2 ✱ 21				♂ or. cum rostro gall. b.
27					17 ☍ 54		♂ occ. cum bor. lan. (70.
28			12 □ 22				☿ or. cū ne. ♏ ♂ m.c. cū
29						8 ☍ 52	
30		0 ☍ 48		17 △ 54			
31 ☍	11 38		1 △ 12				
Asc.	29 ♎						

a. Die 5. ♂ m.c. cum bor. lance.

b. Die 26. ♀ or. cum aquila volante, & occ. cum arcturo.

☿ Fit dir. or. cum neb. ♏.

♀ Fit directa culminando cum aculeo ♏.

Positus Planetarum Diurnus.

Dies Anni Iuliani	Dies Anni Gregor.	☉ ♒ °	′	″	☾ ♌ °	′	♄ ♑ S D °	′	♃ ♈ M A °	′	♂ ♓ S D °	′	♀ ♓ S D °	′	☿ ♑ S D °	′	☊ ♌ °	′
22	1	11	30	9	16	59	24	0	6	1	2	46	28	51	16	41	24	49
23	2	12	30	57	28 ♍	41	24	7	6	12	3	23	29 ♈	36	17	13	24	45
F 24	3	13	31	44	10	24	24	14	6	23	4	0	0	22	17	50	24	42
25	4	14	32	29	22 ♎	11	24	21	6	34	4	37	1	9	18	32	24	39
26	5	15	33	13	4	4	24	28	6	45	5	14	1	57	19	19	24	36
27	6	16	33	56	16	7	24	34	6	57	5	50	2	46	20	11	24	33
28	7	17	34	37	28 ♏	23	24	41	7	8	6	27	3	35	21	7	24	29
29	8	18	35	17	10	55	24	48	7	20	7	4	4	25	22	7	24	26
30	9	19	35	50	23 ♐	45	24	55	7	32	7	40	5	16	23	11	24	23
F 31	10	20	36	33	6	50	25	1	7	43	8	17	6	7	24	19	24	20
Feb. 1	11	21	37	9	20 ♑	29	25	8	7	55	8	54	6	59	25	31	24	16
2	12	22	37	43	4	24	25	15	8	7	9	31	7	51	26	46	24	13
3	13	23	38	16	18 ♒	40	25	21	8	19	10	7	8	44	28	4	24	9
4	14	24	38	49	3	16	25	28	8	31	10	44	9	38	29	25	24	6
5	15	25	39	18	18 ♓	6	25	34	8	43	11	20	10	32	0 ♒	48	24	3
6	16	26	39	47	3	4	25	41	8	55	11	57	11	27	2 M	14	24	0
F 7	17	27	40	14	18 ♈	5	25	48	9	8	12	53	12	22	3	42	23	57
8	18	28	40	40	3	0	25	54	9	20	13	10	13	18	5	13	23	54
9	19	29	41	4	17 ♉	42	26	1	9	33	13	46	14	14	6	46	23	50
10	20	0 ♓	41	27	2	6	26	7	9	45	14	23	15	11	8	21	23	47
11	21	1	41	48	16	3	26	13	9	58	14	59	16	8	9	58	23	44
12	22	2	42	7	29 ♊	47	26	20	10	10	15	36	17	6	11	37	23	41
13	23	3	42	25	13	3	26	26	10	23	16	12	18	4	13	17	23	38
F 14	24	4	42	41	25 ♋	56	26	32	10	36	16	49	19	3	14	58	23	35
15	25	5	42	55	8	29	26	39	10	48	17	25	20	2	16	40	23	31
16	26	6	43	8	20 ♌	42	26	45	11	1	18	2	21	2	18	24	23	28
17	27	7	43	19	2	41	26	51	11	14	18	38	22	2	20	9	23	25
18	28	8	43	28	14	32	26	57	11	27	19	14	23	2	21	55	23	22
19	29	9	43	35	26	15	27	3	11	40	19	51	24	3	29	42	23	13

Latitudo Planetarũ ad diẽ	♄ °	′	♃ °	′	♂ °	′	♀ °	′	☿ °	′	
1	0	37	1	17	0	30	4	6	1	20	
11	0	37	1	13	0	34	3	33	0 M	41	Meafis
21	0	37	1	11	0	31	2	42	0	45	

Syzygiæ Lunares.

		Orient.	Occid.	Orient.	Orient.	Orient.	Syzygiæ Planetarũ mutuæ, & eorum congressus cum illustrioribus aliquibus stellis fixis.
	☉	♄	♃	♂	♀	☿	
Dies	H ′	H ′	H ′	H ′	H ′	H ′	
1							☽ ☊ 16.0
2				10 □ 9	1 △ 0		☽ Apog. ♂ m.c. cũ ant.
3						16 △ 5	
4		4 △ 25			19 □ 25		♃ or. cũ cor. ♌, et ♀ cũ [illegible]
5			5 ☍ 27	2 ✱ 15			
6	0 △ 56	16 □ 41				8 □ 36	♂ occ. cum coma Beren.
7					10 ✱ 40		
8 ☐	15 26					22 ✱ 52	△ ♃ ♂ 16.0.
9 Asc.	19 ♐	2 ✱ 8					♀ m.c. cum Fidicula.
10			1 △ 22	20 ☌ 30			☌ ♄ ☿ 15.30. a
11	2 ✱ 6						♀ m.c. cum neb. ♐.
12			6 □ 20		6 ☌ 12		□ ♃ ♀ 9.12.
13		18 ☌ 4				17 ☌ 0	
14			8 ✱ 36	12 ✱ 35			♀ or. cum neb ♐.
15 ☌	12 51						☽ ☋ 9.31.
16 Asc.	14 ♒			14 □ 48	14 ✱ 16		☽ Pe. ♀ or cũ arcu ♐. b
17		12 ✱ 31					
18			10 ☌ 19	17 △ 18	17 □ 57	4 ✱ 3	
19	21 ✱ 27	13 □ 57					
20						11 ○ 5	
21		17 △ 53			0 △ 0		✱ ♃ ☿ 3.0 ☿ or. [illegible] ♏
22 ☐	5 35		19 ✱ 6				♀ m.c. cum rostro galli.
23 Asc.	6 [illegible]			6 ☍ 10		0 △ 28	♀ occ. cum corona.
24	18 △ 15						
25			4 □ 38				✱ ♂ ☿ 10.7. ♂ m.c. cum
26		12 ☍ 20			0 ☍ 38		♀ or. cũ cau. [illegible] c
27			17 △ 35				
28				10 △ 8		17 ☍ 42	☽ ☊ 18.0.
29							♂ occ. cum arcturo.

a. Die 10. ♂ or. cum corde ♌.
b. Die 16. ♀ occ. cum neb. oculi ♐.
c. Die 25. ♀ m.c. cum aquila.

Anni Correcti	Anni Gregor.	Positus Planetarum Diurnus.																		
							S	A	M	A	S	D	S	D	M	D		
		☉ ♓			☽ ♍		♄ ♑		♃ ♈		♂ ♐		♀ ♑		☿ ♒		☊ ♌	
Dies		P	′	″	P	′	P	′	P	′	P	′	P	′	P	′	P	′
20	1	10	43	40	7	53	27	9	11	53	20	27	25	4	25	30	23	16
E 21	2	11	43	49	19 ♎	30	27	15	12	7	21	3	26	5	27	19	23	13
22	3	12	43	40	1	10	27	21	12	20	21	39	27	7	29 ♓	8	23	9
23	4	11	43	46	13	57	27	26	12	33	22	15	28	9	0	18	23	6
24	5	14	43	41	24 ♏	54	27	32	12	47	22	51	29	11	2	48	23	3
25	6	15	43	40	7	4	27	38	13	0	23	27	0 ♒	14	4	39	23	0
26	7	16	43	34	19 ♐	31	27	43	13	14	24	3	1	16	6 A	30	22	57
27	9	17	43	27	2	17	27	49	13	28	24	39	2	19	8	22	22	54
E 28	9	18	43	18	15	25	27	54	13	41	25	15	3	22	10	14	22	51
29	10	19	43	7	28 ♑	56	27	59	13	55	25	50	4	25	12	6	22	48
Ma. 1	11	20	42	54	12	51	28	5	14	9	26	26	5	29	13	59	22	44
2	12	21	42	30	27	8	28	11	14	23	27	1	6	33	15	52	22	41
3	13	22	42	21	11 ♒	45	28	16	14	36	27	37	7	37	17	45	22	38
4	14	23	42	3	26	37	28	21	14	50	28	12	8	41	19	38	22	35
5	15	24	41	42	11 ♓	37	28	26	15	4	28	48	9	46	21	31	22	32
E 6	16	25	41	19	26	27	28	31	15	18	29	23	10	51	23	25	22	29
7	17	26	40	54	11 ♈	31	28	36	15	32	29 ♑	59	11	56	25	19	22	25
8	18	27	40	28	26	12	28	41	15	46	0	34	13	1	27	13	22	22
9	19	28	40	0	10 ♉	56	28	46	16	0	1	9	14	7	29 ♈	5	22	19
10	20	29	39	29	24	38	28	50	16	14	1	45	15	12	0	58	22	16
11	21	0 ♈	38	57	8 ♊	12	28	55	16	28	2	20	16	18	2	50	22	13
12	22	1	38	23	21	36	29	0	16	42	2	55	17	24	4	42	22	10
E 13	23	2	37	47	4 ♋	33	29	4	16	56	3	30	18	30	6	34	22	6
14	24	3	37	8	17	11	29	9	17	11	4	5	19	36	8	25	22	3
15	25	4	36	27	29 ♌	32	29	13	17	25	4	40	20	43	10	16	22	0
16	26	5	35	44	11	38	29	17	17	39	5	15	21	49	11	6	21	57
17	27	6	34	59	23 ♍	34	29	22	17	53	5	50	22	56	13	56	21	54
18	28	7	34	14	5	22	29	26	18	7	6	24	24	3	15	45	21	51
19	29	8	33	24	17	5	29	30	18	22	6	59	25 M	10	17	33	21	47
E 20	30	9	42	34	28	46	29	34	18	36	7	34	26	17	19	20	21	44
21	31	10	31	42	10 ♎	30	29	38	18	50	8	8	27	24	21	5	21	41

Latitudo Planetarũ ad diẽ		♄		♃		♂		♀		☿		
	1	0	37	1	9	0	28	1	0	1 A	14	
	11	0	37	1	8	0	20	1	15	1	40	Mensis
	21	0	38	1	7	0	13	0 M	28	1	11	

Syzygiæ Lunares.

Dies	☽	Orient. ♄	Occid. ♃	Orient. ♂	Orient. ♀	Orient. ☿	Syzygiæ Planetarũ mutuę, & eorum congressus cum illustrioribus aliquibus stellis fixis.
	H ′	H ′	H ′	H ′	H ′	H ′	
1 ☍	6 20						☽ ap. ♂ or. cum aquila.
2 Asc.	20 ♍	16 △ 4		7 □ 22	14 △ 52		♀ or. cum cap. Med.
3			23 ☍ 10				☌ ♄ ♀ 5.34 ♄ m.c. cum
4				19 ✱ 40			(cor. ♌ a.
5		5 □ 14			9 □ 15	18 △ 21	
6	18 △ 10						
7		15 ✱ 33					♀ m.c. cum cauda Del.
8			20 △ 45		0 ✱ 4	22 □ 58	
9 □	6 14			18 ☌ 15			
10 Asc.	15 ♍						♀ m.c. cum cauda cygni.
11	14 ✱ 12		2 □ 13			2 ✱ 16	
12		1 ☌ 45			16 ☌ 40		
13			4 ✱ 41				☽ ☋ 17.30.
14				2 ✱ 38			
15 ☌	12 22					18 ☌ 9	☽ Per. ♂ or. cũ cau. Del.
16 Asc.	27 ♊	5 ✱ 4		4 □ 39			
17			6 ☌ 40		0 ✱ 40		(19.47. b.
18		4 □ 10		7 △ 34			☌ ☉ ☿ 12.41. ✱ ♄ ☿
19					6 □ 31	Occid.	✱ ☉ ♄ 2.37. ☿ oc. cũ aq.
20	♀ ✱ 31	7 △ 16				12 ✱ 53	□ ♂ ☿ 9.21 ♀ oc. cũ ca. ♌ a
21			15 ✱ 0		15 △ 44		✱ ♃ ☿ 4.37.
22 □	20 7			21 ☍ 54			♀ m. c. cum cauda ♌.
23 Asc.	26 ♉					4 □ 29	
24		23 ☍ 22	0 □ 0				☿ or. cum cor. ♈.
25	10 △ 50						□ ☽ ♂ 4.0 ♂ m.c. cũ ly.
26			13 △ 20		13 ☍ 38	0 △ 58	☽ ☊ 20.4 ♀ or. cũ ca. ♌
27							♃ ortũ luc. ♂ ☌ cũ ne.
28				3 △ 8			♂ m.c. cũ ne. ♓ (♓ .c.
29							☽ Ap. ☌ ♃ ♀ 12.39.
30		1 △ 39		18 □ 55			♂ or. cũ aqu. [illegible], et oc. cũ
31 ☍	0 [illegible]		17 ☍ 13				☿ or. cũ hœdis (neb. ♓) .d.
Asc.	1 ♌						

a. Die 3. ♂ m. c. cum neb. caudæ ♒, & ♀ cum cor. ♌.
b. Die 18. ♀ occ. cum Fomah.
c. Die 27. ♃ occ cum cauda cygni.
d. Die 29. ♀ occ. cum cauda Del.

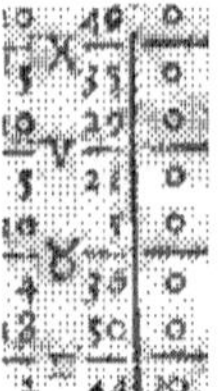

Syzygiæ Lunares.

		Orient.	Occid.	Orient.	Orient.	Occid.	
	☉	♄	♃	♂	♀	☿	Syzygiæ Planetarũ mutuæ, & eorum congressus cum illustrioribus aliquibus stellis fixis.
Dies	H ′	H ′	H ′	H ′	H ′	H ′	
1		14 □ 53			13 △ 44	1 ☍ 15	☿ or. cum dex. hu. Auri.
2				10 ✶ 21			☿ or. cum cap. Med. a.
3							
4		2 ✶ 0			6 □ 15		♃ or. cum de. hum. Aur.
5	7 △ 38		15 △ 43				□ ♄ ♀ 4.15.
6					18 ✶ 22	13 △ 23	
7 □	17 16		21 □ 7	7 ☌ 8			☿ occ. cum lyra.
8 Asc.	10 ♈	13 ☌ 39				23 □ 36	♂ or. cum neb. [illegible]
9	23 ✶ 6						♀ m. c. cum Fom. b.
10			0 ✶ 41				☽ [illegible] 0.22.
11				14 ✶ 45	7 ☌ 24	6 ✶ 12	☌ ☉ ♃ 4.16.
12		15 ✶ 55	Orient.				☽ Per. ♂ orc. cũ corona.
13				17 □ 11			☿ or. cum Fomah.
14 ☌	7 33	17 □ 5	3 ☌ 12				✶ ♂ ☿ 2.40.
15 Asc.	5 [illegible]			21 △ 4	18 ✶ 1	18 ☌ 23	
16		20 △ 8					♂ m. c. cũ rostro galli.
17							☿ or. cũ ple. b. (15.34
18	23 ✶ 12		12 ✶ 36		3 □ 6		△ ♂ ☿ 6.0. ✶ ♂ ♀
19							
20			21 □ 27	13 ☍ 33	16 △ 0	15 ✶ 45	□ ☉ ♄ 12.0.
21 □	12 35	10 ☍ 39					
22 Asc.	11 30						♂ m. c. cum aquila.
23			9 △ 5			6 □ 5	☽ ☊ 1.16.
24	4 △ 35						
25				19 △ 14		21 △ 8	♃ m. c. cum cor. ♌.
26		10 △ 6			2 ☍ 57		☽ Apog.
27							
28		21 □ 26	11 ☍ 58	8 □ 13			
29 ☍	15 41						✶ ♄ ♀ 5.39. (21.20.
30 Asc.	4 ♈			21 ✶ 56		21 ☍ 48	△ ♄ ☿ platicè. △ ♂ ♀

a. Die 2. ♀ occ. cum rostro gallinæ.
b. Die 17. ♀ occ. cum lucida Eridani.

$$\begin{matrix} 14 & & 4 \\ \frac{29}{13} & ♉ & \frac{1}{2} \end{matrix}$$

Syzygiæ Lunares.

Dies	☉	Orient. ♄	Orient. ♃	Orient. ♂	Orient. ♀	Occid. ☿	Syzygiæ Planetarum mutuæ & eorum congressus cum illustrioribus aliquibus stellis fixis.
	H	H	H	H	H	H	
1		9 ✱ 7			14 △ 19		
2							
3			9 △ 31				
4	17 △ 8				3 □ 17		♀ or. cum cor. ♌.
5		21 ☌ 57	15 □ 36	15 ☌ 50		8 △ 30	□ ♃ ♂ 4.48.
6					12 ✱ 11		♂ m.c. cum cor. ♌.
7 □	0 ♍		19 ✱ 0			8 □ 52	☽ [illegible] 3.28.
8 Asc.	2 ♍						
9	5 ✱ 24			22 ✱ 56		7 ✱ 26	☌ ☿ ♀ 22.54.
10		1 ✱ 12			21 ☌ 41	Orient.	☿ Perig.
11			23 ☌ 10				
12		2 □ 39		2 □ 10			☿ or. cum pleia.
13 ☌	16 47					4 ☌ 59	☌ ♄ ♂ 1.39 ♀ m.c. cum [illegible]
14 Asc.	23 ♉	6 △ 24		7 △ 16			cingul. a
15					16 ✱ 20		♀ or. cum dextr. Aurig.
16			9 ✱ 56				
17						10 ✱ 50	
18	14 ✱ 22	20 ☍ 17	19 □ 23		5 □ 30		
19				1 ☍ 30		19 □ 8	(♌
20					21 △ 33		☊ 7.18 ♀ m.c. cum cor.
21 □	5 39		6 △ 35				□ ♄ ♃ 3.15 △ ☉ ♄ 18.18.
22 Asc.	10 [illegible]					4 △ 24	☿ m.c. pl. ♂ m.c. [illegible]
23	22 △ 58	17 △ 50					☽ Apog. [illegible] cor. ♌
24				2 △ 38			□ ♄ ♀ 16.26. ♀ occ. c[illegible]
25							☌ ♃ ♀ 1.4.
26		5 □ 0	7 ☍ 30	16 □ 48	9 ☍ 1		□ ♂ ☿ platin.
27						5 ☍ 52	
28		14 ✱ 52					△ ☉ ♂ 16.0.
29 ☍	4 52			4 ✱ 3			♀ or. cum [illegible]
30 Asc.	7 [illegible]						
31			2 △ 30		13 △ 18		□ ♂ ♀ 1.20.

a. Die 13. ☿ or. cum hyad.
b. Die 15. ♂ m.c. cum cauda Del.
c. Die 22. ♃ occ. cum cor. ♌.
☿ fit [illegible] oriendo cum pleia.

Positus Planetarum Diurnus.

Dies Iuliani	Dies Gregor.	☉ ♊ P	☉ M	☉ S	☽ ♑ P	☽ M	♄ ♒ P (S A)	♄ M	♃ ♉ P (M D)	♃ M	♂ ♒ P (M D)	♂ M	♀ ♉ P (M A)	♀ M	☿ ♉ P (M A)	☿ M	☊ ♌ P	☊ M
22	1	10	41	16	14	55	0	35	3	16	8	41	9	29	17	9	18	24
23	2	11	38	47	28	39	0	32	3	29	9	8	10	40	18	9	18	21
24	3	12	30	17	12 ♒	41	0	29	3	42	9	25	11	52	19	23	18	17
25	4	13	33	46	26	58	0	26	3	54	9	40	13	3	20	31	18	14
26	5	14	31	15	11 ♓	25	0	24	4	7	9	59	14	15	21	33	18	11
27	6	15	28	45	25	56	0	21	4	20	10	17	15	26	22	48	18	8
28	7	16	26	10	10 ♈	25	0	19	4	32	10	35	16	38	24	6	18	5
29	8	17	23	36	24	47	0	16	4	45	10	52	17	49	25	27	18	2
30	9	18	21	1	8 ♉	57	0	14	4	57	11	9	19	1	26	51	17	58
31	10	19	18	25	22	51	0	11	5	10	11	25	20	13	28	17	17	55
Iun. 1	11	20	15	49	6 ♊	28	0	8	5	22	11	41	21	25	29	46	17	52
2	12	21	13	12	19	47	0	5	5	34	11	56	22	36	1 ♊	17	17	49
3	13	22	10	35	2 ♋	49	0 ♑	2	5	46	12	10	23	48	2	50	17	46
4	14	23	7	57	15	36	29	59	5	58	12	23	25	0	4	25	17	42
5	15	24	5	19	28 ♌	10	29	55	6	10	12	36	26	12	6	2	17	39
6	16	25	2	40	10	33	29	52	6	22	12	48	27	24	7	41	17	36
7	17	26	0	1	22 ♍	50	29	49	6	33	12	59	28	36	9	21	17	33
8	18	26	57	21	5	2	29	45	6	45	13	10	29	48	11	3	17	30
9	19	27	54	41	17	13	29	42	6	57	13	20	1 ♊	0	12	40	17	26
10	20	28	52	1	29 ♎	22	29 D	38	7	8	13	29	2	12	14	30	17	23
11	21	29	49	21	11	32	29	34	7	19	13	38	3	24	16	15	17	20
12	22	0 ♋	46	40	23	47	29	30	7	31	13	46	4	36	18	[illegible]	17	17
13	23	1	43	59	6 ♏	9	29	26	7	43	13	53	5	48	19	48	17	14
14	24	2	41	18	18	40	29	22	7	53	13	59	7	0	21	36	17	11
15	25	3	38	36	1 ♐	23	29	18	8	4	14	4	8	13	23	25	17	7
16	26	4	35	54	14	19	29	14	8	15	14	9	9	25	25	14	17	4
17	27	5	33	12	27 ♑	32	29	9	8	26	14	13	10	37	27	4	17	1
18	28	6	30	30	10	59	29	5	8	36	14	16	11	50	28	54	16	58
19	29	7	27	47	24 ♒	45	29	1	8	47	14	18	13	2	0 ♋	45	16	55
20	30	8	25	4	8	48	28	56	8	57	14 ℞	19	14	14	2 S	30	16	52

Latitudo Planetarũ ad diẽ		♄ P	♄ M	♃ P	♃ M	♂ P	♂ M	♀ P	♀ M	☿ P	☿ M	
	1	0	40	1	10	2	14	1	34	3	59	
	11	0 D	41	1	12	2	55	1	19	3	6	Menfis
	21	0	41	1	15	3	35	1	8	1 S	18	

Syzygiæ Lunares.

Dies	☽	Orient. ♄	Orient. ♃	Orient. ♂	Orient. ♀	Orient. ☿	Syzygiæ Planetarũ mutuæ, & eorum congressus cum illustrioribus aliquibus stellis fixis.
	H ′	H ′	H ′	H ′	H ′	H ′	
1						4 △ 13	
2	27 △ 10	3 ☌ 11	8 ☐ 23	18 ☌ 10	22 ☐ 30		
3						12 ☐ 2	☽ ☋ 9.22. ♀ m. cũ pl.
4			12 ✱ 41				♀ m.c. cum cap. Med.
5 ☐	5 57				5 ✱ 6	18 ✱ 19	☽ Perig.
6 Asc.	25 ♒	7 ✱ 17					♀ m.c. cum acar.
7	10 ✱ 45			0 ✱ 20			♀ or. cũ vlt. pl. et m.c. in
8		9 ☐ 15	17 ☌ 8				♀ occ. cum Rig. (22.
9				3 ☐ 52	19 ☌ 2		
10		12 △ 53				10 ☌ 45	
11				9 △ 38			△ ♄ ☿ 5.37.
12 ☌	2 17						♀ m.c. cum pleia.
13 Asc.	26 ♎		5 ✱ 39				♂ occ. cum Fomah.
14					19 ✱ 50		♃ or. cum Fomah. a.
15		3 ☍ 26	15 ☐ 44			17 ✱ 36	☿ or. cũ bi. ♀ oc. cũ 23. cu.
16				4 ☍ 28			☿ ☊ 13.43 ♀ or. cũ Bel.
17	6 ✱ 44				12 ☐ 35		☌ ♄ ♀ 12.32. ♂ oc. cũ aq.
18			3 △ 36			13 ☐ 47	♀ or. cum Aldeb. b.
19 ☐	23 4						☽ ap. △ ♂ ☿ 8.35 ♀
20 Asc.	18 ♍	0 △ 34			6 △ 13		(m.c. cum hiad.
21				4 △ 12		10 △ 47	
22	14 △ 43	13 ☐ 2					♀ m.c. cum Aldeb.
23			3 ☍ 9	14 ☐ 57			
24		20 ✱ 5					♀ or. cũ hia. ☌ oc. cũ 141
25				23 ✱ 42	15 ☍ 58		
26						23 ☍ 4	
27 ☍	15 28		19 △ 41				♀ m.c. cum hiad.
28 Asc.	25 ♊						☿ or. cum Aldeb.
29		7 ☌ 15					♀ m.c. cũ cap. (16.16.
30			0 ☐ 16	9 ☌ 14	9 △ 56		△ ♂ ♀ 1.40. ✱ ☉ ♃

a. *Die 14. ☿ occ. cum hiad. & pleiadibus.*

b. *Die 18. ♂ occ. cum cauda ♑. ♀ occ. cum vltima hiad & cane maiore.*

c. *Die 30. ☽ ☋ 13.19. ☿ or. cum Bella. & Apoll. ♀ m.c. cum sin. hu. Or. & Rig. & oc. cũ a.d. ♂ Pas ♏ in fine mensis oriendo cum cauda ♑.*

Positus Planetarum Diurnus.

Stylo veteri	Stylo Gregor.	☉ ♋	☽ ♒	♄ ♑	♃ ♉	♂ ♒	♀ ♊	☿ ♋	☊ ♌
				S D	M D	M D	M A	S A	
Dies		P ' "	P '	P '	P '	P '	P '	P '	P '
21	1	9 22 21	23 ♓ 7	28 52	9 7	14 18	15 27	4 28	16 48
22	2	10 19 38	7 37	28 47	9 18	14 17	16 39	6 20	16 45
23	3	11 16 55	22 ♈ 11	28 42	9 28	14 15	17 51	8 12	16 42
24	4	12 14 13	6 43	28 38	9 38	14 13	19 4	10 5	16 39
25	5	13 11 31	21 ♉ 10	28 33	9 48	14 10	20 16	11 58	16 36
E 26	6	14 8 49	5 23	28 29	9 58	14 6	21 29	13 51	16 33
27	7	15 6 7	19 ♊ 20	28 24	10 8	14 1	22 41	15 43	16 29
28	8	16 3 25	2 57	28 19	10 17	13 55	23 54	17 38	16 26
29	9	17 0 44	16 14	28 15	10 27	13 49	25 6	19 32	16 23
30	10	17 58 3	29 ♋ 13	28 10	10 36	13 42	26 19	21 26	16 20
Iul. 1	11	18 55 22	11 55	28 5	10 46	13 34	27 31	23 20	16 17
2	12	19 52 41	24 ♌ 23	28 1	10 55	13 25	28 43	25 14	16 13
E 3	13	20 50 0	6 40	27 56	11 4	13 15	29 ♋ 56	27 8	16 10
4	14	21 47 20	18 ♍ 40	27 52	11 13	13 4	1 9	29 1	16 7
5	15	22 44 40	0 55	27 47	11 22	12 53	2 22	0 ♌ 54	16 4
6	16	23 42 1	12 53	27 42	11 30	12 41	3 35	2 47	16 1
7	17	24 39 22	24 ♎ 53	27 37	11 39	12 28	4 48	4 40	15 58
8	18	25 36 44	6 56	27 33	11 47	12 15	6 1	6 33	15 54
9	19	26 34 6	19 ♏ 5	27 28	11 56	12 1	7 14	8 27	15 51
E 10	20	27 31 28	1 21	27 23	12 4	11 47	8 27	10 17	15 48
11	21	28 28 51	13 48	27 18	12 12	11 32	9 40	12 9	15 45
12	22	29 26 15	26 ♐ 28	27 13	12 20	11 17	10 53	14 D 0	15 42
13	23	0 ♌ 23 39	9 21	27 9	12 28	11 1	12 6	15 50	15 39
14	24	1 21 4	22 ♑ 32	27 4	12 35	10 45	13 20	17 40	15 35
15	25	2 18 30	6 0	26 59	12 42	10 28	14 S 33	19 29	15 32
16	26	3 15 56	19 48	26 54	12 50	10 11	15 46	21 17	15 29
E 17	27	4 13 21	3 ♒ 55	26 50	12 57	9 54	16 59	23 3	15 26
18	28	5 10 49	18 11	26 45	13 4	9 36	18 13	24 48	15 23
19	29	6 8 17	2 ♓ 51	26 40	13 11	9 18	19 26	26 31	15 19
20	30	7 5 45	17 40	26 36	13 17	8 59	20 39	28 13	15 16
21	31	8 3 14	2 ♈ 26	26 31	13 23	8 40	21 53	29 53	15 13
Latitudo Planetarum ad diem			1	0 40	1 19	4 13	0 55	0 8	Mensis
			11	0 39	1 24	5 9	0 26	1 17	
			21	0 38	1 29	5 51	0 S 8	1 D 48	

Syzygiæ Lunares.

		Orient.	Orient.	Orient.	Orient.	Orient.	Syzygiæ Planetarũ mutuæ, & eorum congressus cum illustrioribus aliquibus stellis fixis.
	☉	♄	♃	♂	♀	☿	
Dies	H ′	H ′	H ′	H ′	H ′	H ′	
1						21 △ 34	
2	4 △ 40		7 ✶ 49		16 □ 14		☽ Perig.
3		10 ✶ 42					✶ ♃ ♀ 17.42.
4 □	9 50			12 ✶ 23	22 ✶ 22	6 □ 24	♀ m.c. cum [illegible] Orio.
5 Alc.	26 [illegible]	12 □ 24					♀ or. cum 141. & Her.
6	16 ✶ 11		7 ☌ 58	14 □ 54		16 ✶ 50	☌ ☽ ☿ 7.43 ☿ oc. cũ [illegible]
7		13 △ 33				Occid.	♀ m.c. cũ a.bu. Au. (Or
8				19 △ 40			☿ or. cũ Rig. & ult. 20 a
9					18 ☌ 5		
10			21 ✶ 44				
11 ☌	14 36						
12 Alc.	25 ♊	7 ☍ 3				1 ☌ 52	♃ or. cum pleia.
13			8 □ 48	12 ☍ 49			☌ ♄ ☿ 2.46 [illegible]
14							
15			21 △ 25		3 ✶ 18		☿ or. cum [illegible] bor. (Api
16	23 ✶ 30						☽ .40. ♀ or. cũ Stella, &
17		5 △ 31			22 □ 8	23 ✶ 8	☿ or. supra, & [illegible]
18				10 △ 18			♄ m.c. cum cor. ♏.
19 □	15 52	16 □ 17					☌ ☉ ♄ 1.6 □ ♃ ☿ 5.27
20 Alc.	10 ♋	Occid.	20 ☍ 53	19 □ 43	15 △ 10	20 □ 13	☍ ♂ ☿ 16.52. e.
21							□ ♃ ☿ 0.42 ☿ or. cũ Sy.
22	5 △ 58	1 ✶ 27					♀ or. cum 141. et Her. f.
23				3 ✶ 22		15 △ 40	✶ ♃ ☿ 7.53. ♀ or. cũ 20.
24							♂ oc. cum Fomah. (Or
25			11 △ 46		16 ☍ 18		(cum 32.
26		12 ☌ 0					♀ or. cum Rigel. & m.
27 ☌	0 33		15 □ 11	10 ☌ 11			☽ ☊ 19.9 ☿ or. cũ 137.
28 Alc.	4 [illegible]					19 ☍ 6	☿ or. cũ Re. ♀ m.c. cũ pr
29			16 ✶ 49				♀ m.c. cum Her.
30		14 ✶ 26			5 △ 18		☽ Pe. ♃ m.c. cũ cap. Ar.
31	9 42			10 ✶ [illegible]			☌ ☽ ♂ 11.43 ☿ or. cũ [illegible]

a. Die 8. ♀ m.c. cum dextra hu. Orio. | e. Die 20. ♂ occ. cum cauda ♑.
b. Die 15. ☿ occ. cum [illegible] minore. | f. Die 22. ♀ occ. cum hædis.
c. Die 16. ☿ or. cum [illegible], & [illegible].
d. Die 19. ♀ [illegible]

	Dies	Dies	☉ ♌			☽ ♈		S ♄ ♑ D		M ♃ ♉ D		M ♂ ♒ D		S ♀ ♋ A		S ☿ ♍ D		☊ ♌	
	Dies		P	'	''	P	'	P	'	P	'	P	'	P	'	P	'	P	'
	22	1	9	0	45	27 ♉	6	26	26	13	32	8	12	23	6	1	31	15	10
	23	2	9	58	17	1	34	26	22	13	36	8	3	24	20	3	18	15	7
E	24	3	10	55	50	15	46	26	17	13	42	7	45	25	33	4	43	15	4
	25	4	11	53	24	29 ♊	58	26	12	13	48	7	28	26	46	6	16	15	0
	26	5	12	50	59	13	7	26	8	13	53	7	11	28	0	7	47	14	57
	27	6	13	48	35	26	14	26	3	13	58	6	54	29	13	9	16	14	54
	28	7	14	46	12	9 ♋	1	25	58	14	3	6	38	0 ♌	36	10	43	14	51
	29	8	15	43	50	21	30	25	54	14	8	6 A	22	1	40	12	5	14	48
	30	9	16	41	29	3 ♌	44	25	50	14	12	6	6	2	53	13	25	14	41
E	31	10	17	39	9	15	46	25	45	14	16	5	51	4	7	14 M	42	14	41
Au.	1	11	18	36	50	27 ♍	30	25	41	14	20	5	36	5	20	15	55	14	38
	2	12	19	34	32	9	28	25	37	14	24	5	21	6	34	17	5	14	35
	3	13	20	32	15	21 ♎	17	25	33	14	28	5	7	7	47	18	11	14	32
	4	14	21	30	0	3	4	25	29	14	31	4	54	9	1	19	13	14	28
	5	15	22	27	46	14	57	25	25	14	35	4	41	10	14	20	11	14	25
	6	16	23	25	33	26	58	25	21	14	38	4	29	11	28	21	4	14	22
E	7	17	24	23	21	9 ♏	9	25	17	14	41	4	17	12	42	21	52	14	19
	8	18	25	21	10	21	34	25	13	14	44	4	6	13	55	22	35	14	16
	9	19	26	19	0	4 ♐	14	25	10	14	47	3	55	15	9	23	12	14	13
	10	20	27	16	52	17	12	25	6	14	49	3	45	16	23	23	43	14	9
	11	21	28	14	45	0 ♑	29	25	2	14	52	3	36	17	37	24	8	14	6
	12	22	29	12	40	14	7	24	59	14	54	3	28	18	51	24	27	14	3
	13	23	0 ♍	10	30	28 ♒	6	24	55	14	56	3	21	20	5	24	39	14	0
E	14	24	1	8	34	12	26	24	52	14	58	3	14	21	19	24	44	13	57
	15	25	2	6	34	27 ♓	3	24	48	15	0	3	8	22	33	24 ℞	42	13	53
	16	26	3	4	35	11	53	24	45	15	2	3	3	23	47	24	32	13	50
	17	27	4	2	37	26 ♈	50	24	42	15	3	2	59	25	1	24	14	13	47
	18	28	5	0	41	11	48	24	39	15	5	2	56	26	16	23	49	13	44
	19	29	5	58	46	26 ♉	37	24	36	15	6	2	54	27	30	23	27	13	41
	20	30	6	56	53	11	12	24	33	15	7	2	52	28	44	22	39	13	38
E	21	31	7	55	1	25	27	24	30	15	8	2 D	51	29	39	21	55	13	34

Latitudo Planetarũ ad diẽ		♄		♃		♂		♀		☿		
	1	0	37	1	34	6 A	24	0	14	1 M	17	
Latitudo Planetarũ ad diẽ	11	0	36	1	39	6	20	0	33	0	8	Mensis
	21	0	35	1	43	6	0	0	45	2	12	

ame majore.

(cor u

4 ♀ oc. cũ r

4.♂ oc. cũ 3

Positus Planetarum Diurnus.

Dies	[illegible]	☉ ♍ P	'	''	☽ ♊ P	'	♄ ♑ P	'	♃ ♉ P	'	♂ ♒ P	'	♀ ♍ P	'	☿ ♍ P	'	☊ ♌ P	'
							S	D	M	D	M	A	S	A	M	D		
22	1	8	53	11	9	19	24	28	15	8	2	52	1	13	21	6	13	3
23	2	9	51	22	22 ♋	48	24	25	15 ℞	8	2	54	2	28	20	13	13	2
24	3	10	49	35	5	55	24	23	15	8	2	57	3	42	19 A	16	13	2
25	4	11	47	50	18 ♌	20	24	20	15	8	3	0	4	57	18	16	13	[illegible]
26	5	12	46	6	1	4	24	18	15	7	3	4	6	11	17	15	13	1[illegible]
27	6	13	44	22	13	33	24	15	15	7	3	8	7	26	16	16	13	1[illegible]
E 28	7	14	42	44	25 ♍	9	24	13	15	6	3	13	8	40	15	19	13	1[illegible]
29	8	15	41	5	6	56	24	11	15	5	3	19	9	55	14	26	13	[illegible]
30	9	16	39	28	18 ♎	37	24	9	15	4	3	25	11	9	13	37	13	6
31	10	17	37	53	0	16	24	7	15	2	3	33	12	24	12	53	13	3
Sep. 1	11	18	35	19	11	55	24	6	15	1	3	40	13	38	12	15	12	59
2	12	19	34	47	23 ♏	39	24	5	14	59	3	49	14	53	11	41	12	56
3	13	20	33	17	5	31	24	4	14	57	3	59	16	7	11	19	12	53
E 4	14	21	31	49	17	34	24	2	14	55	4	10	17	22	11	3	12	50
5	15	22	30	23	29 ♐	52	24	1	14	53	4	22	18	37	10	54	12	47
6	16	23	28	58	12	27	24	0	14	50	4	34	19	51	10 Di	51	12	43
7	17	24	27	35	25 ♑	12	23	58	14	47	4	47	21	6	10	55	12	40
8	18	25	26	14	8	19	23	57	14	44	5	1	22	21	11	6	12	37
9	19	26	24	55	22 ♒	10	23	56	14	41	5	16	23	36	11	24	12	34
10	20	27	23	38	6	24	23	55	14	37	5	32	24	50	11	49	12	31
11	21	28	22	24	20 ♓	49	23	54	14	34	5	48	26	5	12	20	12	28
12	22	29	21	[illegible]	5	21	23	53	14	30	6	5	27	20	12	57	12	24
13	23	0 ♎	20	0	20 ♈	16	23	52	14	26	6	22	28	35	13	39	12	21
14	24	1	18	51	5	28	23	52	14	22	6	40	29 D	50	14	26	12	18
15	25	2	17	43	20 ♉	19	23	51	14	18	6	58	1 ♎	5	15	17	12	15
16	26	3	16	38	4	21	23	51	14	13	7	17	2	20	16 S	11	12	12
17	27	4	15	35	19 ♊	38	23	51	14	9	7	37	3	35	17	11	12	8
E 18	28	5	14	34	3	15	23 Di	51	14	[illegible]	7	57	4	50	18	14	12	5
19	29	6	13	34	16 ♋	13	23	52	13	59	8	18	6	5	19	20	12	2
20	30	7	12	36	0	18	23	52	13	54	8	39	7	20	20	30	11	59

Latitudo Planetarũ ad diẽ	♄		♃		♂		♀		☿		
1	0	33	1	49	5	30	0	37	3 A	58	Mensis
11	0	31	1	51	4	59	1	1	3	9	
21	0	29	1	52	4	32	1 D	3	0 S	54	

Syzygiæ Luminum.

Dies	☽	Occid. ♄	Orient. ♃	Occid. ♂	Orient. ♀	Occid. ☿	Syzygiæ Planetarũ mutuæ, & eorum congressus cum illustrioribus aliquibus stellis fixis.
Dies	H ′	H ′	H ′	H ′	H ′	H ′	
1						19 □ 42	♀ or. cũ coma Beren.
2					19 ⚹ 34		♀ or. cum lucida hydr. a
3	10 ⚹ 2		17 ⚹ 36			23 ⚹ 19	
4		10 ☍ 57					
5				3 ☍ 58			
6			3 □ 48				☽ ☊ 0.4.
7							☌ ☽ ☿ 7.47. △ ☽ ♃ 8.
8 ☍	19 44		16 △ 41		6 ☌ 51	14 ☌ 24	(57. b.
9 Asc.	20 ♎	11 △ 22				Orient.	♀ or. cum cauda ♌.
10				6 △ 49			☽ Apog. ☌ ♀ ☿ 6.13
11							
12		0 □ 52		20 □ 51			△ ♃ ♀ 2.0.
13			18 ☍ 40		21 ⚹ 36	11 ⚹ 16	
14	8 ⚹ 24	12 ⚹ 30					
15				8 ⚹ 42		20 □ 52	♂ m.c. cũ cauda cygni.
16 □	21 12				15 □ 13		△ ☽ ♄ 15.3.
17 Asc.	15 [illegible]						♀ m.c. cum cauda ♌.
18			10 △ 38			4 △ 24	
19	7 △ 29	2 ☌ 43		22 ☌ 30	2 △ 22		△ ♄ ♀ 6.24.
20			13 □ 39				☽ ☋ 10.9.
21							(160.
22			14 ⚹ 23			14 ☍ 33	♀ or. cum vin. & m.c. cu
23 ☍	17 9	5 ⚹ 50			14 ☍ 11		☽ Perig. △ ♃ ☿ 1.53.
24 Asc.	21 ♍			1 ⚹ 56			
25		5 □ 26					♀ m.c. cum coma Beren.
26			14 ☌ 29	3 □ 15		19 △ 6	♀ m.c. cum Algorab.
27		0 △ 31					
28	1 △ 50			6 △ 32	1 △ 3		♀ or. cum Arcturo.
29					Occid.	2 □ 18	☌ ☽ ☿ 13.2.
30 □	23 6		22 ⚹ 3		11 □ 14		
31 Asc.	10 ♑						

a. Die 2. ☿ occ. cum Algorab.
b. Die 7. △ ♃ ☿ 6.0.

♃ in principio mensis stellat ad ℞. circa exortum eius cum ple. & m.c. cum lucida [illegible]
☿ Fit ℞. apud exortum eius cum cauda ♌.

Dies		⊙ ♎ P	′	″	☽ ♋ P	′	♄ ♑ P (S)	′ (D)	♃ ♉ P (M)	′ (D)	♂ ♒ P (M)	′ (A)	♀ ♎ P (S)	′ (D)	☿ ♍ P (S)	′ (A)	☊ ♌ P	′
								Positus Planetarum Diurnus.										
21	1	8	11	40	14	53	23	51	13	49	9	1	8	36	21	43	11	56
22	2	9	10	46	27	41	23	53	13	44	9	28	9	51	22	59	11	53
23	3	10	9	54	10 ♌	9	23	52	13	38	9	46	11	6	24	18	11	49
24	4	11	9	4	22	22	23	53	13	33	10	9	12	21	25	40	11	46
E 25	5	12	8	16	4 ♍	22	23	53	13	27	10	33	13	37	27	4	11	43
26	6	13	7	30	16	11	23	54	13	21	10	57	14	52	28	30	11	40
27	7	14	6	46	27 ♎	53	23	55	13	15	11	22	16	7	29 ♎	57	11	37
28	8	15	6	4	9	32	23	56	13	9	11	48	17	22	1	26	11	33
29	9	16	5	24	[illegible]	11	23	57	13	3	12	14	18	37	2	56	11	30
30	10	17	4	46	[illegible]	53	23	59	12	56	12	41	19	53	4	27	11	27
Oc. 1	11	18	4	10	14	42	24	1	12	50	13	7	21	8	5	59	11	24
E 2	12	19	3	36	26	42	24	2	12	43	13	34	22	23	7	33	11	21
3	13	20	3	4	8 ♏	55	24	4	12	36	14	2	23	39	9	8	11	18
4	14	21	2	34	21 ♐	26	24	6	12	29	14	30	24	54	10 D	44	11	14
5	15	22	2	6	4	17	24	7	12	22	14	58	26	10	12	22	11	11
6	16	23	1	40	17	31	24	9	12	14	15	27	27	25	14	1	11	8
7	17	24	1	16	1 ♑	9	24	11	12	7	15	56	28	41	15	41	11	5
8	18	25	0	54	15	10	24	13	11	59	16	25	29	56	17	21	11	2
E 9	19	26	0	34	29 ♓	32	24	15	11	52	16	55	1	12	19	1	10	59
10	20	27	0	16	14	18	24	17	11	44	17	25	2	27	20	42	10	55
11	21	27	59	59	29 ♈	6	24	20	11	37	17	55	3	43	22	23	10	52
12	22	28	59	44	14	4	24	22	11	29	18	26	4	58	24	5	10	49
13	23	29	59	31	2[illegible] ♉	59	24	25	11	22	18	57	6	14	25	47	10	45
14	24	0	59	20	13	46	24	28	11	14	19	[illegible]	7	29	27	30	10	42
15	25	1	59	11	28 ♊	18	24	30	11	6	20	0	8	45	29	15	10	39
E 16	26	2	59	4	12	31	24	33	10	59	20	32	10	0	0	56	10	36
17	27	3	58	59	26 ♋	23	24	36	10	51	21	4	11	16	2	40	10	33
18	28	4	58	56	9	54	24	39	10	43	21	36	12	32	4	24	10	30
19	29	5	58	55	23 ♌	4	24	42	10	35	22	9	13	47	6	8	10	27
20	30	6	58	56	5	50	24	45	10	28	22	42	15	3	7	52	10	24
21	31	7	58	58	18	32	24	48	10	20	23	15	16	19	9	36	10	20

Latitudo Planetarū ad diē	♄		♃		♂		♀		☿		
1	0	28	2	0	3	52	0	58	0	42	
11	0	26	2	3	3	10	0	51	1 D	16	Mensis
21	0	24	2	4	2	53	0	37	1	4	

Syzygiæ Lunares.

		Occid.	Orient.	Occid.	Occid.	Orient.	Syzygię Planetarũ mutuę, & eorum congressus cum illustrioribus aliquibus stellis fixis.
	☉	♄	♃	♂	♀	☿	
Dies	H ′	H ′	H ′	H ′	H ′	H ′	
1		16 ☍ 51				14 ✶ 13	△ ♂ ♀ 11.19 (16.6.a
2				23 ☍ 14			△ ☉ ♂ 8.0. △ ♄ ☿
3	0 ✶ 2		6 □ 46		2 ✶ 4		☉ ☊ 3.16.
4							♀ or. cum corona.
5			18 △ 18				
6		15 △ 51					☿ or. cum vindem.
7						4 ☌ 53	♀ or. cũ Alg. ♂ oc. cũ Po.
8 ☌	12 49			4 △ 50	18 ☌ 4		☉ Ap. ♀ or. cũ rost. cor.
9 Asc.	13 ♌	5 □ 41					♀ or. cũ 55. ♂ oc. cũ aq.
10			20 ☍ 14	20 □ 39			□ ♃ ♂ 11.15. ♂ oc. cũ ca.
11		18 ✶ 38					☿ or. cum arcturo. (b.
12							
13	23 ✶ 12			10 ✶ 13		0 ✶ 28	□ ♄ ♀ 1.51.
14					7 ✶ 10		♂ or. cum cauda ♑.
15			14 △ 31			16 □ 43	♀ m. c. cum cing. ♍.
16 □	10 48	11 ☌ 42			19 □ 12		☿ or. cum corona. (57.c.
17 Asc.	15 ♋		18 □ 36				□ ☉ ♄ 4.6. ☉ ☋ 16.
18	16 △ 16			2 ☌ 10		4 △ 7	☿ or. cum rostro corui. d.
19			19 ✶ 58		2 △ 57		♀ or. cũ spica ♍, & 58. e.
20		16 ✶ 17					☿ or. cum Fidicula.
21							
22		16 □ 38		7 ✶ 17		18 ☍ 11	☽ Perig. □ ♄ ☿ 4.7.
23 ☍	2 ♉		19 ☌ 55		12 ☍ 52		
24 Asc.	17 ♏	17 △ 42		9 □ 48			
25							♀ or. cũ cu cyg. & chelis
26				14 △ 26			☌ ♃ ♀ 16.51 ♀ m. c. cũ a 70
27	14 △ 33					12 △ 47	☿ or. cũ Fid. ♀ oc. cũ [illegible]
28			1 ✶ 29		5 △ 18		☌ ☉ ☿ 19.5. ♀ oc. cũ la
29		3 ☍ 3				Occid.	(angls.
30 □	1 33		8 □ 34		19 □ 20	4 □ 16	☽ ☊ 8.29 ☿ or. cũ 101
31 Asc.	0 ♓			9 ☍ 37			☍ ♃ ♀ 9.31. f.

a. Die 2. ♀ m. c. cum vindem.
b. Die 10. ☿ or. cum spica ♍, & oct. cum cauda ♌, ♃ m. c. cum 20.
c. Die 17. △ ♂ ☿ 5.4. ☿ or. cum Alg (cũ 55.
d. Die 18. ♂ m. c. cum cauda ♑.
e. Die 19. ♀ m. c. cum arcturo.
f. Die 31. ☿ or. cũ che. & ♀ m. c. cũ bor. che. et oc.

Positus Planetarum Diurnus.

Dies ueteres	Dies nouus	☉ ♏ G	'	"	☽ ♍ G	'	S ♄ ♑ G	D '	M ♃ ♉ G	A '	M ♂ ♒ G	A '	S ☿ ♏ G	D '	S ♀ ♏ G	D '	☊ ♌ G	'
22	1	8	59	2	0	31	24	52	10	12	23	48	17	34	11	19	10	17
E 23	2	9	59	8	12	58	24	55	10	4	24	22	18	50	13 M	3	10	14
24	3	10	59	16	24 ♎	56	24	59	9	57	24	56	20	6	14	46	10	11
25	4	11	59	21	6	47	25	2	9	49	25	30	21	21	16	29	10	8
26	5	12	59	30	18 ♏	34	25	6	9	41	26	4	22	37	18	12	10	4
27	6	13	59	40	0	22	25	9	9	33	26	39	23	53	19	54	10	1
28	7	15	0	4	12	12	25	13	9	26	27	13	25	8	21	36	9	58
29	8	16	0	20	24	8	25	17	9	18	27	48	26	24	23	18	9	55
E 30	9	17	0	38	6 ♐	14	25	21	9	10	28	23	27	40	24	59	9	52
31	10	18	0	58	18 ♑	32	25	25	9	3	28	58	29	56	26	40	9	49
No. 1	11	19	1	19	1	6	25	30	8	55	29 ♓	33	0 ♐ M	12	28 ♐	20	9	45
2	12	20	1	42	13	59	25	34	8	47	0	9	1	27	0	0	9	42
3	13	21	2	6	27 ♒	13	25	39	8	40	0	44	2	43	1	40	9	39
4	14	22	2	32	10	50	25	43	8	32	1	20	3	59	3	20	9	36
5	15	23	3	0	24 ♓	49	25	48	8	25	1	56	5	14	4	57	9	33
E 6	16	24	3	29	9	7	25	52	8	17	2	32	6	30	6	34	9	29
7	17	25	4	0	23 ♈	40	25	57	8	10	3	8	7	40	8	10	9	26
8	18	26	4	31	8	24	26	2	8	3	3	45	9	2	9	45	9	23
9	19	27	5	6	23 ♉	31	26	6	7	56	4	21	10	17	11	19	9	20
10	20	28	5	41	7	54	26	11	7	49	4	58	11	33	12	52	9	17
11	21	29 ♐	6	17	22 ♊	17	26	16	7	42	5	35	12	49	14	23	9	13
12	22	0	6	55	6	44	26	21	7	36	6	12	14	5	15	54	9	10
E 13	23	1	7	34	20 ♋	44	26	26	7	29	6	49	15	20	17	22	9	7
14	24	2	8	15	4	35	26	31	7	23	7	26	16	36	18	49	9	4
15	25	3	8	57	17 ♌	47	26	36	7	16	8	3	17	52	20	15	9	1
16	26	4	9	40	0	52	26	41	7	10	8	41	19	7	21	39	8	58
17	27	5	10	24	13	41	26	47	7	4	9	18	20	23	23	2	8	54
18	28	6	11	9	16 ♍	16	26	52	6	58	9	56	21	39	24	21	8	51
19	29	7	11	55	8	39	26	58	6	52	10	33	22	54	25	39	8	48
E 20	30	8	12	42	20	53	27	3	6	47	11	11	24	10	26	55	8	45

Latitudo Planetarũ ad diẽ		♄ G	'	♃ G	'	♂ G	'	☿ G	'	♀ G	'	
	1	0	23	2	3	2	23	0	19	0 M	3	Mensis
	11	0	21	2	2	1	57	0 M	1	1	3	
	21	0	20	1	59	1	30	0	15	2	4	

Syzygiæ Lunares.

Dies	☉ H ′	Occid. ♄ H ′	Orient. ♃ H ′	Occid. ♂ H ′	Occid. ♀ H ′	Occid. ☿ H ′	Syzygiæ Planetarũ mutuę, & eorum congressus cum illustrioribus aliquibus stellis fixis.
1	17 ✱ 33		18 △ 19				♂ occ. cum cauda Del.
2					13 ✱ 10	0 ✱ 12	☍ ☉ ♃ 1.47.
3		0 △ 8	Occid.				♂ or. cum capite Med. a
4							♀ m.c. cum corona.
5		13 □ 20		16 △ 2			☉ Apog.
6			18 ☍ 26				♀ occ. cũ media fron. ✱
7 ☌	6 31					22 ☌ 3	✱ ♄ ♀ 1.30.
8 Asc	16 ♊	2 ✱ 18		7 □ 18	5 ☌ 1		♀ m. c. cũ pri. fron. ✱ b
9							✱ ♄ ♀ 5.27 ♀ or. [illegible]
10				20 ✱ 53			□ ♂ ♀ 1.14 ♀ oc. cũ [illegible]
11			14 △ 24				♀ or. cũ ruga. ♀ or. c. cũ
12	13 ✱ 58	21 ☌ 8					☉ ☌ ♀ 3.19. (70-
13			20 □ 23		10 ✱ 41	8 ✱ 55	☉ ☋ 11.40 ♀ m. c. cũ ant.
14 □	11 5						
15 Asc.	13 ♓		22 ✱ 34	12 ☌ 27	19 □ 11	19 □ 10	□ ♀ ♀ 19.25 ♀ oc. cũ 5[illegible]
16							♀ or. cum corde ✱.
17	2 △ 20	3 ✱ 43					✱ ☉ ♄ 22.43 ♀ or. cũ
18					1 △ 6	2 △ 27	Cantore.
19		4 □ 47	23 ☌ 51	19 ✱ 0			☉ Perig.
20							♂ occ. cum lyra.
21 ☍	12 22	6 △ 27		13 □ 3			
22 Asc.	9 ♍				13 ☍ 50	17 ☍ 32	
23							✱ ♃ ♂ 21.19.
24			5 ✱ 16	5 △ 40			♀ or. cum aquila.
25		16 ☍ 16					☿ m. c. cũ Fu. et ♀ cũ 177
26	6 △ 41		11 □ 13				☉ ☊ 15.6 ♀ or. cũ aq. [illegible]
27					14 △ 11	19 △ 54	
28 □	21 14		22 △ 26				♀ m. c. cum neb. ✱.
29 Asc.	28 ♓			3 ☍ 56			♀ or. cum cauda Del.
30		11 △ 20			7 □ 17	13 □ 19	

a. Die 3. ♀ occ. cum [illegible] ✱.
b. Die 8. ♂ occ. cum rostro galli, & ♀ cum neb. & corde ✱.
c. Die 16. ♀ occ. cum arcturo.

Positus Planetarum Diurnus.

Dies Iuliani	Anni Gregor.	☉ ♓ P	′	″	☽ P	′	♄ ♑ P	′	♃ ♉ P	′	♂ ♊ P	′	♀ ♓ P	′	☿ ♓ P	′	☊ ♌ P	′
							S	D	M	A	M	A	M	D	M	D		
21	1	9	13	32	2	59	27	9	6	41	11	49	25	26	28	9	8	41
22	2	10	14	22	15	2	27	15	6	36	12	27	26	41	29 A	21	8	38
23	3	11	15	13	27	3	27	20	6	31	13	5	27	57	0	30	8	35
24	4	12	16	5	9	4	27	26	6	26	13	43	29	13	1	36	8	32
25	5	13	16	58	21	8	27	32	6	22	14	21	0	28	2	39	8	29
26	6	14	17	52	3	18	27	38	6	17	14	59	1	44	3	38	8	26
E 27	7	15	18	47	15	18	27	44	6	13	15	38	3	0	4	34	8	23
28	8	16	19	43	28	11	27	50	6	9	16	16	4	15	5	26	8	19
29	9	17	20	40	10	59	27	56	6	5	16	55	5	31	6	14	8	16
30	10	18	21	38	24	4	28	2	6	1	17	33	6	46	6	58	8	13
De. 1	11	19	22	37	7	28	28	8	5	58	18	12	8	1	7	39	8	10
2	12	20	23	36	21	11	28	15	5	54	18	50	9	17	8	14	8	7
3	13	21	24	36	5	14	28	21	5	51	19	29	10	32	8	45	8	3
E 4	14	22	25	37	19	33	28	27	5	48	20	7	11	48	9	11	8	0
5	15	23	26	38	4	2	28	34	5	45	20	46	13	4	9	32	7	57
6	16	24	27	40	18	36	28	40	5	42	21	24	14	19	9	47	7	54
7	17	25	28	42	3	9	28	46	5	40	22	3	15	35	9	56	7	51
8	18	26	29	45	17	36	28	53	5	37	22	42	16	50	9 St.	59	7	48
9	19	27	30	49	1	49	28	59	5	35	23	20	18	5	9	56	7	44
10	20	28	31	53	15	46	29	6	5	33	23	59	19	21	9	47	7	41
E 11	21	29	32	57	29	26	29	12	5	31	24	38	20	36	9	35	7	38
12	22	0	34	2	12	49	29	19	5	30	25	17	21	51	9	14	7	35
13	23	1	35	7	25	55	29	26	5	28	25	56	23	6	8 S	50	7	32
14	24	2	36	12	8	46	29	32	5	27	26	35	24	21	8	21	7	29
15	25	3	37	17	21	24	29	39	5	26	27	14	25	36	7	48	7	25
16	26	4	38	23	3	52	29	46	5	25	27	53	26	51	7	11	7	22
17	27	5	39	29	16	12	29	52	5	25	28	32	28	6	6	31	7	19
E 18	28	6	40	35	28	26	29	59	5	24	29	12	29	21	5	49	7	16
19	29	7	41	41	10	36	0	6	5	24	29	51	0	36	5	6	7	13
20	30	8	42	48	22	45	0	13	5 D	24	0	31	1	51	4	22	7	10
21	31	9	43	55	4	55	0	20	5	24	1	10	3	6	3	38	7	6

Latitudo Planetarũ ad diẽ		♄		♃		♂		♀		☿		
	1	0	18	1	56	1	14	0	34	2 A	35	Mensis
	11	0	17	1	52	0	56	0	50	2	9	
	21	0	16	1	47	0	41	1	7	0 S	14	

Syzygiæ Lunares

Dies		☉	♄	♃	♂	♀	☿	Syzygiæ Planetarũ mutuæ, & eorum congressus cum illustrioribus aliquibus stellis fixis.
			Occid.	Occid.	Occid.	Occid.	Occid.	
		H ′	H ′	H ′	H ′	H ′	H ′	
1		13 ✶ 36						
2								☽ Ap. ♀ or. cũ can. Del.
3			0 □ 34	18 ☌ 48		1 ✶ 57	7 ✶ 34	
4					9 △ 46			
5			12 ✶ 45					
6	☌	23 34						♄ m.c. cũ cor. ♏. (197.
7	Asc.	19 ♏			0 □ 0			□ ☉ ♂ 19.30. ♀ or. cũ
8				14 △ 51		12 ☌ 37	14 ☌ 30	△ ♃ ☿ . 19.51. ♀ or. cũ
9					11 ✶ 25			△ ♃ ♀ 10.20. b (ne. ♓. a
10			7 ☌ 11	21 □ 19				☌ ♀ ☿ 8.14. ♀ or. cum
11		24 ✶ 30						☽ ☋ 1.13. (acu. ✱.
12								
13				1 ✶ 4		9 ✶ 46	6 ✶ 4	♀ or. cum neb. ✱.
14	□	5 19	14 ✶ 52		1 ☌ 1			
15	Asc.	7 ♋				16 □ 16	9 □ 13	
16		10 △ 24	16 □ 43					☽ Perig. ♀ occ. cũ coro.
17				4 ☌ 11		22 △ 30	11 △ 19	
18			19 △ 9		9 ✶ 1			♀ m.c. cum ro. gallinæ.
19								
20					15 □ 8			
21	☍	6 22		10 ✶ 53			17 ☍ 43	♀ m.c. cum aquila.
22	Asc.	10 ♈				18 ☍ 18		
23			6 ☍ 36	17 □ 49	0 △ 2			☽ ☊ 21.39.
24								
25								♀ or. cũ acu. ✱ (cor. in
26		1 △ 33		3 △ 0			6 △ 7	△ ☽ ♃ 18.30. ♀ m.c. cũ
27								□ ☽ ☿ 12.7. ✶ ♂ ♀ 17.
28	□	17 48	3 △ 5		1 ☍ 34	1 △ 54	13 □ 45	☌ ♄ ♀ 13.25. d. (50. c.
29	Asc.	12 ♓					Orient.	☽ Ap. ✶ ♄ ♂ 12. 54.
30			14 □ 53			20 □ 2	11 ✶ 39	♀ m.c. cum cauda Del.
31		10 ✶ 19		0 ☍ 58				

a. *Die 8. ☿ or. cum aculeo ✱. ♀ m.c. cum lyra.*
b. *Die 9. ♂ occ. cum Acarnar.*
c. *Die 27. ☿ or. cum neb. ♓.*
d. *Die 28. △ ♃ ☿ 14. 5.*

EPHEMERIS IOANNIS ANTONII MAGINI PATAVINI

Ad annum Dominicæ Incarnationis

1609.

Qui est primus post Bissextilem, 27. à Kalendarij Gregoriana reformatione, & ab initio Mundi 5571.

Constitutio cœli ad tempus ingressus Solis in Arietis principium.

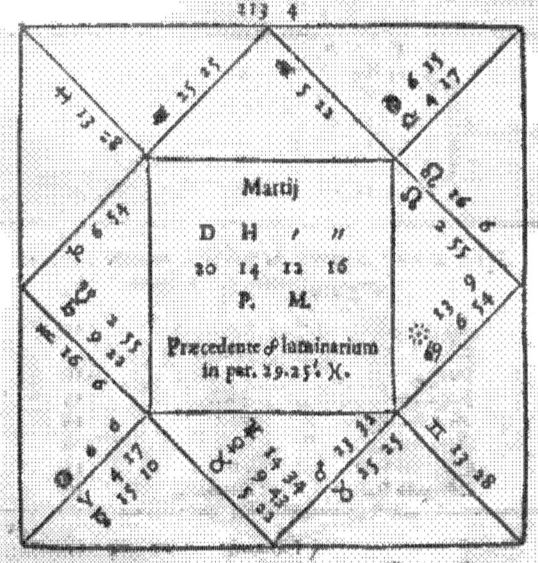

Anni Tropici vera magnitudo.

Dierum 365. Horarum 5. Scr. 55'. 32''. 26'''. 42''''.

ANNO VIRGINEI PARTVS 1609 communi.

			D.	H.	′	″
Ingressus ☉ in principium	♋, Seu solstitij æstiui	Iunij	21	10	26	36
	♎, Seu æquinoctij autumni	Septemb.	22	21	58	58
	♑, Seu solstitij hiemalis	Decemb.	21	16	42	26

	P.	′	″	‴
Vera præcessio Æquinoctiorum	28	10	13	30
Obliquitas Zodiaci	23	28	2	22

Eccentricitas ☉ 32210. Qualium semidiameter eccentrici ☉ par. 1000000. seu par. 1, 35′, 57″, 22‴. Qualium P. 60.

		P.	′	″			
Locus Apogæi	♄	29	34	1	♐	Aureus Numerus	14
	♃	6	56	24	♎	Cyclus Solis	22
	♂	28	46	37	♌	Epacta	24
	☉	9	45	19	♋	Indictio Romana	7
	♀	16	31	12	♊	Litera Dominicalis	D
	☿	0	36	20	♐	Interuallum hebd. 9. Dies	3

Festa mobilia secundum Sacrosancta Romana Ecclesia usum iuxta annum reformatum.

Septuagesima	Februarij	15
Cinis	Martij	4
Pascha	Aprilis	19
Rogationes	Maij	24
Ascensio Domini	Maij	28
Pentecostes	Iunij	7
Corpus Christi	Iunij	18
Aduentus Domini	Nouemb.	29

Quatuor Tempora anni, seu Ieiunia	Februarij	22	24	25
	Iunij	10	12	13
	Septembris	16	18	19
	Decembris	16	18	19

Descriptio primæ Lunaris Eclipsis anno 1609.

Die 9. Ianuarij horis à meridie elapsis 14.34'.15". & aequatis spoliabitur Luna suo fulgore ab umbra telluris per diametrum Solis transiens iuxta ☊ draconis in par. 19.41'.38".65, Anomalia autem Solis annua ad dictum tempus invenitur par. 199.18'.16". Tunc enim Sol relinquens imam Eccentrici absidem incedit versus longitudinem mediam, & eius semid. 16'.50". Anomalia autem ☽ est par. 276.32'.19". eius semid. 16'.5". Semidiameter verò telluris coaequata est 45'.42". Verus motus latitudinis ☽ est par. 263.36'.14". Vera item Lunę latitudo 33'.22". Aquilonaris. Sed ad principium deliquij vera latitudo est 37'.34". Austr. & ad finem 28'.48". Austr. Digiti Ecliptici erunt 9.19'. & tempus casus H. 1.37'.2".

		H.	scr.		
Huius defectus Lunę digitorum 9. 29'.	*Principium continget*	11	57	P. M.	*Notantur à principio ad finem H. 3. scr. 14'.*
		8	23	N. S.	
	Medium, seu vera ☍	14	34	P. M.	
		10	0	N. S.	
	Finis conspicietur	13 6	12	P. M.	
		11	37	N. S.	

Septentrio

Oriens

Occidens

Meridies

Calculus alterius deliquij Lunæ anno prædicto.

D 26. Iulij H 12. 8′. 16″. P. M. correctis apparebit ☽ iterum, circumfusa ab umbra terræ, tota lumine obfuscata prope draconis ☋ versante in par. 23. 50′. 55″. [illegible] Sole opposito. Quo quidem tempore Solis annua anomalia reperitur par. 14. 37′. 44″. & eius semidiameter apparens 15′. 50″. recedens paulatim ab Eccentrici apogeo. Anomalia autem ☽ æquata est par. 85. 27′. 32″. & eius semidiameter 16′. 7″. semidiameter verò umbræ telluris æquata 43′. 44″. & verus latitudinis ☽ motus par. 87. 17′. 13″. vera latitudo 14′. 11″. Borea. Latitudo item ☽ ad principium defectionis 19′. 38″. Bor. & denique ad finem 8′. 43″. Bor. Puncta ecliptica erunt 3. ultra totum Lunare corpus. Tempus incidentiæ H. 1. 8′. 54″. & mora dimidiæ H. 0. 47′. 22″.

		H.	scr.			
Eclipsis huius Lunaris digitorum 17. 6′.	Principium accidet	10	12	P. M.		Cõsumabuntur in tota integra Eclipsi H. scr. 3. 53.
		2	40	N. S.		
	Initium totalis obscurationis	11	21	P. M.	Morabitur in tenebris H. scr. 1. 35.	
		3	49	N. S.		
	Medium, seu summa obscura.	12	8	P. M.		
		4	36	N. S.		
	Finis totalis obscurationis, & initium recuper. luminis	12	56	P. M.		
		5	24	N. S.		
	Finis totius Eclipsis	14	5	P. M.		
		6	33	N. S.		

Boreus

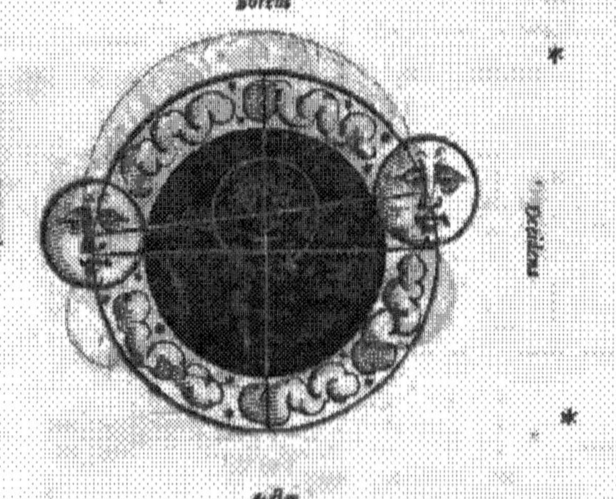

Oriens

Occidens

Auster

Planetarum status.

♄
Hoc anno ab Apogæo Eccentrici deambulat versus longitudinem mediam.
Die 24. Ianuarij ad Apogæum
Die 10. Iulij ad Perigæum } Epicycli peruenit.
A die 22. Maij vsq; ad diem 10. Octob. contra signorũ successionẽ defertur.

♃
Ad longitudinem mediam accedit recedens ab opposito augis deferentis.
Die 20. Maij in Apogæo
Die 7. Decembris in Perigæo } Epicycli commoratur.
Post 8. Octob. vsque in proximum futurum annum regressum patitur.

♂
Die 10. Augusti reperitur in summa Eccentri parte.
Die 27. Augusti similiter in summa parte Epicycli reperitur.
Per totum hunc annum continuo progredietur.

♀ Die
8. Iunij per superiora
7. Decemb per inferiora } Eccentrici discurrit.
19. Iulij in Perigæo sui Epicycli versatur.
A die 28. Iunij vsque in 9. Augusti contra signorum ordinem meabit.

☿ Die
23 Maij in Perigæo
21 Nouemb. in Apogæo } Eccentrici est.
24 Februarij in Apogæo
23 Aprilis in Perigæo
21 Iunij in Apogæo
18 Augusti in Perigæo
15 Octobris in Apogæo
11 Decemb. in Perigæo } Epicycli est.
12 Aprilis vsque in 4. Maij
7 Augusti vsq; ad penult. eiusdem
11 Decemb. vsq; in 23. eiusdem } Regressiones perficiet.

Positus Planetarum Diurnus.

Anni veteris	Anni Gregor.	☉ ♑			☽		♄ ♒ (S. M. D)		♃ ♉ (M A)		♂ ♈ (M A)		♀ ♒ (M D)		☿ ♑ (S A)		☊ ♌	
Dies		P	'	"	P	'	P	'	P	'	P	'	P	'	P	'	P	'
22	1	10	45	2	17	8	0	27	5	24	1	50	4	21	2	36	7	3
23	2	11	46	8	29 ♐	37	0	34	5	25	2	29	5	36	2	12	7	0
24	3	12	47	14	11	55	0	41	5	25	3	9	6	51	1	49	6	57
D 25	4	13	48	20	24 ♑	34	0	48	5	26	3	48	8 A	6	1	14	6	54
26	5	14	49	26	7	27	0	55	5	27	4	28	9	21	0	49	6	50
27	6	15	50	31	20	34	1	2	5	29	5	8	10	36	0 D	28	6	47
28	7	16	51	36	3 ♒	58	1	9	5	30	5	47	11	51	0	12	6	44
29	8	17	52	41	17	40	1	16	5	32	6	27	13	6	0 ♐	2	6	41
30	9	18	53	46	1 ♓	39	1	23	5	34	7	7	14	20	19 D	58	6	38
31	10	19	54	51	15	54	1	30	5	36	7	46	15	35	0 ♑	1	6	35
D 1	11	20	55	55	0 ♈	26	1	37	5	39	8	27	16	50	0	16	6	31
Ian. 1	12	21	56	59	14	51	1	44	5	41	9	6	18	5	0	25	6	29
3	13	22	58	2	29	21	1	51	5	44	9	40	19	19	0	48	6	26
4	14	23	59	5	13 ♉	35	1	58	5	47	10	20	20	34	1	11	6	23
5	15	25	0	7	27	57	2	5	5	50	11	5	21	48	1	43	6	19
6	16	26	1	9	11 ♊	54	2	13	5	53	11	45	23	3	2	20	6	16
7	17	27	2	10	25	41	2	20	5	57	12	24	24	17	3	3	6	13
D 8	18	28	3	11	8 ♋	49	2	27	6	0	13	4	25	32	3	49	6	10
9	19	29	4	11	21	50	2	34	6	4	13	43	26	46	4	40	6	7
10	20	0 ♒	5	10	4 ♌	36	2	42	6	8	14	23	28	0	5	35	6	4
11	21	1	6	8	17	9	2	49	6	12	15	2	29	13	6	34	6	0
12	22	2	7	6	29	21	2	56	6	16	15	42	0 ♓	29	7	37	5	57
13	23	3	8	3	11 ♍	45	3	3	6	21	16	21	1	43	8	43	5	54
14	24	4	8	59	23	54	3	11	6	25	17	1	2	57	9	52	5	51
D 15	25	5	9	54	6 ♎	1	3	18	6	30	17	40	4	11	11	4	5	48
16	26	6	10	48	18	7	3	25	6	35	18	20	5	25	12	19	5	44
17	27	7	11	41	0 ♏	14	3	32	6	40	18	59	6	39	13	37	5	41
18	28	8	12	33	12	26	3	40	6	45	19	39	7	53	14	58	5	38
19	29	9	13	24	24	45	3	47	6	51	20	19	9	7	16	22	5	35
20	30	10	14	14	7 ♐	14	3	54	6	57	20 S	58	10	21	17	48	5	32
21	31	11	15	3	19	55	4	1	7	3	21	38	11	34	19 M	17	5	29

Latitudo Planetarū ad diē		♄		♃		♂		♀		☿		
	1	0	15	1	42	0	28	1 A	17	2 D	9	Mensis
	11	0	15	1	36	0	16	1	17	2	32	
	21	0	14	1	32	0 S	7	1	14	1 M	28	

Syzygiæ Lunares.

		O[illegible]	Occid.	Occid.	Occid.	Orient.	Syzygiæ Planetarũ mutuę, & eorum congressus cum illustrioribus aliquibus stellis fixis.
	☽	♄	♃	♂	♀	☿	
Dies	♓	♓	♓	♓	♓	♓	
1							□♃♀ 20.25. ♀ m.c.cũ
2		2 ✱ 14		6 △ 10	13 ✱ 9		□ ☌ ☿ 3.34. (10 l.
3							
4			20 △ 16	18 □ 5		13 ☌ 1	
5 ☌	14 37						
6 Asc.	12 ✱	18 ☌ 53					
7			2 □ 41	3 ✱ 20	15 ☌ 12		☽ ☋ 4.49.
8						21 ✱ 8	♀ or. cum can. Del. a
9			6 ✱ 37				☿ oc. cũ aqui. & can. [illegible]
10	7 ✱ 12					13 □ 44	
11		2 ✱ 9		14 ☌ 3			☽ Per. ♂ or. cũ cor. ♈ b
12 □	12 36				5 ✱ 51		
13 Asc.	25 ♎	4 □ 12	10 ☌ 40			2 △ 24	☿ or. cum cauda ♑.
14	19 △ 37				12 □ 38		♄ m.c. cum cauda Del.
15		7 △ 10		23 ✱ 28			
16					21 △ 35		
17			18 ✱ 52			14 ☍ 24	♀ occ. cum cau. Del.
18				8 □ 14			
19 ☍	14 34	20 ☍ 24					
20 Asc.	23 ✱		2 □ 57	19 △ 43			☽ ☊ 2.47 △ ♃ ☿ 14.24. c
21							☿ or. cũ neb ♓. ♀ occ.
22			13 △ 20		2 ☍ 9	17 △ 28	☌ ☉ ♄ 21.47. (cũ 8 l.
23		Orient.					☿ or. cum aculeo ✱.
24	21 △ 11	18 △ 24					
25						11 □ 10	☽ Apog. (cygni. d.
26				0 ☍ 30			□ ☉ ♃ 6.0. ♂ or. cũ can.
27 □	14 50	6 □ 34	6 ☍ 40		14 △ 5		✱ ♃ ♀ 0.21. ☿ or. cum
28 Asc.	3 ♓					5 ✱ 33	♀ m.c. cũ Fo. (neb. ✱.
29		17 ✱ 32					♂ or. cum hadis.
30	14 ✱ 24				6 □ 32		
31				3 △ 26			

a. Die 8. ♀ occ. cum Fomah. | *d.* Die 26. ♀ occ. cum lyra.

b. Die 11. ♀ m.c. cum cauda ♑.

c. Die 20. ♀ or. cum capite Algol.

☿ Fit dir. oriendo cum cauda Del.

Positus Planetarum Diurnus.

Dies		☉ ♒			☽ ♑		♄ ♒		♃ ♉		♂ ♈		♀ ♓		☿ ♑		☊ ♌	
							S	D	M	A	S	A	M	A	M	D		
Dies		°	′	″	P	′	P	′	P	′	P	′	P	′	P	′	P	′
D 22	1	12	15	51	2	50	4	9	7	9	22	17	12	48	20	48	5	26
23	2	13	16	38	16	0	4	16	7	15	22	57	14	2	22	21	5	22
24	3	14	17	23	29 ♒	27	4	23	7	22	23	36	15	15	23	55	5	19
25	4	15	18	7	13	13	4	30	7	28	24	16	16	29	25	31	5	16
26	5	16	18	50	27 ♓	16	4	38	7	35	24	56	17	42	27	9	5	13
27	6	17	19	32	11	35	4	45	7	42	25	35	18	56	28	40	5	10
28	7	18	20	13	26 ♈	7	4	52	7	49	26	15	20	9	0 ♒	28	5	7
D 29	8	19	20	53	10	47	4	59	7	56	26	55	21	22	2	9	5	4
30	9	20	21	31	25 ♉	27	5	6	8	4	27	34	22	35	3	51	5	0
31	10	21	22	8	10	0	5	13	8	11	28	14	23	48	5	34	4	57
Feb. 1	11	22	22	44	24 ♊	25	5	20	8	19	28	53	25	1	7	18	4	54
2	12	23	23	19	8	29	5	27	8	27	29	32	26	14	9	3	4	51
3	13	24	23	52	22 ♋	15	5	34	8	35	0 ♉	12	27	27	10	49	4	48
4	14	25	24	23	5	40	5	41	8	43	0	51	28	40	12	36	4	45
D 5	15	26	24	53	18 ♌	44	5	48	8	51	1	31	29 ♈	52	14	24	4	42
6	16	27	25	21	1	29	5	55	9	0	2	10	1	5	16	13	4	39
7	17	28	25	47	13	58	6	2	9	8	2	50	2	17	18	2	4	35
8	18	29	26	11	26 ♍	14	6	9	9	17	3	29	3	30	19	52	4	32
9	19	0 ♓	26	34	8	20	6	16	9	26	4	9	4	42	21	42	4	29
10	20	1	26	55	20	17	6	22	9	35	4	48	5	55	23	33	4	26
11	21	2	27	14	2 ♎	10	6	29	9	44	5	28	7	7	25	24	4	23
D 12	22	3	27	32	14	3	6	36	9	53	6	7	8	19	27 A	16	4	20
13	23	4	27	48	25 ♏	58	6	43	10	3	6	47	9	31	29 ♓	8	4	16
14	24	5	28	2	7	58	6	49	10	12	7	26	10	43	1	0	4	13
15	25	6	28	14	20 ♐	6	6	56	10	21	8	6	11	55	2	52	4	10
16	26	7	28	25	2	24	7	2	10	31	8	45	13	7	4	45	4	7
17	27	8	28	34	14	55	7	9	10	40	9	25	14	18	6	37	4	4
18	28	9	28	41	27	41	7	16	10	50	10	4	15	30	8	29	4	1

Latitudo Planetarū ad diē		♄		♃		♂		♀		☿		
	1	0	24	1	26	0	1	1	10	0	6	
	11	0	13	1	21	0	8	0	52	1	13	Mensis
	21	0	12	1	17	0	13	0	30	1 A	45	

		Orient.	Occid.	Occid.	Occid.	Orient.	
Syzygiæ Lunares.							Syzygiæ Planetarũ mutuę, & eorum congressus cum illustrioribus aliquibus stellis fixis.
	☽	♄	♃	♂	♀	☿	
Dies	H /	H /	H /	H /	H /	H /	
1			7△56		19✱59		♂ or. cum dex. hu. Aur.
2				13☐1		12☌50	☐ ♂ ☿ 15.43.
3		8☌40	13☐54				☽ ☋ 10.12.
4 ☌	3 42			19✱48			♀ occ. cum acarnar.
5 Alc.	2 ♌		17✱26				☐ ♄ ♃ per orbem ♂ m.
6					13☌15		(c. cum cor. ♌.
7		14✱26				8✱2	☿ m. c. cum cauda Del.
8	15✱4						☽ Perig.
9		16☐3	21☌0	3☌39		15☐43	☌ ♄ ☿ 18.45.
10 ☐	20 17						♄ m. c. cum cauda cyg. a.
11 Alc.	27 ♓	18△41			1✱11		☐ ♃ ☿ 15.6.
12						1△6	
13	4△10			14✱56	10☐14		
14			5✱40				☿ occ. cum Fomah.
15					23△11		♂ or. cū cor. ♌. b. (ca. ♑
16		8☍56	14☐36	1☐22			☽ ☊ 6. 3. ☿ m. c. cum
17						9☍21	
18 ☍	6 47			15△14			☿ or. cum cauda ♑.
19 Alc.	18 ♍		2△14				(cauda Del.
20							✱ ♄ ♀ 9.48. ☿ occ. cū
21		8△48			11☌7		☽ Apog.
22							☐ ♄ ♂ 21.55. c.
23	18△32	21☐42		22☍52		7△30	
24			4☍28				
25							
26 ☐	10 26	8✱58			22△43	5☐17	♃ or. cū pl. & ♂ cū Fom.
27 Alc.	5 ♒						☿ occ. cum rostro galli.
28	13✱30					23✱14	☿ m. c. cum ult. al. arc.

a. Die 10. ☿ m. c. cum cauda cygni.
b. Die 15. ☿ occ. cum aquila, & cauda ♑.
c. Die 22. ♀ or. cum cor. ♌, & ☿ cum cap. Med.

Dies (Iuliani)	Gregor.	☉ ♓ P	'	''	☽ ♑ P	'	S D ♄ ♒ P	'	M A ♃ ♉ P	'	S A ♂ ♉ P	'	M A ♀ ♈ P	'	M A ☿ ♓ P	'	☊ ♌ P	'
Positus Planetarum Diurnus.																		
D 19	1	10	28	47	10	44	7	22	11	0	10	44	16	41	10	21	3	57
20	2	11	28	51	24	5	7	29	11	10	11	23	17	53	12	13	3	54
21	3	12	28	53	♒ 7	46	7	36	11	20	12	3	19	4	14	5	3	51
22	4	13	28	54	21	48	7	42	11	30	12	42	20	16	15	57	3	48
23	5	14	28	53	♓ 6	8	7	49	11	40	13	22	21	27	17	48	3	45
24	6	15	28	50	20	45	7	55	11	51	14	1	22 S	38	19	39	3	41
25	7	16	28	45	♈ 5	33	8	1	12	1	14	40	23	49	21	29	3	38
D 26	8	17	28	38	20	26	8	8	12	12	15	19	25	0	23	19	3	35
27	9	18	28	29	♉ 5	17	8	14	12	22	15	58	26	11	25	8	3	32
28	10	19	28	19	19	59	8	20	12	33	16	37	27	21	26	57	3	29
Ma. 1	11	20	28	7	♊ 4	13	8	26	12	44	17	16	28	32	28 ♈	45	3	25
2	12	21	27	52	18	32	8	32	12	55	17	56	29	42	0	32	3	22
3	13	22	27	36	♋ 2	17	8	38	13	6	18	35	♉ 0	53	2	18	3	19
4	14	23	27	18	15	38	8	44	13	17	19	14	2	3	4	4	3	16
D 5	15	24	26	57	28	37	8	50	13	29	19	53	3	13	5	49	3	13
6	16	25	26	35	♌ 11	15	8	56	13	40	20	32	4	23	7	33	3	10
7	17	26	26	10	23 ♍	35	9	2	13	52	21	12	5	33	9 S	16	3	6
8	18	27	25	44	5	40	9	7	14	4	21	51	6	43	10	57	3	3
9	19	28	25	16	17	34	9	13	14	15	22	30	7	52	12	36	3	0
10	20	29	24	46	29	20	9	19	14	27	23	9	9	2	14	13	2	57
11	21	♈ 0	24	14	♎ 11	2	9	24	14	39	23	48	10	11	15	49	2	54
D 12	22	1	23	40	22	44	9	29	14	51	24	27	11	21	17	23	2	51
13	23	2	23	4	♏ 4	29	9	35	15	3	25	6	12	30	18	55	2	47
14	24	3	22	26	16	19	9	40	15	15	25	45	13	39	20	25	2	44
15	25	4	21	47	28	18	9	45	15	27	26	24	14	48	21	53	2	41
16	26	5	21	5	♐ 10	28	9	50	15	39	27	3	15	57	23	16	2	38
17	27	6	20	21	22 ♑	53	9	55	15	52	27	42	17	5	24	40	2	35
18	28	7	19	35	4	37	10	0	16	4	28	21	18	14	25	59	2	32
D 19	29	8	18	48	18 ♒	41	10	5	16	16	29	0	19	22	27	15	2	28
20	30	9	17	58	1	7	10	10	16	29	29	39	20	30	28	25	2	25
21	31	10	17	6	15	55	10	15	16	41	♊ 0	18	21	38	29	37	2	22

Latitudo Planetarũ ad diē	♄	'	♃	'	♂	'	♀	'	☿	'	
1	0	22	1	13	0	16	0 S	11	1	40	
11	0	11	1	9	0	13	0	15	0 S	49	Mensis
21	0	11	1	6	0	10	0	50	0	33	

⊕ □ 2 ♂ or. sis wt pie ot
♀ occ. rion. cor. ♈

15 △ 51 ● 12 b. 42.

19
19
___
19

		Orient.	Occid.	Occid.	Occid.	Occid.	Syzygię Planetarū mu
	☉	♄	♃	♂	♀	☿	tuę, & eorum congre
							sus cum illustrioribus
Dies	H ′	H ′	H ′	H ′	H ′	H ′	aliquibus stellis fixis.
1				1□32		1✶11	♂ m.c. cum succulis, &
2			4✶14		16✶25		occ. cum Syrio, a.
3 ☍	13 58	18✶ 0		4✶55			
4 Asc.	2 ♌						☽ Pe. ♃ occ. cum Rigel.
5		18□17				8☌37	♀ occ. cum ple. & hiad.
6			6☌ 7				♀ occ. cum zona Orio.
7		19△30		10☌ 2	0☌51		♂ m.c. cum Aldeb. b.
8	8✶20						
9						15✶40	♀ m.c. cū hia. et oc. cū R
10 □	16 43		13✶19				♀ occ. cum Syrio. (20. Or
11 Asc.	0 ♈				18✶ 8	12□32	☽ ☊ 12. 37. (. Aldeb.
12		6☍ 6	21□56	0✶20			□ ♄ ☿ plati. ♀ m.c. cū
13	5△10						♂ or. cū hia. et oc. cū 14
14				13□34	9□21	7△19	
15			10△ 9				
16							♂ m.c. cū hy. ♀ oc. cū 1
17		5△47		5△33	4△12		△ ♄ ♂ 4.7 △ ♄ ♀ 22.19
18 ☍	17 23						☽ Apog.
19 Asc.	2 ♉	19□58				3☍48	☌ ♂ ♀ 0.0 ♀ or. cū hia
20			15☍44				♂ or. cū ald. et m.c. cū ca.
21							☌ ☽ ☿ 15.18. c.
22		9✶ 4		15☍33	18☍56	Orient.	♀ or. cū ald. ♂ oc. cū 20
23						19△35	
24	4△31						♃ m.c. cum pleia.
25			15△ 2			23□38	♀ m.c. cum zona Orio.
26 □	16 33						☽ ☋ 6.48.
27 Asc.	23 ♈	2☌15	22□47	13△ 8	19△46		
28						1✶52	
29	0✶10			18□15			♂ m.c. cū zo. Or. & ♀ c
30			0✶38		2□ 5		✶ ♀ ☿ 0.48. (32

a. Die 1. ♀ m.c. cum pleia.
b. Die 7. ♀ occ. cum Bel. & ult. ple.
c. Die 17. ♀ m.c. cum hydra.
d. Die 20. ♀ m.c. cum capra, & 130.
e. Die 21. ♂ m.c. cum 130, ♀ m.c. cum sin. pede Orio.
f. Die 22. ♂ m.c. cū sin. pede Or. ♀ oc. cū cap. Med.

Maius 1609

Anni vulgaris	Anni Gregor.	☉ ♉ P	'	"	☽ ♈ P	'	S ♄ ♒ P	D '	M ♃ ♉ P	A '	S ♂ ♊ P	D '	S ♀ ♊ P	A '	M ☿ ♈ P	D '	☊ ♌ P	'
Dies																		
21	1	10	34	45	7	51	12	5	23	37	20	22	25	12	23	45	0	44
22	2	11	32	55	22 ♉	49	12	7	23	50	21	1	26	13	23	23	0	40
D 23	3	12	31	3	7	50	12	9	24	4	21	40	27	13	23	9	0	37
24	4	13	29	10	22	47	12	11	24	15	22	18	28	13	23 Di	3	0	34
25	5	14	27	15	7 ♊	33	12	13	24	32	22	57	29	13	23	5	0	31
26	6	15	25	19	22	7	12	15	24	45	23	36	0 ♋	12	23	13	0	28
27	7	16	23	21	6 ♋	11	12	17	24	59	24	14	1	11	23	28	0	24
28	8	17	21	22	19	58	12	18	25	13	24	53	2	9	23	50	0	21
29	9	18	19	21	3 ♌	23	12	20	25	27	25	31	3	7	24	18	0	18
D 30	10	19	17	19	16	37	12	22	25	41	26	10	4	5	24	52	0	15
Ma. 1	11	20	15	15	29 ♍	12	12	23	25	55	26	49	5	2	25	32	0	12
2	12	21	13	10	11	38	12	25	26	9	27	28	5	59	26	19	0	8
3	13	22	11	4	23 ♎	49	12	26	26	23	28	7	6 D	55	27	12	0	5
4	14	23	8	56	5	45	12	27	26	37	28	45	7	51	28	7	0	2
5	15	24	6	47	17	40	12	28	26	51	29 ♋	24	8	46	29	7	29 ♋	59
6	16	25	4	36	29	25	12	28	27	5	0	3	9	41	0 ♉	11	29	55
D 7	17	26	2	24	11 ♐	7	12	29	27	19	0	41	10	35	1 A	19	29	52
8	18	27	0	11	22	49	12	29	27	33	1	20	11	29	2	31	29	49
9	19	27	57	57	4 ♑	30	12	29	27	47	1	58	12	22	3	46	29	46
10	20	28	55	42	16	31	12	30	28	1	2	37	13	15	5	4	29	43
11	21	29	53	25	28 ♑	37	12	30	28	15	3	15	14	7	6	25	29	40
12	22	0 ♊	51	7	10	57	12 St	30	28	29	3	54	14	59	7	49	29	36
13	23	1	48	48	23 ♒	35	12	30	28	43	4	32	15	50	9	15	29	33
D 14	24	2	46	28	6	34	12	30	28	57	5	11	16	40	10	44	29	30
15	25	3	44	6	19 ♓	55	12	30	29	12	5	49	17	29	12	15	29	27
16	26	4	41	43	3	40	12	29	29	26	6	28	18	18	13	48	29	24
17	27	5	39	20	17 ♈	47	12	29	29	40	7	6	19	6	15	23	29	21
18	28	6	36	56	2	13	12	28	29	54	7	41	19	53	16	59	29	17
19	29	7	34	31	16 ♉	53	12	28	0 ♊	8	8	23	20	39	18	37	29	14
20	30	8	32	5	1	43	12	27	0	23	9	2	21	25	20	16	29	11
D 21	31	9	29	38	16	36	12	26	0	37	9	40	22	10	21	57	29	8

Latitudo Planetarũ ad diẽ	♄		♃		♂		♀		☿		
1	0	9	0	57	0	21	2	54	1	8	Menfis
11	0	8	0	56	0	21	3 D	9	1 A	22	
21	0	8	0	56	0	20	3	10	1	42	

Occid. ♃ H ′	Occid. ♂ H ′	Occid. ♀ H ′	Orient. ☿ H ′	Syzygię Planeta- ruṁ, & eorum cu- lus cum illustrio- aliquibus stellis
	21 ✶ 0	5 ✶ 48	0 ☌ 53	☽ Pe. □ ☽ ♄
2 ☌ 31				
	2 ☌ 46	14 ☌ 54	2 ✶ 6	✶ ♂ ☿ 6.22 ♂ m
9 ✶ 13			7 □ 5	♂ m.c.cum dex.h ☽ ☊ 19.35.
17 □ 41	19 ✶ 34		16 △ 43	♃ oc.cū hu. et ♀ ♃ occ.cum pleia.
		12 ✶ 11		
5 △ 14	9 □ 13	4 □ 27		♀ or.cum Bel.et
	22 △ 42	22 △ 53	2 ☍ 40	✶ ♂ ♀ 26.19. ☽ Ap. ♂ oc.cum
9 ☍ 49				♄ occ.cum zona ☌ ☽ ♃ 18.0 ♀ or.
Orient.				♀ occ.cum hyad. ♃ occ. cum Bella.
	9 ☍ 30	8 ☍ 13	17 △ 8	♂ or.cum Bellatr ♂ or. cum Apolli
9 △ 40			8 □ 18	☽ ☋ 11.0 ♀ or.cū
19 □ 29	4 △ 58		19 ✶ 25	□ ♄ ☿ 3.50 (♀ or.cum Rigel,
20 ✶ 5	9 □ 27	2 △ 28		♀ or.cum ult zo. (cum
	12 ✶ 18	6 □ 25		☽ Pe. ♃ oc.cū ca
23 ☌ 5		9 ✶ 30	9 ☌ 49	✶ ♀ ☿ 5.23.

Dies Iuliani	Dies Gregor.	☉ ♊ P	′	″	☽ ♊ P	′	♄ ♒ P	′	♃ ♊ P	′	♂ ♋ P	′	♀ ♋ P	′	☿ ♉ P	′	☊ ♋ P	′
		Positus Planetarum Diurnus.					S D M A S D S D M A											
22	1	10	27	10	1	24	12	25	0	51	10	19	22	54	21	39	29	5
23	2	11	24	41	15	59	12	24	1	5	10	57	23	37	25	21	29	2
24	3	12	22	11	0 ♋	18	12	23	1	19	11	35	24	19	27	7	28	58
25	4	13	19	40	14	18	12	21	1	33	12	14	25	0	28	53	28	55
26	5	14	17	9	27 ♌	59	12	20	1	47	12	52	25	39	0 ♊	49	28	52
27	6	15	14	37	11	20	12	18	2	1	13	30	26	17	2	28	28	49
D 28	7	16	12	4	24 ♍	23	12	17	2	15	14	9	26	54	4	17	28	46
29	8	17	9	30	7	9	12	15	2	29	14	47	27	30	6	7	28	43
30	9	18	6	55	19 ♎	40	12	13	2 D	43	15	25	28	5	7	58	28	39
31	10	19	4	19	1	58	12	11	2	57	16	4	28	39	9	49	28	37
Iun. 1	11	20	1	42	14	6	12	9	3	11	16	42	29	11	11	41	28	33
2	12	20	59	4	26	7	12	7	3	25	17	20	29 ♌	41	13	34	28	30
3	13	21	56	26	8 ♏	4	12	4	3	39	17	59	0	12	15	26	28	27
D 4	14	22	53	50	19	57	12	2	3	53	18	37	0	40	17	19	28	23
5	15	23	51	12	1 ♐	53	12	0	4	6	19	16	1	6	19	12	28	20
6	16	24	48	33	13	52	11	57	4	20	19	54	1	31	21	5	28	17
7	17	25	45	54	25 ♑	58	11	55	4	33	20	32	1	54	22	59	28	14
8	18	26	43	15	8	15	11	51	4	47	21	11	2	15	24 S	53	28	11
9	19	27	40	36	20 ♒	41	11	50	5	0	21	49	2	34	26	47	28	7
10	20	28	37	56	3	30	11	47	5	14	22	27	2	52	28	42	28	4
D 11	21	29 ♋	35	16	16 ♓	35	11	44	5	27	23	6	3	8	0 ♋	36	28	1
12	22	0	32	35	0	1	11	41	5	41	23	44	3	22	2	31	27	58
13	23	1	29	54	13	48	11	38	5	54	24	21	3	34	4	25	27	55
14	24	2	27	13	27 ♈	53	11	35	6	7	25	1	3	44	6	19	27	52
15	25	3	24	31	14	15	11	31	6	21	25	39	3	52	8	13	27	48
16	26	4	21	49	26 ♉	28	11	28	6	34	26	17	3	57	10	6	27	45
17	27	5	19	7	11	28	11	25	6	47	26	56	4	0	11	59	27	42
D 18	28	6	16	25	26	6	11	21	7	1	27	34	4 R	1	13	52	27	39
19	29	7	13	43	10 ♊	37	11	18	7	14	28	12	3 M	59	15	45	27	36
20	30	8	11	1	24	55	11	14	7	27	28	51	3	54	17	37	27	33

Latitudo Planetarũ ad diẽ		♄		♃		♂		♀		☿		
	1	0	7	0 D	58	0	18	2	50	2	34	Mensis
	11	0	6	0	55	0	16	2	18	1 S	2	
	21	0	5	0	55	0	15	1 M	10	0	26	

		Orient.	Orient.	Occid.	Occid.	Orient.	
	☉	♄	♃	♂	♀	☿	Syzygię Planetarũ mutuę, & eorum congressus cum illustrioribus aliquibus stellis fixis.
Dies	H	H	H	H	H	H	
1 ☌	16 [illegible]	18 △ 6					(bedis
2 Asc.	6 [illegible]						♃ m. c. cũ bis. ♂ oc. cum
3				20 ☌ 16			△ ☉ ♄ 0. 24. a.
4					19 ☌ 43		
5			6 ✱ 57			5 ✱ 54	☽ ☊ 4 13 3 ☌ ♃ ☿ 17. 6
6	7 ✱ 4	4 ☍ 27					♂ or. cum zona Orio.
7			15 □ 54			11 □ 47	
8 □	20 5[illegible]			15 ✱ 34			
9 Asc.	25 [illegible]				17 ✱ 1		☿ or. cum hiad.
10		10 △ 10	2 △ 0			18 △ 21	♂ or. cũ Ri. et m. c. cũ sp. b
11	15 △ 2			5 □ 29			△ ♄ ♀ 5. 41 ☿ or. cũ ald.
12					7 □ 32		♂ or. cũ ult. zonę Orio.
13		8 □ 0		21 △ 9			☽ Apog.
14					22 △ 23		♂ m. c. cũ proc. & Her.
15		20 ✱ 10	9 ☍ 31				♀ or. cum ast. bor.
16 ☍	23 40					17 ☍ 0	
17 Asc.	25 ♍						♀ or. cum Tras. & acar.
18							♃ m. c. cũ Aldeb. ♀ cũ bę.
19				2 ☍ 9	22 ☍ 43		☽ ☋ 23. 49 ☌ ☉ ☿ 22.
20		15 ☌ 9	3 △ 14			Occid.	♀ occ. cum Heren. (21.
21							
22	1 △ 1		9 □ 54			5 △ 3	✱ ♃ ♀ per orbem.
23				18 △ 53			♀ or. cum cane mino. c.
24 □	8 16	1 ✱ 13	14 ✱ 0		9 △ 51	16 □ 14	♀ occ. cũ Prę. & Apol.
25 Asc.	11 ♎			0 □ 50			♀ or. cum ast. austr.
26	13 ✱ 14	23 □ 54			11 □ 45		♃ or. cum suculis.
27						1 ✱ 2	☽ Perig.
28			18 ☌ 19	2 ✱ 42	13 ✱ 4		♀ or. cum 141. & Her.
29		1 △ 10					☌ ♄ ♀ pla. ☿ or. cũ zo.
30							☿ or. cum Rigel d (Orio

a. *Die 3. ♂ or. cum dex. hu. Orio. & Her.*
b. *Die Die 10 ♂ occ. cum hydra.*
c. *Die 23. ☿ or. cum Bella. & Apoll.*
d. *Die 30. ♃ occ. cum dex. hu. Orio.*

Positus Planetarum Diurnus.

Dies	Dies Mensis	☉ ♋ P	☉ '	☉ "	☽ ♋ P	☽ '	♄ ♒ P	♄ '	♃ ♊ P	♃ '	♂ ♋ P	♂ '	♀ ♌ P	♀ '	☿ ♋ P	☿ '	☊ ♋ P	☊ '
							S	D	M	D	S	D	M	D	S	A		
21	1	9	8	19	8	57	11	11	7	40	29	29	3	49	19	29	27	29
22	2	10	5	36	22	41	11	7	7	53	0 ♌	7	3	41	21	21	27	26
23	3	11	2	53	6 ♌	7	11	3	8	6	0	46	3	30	23	12	27	23
24	4	12	0	10	19	16	10	59	8	19	1	24	3	17	25	3	27	20
D 25	5	12	57	27	2 ♍	9	10	55	8	31	2	2	3	1	26	53	27	17
26	6	13	54	45	14	49	10	51	8	44	2	40	2	43	28	43	27	13
27	7	14	52	3	27	37	10	47	8	56	3	19	2	23	0 ♌	32	27	10
28	8	15	49	21	9 ♎	36	10	43	9	9	3	57	2	1	2	20	27	7
29	9	16	40	39	21 ♏	49	10	38	9	21	4	35	1	36	4	8	27	4
30	10	17	43	58	3	57	10	34	9	34	5	13	1	9	5 D	55	27	1
Iul. 1	11	18	41	17	16	3	10	30	9	46	5	51	0	40	7	41	26	58
D 2	12	19	38	36	28	10	10	25	9	58	6	30	0	9	9	24	26	54
3	13	20	35	56	10 ♐	19	10	21	10	10	7	8	29 ♋	37	11	6	26	51
4	14	21	33	16	22	14	10	16	10	23	7	46	29	4	12	46	26	48
5	15	22	30	36	4 ♑	57	10	11	10	35	8	25	28	30	14	25	26	45
6	16	23	27	57	17	31	10	7	10	47	9	3	27	55	16	3	26	42
7	17	24	25	18	0 ♒	18	10	2	10	59	9	41	27	19	17	39	26	39
8	18	25	22	40	13	22	9	58	11	11	10	20	26	42	19	13	26	35
D 9	19	26	20	2	26	42	9	53	11	23	10	58	26	4	20	45	26	32
10	20	27	17	24	10 ♓	21	9	48	11	35	11	36	25	26	22	14	26	29
11	21	28	14	47	24	18	9	44	11	46	12	15	24	48	23	41	26	26
12	22	29	12	10	8 ♈	31	9	39	11	58	12	53	24	11	25	5	26	23
13	23	0 ♌	9	34	22	56	9	34	12	10	13	31	23	35	26	26	26	20
14	24	1	6	58	7 ♉	36	9	30	12	21	14	10	23	0	27	43	26	16
15	25	2	4	23	21	56	9	25	12	32	14	48	22	26	28	57	26	13
D 16	26	3	1	48	6 ♊	21	9	20	12	44	15	26	21	53	0 ♍	7	26	10
17	27	3	59	14	20	35	9	15	12	55	16	4	21	22	1 M	14	26	7
18	28	4	56	40	4 ♋	34	9	10	13	6	16	43	20	52	2	17	26	4
19	29	5	54	7	18	15	9	5	13	17	17	21	20	24	3	15	26	0
20	30	6	51	35	1 ♌	39	9	1	13	28	17	59	19	57	4	8	25	57
21	31	7	49	4	14	46	8	56	13	39	18	38	19	32	4	56	25	54

Latitudo Planetarũ ad diẽ	♄	♄ '	♃	♃ '	♂	♂ '	♀	♀ '	☿	☿ '	
1	0	4	0	56	0	14	0	26	1 D	31	
11	0	3	0	57	0	13	2	16	1	50	Mensis
21	0	2	0	58	0	11	3	56	2 M	10	

Syzygiæ Lunares.

Dies	☉	Orient. ♄	Orient. ♃	Occid. ♂	Occid. ♀	Occid. ☿	Syzygiæ Planetarũ mutuæ, & eorum congressus cum illustrioribus aliquibus stellis fixis.
	H ′	H ′	H ′	H ′	H ′	H ′	
1 ☌	0 ♋					21 ☌ 18	☿ or. cum alis Zone Or. a
2 Asc.	10 ♌			13 ☌ 57	19 ☌ 21		☋ ♌ 8. 27. ♂ or. cũ asi.
3		8 ☍ 57	3 ✶ 41				bor.
4							♂ or. cũ Pres. & Acar.
5	22 ✶ 10		17 □ 35				♂ m. c. cum asinis.
6							☌ ♂ ♀ 1. 13 ♂ or. cũ pr. b
7			23 △ 6	12 ✶ 21	9 ✶ 34	7 ✶ 14	☌ ♀ ☿ 3. 3 ♂ or. cũ asi.
8 □	13 16	2 △ 12					☿ or. cum asinis (aust. c
9 Asc.	0 ♊				18 □ 39		☌ ♂ ☿ 9. 23 ♀ or. cũ asi.
10		17 □ 3		2 □ 40		4 □ 35	☿ or. cum ea. m. (aust. d.
11	15 △ 39						☊ ... 19. ☿ oc. cũ as. 19 e
12		1	23 ☍ 42	17 △ 22	3 △ 44		✶ ♃ ☿ 9. 40 ☍ ♄ ☿ 13.
13		0 ✶ 4				1 △ 48	△ ♄ ♃ 14. 30.
14							☿ or. cum Syrio.
15							
16 ☍	13 8				15 ☍ 39		☉ ♌ 17. 11 ☿ or. cũ ald. f.
17 Asc.	19 ♉	17 ☌ 47	19 △ 56	18 ☍ 6			☍ ♄ ♂ 11. 50.
18						11 ☍ 54	☌ ☉ ♀ 19. 56 ♂ or. cũ Sy.
19					Orient.		✶ ♃ ♂ 23. 5 ♀ oc. cũ Her.
20			2 □ 6				
21	7 △ 9				0 △ 50		☌ ☿ cũ Basilisco, ♂ or. cũ
22		1 ✶ 34	5 ✶ 42	7 △ 35			♂ occ. cũ 3 1. (rost. cor.
23 □	12 37				21 □ 2	6 △ 17	
24 Asc.	8 ♊	3 □ 10		11 □ 31			☉ Perig.
25	18 ✶ 4				0 ✶ 45	12 □ 43	♂ m. c. cum hydra.
26		4 △ 58	10 ☌ 57	16 ✶ 2			☿ or. cum cruca.
27						19 ✶ 45	
28							☿ or. cum hydra.
29					3 ☌ 44		☉ ♌ 13 46 ♀ m. c. cũ cer.
30 ☌	10 18	13 ☍ 24	23 ✶ 0				♃ m. c. cũ capra, & ♀ cũ
31 Asc.	26 ♈			7 ☌ 44			procyo.

a. Die 1. ♂ occ. cum Hercule.
b. Die 6. ♀ m. c. cum hœdis.
c. Die 7. ♂ occ. cum Apoll.
d. Die 9. ☿ or. cum Præsepe, acar. & procyone. & ♀ occ. cum Præsepe, & Apoll.
e. Die 12. ☿ or. cum acarnar, & Præsepe.
f. Die 16. ♀ or. cum asino bor. ♃ m. c. cum hœdis.

[illegible]	Anni Greg.	Positus Planetarum Diurnus.																
							S	D	M	D	S	D	M	D	S	A		
		☉ ♋			☽ ♋		♄ ♒		♃ ♊		♂ ♋		♀ ♌		☿ ♋		☊ ♋	
Dies		P	'	''	P	'	P	'	P	'	P	'	P	'	P	'	P	'
21	1	9	8	19	8	57	11	11	7	40	29 ♌	29	3	49	19	29	17	29
22	2	10	5	36	22	41	11	7	7	53	0	7	3	41	21	21	17	26
23	3	11	2	53	6 ♌	7	11	3	8	6	0	46	3	30	23	12	17	23
24	4	12	0	10	19 ♍	16	10	59	8	19	1	24	3	17	25	3	17	20
D 25	5	12	57	27	2	9	10	55	8	31	2	2	3	1	26	53	17	17
26	6	13	54	45	14	49	10	51	8	44	2	40	2	45	28	43	17	13
27	7	14	52	3	27 ♎	17	10	47	8	56	3	19	2	23	0 ♌	32	17	10
28	8	15	49	21	9	36	10	43	9	9	3	57	2	1	2	20	17	7
29	9	16	46	39	21 ♏	49	10	38	9	21	4	35	1	36	4	8	17	4
30	10	17	43	58	3	57	10	34	9	34	5	13	1	9	5 D	55	17	1
Iul. 1	11	18	41	17	16	3	10	30	9	46	5	51	0	40	7	41	26	58
D 2	12	19	38	36	28	10	10	25	9	58	6	30	0	9	9	24	26	54
3	13	20	35	56	10 ♐	19	10	21	10	10	7	8	29 ♋	37	11	6	26	51
4	14	21	33	16	22 ♑	24	10	16	10	23	7	46	29	4	12	46	26	48
5	15	22	30	36	4	57	10	11	10	35	8	25	28	30	14	25	26	45
6	16	23	27	57	17	21	10	7	10	47	9	3	27	55	16	3	26	42
7	17	24	25	18	0 ♒	16	10	2	10	59	9	41	27	19	17	39	26	39
8	18	25	22	40	13	12	9	58	11	11	10	20	26	42	19	13	26	35
D 9	19	26	20	2	26	42	9	53	11	23	10	58	26	4	20	45	26	32
10	20	27	17	24	10 ♓	21	9	48	11	35	11	36	25	26	22	14	26	29
11	21	28	14	47	24 ♈	18	9	44	11	46	12	15	24	48	23	41	26	26
12	22	29	12	10	8	31	9	39	11	58	12	53	24	11	25	5	26	23
13	23	0 ♌	9	34	22 ♉	56	9	34	12	10	13	31	23	35	26	26	26	20
14	24	1	6	58	7	36	9	30	12	21	14	10	23	0	27	43	16	16
15	25	2	4	23	21 ♊	56	9	25	12	32	14	48	22	26	28 ♍	57	26	13
D 16	26	3	1	48	6	21	9	20	12	44	15	26	21	53	0	7	26	10
17	27	3	59	14	20 ♋	35	9	15	12	55	16	4	21	22	1 M	24	26	7
18	28	4	56	40	4	34	9	10	13	6	16	43	20	52	2	17	26	4
19	29	5	54	7	18 ♌	15	9	5	13	17	17	21	20	24	3	15	16	0
20	30	6	51	33	1	39	9	1	13	28	17	59	19	57	4	8	15	57
21	31	7	49	4	14	40	8	56	13	39	18	38	19	32	4	56	15	54
Latitudo Planetarũ ad diẽ 1							0	4	0	56	0	14	0	26	1 D	31		
11							0	3	0	57	0	13	2	16	1	50	Meridis	
21							0	2	0	58	0	11	3	56	1 M	10		

Syzygiæ Lunares.

		Orient.	Orient.	Occid.	Occid.	Occid.	
	☽	♄	♃	♂	♀	☿	Syzygiæ Planetarũ mutuæ, & eorum congresſus cum illuſtrioribus aliquibus ſtellis fixis.
Dies	H ′	H ′	H ′	H ′	H ′	H ′	
1 ☌	0 23					22 ☌ 18	☿ or. cum ult. zonæ Or. a
2 Asc.	12 ♎			13 ☌ 57	19 ☌ 21		☽ ☊ 8. 27. ♂ or. cũ aſi.
3		8 ☍ 57	3 ✱ 41				{bor.
4							♂ or. cũ Præſ. & Acer.
5	22 ✱ 10		16 □ 35				♂ m. c. cum aſinis.
6							☌ ♂ ♀ 1. 13 ♂ or. cũ pr. b
7			23 △ 6	12 ✱ 21	9 ✱ 38	7 ✱ 24	☌ ♀ ☿ 3. 18 ♂ or. cũ aſi.
8 □	13 16	2 △ 12					☿ or. cum aſinis (auſt. c
9 Asc.	0 ♊				18 □ 39		☌ ♂ ☿ 9. 23 ♀ or. cũ aſi.
10		23 □ 3		2 □ 40		4 □ 35	☿ or. cum cu. m (auſ. d.
11	5 △ 39						☽ .. 19. ☿ oc. cũ aſ. {49. e
12			23 ☍ 42	17 △ 28	3 △ 44		✱ ♃ ☿ 9. 4 ☍ ♄ ☿ 13.
13		0 ✱ 4				1 △ 48	△ ♄ ♃ 14. 10.
14							☿ or. cum Spica.
15							
16 ☍	12 8				15 ☍ 39		☽ ☊ ♀ 17. 11 ♃ or. cũ ald. f.
17 Asc.	19 ♉	17 ☌ 47	19 △ 56	18 ☍ 6			☍ ♄ ☍ 11. 50.
18						11 ☍ 54	☌ ☽ ♀ 19. 18 ♂ m. cũ Sy.
19					Orient.		✱ ♃ ♂ 23. 5 ☿ oc. cũ Her.
20			2 □ 6				
21	7 △ 9				0 △ 50		☌ ☿ cũ buſinida. ♂ oc. cũ
22		1 ✱ 54	4 ✱ 47	7 △ 35			♂ orc. cũ 71. (roſt. cor.
23 □	12 37				1 □ 2	6 △ 17	
24 Asc.	8 ♊	3 □ 10		14 □ 31			☽ Perig.
25	16 ✱ 4				0 ✱ 45	17 □ 43	♂ m. c. cum hydra.
26		4 △ 58	10 ☌ 53	16 ✱ 2			♀ or. cum trica.
27						19 ✱ 45	
28							☿ or. cum hydra.
29					3 ☌ 44		☽ ☋ 13. 45 ♀ m. c. cũ Cor.
30 ☍	10 18	13 ☍ 24	22 ✱ 0				♃ m. c. cũ capr. & ♀ cũ
31 Asc.	16 ♈			7 ☌ 44			(præcyo.

a. Die 1. ♂ occ. cum Hercule.
b. Die 6. ♀ m. c. cum hædis.
c. Die 7. ♂ occ. cum Apoll.
d. Die 9. ☿ or. cum Præſepe, acur. & procyone, & ♀ occ. cum Præſepe, & Apoll.
e. Die 12. ☿ or. cum acervar. & Præſepe.
f. Die 16. ♀ or. cum aſino bor. ♃ m. c. cum hædis.

		Positus Planetarum Diurnus.																
							S	D	M	D	S	D	M	D	M	D		
		☉ ♌			☽ ♌		♄ ♒		♃ ♊		♂ ♌		♀ ♋		☿ ♍		☊ ♋	
Dies		P	′	″	P	′	P	′	P	′	P	′	P	′	P	′	P	′
22	1	8	46	34	27 ♍	36	8	51	13	49	19	16	19	9	5	39	25	51
D 23	2	9	44	5	10	14	8	46	14	0	19	54	18	48	6	18	25	48
24	3	10	41	38	22 ♎	39	8	41	14	10	20	32	18	29	6	47	25	45
25	4	11	39	12	4	58	8	37	14	20	21	10	18	12	7	11	25	41
26	5	12	36	47	17	11	8	32	14	31	21	49	17	57	7	29	25	38
27	6	13	34	23	29	21	8	27	14	41	22	27	17 A	45	7	40	25	35
28	7	14	32	0	11 ♏	29	8	22	14	51	23	5	17	36	7 ℞	41	25	32
29	9	15	29	38	23	38	8	18	15	1	23	44	17	30	7	39	25	29
D 30	9	16	27	17	5 ♐	52	8	13	15	11	24	22	17 Di	27	7	28	25	25
31	10	17	24	57	18 ♑	12	8	8	15	20	25	0	17	28	7	9	25	22
Au. 1	11	18	22	38	0	40	8	4	15	30	25	38	17	33	6	47	25	19
2	12	19	20	20	13	19	8	0	15	40	26	17	17	36	6	7	25	16
3	13	20	18	3	26 ♒	10	7 M	56	15	49	26	55	17	43	5	25	25	13
4	14	21	15	47	9	16	7	52	15	59	27	33	17	51	4	37	25	9
5	15	22	13	33	22 ♓	40	7	48	16	8	28	12	18	4	3	44	25	6
D 6	16	23	11	20	6	23	7	43	16	17	28	50	18	18	2	47	25	3
7	17	24	9	8	20 ♈	21	7	39	16	26	29 ♍	28	18	34	1	47	25	0
8	18	25	6	57	4	36	7	34	16	35	0	7	18	52	0 A	46	24	57
9	19	26	4	47	19 ♉	3	7	30	16	43	0	45	19	12	29 ♌	43	24	54
10	20	27	2	39	3	37	7	25	16	52	1	23	19	34	28	41	24	50
11	21	28	0	32	18 ♊	11	7	21	17	0	2	2	19	57	27	42	24	47
12	22	28	58	26	2	40	7	17	17	8	2	40	20	22	26	46	24	44
D 13	23	29 ♍	56	22	16 ♋	58	7	12	17	16	3 A	18	20	48	25	54	24	41
14	24	0	54	19	1	0	7	8	17	24	3	57	21	16	25	7	24	38
15	25	1	52	18	14	43	7	4	17	32	4	35	21	45	24	26	24	34
16	26	2	50	18	28 ♌	6	7	0	17	40	5	13	22	16	23	53	24	31
17	27	3	48	20	11	10	6	56	17	47	5	51	22	48	23	26	24	28
18	28	4	46	23	23 ♍	57	6	52	17	55	6	30	23	21	23	8	24	25
19	29	5	44	28	6	29	6	48	18	2	7	8	23	56	22	58	24	22
D 20	30	6	42	34	18 ♎	49	6	44	18	9	7	46	24	32	22 Di	56	24	19
21	31	7	40	42	0	59	6	41	18	16	8	25	25	9	23	1	24	15

Latitudo Planetarũ ad diẽ		♄		♃		♂		♀		☿		
	1	0	1	1	0	0	9	4 A	55	1	0	Menfis
	11	0 M	0	1	2	0	7	5	2	3 A	9	
	21	0	1	1	5	0 A	6	4	32	3	58	

Syzygiæ Lunares.

Dies	☽	Occid. ♄	Orient. ♃	Occid. ♂	Orient. ♀	Occid. ☿	Syzygiæ Planetarũ mutuæ, & eorum congressus cum illustrioribus aliquibus stellis fixis.
	H ′	H ′	H ′	H ′	H ′	H ′	
1						15 ☌ 5	☌ ☉ ♄. 31. ♃ occid. 10.
2			7 □ 24		16 ✶ 10		♃ m. c. cum fin. hu. Orio.
3							
4	14 ✶ 14	7 △ 8	15 △ 39				
5				9 ✶ 38	1 □ 29		♃ m. c. cum Regel.
6		17 □ 55				16 ✶ 32	☉ ap. □ ♃ ♀ per orbem
7 □	6 32				12 ☌ 0		✶ ☉ ♃ 9.30.
8 Asc.	3 ♒			0 □ 12			☌ ♂ cum Regu. a.
9	22 △ 21	4 ✶ 33	18 ☍ 24			3 □ 1	
10				13 △ 17			
11						10 △ 57	
12					8 ☍ 3		☉ ☋ 1.45.
13		11 ☌ 27					
14 ☍	23 21		12 △ 8				
15 Asc.	2 ♍			10 ☍ 10		18 ☍ 7	
16			17 □ 12		10 △ 50		
17							☿ m. c. cum proc.
18		4 ✶ 54	20 ✶ 5				♂ or. cum trico. (Her. b.
19	12 △ 25			20 △ 8	0 □ 13	19 △ 1	♀ or. cum hyd. ♀ m. c. cũ
20		6 □ 18					☉ Peri. ☌ ☉ ☿ 20.6. c
21 □	17 30				3 ✶ 0	9 □ 49	
22 Asc.	1 ♍	7 △ 42		0 □ 0		Orient.	
23	13 ✶ 50		0 ☌ 31			14 ✶ 18	
24				5 ✶ 25			♀ occ. cum Her.
25					13 ☌ 7		☉ ♌ 17.37.
26		16 ☍ 16					
27			12 ✶ 13			22 ☌ 30	
28 ☌	21 31						
29 Asc.	4 ♏		22 □ 40	1 ☌ 18			
30					11 ✶ 52		
31		11 △ 17					✶ ♃ ♀ platicè.

a. *Die 8. Spectabitur ☌ ♂ cum Regulo per corpus.*
b. *Die 19. ♂ occ. cum Algorab.*
c. *Die 20. ♂ or. cum hydra, & ☿ cum crica.*
☿ F. t. directus prope Basiliscum.

Dies		☉ ♍ P	′	″	☽ ♎ P	′	♄ ♒ (M D) P	′	♃ ♊ (M D) P	′	♂ ♍ (S A) P	′	♀ ♋ (M A) P	′	☿ ♌ (M A) P	′	☊ ♋ P	′
		Positus Planetarum Diurnus.																
22	1	8	38	51	13	3	6	37	18	23	9	23	25	48	23	14	24	12
23	2	9	37	2	25	3	6	33	18	29	9	41	26	28	23	34	24	9
24	3	10	35	15	7 ♏	3	6	30	18	36	10	20	27	9	24	2	24	6
25	4	11	33	29	19	5	6	26	18	42	10	58	27	51	24	34	24	3
26	5	12	31	45	1 ♐	12	6	22	18	48	11	36	28	34	25	12	23	59
D 27	6	13	30	2	13	20	6	19	18	54	12	15	29	18	25	55	23	56
28	7	14	28	21	25	35	6	15	19	0	12	53	0 ♌	3	26	43	23	53
29	8	15	26	42	8 ♑	21	6	12	19	5	13	31	0	49	27	36	23	50
30	9	16	25	5	21	13	6	9	19	10	14	10	1	36	28	33	23	47
31	10	17	23	29	4 ♒	18	6	6	19	15	14	48	2	24	29	35	23	44
Sep. 1	11	18	21	55	17	40	6	3	19	20	15	27	3	13	0 ♍	41	23	40
2	12	19	20	23	1 ♓	28	6	1	19	25	16	6	4	2	1 S	51	23	37
D 3	13	20	18	53	15	25	5	59	19	29	16	44	4	52	3	4	23	34
4	14	21	17	24	29	41	5	56	19	34	17	23	5	43	4	19	23	31
5	15	22	15	57	14 ♈	14	5	54	19	38	18	1	6	35	5	37	23	28
6	16	23	14	32	28	58	5	52	19	42	18	40	7	27	6	58	23	24
7	17	24	13	0	13 ♉	45	5	49	19	46	19	18	8	20	8	22	23	21
8	18	25	11	48	28	30	5	47	19	50	19	57	9	14	9	48	23	18
9	19	26	10	29	13 ♊	4	5	45	19	53	20	35	10	8	11	16	23	15
D 10	20	27	9	12	27	23	5	43	19	57	21	14	11	3	12	46	23	12
11	21	28	7	56	11 ♋	22	5	41	20	0	21	52	11	58	14	18	23	9
12	22	29	6	42	24	59	5	39	20	3	22	31	12	54	15	52	23	5
13	23	0 ♎	5	30	8 ♌	13	5	38	20	6	23	9	13	52	17	20	23	2
14	24	1	4	20	21	6	5	36	20	9	23	48	14	49	19	2	22	59
15	25	2	3	12	3 ♍	40	5	34	20	12	24	26	15	46	20	39	22	56
16	26	3	2	6	15	58	5	33	20	14	25	5	16	44	22	17	22	53
D 17	27	4	1	2	28	3	5	31	20	16	25	43	17	43	23	56	22	49
18	28	5	0	0	9 ♎	59	5	30	20	18	26	22	18	42	25	36	22	46
19	29	5	59	0	21	48	5	28	20	20	27	0	19	41	27	17	22	43
20	30	6	58	2	3 ♏	33	5	27	20	22	27	39	20	41	28	58	22	40

Latitudo Planetarū ad diē		♄		♃		♂		♀		☿		
	1	0	2	1	7	0	7	3	37	2	5	
	11	0	2	1	20	0	8	2	36	0 S	5	Mensis
	21	0	3	1	13	0	9	1	36	1	7	

Syzygiæ Lunares.

Dies	☉	Occid. ♄	Orient. ♃	Occid. ♂	Orient. ♀	Orient. ☿	Syzygiæ Planetarũ mutuę, & eorum congressus cum illustrioribus aliquibus stellis fixis.
	'	H '	H '	H '	H '	H '	
1			10 △ 45			20 ✱ 37	♀ occ. cum ast. austr.
2		12 □ 54		Orient.	3 □ 0		☾ Apog. ☌ ☉ ♂ 5.5.
3	7 ✱ 49			6 ✱ 55			
4					18 △ 28	11 □ 28	♂ or. cum cauda ☊. a.
5		2 ✱ 14		21 □ 30			♃ m.c. cum cing. Or.
6 □	0 16		10 ☍ 40				♀ or. cum Præs. & acu.
7 Asc.	19 ✱					1 △ 48	
8	14 △ 15			10 △ 5			♀ or. cũ pro. & asi. aust.
9					10 ☍ 17		☾ ☋ 4.41.
10		3 ☌ 12					♀ m.c cum hœdis.
11			2 △ 55				☿ or. cum trica.
12						0 ☍ 55	□ ☽ ♃ 2.13 ☿ or. cũ hy.
13 ☍	9 3		6 □ 55	2 ☍ 22			
14 Asc.	1 ♊	10 ✱ 16			10 △ 35		☍ ♄ ♀ 5.47.
15			8 ✱ 51				
16		11 □ 15			14 □ 39	14 △ 21	☾ Perig. (160. & 31.
17	18 △ 13			9 △ 27			□ ♃ ☌ 19.12 ♀ oc. cũ
18		11 △ 58			18 ✱ 51	20 □ 43	♀ or. cum cane maiore.
19 □	23 48		11 ☌ 28	13 □ 13			♀ or. cum cauda ☊.
20 Asc.	4 ♏						♂ m.c. cum cauda ☊.
21				19 ✱ 26		5 ✱ 51	☽ ☊ 20.41.
22	8 ✱ 7	19 ☍ 18					
23			22 ✱ 15		11 ☌ 20		(hydra.
24							□ ♃ ☿ 16.55 ♀ m.c. cũ
25				19 ☌ 5			
26			8 □ 34			14 ☌ 32	
27 ☌	13 20	15 △ 0					(17.31.
28 Asc.	10 ♌		21 △ 0		19 ✱ 20		□ ☾ ♄ 11.48 ☌ ♂ ☿
29							✱ ♃ ☿ 16.8.b. (vind.
30		1 □ 46					☾ Apo. ☌ & ☿ or. cum

a. *Die 4. ♀ or. cum asino bor.*
b. *Die 19. ♂ m.c. cum rostro corui.*
Die 2. Erit ☌ ☉ ♂ cum differentia lat. scr. 7. ♀ occ. cum P. glept. & Apollis.

Positus Planetarum Diurnus.

	Stylo veteri	Stylo Gregor.	☉ ♎ P	'	"	☽ ♒ P	'	♄ ♒ (M D) P	'	♃ ♊ (M D) P	'	♂ ♍ (S A) P	'	♀ ♌ (M A) P	'	☿ ♎ (S D) P	'	☊ ♋ P	'
	21	1	7	57	6	15	22	5	26	20	24	28	18	21	41	0	40	22	37
	22	2	8	56	12	27 ♓	13	5	25	20	25	28	56	22	42	2	23	22	34
	23	3	9	55	20	9	11	5	24	20	26	29 ♎	35	23	43	4	6	22	30
D	24	4	10	54	30	21 ♑	18	5	24	20	27	0	14	24	45	5	50	22	27
	25	5	11	53	41	3	37	5	23	20	28	0	52	25	47	7	34	22	24
	26	6	12	52	54	16	10	5	23	20	28	1	31	26	49	9	18	22	21
	27	7	13	52	9	29 ♒	2	5	22	20	29	2	10	27	52	11	3	22	18
	28	8	14	51	26	12	12	5	22	20 ℞	29	2	48	28	55	12	48	22	15
	29	9	15	50	45	25 ♓	44	5	22	20	29	3	27	29 S ♍	58	14	34	22	11
	30	10	16	50	6	9	36	5 D	22	20	29	4	6	1	1	16	20	22	8
D	1	11	17	49	29	23 ♈	49	5	22	20	28	4	45	2	6	18	6	22	5
Oc.	2	12	18	48	54	8	21	5	22	20	28	5	23	3	10	19	51	22	2
	3	13	19	48	21	23 ♉	8	5	22	20	27	6	2	4	15	21	36	21	59
	4	14	20	47	50	8	4	5	23	20	26	6	41	5	20	23	21	21	55
	5	15	21	47	21	23 ♊	3	5	23	20	25	7	20	6	25	25	6	21	52
	6	16	22	46	54	7	56	5	24	20	24	7	58	7	31	26	51	21	49
	7	17	23	46	29	21 ♋	16	5	24	20	22	8	37	8	37	28 ♏	36	21	46
D	8	18	24	46	6	6	59	5	25	20	20	9	16	9	43	0	20	21	43
	9	19	25	45	41	21 ♌	0	5	26	20	18	9	55	10	49	2	4	21	40
	10	20	26	45	26	4	38	5	27	20	16	10	33	11	55	3	48	21	36
	11	21	27	45	9	17 ♍	51	5	28	20	13	11	12	13	2	5	31	21	33
	12	22	28	44	54	0	41	5	30	20	11	11	51	14	9	7 M	14	21	30
	13	23	29 ♏	44	41	13	15	5	32	20	8	12	30	15	16	8	56	21	27
	14	24	0	44	30	25 ♎	29	5	33	20	5	13	9	16	23	10	38	21	24
D	15	25	1	44	21	7	29	5	35	20	2	13	48	17	31	12	20	21	20
	16	26	2	44	14	19 ♏	18	5	37	19	58	14	27	18	38	14	1	21	17
	17	27	3	44	8	1	0	5	38	19	55	15	6	19	46	15	41	21	14
	18	28	4	44	4	12	39	5	40	19	51	15	45	20	54	17	20	21	11
	19	29	5	44	2	24 ♐	17	5	42	19	47	16	24	22	2	18	58	21	8
	20	30	6	44	2	5	59	5	44	19	43	17	3	23	10	20	35	21	5
	21	31	7	44	4	17	48	5	46	19	39	17	42	24	19	22	11	21	1

Latitudo Planetarū ad diē	♄	'	♃	'	♂	'	♀	'	☿	'	
1	0	3	1	16	0	10	0 S	41	1	26	
11	0	4	1	18	0	11	0	9	1	0	Mensis
21	0	5	1	21	0	12	0	51	0 M	3	

Syzygiæ Lunares.

Dies	☉	Occid. ♄	Orient. ♃	Occid. ♂	Orient. ♀	Orient. ☿	Syzygiæ Planetarũ mutuæ, & eorum congressus cum illustrioribus aliquibus stellis fixis.
	H ′	H ′	H ′	H ′	H ′	H ′	
1					14 □ 0		
2		16 ✶ 25		3 ✶ 28		12 ✶ 5	
3	1 ✶ 35		22 ☍ 18				△ ♄ ☿ 18. ☌ ♀ cũ re-
4				18 □ 20	7 △ 19		☿ or. cum arcturo.
5 □	17 30					8 □ 41	♂ m.c. cum [illegible]
6 Asc.	3 ♎						☉ ☋ 11.33.
7		11 ☌ 33		6 △ 0			♂ m.c. cum Algorab.
8	5 △ 3		14 △ 40			1 △ 12	☿ or. cum corona.
9					7 ☍ 56		♀ or. cum [illegible] coma Bere.
10			18 □ 16			Occid.	☌ ☉ ☿ 15 13 ♀ or. cũ ly. a
11		19 ✶ 5		18 ☍ 52			♂ or. cũ [illegible] ☿ ✶ 16
12 ☍	18 34		19 ✶ 38			21 ☍ 10	△ ♄ ♂ quasi △ ♃ ☿
13 Asc.	15 ♎	19 □ 37			19 △ 14		△ ☉ ♃ 13.36. (8.23. b.
14							☉ Perig.
15		19 △ 52			23 □ 16		
16			20 ☌ 21	0 △ 4			
17	2 △ 5					11 △ 24	
18				4 □ 6	5 ✶ 4		
19 □	9 44					22 □ 10	☉ ☊ 1.10. ☿ or. cũ lyra
20 Asc.	10 ♏	1 ☍ 28		21 ✶ 16			□ ♄ ☿ 23.18 ♀ or. cũ [illegible]
21	10 ✶ 0		4 ✶ 22				
22						14 ✶ 25	
23			13 □ 26		4 ☌ 21		♂ or. cum corona. c.
24		20 △ 6					
25				13 ☌ 35			♂ occ. cum spica ♍.
26			1 △ 22				
27 ☌	6 31	9 □ 28					□ ♃ ♀ 4.0.
28 Asc.	4 ♏				18 ✶ 51	11 ☌ 12	☿ Ap. □ ☿ ♄ 23.10. d
29		23 ✶ 26					♂ or. cum [illegible] corui.
30				13 ✶ 48			♂ m.c. cũ [illegible] ♍ [illegible]
31			3 ☍ 42		14 □ 24		☌ or. cum [illegible] ♍.

a. Die 10. ☿ or. & ♀ oc. cũ [illegible]. | c. Die 23. ☿ or. cum cauda cyg. & [illegible].

b. Die 12. ☿ or. cum spica ♍. | d. Die 28. ♂ or. cũ ala de. corui. ♀ m.c. cum cauda ♌.

♃ Fit ℞ culminando cum zona Orio.

♄ Fit dir. m.c. cum cauda cygni ferè.

Dies veteris	Dies Gregor.	Motus Planetarum Diurnus					S D		M D		S A		S A		M D			
		☉ ♏			☽ ♓		♄ ♒		♃ ♊		♂ ♎		♀ ♍		☿ ♏		☊ ♋	
Dies		°	'	"	P	'	P	'	P	'	P	'	P	'	P	'	P	'
D 22	1	8	44	8	29 ♑	47	5	48	19	34	18	21	25	27	23	46	20	58
23	2	9	44	13	11	59	5	51	19	30	19	0	26	36	25	19	20	55
24	3	10	44	20	24 ♒	28	5	53	19	25	19	39	27	45	26	52	20	52
25	4	11	44	29	7	16	5	56	19	20	20	19	18	54	28	23	20	49
26	5	12	44	40	20 ♓	25	5	59	19	15	20	58	0 ♎	3	29	53	20	45
27	6	13	44	52	3	57	6	1	19	10	21	37	1	13	1 ♐	21	20	42
28	7	14	45	6	17 ♈	52	6	4	19	5	22	16	2	22	2	48	20	39
D 29	8	15	45	22	2	9	6	7	18	59	22	56	3	32	4	13	20	36
30	9	16	45	40	16 ♉	46	6	10	18	54	23	35	4	42	5	36	20	33
31	10	17	46	0	1	38	6	13	18	48	24	14	5	52	6	57	20	30
No. 1	11	18	46	21	16 ♊	39	6	16	18	42	24	53	7	2	8	16	20	26
2	12	19	46	44	1	41	6	19	18	36	25	33	8	13	9	33	20	23
3	13	20	47	8	16 ♋	36	6	23	18	30	26	12	9	23	10	48	20	19
4	14	21	47	34	1	18	6	26	18	24	26	51	10	34	12	0	20	16
D 5	15	22	48	1	15	43	6	30	18	17	27	31	11	44	13	10	20	13
6	16	23	48	30	29	46	6	33	18	10	28	10	12	55	14	17	20	9
7	17	24	49	0	13 ♌	27	6	37	18	4	28	49	14	6	15	20	20	6
8	18	25	49	32	26	44	6	41	17	57	29	20	15	17	16	20	20	3
9	19	26	50	5	9 ♍	39	6	45	17	50	0 ♏	[illegible]	16	28	17	17	20	0
10	20	27	50	40	22	14	6	49	17 A	43	0	47	17	39	18 A	10	19	57
11	21	28	51	16	4 ♎	32	6	53	17	35	1	27	18	51	18	59	19	53
D 12	22	29	51	53	16	36	6	57	17	28	2	7	20	2	19	45	19	50
13	23	0 ♐	52	32	28 ♏	29	7	2	17	21	2	46	21	14	20	27	19	47
14	24	1	53	12	10	14	7	6	17	14	3	26	22	26	21	4	19	44
15	25	2	53	54	21 ♐	54	7	11	17	6	4	5	23	38	21	37	19	41
16	26	3	54	37	3	31	7	15	16	59	4	45	24	50	22	5	19	38
17	27	4	55	21	15	14	7	20	16	51	5	24	26	2	22	28	19	34
18	28	5	56	0	27 ♑	3	7	25	16	43	6	4	27	15	22	46	19	31
D 19	29	6	56	52	8	57	7	29	16	36	6	43	28	27	22	59	19	28
20	30	7	57	39	21	5	7	34	16	28	7	23	29	40	23	7	19	25

Latitudo Planetarũ ad diẽ												
	1	0	5	1	23	0	13	1	27	1	23	Mensis
	11	0	6	1 A	25	0	13	1	54	2 A	25	
	21	0	7	1	26	0	13	2	6	2	54	

Syzygiæ Lunares.

		Occid.	Orient.	Orient.	Orient.	Occid.	Syzygiæ Planetarũ mutuę, & eorum congressus cum illustrioribus aliquibus stelis fixis.
	☉	♄	♃	♂	♀	☿	
Dies	H '	H '	H '	H '	H '	H '	
1	19 ✱ 11						♂ or. cum spica ♍.
2				14 □ 15			△ ♃ ♂ 16.22 ☉ ☿ 17.60
3		21 ☌ 34			6 △ 45	5 ✱ 6	♀ or. cum vindem.
4 □	9 12		21 △ 52				☿ or. cum rost. gallinæ.
5 Asc.	20 ♋			1 △ 0		18 □ 50	✱ ♀ ☿ 13.10.
6	18 △ 12						♀ m. c. cum trica.
7			2 □ 2				♀ m. c. cum Algorab.
8		6 ✱ 32			2 ☍ 28	3 △ 45	
9			3 ✱ 25	11 ☍ 30			✱ ♄ ☿ 10.28 ♀ or. cũ ar-
10		7 □ 21					△ ♄ ☿ 7.31 ☿ or. cũ arct.
11 ☍	4 0						☽ Perig.
12 Asc.	1 ♉	7 △ 29			11 △ 24	13 ☍ 49	♃ m. c. cum zona Orio.
13			3 ☌ 4	16 △ 22			♂ m. c. cum cing. ♍.
14					16 □ 46		♀ m. c. cum vindem.
15	13 △ 2			21 □ 7			☉ ☌ ☿ 7.40.
16		12 ☍ 0					♀ or. cum corona.
17 □	22 35		8 ✱ 18		1 ✱ 18	3 △ 40	
18 Asc.	6 ♑			5 ✱ 2			
19			15 □ 28			15 □ 53	☌ ♃ ☿ 13.12 ♀ or. cũ Alg.
20	11 ✱ 57						△ ♃ ♀ 1.12 ♀ or. cũ Gob.
21		4 △ 42					✱ ♀ ☿ 7.41 ♀ or. cũ [illegible]
22			1 △ 44		7 ☌ 43	6 ✱ 45	♂ or. cum Fidicula. d.
23		17 □ 34		9 ☌ 16			☿ occ. cum cauda ♌.
24							
25							☽ Apog.
26 ☌	1 8	7 ✱ 39					
27 Asc.	10 ♓		3 ☍ 26			15 ☌ 7	♀ m. c. cum cing. ♍.
28				19 ✱ 14	0 ✱ 32		
29							✱ ☉ ♄ 13.43. ☉ ☿ 20.
30					18 □ 24		□ ♄ ♂ 7.46. (46.

a. *Die* 2. ♀ *m. c. cum rostro corui.*
b. *Die* 20. ☿ *or. cum aquila.* ♀ *m. c. cum spica* ♍.
c. *Die* 21. ♂ *m. c. cum arcturo.* ☿ *occ. cum spica* ♍.
d. *Die* 21. ♀ *or. cum spica* ♍.

Anni veteris	Anni Gregor.	☉ ♐			☽ ♐		M D ♄ ♒		M A ♃ ♊		S D ♂ ♒		S A ♀ ♒		M A ☿ ♐		☊ ♋	
Dies		P	'	"	P	'	P	'	P	'	P	'	P	'	P	'	P	'
21	1	8	58	27	3	29	7	39	16	20	8	2	0	52	23 ℞	10	19	22
22	2	9	59	16	16	13	7	44	16	13	8	42	1 D	5	23	7	19	18
23	3	11	0	6	29	19	7	49	16	5	9	21	3	18	22	57	19	15
24	4	12	0	58	12 ♓	42	7	54	15	57	10	1	4	30	22	42	19	12
25	5	13	1	51	26	42	7	59	15	50	10	40	5	43	22	23	19	9
D 26	6	14	2	45	10 ♈	59	8	5	15	42	11	20	6	56	22	0	19	6
27	7	15	3	40	25	33	8	10	15	34	11	59	8	9	21	33	19	3
28	8	16	4	36	10 ♉	21	8	15	15	27	12	39	9	21	21	3	18	59
29	9	17	5	32	25	18	8	20	15	19	13	19	10	35	20	30	18	56
30	10	18	6	31	10 ♊	15	8	26	15	11	13	58	11	48	19 S	55	18	53
De. 1	11	19	7	30	25	4	8	31	15	4	14	38	13	1	19	19	18	50
2	12	20	8	29	9 ♋	41	8	36	14	56	15	18	14	15	18	41	18	47
D 3	13	21	9	29	24	0	8	42	14	48	15	58	15	28	18	4	18	43
4	14	22	10	30	7 ♌	59	8	48	14	41	16	38	16	41	17	27	18	40
5	15	23	11	31	21	37	8	53	14	33	17	18	17	55	16	51	18	37
6	16	24	12	33	4 ♍	55	8	59	14	25	17	58	19	8	16	20	18	34
7	17	25	13	35	17	53	9	5	14	18	18	38	20	22	15	51	18	31
8	18	26	14	38	0 ♎	33	9	11	14	10	19	18	21	35	15	26	18	27
9	19	27	15	41	12	58	9	17	14	3	19	58	22	49	15	6	18	24
D 10	20	28	16	45	25	9	9	23	13	55	20	38	24	2	14	50	18	21
11	21	29	17	49	7 ♏	10	9	29	13	48	21	18	25	16	14	39	18	18
12	22	0 ♑	18	53	19	3	9	35	13	41	21	58	26	30	14	33	18	15
13	23	1	19	58	0 ♐	53	9	41	13	34	22	38	27	43	14 Di	33	18	12
14	24	2	21	3	12	41	9	48	13	27	23	18	28	57	14	39	18	8
15	25	3	22	8	24	30	9	54	13	20	23	58	0 ♐	11	14	50	18	5
16	26	4	23	12	6 ♑	24	10	0	13	14	24	38	1	25	15	7	18	2
D 17	27	5	24	16	18	27	10	7	13	7	25	19	2	39	15 D	29	17	59
18	28	6	25	23	0 ♒	41	10	13	13	1	25	59	3	53	15	56	17	56
19	29	7	26	29	13	10	10	20	12	54	26	39	5	7	16	18	17	53
20	30	8	27	35	25	57	10	26	12	48	27	19	6	21	17	4	17	49
21	31	9	28	41	9 ♓	4	10	33	12	42	28	0	7	35	17	45	17	46
Latitudo Planetarũ ad diẽ				1			0	8	1	25	0	14	2 D	12	1 S	0	Mensis	
				11			0	8	1	23	0	14	2	10	0	10		
				21			0	9	1	20	0	13	2	1	1 D	55		

Positus Planetarum Diurnus.

Syzygiæ Lunares.

Dies	☉	Occid. ♄	Orient. ♃	Orient. ♂	Orient. ♀	Occid. ☿	Syzygiæ Planetarũ inter se, & eorum congressus cum illustrioribus aliquibus stellis fixis.
Dies	H ′	H ′	H ′	H ′	H ′	H ′	
1	11 ✱ 13	7 ☌ 54		9 □ 3			♀ m.c. cum arcturo.
2			0 △ 0			12 ✱ 29	♂ m. cum cauda cygni. a
3 □	22 46			18 △ 47	7 △ 46		♂ or. cum chelis.
4 Asc.	18 ♑		5 □ 22			16 □ 42	♂ or. cum vindem.
5		19 ✱ 4					♂ occ. cum lance austr.
6	5 △ 20		7 ✱ 42			17 △ 35	
7		20 □ 33			22 ☍ 16		□ ♄ ♀ 0. 22. ☌ ♃ 10. 5
8			Occid.	3 ☍ 52			♀ or. cum cauda cyg. b
9		11 △ 4					♍ Per. ♀ or. cũ chelis.
10 ☍	13 54		7 ☌ 56			15 ☍ 3	♀ or. cum aquila.
11 Asc.	13 ♎						☌ ♃ ♀ 2. 40. (vindem
12				9 △ 52	8 △ 22	Orient.	♍ ☊ 15. 12. ♀ oc. cum
13							☌ ♂ ♀ 11. 45. ♂ m. c.
14		1 ☍ 21	11 ✱ 41	16 □ 2	17 □ 0	16 △ 0	(cum 64. c
15	3 △ 6						♃ m.c. cum Rigel.
16			17 □ 26			20 □ 25	
17 □	15 17			1 ✱ 30	5 ✱ 12		♀ occ. cum cing. ♍.
18 Asc.	4 ♒	16 △ 49					♀ m.c. cum corona.
19			2 △ 7			4 ✱ 7	(occ. ♏ . d.
20	6 ✱ 50						♃ oc. cũ cap. Med. ♂ ☌
21		4 □ 43					☍ ♃ ☿ p. o. ♀ m.c. cũ pri
22				6 ☌ 16	15 ☌ 51		♃ m.c. cũ 141. e fro. ♏
23		18 ✱ 4					♍ Ap. ♀ oc. cũ m. et cor ♏
24			1 ☍ 32			4 ☌ 4	✱ ♄ ☿ per or. ♀ or. cũ 8.
25 ☌	19 40						♃ m.c. cũ cap. et ♀ cũ 7 c
26 Asc.	3 ♑						♍ ☋ 23. 4 ♀ oc. cũ 64
27				14 ✱ 14			♀ m.c. cum antare.
28		18 ☌ 30	13 △ 29		6 ✱ 48		♂ m.c. cũ pri ✱ fro. ♏. f
29						6 ✱ 30	
30				1 □ 39	20 □ 58		♀ oc. cum trica. (antare
31	0 ✱ 50		6 □ 42			16 □ 22	♂ or. cũ roft. gal. & ♀ cũ

a. Die 2. ♀ or. cum Fidicula.
b. Die 8. ♀ m.c. cum lance austr.
c. Die 13. ♀ m.c. cum boreali lance, & ♂ occ. cum cing. ♍.
d. Die 20. ♀ occ. cum aculeo ♏.
e. Die 22. ♂ m.c. cum lucida corona.
f. Die 28. ♂ occ. cum neb. & corde ♏.

EPHEMERIS IOANNIS ANTONII MAGINI PATAVINI

Ad annum Dominicæ Incarnationis 1610.

Qui est secundus post Bissextilem, 28. à Kalendarij Gregoriana reformatione, & ab initio Mundi 5572.

Figura cœli in ingressu Solis in ♈ æquinoctium veris.

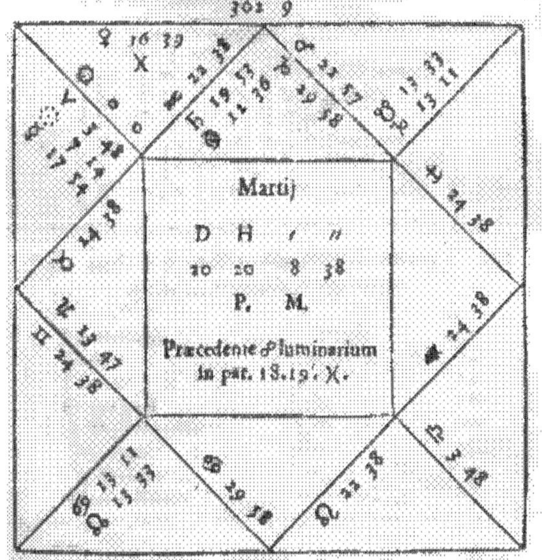

Anni Tropici vera magnitudo.

Dierum 365. *Horarum* 5. *Scr.* 55'. 32''. 35'''. 42''''.

ANNO VIRGINEI PARTVS 1610 communi.

			D.	H.	′	″
Ingressus ☉ in principium	♋, Seu solstitij æstiui	Iunij	21	16	20	51
	♎, Seu æquinoctij autumni	Septemb.	23	3	54	21
	♑, Seu solstitij hiemalis	Decemb.	21	11	18	43

	P.	′	″	‴
Vera præcessio Æquinoctiorum	28	10	48	15
Obliquitas Zodiaci	23	28	1	16

Eccentricitas ☉ 32209. Qualium semidiameter eccentrici ☉ par. 1000000, seu par. 1, 55′, 57″, 12‴. Qualium P. 60.

		P.	′	″			
Locus Apogæi	♄	29	35	12	♓	Aureus Numerus	15
	♃	6	57	10	♎	Cyclus Solis	23
	♂	28	47	40	♌	Epacta	5
	☉	9	47	35	♋	Indictio Romana	8
	♀	16	31	47	♊	Litera Dominicalis	C
	☿	0	37	52	♓	Interuallum hebd. 8. Dies	2

Festa mobilia secundum Sacrosanctæ Romana ***Ecclesia*** *usum iuxta annum reformatum.*

Septuagesima	Februarij	7
Cinis	Februarij	24
Pascha	Aprilis	11
Rogationes	Maij	16
Ascensio Domini	Maij	20
Pentecostes	Maij	30
Corpus Christi	Iunij	10
Aduentus Domini	Nouemb.	28

Quatuor Tempora anni, seu Ieiunia	Martij	3	5	6
	Iunij	2	4	5
	Septembris	15	17	18
	Decembris	15	17	18

Descriptio primæ Lunaris Eclipsis anno 1610.

Accident hoc anno binæ Lunares Eclipses, quarum prior erit die 25. Iunij H. 16.46′.40″. à meridie æquatis in gr. 13.23′.18″. ♑ in ☋ draconis. Anomalia autem Solis reperitur ad dictum tempus par. 3.42′.5″. nam tunc transit per apogæum sui Eccentrici, semidiameter ☉ apparens est 15′.49″. Lunaris porrò anomalia est par. 31.49′.9″. & eius semid. 15′.10″. Semidiameter autem umbræ terræ æquata est 40′.24″. Verus item motus latitudinis ☽ par. 95.19′.14″. & vera latitudo 28′.39″. Aquilonaris. Ad initium verò defectionis est 24′.10″. Austr. & ad exitum 33′.8″. Austr. Puncta corporis Lunæ obscurata erunt 10.39. & tempus casus, seu dimidium durationis H.1.45′.25″.

		H.	scr.		
Huius defectus Lunæ digitorum 10. 39′.	*Principium continget*	15	1	P. M.	*Notantur à principio ad finem H. 3. scr. 31′.*
		7	21	N. S.	
	Medium, seu vera ☍	16	47	P. M.	
		9	7	Horol.	
	Finis conspicietur	18	32	P. M.	
		10	52	Horol.	

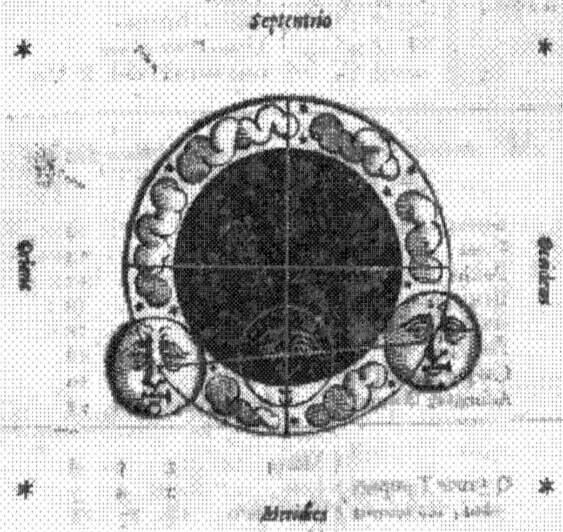

Septentrio

Oriens *Occidens*

Meridies

Sed huius Eclipsis solum initium supra finitorem nostrum apparebit, nam ante medium Eclipsis exoriente Sole Luna occidet ex maiori parte obumbrata: sed qui loca orientaliora possident, nempe Apuliam, Siciliam, Neapolim, Calabriam, Poloniam, Vngariam, Rutheniam, & Dalmatiam, vel alia situ conformia minorem partem corporis ☾ in vmbra terrae inuolutam percipient, & qui M[illegible]am, & Graeciam habitant, vel alia loca similis longitudinis nullam prorsus habebunt Eclipsin. Contra verò occidentaliores maiorem partem obscurationis animaduertent, & qui Galliam, Flandriam, Angliam, Aphricam, Aragoniae regnum, Heluetiam, Frisiam, Hispaniam, Portugalliam, Scotiam, Landiam, & Irlandiam habitant etiam ipsum Eclipsis medium facilimè obseruare poterunt.

Descriptio alterius Eclipsis Lunae anno 1610.

Die 19. Decemb. H. 16. 4'. 34''. à meridie aequatis conspicietur iterum ☾ dimidia ferè sui parte lumine hebetata non procul à ☊ existens in gr. 7. 58'. 58''. [illegible]. Anomalia autem ☾ ad illud tempus inuenitur par. 183. 19'. 50''. & eius apparens semidiameter 17'. 49''. Sol verò recedens ab opposita augis Excentrici habet anomaliae par. 194. 0'. 47''. & eius semidiameter est 16'. 51''. Semidiameter item terrenae vmbrae absoluta 48'. 51''. Verus latitudinis ☾ motus par. 279. 20'. 30''. & vera latitudo 48'. 38''. Septentr. Verum ad initium defectus 44'. 15''. Septentr. & ad finem 52'. 50''. Septentr. Digiti Eclipsis numerabuntur 6. 4'. Tempus incidentiae H. 1. 17'. 50''.

Huius defectus Lunae digitorum 6. 4'.		H.	scr.		Spatium temporis à principio ad finem H. 2. scr. 36'.
	Principium spectabitur	14	47	P. M.	
		10	29	N. S.	
	Medium, seu vera ☍	16	5	P. M.	
		11	47	N. S.	
	Finis continget	17	22	P. M.	
		13	4	N. S.	

Sequitur Schema Praedictae Eclipsis Lunae.

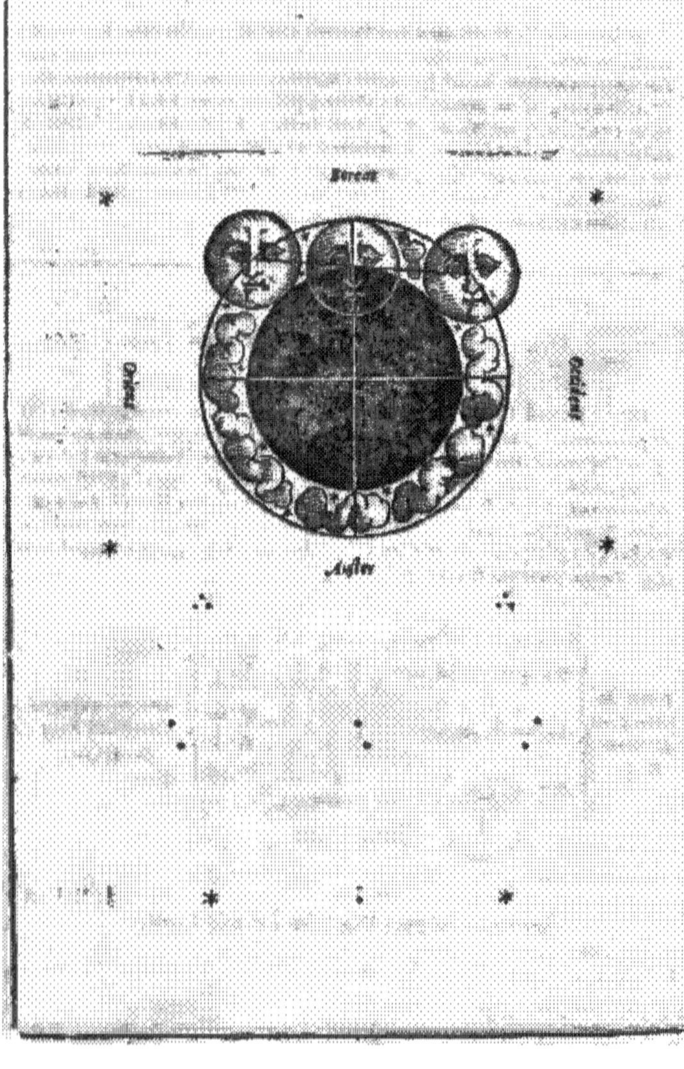

Boreas
Oriens
Occidens
Auster

Planetarum status.

♄
Toto hoc anno ad longitudinem mediam Eccentrici vadit.
Die 5. Februarij in Apogæo
Die 12. Augusti in Perigæo } Epicycli inuenitur.
Post 3. Iunij vsq; in 21. Octobris contra signorum sequelam rotabitur.

♃
Præsenti anno discurrit per medietatem, seu longitudinem mediam Eccentri.
Die 25. Iunij Apogæum Epicycli perlustrat.
Die 4. Februarij retrogradationem perficit, post die 11. Nouemb, vsque ad exitum anni & vltra iterum regressum patitur.

♂
Discurrit per inferiorem partem sui deferentis die 19. Iulij.
Die 15. Septembris in Perigæo sui Epicycli reperitur.
A die 11. Septemb. vsq; ad 15. Nouemb. contra signorum ordinem gradietur.

♀ Die
8. Iunij in Auge
8. Decemb. in opposito Augis } Eccentri est.
12. Maij ad Apogæum parui orbis deuenit.
Per totum hunc annum continuo progreditur.

☿ Die
23 Maij Perigæum
21 Nouemb. Apogæum } Eccentrici perlustrat.
7 Februarij in Apogæo
6 Aprilis in Perigæo
3 Iunij in Apogæo
1 Augusti in Perigæo
28 Septemb. in Apogæo
24 Nouemb. in Perigæo } Epicycli est.
15 Martij in diem 17. Aprilis
21 Iulij vsq; ad 13. Augusti
14 Nouemb. vsq; post 5. Decemb. } Contra signorũ consequentiã rotabitur.

Iulii veteres	Anni Gregor.	☉ ♑ P	'	''	☽ ♓ P	'	M D ♄ ♒ P	'	M A ♃ ♊ P	'	S D ♂ ♒ P	'	S D ♀ ♐ P	'	S D ☿ ♐ P	'	☊ ♋ P	'
Dies																		
22	1	10	29	47	12 ♈	34	10	39	12	36	28	40	8	49	18	31	17	43
23	2	11	30	54	6	27	10	46	12	30	29	20	10	3	19	21	17	40
C 24	3	12	32	1	20 ♉	38	10	52	12	24	0 ♓	0	11	18	10	15	17	37
25	4	13	33	8	5	6	10	59	12	18	0	41	12	32	11	13	17	33
26	5	14	34	14	19 ♊	46	11	6	12	13	1	21	13	46	22	33	17	30
27	6	15	35	20	4	32	11	13	12	7	2	1	15	0	23	19	17	27
28	7	16	36	26	19 ♋	17	11	20	12	2	2	42	16	15	24	26	17	24
29	8	17	37	31	3	52	11	27	11	57	3	22	17	29	25	36	17	21
30	9	18	38	36	18 ♌	14	11	34	11	52	4	2	18	43	16	49	17	18
C 31	10	19	39	41	2	20	11	41	11	47	4	43	19	58	18	5	17	15
Ian. 1	11	20	40	46	16	6	11	48	11	43	5	23	21	12	29 ♑	24	17	12
2	12	21	41	50	29 ♍	33	11	55	11	38	6	3	22	27	0	46	17	9
3	13	22	42	53	12	43	12	2	11	34	6	44	23	41	2	10	17	6
4	14	23	43	56	25 ♎	37	12	9	11	30	7	24	24	56	3	36	17	2
5	15	24	44	58	8	16	12	16	11	26	8	5	26	10	5	4	16	59
6	16	25	46	0	20 ♏	48	12	23	11	22	8	46	27	25	6	34	16	56
C 7	17	26	47	1	3	0	12	30	11	19	9	26	28	39	8 M	6	16	53
8	18	27	48	2	15	9	12	37	11	15	10	7	29 ♑	54	9	40	16	50
9	19	28	49	3	27 ♐	13	12	44	11	12	10	48	1	8	11	15	16	47
10	20	29	50	2	9	14	12	51	11	9	11	29	2	23	12	52	16	43
11	21	0 ♒	51	1	21 ♑	15	12	59	11	6	12	9	3	37	14	30	16	40
12	22	1	51	59	3	19	13	6	11	3	12	50	4	51	16	9	16	37
13	23	2	52	56	15	28	13	13	11	1	13	31	6	6	17	49	16	34
C 14	24	3	53	52	27	40	13	21	10	58	14	12	7	21	19	30	16	31
15	25	4	54	47	10 ♒	15	13	28	10	56	14	53	8	35	21	12	16	28
16	26	5	55	41	22	59	13	35	10	54	15	34	9	50	22	55	16	24
17	27	6	56	34	5 ♓	59	13	42	10	52	16	15	11	5	24	39	16	21
18	28	7	57	26	19	17	13	50	10	50	16	56	12	19	26	24	16	18
19	29	8	58	17	2 ♈	55	13	57	10	49	17	37	13	34	28	9	16	15
20	30	9	59	7	16	52	14	4	10	48	18	18	14	49	29	55	16	12
C 31	31	10	59	56	1 ♉	6	14	11	10	47	18	59	16	3	1 ♒	42	16	8

Latitudo Planetarũ ad diẽ	♄	'	♃	'	♂	'	♀	'	☿	'	
1	0	9	1	17	0	13	1	35	1	46	Mensis
11	0	10	1	13	0	12	1	13	0 M	40	
21	0	11	1	9	0	10	0	49	0	30	

Syzygiæ Lunares.								
			Occid.	Occid.	Orient.	Orient.	Orient.	Syzygiæ Planetarū mutuæ, & earum congressus cum illustrioribus aliquibus stellis fixis.
		☽	♄	♃	♂	♀	☿	
Dies		H ′	H ′	H ′	H ′	H ′	H ′	
1					11 △ 4			
2	□	9 16	7 ⚹ 21	10 ⚹ 10		6 △ 41	23 △ 18	⚹ ♄ ♀ 14.57 ☌ [illegible] cū 64.
3	Asc.	9 ♍						☍ ♃ ☿ 19.48. ♂ m.c. cū
4		14 △ 51	9 □ 41					☿ m.c. cum neb. ⚹ (70.
5					19 ☍ 43			☿ occ. cum arcturo.
6			10 △ 58	12 ☌ 17		18 ☍ 37		☽ Perig.
7							9 ☍ 12	(antare. a.
8								☽ ☊ 22.15. ♂ m.c. cū
9	☍	0 45						(arcturo.
10	Asc.	23 ♉	16 ☍ 26	16 ⚹ 24	4 △ 22			△ ♄ ♃ 13.6. ♀ occ. cū
11						10 △ 2		♀ or. cū aq. & ☿ m.c. cum
12				21 □ 55	11 □ 30		2 △ 26	(neb. ⚹. b.
13		20 △ 11				22 □ 38		
14					13 ⚹ 36		17 □ 8	♂ or. cum antare.
15			7 △ 47	6 △ 3				☿ m.c. cum lyra.
16	□	10 41				12 ⚹ 31		☿ occ. cum neb ⚹.
17	Asc.	6 ♎	18 □ 57				11 ⚹ 34	
18								♀ or. cum cauda Del.
19		3 ⚹ 29						☍ ♃ ☌ 13.5.
20			7 ⚹ 21	3 ☍ 50	4 ☌ 45			☽ Apog.
21								☿ oc. cū coro. (cum lyra.
22						3 ☌ 25		⚹ ♄ ♂ 11.18. ♀ m.c.
23							5 ☌ 18	☽ ☋ 2.30 ♀ or. [illegible]
24	☌	22 44						☿ m.c. cum aquila.
25	Asc.	6 [illegible]	6 ☌ 7	2 △ 20	9 ⚹ 13			♀ or. cū acu. ⚹, & oc. cū
26								(neb. ⚹.
27				8 □ 47	19 □ 32	10 ⚹ 8		♄ oc. cum Fomalh.
28							14 ⚹ 22	☿ m.c. cum cor. ♑.
29		11 ⚹ 14	19 ⚹ 8	13 ⚹ 37		20 □ 8		♀ or. cum pec. ⚹. ♂ m.c.
30					2 △ 28			△ ☉ ♃ 18.58 (cū 177
31	□	17 34	21 □ 55				2 □ 22	♂ occ. cum arcturo. d.
	Asc.	22 ♑						

a. Die 8. ♀ m.c. cum aculeo ⚹.

b. Die 11. ♂ occ. cum coma Beren.

c. Die 23. ☿ m.c. cum rostro galli.

d. Die 31. ♀ occ. cum corona, & ☿ m.c. cum cauda Del.

Positus Planetarum Diurnus.

Iuliani stili	Gregor. stili	☉ ♒			☽ ♉		♄ ♒ M D		♃ ♊ M A		♂ ♐ S D		♀ ♑ S D		☿ ♒ M D		☊ ♋	
Dies		P	′	″	P	′	P	′	P	′	P	′	P	′	P	′	P	′
22	1	12	0	44	15 ♊	31	14	19	10	47	19	40	17	18	3	30	16	5
23	2	13	1	21	0	4	14	26	10	46	20	21	18	32	5	18	16	2
24	3	14	2	17	14	36	14	33	10	46	21	3	19	47	7	7	15	59
25	4	15	3	2	29	6	14	40	10 D	46	21	44	21	1	8	56	15	56
26	5	16	3	46	13 ♋	23	14	48	10	46	22	25	22	16	10	45	15	53
27	6	17	4	28	27	25	14	55	10	46	23	7	23	30	12	35	15	49
C 28	7	18	5	9	11 ♌	10	15	2	10	47	23	48	24	45	14	25	15	46
29	8	19	5	49	24	37	15	9	10	47	24	29	25	59	16	16	15	43
30	9	20	6	28	7 ♍	46	15	17	10	48	25	10	27 M	14	18	7	15	40
31	10	21	7	6	20	43	15	24	10	49	25	52	28	28	19	58	15	37
Feb. 1	11	22	7	43	3 ♎	24	15	31	10	51	26	33	29	42	21	48	15	33
2	12	23	8	18	15	55	15	38	10	53	27	15	0 ♒	57	23	39	15	30
3	13	24	8	51	28	16	15	46	10	54	27	56	2	12	25 A	29	15	27
C 4	14	25	9	23	10 ♏	31	15	53	10	56	28	38	3	26	27	19	15	24
5	15	26	9	53	22	42	16	0	10	58	29 ♑	19	4	41	29 ♓	9	15	21
6	16	27	10	21	4 ♐	51	16	7	11	0	0	1	5	55	0	58	15	18
7	17	28	10	48	17	0	16	15	11	2	0 M	41	7	10	2	47	15	14
8	18	29	11	13	29	12	16	22	11	5	1	24	8	24	4	36	15	11
9	19	0 ♓	11	36	11 ♑	29	16	29	11	7	2	5	9	39	6	24	15	8
10	20	1	11	58	23	54	16	36	11	10	2	47	10	53	8	12	15	5
C 11	21	2	12	18	6 ♒	29	16	43	11	13	3	28	12	8	9	59	15	2
12	22	3	12	36	19	17	16	51	11	16	4	10	13	22	11	46	14	59
13	23	4	12	52	2 ♓	21	16	58	11	19	4	51	14	37	13	32	14	55
14	24	5	13	7	15	42	17	5	11	23	5	33	15	51	15	18	14	52
15	25	6	13	20	29 ♈	20	17	12	11	27	6	14	17	6	17	3	14	49
16	26	7	13	31	13	15	17	19	11	31	6	56	18	20	18	47	14	46
17	27	8	13	40	27 ♉	26	17	26	11	35	7	38	19	35	20	30	14	43
C 18	28	9	13	48	11	49	17	33	11	40	8	19	20	44	22	11	14	40

Latitudo Planetarũ ad diẽ	♄		♃		♂		♀		☿		
1	0	11	1	4	0	7	0 M	21	1	30	Menſis
11	0	12	1	0	0 M	3	0	5	1 A	47	
21	0	13	0	56	0	2	0	26	1	21	

Syzygiæ Lunares.

Occid.	Occid.	Orient.	Orient.	Orient.	Syzygiæ Planetarũ mutuæque & eorum congressus cum illustrioribus aliquibus stellis fixis.
♄	♃	♂	♀	☿	
H ′	H ′	H ′	H ′	H ′	
23 △ 53	17 ☌ 38		3 △ 11	9 △ 51	♀ m.c. cum rostro galli ☽ Perig. ♂ or. cũ aquila
Orient.		11 ☍ 11			☌ ☽ ♄ 13.47 ♀ m.c. cũ aq ♂ m.c cum neb. ...
	23 ✶ 21		16 ☍ 39		△ ♃ ♀ 0.13 ☽ ☊ ... ♄ occ. cum cauda ♑ ...
6 ☍ 58		23 △ 47		6 ☍ 43	☌ ♄ ♀ 8 32.
	5 □ 34	10 □ 18	16 △ 16		♀ m.c. cum cor. ♌.
23 △ 26	14 △ 18	23 ✶ 10		Occid. 17 △ 39	☌ ☽ ♀ 9.25. ☿ occ. cum cauda Del.
10 □ 41			8 □ 33		♀ m.c. cum cauda Del. ☿ occ. cum rost. galli.
				14 □ 58	☽ ap. ✶ ♂ ☿ 3.35 ☋ or.

5,

...zygiæ Lunares.

Orient. ♂	Orient. ♀	Occid. ☿	Syzygiæ Planetarũ mutuæ, & eorum congressus cum illustrioribus aliquibus stellis fixis.
H ′	H ′	H ′	
	21 △ 42		☽ Perig. □ ☉ ♃ 15. 16.
2 ☍ 48		3 □ 26	♀ occ. cum cauda Del. ☽ ☊ 8. 20.
		13 △ 5	(cum 20. ♀ or. cum neb. [illegible] ☌ ♀
10 △ 0	17 ☍ 49		♀ occ. cum rost. galli.
		17 ☍ 37	♂ occ. cum corona.
9 □ 4			♀ occ. cum Fidicula
23 ✶ 56	1 △ 55		♂ m. c. cum rostro galli. ☽ ap ✶ ♃ ☿ 17. 34. [illegible]
	20 □ 17	4 △ 32	
	13 ✶ 36	19 □ 2	♃ m. c. cum capra. b. □ ♃ ♀ 6. 9 ☽ ☋ 13. 17
4 ☌ 56			□ ♂ ♀ per orbem.
		6 ✶ 19	♃ m. c. cum sin. hu. Ori. c. ♃ occ. cum cap. Med.
0 ✶ 43	15 ☌ 49		♀ occ. cum cauda cygni. ✶ ♄ ☿ platicè.
6 □ 12		17 ☌ 15	
10 △ 4	6 ✶ 0		♃ m. c. cum Rigel, ☌ ♂ ☽ Perig. (cum cor. ♌

Dies Iuliani	Anni Gregor.	☉ ♈ P	'	"	☽ ♋ P	'	♄ ♒ M D P	'	♃ ♊ M A P	'	♂ ♒ M D P	'	♀ ♈ M D P	'	☿ ♈ S D P	'	☊ ♋ P	'
22	1	11	1	35	20 ♌	7	20	59	15	21	0	50	0	26	16	6	12	58
23	2	12	0	38	4	0	21	4	15	30	1	32	1	40	15	14	12	55
24	3	12	59	41	17 ♍	32	21	10	15	39	2	14	2 A	54	14	17	12	52
C 25	4	13	58	42	0	42	21	15	15	49	2	57	4	8	13	17	12	48
26	5	14	57	41	13	33	21	20	15	58	3	39	5	22	12	15	12	45
27	6	15	56	38	26 ♎	7	21	26	16	8	4	22	6	36	11	12	12	42
28	7	16	55	33	8	26	21	31	16	18	5	4	7	50	10	10	12	39
29	9	17	54	27	20 ♏	31	21	36	16	27	5	47	9	3	9	9	12	36
30	9	18	53	19	2	32	21	41	16	37	6	30	10	17	8	11	12	32
31	10	19	52	9	14	27	21	46	16	47	7	13	11	31	7	17	12	29
C 1	11	20	50	57	26 ♐	19	21	51	16	57	7	56	12	45	6	29	12	26
Ap. 2	12	21	49	41	8	13	21	56	17	7	8	39	13	59	5	48	12	23
3	13	22	48	27	20 ♑	10	22	0	17	17	9	22	15	13	5	14	12	20
4	14	23	47	9	2	15	22	5	17	28	10	5	16	26	4	48	12	17
5	15	24	45	49	14	29	22	10	17	38	10	47	17	40	4 M	30	12	13
6	16	25	44	27	26 ♒	55	22	14	17	49	11	30	18	54	4	19	12	10
7	17	26	43	4	9	35	22	19	18	0	12	13	20	7	4 Di	16	12	7
C 8	18	27	41	38	22 ♓	32	22	23	18	11	12	55	21	21	4	20	12	4
9	19	28	40	11	5	47	22	28	18	22	13	38	22	35	4	32	12	1
10	20	29	38	41	19 ♈	22	22	32	18	33	14	21	23	48	4	51	11	57
11	21	♉ 0	37	14	3	17	22	37	18	44	15	4	25	2	5	17	11	54
12	22	1	35	37	17 ♉	31	22	41	18	55	15	46	26	16	5	49	11	51
13	23	2	34	4	2	3	22	45	19	7	16	29	27	29	6	27	11	48
14	24	3	32	17	16 ♊	48	22	49	19	18	17	11	28	43	7	11	11	45
C 15	25	4	30	46	1	41	22	53	19	30	17	54	29 ♉	57	8	1	11	42
16	26	5	29	7	16 ♋	35	22	57	19	41	18	36	1	10	8	56	11	38
17	27	6	27	25	1	21	23	0	19	53	19	19	2	24	9	55	11	35
18	28	7	25	43	15 ♌	54	23	4	20	5	20	1	3	38	10	58	11	32
19	29	8	23	57	0	8	23	8	20	16	20	44	4	52	12	5	11	29
20	30	9	22	11	14	0	23	12	20	28	21	26	6	5	13	15	11	26

Latitudo Planetarũ ad diẽ	♄		♃		♂		♀		☿		
1	0	16	0	43	0	27	1 A	9	3	22	Mensis
11	0	17	0	40	0	37	1	3	1 M	9	
21	0	18	0	37	0	48	0	53	1	2	

3 1.1 5 3	19 ♉ 19. 1 0
	☿ occ. cum
4 ✱ ☉	♀ or. cum ♄
	♀ or. cum ♂

Anni veteris	Anni Gregor.	☉ ♉			☽ ♌		♄ ♒		♃ ♊		♂ ♒		☿ ♉		♀ ♈		☊ ♋	
Positus Planetarum Diurnus.																		
							M	D	M	A	M	D	M	A	M	D		
Dies		P	′	″	P	′	P	′	P	′	P	′	P	′	P	′	P	′
21	1	10	20	23	17 ♍	19	23	15	20	40	22	9	7	18	14	29	11	23
C 22	2	11	18	34	10	35	23	18	20	52	22	51	8	32	15	46	11	19
23	3	12	16	43	23 ♎	20	23	22	21	4	23	34	9	45	17	6	11	16
24	4	13	14	50	5	45	23	25	21	16	24	16	10	59	18	29	11	13
25	5	14	12	56	17	53	23	28	21	28	24	58	12	13	19	56	11	10
26	6	15	11	0	29	52	23	31	21	40	25	43	13	26	21	25	11	7
27	7	16	9	3	11 ♏	41	23	33	21	53	26	22	14	40	22	56	11	3
28	8	17	7	4	23	24	23	36	22	5	27	4	15	54	24	30	11	0
C 29	9	18	5	3	5 ♐	5	23	38	22	17	27	47	17	7	26	6	10	57
30	10	19	3	1	16	48	23	41	22	30	28	29	18	21	27	44	10	54
Ma. 1	11	20	0	58	28 ♑	35	23	43	22	42	29	11	19	34	29 ♉	24	10	51
2	12	20	58	53	10	31	23	46	22	55	29 ♓	55	20	48	0	5	10	47
3	13	21	56	47	22 ♒	37	23	48	23	7	0	37	22	1	2	47	10	44
4	14	22	54	39	4	57	23	50	23	20	1	19	23	15	4	30	10	41
5	15	23	52	30	17 ♓	34	23	52	23	33	2	1	24	28	6	14	10	38
C 6	16	24	50	20	0	10	23	54	23	45	2	43	25	41	7 A	59	10	35
7	17	25	48	9	13	43	23	56	23	58	3	25	26	55	9	43	10	31
8	18	26	45	56	27 ♈	28	23	58	24	11	4	7	28	8	11	32	10	28
9	19	27	43	42	11	30	23	59	24	24	4	49	29 ♊	21	13	20	10	25
10	20	28	41	26	25 ♉	53	24	1	24	37	5	31	0	[illegible]	15	9	10	22
11	21	29 ♊	38	10	10	35	24	3	24	50	6	12	1	48	16	58	10	19
12	22	0	36	53	25 ♊	30	24	4	25	3	6	54	3 S	1	18	48	10	16
C 13	23	1	34	35	10	31	24	5	25	16	7	35	4	14	20	39	10	13
14	24	2	32	15	25 ♋	31	24	7	25	29	8	17	5	28	22	30	10	9
15	25	3	29	54	10	22	24	8	25	43	8	58	6	41	24	22	10	6
16	26	4	27	32	24 ♌	59	24	9	25	56	9	40	7	54	26	14	10	3
17	27	5	25	9	9	16	24	10	26	9	10	21	9	7	28 ♊	7	10	0
18	28	6	22	45	23 ♍	11	24	11	26	23	11	3	10	20	0	0	9	56
19	29	7	20	20	6	43	24	11	26	36	11	44	11	34	1	53	9	53
C 20	30	8	17	54	19 ♎	51	24	11	26	50	12	25	12	47	3	47	9	50
21	31	9	15	27	2	37	24	12	27	3	13	6	14	0	5	41	9	47

Latitudo Planetarũ ad diẽ		♄		♃		♂		☿		♀		
	1	0	19	0	35	1	0	0	38	3	12	Mensis.
	11	0	21	0	33	1	13	0	22	3 A	4	
	21	0	23	0	31	1	28	0 S	2	2	6	

1610	
gia Luna	
Orient.	O
♂	

		Positus Planetarum Diurnus																	
							M	D	M	A	M	D	S	A	M	A			
		☉ ♊			☽ ♎		♄ ♒		♃ ♊		♂ ♓		♀ ♊		☿ ♊		☊ ♋	
Dies		P	'	''	P	'	P	'	P	'	P	'	P	'	P	'	P	'
22	1	10	12	59	15	3	24	12	27	17	13	47	15	13	7	35	9	44
23	2	11	10	30	27	15	24	12	27	30	14	28	16	27	9	29	9	41
24	3	12	8	0	9 ♏	10	24 ℞	12	27	44	15	9	17	40	11	23	9	37
25	4	13	5	30	20	57	24	12	27	57	15	49	18	53	13	18	9	34
26	5	14	2	59	2 ♐	38	24	12	28	11	16	30	20	6	15 S	12	9	31
C 27	6	15	0	27	14	15	24	12	28	24	17	11	21	20	17	7	9	28
28	7	15	57	54	25	53	24	11	28	37	17	51	22	33	19	1	9	25
29	9	16	55	20	7 ♑	35	24	11	28	51	18	32	23	46	20	55	9	21
30	9	17	52	40	19	25	24	10	29	4	19	12	24	59	22	48	9	18
31	10	18	50	11	1 ♒	26	24	10	29	18	19	52	26	13	24	41	9	15
Iun. 1	11	19	47	35	13	41	24	9	29	31	20	32	27	26	26	34	9	12
2	12	20	44	59	26	21	24	8	29	45	21	12	28	39	28	26	9	9
C 3	13	21	42	22	9 ♓	4	24	7	29	58	21	52	29	52	0 ♋	18	9	6
4	14	22	39	45	22	19	24	6	0 ♋	12	22	33	1 ♋	5	2	10	9	2
5	15	23	37	7	5 ♈	58	24	5	0	26	23	11	2	19	4	1	8	59
6	16	24	34	29	20	0	24	3	0	39	23	50	3	32	5	52	8	56
7	17	25	31	50	4 ♉	24	24	2	0	53	24	29	4	45	7	42	8	53
8	18	26	29	11	19	6	24	0	1	6	25	8	5	58	9	32	8	50
9	19	27	26	31	4 ♊	1	23	58	1	20	25	47	7	11	11	21	8	46
C 10	20	28	23	51	19	3	23	57	1	33	26	26	8	24	13	9	8	43
11	21	29	21	10	4 ♋	1	23	55	1	47	27	4	9	38	14	57	8	40
12	22	0 ♋	18	29	18	57	23	53	2	0	27	43	10	51	16	44	8	37
13	23	1	15	48	3 ♌	27	23	51	2	14	28	21	12	4	18	30	8	34
14	24	2	13	7	17	43	23	49	2	28	28	59	13	17	20	15	8	31
15	25	3	10	25	1 ♍	57	23	47	2	41	29	37	14	30	21	59	8	27
16	26	4	7	43	15	9	23	45	2	55	0 ♈	15	15	43	23	42	8	24
C 17	27	5	5	2	28	20	23	42	3	9	0	53	16	57	25 D	23	8	21
18	28	6	2	20	11 ♎	10	23	40	3	22	1	30	18	10	27	2	8	18
19	29	6	59	38	23	43	23	38	3	36	2	8	19	23	28	39	8	15
20	30	7	56	55	6 ♏	0	23	35	3	50	2	45	20	36	0 ♌	15	8	11

Latitudo Planetarũ ad diẽ		♄		♃		♂		♀		☿		
	1	0	24	0	29	1	45	0	16	0 S	33	
	11	0	26	0	28	2	2	0	39	0	49	Mensis
	21	0	27	0	27	2	20	0	54	1 D	45	

Syzygię Lunares.

		Orient.	Occid.	Orient.	Occid.	Orient.	Syzygię Planetarũ mutuę, & earum congressus cum illustrioribus aliquibus stellis fixis.
	☉	♄	♃	♂	♀	☿	
Dies	H ′	H ′	H ′	H ′	H ′	H ′	
1		18△5			0△22		♀ m.c.cum Ri. ♂ oc. c[illegible]
2			0△34				(20,[illegible]
3				12△54			☌ [illegible] ♀ 18.37.
4		6□32				Oc.14.	♀ m.c.cum 20. Orio. [illegible]
5							☿ oc. cum acarnar.
6 ☍	2 50	10✱34		6□25	16☍18	7☍2	☉ ap. □ ♂ ☿ 1.18.
7 Asc.	9 ♎		3☌43				♀ m.c. cũ [illegible]
8				23✱30			[illegible] ♄ ♀ 8.6 [illegible]
9							△ ♄ ♀ 17.25.
10							♃ occ. cum cane minore
11	12△42	10☌2					
12			6△44		5△2	4[illegible]53	☌ ♀ ☿ 8. oc. ♃ ☿ 19 [illegible]
13							☌ ♃ ♀ 2.26. □ ☽ ♂
14 □	0 48		14□4	0☌24	16□56	20□22	♀ occ. cũ ca. mi [illegible]
15 Asc.	3 ♎						△ ☽ ♄ 11.23.
16	8✱19	6✱45	18✱2				♀ oc. cum Bellatrice.
17					0✱40	6✱47	♀ or. cum Apolline.
18		7□51		10✱10			
19							♀ m.c. cum cane maiore
20 ☌	16 6	7△50	20☌44	11□22			☿ Per. ☿ oc. cum hedis.
21 Asc.	26 ♊				9☌53	20☌7	☽ ☊ 7.30.
22				17△13			
23							♀ oc. cũ hę. et ♀ cũ hyd.
24		10☍30					☌ ☽ ♃ 8.11 ♀ or. cũ 14[illegible]
25	2✱57		1✱55				♀ or. cũ 20. Or. (☌ Her[illegible]
26			Orient.		1✱10	17✱51	♀ m.c. cum Apolline.
27 □	13 37		9□9	5☍1			♀ or. cum hydra.
28 Asc.	22 ♉	13△50			14□49		♀ or. cũ Ri et m.c. cũ p[illegible]
29			19△51			11□4	♃ or. cũ Bel. ♀ m.c. cum [illegible]
30	4△13						♃ or. cum Apo. (Hercu[illegible]

Positus Planetarum Diurnus.

Anni Iuliani	Anni Grego.	☉			☽		♄		♃		♂		♀		☿		☊	
							M	D	M	A	M	D	S	A	S	D		
		♋			♏		♒		♋		♈		♋		♌		♋	
Dies		P	'	''	P	'	P	'	P	'	P	'	P	'	P	'	P	'
21	1	8	54	22	15	4	23	33	4	4	3	23	21	49	1	49	8	8
22	2	9	51	29	29	58	23	30	4	17	3	59	23	3	3	21	8	5
23	3	10	48	46	11 ♐	45	23	27	4	31	4	35	24	16	4	50	8	2
C 24	4	11	46	3	23	28	23	24	4	45	5	11	25	29	6	17	7	59
25	5	12	43	21	5 ♑	10	23	21	4	59	5	47	26	42	7	41	7	56
26	6	13	40	39	16	56	23	18	5	13	6	22	27	55	9	2	7	53
27	7	14	37	57	28 ♒	48	23	14	5	26	6	58	29	8	10	20	7	49
28	8	15	35	15	10	50	23	11	5	40	7	33	0 ♌	22	11	34	7	46
29	9	16	32	33	23 ♓	5	23	8	5	53	8	8	1	35	12	44	7	43
30	10	17	29	52	5	37	23	4	6	7	8	43	2	48	13	51	7	40
C 1	11	18	27	11	18 ♈	19	23	1	6	21	9	17	4	1	14	54	7	37
Iul. 2	12	19	24	30	1	43	22	57	6	34	9	51	5	14	15	52	7	33
3	13	20	21	49	15	19	22	54	6	48	10	25	6	27	16	45	7	30
4	14	21	19	9	29	10	22	50	7	1	10	59	7	40	17 M	33	7	27
5	15	22	16	29	13 ♉	37	22	46	7	15	11	32	8	54	18	16	7	24
6	16	23	13	49	28	12	22	42	7	28	12	5	10	7	18	53	7	21
7	17	24	11	10	13 ♊	1	22	38	7	41	12	38	11	20	19	24	7	18
C 8	18	25	8	31	27	53	22	34	7	55	13	10	12	33	19	49	7	14
9	19	26	5	53	12 ♋	42	22	30	8	8	13	42	13	46	20	7	7	11
10	20	27	3	15	27	21	22	26	8	21	14	14	15	0	20	17	7	8
11	21	28	0	37	11 ♌	46	22	21	8	35	14	45	16	13	20 ℞	19	7	5
12	22	28	58	0	25 ♍	53	22	17	8	48	15	16	17	26	20	13	7	2
13	23	29	55	23	9	40	22	13	9	1	15	47	18	39	19	59	6	59
14	24	0 ♌	52	47	23	7	22	8	9	14	16	18	19	52	19	38	6	55
C 15	25	1	50	12	6 ♎	15	22	4	9	28	16	48	21	6	19	9	6	52
16	26	2	47	37	19 ♏	6	21	59	9	41	17	18	22	19	18	32	6	49
17	27	3	45	3	1	41	21	54	9	54	17	47	23	32	17	47	6	40
18	28	4	42	30	14	3	21	50	10	7	18	16	24	45	16	55	6	43
19	29	5	39	58	26 ♐	15	21	45	10	20	18	45	25 D	58	15	58	6	39
20	30	6	37	26	8	19	21	41	10	33	19	13	27	11	14	57	6	36
21	31	7	34	55	20	17	21	36	10	46	19	41	28	24	13	54	6	33
Latitudo Planetarũ ad diẽ						1	0	18	0	16	2	37	1	10	1	46		
						11	0	30	0	25	2	54	1	18	0 M	40	Mensis	
						21	0	32	0	25	3	10	1 D	25	[illegible]	31		

0☌ 0					☿ m.c.cum hydr
	0△58				♀ or. cũ Proc. &
					♀ or. cũ prae. et a
	8□43	15☌ 0	6△48		☿ oc. cum Apol
13✱ 8				1△35	♃ m.c.cum cane
	13✱10		15□23		
14□58				7□51	♀ occ.cum as. b
		13✱22	21✱ 0		
15△27				10✱30	♀ or. cum cane
	16☌29				♃ Re. & ☊ 15.
		1□59			
					♀ m.c.cum hydra
17☍53		5△16	8☌16	14☌26	☍ ♄ ☿ plat.rë.
	22✱54				♂ or cum dex h
					☌ ♀ ☿ 20.25.
	6□10	30☍30		23✱ 3	☍ ♄ ♀ 17.51
5△28			6✱47		(ca
	16△14				△ ♂ ☿ 0.0.
15□25			13□24	5□17	♀ oc. cum Regul
					♃ oc. cũ h4. &
		21△46		11△19	
2✱38			18△12		♃ or. cum dex.

Iuliani	Gregor.	Positus Planetarum Diurnus.																
							M	D	M	A	M	D	S	D	M	D		
		☉ ♌			☽ ♑		♄ ♒		♃ ♋		♂ ♈		♀ ♌		☿ ♌		☊ ♋	
Dies		°	′	″	°	′	°	′	°	′	°	′	°	′	°	′	°	′
C 22	1	8	32	25	2	12	21	31	10	59	20	8	29	38	12	50	6	30
23	2	9	29	56	14	8	21	27	11	12	20	35	♍ 0	51	11	46	6	27
24	3	10	27	28	26	5	21	22	11	24	21	1	2	4	10	43	6	24
25	4	11	25	1	♒ 8	8	21	17	11	37	21	27	3	17	9	42	6	20
26	5	12	22	36	20	21	21	13	11	50	21	52	4	30	8 A	45	6	17
27	6	13	20	12	♓ 2	47	21	8	12	2	22	17	5	43	7	52	6	14
28	7	14	17	49	15	28	21	3	12	15	22	42	6	57	7	5	6	11
C 29	8	15	15	27	28	27	20	59	12	27	23	6	8	10	6	24	6	8
30	9	16	13	5	♈ 11	46	20	54	12	40	23	30	9	23	5	51	6	4
31	10	17	10	45	25	26	20	49	12	52	23	53	10	36	5	26	6	1
Au. 1	11	18	8	26	♉ 9	27	20	45	13	4	24	16	11	49	5	9	5	58
2	12	19	6	8	23	44	20	40	13	16	24	38	13	3	5	0	5	55
3	13	20	3	51	♊ 8	11	20	35	13	28	25	0	14	16	4	59	5	52
4	14	21	1	35	22	52	20	30	13	40	25	21	15	29	5	6	5	48
C 5	15	21	59	20	♋ 7	30	20	25	13	52	25	42	16	42	5	20	5	45
6	16	22	57	6	22	7	20	21	14	4	26	2	17	56	5	41	5	42
7	17	23	54	54	♌ 6	25	20	16	14	16	26	21	19	9	6	8	5	39
8	18	24	52	43	20	32	20	11	14	28	26	39	20	22	6	41	5	36
9	19	25	50	33	♍ 4	22	20	6	14	39	26	57	21	35	7	21	5	33
10	20	26	48	24	17	52	20	1	14	51	27	14	22	49	8	7	5	29
11	21	27	46	17	♎ 1	7	19	56	15	2	27	30	24	2	8	58	5	26
C 12	22	28	44	11	14	4	19	51	15	14	27	45	25	15	9	54	5	23
13	23	29	42	6	26	48	19	47	15	25	28	0	26	28	10	54	5	20
14	24	♍ 0	40	3	♏ 9	20	19	42	15	36	28	14	27	42	11	58	5	17
15	25	1	38	1	21	42	19	37	15	48	28	27	28	55	13	6	5	13
16	26	2	36	0	♐ 3	56	19	33	15	59	28	39	♎ 0	8	14	18	5	10
17	27	3	34	1	16	5	19	28	16	10	28	51	1	21	15	33	5	7
18	28	4	32	4	28	12	19	23	16	21	29	2	2	34	16 S	51	5	4
C 19	29	5	30	8	♑ 10	19	19	19	16	32	29	12	3	47	18	12	5	1
20	30	6	28	14	22	27	19	14	16	43	29	22	5	1	19	30	4	58
21	31	7	26	21	♒ 4	40	19	9	16	54	29	31	6	14	21	3	4	54
Latitudo Planetarũ ad diẽ						1	0	34	0	24	3	27	1	22	3 A	56	Mensis	
						11	0	35	0	24	3	44	1	9	3	23		
						21	0	36	0	25	3	58	0	57	1 S	20		

1. ♃ or. cum Hercule,
3. ♀ occ. cum ala dex. corui.
3. ☿ occ. cum rostro corui, & dex. hu. Auri.

Positus Planetarum Diurnus.

Dies Julian.	Dies Greg.	☉ ♍ P	'	"	☽ ♒ P	'	M D ♄ ♒ P	'	M D ♃ ♋ P	'	M D ♂ ♈ P	'	S D ♀ ♎ P	'	S A ☿ ♌ P	'	☊ ♐ P	'
22	1	8	24	30	17	1	19	5	17	4	19	39	7	27	22	32	4	51
23	2	9	22	40	29 ♓	32	19	1	17	15	19	47	8	40	24	3	4	48
24	3	10	20	52	12	15	18	56	17	25	19 ♉	54	9	53	25	36	4	45
25	4	11	19	5	25	14	18	52	17	35	0	0	11	6	27	10	4	42
C 26	5	12	17	20	8 ♈	30	18	48	17	46	0	6	12	19	28 ♍	45	4	38
27	6	13	15	37	22	4	18	44	17	56	0	11	13	32	0	22	4	35
28	7	14	13	50	5 ♉	56	18	40	18	6	0	15	14	45	2	0	4	32
29	8	15	12	17	20	5	18	36	18	16	0	18	15	58	3	39	4	29
30	9	16	10	39	4 ♊	26	18	32	18	26	0	21	17	11	5	19	4	26
31	10	17	8	3	18	55	18	28	18	36	0	23	18	24	7	0	4	23
Sep. 1	11	18	7	29	3 ♋	26	18	25	18	46	0	25	19	37	8	42	4	19
C 2	12	19	5	57	17	53	18	21	18	55	0	24	20	51	10	25	4	16
3	13	20	4	26	2 ♌	10	18	17	19	5	0	23	22	4	12	3	4	13
4	14	21	2	57	16	13	18	14	19	14	0	21	23	17	13	55	4	10
5	15	22	1	30	29 ♍	59	18	10	19	23	0	18	24	30	15	32	4	7
6	16	23	0	5	13	27	18	6	19	32	0	14	25 M	43	17	14	4	3
7	17	23	58	41	26 ♎	38	18	3	19	41	0	9	26	56	19	10	4	0
8	18	24	57	19	9	34	17	59	19	50	0	3	28	9	20 D	36	3	57
C 9	19	25	55	59	22 ♏	14	17	56	19	58	29 ♈ A	57	29 ♏	22	22	43	3	54
10	20	26	54	41	4	43	17	53	20	7	29	50	0	35	24	30	3	51
11	21	27	53	25	17	3	17	50	20	15	19	42	1	48	26	17	3	48
12	22	28	52	11	29	17	17	47	20	24	19	33	3	1	28	5	3	44
13	23	29 ♎	50	59	11 ♐	27	17	44	20	32	29	23	4	14	29 ♎	53	3	41
14	24	0	49	49	23	35	17	42	20	40	29	12	5	27	1	41	3	38
15	25	1	48	41	5 ♑	44	17	39	20	48	29	0	6	39	3	29	3	35
C 16	26	2	47	34	17	56	17	37	20	56	18	48	7	52	5	18	3	32
17	27	3	46	29	0 ♒	14	17	34	21	4	28	35	9	5	7	6	3	29
18	28	4	45	26	12	40	17	32	21	11	28	21	10	18	8	53	3	25
19	29	5	44	25	25 ♓	16	17	29	21	19	28	6	11	30	10	40	3	22
20	30	6	43	26	8	4	17	27	21	26	27	50	12	43	12	27	3	19

Latitudo Planetarum ad diē	♄		♃		♂		♀		☿		
1	0	37	0	23	4	11	0	24	0	33	
11	0	37	0	23	4 A	12	0 M	14	1 D	24	Mensis
21	0	38	0	24	4	25	0	12	1	35	

a. Die 8. ☿ occ. cum Algorab.
b. Die 9. ♀ m. c. cum spica ♍, & oc. cũ cauda ♌.
c. Die 10. △ ♄ ♀ 1. 16. ♀ or. cum spica ♍.
♂ Fit ℞ oriendo cum postrema fusionis aqua ♒, & occ. cum cor. ♈ ferd.

Anni veteris	Anni Gregor.	⊙ ♎			☽ ♈		♄ ♒ M	A	♃ ♋ M	A	♂ ♈ M	A	♀ ♏ M	D	☿ ♎ S	D	☊ ♋	
Dies		G	′	″	G	′	G	′	G	′	G	′	G	′	G	′	G	′
21	1	7	42	29	21 ♈	6	17	25	21	33	27	34	13	55	14	13	3	16
22	2	8	41	14	4	25	17	23	21	40	27	17	15	8	15	59	3	13
C 23	3	9	40	42	18 ♉	2	17	21	21	47	27	0	16	20	17	44	3	9
24	4	10	39	50	1	57	17	20	21	54	26	43	17	33	19	29	3	6
25	5	11	39	1	16 ♊	8	17	18	22	0	26	24	18	45	21	13	3	3
26	6	12	38	14	0	33	17	16	22	7	26	6	19	58	22	57	3	0
27	7	13	37	29	15	6	17	15	22	13	25	47	21	10	24	40	2	57
28	8	14	36	46	29	41	17	13	22	19	25	28	22	22	26	23	2	54
29	9	15	36	5	14 ♋	14	17	11	22	25	25	9	23	35	28 M	5	2	50
C 30	10	16	35	26	28	36	17	10	22	31	24	49	24	47	29	46	2	47
Oc. 1	11	17	34	49	12 ♌	43	17	9	22	36	24	29	25	59	1 ♏	27	2	44
2	12	18	34	14	26	33	17	8	22	42	24	9	27	11	3	6	2	41
3	13	19	33	41	10 ♍	3	17	7	22	47	23	48	28	24	4	44	2	38
4	14	20	33	10	23	12	17	6	22	52	23	27	29	36	6	21	2	34
5	15	21	32	41	6 ♎	3	17	6	22	57	23	6	0 ♐	48	7	57	2	31
6	16	22	32	14	18	39	17	5	23	2	22	46	3	0	9	32	2	28
C 7	17	23	31	49	1 ♏	2	17	5	23	6	22	26	3	12	11	5	2	25
8	18	24	31	26	13	14	17	4	23	11	22	7	4	24	12	37	2	22
9	19	25	31	4	25 ♐	19	17	4	23	15	21	45	5	36	14	7	2	19
10	20	26	30	44	7	19	17	4	23	19	21	29	6	48	15	36	2	15
11	21	27	30	26	19 ♑	17	17 Di	4	23	23	21	11	7	59	17	3	2	12
12	22	28	30	10	1	17	17	4	23	27	20	53	9	11	18	28	2	9
13	23	29	29	56	13	21	17	4	23	30	20	35	10	23	19	51	2	6
C 14	24	0 ♏	29	44	25	31	17	4	23	34	20	17	11	34	21	12	2	3
15	25	1	29	34	7 ♒	50	17	5	23	37	20	0	12	46	22	31	1	59
16	26	2	29	26	20	20	17	5	23	40	19	44	13	57	23	47	1	56
17	27	3	29	20	3 ♓	5	17	6	23	43	19	28	15	9	25	1	1	53
18	28	4	29	16	16	5	17	6	23	46	19	12	16	20	26	12	1	50
19	29	5	29	14	29 ♈	22	17	7	23	48	18	59	17	31	27	20	1	47
20	30	6	29	13	12	58	17	8	23	51	18	4[illegible]	18	42	28	25	1	44
C 21	31	7	29	15	26	33	17	9	23	53	18	34	19	53	29	27	1	40

Latitudo Planetarū ad diē		♄		♃		♂		♀		☿		
	1	0	38	0	24	4	22	0	42	0 M	53	Mensis
	11	0	37	0	24	4	7	1	13	0	34	
	21	0	37	0	23	3	31	1	37	1	35	

3	Asc.	10 ♊		6□52	15☌ 8			□ ♄ ☿ 19.46. ♀ m.e. (cum 64.
4								
5			1□58	9✱52		4☍46		□ ♃ ☿ 11.38. ☿ occ. cũ (acu. ♏.
6		11△23						
7			3△32		17✱10		17△47	☽ Pe. □ ♃ ☿ 22.55. a
8								☽ ☊ 5.13 ♀ m.e. cũ co. b
9	□	2 40		13☌46	17□49	17△ 3		♀ occ. cum corde ♏.
0	Asc.	3 ♒					1□18	△ ☉ ♄ 14.0.
1		9✱ 6	7☍40		19△56			♀ m.e. cum pri. fron. ♏.
2						1□18	13✱14	♀ or. cũ 32. et oc. cũ 64.
3				23✱23				
4						13✱ 9		♂ m.e. cum cor. ♈.
5			10△58					□ ♃ ♂ 8.38. c.
6	☌	8 31		8□31	7☍46			□ ☉ ♃ 12.51.
7	Asc.	25 ♊			Occid.		2☌25	♀ m.e. cũ ant. et oc. cũ 51
8			7□37	19△53				
9						22☌53		
0			19✱32					♀ or. cum antare.
1		17✱56			3△42			☽ Ap. □ ♄ ☿ 16.48.
2								☽ ☋ 2.44 ☿ oc. cũ ac. ♏
3				20☍ 9	13□55		14✱24	
4	□	10 56						
5	Asc.	2 ♌	17☌46		22✱54	10✱27		△ ♃ ☿ 2.45.
6							7□12	☿ oc. cũ ne. ☉ corde ♏.
7		0△48						
8				13△55		0□30	20△ 0	✱ ♄ ♀ 15.46.
9								☿ m.e. cum acu. ♏. d
0			7✱11	18□50	9☌52	10△49		☌ ♂ ♀ 1.9 ♀ or. cum aq.
1	☍	19 33						
	Asc.	15 [illegible]						

a. Die 7. ☍ ♂ ☿ 13.9. | d. Die 29. ♀ oc. cũ arct. ☉ ☿ cũ lan. bor.

b. Die 8. ♀ occ. cum media frontis ♏.

c. Die 15. ♀ m.e. cum palma Ophi. ☿ occ. cum vindem.

♄ Fit directus culminando cum cauda ♑.

♀ or. cum neb. ♃.

♀ m. c. cum Vidicula

☿ or. cū acu. ✱. ♂

(cum

△ ☉ ♃ 1 1. 1.

Positus Planetarum Diurnus.

Stylo veteri	Stylo Gregor.	☉ ♐ P	′	″	☽ ♊ P	′	♄ ♒ P (M)	′ (A)	♃ ♋ P (M)	′ (A)	♂ ♈ P (M)	′ (A)	♀ ♑ P (M)	′ (A)	☿ ♒ P (S)	′ (A)	☊ ♋ P	′
Dies																		
21	1	8	43	24	19 ♋	17	18	27	23	25	18	47	25	34	29	26	0	2
22	2	9	44	13	4	16	18	32	23	21	18	59	26	40	29	8	29 ♊	58
23	3	10	45	3	19 ♌	12	18	35	23	17	19	12	27	46	28	55	29	55
24	4	11	45	54	3	58	18	39	23	13	19	25	28	51	28	47	29	52
C 25	5	12	46	47	18 ♍	27	18	44	23	8	19	39	29 ♒	56	28 D	44	29	49
26	6	13	47	41	2	35	18	48	23	4	19	53	1	1	28	46	29	46
27	7	14	48	36	16	21	18	53	22	59	20	8	2	6	28	54	29	43
28	8	15	49	32	29	45	18	57	22	54	20	24	3	10	29	8	29	39
29	9	16	50	29	12 ♎	46	19	2	22	49	20	40	4	14	29	27	29	36
30	10	17	51	26	25	24	19	7	22	44	20	57	5	18	29	51	29	33
De. 1	11	18	52	24	7 ♏	43	19	11	22	38	21	14	6	21	0 ♓	20	29	30
C 2	12	19	53	23	19	48	19	16	22	33	21	32	7	24	0	53	29	27
3	13	20	54	23	1 ♐	41	19	21	22	27	21	50	8	27	1 D	31	29	23
4	14	21	55	23	13	35	19	26	22	22	22	9	9	30	2	13	29	20
5	15	22	56	24	25 ♑	4	19	31	22	16	22	28	10	32	2	59	29	17
6	16	23	57	26	6	41	19	36	22	10	22	47	11	34	3	49	29	14
7	17	24	58	28	18 ♒	21	19	42	22	4	23 S	7	12	36	4	44	29	11
8	18	25	59	31	0	7	19	47	21	58	23	27	13	37	5	42	29	8
C 9	19	27	0	34	12	2	19	52	21	51	23	48	14	38	6	43	29	4
10	20	28	1	38	24 ♓	9	19	58	21	45	24	9	15	38	7	47	29	1
11	21	29 ♑	2	42	6	31	20	3	21	38	24	30	16	38	8	55	28	58
12	22	0	3	46	19 ♈	11	20	9	21	32	24	52	17	37	10	6	28	55
13	23	1	4	50	2	22	20	14	21	25	25	14	18	36	11	19	28	52
14	24	2	5	55	15	36	20	20	21	18	25	36	19	34	12	35	28	49
15	25	3	7	0	29 ♉	13	20	26	21	11	25	59	20	32	13	53	28	45
C 16	26	4	8	5	13	11	20	32	21	4	26	22	21	29	15	13	28	42
17	27	5	9	11	28 ♊	4	20	37	20	57	26	45	22	26	16	36	28	39
18	28	6	10	17	12	52	20	43	20	49	27	9	23	22	18	1	28	36
19	29	7	11	23	27 ♋	51	20	49	20	42	27	33	24	18	19	28	28	33
20	30	8	12	29	12	53	20	55	20	35	27	57	25	13	20	57	28	30
21	31	9	13	26	27	51	21	1	20	27	28	21	26	8	22	27	28	26
Latitudo Planetarū ad diē						1	0	35	0	21	0	40	2	25	0	30	Mensis	
						11	0	35	0	20	0 S	12	2	10	1 D	37		
						21	0	35	0	19	0	7	1	50	1	19		

١ - ١٠

EPHEMERIS IOANNIS ANTONII MAGINI PATAVINI

Ad annum Dominicæ Incarnationis

1611.

Qui est tertius post Bissextilem, 29. à Kalendarij Gregoriana reformatione, & ab initio Mundi 5573.

Figura cœli in ingressu Solis in ♈ æquinoctium veris.

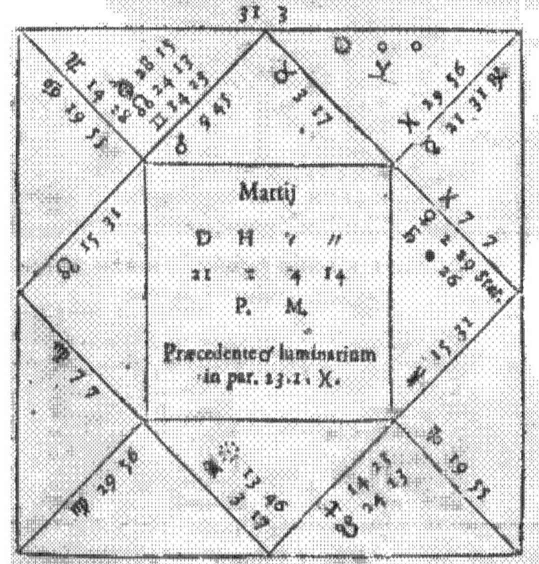

Anni Tropici vera magnitudo.

Dierum 365. *Horarum* 5. *Scr.* 55'. 32''. 41'''. 42''''.

ANNO DOMINICAE INCARNATIONIS 1611 communi.

			D.	H.	′	″
Ingressus ☉ in principium.	♋, Seu solstitij æstiui.	Iunij.	21	22	10	45
	♎, Seu æquinoctij autumnal.	Septemb.	23	9	34	57
	♑, Seu solstitij hiemalis.	Decemb.	22	4	28	26

	P.	′	″	‴
Vera præcessio Æquinoctiorum.	28	11	22	56
Obliquitas Zodiaci.	23	28	2	10

Eccentricitas ☉ 32200. Qualium semidiameter eccentrici ☉ par. 1000000, seu par. 1.55′.57″.3‴. Qualium P. 60.

		P.	′	″			
Locus Apogæi	♄	29	16	24	♐	Aureus Numerus	16
	♃	6	57	55	♎	Cyclus Solis	24
	♂	28	48	44	♌	Epacta	16
	☉	9	49	11	♋	Indictio Romana	9
	♀	16	32	22	♊	Littera Dominicalis	B
	☿	0	30	23	♐	Interuallum hebd. 7. Dies	1.

Festa mobilia secundum Sacrosanctæ Romanæ Ecclesiæ vsum iuxta annum reformatum.

Septuagesima	Ianuarij	30
Cinis.	Februarij.	16
Pascha.	Aprilis.	3
Rogationes	Maij	8
Ascensio Domini.	Maij	12
Pentecostes	Maij	22
Corpus Christi	Iunij	2
Aduentus Domini	Nouemb.	27

Quatuor Tempora anni, seu Ieiunia	Februarij	23	25	26
	Maij	25	27	28
	Septembris	21	23	24
	Decembris	14	16	17

Eclipsis Solis anno 1611.

Die 3. Decembris circa horam 21. erit in locis intra sextum clima aliqua Eclipsis Solis: sed quoniam ex exiguitate apparebit, ut vix conspici, nec observari poterit, ideo eius descriptionem, & typum omisimus.

Planetarum status.

♄
- Versus longitudinem mediam Eccentrici hoc anno incedit.
- Die 17. Februarij in Apogæo / Die 25 Augusti in Perigæo } Epicycli existit.
- Contra signorum successionem defertur à die 16. Iunij usq; in 3. Nouemb.

♃
- A longitudine media ascendit versus Eccentrici summam absidem.
- Die 10 Ianuarij ad Perigæum / Die 28. Iulij ad Apogæum } Epicycli deuenit.
- Die 11. Martij à regressu liberatur; sed die 13. Nouemb. iterum regressu afficitur usque in futurum annum.

♂
- Transit Apogæum sui { Eccentrici die 27. Iunij. / Epicycli die 3. Octobris.
- Hoc anno retrogradationem minimè accipiet.

♀ Die
- 8. Iunij in Apogæo / 8. Decemb. in Perigæo } Deferentis est.
- 29 Februarij Perigæum / 14 Decembris Augem } Epicycli lustrat.
- 8. Februarij usque post 22. Martij regressu laborabit.

☿ Die
- 21 Maij ad Perigæum / 22 Nouemb. ad Augem } Eccentrici pertinget.
- 20 Ianuarij in Apogæo / 19 Martij in Perigæo / 17 Maij in Apogæo / 14 Iulij in Perigæo / 10 Septemb. in Apogæo / 7 Nouemb. in Perigæo } Epicycli est.
- 8 Martij usque ad calcem eiusdem / 4 Iulij usq; in 27. eiusdem / 27 Octob. usq; ad 18. Nouemb. } Reuersiones faciet.

Mmmm 2

Positus Planetarum Diurnus,

Anni Iuliani	Anni Gregor.	☉ ♑ P	′	″	☽ ♌ P	′	M ♄ ♒ P	A ′	M ♃ ♋ P	A ′	S ♂ ♈ P	A ′	M ♀ ♒ P	A ′	S ☿ ♓ P	D ′	☊ P	′
Dies		P	′	″	P	′	P	′	P	′	P	′	P	′	P	′	P	′
22	1	10	14	43	12	39	21	7	20	20	28	40	27	2	23	59	28	23
B 23	2	11	15	50	27 ♍	21	21	13	20	12	29	11	27	56	25 M	32	28	20
24	3	12	16	57	11	22	21	19	20	5	29 ♉	36	18	49	27	7	28	17
25	4	13	18	3	25 ♎	10	21	26	19	57	0	2	19	41	18	43	28	14
26	5	14	19	9	8	35	21	32	19	49	0	26	0 ♓	32	0 ♈	20	28	10
27	6	15	20	15	21 ♏	38	21	38	19	42	0	53	1	23	1	58	28	7
28	7	16	21	20	4	20	21	45	19	34	1	20	2	13	3	37	28	4
29	9	17	22	25	16	43	21	51	19	26	1	47	3	2	5	17	28	1
B 30	9	18	23	30	28	51	21	58	19	18	2	13	3	50	6	58	27	58
31	10	19	24	34	10 ♐	48	22	4	19	11	2	40	4 S	37	8	39	27	55
Ian. 1	11	20	25	38	22 ♑	36	22	11	19	3	3	7	5	23	10	21	27	52
2	12	21	26	42	4	18	22	17	18	56	3	34	6	9	12	5	27	49
3	13	22	27	45	15	57	22 D	24	18	48	4	1	6	54	13	49	27	46
4	14	23	28	48	27	36	22	31	18	40	4	29	7	37	15	34	27	43
5	15	24	29	50	9 ♒	21	22	37	18	32	4	57	8	19	17	20	27	39
B 6	16	25	30	52	21	14	22	44	18	24	5	25	9	0	19	6	27	36
7	17	26	31	53	3 ♓	18	22	51	18	17	5	53	9	40	20	52	27	33
8	18	27	32	54	15	37	22	58	18	9	6	22	10	18	22	39	27	30
9	19	28	33	54	28 ♈	14	23	5	18	1	6	51	10	55	24	26	27	27
10	20	29	34	54	11	12	23	12	17	54	7	20	11	30	26	13	27	23
11	21	0 ♒	35	53	24 ♉	33	23	19	17	46	7	49	12	4	28	1	27	20
12	22	1	36	51	8	28	23	26	17	39	8	18	12	36	29	49	27	17
B 13	23	2	37	48	22 ♊	26	23	33	17	31	8	48	13	7	1 ♒	37	27	14
14	24	3	38	45	6	54	23	40	17	24	9	17	13	36	3	25	27	11
15	25	4	39	41	21 ♋	38	23	47	17	17	9	47	14	4	5	14	27	8
16	26	5	40	36	6	22	23	54	17	10	10	17	14	31	7	2	27	4
17	27	6	41	30	21 ♌	29	24	1	17	3	10	47	14	56	8	50	27	1
18	28	7	42	23	6	22	24	9	16	56	11	17	15	20	10	38	26	58
19	29	8	43	15	21 ♍	1	24	16	16	50	11	47	15	42	12	26	26	55
B 20	30	9	44	6	5	27	24	23	16	43	12	18	16	3	14 A	14	26	52
21	31	10	44	56	19	33	24	30	16	37	12	48	16	22	16	1	26	48

Latitudo Planetarum ad dies		♄		♃		♂		♀		☿		
	1	0	54	0	18	0	22	0 S	59	0 M	6	Mensis
	11	0 D	34	0	17	0	33	0	2	0	56	
	21	0	34	0	14	0	41	1	17	1 A	40	

Syzygiæ Lunares.

	☽	Occid. ♄	Orient. ♃	Occid. ♂	Occid. ♀	Orient. ☿	Syzygiæ Planetarũ mutuę, & eorum congressus cum illustrioribus aliquibus stellis fixis.
Dies	H ′	H ′	H ′	H ′	H ′	H ′	
1		14 ☍ 4				19 △ 7	
2				3 △ 29	2 ☍ 23		
3	1 △ 41		15 ✱ 1				☿ or.cũ cap.Me.(♂ 2.a.
4						7 □ 14	✱ ♂ ♀ 20.10. ☿ oc.cũ
5 □	11 16		20 □ 28				△ ♂ ☿ 2.41. ✱ ♃ ♀
6 Asc.	6 ♎	0 △ 0		18 ☍ 9	19 △ 43	22 ✱ 30	(6.6.
7							(neb. 44.
8	1 ✱ 25	10 □ 15	5 △ 10				☿ m.c.cũ Fidi. ♂ or.cũ
9					10 □ 43		☍ ☉ ♃ 19.25. ☿ m.c.
10		23 ✱ 10	Occid.				(cum neb. 44. b.
11				22 △ 32			[illegible] ♂ 10.45 ☿ or.c.[illegible]
12					4 ✱ 4	13 ☌ 50	[illegible] ap. ☿ oc.cũ Fidic.c
13 ☌	14 40		5 ☍ 42				
14 Asc.	19 ♒			14 □ 37			(Fomah.d.
15							☍ ♃ ☿ 15.9 ☿ m.c.cũ
16		3 ☌ 0					♃ m.c.cum cane minore
17				5 ✱ 14	13 ☌ 4		☿ m.c. cum aquila.
18			4 △ 41			25 ✱ 35	
19	0 ✱ 40						
20		21 ✱ 47	11 □ 55				
21 □	11 20					6 □ 55	☿ m.c.cum cor. ♌.
22 Asc.	17 ♎		15 ✱ 44	0 ☌ 0	7 ✱ 34		
23	18 △ 12	1 □ 51				17 △ 25	☿ m.c. cum cauda Del.
24					11 □ 15		☌ ☉ ☿ 7.0.
25		3 △ 17				Occid.	☉ ☊ 8.50 ☿ m.c.cũ[illegible]
26			16 ☌ 56	7 ✱ 12	13 △ 11		☉ Perig. ♂ or.cum Fom.
27							♃ or.cum zona Orio.
28 ☍	2 15			8 □ 20		7 ☍ 58	□ ♂ ☿ 12.0
29 Asc.	9 ♋	5 ☍ 26					
30			18 ✱ 52	12 △ 5	18 ☍ 25		(cauda ♌.
31							△ ♃ ☿ 4.0. ☿ m.c.cum

a. *Die 4. ☿ or.cum cauda Del.*
b. *Die 9. ☿ or.. cum aculeo ♏.*
c. *Die 12. ♃ m.c.cum Hercule.*
d. *Die 15. ♀ m.c.cum rostro gallinæ.*

Poſitus Planetarum Diurnus.

	Dies (Stylo veteri)	Dies (Stylo novo)	☉ ♒ P	′	″	☽ ♎ P	′	♄ ♒ (M D) P	′	♃ ♋ (M A) P	′	♂ ♉ (S A) P	′	♀ ♓ (S A) P	′	☿ ♒ (M A) P	′	☊ ♊ P	′
	22	1	11	45	45	3	18	24	38	16	30	13	19	16	39	17	48	26	45
	23	2	12	46	31	16	43	24	45	16	24	13	50	16	53	19	34	26	42
	24	3	13	47	19	29	48	24	52	16	18	14	21	17	5	21	20	26	39
	25	4	14	48	4	12 ♏	34	24	59	16	12	14	52	17	14	23	5	26	36
	26	5	15	48	46	25	4	25	7	16	6	15	23	17	21	24	50	26	33
B	27	6	16	49	31	7 ♐	20	25	14	16	0	15	54	17	26	26	34	26	29
	28	7	17	50	12	19	25	25	21	15	55	16	25	17	29	18	18	26	26
	29	8	18	50	52	1 ♑	22	25	28	15	49	16	57	17 ℞	29	0 ♓	1	26	23
	30	9	19	51	30	13	11	25	36	15	44	17	28	17	27	1	43	26	20
	31	10	20	52	7	24	59	25	43	15	39	18	0	17	23	3	24	26	17
	Feb. 1	11	21	52	41	6 ♒	40	25	50	15	34	18	32	17	16	5	3	26	13
	2	12	22	53	10	18	41	25	58	15	29	19	4	17	7	6	41	26	10
B	3	13	23	53	48	0 ♓	41	26	5	15	24	19	36	16	56	8	17	26	7
	4	14	24	54	19	12	52	26	12	15	19	20	8	16	43	9	51	26	4
	5	15	25	54	49	25	16	26	20	15	15	20	40	16	27	11	24	26	1
	6	16	26	55	17	7 ♈	57	26	27	15	10	21	12	16	9	12	55	25	58
	7	17	27	55	44	20	58	26	34	15	6	21	45	15	48	14	25	25	54
	8	18	28	56	9	4 ♉	20	26	41	15	2	22	17	15	25	15	53	25	51
	9	19	29	56	33	18	4	26	49	14	58	22	50	15	0	17 S	19	25	48
B	10	20	0 ♓	56	56	2 ♊	9	26	56	14	54	23	22	14	33	18	42	25	45
	11	21	1	57	17	16	11	27	3	14	51	23	55	14	5	20	3	25	42
	12	22	2	57	36	1 ♋	8	27	11	14	47	24	28	13	35	21	19	25	39
	13	23	3	57	54	15	52	27	18	14	44	25	1	13	4	22	32	25	35
	14	24	4	58	10	0 ♌	38	27	25	14	41	25	34	12	32	23	41	25	32
	15	25	5	58	24	15	16	27	33	14	38	26	7	11	59	24	48	25	29
	16	26	6	58	37	29	41	27	40	14	35	26	40	11	25	25	50	25	26
B	17	27	7	58	48	13 ♍	51	27	47	14	33	27	13	10	50	26	47	25	23
	18	28	8	58	57	27	43	27	55	14	30	27	46	10	14	27	39	25	20
Latitudo Planetarū ad diē		1						0	35	0	22	0	47	2	52	1	49	Menſis	
		11						0	35	0	10	0	52	4	24	1 S	5		
		21						0	36	0	8	0	54	5	38	0	17		

*46	11*
□ 0	

Positus Planetarum Diurnus.

Dies		☉ ♓			☽ ♎		♄ ♒ M D		♃ ♋ M A		♂ ♉ S A		♀ ♓ S A		☿ ♓ S A		☊ ♊	
		P	'	"	P	'	P	'	P	'	P	'	P	'	P	'	P	'
19	1	9	59	4	11	16	28	2	14	28	28	20	9	18	28	26	25	16
20	2	10	59	9	24	31	28	9	14	26	28	53	9	3	29	6	25	13
21	3	11	59	12	7 ♏	30	28	16	14	24	29	27	8 D	29	29 ♈	44	25	10
22	4	12	59	14	20	14	28	24	14	23	0 ♊	0	7	55	0	14	25	7
23	5	13	59	14	2 ♐	45	28	31	14	22	0	34	7	22	0	30	25	4
B 24	6	14	59	12	15	5	28	38	14	21	1 D	7	6	50	0	55	25	0
25	7	15	59	8	27 ♑	17	28	45	14	21	1	41	6	19	1	5	24	57
26	8	16	59	1	9	23	28	52	14	20	2	15	5	50	1	7	24	54
27	9	17	58	54	21 ♒	25	29	0	14	20	2	49	5	22	1 ℞	3	24	51
28	10	18	58	44	3	27	29	7	14	20	3	23	4	56	0	48	24	48
Ma. 1	11	19	58	33	15	31	29	14	14 D	20	3	57	4	32	0	17	24	44
2	12	20	58	20	27 ♓	39	29	22	14	20	4	31	4	10	29 ♓	57	24	41
B 3	13	21	58	5	9	55	29	29	14	20	5	5	3	50	29	19	24	38
4	14	22	57	48	21	21	29	36	14	21	5	40	3	34	28	23	24	35
5	15	23	57	28	5 ♈	0	29	43	14	21	6	14	3	16	27	45	24	32
6	16	24	57	7	17	55	29	50	14	21	6	48	3	3	26 D	50	24	29
7	17	25	56	44	1 ♉	8	29 ♓	57	14	22	7	23	2	52	25	51	24	25
8	18	26	56	18	14	40	0	4	14	23	7	59	2	43	24	49	24	22
9	19	27	55	51	28 ♊	31	0	11	14	24	8	34	2	36	23	45	24	19
B 10	20	28	55	21	12	39	0	19	14	26	9	8	2	31	22	40	24	16
11	21	29 ♈	54	50	27 ♋	1	0	25	14	28	9	43	2 D	29	22	36	24	13
12	22	0	54	17	11	32	0	32	14	30	10	17	2	29	21	34	24	10
13	23	1	53	42	26 ♌	5	0	38	14	32	10	52	2	31	19	35	24	6
14	24	2	53	6	10	35	0	45	14	35	11	26	2	35	18	43	24	3
15	25	3	52	27	24 ♍	56	0	51	14	37	12	1	2	41	17	55	24	0
16	26	4	51	47	9	3	0	58	14	40	12	36	2	51	17	14	23	57
B 17	27	5	51	4	22 ♎	53	1	5	14	43	13	10	3	3	16	41	23	54
18	28	6	50	19	6	27	1	11	14	46	13	45	3	17	15	16	23	51
19	29	7	49	31	19 ♏	42	1	18	14	49	14	20	3	35	15	59	23	47
20	30	8	48	41	2	40	1	25	14	53	14	55	4	51	15	50	23	44
21	31	9	47	52	15	24	1	31	14	56	15	30	4	12	15 D	49	27	41
Latitudo Planetarum ad diē						1	0	37	0	7	0 D	51	6 D	12	1	50	Mensis	
						11	0	38	0	5	0	15	5	42	3 D	36		
						21	0	39	0	4	0	14	4	38	3	17		

	Syzygiæ Lunares.						Syzygiæ Planetarũ mutuæ, & eorum congressus cum illustrioribus aliquibus stellis fixis.
		Orient.	Occid.	Occid.	Orient.	Occi.	
	☽	♄	♃	♂	♀	☿	
Dies	H ′	H ′	H ′	H ′	H ′	H ′	
1			5 □ 47				
2		6 △ 47					♂ or. cum zona Orio. a.
3	9 △ 13		12 △ 38		1 △ 0		♂ occ. cum Bellatrice, b.
4		15 □ 48		19 ☍ 35		19 △ 48	♄ or. cum cap. Med. c.
5 □	13 42				8 □ 36		△ ☉ ♃ 9.21. (baud.
6 Asc.	7 ♋						☉ ☊ 19.36 ♂ m.c. cum
7		2 ✶ 56			17 ✶ 13	7 □ 33	♂ oc. cum cane maiore.
8	16 ✶ 32		9 ☍ 53				
9				23 △ 52		18 ✶ 48	☽ Apog.
10							
11							□ ♂ ♀ 15.0.
12		3 ☌ 24		14 □ 6	13 ☌ 3		
13			8 △ 31				♂ m.c. cum Aldeb.
14 ☌	1 13					11 ☌ 5	♄ occ. cum rostro galli
15 Asc.	1 ♌		17 □ 21	2 ✶ 18			
16		11 ✶ 51					☌ ☉ ☿ 12.48.
17			23 ✶ 30		3 ✶ 2	Orient.	
18	22 ✶ 53					16 ✶ 18	
19		2 □ 50		17 ☌ 47	6 □ 51		
20						15 □ 34	☽ ☊ 19.20 ♀ oc. cũ 8 2.
21 □	5 8	6 △ 39			9 △ 2		♂ occ. cum dex. hu. Orio.
22 Asc.	20 ♍		4 ☌ 54			13 △ 58	☽ Perig. ♂ or. cum Med.
23	10 △ 19						♂ m.c. cum hædis.
24				1 ✶ 28			☌ ♄ ♀ platicé.
25		10 ☍ 8			13 ☍ 21		
26			9 ✶ 45	6 □ 26		13 ☍ 39	
27							♂ m.c. cum capra.
28 ☍	0 46		15 □ 8	13 △ 50			♂ m.c. cum sin. hu. Orio.
29 Asc.	5 ♌	11 △ 36					♂ or. cum Aldebaran.
30			23 △ 8		2 △ 17		♂ m.c. cum Rigel.
31						0 △ 47	□ ♂ ☿ 16.17 ♂ or. cũ [illegible]

a. Die 2. ♀ occ. cum Fidicula.
b. Die 3. ♀ m.c. cum [illegible].
c. Die 4. ♂ occ. cum Aldeb. & vltima zonæ Orio.
♀ fit stat. ad dex. occidens cum rostro gallinæ.

Dies Anni Iuliani	Anni Grego.	☉ ♈ P	′	″	☽ P	′	♄ ♓ P	′	♃ ♋ P	′	♂ ♊ P	′	♀ ♓ P	′	☿ ♓ P	′	☊ ♊ P	′
							M	D	M	A	S	D	S	D	S	D		
22	1	10	46	59	27 ♐	57	1	38	15	0	16	5	4	32	15	56	23	38
23	2	11	46	4	10	21	1	44	15	4	16	40	4	55	16	12	23	35
B 24	3	12	45	7	22 ♑	37	1	50	15	8	17	16	5	20	16 M	33	23	31
25	4	13	44	9	4	48	1	56	15	12	17	51	5	46	17	1	23	28
26	5	14	43	9	16	57	2	2	15	17	18	26	6	14	17	36	23	25
27	6	15	42	7	29	6	2	8	15	21	19	2	6	43	18	17	23	22
28	7	16	41	3	11 ♒	18	2	14	15	26	19	37	7	14	19	4	23	19
29	8	17	39	57	23	35	2	20	15	31	20	12	7	46	19	50	23	16
30	9	18	38	49	5 ♓	59	2	26	15	36	20	47	8	19	20	53	23	12
B 31	10	19	37	39	18	21	2	32	15	41	21	22	8	53	21	54	23	9
Ap. 1	11	20	36	27	1 ♈	26	2	38	15	46	21	57	9	26	22	59	23	6
2	12	21	35	13	14	14	2	44	15	52	22	32	10	5	24	8	23	3
3	13	22	33	57	27 ♉	29	2	50	15	58	23	8	10	43	25	21	23	0
4	14	23	32	40	11	2	2	56	16	4	23	43	11	20	26	37	22	57
5	15	24	31	20	24 ♊	53	3	1	16	10	24	19	12	1	27	57	22	53
6	16	25	29	59	9	0	3	7	16	16	24	54	12	4	19 ♈	20	22	50
B 7	17	26	28	36	23 ♋	19	3	12	16	23	25	30	13	20	0	40	22	47
8	18	27	27	11	7	47	3	18	16	29	26	7	14	10	2	15	22	44
9	19	28	25	44	22 ♌	19	3	23	16	36	26	41	14	54	3	46	22	41
10	20	29	24	15	6	48	3	29	16 S	42	27	16	15	30	5	19	22	37
● 11	21	0 ♉	22	45	21 ♍	8	3	34	16	49	27	52	16	25	6	53	22	34
12	22	1	21	13	5	14	3	39	16	56	28	28	17	12	8	29	22	31
13	23	2	19	39	19 ♎	3	3	44	17	3	29	3	18	0	10 A	7	22	28
B 14	24	3	18	3	2	33	3	49	17	10	29	39	18	48	11	46	22	25
15	25	4	16	25	15	45	3	54	17	18	0 ♋	15	19	37	13	27	22	22
16	26	5	14	45	28	40	3	58	17	25	0	51	20 M	27	15	10	22	18
17	27	6	13	4	11 ♏	20	4	3	17	33	1	27	21	17	16	54	22	15
18	28	7	11	21	23	47	4	7	17	41	2	3	22	8	18	39	22	12
19	29	8	9	37	6 ♐	4	4	12	17	49	2	39	22	59	20	25	22	9
30	30	9	7	51	18	14	4	16	17	57	3	15	23	51	22	12	22	6

Latitudo Planetarũ ad diẽ		♄		♃		♂		♀		☿		
	1	0	40	0	3	0	52	3	8	0 M	16	Menſis.
	11	0	41	0 S	1	0	49	1	44	1	56	
	31	0	43	0	5	0	46	0 M	30	2 A	50	

		Positus Planetarum Diurnus.																		
Anni Iuliani	Anni Gregor.	⊙ ♉			☽ ♑		M ♄ ♓	D	S ♃ ♋	A	S ♂ ♋	D	M ♀ ♓	D	M ☿ ♈	A	☊ ♊	
Dies		P	′	″	P	′	P	′	P	′	P	′	P	′	P	′	P	′
B 21	1	10	0	3	0	20	4	21	18	5	3	51	24	44	24	0	22	3
22	2	11	4	14	12	25	4	25	18	14	4	27	25	37	25	49	21	59
23	3	12	2	23	24	30	4	30	18	21	5	4	26	31	27	39	21	56
24	4	13	0	31	6 ♒	38	4	34	18	31	5	40	27	25	29	29	21	53
25	5	13	58	37	18	52	4	38	18	39	6	16	28	20	1 ♉	20	21	50
26	6	14	56	42	1 ♓	14	4	42	18	48	6	53	29	16	3	11	21	47
27	7	15	54	45	13	47	4	46	18	57	7	29	0 ♈	12	5	3	21	43
B 28	8	16	52	47	26	33	4	50	19	6	8	5	1	9	6	55	21	40
29	9	17	50	47	9 ♈	34	4	54	19	15	8	42	2	6	8	48	21	37
30	10	18	48	45	22	51	4	58	19	24	9	18	3	4	10	41	21	34
Ma. 1	11	19	46	42	6 ♉	26	5	2	19	33	9	54	4	2	12	35	21	31
2	12	20	44	38	20	18	5	5	19	43	10	31	5	0	14	28	21	27
3	13	21	42	32	4 ♊	28	5	9	19	52	11	7	5	59	16	22	21	24
4	14	22	40	25	18	54	5	13	20	2	11	44	6	58	18	16	21	21
B 5	15	23	38	17	3 ♋	31	5	16	20	11	12	20	7	57	20	10	21	18
6	16	24	36	7	18	13	5	20	20	21	12	57	8	57	22	4	21	15
7	17	25	33	56	2 ♌	53	5	23	20	31	13	33	9	57	23	59	21	11
8	18	26	31	44	17	25	5	26	20	41	14	10	10	57	25	53	21	8
9	19	27	29	31	1 ♍	43	5	29	20	51	14	46	11	58	27	48	21	5
10	20	28	27	16	15	42	5	31	21	1	15	23	12	59	29	42	21	2
11	21	29	25	0	29	21	5	34	21	12	15	59	14	0	1 ♊	36	20	59
B 12	22	0 ♊	22	43	12 ♎	39	5	36	21	22	16	36	15	1	3	30	20	56
13	23	1	20	24	25	36	5	39	21	33	17	12	16	3	5 S	25	20	52
14	24	2	18	4	8 ♏	14	5	41	21	44	17	49	17	5	7	16	20	49
15	25	3	15	43	20	37	5	43	21	54	18	26	18	7	9	9	20	46
16	26	4	13	21	2 ♐	47	5	46	22	5	19	2	19	10	11	2	20	43
17	27	5	10	58	14	47	5	48	22	16	19	39	20	13	12	54	20	40
18	28	6	8	34	26	41	5	50	22	27	20	16	21	16	14	46	20	36
B 19	29	7	6	9	8 ♑	33	5	52	22	38	20	53	22	19	16	37	20	33
20	30	8	3	43	20	25	5	54	22	49	21	29	23	23	18	27	20	30
21	31	9	1	16	2 ♒	21	5	56	23	1	22	6	24	26	20	16	20	27
Latitudo Planetarũ ad diẽ						2	0	45	0	1	0	42	0	25	2	37	[illegible]	
						11	0	48	0	2	0	38	1	14	1	30		
						21	0	51	0	3	0	34	1	43	0 S	11		

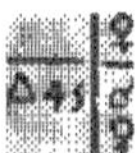

Positus Planetarum Diurnus.

Anni Iuliani	Anni Gregor.	☉ ♊			☽ ♒		M ♄ ♓ D		S ♃ ♋ A		S ♂ ♋ D		M ♀ ♈ D		S ☿ ♊ A		☊ ♊	
Dies		G	′	″	P	′	P	′	P	′	P	′	P	′	P	′	P	′
22	1	9	50	48	14	33	5	57	23	12	22	43	25	30	22	5	20	24
23	2	10	50	20	26	33	5	59	23	23	23	19	26	34	23	57	20	21
24	3	11	53	51	8 ♓	15	6	1	23	35	23	56	27	38	25	40	20	17
25	4	12	51	21	21	19	6	2	23	46	24	33	28	42	27	26	20	14
B 26	5	13	48	50	4 ♈	20	6	3	23	58	25	10	29	47	29	12	20	11
27	6	14	46	18	17	20	6	4	24	9	25	47	0 ♉	52	0 ♋	57	20	8
28	7	15	43	46	0 ♉	58	6	5	24	21	26	24	1	57	2	41	20	5
29	8	16	41	13	14	47	6	6	24	33	27	1	3	3	4	24	20	1
30	9	17	38	39	28	56	6	7	24	45	27	38	4	8	6 D	5	19	58
31	10	18	36	4	13 ♊	23	6	7	24	57	28	15	5	14	7	45	19	55
Iun. 1	11	19	33	28	28	9	6	8	25	9	28	52	6	20	9	23	19	52
B 2	12	20	30	51	13 ♋	37	6	8	25	21	29	29	7	26	11	0	19	49
3	13	21	28	14	27	52	6	9	25	33	0 ♌	6	8	31	12	35	19	46
4	14	22	25	36	12 ♌	42	6	9	25	46	0	43	9	38	14	8	19	42
5	15	23	22	58	27	10	6	9	25	58	1	20	10	45	15	38	19	39
6	16	24	20	20	12 ♍	41	6 ℞	9	26	10	1	57	11	51	17	6	19	36
7	17	25	17	41	25	41	6	9	26	23	2	34	12 A	58	18	31	19	33
8	18	26	15	2	9 ♎	18	6	9	26	35	3	11	14	5	19	53	19	30
B 9	19	27	12	22	22	32	6	8	26	48	3	48	15	12	21	12	19	26
10	20	28	9	42	5 ♏	24	6	8	27	0	4	25	16	19	22	28	19	23
11	21	29	7	2	17	56	6	7	27	13	5	3	17	26	23	41	19	20
12	22	0 ♋	4	22	0 ♐	11	6	7	27	25	5	40	18	34	24	50	19	17
13	23	1	1	41	12	12	6	6	27	38	6	17	19	41	25	55	19	14
14	24	1	59	0	24	3	6	5	27	50	6	55	20	49	26	56	19	11
15	25	2	56	19	5 ♑	47	6	4	28	3	7	32	21	57	27	53	19	7
B 16	26	3	53	38	17	27	6	2	28	16	8	9	23	5	28	45	19	4
17	27	4	50	56	29	9	6	1	28	28	8	47	24	13	29 ♌	32	19	1
18	28	5	48	14	10 ♒	54	5	59	28	41	9	24	25	21	0	13	18	58
19	29	6	45	32	22	45	5	58	28	54	10	2	26	30	0	48	18	55
20	30	7	42	50	4 ♓	46	5	56	29	7	10	39	27	38	1 M	17	18	52
[illegible]ndo Planetarū ad diē	1						0	53	0	4	0	31	1	5	1 D	15	Mensis	
	11						0	56	0	5	0	28	1 A	10	1	57		
	21						0	59	0	7	0	25	1	10	1 M	35		

Positus Planetarum Diurnus.

Anni veteris	Anni Gregor.	☉ ♋			☽ ♓		♄ ♓ (M D)		♃ ♋ (S A)		♂ ♌ (S D)		♀ ♉ (M A)		☿ ♌ (M D)		☊ ♒	
Dies		P	′	″	P	′	P	′	P	′	P	′	P	′	P	′	P	′
21	1	8	40	8	17	4	5	54	29	20	11	17	18	47	1	39	18	48
22	2	9	37	25	29	32	5	52	29	33	11	54	19	55	1	54	18	45
B 23	3	10	34	42	♈ 12	22	5	50	29	46	12	32	♊ 1	4	2	1	18	42
24	4	11	31	59	25	32	5	48	29	59	13	9	2	13	2 R	1	18	39
25	5	12	29	16	♉ 9	4	5	46	♌ 0	12	13	47	3	22	1	53	18	36
26	6	13	26	34	22	59	5	43	0	25	14	24	4	31	1	38	18	33
27	7	14	23	52	♊ 7	15	5	41	0	38	15	2	5	40	1	15	18	29
28	8	15	21	10	21	51	5	38	0	51	15	39	6	49	0	44	18	26
29	9	16	18	28	♋ 6	42	5	36	1	4	16	17	7	59	0	6	18	23
B 30	10	17	15	47	21	41	5	33	1	17	16	54	9	8	♋ 29	21	18	20
Iul. 1	11	18	13	6	♌ 6	42	5	31	1	30	17	32	10	17	28	30	18	17
2	12	19	10	25	21	38	5	28	1	43	18	10	11	27	27	34	18	13
3	13	20	7	44	♍ 6	21	5	26	1	56	18	48	12	36	26	35	18	10
4	14	21	5	4	20	46	5	23	2	9	19	25	13	46	25	33	18	7
5	15	22	2	24	♎ 4	49	5	20	2	23	20	3	14	56	24	29	18	4
6	16	22	59	44	18	30	5	18	2	36	20	41	16	6	23	25	18	1
B 7	17	23	57	5	♏ 1	46	5	15	2	49	21	18	17	16	22	23	17	58
8	18	24	54	26	14	40	5	12	3	2	21	56	18	26	21	24	17	54
9	19	25	51	47	♐ 27	13	5	9	3	15	22	34	19	36	20	29	17	51
10	20	26	49	9	9	29	5	6	3	29	23	11	20	47	19	39	17	48
11	21	27	46	32	♑ 21	30	5	3	3	42	23	49	21	57	18 A	55	17	45
12	22	28	43	55	3	31	5	0	3	55	24	27	23	7	18	18	17	42
13	23	29	41	19	15	4	4	56	4	9	25	5	24	18	17	48	17	39
B 14	24	♌ 0	38	43	26	42	4	53	4	22	25	43	25	28	17	26	17	35
15	25	1	36	8	♒ 8	19	4	50	4	35	26	21	26	39	17	11	17	32
16	26	2	33	33	19	59	4	46	4	49	26	59	27	49	17	4	17	29
17	27	3	30	59	♓ 1	46	4	43	5	2	27	37	29	0	17 Di	5	17	26
18	28	4	28	25	13	42	4	39	5	15	28	15	♋ 0	11	17	14	17	23
19	29	5	25	52	♈ 25	50	4	36	5	28	28	53	1	22	17	30	17	19
20	30	6	23	20	8	15	4	32	5	42	29	31	2	33	17	53	17	16
B 21	31	7	20	49	21	0	4	28	5	55	♍ 0	9	3	44	18	23	17	13

Latitudo Planetarū ad diē	♄		♃		♂		♀		☿		
1	1	2	0	8	0	22	1	58	0	9	
11	1	4	0	9	0	19	1	44	2	39	Mensis
21	1	6	0	10	0	17	1	29	4 A	10	

[illegible] Lunæ.

Occid.	Orient.	Occid.	Syzygię Planetarũ m[illegible] tuę, & eorum congre[illegible] sus cum illustrioribu[illegible] aliquibus stellis fixis.
♂	♀	☿	
♊	♊	♊	
			✱ ♃ ♀ 14.24. a.
	0 ✱ 46	4 △ 28	☿ oc. cũ Her. et ♀ cũ Sy[illegible]
0 △ 10			✱ ♀ ☿ 19.51 ♀ m.c. cũ [illegible]
		11 □ 23	☿ or. cũ [illegible] ♂ oc. cũ [illegible]
8 □ 30			♂ oc. cũ de. hum. Aur[illegible]
	21 ☌ 5	14 ✱ 9	♀ m.c. cum Aldeb.
13 ✱ 21			□ ♄ ♀ 0.21 ☽ ☊ 19.21.
			♀ orc. cum 1 41.
		21 ☌ 37	☽ Perig. ♀ or. cũ Alde[illegible]

Positus Planetarum Diurnus.

Dies Iulian.	Dies Gregor.	☉ ♌ P	☉ ′	☉ ″	☽ ♉ P	☽ ′	♄ ♓ P	♄ ′	♃ ♌ P	♃ ′	♂ ♍ P	♂ ′	♀ ♋ P	♀ ′	☿ ♋ P	☿ ′	☊ ♊ P	☊ ′
							M D		S A		S D		M A		M A			
22	1	8	18	19	4	7	4	24	6	8	0	47	4	50	18	59	17	10
23	2	9	15	50	17	37	4	20	6	22	1	25	6	7	19	41	17	7
24	3	10	13	22	♊ 1	31	4	16	6	35	2	3	7	19	20	29	17	4
25	4	11	10	55	15	47	4	11	6	48	2	41	8	30	21	12	17	0
26	5	12	8	29	♋ 0	11	4	7	7	1	3	19	9	42	22	20	16	57
27	6	13	6	4	15	13	4	3	7	15	3	58	10	53	23	22	16	54
B 28	7	14	3	40	♌ 0	13	3	58	7	28	4	36	12	5	24	18	16	51
29	8	15	1	17	15	13	3	54	7	41	5	14	13	17	25	8	16	48
30	9	15	58	55	♍ 0	7	3	49	7	54	5	52	14	28	26	52	16	44
31	10	16	56	34	14	48	3	44	8	7	6	30	15	40	28	8	16	41
Au. 1	11	17	54	15	29	12	3	40	8	21	7	8	16	52	29	27	16	38
2	12	18	51	57	♎ 13	13	3	35	8	34	7	47	18	4	♌ 0	50	16	35
3	13	19	49	40	26	54	3	30	8	47	8	25	19	16	2	15	16	32
B 4	14	20	47	24	♏ 10	13	3	26	9	0	9	3	20	28	3	43	16	28
5	15	21	45	9	23	12	3	21	9	13	9	42	21	40	5 S	13	16	25
6	16	22	42	55	♐ 5	50	3	16	9	26	10	20	22	52	6	45	16	22
7	17	23	40	42	18	22	3	11	9	39	10	59	24	5	8	19	16	19
8	18	24	38	32	♑ 0	20	3	6	9	52	11	37	25	17	9	55	16	16
9	19	25	36	21	12	27	3	1	10	5	12	16	26	29	11	32	16	13
10	20	26	34	12	24	7	2	57	10	18	12	54	27	42	13	10	16	9
B 11	21	27	32	4	♒ 5	51	2	52	10	31	13	33	28	54	14	50	16	6
12	22	28	29	57	17	35	2	47	10	44	14	11	♌ 0	7	16	31	16	3
13	23	29 ♍	27	52	29	19	2	42	10	57	14	50	1	19	18	14	16	0
14	24	0	25	48	♓ 11	9	2	37	11	9	15	28	2 S	32	19	58	15	57
15	25	1	23	45	23	7	2	33	11	22	16	7	3	45	21	43	15	53
16	26	2	21	43	♈ 5	17	2	28	11	35	16	45	4	57	23	29	15	50
17	27	3	19	43	17	33	2	23	11	48	17	24	6	10	25	15	15	47
B 18	28	4	17	44	♉ 0	18	2	18	12	0	18	2	7	23	27	2	15	44
19	29	5	15	47	13	34	2	13	12	13	18	41	8	36	28	49	15	41
20	30	6	13	52	27	2	2	9	12	26	19	20	9	49	♍ 0	37	15	38
21	31	7	11	58	♊ 10	53	2	4	12	38	19	58	11	2	2	25	15	34

Latitudo Planetarũ ad diẽ	♄ P	♄ ′	♃ P	♃ ′	♂ P	♂ ′	♀ P	♀ ′	☿ P	☿ ′	Mensis
1	1	B	0	11	0	15	0	54	2	42	
11	1	10	0	11	0	13	0	34	0 S	41	
21	1	11	0	12	0	11	0 S	7	0	56	

Dies							
1 □	8 [illegible]	0 ✱ 52	3 □ 39		1 ✱ 35		♂ or. cũ Ira. et oc. cũ Alg.
2 Asc.	27 ♒					3 ✱ 47	♀ m.c. cum Syrio.
3	15 ✱ 42	4 □ 36	8 ✱ 40	0 □ 56			♂ or. cum hydra.
4							☽ ☊ 2.0.
5		7 △ 1		5 ✱ 0	16 ☌ 23		♃ occ. cum asino bor. a.
6						14 ☌ 5	☍ ♄ ♂ 2.49 ♀ or. cũ 2.4
7 ☌	23 40		11 ☌ 46				☽ Perig. ♀ or. cũ Her.
8 Asc.	2 [illegible]						☿ or. cum zona Orio.
9		6 ☍ 0		9 ☌ 48			
10					1 ✱ 34		♀ or. cũ R[illegible] et oc. cũ hy. b
11			15 ✱ 55			0 ✱ 31	♀ or. cum ult. zona Ori. c.
12	10 ✱ 40				9 □ 18		♀ m.c. cum procyone.
13		11 △ 50	21 □ 5	21 ✱ 40		10 □ 50	♀ m.c. cũ Her. ☿ or. cũ
14 □	11 10				20 △ 54		☿ or. c[illegible] (Pr. et acar.
15 Asc.	9 ♎	19 □ 10					
16			7 △ 6	9 □ 24		1 △ 53	☽ ☋ 20.20.
17	11 △ 47						☌ ☿ ♀ 0.52 ♂ or. cũ 5
18		5 ✱ 32		23 △ 58			
19							♀ or. cum cane maiore.
20					8 ☍ 9		
21			9 ☍ 42			21 ☍ 50	☽ Ap. ♃ or. cum Syr. d.
22							♀ or. cum asi. bor.
23 ☍	0 21	6 ☌ 49					♀ or. cum Presepe.
24 Asc.	12 [illegible]			9 ☍ 8			♀ or. cũ acar. & proc. e.
25					23 △ 20		♀ or. cũ asi. austr. et oc. cũ
26			12 △ 22				☍ ☽ ♄ 2.17. (Apolli.
27		Occid.				16 △ 29	☿ or. cum Regulo.
28	7 △ 15	3 ✱ 26	21 □ 27		13 □ 58		♀ occ. cum asino bor.
29				9 △ 34			
30 □	17 13	8 □ 48				7 □ 7	☍ ☿ ♀ 19.30.
31 Asc.	7 ♍		3 ✱ 1	16 □ 4	0 ✱ 18		☽ ☊ 7.53 ♀ or. cũ Sy. f.

a. Die 5. ♀ occ. cum hædis.
b. Die 10. ♀ m.c. cum Apolline.
c. Die 12. ☿ or. cum astris.
d. Die 21. ♀ occ. cum Hercule.
e. Die 24. ♀ occ. cum asi. austr. & Presepe.
f. Die 31. ☿ or. cum trica.

Anni veteris	Anni Gregor.	Positus Planetarum Diurnus. ☉ ♍ P	′	″	☽ ♊ P	′	♄ ♓ P	′	♃ ♌ P	′	♂ ♍ P	′	♀ ♌ P	′	☿ ♍ P	′	☊ ♊ P	′
							M	D	S	A	S	D	S	A	S	A		
Dies																		
22	1	8	10	6	25 ♋	5	1	59	12	51	20	37	14	15	4	24	15	31
23	2	9	8	16	9	31	1	54	13	3	21	15	13	28	6	3	15	28
24	3	10	6	28	24 ♌	19	1	50	13	16	21	54	14	41	7	52	15	25
B 25	4	11	4	42	9	10	1	45	13	28	22	33	15	55	9	42	15	22
26	5	12	2	57	14 ♍	2	1	40	13	40	23	12	17	8	11 D	32	15	18
27	6	13	1	14	8	44	1	36	13	53	23	50	18	21	13	22	15	15
28	7	13	59	33	23 ♎	13	1	31	14	5	24	29	19	35	15	13	15	12
29	8	14	57	54	7	15	1	26	14	18	25	8	20	48	17	3	15	9
30	9	15	56	16	21 ♏	18	1	22	14	30	25	47	22	2	18	53	15	6
31	10	16	54	40	4	51	1	17	14	42	26	26	23	16	20	43	15	3
B 1	11	17	53	6	18 ♐	5	1	12	14	55	27	5	24	30	22	32	14	59
Sep. 2	12	18	51	34	1	3	1	8	15	7	27	44	25	43	24	21	14	56
3	13	19	50	3	13	43	1	3	15	19	28	23	27	57	26	10	14	53
4	14	20	48	34	26 ♑	10	0	59	15	31	29	2	28	11	27	59	14	50
5	15	21	47	7	8	25	0	54	15	43	29 ♎	41	29 ♍	24	29 ♎	47	14	47
6	16	22	45	41	20	38	0	50	15	55	0	20	0	38	1	35	14	43
7	17	23	44	17	2 ♒	32	0	46	16	6	0	59	1	52	3	22	14	40
B 8	18	24	42	55	14	29	0	42	16	18	1	38	3	6	5	9	14	37
9	19	25	41	34	26 ♓	15	0	38	16	30	2	17	4	20	6	55	14	34
10	20	26	40	16	8	12	0	34	16	41	2	56	5	34	8	40	14	31
11	21	27	39	0	20 ♈	23	0	30	16	53	3	36	6	48	10	24	14	28
12	22	28	37	44	2	33	0	26	17	4	4	15	8	2	12	8	14	24
13	23	29 ♎	36	31	14	55	0	23	17	15	4	54	9	17	13	51	14	21
14	24	0	35	20	27 ♉	31	0	19	17	26	5	33	10	31	15	33	14	18
B 15	25	1	35	10	10	24	0	16	17	37	6	13	11	45	17	14	14	15
16	26	2	33	3	23	37	0	12	17	48	6	52	13	0	18	54	14	12
17	27	3	31	58	7 ♊	20	0	8	17	59	7	32	14	14	20 M	33	14	8
18	28	4	30	55	21	5	0 A	5	18	10	8	11	15	28	22	11	14	5
19	29	5	29	54	5 ♋	16	0	1	18	21	8	51	16	43	23	48	14	2
20	30	6	28	55	19	41	29 ♒	57	18	31	9	30	17	57	25	24	13	59

Latitudo Planetarũ ad diẽ	♄ P	′	♃ P	′	♂ P	′	♀ P	′	☿ P	′	
1	1	12	0	13	0	9	0	30	1 D	42	Mensis
11	1	13	0	25	0	8	0	38	1	33	
21	1 A	13	0	15	0	7	0	57	0 M	49	

	♀ *m.c.cum* R
♀ ✶ 34	☿ *or.cū Reg.*
	☿ *or.cum* m
	♑ ☋ 1. 15
4 □ 11	☌ ♂ ☿ 21.5

Dies		Positus Planetarum Diurnus																
							M	A	S	A	S	D	S	A	M	D		
		☉ ♎			☽ ♌		♄ ♒		♃ ♌		♂ ♋		♀ ♍		☿ ♎		☊ ♊	
Dies		P	′	″	P	′	P	′	P	′	P	′	P	′	P	′	P	′
21	1	7	27	58	4	17	29	54	18	42	10	50	19	12	26	58	13	56
B 22	2	8	27	3	18 ♍	55	29	50	18	52	10	49	20	26	28	20	13	53
23	3	9	26	20	3	30	29	47	19	2	11	29	21	41	0	0	13	49
24	4	10	25	38	17	55	29	44	19	13	12	8	22	55	1	28	13	46
25	5	11	24	58	2 ♎	6	29	41	19	23	12	48	24	10	2	54	13	43
26	6	12	23	40	16	1	29	38	19	33	13	28	25	25	4	18	13	40
27	7	13	22	54	29 ♏	38	29	35	19	43	14	7	26	39	5	40	13	37
28	8	14	22	10	12	57	29	33	19	53	14	47	27	54	6	59	13	34
B 29	9	15	21	28	25 ♐	58	29	30	20	3	15	27	29 ♎	9	8	16	13	30
30	10	16	20	48	8	45	29	28	20	13	16	6	0	24	9	30	13	27
Oc. 1	11	17	20	10	21 ♑	20	29	25	20	22	16	46	1	39	10	42	13	24
2	12	18	19	34	3	45	29	23	20	32	17	26	2	54	11	51	13	21
3	13	19	19	0	16	2	29	21	20	41	18	6	4	9	12	57	13	18
4	14	20	18	28	28	13	29	20	20	51	18	46	5	24	13	59	13	14
5	15	21	17	58	10 ♒	20	29	18	21	0	19	26	6	39	14	57	13	11
B 6	16	22	17	30	22	27	29	16	21	9	20 A	6	7	54	15	52	13	8
7	17	23	17	4	4 ♓	36	29	15	21	18	26	46	9	9	16	43	13	5
8	18	24	16	40	16	49	29	13	21	27	21	26	10	24	17	30	13	[illegible]
9	19	25	16	18	29 ♈	8	29	12	21	36	22	6	11	40	18	13	12	59
10	20	26	15	58	11	38	29	10	21	44	22	46	12	55	18	57	12	55
11	21	27	15	40	24 ♉	16	29	9	21	53	23	26	14 D	10	19	25	12	52
12	22	28	15	24	7	10	29	7	22	1	24	6	15	25	19	54	12	49
B 13	23	29	15	10	20 ♊	20	29	6	22	9	24	46	16	40	20	16	12	46
14	24	0 ♏	14	58	3	48	29	5	22	17	25	26	17	55	20	37	12	43
15	25	1	14	47	17 ♋	35	29	4	22	25	26	6	19	11	20	50	12	39
16	26	2	14	38	1	39	29	3	22	33	26	40	20	26	20 A	58	12	36
17	27	3	14	31	15 ♌	57	29	2	22	41	27	47	21	41	21 R	0	12	33
18	28	4	14	26	0	24	29	2	22	48	28	7	22	57	20	56	12	30
19	29	5	14	23	14	55	29	1	22	56	28	47	24	12	20	48	12	27
B 20	30	6	14	22	29 ♍	24	29	1	23	3	29	28	25	28	20	35	12	24
21	31	7	14	23	13	45	29	0	23	10	0 ♌	8	26	43	20	18	12	20

Latitudo Planetarũ ad dië		♄		♃		♂		♀		☿		
	1	1	12	0	16	0	6	1	8	0	35	
	11	1	12	0	18	0 A	5	1	13	1	37	Mensis
	21	1	11	0	20	0	5	1 D	15	3 A	15	

Positus Planetarum Diurnus.

Dies		☉ ♒ P	′	″	☽ ♍ P	′	♄ ♒ P (M A)	′	♃ ♌ P (S A)	′	♂ ♒ P (S A)	′	♀ ♎ P (S D)	′	☿ ♒ P (M A)	′	☊ ♊ P	′
22	1	8	14	25	17 ♎	53	29	0	23	17	0	49	27	59	19	56	12	17
23	2	9	14	29	11	44	29	0	23	24	1	29	29	14	19	30	12	14
24	3	10	14	35	25 ♏	17	29 D	0	23	31	2	10	0 ♏	30	19	0	12	11
25	4	11	14	43	8	33	29	0	23	37	2	50	1	45	18	27	12	8
26	5	12	14	53	21 ♐	32	29	0	23	44	3	31	3	1	17	51	12	4
B 27	6	13	15	5	4	16	29	0	23	50	4	11	4	16	17	14	12	1
28	7	14	15	18	16	48	29	1	23	56	4 D	52	5	32	16	37	11	58
29	8	15	15	33	29 ♑	10	29	1	24	2	5	32	6	47	16	0	11	55
30	9	16	15	50	11	25	29	2	24	8	6	13	8	3	15	24	11	52
31	10	17	16	9	23	35	29	2	24	14	6	54	9	18	14	50	11	49
Feb. 1	11	18	16	29	5 ♒	37	29	3	24	19	7	34	10	33	14	19	11	45
2	12	19	16	51	17	51	29	4	24	25	8	15	11	49	13	51	11	42
B 3	13	20	17	14	0 ♓	3	29	5	24	30	8	56	13	5	13	27	11	39
4	14	21	17	39	12	19	29	6	24	35	9	37	14	21	13	7	11	36
5	15	22	18	5	24 ♈	47	29	7	24	40	10	18	15	37	12	51	11	33
6	16	23	18	33	7	15	29	9	24	45	10	59	16	53	12 S	40	11	29
7	17	24	19	2	19 ♉	59	29	10	24	49	11	40	18	8	12	35	11	26
8	18	25	19	33	2	50	29	12	24	54	12	21	19	24	12 D	33	11	23
9	19	26	20	5	16	9	29	14	24	58	13	2	20	40	12	40	11	20
B 10	20	27	20	39	29 ♊	41	29	15	25	2	13	43	21	56	12	51	11	17
11	21	28	21	14	13	32	29	17	25	6	14	24	23	12	13	7	11	13
12	22	29	21	51	27 ♋	38	29	19	25	10	15	5	24	28	13	28	11	10
13	23	0 ♓	22	29	12	0	29	21	25	13	15	40	25	44	13	54	11	7
14	24	1	23	9	26 ♌	27	29	23	25	17	16	27	27	0	14	25	11	4
15	25	2	23	50	11	8	29	25	25	20	17	9	28	16	15	0	11	1
16	26	3	24	32	25 ♍	41	29	28	25	23	17	50	29	32	15	40	10	58
B 17	27	4	25	17	10	8	29	30	25	26	18	31	0 ♓	48	16 D	24	10	54
18	28	5	26	2	24	22	29	33	25	29	19	13	2	4	17	12	10	51
19	29	6	26	40	8 ♎	19	29	36	25	31	19	54	3	20	18	4	10	48
20	30	7	27	35	21	55	29	38	25	33	20	35	4	36	18	59	10	45

Latitudo Planetarū ad diē	♄	′	♃	′	♂	′	♀	′	☿	′	
1	1	10	0	22	0 D	6	1	8	3	9	
11	1	8	0	23	0	6	0	57	1 S	8	Mensis
21	1	7	0	28	0	5	0	44	0 D	51	

Syzygiæ Lunares.

		Occid.	Orient.	Orient.	Orient.	Occid.	Syzygiæ Planetarũ mutuę, & eorum congressus cum illustrioribus aliquibus stellis fixis.
	☉	♄	♃	♂	♀	☿	
	H ′	H ′	H ′	H ′	H ′	H ′	
			20 ✱ 50				△ ♄ ♀ 19.31. ♂ m.c. cum arcturo.
☌	5 47	6 △ 43		13 ☌ 7	10 ☌ 26	17 ☌ 28	☿ or. cum Fidicula. ♀ m.c. cum arcturo.
Asc.	19 ♉	14 □ 5	4 □ 11				☌ ☿ ♀ 20.34 ♀ or. cũ y. ☉ ☋ 14.47.
		23 ✱ 44	13 △ 58	13 ✱ 13	16 ✱ 36		☌ ☉ ☿ 11.0.
	10 ✱ 25					7 ✱ 51 Orient.	☿ or. cũ ca. cy a. (cũ th. b ☌ ♃ cum Regu ♂ oce
□	3 25	22 ☌ 4	13 ☍ 0	3 □ 53	10 □ 39	16 □ 21	☉ Apog. ♀ occ. cum vindem.
Asc. ☽	16 ♈ 13 △ 15			18 △ 23	4 △ 23	1 △ 32	☌ ♀ ☿ 5.30. ♀ oc. cum lance austr. c.
							♂ oc. cũ vl. ♀ m.c. cũ o. 4 ♂ oc cum lance austr.
		17 ✱ 6	9 △ 1	18 ☍ 2		17 ☍ 38	□ ☽ ♃ 12.51 ♀ oc. c[illegible] ☌ ♂ ☿ 9.20 (cing. ♍
☍ Asc.	19 51 3 [illegible]	23 □ 11	15 □ 43		8 ☍ 50		([illegible] d. ☉ ☊ 20.1. ♀ oc. cũ arc
		2 △ 49	19 ✱ 46				□ ☽ ♄ 22.46. □ ♃ ♀ 13.19.
	8 △ 34			6 △ 30	0 △ 54	3 △ 15	♃ oc. cum Regulo. e. ☉ Per. ♂ oc. cum 55. f
□	14 6	6 ☍ 17	23 ☌ 25	10 □ 24	7 □ 0	6 □ 40	□ ♄ ♀ 22 41. ♀ or. cum rostro galli.
Asc.	3 ♎ 20 ✱ 31			14 ✱ 52	14 ✱ 34	11 ✱ 12	☿ oc. cum lance bor.
		14 △ 2	6 ✱ 36				☌ ♄ ♃ per orbē ☿ m.c. cũ ☿ or. cũ ocu. ♏ (ant. ve.

Die 9. ♃ m.c. cum Regulo.
Die 10. ♀ or. cum cau. cyg & lanci.
Die 14. ♂ m.c. cum lance austr.
Die 20. ♀ m.c. cum corona.

e. Die 23. ♀ occ. media fron. ♏.
f. Die 24. ♀ oc. cũ neb. & cor. ♏. ♂ oc. cũ lan. bor.

Positus Planetarum Diurnos.

	Dies		☉ ♐ P	'	"	☽ ♏ P	'	♄ ♒ (M A) P	'	♃ ♌ (S A) P	'	♂ ♏ (S D) P	'	♀ ♐ (S D) P	'	☿ ♏ (S D) P	'	☊ ♊ P	'
	21	1	8	28	23	5	10	29	41	25	36	21	17	5	51	19	58	10	42
	22	2	9	29	12	18	6	29	44	25	38	21	58	7	7	21	0	10	38
	23	3	10	30	2	0 ♐	45	29	47	25	40	22	40	8	23	22	5	10	35
B	24	4	11	30	53	13	10	29	50	25	41	23	21	9	39	23	13	10	32
	25	5	12	31	45	25 ♑	24	29	54	25	44	24	3	10	55	24	24	10	29
	26	6	13	32	38	7	30	29	57	25	45	24	44	12	11	25	38	10	26
	27	7	14	33	32	19 ♒	30	0 ♓	1	25	46	25	26	13	27	26	54	10	23
	28	8	15	34	27	1	28	0	4	25	47	26	7	14	43	28	11	10	19
	29	9	16	35	23	13	27	0	8	25	48	26	49	15	59	29	32	10	16
	30	10	17	36	20	25 ♓	28	0	11	25	48	27	30	17	15	0 ♐	54	10	13
B	1	11	18	37	18	7	56	0	15	25	49	28	12	18	30	2	16	10	10
De.	2	12	19	38	17	19	52	0	19	25	49	28	54	19	46	3	44	10	7
	3	13	20	39	17	2 ♈	19	0	23	25 ℞	49	29	36	21	2	5	12	10	3
	4	14	21	40	17	14	50	0	27	25	49	0 ♐	18	22	18	6	41	10	0
	5	15	22	41	18	27 ♉	34	0	31	25	49	1	0	23	34	8	12	9	57
	6	16	23	42	19	11	4	0	35	25	48	1	42	24 M	50	9	44	9	54
	7	17	24	43	21	24 ♊	34	0	40	25	48	2	24	26	6	11	17	9	51
B	8	18	25	44	23	8	23	0	44	25	47	3	6	27	22	12	51	9	48
	9	19	26	45	26	22 ♋	31	0	49	25	46	3	48	28	37	14 M	27	9	44
	10	20	27	46	19	6	50	0	53	25	44	4	30	29 ♑	53	15	4	9	41
	11	21	28	47	33	21 ♌	36	0	58	25	43	5	12	1	9	17	42	9	38
	12	22	29	48	37	6	24	1	2	25	41	5	54	2	25	19	21	9	35
	13	23	0 ♑	49	41	21 ♍	13	1	7	25	39	6	37	3	41	21	1	9	32
	14	24	1	50	46	5	56	1	12	25	37	7	19	4	57	22	41	9	29
B	15	25	2	51	51	20 ♎	16	1	17	25	34	8	1	6	12	24	23	9	25
	16	26	3	52	56	4	39	1	22	25	32	8	44	7	28	26	5	9	22
	17	27	4	54	1	18 ♏	31	1	27	25	29	9	26	8	44	27	48	9	19
	18	28	5	55	6	2	0	1	32	25	26	10	9	10	0	29 ♑	31	9	16
	19	29	6	56	12	15	7	1	38	25	23	10	51	11	16	1	14	9	13
	20	30	7	57	18	27	53	1	43	25	20	11	34	12	32	2	58	9	10
	21	31	8	58	24	10 ♐	21	1	49	25	16	12	16	13	47	4	42	9	6

Latitudo Planetarũ ad diẽ	♄		♃		♂		♀		☿		
1	1	6	0	32	0	5	0	16	1	38	Mensis
11	1	4	0	36	0	4	0 M	9	0 M	46	
21	1	3	0	39	0	1	0	8	0	12	

△ ♃ ♀ 18.15

△ ☉ ♃ 1.10.

☿ or. cum cau

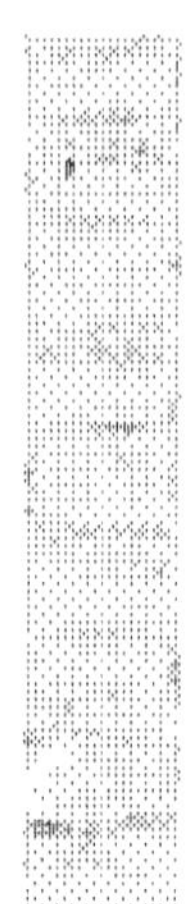

EPHEMERIS IOANNIS ANTONII MAGINI PATAVINI

Ad annum Dominicæ Incarnationis 1612.

Bissextilem, qui post Gregorianam Kalendarij restitutionem est 30. & à principio Mundi 5574.

Constitutio cæli ad tempus ingressus Solis in Arietis principium.

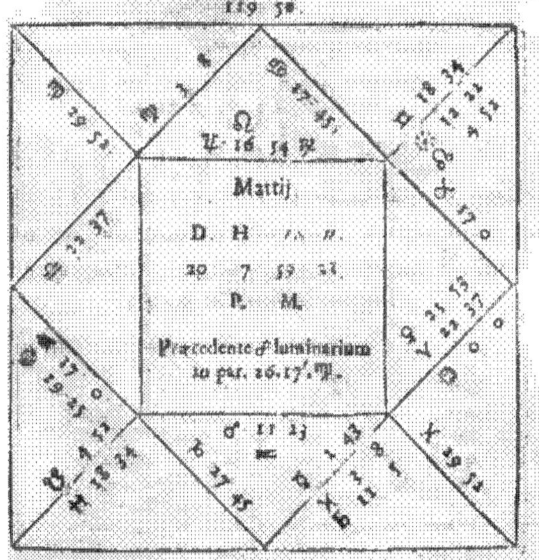

Anni Tropici vera magnitudo.

Dierum 365. *Horarum* 5. *Scr.* 55'. 32''. 47'''. 43''''.

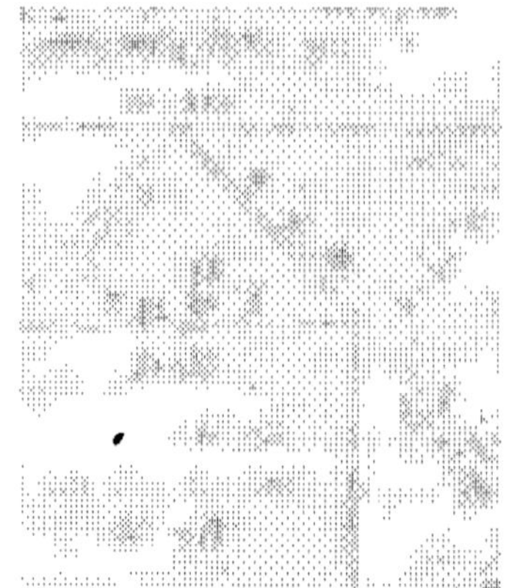

ANNO VIRGINEI PARTVS 1612 Intercalari.

			D.	H.	′	″
☉ in	♋, Seu solstitij æstiui	Iunij	21	4	4	42
	♎, Seu æquinoctij autumni	Septemb.	22	15	31	9
	♑, Seu solstitij hiemalis	Decemb.	21	10	26	4

	P.	′	″	‴
...cessio Æquinoctiorum	28	11	57	44
...s Zodiaci	23	28	2	4

...itas ☉ 32208. Qualium semidiameter eccentrici ☉ par. 1000000.
..., 1, 55′. 56″. 53‴. Qualium P. 60.

		P.	′	″			
...ogæi	♄	29	37	35	♐	Aureus Numerus	17
	♃	6	58	41	♎	Cyclus Solis	25
	♂	28	49	47	♌	Epacta	27
	☉	9	51	7	♋	Indictio Romana	10
	♀	16	32	57	♊	Litera Dominicalis	A G
	☿	0	40	56	♐	Interuallum hebd. 10. Dies	0

Festa mobilia secundum Sacrosanctæ Romanæ Ecclesiæ usum iuxta annum reformatum.

Septuagesima	Februarij	19
Cinis	Martij	7
Pascha	Aprilis	22
Rogationes	Maij	27
Ascensio Domini	Maij	31
Pentecostes	Iunij	10
Corpus Christi	Iunij	21
Aduentus Domini	Decemb.	2

Quatuor Tempora anni, seu Ieiunia	Martij	14	16	17
	Iunij	13	15	16
	Septembris	19	21	22
	Decembris	19	21	22

Deliquium Solis prædicto anno 1612.

Continget hoc anno alterius etiam luminaris Eclipsis, nam die 29. Maij H.23.7'.54". T.M. coequatis celebratur vera Solis, & Lunæ coniunctio in gr.8.44'.42". ♊ prope draconis ☋. Verum cum hoc contingat in quadrante cæli orientali, ideo apparens coniunctio, quæ secundum visum nostrum fit præcedet veram interuallo scr.15'.30'. & erit H.22.52'.24". Nam parallaxis, seu diuersitas aspectus in longitudine est scr.7'.47". Distantia autem Solis, & ☽ à vertice inuenitur par.[illegible] & Solis anomalia est par 327.54'.58". & eius semidiameter apparens 15'.53". Anomalia autem ☽ coæquata est par.84.24'.21". Vnde eius semidiameter 16'.5". Verus motus latitudinis ☽ par.277.28'.38". vera autem latitudo 39'.0". sept. Boreæ; sed latitudinis parallaxis est scr.24'.57". ideo relinquitur visa latitudo 14'.3" Boreæ. Ad principium vero defectus visa latitudo est 11'.34". Bor. & ad finem 16'.34" Bor. Tum illa corporis Solis a Luna tecta erunt dig.6.46'. & tempus casus H.0.40'.11". Acquisitionis autem amissi luminis H.0.35'.23".

		H.	scr.		
Huius Solaris Eclipsis digitorum 6. 46'.	*Principium spectabitur*	22	12	T. M.	*A principio ad finem percurrent H.1.scr.16'.*
		14	37	Horol.	
	Medium, seu vera ☌	22	53	T. M.	
		15	17	Horol.	
	Finis continget	23	28	T. M.	
		15	53	Horol.	

Parallaxis, seu diuersitas aspectus prædicti defectus Solis in infrascriptis climatibus.

	Punct.						
Magnitudo huius Eclipsis ☉ erit	5	42	*In climate*	*Quarto*, &	gr.	36	*Eleuationis poli.*
	6	25		*Quinto*, &	gr.	41	
	6	46		*Sexto*, &	gr.	45	
	6	58		*Septimo*, &	gr.	49	
	7	5		*Octauo*, &	gr.	52	

Typus prædicti defectus Solis quemadmodum in sexto climate videbitur.

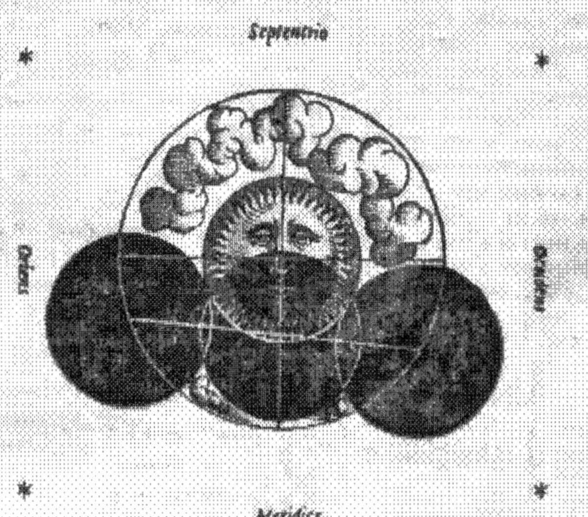

Computus alterius defectionis Lunæ anno prædicto.

Die 8. Nouemb. H. 3. 4′. 35″. à meridie coæquatis deficiet Luna solito suo lumine per vmbram terræ permeans in par. 16. 7′. 41″. ♉ prope ☊ draconis. Ad dictum verò tempus anomalia Solis annua reperitur par. 127. 44. 32″. & eius apparens semid. 16′. 39″. Anomalia autem Lunaris par. 61. 3′. 29″. semidiameterque eius 15′. 36″. Sed vmbra terræ semidiameter est 41′. 12″. Verus item motus latitudinis ☽ par. 203. 35′. 22″. & vera Lunæ latitudo 33′. 17″. Aquil. Verum in initio defectionis 37′. 47″. Aquil. & in fine 29′. 7″. Aquil. Puncta obscurationis erunt 9. 3′. & tempus incidentiæ H. 1. 37′. 1″.

Hanc autem Eclipsim in nostro horizonte minimè habebimus: sed ab Orientalibus solum eius finis conspici poterit, vt sunt qui Apuliam, Siciliam, Poloniam, Vngariam, Calabriam, Neapolim, Liuoniam, Rutheniam, Bulgariam, Dalmatiam, Macedoniam, & Græciam incolunt, quinimo in aliquibus locis Græciæ, & Nicæa, vbi Concilium celebratum fuit, etiam Eclipsis medium obseruari poterit, ita & in alijs similis longitudinis locis.

Planetarum status.

♄ Hoc anno ad longitudinem mediam Eccentrici defertur.
Die 1. Martij Apogæum } Epicycli discurrit.
Die 5 Septembris Perigæum
Contra signorum ordinem meabit à die 28. Iunij vsq; ad 14. Nouemb.

♃ Hoc anno spatio ascendit versus deferentis augem.
Die 12. Februarij in Perigæo } Epicycli versatur.
Die 28 Augusti in Apogæo
Die 11. Aprilis retrocessum complet, inde toto anni complemento directè incedit.

♂ Die 6 Iunij decurrit imam Eccentrici absidem.
Die 8. Nouembris per imam Epicycli absidem transit.
Post 3. Octobris exitum anni retrocessu consumet.

♀ Die
7. Iunij in Auge } Eccentri residet.
7 Decemb. in opposito Augis
18. Septembris in Perigæo Epicycli inuenitur.
Post 7. Septembris vsque ad 19. Octob. contra signorum seriem meabit.

☿ Die
12 Maij ad Perigæum } Eccentrici pertinget.
21 Nouemb. ad Augem
3 Ianuarij in Perigæo } Epicycli est.
1 Martij in Perigæo
28 Aprilis in Apogæo
26 Iunij in Perigæo
23 Augusti in Apogæo
20 Octob. in Perigæo
16 Decemb. in Apogæo
19 Februarij vsque in 13. Martij } Rgressiones perficiet.
15 Iunij vsq; ad 8. Iulij
8 Octob. vsq; post 30. eiusdem

⁂ ⁂ ⁂

Positus Planetarum Diurnus.

Dies		☉ ♑ P	'	''	☽ ♓ P	'	M ♄ ♓ P	A '	S ♃ ♌ P	A '	S ♂ ♓ P	D '	M ♀ ♑ P	D '	M ☿ ♑ P	D '	☊ ♊ P	'
A 22	1	9	59	30	21 ♑	54	1	54	15	13	12	59	15	3	6	16	9	3
23	2	11	0	37	4	35	2	0	15	9	13	41	16	19	8	11	9	0
24	3	12	1	44	16	27	2	5	15	6	14	24	17	35	9	56	8	57
25	4	13	2	51	28	14	2	11	15	2	15	7	18	50	11	41	8	54
26	5	14	3	57	10 ♒	0	2	17	14	58	15	50	20	6	13	27	8	50
27	6	15	5	3	21	47	2	22	14	54	16 M	32	21	22	15	13	8	47
28	7	16	6	9	3 ♓	38	2	28	14	50	17	15	22	38	16	59	8	44
A 29	8	17	7	15	15	36	2	34	14	45	17	58	23	53	18	45	8	41
30	9	18	8	20	27	45	2	40	14	41	18	41	25	9	20	31	8	38
31	10	19	9	25	10 ♈	8	2	46	14	36	19	24	26	25	22	17	8	35
Ian. 1	11	20	10	30	22	47	2	52	14	31	20	7	27	41	24	2	8	32
2	12	21	11	34	5 ♉	45	2	58	14	26	20	50	28	57	25	48	8	29
3	13	22	12	38	19	2	3	4	14	21	21	33	0 ♒	12	27	33	8	26
4	14	23	13	41	2 ♊	40	3	10	14	15	22	16	1	28	29	18	8	22
A 5	15	24	14	44	16	40	3	16	14	10	22	59	2	43	1 ♒	2	8	19
6	16	25	15	46	1 ♋	0	3	22	14	5	23	42	3	59	2 A	46	8	16
7	17	26	16	48	15	38	3	29	13	59	24	26	5	14	4	29	8	13
8	18	27	17	49	0 ♌	29	3	35	13	53	25	9	6	30	6	12	8	10
9	19	28	18	49	15	17	3	41	13	47	25	52	7	45	7	54	8	6
10	20	29	19	49	0 ♍	25	3	48	13	41	26	36	9	1	9	36	8	3
11	21	0 ♒	20	48	15	15	3	54	13	34	27	19	10	16	11	17	8	0
A 12	22	1	21	46	29	51	4	1	13	28	28	3	11	32	12	58	7	57
13	23	2	22	43	14 ♎	6	4	8	13	21	28	46	12	47	14	38	7	54
14	24	3	23	40	28	3	4	14	13	14	29	30	14	3	16	17	7	51
15	25	4	24	35	11 ♏	35	4	21	13	8	0	13	15	18	17	55	7	48
16	26	5	25	31	24	42	4	28	13	1	0	57	16	33	19	32	7	44
17	27	6	26	25	7 ♐	29	4	34	12	54	1	40	17	49	21	6	7	41
18	28	7	27	18	19	55	4	41	12	47	2	24	19	4	22	39	7	38
A 19	29	8	28	10	2 ♑	4	4	48	12	40	3	6	20	19	24	10	7	35
20	30	9	29	1	14	6	4	55	12	32	3	51	21	35	25	39	7	32
21	31	10	29	51	25	46	5	2	12	25	4	35	22	50	27	6	7	26
Latitudo Planetarū ad diē				3			1	2	0	42	0 M	1	0	32	1	16	Menses	
				13			1	1	0	44	0	1	0	47	1 A	54		
				23			1	0	0	40	0	3	0	59	1	45		

8 □ 71	[illegible] Regno, [illegible] (con
17 △ 15	♂ [illegible] me, [illegible] □ [illegible] ☿ m. c [illegible]

Positus Planetarum Diurnus.

Dies Julian.	Dies Gregor.	☉ ♒ P	'	''	☽ P	'	♄ ♓ P (M A)	'	♃ ♌ P (S A)	'	♂ ♑ P (M D)	'	♀ ♒ P (M D)	'	☿ ♒ P (M A)	'	☊ ♊ P	'
22	1	11	30	40	7	26	5	9	22	17	5	19	24	5	28	31	7	25
23	2	12	31	28	19 ♓	3	5	16	22	10	6	3	25	40	29 ♓	54	7	22
24	3	13	32	15	0	41	5	23	22	2	6	47	26	35	1	15	7	19
25	4	14	33	0	12	25	5	30	21	55	7	31	27	50	2	33	7	16
A 26	5	15	33	44	24 ♈	16	5	38	21	47	8	15	29 ♓	5	3	48	7	13
27	6	16	34	27	6	18	5	45	21	39	8	59	0	20	5 S	0	7	9
28	7	17	35	9	18 ♉	34	5	52	21	32	9	43	1	35	6	8	7	6
29	8	18	35	49	1	7	6	0	21	24	10	27	2	50	7	12	7	3
30	9	19	36	28	14	1	6	7	21	16	11	11	4	5	8	12	7	0
31	10	20	37	6	27	18	6	14	21	9	11	55	5 A	19	9	7	6	57
Feb. 1	11	21	37	42	10 ♊	55	6	21	21	1	12	40	6	34	9	58	6	54
A 2	12	22	38	17	25	1	6	28	20	53	13	24	7	49	10	41	6	50
3	13	23	38	50	♋ 9	35	6	35	20	45	14	9	9	3	11	21	6	47
4	14	24	39	22	24	7	6 D	43	20	37	14	53	10	18	11	55	6	44
5	15	25	39	53	♌ 9	3	6	50	20	29	15	38	11	32	12	23	6	41
6	16	26	40	22	24	5	6	57	20	21	16	22	12	47	12	45	6	38
7	17	27	40	50	♍ 9	5	7	5	20	14	17	7	14	2	13	1	6	35
8	18	28	41	16	23	47	7	12	20	7	17	51	15	16	13	10	6	31
A 9	19	29 ♓	41	41	♎ 8	34	7	19	19	59	18	36	16	30	13 ℞	11	6	28
10	20	0	42	4	22	51	7	27	19	52	19	20	17	45	13	4	6	25
11	21	1	42	25	♏ 6	47	7	34	19	44	20	5	18	59	12	49	6	22
12	22	2	42	45	20	20	7	41	19	37	20	49	20	14	12	26	6	19
13	23	3	43	3	♐ 3	30	7	49	19	30	21	34	21	28	11	55	6	16
14	24	4	43	19	16	20	7	56	19	22	22	19	22	42	11	17	6	12
15	25	5	43	33	28 ♑	51	8	3	19	15	23	3	23	57	10	32	6	9
G 16	26	6	43	45	11	5	8	11	19	8	23	48	25	11	9 D	41	6	6
17	27	7	43	58	23	6	8	18	19	1	24	33	26	25	8	46	6	3
18	28	8	44	5	♒ 4	57	8	25	18	54	25	18	27	40	7	47	6	0
19	29	9	44	12	16	41	8	33	18	47	26	3	28	54	6	45	6	57

Latitudo Planetarũ ad diẽ	♄ P	'	♃ P	'	♂ P	'	♀ P	'	☿ P	'	
1	0	59	0	48	0	3	1 A	8	0 S	49	Mensis
11	0 D	58	0	50	0	8	1	8	0	59	
21	0	58	0	51	0	11	1	2	1 D	11	

Syzygiæ Lunares.

Dies	☉	Occid. ♄	Orient. ♃	Orient. ♂	Occid. ♀	Occid. ☿	Syzygiæ Planetarũ mutuæ, & eorum congressus cum illustrioribus aliquibus stellis fixis
	H ′	H ′	H ′	H ′	H ′	H ′	
1 ☌	9 0						♂ occ. cum Fidicula. a.
2 Asc.	1 ♎		6 ☍ 23		14 ☌ 30		[illegible] ♂ or. cũ ne. ♓. b
3		9 ☌ 42		13 ✶ 17		1 ☌ [illegible]	♂ m.c. cum neb. ♓.
4							♀ m. cum capi. Algol. c.
5							♂ occ. cum [illegible]. ♀ oc
6	11 ✶ 51			5 □ 15			7 ♄ ♀ 17.42. (☌ 8.)
7			5 △ 36				♄ et ☿ oc. cum Fidicula
8		9 ✶ 1[illegible]		19 △ 24	3 ✶ 51	12 ✶ [illegible]	
9 □	10 48		15 □ 0				(19.23.d.
10 Asc.	26 ♎	15 □ 40	Occid.		11 □ 29	22 □ 0	☍ ☉ ♃ 12.58. ☌ ♄ ♀
11	19 △ 39		17 ✶ 0				♂ oc. cum neb. [illegible].
12		19 △ 14			13 △ 18		♀ m.c. cum Fomalh.
13				8 ☍ 5		3 △ 17	
14							✶ ♂ ☿ platicl.
15			18 ☌ 6				☌ ♀ ☿ 43. ☍ ♂ oc. cũ
16 ☍	4 28	10 ☍ 46					☉ Persg. [illegible]
17 Asc.	27 ♌			13 △ 38	8 ☍ 43	6 ☍ 25	♂ m.c. cum rostro galli.
18							
19			19 ✶ 3	17 □ 47			
20	14 △ 17						♀ occ. cum Acar.
21		13 △ 36	22 □ 38		23 △ 48	10 △ 23	
22				0 ✶ 58			♂ m.c. cum aquila.
23 □	0 19	8 □ 9				13 □ 1	✶ ♂ ♀ 4.56. ☉ ☿ 5.8
24 Asc.	8 ♋		5 △ 46		18 □ 34		
25	14 ✶ 41	18 ✶ 14				21 ✶ 26	♄ m.c. cum Fomalh.
26							
27				3 ☌ 8	7 ✶ 38		☌ ☉ ♀ 12.30. ☌ ☉ ♄
28		Orient.				Orient.	(15.34.e.
29			4 ☍ 12				

a. Die 1. ♀ or. cum cap. Algol.
b. Die 2. ♀ occ. cum cauda Delphini, ♂ ☿ cum rostro gallinæ.
c. Die 4. ♂ occ. cum neb. ♓.
d. Die 10. ☉ ☊ 18.11 ♀ occ. cum Fidicula.
e. Die 27. ☌ ♄ ☿ 10. 11. ♀ oc. cũ Fid. et m. c. cũ Fo.

Positus Planetarum Diurnus.

Dies (Julian)	Dies (Gregorian)	☉ ♓ P	′	″	☽ ♒ P	′	♄ ♓ P	′	♃ ♌ P	′	♂ ♑ P	′	♀ ♈ P	′	☿ ♓ P	′	☊ ♊ P	′
20	1	10	44	17	28 ♓	21	8	40	18	41	26	48	0	8	5	41	5	53
21	2	11	44	21	10	1	8	48	18	34	27	33	1	22	4	37	5	50
22	3	12	44	23	27 ♈	44	8	55	18	27	28	18	2	36	3	35	5	47
G 23	4	13	44	23	3	34	9	1	18	21	29	3	3	50	2	35	5	44
24	5	14	44	21	15	34	9	10	18	14	29 ♒	48	5	4	1	39	5	41
25	6	15	44	17	27 ♉	47	9	17	18	8	0	23	6	18	0	42	5	37
26	7	16	44	12	10	17	9	25	18	2	1	10	7	32	0 ♒	3	5	34
27	9	17	44	5	23 ♊	7	9	31	17 D	56	2	4	8	45	19	24	5	31
28	9	18	43	56	6	20	9	40	17	50	2	49	9	59	28	52	5	28
29	10	19	43	45	19 ♋	57	9	48	17	44	3	34	11	13	28	37	5	25
G 1	11	20	43	32	1	56	9	57	17	39	4	19	12	27	28	10	5	21
Ma. 2	12	21	43	17	18 ♌	17	10	5	17	33	5	4	13	41	28 D	4	5	18
3	13	22	43	0	2	56	10	12	17	28	5	49	14	54	28	5	5	15
4	14	23	42	41	17 ♍	47	10	19	17	23	6	35	16	8	28	13	5	12
5	15	24	42	20	2	44	10	27	17	18	7	20	17	21	28	28	5	9
6	16	25	41	57	17 ♎	38	10	34	17	13	8	6	18	35	28	50	5	6
7	17	26	41	33	2	23	10	41	17	8	8	51	19	48	29	19	5	2
G 8	18	27	41	7	16	52	10	49	17	4	9	37	21	2	29	55	4	59
9	19	28	40	39	1 ♏	4	10	56	16	59	10	22	22	15	0 ♓ M	37	4	56
10	20	29	40	10	14	55	11	3	16	55	11	8	23	29	1	25	4	53
11	21	0 ♈	39	38	28 ♐	20	11	10	16	51	11	53	24	42	2	18	4	50
12	22	1	39	4	11	36	11	18	16	47	12	39	25	55	3	16	4	47
13	23	2	38	27	24 ♑	49	11	25	16	43	13	24	27	8	4	18	4	43
14	24	3	37	48	7	5	11	32	16	40	14	10	28	21	5	24	4	40
G 15	25	4	37	8	19 ♒	26	11	39	16	36	14	55	29 ♉	34	6	33	4	37
16	26	5	36	26	1	54	11	46	16	32	15	41	0	47	7	46	4	34
17	27	6	35	42	13	34	11	53	16	29	16	26	2 S	0	9	2	4	31
18	28	7	34	56	25	28	12	0	16	26	17	12	3	12	10	22	4	28
19	29	8	34	8	7 ♓	19	12	7	16	23	17	57	4	25	11	45	4	24
20	30	9	33	18	19	8	12	14	16	20	18	43	5	38	13	11	4	21
21	31	10	32	26	1 ♈	0	12	21	16	18	19	29	6	50	14	40	4	18

Latitudo Planetarũ a 1 die	♄	′	♃	′	♂	′	♀	′	☿	′	Mensis
1	0	59	0 D	52	0	15	0	53	4	2	
11	1	0	0	52	0	19	0	37	2 M	30	
21	1	1	0	51	0	14	0 S	16	0	26	

Orient.	Occid.	Orient.	Occid.	Orient.	Syzygiæ Planetarũ ...
♄	♃	♂	♀	☿	inter se, & eorum congre... sus cum illustrioribus aliquibus stellis fixis.
H ′	H ′	H ′	H ′	H ′	
21 ☌ 34				13 ☌ 50	☽ Apog. ♂ m. c. cum cornu ♉.
		14 ✱ 12	0 ☌ 34		
22 ✱ 16	5 △ 10	5 □ 39		5 ✱ 32	♀ occ. cum rost. gallinæ
	14 □ 23	17 △ 14		10 □ 57	♀ or. cum cor. ♈. ☽ ☊ 22. 26 ♂ m. c. cũ ...
5 □ 56	10 ✱ 5		7 ✱ 3	14 △ 17	
10 △ 9			15 □ 35		♂ m. c. cum cauda cygni
	23 ☌ 21	4 ☍ 54	21 △ 2	17 ☍ 2	△ ♃ ♀ 23. 5.
12 ☍ 32					☽ Perig. ♀ or. cũ ba. & oc. cũ ...
	0 ✱ 20	11 △ 18	7 ☍ 42	23 △ 6	♀ or. cum de. hu. Auri. ...
17 △ 14	3 □ 31	17 □ 4			
23 □ 25	9 △ 37	2 ✱ 4		7 □ 38	☽ ☋ 11. 37 ♀ m. c. cũ cor ... (♈
8 ✱ 44			5 △ 35	10 ✱ 29	♂ occ. cum ... ☿ occ. cum Fidicula.
			22 □ 22		♂ oc. cũ aq. & cau. ♑ ☿ m. c. cum Fomah.
	5 ☍ 51	0 ☌ 21	17 ✱ 27		☌ ♃ ♂ 1. 28 ♀ oc. cũ cor... ♂ m. c. cum cau. ... (♈
9 ☌ 50				10 ☌ 13	☽ Ap. ☌ ♄ ☿ 6. 41.

a. Die 18. ☿ or. cum capite Algol. & occ. cum rostro galli. occidendo cum cauda Del.

Positus Planetarum Diurnus.

[illegible]	Greg. nov.	☉ ♈			☽ ♈		M ♄ ♓	D	S ♃ ♌	D	M ♂ ♒	D	S ♀ ♉	A	M ☿ ♓	D	☊ ♊	
Dies		P	′	″	P	′	P	′	P	′	P	′	P	′	P	′	P	′
G 22	1	11	31	32	12	58	12	28	16	15	20	14	8	3	16	11	4	15
23	2	12	30	36	25	5	12	34	16	13	21	0	9	15	17	44	4	12
24	3	13	29	38	7 ♉	25	12	41	16	11	21	46	10	27	19	19	4	8
25	4	14	28	38	20	0	12	48	16	9	22	31	11	40	20	56	4	5
26	5	15	27	36	2 ♊	54	12	54	16	8	23	17	12	52	22	35	4	2
27	6	16	26	32	16	9	13	1	16	7	24	3	14	5	24	16	3	59
28	7	17	25	26	29 ♋	46	13	8	16	6	24	49	15	17	25 A	58	3	56
G 29	8	18	24	18	12	44	13	14	16	6	25	35	16	30	27	42	3	53
30	9	19	23	8	28	1	13	21	16	5	26	21	17	42	29 ♈	26	3	49
31	10	20	21	57	12 ♌	33	13	28	16	5	27	7	18	54	1	12	3	46
Ap. 1	11	21	20	44	27 ♍	15	13	35	16	5	27	53	20	6	2	59	3	43
2	12	22	19	29	11	59	13	41	16 Di	5	28	39	21	18	4	47	3	40
3	13	23	18	12	26 ♎	39	13	48	16	5	29 ♓	25	22	30	6	36	3	37
4	14	24	16	53	11	9	13	54	16	5	0	11	23	42	8	25	3	34
G 5	15	25	15	31	25 ♏	25	14	0	16	6	0	57	24	54	10	15	3	30
6	16	26	14	10	9	23	14	7	16	6	1	43	26	6	12	6	3	27
7	17	27	12	46	23 ♐	2	14	13	16	7	2	29	27	17	13	57	3	24
8	18	28	11	19	6	22	14	19	16	8	3	15	28	29	15	49	3	21
9	19	29 ♉	9	51	19 ♑	25	14	25	16	9	4	0	29 ♊	41	17	41	3	18
10	20	0	8	21	2	15	14	31	16	11	4	46	0	52	19	34	3	14
11	21	1	6	49	14	48	14	37	16	12	5	32	2	4	21	27	3	11
G 12	22	2	5	15	27 ♒	12	14	43	16	14	6	18	3	15	23	20	3	8
13	23	3	3	39	9	26	14	49	16	16	7	3	4	27	25	13	3	5
14	24	4	2	2	21 ♓	33	14	55	16	18	7	49	5	38	27	7	3	2
15	25	5	0	23	3	36	15	1	16	20	8	35	6	49	29 ♉	1	2	59
16	26	5	58	43	15	38	15	6	16	23	9	20	8	1	0	55	2	55
17	27	6	57	0	27 ♈	41	15	12	16	25	10	6	9	12	2	50	2	52
18	28	7	55	16	9	47	15	17	16	28	10	52	10	23	4	44	2	49
G 19	29	8	53	30	22 ♉	0	15	23	16	31	11	37	11	34	6	39	2	46
20	30	9	51	43	4	23	15	28	16	34	12	23	12	45	8	33	2	43

Latitudo Planetarũ ad diẽ											
	1	2	3	0	51	0	29	0	11	2 A	5
	11	2	5	0	50	0	35	0	36	2	26
	21	2	7	0	50	0	41	1	3	1	59

Mensis

Die 4 ꝑ

Die 1 ☊ 4. 4.

Die 7. ☿ m. c. cum acer. ♂ oc. cum cau. Del.

Die 13. ♀ m. c. cum pleiadibus.

Die 19. ☿ br. cum hædis, & occ cum cauda cygni.

e. Die 20. ☿ or, cum de. hu.

f. Die 29 ♀ or. cum Fomalh.

Positus Planetarum Diurnus.

Anni veteris	Anni Gregor.	☉ ♉			☽ ♉		♄ ♓		♃ ♌		♂		♀ ♊		☿ ♉		☊ ♊	
							M	D	S	D	M	D	S	A	M	A		
Dies		P	′	″	P	′	P	′	P	′	P	′	P	′	P	′	P	′
21	1	10	49	54	16	59	15	34	16	37	13	9	13	56	10	27	2	40
22	2	11	48	4	29	50	15	39	16	41	13	54	15	6	12	21	2	36
23	3	12	46	12	♊ 12	58	15	44	16	44	14	40	16	17	14	15	2	33
24	4	13	44	19	26	24	15	50	16	48	15	26	17	27	16	8	2	30
25	5	14	42	24	♋ 10	9	15	55	16	52	16	11	18	38	18	1	2	27
G 26	6	15	40	28	24	13	16	0	16	56	16	57	19	48	19	54	2	24
27	7	16	38	30	♌ 8	32	16	5	17	0	17	42	20	59	21 S	47	2	20
28	8	17	36	30	21	1	16	10	17	4	18	28	22	9	23	39	2	17
29	9	18	34	29	♍ 7	34	16	15	17	9	19	14	23	20	25	31	2	14
30	10	19	31	26	22	5	16	20	17	13	19	59	24	30	27	22	2	11
Ma. 1	11	20	30	22	♎ 6	29	16	25	17	18	20	45	25	40	29	13	2	8
2	12	21	28	17	20	40	16	30	17	23	21	30	26	50	♊ 1	3	2	4
G 3	13	22	26	10	♏ 4	35	16	34	17	28	22	16	28	0	2	52	2	1
4	14	23	24	2	18	12	16	39	17	33	23	1	29	10	4	40	1	58
5	15	24	21	53	♐ 1	31	16	43	17	39	23	47	♋ 0	20	6	28	1	55
6	16	25	19	42	14	35	16	48	17	44	24	32	1	29	8	15	1	52
7	17	26	17	30	27	23	16	52	17	50	25	17	2	39	10	3	1	48
8	18	27	15	17	♑ 9	59	16	56	17	56	26	3	3	48	11	46	1	45
9	19	28	13	2	22	25	17	0	18	2	26	48	4	58	13	29	1	42
G 10	20	29	10	46	♒ 4	43	17	4	18	8	27	33	6	7	15	11	1	39
11	21	♊ 0	8	29	16	56	17	8	18	15	28	18	7	17	16	51	1	3[illegible]
12	22	1	6	11	29	6	17	11	18	21	29	3	8	26	18	31	1	33
13	23	2	3	52	♓ 11	15	17	15	18	28	29	48	9	35	20	8	1	29
14	24	3	1	32	23	26	17	18	18	35	♈ 0	33	10	44	21	44	1	26
15	25	3	59	11	♈ 5	41	17	22	18	42	1	18	11	53	23	16	1	23
16	26	4	56	48	18	2	17	26	18	49	2	3	13	1	24	50	1	20
G 17	27	5	54	25	♉ 0	31	17	29	18	57	2	48	14	10	26	20	1	17
18	28	6	52	1	13	13	17	33	19	4	3	33	15	18	27	48	1	13
19	29	7	49	36	26	5	17	36	19	12	4	17	16	27	29	13	1	10
20	30	8	47	10	♊ 9	16	17	39	19	19	5	2	17	35	♋ 0	35	1	7
21	31	9	44	43	22	43	17	42	19	27	5	47	18	43	1	55	1	4

Latitudo Planetarũ ad diẽ		♄		♃		♂		♀		☿		Mensis
	1	1	9	0	49	0	47	1	31	0 S	51	
	11	1	12	0	48	0	54	1	52	0	33	
	21	1	15	0	47	1	0	2	10	1	41	

♀ or.cū bra.et oc.
☿ m.c.cum h.e d'r.

☿ m.c.cū cap.&
♀ or.cum Stella.C

Positus Planetarum Diurnus

Dies		☉ ♊ P	′	″	☽ ♋ P	′	♄ ♓ P	′	♃ ♌ P	′	♂ ♈ P	′	♀ ♋ P	′	☿ ♋ P	′	☊ ♊ P	′
							M	D	S	D	M	D	S	A	S	D		
22	1	10	41	15	6	18	17	44	19	35	6	31	19	52	3	12	1	1
23	2	11	39	46	20 ♌	31	17	47	19	43	7	16	11	0	4	26	0	58
G 24	3	12	37	16	4	48	17	49	19	51	8	1	22	8	5	37	0	54
25	4	13	34	45	19 ♍	16	17	52	19	59	8	45	23	16	6	44	0	51
26	5	14	32	13	2	45	17	54	20	8	9	30	24	24	7	47	0	48
27	6	15	29	40	18	19	17	57	20	16	10	14	25	32	8	46	0	45
28	7	16	27	6	1 ♎	43	17	59	20	25	10	59	26	39	9	40	0	41
29	8	17	24	32	16	54	18	1	20	34	11	43	27	47	10	29	0	38
30	9	18	21	57	0 ♏	49	18	3	20	43	12	28	28	54	11	12	0	35
31	10	19	19	21	14	25	18	5	20	52	13	12	0 ♌ D	1	11	49	0	32
Iun. 1	11	20	16	45	27 ♐	42	18	7	21	1	13	56	1	8	12 M	20	0	29
2	12	21	14	8	10	41	18	9	21	10	14	40	2	15	12	45	0	26
3	13	22	11	31	23 ♑	25	18	10	21	20	15	24	3	22	13	4	0	23
4	14	23	8	53	5	55	18	12	21	29	16	8	4	29	13	15	0	19
5	15	24	6	15	18	14	18	14	21	39	16	51	5	35	13 ℞	19	0	16
6	16	25	3	36	0 ♒	26	18	15	21	49	17	35	6	42	13	16	0	13
G 7	17	26	0	57	12	33	18	16	21	58	18	18	7	48	13	5	0	10
8	18	26	58	18	24	37	18	18	22	8	19	1	8	54	12	47	0	7
9	19	27	55	38	6 ♓	41	18	19	22	18	19	45	10	0	12	21	0	3
10	20	28	52	58	18	48	18	20	22	28	20	29	11	5	11	48	0	0
11	21	29	50	18	1 ♈	0	18	21	22	38	21	12	12	11	11	9	29 ♉	57
12	22	0 ♋	47	37	13	19	18	22	22	48	21	55	13	16	10	24	29	54
13	23	1	44	56	25	48	18	22	22	59	22	38	14	21	9	31	29	51
G 14	24	2	42	15	8 ♉	49	18	22	23	9	23	21	15	26	8	37	29	48
15	25	3	39	33	21	24	18	23	23	19	24	4	16	31	7	38	29	44
16	26	4	36	51	4 ♊	35	18	23	23	30	24	47	17	36	6	38	29	41
17	27	5	34	9	18	4	18	23	23	40	25	29	18	40	5	37	29	38
18	28	6	31	27	1 ♋	52	18 ℞	23	23	51	26	12	19	44	4	37	29	35
19	29	7	28	44	15	58	18	23	24	1	26	54	20	48	3	40	29	32
20	30	8	26	1	0 ♌	20	18	23	24	12	27	37	21	52	2	46	29	29

Latitudo Planetarũ ad diẽ	♄	′	♃	′	♂	′	♀	′	☿	′	
1	1	28	0	46	1	6	2 D	24	1	6	Mensis
11	1	23	0	44	1	17	2	27	0 M	3	
21	1	25	0	43	1	24	2	10	1	38	

6△ 38	11□
4□ 6	20△

Positus Planetarum Diurnus.

Dies		☉ ♋ P	'	"	☽ ♌ P	'	♄ M D ♓ P	'	♃ S D ♌ P	'	♂ M D ♈ P	'	♀ S D ♌ P	'	☿ M D ♋ P	'	☊ ♉ P	'
G 21	1	9	23	16	14	54	18	23	24	23	28	19	22	55	1	56	29	25
22	2	10	20	35	29 ♍	56	18	22	24	34	29	2	23	58	1	11	29	22
23	3	11	17	52	14	18	18	22	24	45	29 ♉	44	25	1	0	32	29	19
24	4	12	15	10	28 ♎	54	18	21	24	56	0	26	26	3	0	0	29	16
25	5	13	12	28	13	18	18	21	25	7	1	8	27	6	29 ♊ A	35	29	13
26	6	14	9	46	27 ♏	25	18	20	25	19	1	50	28	8	29	18	29	9
27	7	15	7	4	11	10	18	19	25	30	2	32	29 ♍	10	29	8	29	6
G 28	8	16	4	22	24 ♐	24	18	18	25	42	3	13	0	12	29 Di	6	29	3
29	9	17	1	41	7	37	18	17	25	53	3	55	1	15	29	12	29	0
30	10	17	58	0	20 ♑	21	18	16	26	5	4	36	2	14	29	25	28	57
Iul. 1	11	18	56	19	2	48	18	14	26	16	5	17	3	15	29 ♋	40	28	54
2	12	19	53	38	15	1	18	12	26	28	5	58	4	16	0	12	28	50
3	13	20	50	58	27 ♒	4	18	10	26	41	6	39	5	16	0	45	28	47
4	14	21	48	18	9	0	18	8	26	52	7	20	6	16	1	24	28	44
G 5	15	22	45	38	20 ♓	52	18	6	27	4	8	0	7	16	2	9	28	41
6	16	23	42	59	2	44	18	4	27	16	8	41	8	15	2	59	28	38
7	17	24	40	20	14	38	18	2	27	28	9	21	9	14	3	54	28	35
8	18	25	37	42	26 ♈	30	17	59	27	40	10	1	10	13	4	54	28	31
9	19	26	35	4	8	44	17	57	27	52	10	41	11	11	5	58	28	28
10	20	27	32	27	20 ♉	50	17	54	28 A	4	11	21	12	9	7	6	28	25
11	21	28	29	50	3	29	17	52	28	16	12	1	13	6	8	17	28	22
G 12	22	29	27	14	16	15	17	49	28	29	12	41	14	3	9	32	28	19
13	23	♌	24	37	29 ♊	17	17	47	28	41	13	20	15	0	10	50	28	16
14	24	1	22	2	12	39	17	44	28	53	14	0	15	58	12	11	28	12
15	25	2	19	28	26 ♋	21	17	41	29	6	14	39	16	51	13	35	28	9
16	26	3	16	52	10	24	17	39	29	19	15	18	17	46	15	2	28	6
17	27	4	14	18	24 ♌	40	17	36	29	31	15	57	18	41	16	31	28	3
18	28	5	11	45	9	24	17	33	29	44	16	36	19 M	35	18	2	28	0
G 19	29	6	9	13	24 ♍	13	17	30	29 ♍	56	17	15	20	28	19	35	27	56
20	30	7	6	41	9	8	17	27	0	9	17	53	21	21	21	10	27	53
21	31	8	4	10	24	1	17	24	0	22	18	32	22	13	22	47	27	50
Latitudo Planetarū ad diē	1						1	29	0	42	1	17	2	2	3 A	57	Mensis	
	11						1	32	0 A	41	1	19	1	27	3	51		
	21						1	35	0	41	1	22	0 M	13	3	7		

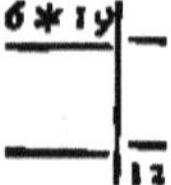

Positus Planetarum Diurnus.

Dies		☉ ♌ P	'	''	☽ ♎ P	'	♄ ♓ P M	' D	♃ ♍ P S	' A	♂ ♉ P M	' D	♀ ♍ P M	' D	☿ ♋ P M	' A	☊ ♉ P	'
22	1	9	1	40	8	44	17	21	0	34	19	30	23	5	24	26	27	47
23	2	9	59	12	23	12	17	17	0	47	19	48	23	56	26 S	6	27	44
24	3	10	56	44	7	19	17	14	1	0	20	26	24	46	27	48	27	41
25	4	11	54	18	21 ♓	4	17	11	1	13	21	4	25	36	29 ♌	31	27	37
G 26	5	12	51	53	4	27	17	7	1	25	21	41	26	25	1	15	27	34
27	6	13	49	29	17 ♑	26	17	4	1	38	22	19	27	13	3	0	27	31
28	7	14	47	6	0	4	17	0	1	50	22	56	28	2	4	46	27	28
29	8	15	44	44	12	24	16	57	2	3	23	33	28	48	6	33	27	25
30	9	16	42	23	24 ♒	29	16	53	2	16	24	10	29 ♎	34	8	20	27	21
31	10	17	40	3	6	23	16	49	2	28	24 A	47	0	19	10	8	27	18
Au. 1	11	18	37	44	18	9	16	45	2	41	25	23	1	3	11	57	27	15
G 2	12	19	35	26	29	50	16	41	2	54	25	59	1	47	13	46	27	12
3	13	20	33	9	11 ♓	29	16	37	3	6	26	35	2	30	15	36	27	9
4	14	21	30	53	23	11	16	32	3	19	27	11	3	12	17	26	27	5
5	15	22	28	37	5 ♈	1	16	28	3	32	27	47	3	52	19	16	27	2
6	16	23	26	25	16	58	16	24	3	44	28	22	4	31	21	7	26	59
7	17	24	24	13	19 ♉	7	16	19	3	57	28	57	5	9	22	58	26	56
8	18	25	22	2	11	32	16	14	4	10	29 ♊	32	5	46	24	49	26	53
G 9	19	26	19	52	24 ♊	14	16	10	4	23	0	7	6	23	20	41	26	50
10	20	27	17	44	7	17	16	5	4	36	0	41	6	55	28 ♍	33	26	46
11	21	28	15	37	20 ♋	42	16	0	4	49	1	15	7	18	0	25	26	43
12	22	29 ♍	13	32	4	29	15	56	5	2	1	49	8	0	2 D	17	26	40
13	23	0	11	18	18 ♌	38	15	51	5	15	2	23	8	30	4	9	26	37
14	24	1	9	26	1	8	15	46	5	28	2	56	8	59	6	1	26	34
15	25	2	7	26	17 ♍	55	15	42	5	41	3	30	9	27	7	53	26	30
G 16	26	3	5	27	2	51	15	37	5	55	4	3	9	53	9	43	26	27
17	27	4	3	29	17 ♎	54	15	32	6	8	4	36	10	27	11	34	26	24
18	28	5	1	32	2	32	15	27	6	21	5	9	10	40	13	24	26	21
19	29	5	59	37	17	41	15	23	6	34	5	41	11	1	15	14	26	18
20	30	6	57	43	2	13	15	18	6	47	6	13	11	20	17	3	26	15
21	31	7	55	51	10	34	15	13	7	0	6	45	11	38	18	52	26	11

Latitudo Planetarũ ad diẽ		♄		♃		♂		♀		☿		
	1	1	38	0	42	1 A	24	0	18	0 S	7	Mensis
	11	1	41	0	42	1	26	1	30	1	14	
	21	1	43	0	43	1	24	1	54	1 D	45	

Syzygiae Lunares.

Dies		☉	♄ Orient.	♃ Occid.	♂ Orient.	♀ Occid.	☿ Orient.	Syzygiae Planetarũ mutuae, & eorum congressus cum illustrioribus aliquibus stellis fixis.
		H	H	H	H	H	H	
1		9 ✱ 35						
2				13 ✱ 6			5 □ 35	
3	□	6 48	17 △ 22					♃ or. cum coma Beren.
4	Asc.	1 ♒		18 □ 25	0 ☍ 0	8 ✱ 39	17 △ 23	☽ ♀☿ 1. 42 ☿ oc. cũ Her.
5		16 △ 40	23 □ 48					☿ or. cum ast. bo. (cum pl. a.
6						19 □ 48		♀ or. cum vindic. ♂ m. c.
7				2 △ 38				☿ or. cũ pr. & ast. austr.
8			9 ✱ 0		23 △ 10			(ast. bor.
9						10 △ 56		♃ or. cum hyd. ☿ oc. cũ
10							8 ☍ 13	(hiad. & pleia. b.
11	☍	1 5			15 □ 39			♀ m. c. cũ trian. ♂ oc. cũ
12	Asc.	21 ♒		6 ☍ 26				☽ Ap. ♃ oc. cum Alg.
13			10 ☌ 26					♀ m. c. cum Algorab.
14					8 ✱ 31	22 ☍ 11		(Orio.
15								☿ or. cũ ard. ♂ oc. cũ zo.
16		13 △ 51					9 △ 40	♂ oc. cũ Bel. & alt. ple.
17				9 △ 30				(alde. c.
18			8 ✱ 50					☌ ☽ ☿ 14. 30 ♂ oc. cũ
19	□	4 13		19 □ 0	11 ☌ 19	23 △ 16	5 □ 15	☽ ♄ 4 46.
20	Asc.	6 ♄	15 □ 18				Occid.	♂ oc. cum cane maiore.
21		14 ✱ 8					19 ✱ 34	□ ♂ ♀ 15. 23 (cũ m.
22			19 △ 19	0 ✱ 57		6 □ 12		♂ m. c. cum hiad. ☿ or.
23					12 ✱ 38			☌ ♃ ♀ 16. 0. ☿ or. cũ
24						9 ✱ 48		hyd. a.
25								
26	☌	0 29	20 ☍ 13	4 ☌ 16	2 □ 58		12 ☌ 28	☽ Perig.
27	Asc.	25 ♒						♀ m. c. cum vin. (Ald. &
28					3 △ 51	12 ☌ 56		□ ☽ ♂ 6. 28 ♂ m. c. cũ
29								☌ ♄ ☿ 1. 59 ☌ ☽ ♃ 15. 8
30		8 ✱ 37	22 △ 0	7 ✱ 51				♂ or. cum hiad.
31				Orient.			4 ✱ 56	☽ ☊ 17. □ ♃ ♂ 19. 0. e

a. Die 6. ♀ m. c. cum rost. cor. ☿ or. cũ Persei & acur.
b. Die 11. ☿ or. cum cane maiore.
c. Die 18 oc. ☿ cum Regulo.
d. Die ad. [illegible]

e. Die 31. ♀ or. cum corona.

Dies	Dies	☉ ♍ P	'	''	☽ ♐ P	'	♄ ♓ P	'	♃ ♍ P	'	♂ ♊ P	'	♀ ♎ P	'	☿ ♍ P	'	☊ ♉ P	'
							M	D	S	A	M	A	M	D	S	D		
22	1	8	54	0	0	12	15	8	7	13	7	17	11	54	20	40	26	8
G 23	2	9	52	11	13	36	15	5	7	27	7	48	12	8	22	27	26	5
24	3	10	50	24	26 ♑	37	14	58	7	40	8	19	12	20	24	14	25	2
25	4	11	48	39	9	18	14	54	7	53	8	50	12	29	26	0	25	59
26	5	12	46	55	21 ♒	40	14	49	8	6	9	20	12	35	27	45	25	55
27	6	13	45	13	3	46	14	44	8	19	9	50	12	39	29	29	25	52
28	7	14	43	33	15	40	14	39	8	32	10	20	12 ℞	40	1 ♎	13	25	49
29	8	15	41	54	27	25	14	34	8	45	10	49	12	40	2	56	25	46
G 30	9	16	40	17	9 ♓	5	14	30	8	58	11	18	12	38	4	38	25	43
31	10	17	38	42	20	42	14	25	9	11	11	47	12	34	6	18	25	40
Sep. 1	11	18	37	8	2 ♈	21	14	20	9	24	12	15	12	27	7	57	25	36
2	12	19	35	36	14	5	14	16	9	37	12	43	12	18	9	35	25	33
3	13	20	34	6	25 ♉	57	14	11	9	50	13	11	12	6	11	12	25	30
4	14	21	32	38	8	1	14	6	10	3	13	38	11	52	12 M	47	25	27
5	15	22	31	12	20 ♊	20	14	2	10	16	14	5	11	36	14	20	25	24
G 6	16	23	29	47	2	58	13	57	10	29	14	31	11	18	15	50	25	20
7	17	24	28	24	15	58	13	52	10	42	14	57	10	58	17	18	25	17
8	18	25	27	3	29	21	13	48	10	55	15	23	10	36	18	44	25	14
9	19	26	25	44	13 ♋	7	13	43	11	8	15	48	10	11	20	8	25	11
10	20	27	24	27	27	15	13	38	11	20	16	13	9	46	21	30	25	8
11	21	28	23	12	11 ♌	44	13	33	11	33	16	38	9	18	22	49	25	5
12	22	29	21	58	26	30	13	29	11	46	17	2	8	49	24	5	25	1
G 13	23	0 ♎	20	47	11 ♍	27	13	24	11	59	17	26	8	18	25	18	24	58
14	24	1	19	38	26	27	13	19	12	11	17	50	7 A	46	26	27	24	55
15	25	2	18	30	11 ♎	22	13	14	12	24	18	13	7	13	27	33	24	52
16	26	3	17	24	26	8	13 A	10	12	37	18	36	6	40	28	36	24	49
17	27	4	16	20	10 ♏	37	13	5	12	49	18	58	6	6	29 ♏	36	24	45
18	28	5	15	18	24	46	13	0	13	2	19	20	5	31	0	32	24	42
19	29	6	14	16	8 ♐	33	12	56	13	14	19	41	4	56	1	24	24	39
G 20	30	7	13	20	21	59	12	52	13	26	20	2	4	21	2	11	24	36
Latitudo Planetarum ad diē	1						1	45	0	43	1	21	4	37	1	27		
	11						1	46	0	44	1	17	5	25	0 M	16	Mensis	
	21						1 A	47	0	45	1	11	5 A	49	1	7		

Positus Planetarum Diurnus.

Anno veteris	Anno Gregor.	☉ ♎ P	′	″	☽ ♑ P	′	♄ ♓ M P	A ′	♃ ♍ S P	A ′	♂ ♊ M P	A ′	♀ ♎ M P	A ′	☿ ♏ M P	D ′	☊ ♉ P	′
Dies																		
21	1	8	11	24	5	5	12	48	13	39	20	22	3	47	2	54	24	33
22	2	9	11	30	17	50	12	44	13	51	20	42	3	14	3	32	24	30
23	3	10	10	38	0 ♒	18	12	40	14	3	21	1	2	41	4	5	24	26
24	4	11	9	48	12	31	12	37	14	15	21	20	2	9	4	32	24	23
25	5	12	9	0	24 ♓	32	12	33	14	27	21	38	1	39	4	54	24	20
26	6	13	8	14	6	24	12	29	14	39	21	56	1	10	5	11	24	17
G 27	7	14	7	30	18	11	12	26	14	51	22	13	0	43	5	23	24	14
28	8	15	6	48	29	55	12	22	15	3	22	30	0	18	5	29	24	11
29	9	16	6	7	11 ♈	39	12	19	15	15	22	46	29 ♍	54	5 St	28	24	7
30	10	17	5	28	23	26	12	15	15	27	23	1	29	32	5	21	24	4
Oc. 1	11	18	4	51	5 ♉	22	12	11	15	38	23	16	29	12	5 A	8	24	1
2	12	19	4	16	17	28	12	8	15	50	23	30	28	54	4	50	23	58
3	13	20	3	43	29 ♊	48	12	5	16	1	23	44	28	38	4	27	23	55
G 4	14	21	3	12	12	16	12	2	16	13	23	57	28	24	4	0	23	51
5	15	22	2	44	25 ♋	14	11	59	16	24	24	10	28	15	3	29	23	48
6	16	23	2	18	8	44	11	56	16	36	24	22	28	4	2	54	23	45
7	17	24	1	54	22 ♌	27	11	53	16	47	24	33	27	58	2	16	23	42
8	18	25	1	32	6	33	11	50	16	59	24	43	27	54	1	35	23	39
9	19	26	1	12	20 ♍	57	11	48	17	10	24	53	27 Di	53	0	53	23	36
10	20	27	0	54	5	37	11	45	17	21	25	2	27	54	0	11	23	32
G 11	21	28	0	37	20 ♎	26	11	43	17	33	25	10	27	58	29 ♎	19	23	29
12	22	29	0	21	5	17	11	40	17	44	25	18	28	4	28	49	23	26
13	23	0 ♏	0	9	20 ♏	2	11	38	17	55	25	25	28	13	28	12	23	23
14	24	0	59	58	4	36	11	35	18	6	25	31	28	24	27	39	23	20
15	25	1	59	49	18 ♐	54	11	33	18	17	25	37	28	37	27	10	23	16
16	26	2	59	42	2	57	11	31	18	28	25	42	28	52	26	45	23	13
17	27	3	59	37	16	35	11	29	18	38	25	46	29	9	26	25	23	10
G 18	28	4	59	33	29 ♑	58	11	27	18	49	25	49	29	28	26	10	23	7
19	29	5	59	31	12	55	11	26	18	59	25	51	29 ♎	49	26	0	23	4
20	30	6	59	31	25	41	11	24	19	9	25	52	0	52	25	55	23	1
21	31	7	59	33	8 ♒	12	11	22	19	20	25 St	51	0	37	25 Di	57	22	57
Latitudo Planetarũ ad diẽ				1			2	47	0	47	1	1	5	34	2 A	48	Meridi	
				11			2	46	0	49	0	47	4	23	3	41		
				21			2	44	0	51	0	28	2	32	3	0		

	☿ occ. cum Lance
	☿ or. cum Fidicula.
13 △ 50	
	♂ m c. cum dex hu

Syzygiæ Lunares.

		Occid.	Orient.	Orient.	Orient.	Orient.	Syzygiæ Planetarũ mutuę, & eorum congressus cum illustrioribus aliquibus stellis fixis.
	☉	♄	♃	♂	♀	☿	
Dies	H ′	H ′	H ′	H ′	H ′	H ′	
1				10 △ 25		11 △ 9	☿ m.c. cum coma Bere.
2	15 △ 53	17 ☌ 9					☿ m.c. cum cing. ♍.
3			10 ☍ 20	22 □ 0			△ ☉ ♄ 6.58.
4					12 ☍ 15		☉ Ap. ♀ m.c. cum Alg.
5							
6				9 ✱ 56		15 ☍ 35	
7		16 ✱ 58					
8 ☍	3 5		11 △ 36				☉ ☊ 15.6 ♀ or. cũ arc.
9 Alc	10 ♈				16 △ 58		
10		2 □ 57	11 □ 35				
11				4 ☌ 47		18 △ 40	♃ m.c. cũ ca. ♌, et ☿ cũ
12		10 △ 8			3 □ 43		♀ or. cum lyra. (59.
13	3 △ 58		4 ✱ 24				✱ ☉ ♃ 10.51.
14					11 ✱ 2	3 □ 57	♂ m.c. cum de. hu. Orio.
15 □	11 32			12 ✱ 17			
16 Alc.	25 ♌	16 ☍ 29				10 ✱ 43	☿ m.c. cum vindem.
17	16 ✱ 30		10 ☌ 27	13 □ 6			(ibelis.
18					10 ☌ 8		☉ Pe. ☿ or. cũ ca. cyg. et
19				13 △ 41			△ ♄ ☿ 5.51 ♀ or. cũ co. a
20		19 △ 51				23 ☌ 40	☿ occ cum vindem.
21			15 ✱ 30				□ ♃ ♂ 10.y ● ☋ 14.16
22 ☌	5 2	23 □ 54					♂ m. c. cum Zona Orio.
23 Alc.	9 ♊		10 □ 54	19 ☍ 1	9 ✱ 9		♀ or. cum Algo. (55.
24							♀ or. cũ re. cor. ☿ occ. cũ
25		6 ✱ 27			10 □ 9		♀ or. cum cing. ♍,
26			4 △ 55			0 ✱ 10	♀ or. cum spica ♍. c.
27	3 ✱ 53						✱ ♃ ☿ 16.50 △ ♂ ♀
28				8 △ 55	10 △ 6	17 □ 39	(22.25. d.
29 □	19 45						☿ oc. cu aur. & cor. de [illegible]
30 Alc.	10 ♓	2 ☌ 8		18 □ 6			☿ occ. cum lance bor.

a. Die 19. ♂ m.c. cum dex. hu. Aur.
b. Die 21. ☿ occ. cum lance austr.
c. Die 26. ☿ occ. cum spica ♍.
d. Die 27. ☿ occ. cum aculeo ♏.

Positus Planetarum Diurnus.

Iuliani	Gregor.	☉ ♐			☽ ♓		♄ ♓ (M A)		♃ ♍ (S A)		♂ ♊ (S A)		♀ ♎ (S A)		☿ ♏ (S D)		☊ ♉	
Dies		P	′	″	P	′	P	′	P	′	P	′	P	′	P	′	P	′
21	1	9	14	3	22 ♈	19	11	20	23	51	19	25	23	23	28 ♐	36	21	19
G 22	2	10	14	51	4	36	11	28	23	58	19	3	24	20	0	13	21	15
23	3	11	15	44	16	45	11	30	24	4	18	40	25	18	1	51	21	12
24	4	12	16	36	28	57	11	33	24	11	18	17	26	16	3	29	21	9
25	5	13	17	29	11 ♉	14	11	35	24	17	17	54	27	15	5 M	3	21	6
26	6	14	18	22	23	40	11	37	24	23	17	31	28	14	6	47	21	3
27	7	15	19	18	6 ♊	16	11	40	24	29	17	8	29 ♏	14	8	27	21	0
28	8	16	20	14	19	5	11	42	24	35	16	45	0	14	10	7	20	56
G 29	9	17	21	11	2 ♋	11	11	44	24	41	16	22	1	15	11	48	20	53
30	10	18	22	9	15	34	11	47	24	46	16	0	2	15	13	29	20	50
De. 1	11	19	23	7	29 ♌	15	11	50	24	52	15	38	3	18	15	11	20	47
2	12	20	24	6	13	14	11	53	24	57	15	16	4	20	16	54	20	44
3	13	21	25	6	27 ♍	28	11	56	25	2	14	54	5	22	18	37	20	40
4	14	22	26	7	11	53	11	59	25	7	14	33	6	25	20	21	20	37
5	15	23	27	8	26 ♎	23	12	2	25	12	14	12	7	28	22	4	20	34
G 6	16	24	28	10	10	53	12	6	25	17	13	52	8	31	23	48	20	31
7	17	25	29	12	25 ♏	17	12	9	25	21	13	32	9	34	25	32	20	28
8	18	26	30	15	9	29	12	13	25	26	13	13	10	38	27	16	20	25
9	19	27	31	18	23 ♐	25	12	16	25	31	12	54	11	42	29 ♑	0	20	21
10	20	28	32	22	7	3	12	20	25	35	12	36	12	46	0	44	20	18
11	21	29 ♑	33	27	20 ♑	23	12	23	25	39	12	19	13	51	2	28	20	15
12	22	0	34	31	3	26	12	27	25	43	12	2	14 D	56	4	12	20	12
G 13	23	1	35	36	16	15	12	31	25	46	11	46	16	1	5	55	20	9
14	24	2	36	41	28	50	12	35	25	50	11	31	17	6	7	19	20	6
15	25	3	37	46	11 ♒	14	12	39	25	53	11	16	18	11	9	22	20	2
16	26	4	38	51	23 ♓	31	12	43	25	56	11	2	19	18	11	5	19	59
17	27	5	39	58	5	43	12	48	25	59	10	49	20	24	12	48	19	56
18	28	6	41	4	17	52	12	52	26	2	10	36	21	31	14	30	19	53
19	29	7	42	10	29 ♈	59	12	56	26	4	10	24	22	37	16	12	19	50
G 20	30	8	43	17	12	8	13	1	26	7	10	13	23	44	17	53	19	47
21	31	9	44	24	24	22	13	5	26	9	10	3	24	51	19	34	19	43
Latitudo Planetarũ ad diẽ						1	1	34	1	2	1	7	2	25	0 M	22	Mensis	
						11	1	32	1	6	1	30	2	51	0	41		
						21	1	30	1	15	1	50	2 D	58	1	35		

	Orient.	Orient.	Orient.	Syzygiæ Planetarũ mu- tuæ, & eorum congref- sus cum illustrioribus aliquibus stellis fixis.
	♂	♀	☿	
	H ′	H ′	H ′	
3			14 △ 0	☿ or. cum rostro galli. ☽ ap. ♀ oc. cũ can. ♌.
	3 ✱ 38	18 ☍ 16		□ ☉ ♄ 5.42. ♀ m.c. cum cing. ♍.
3				☽ ☊ 18.57 ♀ oc. cũ tr.
9	19 ☌ 46	11 △ 8	4 ☍ 42	☿ or. cum corde ♌. ☍ ☽ ♂ 7.9. □ ♄ ☿
4	Occid.			♀ m.c. cum arct. (22.2. ♂ oc. cum cap. Med.
	3 ✱ 10	7 □ 30	7 △ 1	☍ ♂ ☿ 8.0. ♀ or. cũ ly. ♂ or. cum Ald. ♉.
2	4 □ 18	14 ✱ 11	15 □ 53	♂ m.c. cũ Reg. ☿ or. cũ (aquila.
	4 △ 50			☿ Perig. ♂ m.c. cũ 13 □ ☉ ♃ 10.38 ☌ ☉ ☿ 11.
		1 ☌ 9	0 ✱ 30 Occid.	♀ or. cũ ca. cyg. c. (19.b. ☉ ☋ 18.44 ♀ or. cũ cb.
3	9 ☍ 47			△ ♄ ♀ 13.36. □ ♄ ♂ 19.12.
4		23 ✱ 32	1 ☌ 34	☿ or. cum neb. ♐.
4				☿ m.c. cum lance bor. ♎. ♀ occ. cum vindem.
	0 △ 4	14 □ 57		♂ m.c. cũ hœdis. ♀ oc. cũ

EPHEMERIS
IOANNIS ANTONII MAGINI PATAVINI

Ad annum Dominicæ Incarnationis
1613.

Qui est annus primus post Bissextilem, 31. à Kalendario reformato, & à principio Mundi 5575.

Figura cæli in ingressu Solis in ♈ æquinoctium veris.

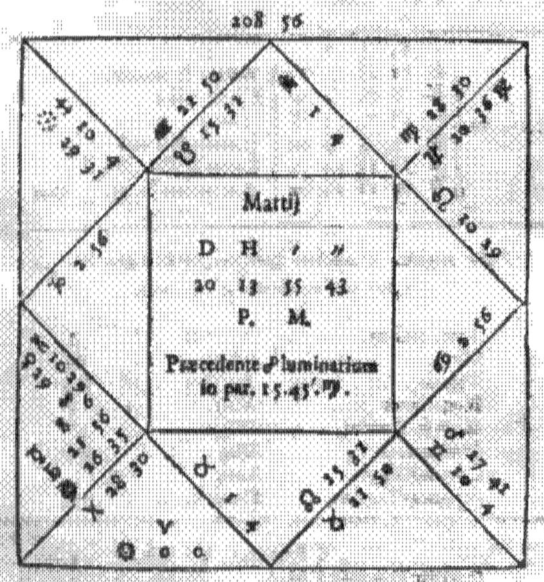

Anni Tropici vera magnitudo.

Dierum 365. *Horarum* 5. *Scr.* 55′. 32″. 44‴. 40⁗.

ANNO DOMINICAE INCARNATIONIS
1613 communi.

			D.	H.	′	″
Ingressus ☉ in principium	♋, Seu solstitij aestiui	Iunij	21	9	58	37
	♎, Seu aequinoctij autumni	Septemb.	22	21	26	32
	♑, seu solstitij hiemalis	Decemb.	21	16	22	56

	P.	′	″	‴
Vera praecessio Aequinoctiorum	28	12	32	21
Obliquitas Zodiaci	23	28	1	58

Eccentricitas ☉ 32207. Qualium semidiameter eccentrici ☉ par. 1000000. seu par. 1,55′,56″,44‴. Qualium P. 60.

		P.	′	″			
Locus Apogei	♄	29	13	47	♐	Aureus Numerus	18
	♃	6	59	26	♎	Cyclus Solis	26
	♂	28	50	51	♌	Epacta	8
	☉	9	53	3	♋	Indictio Romana	11
	♀	16	33	32	♊	Litera Dominicalis	F
	☿	0	41	28	♐	Interuallum hebd. 7. Dies	5

Festa mobilia secundum Sacrosanctae Romanae Ecclesiae usum iuxta annum reformatum.

Septuagesima	Februarij	3
Cinis	Februarij	20
Pascha	Aprilis	7
Rogationes	Maij	13
Ascensio Domini	Maij	16
Pentecostes	Maij	26
Corpus Christi	Iunij	6
Aduentus Domini	Decemb.	1

Quatuor Tempora anni, seu Ieiunia	Februarij	27	Mar. 1	2
	Maij	29	Iun. 1	2
	Septembris	18	20	21
	Decembris	18	20	21

Defectus Lunæ anno Domini 1613.

Die 28. Octobris H. 4. 3′. 52″. P. M. æquatis priuabitur Luna suo lumine in vmbram terræ incidens apud draconis ☋ in par. 4. 53′. 58″. ♉ Soli opposita. Anomalia autem Solis ad dictum tempus inuenitur par. 116. 39′. 45″. & eius apparens semidiameter 16′. 33″. Anomalia autem Lunaris coæquata est par. 4. 25′. 16″. & eius semidiameter 15′. 0″. Sed vmbræ terrenæ semidiameter æquata est 39′. 12″. Verus latitudinis ☽ motus par. 271. 6′. 48″. Veraq; Lunæ latitudo 5′. 36″. Septentr. Ad principium verò defectus 0′. 41″. Septentr. & ad finem 10′. 57″. similiter Septentrio. Digiti Lunares obscurati 19. 22′. & tempus incidentiæ H. 1. 8′. 36″. Mora denique dimidiata H. 0. 53′. 0″.

Eclipsis huius Lunaris digitorum 19. 22′.	*Principium accidet*	2	2	P. M.		*Cõsumabitur tota integra Eclipsis H. scr. 4. 3.*
		10	56	Horol.		
	Initium totalis obscurationis	3	11	P. M.	*Morabitur in tenebris H. scr. 1. 46.*	
		11	5	Horol.		
	Medium, seu summa obscura.	4	4	P. M.		
		12	58	Horol.		
	Finis totalis obscurationis, & initium recuperãdi luminis	4	57	P. M.		
		13	51	Horol.		
	Finis totius Eclipsis	6	5	P. M.		
		0	59	N. S.		

Verum in finitore nostro nec principium, nec medium huius defectus obseruari non ℓimus, quoniam occidente Sole orietur Luna in decremento suæ obscurationis tota ferè tenebrosa. Qui autem nobis occidentaliores sunt, minorem etiam portionem obscurationis percipient, quinimo in quamplurbus locis Galliæ, Hispaniæ, Flandriæ, Aragoniæ, & Scotiæ nulla prorsus Eclipsis apparebit, ita & in reliquis occidentalibus locis, vt sunt Anglia, Aphrica, Landia, Hibernia, Britania, Portugallia, & Normandia. Contra verò, qui versus Orientem habitant, maiorem quantitatem obscurationis animaduertent, & qui Liuoniam, Bulgariam, & maiorem partem Græciæ incolunt etiam Eclipsis medium commodè cernere poterunt. Sed qui Hierosolymam, Damascum Syriæ, & Cipri insulam degunt & principium ingressus totius corporis Lunaris in vmbram terræ obseruare poterunt.

Typus prædicti deliquij Lunaris.

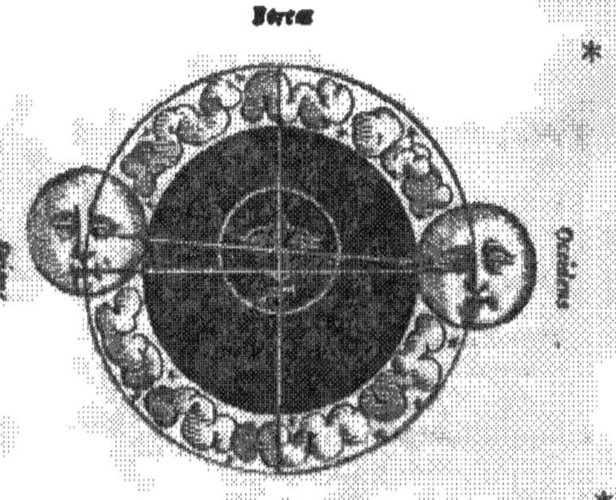

Planetarum ſtatus.

♄ Hoc anno verſatur circa longitudinem mediam deferentis.
Die 13. Martij Apogæum } Epicycli diſcurrit.
Die 18. Septembris Perigæum }
In præcedentis ſigna fertur à die 11. Iulij vſq; in 27. Nouembris.

♃ Toto hoc anno circa Eccentrici Apogæum commoratur, & die 5. Octob. in ipſo inuenitur.
Die 14. Martij in Perigæo } Epicycli verſatur.
Die 24. Septembris in Apogæo }
A die 11. Ianuarij vſque ad 14. Maij contra ſignorum ordinem meabit.

♂ Die 15. Maij per ſuperiorem deferentis partem fertur.
Die 15. Nouembris per ſuperiorem Epicycli partem fertur.
Poſt 12. Ianuarij totum annum directè incedendo conſumit.

♀ Die
8 Iunij Apogæum } Deferentis percurrit.
7 Decemb. Perigæum }
18. Iulij in auge Epicycli eſt,
Hoc anno à retroceſſu ſemper immunis eſt.

☿ Die
13 Maij in Perigæo } Deferentis eſt.
21 Nouemb. in Apogæo }
11 Februarij in Perigæo }
10 Aprilis in Apogæo }
8 Iunij in Perigæo }
6 Auguſti in Apogæo } Epicycli eſt.
2 Octob. in Perigæo }
29 Nouemb. in Apogæo }
A calce anni vſq; poſt 3. Februarij }
29 Maij vſq; ad 20. Iunij } Retrogradus fit.
21 Septemb. vſq; in 13. Octob. }

Ianuarius 1613

	Dies mensis	Dies Gregor.	☉ ♑ P	′	″	☽ ♉ P	′	♄ ♓ M A P	′	♃ ♍ S A P	′	♂ ♊ S A P	′	♀ ♒ S D P	′	☿ ♑ M D P	′	☊ ♉ P	′
	22	1	10	45	31	6	41	13	10	26	11	9	54	25	58	21	14	19	40
	23	2	11	46	37	19	13	13	14	26	13	9	46	27	6	22	58	19	37
	24	3	12	47	43	1 ♊	54	13	19	26	15	9	39	28	13	24 A	31	19	34
	25	4	13	48	49	14	48	13	24	26	16	9	32	29	21	26	8	19	31
	26	5	14	49	55	27 ♋	58	13	29	26	17	9	26	0 ♓	29	27	44	19	27
F	27	6	15	51	0	11	25	13	34	26	18	9	21	1	37	29	19	19	24
	28	7	16	52	5	25 ♌	10	13	39	26	19	9	17	2	45	0 ♒	53	19	21
	29	8	17	53	10	9	14	13	45	26	19	9	13	3	54	2	26	19	18
	30	9	18	54	15	23 ♍	29	13	50	26	20	9	10	5	2	3	59	19	15
	31	10	19	55	20	7	58	13	55	26	20	9	7	6	11	5	29	19	12
	Ian. 1	11	20	56	24	22 ♎	33	14	1	26 R	20	9	5	7	20	6	58	19	5
	2	12	21	57	28	7	9	14	6	26	20	9	4	8	29	8	24	19	6
F	3	13	22	58	31	21 ♏	39	14	12	26	20	9 D	4	9	38	9	48	19	3
	4	14	23	59	34	5	58	14	17	26	19	9	5	10	48	11	10	18	59
	5	15	25	0	36	20 ♐	0	14	23	26	19	9	7	11	57	12	30	18	56
	6	16	26	1	38	3	43	14	29	26	18	9	9	13	7	13	48	18	53
	7	17	27	2	39	17 ♑	5	14	34	26	17	9	12	14	16	15	3	18	50
	8	18	28	3	40	0	7	14	40	26	16	9	15	15	26	16	15	18	47
	9	19	29	4	40	12	52	14	46	26	14	9	19	16	36	17	24	18	44
F	10	20	0 ♒	5	39	25	21	14	52	26	13	9	24	17	46	18	29	18	40
	11	21	1	6	38	7 ♒	37	14	58	26	11	9	29	18	56	19	31	18	37
	12	22	2	7	36	19 ♓	44	15	4	26	9	9	35	20	6	20	29	18	34
	13	23	3	8	33	1	45	15	10	26	7	9	41	21	16	21	23	18	31
	14	24	4	9	29	13	43	15	16	26	5	9	48	22	27	22	12	18	28
	15	25	5	10	24	25 ♈	40	15	22	26	2	9	56	23	37	22 S	56	18	25
	16	26	6	11	18	7	39	15	29	26	0	10	4	24	48	23	33	18	21
F	17	27	7	12	11	19 ♉	43	15	35	25	57	10	13	25	59	24	6	18	18
	18	28	8	13	3	1	55	15	41	25	54	10	23	27	9	24	32	18	15
	19	29	9	13	54	14	16	15	48	25	51	10	33	28	20	24	51	18	11
	20	30	10	14	44	16	54	15	54	25	48	10	44	29	31	25	6	18	5
	21	31	11	15	33	9 ♊	44	16	1	25	44	10	56	0 ♈	42	25 R	13	18	3

Latitudo Planetarũ ad diẽ		♄		♃		♂		♀		☿		
	1	1	27	1	16	2	4	2	52	2 A	3	Mensis
	11	1	25	1	21	2	10	2	33	1	44	
	21	1	23	1	25	2	11	2	12	0 S	19	

25		20 ✶ 45		0 ☌ 47		
26					4 ✶ 11	
27						13 △
28	□	13 21				
29	Alc.	24 [illegible]	2 ✶ 55	21 △ 50		
30						
31		3 △ 4	12 □ 0		2 ☌ 19	

a. *Die 7. ♀ occ. cum aculeo* [illegible].

b. *Die 8 ☿ m. c. cum cauda Del.*

c. *Die 12. ✶ ♀ ☿ 1. 36. ♀ occ. cum coma Berenices.*

♃ *Vit. Hac. ad* ♏ *m. c. cum rostro corui.*

Positus Planetarum Diurnus.

Anni veteris	Anni Gregor.	☉ ♒			☽ ♊		♄ ♓ M	A	♃ ♍ S	A	♂ ♊ S	D	♀ ♑ S	D	☿ ♒ S	A	☊ ♉	
Dies		P	'	"	P	'	P	'	P	'	P	'	P	'	P	'	P	'
22	1	12	16	21	22	50	16	8	25	41	11	8	2	53	25	12	18	2
23	2	13	17	8	6 ♋	14	16	24	25	37	11	20	3	4	25	4	17	59
F 24	3	14	17	54	19 ♌	58	16	21	25	33	11	33	4	16	24	49	17	56
25	4	15	18	38	4	1	16	28	25	29	11	46	5	27	24	36	17	53
26	5	16	19	21	18 ♍	22	16	35	25	25	12	0	6	38	23	56	17	50
27	6	17	20	3	2	58	16	42	25	21	12	14	7	50	23	19	17	46
28	7	18	20	44	17 ♎	44	16	49	25	16	12	39	9	1	22	36	17	43
29	8	19	21	24	2	34	16	56	25	12	12	43	10	13	21	48	17	40
30	9	20	22	3	17 ♏	20	17	3	25	7	12	59	11	24	20	56	17	37
F 31	10	21	22	40	1	55	17	10	25	2	13	15	12	36	20	1	17	34
Feb. 1	11	22	23	16	16 ♐	14	17	17	24	57	13	31	13	48	19	4	17	30
2	12	23	23	51	0	14	17	24	24	52	13	48	14	59	18	3	17	27
3	13	24	24	24	13	52	17	31	24	47	14	5	16	11	17	3	17	24
4	14	25	24	56	27 ♑	7	17	38	24	42	14	23	17	23	16	3 D	17	21
5	15	26	25	26	10	0	17	46	24	36	14	41	18	35	15	6	17	18
6	16	27	25	54	22	33	17	53	24	31	14	59	19	47	14	14	17	15
F 7	17	28	26	20	4 ♒	50	18	0	24	25	15	18	20	59	13	27	17	11
8	18	29	26	45	16	54	18	8	24	19	15	37	22	11	12	48	17	8
9	19	0 ♓	27	8	28 ♓	48	18	15	24	13	15	56	23	23	12	11	17	5
10	20	1	27	29	10	35	18	22	24	6	16	16	24	35	11	41	17	2
11	21	2	27	49	22 ♈	20	18	30	24	0	16	36	25	47	11	22	16	59
12	22	3	28	7	4	6	18	37	23	53	16	56	27	0	11	8 Di	16	56
13	23	4	28	23	15	55	18	44	23	47	17	17	28	12	11	1	16	52
F 14	24	5	28	37	27 ♉	50	18	52	23	40	17	38	29	24	11	2	16	49
15	25	6	28	50	9	54	18	59	23	33	17	59	0 ♒	37	11	11	16	46
16	26	7	29	1	22	11	19	7	23	26	18	21	1	49	11	27	16	43
17	27	8	29	10	4 ♊	44	19	14	23	19	18	43	3	2	11	50	16	40
18	28	9	29	18	17	31	19	22	23	12	19	5	4	14	12	20	16	37

Latitudo Planetarũ ad diẽ	♄		♃		♂		♀		☿		
1	1	22	1	29	2	13	1	42	2	3	Mensis
11	1	21	1	32	2	6	1	6	3 D	56	
21	1	20	1	35	2	0	0	31	3	11	

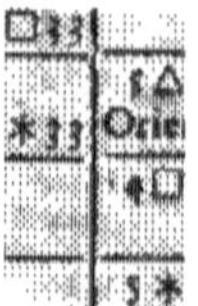

Dies			☉ ♓ G	M	S	☽ ♋ G	M	♄ ♓ G	M	♃ ♍ G	M	♂ ♊ G	M	♀ ♒ G	M	☿ ♒ G	M	☊ ♉ G	M
						Positus Planetarum Diurnus.		M	D	S	A	S	D	S	D	S	D		
	19	1	10	29	24	10	40	19	29	23	4	19	28	5	27	12	56	16	33
	20	2	11	29	31	14	18	19	37	22	57	19	51	6	39	13	38	16	30
F	21	3	12	29	30	28 ♌	11	19	43	22	49	20	14	7	52	14	25	16	27
	22	4	13	29	31	12	25	19	52	22	42	10	38	9 M	4	15	17	16	24
	23	5	14	29	30	26 ♍	58	19	59	22	34	21	2	10	17	16	14	16	21
	24	6	15	29	27	11	46	20	7	22	26	21	26	11	29	17	15	16	17
	25	7	16	29	22	26 ♎	43	20	14	22	19	21	50	12	42	18	20	16	14
	26	8	17	29	15	11	42	20	21	22	11	22	15	13	54	19 M	29	16	11
	27	9	18	29	7	26 ♏	36	20	29	22	3	22	40	15	7	20	42	16	8
F	28	10	19	28	57	11	17	20	36	21	56	23	4	16	20	21	58	16	5
Ma.	1	11	20	28	45	25 ♐	41	20	43	21	48	23	29	17	32	23	18	16	2
	2	12	21	28	31	9	44	20	51	21	40	23	55	18	44	24	40	15	58
	3	13	22	28	15	24 ♑	31	20	59	21	33	24	21	19	57	26	5	15	55
	4	14	23	27	57	6	39	21	7	21	25	24	47	21	9	27	33	15	52
	5	15	24	27	37	19 ♒	31	21	14	21	17	25	13	22	22	29 ♓	3	15	49
	6	16	25	27	15	2	4	21	22	21	10	25	39	23	35	0	36	15	46
F	7	17	26	26	51	14	18	21	29	21	2	26	6	24	47	2	11	15	42
	8	18	27	26	25	26 ♓	18	21	37	20	55	26	32	26	0	3	48	15	39
	9	19	28	25	57	8	8	21	44	20	47	26	59	27	13	5	27	15	36
	10	20	29 ♈	25	27	19 ♈	50	21	52	20	40	27	26	28	25	7	7	15	33
	11	21	0	24	55	1	26	21	59	20	33	27	53	29 ♓	38	8	49	15	30
	12	22	1	24	21	13	6	22	7	20 D	25	28	21	0	51	10	33	15	27
	13	23	2	23	45	24 ♉	47	22	14	20	18	28	48	2	4	12	16	15	23
F	14	24	3	23	7	6	35	22	22	20	11	29	16	3	17	14	1	15	20
	15	25	4	22	28	18 ♊	32	22	29	20	3	29 ♋	44	4	30	15	47	15	17
	16	26	5	21	47	0	40	22	37	19	56	0	12	5	43	17 A	34	15	14
	17	27	6	21	3	13	8	22	44	19	49	0	40	6	55	19	22	15	11
	18	28	7	20	17	25	54	22	52	19	42	1	9	8	8	21	11	15	8
	19	29	8	19	29	9 ♋	2	22	59	19	35	1	37	9	21	23	1	15	4
	20	30	9	18	39	22	33	23	7	19	28	2	6	10	34	24	52	15	1
F	21	31	10	17	47	0 ♌	26	23	14	19	21	2	35	11	47	26	43	14	58

Latitudo Planetarũ ad diẽ		♄ G	M	♃ G	M	♂ G	M	♀ G	M	☿ G	M	
	1	1	20	1	38	1	54	0 M	5	1 M	27	Meridies
	11	1	20	1	40	1	47	0	6	0	34	
	21	1	21	1 D	41	1	40	0	39	1 A	50	

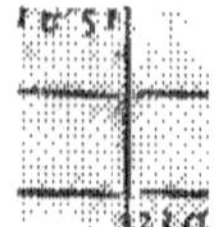

Positus Planetarum Diurnus.

	Dies veteris	Dies Gregor.	☉ ♈ P	′	″	☽ ♌ P	′	♄ ♓ P (M D)	′	♃ ♍ P (S D)	′	♂ ♋ P (S D)	′	♀ ♓ P (M D)	′	☿ ♓ P (M A)	′	☊ ♉ P	′
	22	1	11	16	53	20 ♍	45	23	12	19	15	3	4	13	0	28 ♈	35	14	55
	23	2	12	15	57	5	21	23	19	19	8	3	33	14	12	0	27	14	52
	24	3	13	15	0	20 ♎	14	23	36	19	1	4	3	15	25	2	50	14	48
	25	4	14	14	1	5	15	23	44	18	55	4	32	16	38	4	13	14	45
	26	5	15	13	0	20 ♏	16	23	51	18	48	5	2	17	51	6	6	14	42
	27	6	16	11	57	5	11	23	58	18	42	5	32	19	4	8	0	14	39
F	28	7	17	10	52	19 ♐	54	24	5	18	35	6	2	20	17	9	52	14	36
	29	8	18	9	45	4	18	24	12	18	29	6	32	21	30	11	48	14	33
	30	9	19	8	36	18 ♑	21	24	19	18	23	7	2	22	43	13	42	14	29
	31	10	20	7	25	2	3	24	26	18	17	7	33	23	56	15	36	14	26
Ap.	1	11	21	6	12	15	22	24	33	18	11	8	3	25	9	17	31	14	23
	2	12	22	4	57	28	19	24	40	18	5	8	34	26	22	19	25	14	20
	3	13	23	3	40	10 ♒	56	24	47	17	59	9	4	27	35	21	19	14	17
F	4	14	24	2	21	23	16	24	54	17	54	9	35	28 ♈	48	23	13	14	14
	5	15	25	1	1	5 ♓	21	25	1	17	48	10	6	0	1	25	7	14	10
	6	16	25	59	39	17	15	25	8	17	43	10	37	1	13	27	0	14	7
	7	17	26	58	15	29 ♈	1	25	15	17	38	11	8	2	26	28 ♉	53	14	4
	8	18	27	56	49	10	42	25	22	17	33	11	39	3	39	0	46	14	1
	9	19	28	55	21	22 ♉	22	25	29	17	28	12	11	4	52	2	38	13	58
	10	20	29	53	52	4	3	25	36	17	24	12	42	6	5	4	30	13	54
F	11	21	0 ♉	52	21	15	50	25	42	17	19	13	14	7	18	6	22	13	51
	12	22	1	50	48	27	46	25	49	17	15	13	46	8	31	8	13	13	48
	13	23	2	49	13	9 ♊	54	25	56	17	11	14	18	9 A	44	10 S	4	13	45
	14	24	3	47	37	22	18	26	2	17	7	14	50	10	56	11	54	13	42
	15	25	4	45	59	5 ♋	2	26	9	17	3	15	22	12	9	13	44	13	39
	16	26	5	44	19	18	8	26	15	17	0	15	55	13	21	15	33	13	35
	17	27	6	42	37	1 ♌	37	26	22	16	57	16	27	14	35	17	21	13	32
F	18	28	7	40	54	15	29	26	28	16	54	17	0	15	48	19	8	13	29
	19	29	8	39	9	29 ♍	42	26	35	16	51	17	32	17	1	20	54	13	26
	20	30	9	37	21	14	25	26	41	16	49	18	5	18	14	22	39	13	23

Latitudo Planetarũ ad diẽ		♄	′	♃	′	♂	′	♀	′	☿	′	
	1	1	22	1	40	1	33	1	0	2	8	
	11	1	24	1	38	1	25	1	12	1	27	Mensis
	21	1	26	1	36	1	17	1 A	15	0 S	16	

ent.	Occid.	Occid.	Orient.	Orient.
♄	♃	♂	♀	☿
'	H '	H '	H '	H '
	22 ☌ 0	20 ⚹ 54	25 ☍ 33	
☍ 25		1 □ 31		22 ☍ 7
	21 ⚹ 50	0 △ 35		
△ 2			0 △ 45	14 △ 50
□ 31	0 □ 4	10 ☍ 37	7 □ 47	
⚹ 21	5 △ 21		20 ⚹ 1	4 □ 40
				23 ⚹ 54
☌ 14	0 ☍ 56	20 △ 0		Occid.
		1 □ 57	7 ☌ 50	
		18 ⚹ 26		0 ☌ 58
⚹ 2	2 △ 58		23 ⚹ 40	
□ 4	14 □ 0			
△ 35	21 ⚹ 55	19 ☌ 44	14 □ 22	28 ⚹ 29
			0 △ 27	7 □ 1

Positus Planetarum Diurnus.

M D S D S D M A S A

Dies Anni veteris	Dies Anni Gregor.	☉ ♉ G	M	S	☽ ♍ G	M	♄ ♓ G	M	♃ ♍ G	M	♂ ♋ G	M	♀ ♈ G	M	☿ ♉ G	M	☊ ♉ G	M
21	1	10	35	14	29 ♎	3	26	47	16	46	18	37	19	47	14	23	13	20
22	2	11	33	45	13	57	26	54	16	44	19	10	20	40	16	5	13	16
23	3	12	31	53	28 ♏	52	27	0	16	42	19	43	22	33	17	40	13	13
24	4	13	30	0	13	41	27	6	16	40	20	15	23	6	19	15	13	10
F 25	5	14	28	6	28 ♐	17	27	12	16	39	20	48	24	19	1 ♊	3	13	7
26	6	15	26	10	12	35	27	18	16	38	21	21	25	32	2	39	13	4
27	7	16	24	13	26 ♑	33	27	24	16	37	21	54	26	45	4	13	13	0
28	8	17	22	15	10	13	27	30	16	36	22	28	27	58	5	45	12	57
29	9	18	20	13	23 ♒	29	27	36	16	35	23	1	29	11	7	15	12	54
30	10	19	18	10	6	27	27	42	16	35	23	34	0 ♉	24	8	43	12	51
Ma. 1	11	20	16	7	19 ♓	7	27	48	16	35	24	8	1	36	10	8	12	48
F 2	12	21	14	3	1	32	27	[illegible]	16	34	25	41	2	49	11	32	12	44
3	13	22	11	56	13	46	27	59	16	34	25	16	4	2	12	52	12	41
4	14	23	9	48	25 ♈	39	28	5	1 Di	[illegible]	25	48	5	15	14	0	12	38
5	15	24	7	39	7	44	28	10	16	34	26	22	6	28	15	22	12	35
6	16	25	5	28	19	36	28	16	16	34	26	56	7	41	16	47	12	32
7	17	26	3	16	1 ♉	30	28	21	16	35	27	30	8	54	17	37	12	28
8	18	27	1	3	13	17	28	26	16	35	28	4	10	7	18	19	12	25
F 9	19	27	58	49	25 ♊	13	28	31	16	36	28	38	11	20	19 D	37	12	22
10	20	28	56	33	7	17	28	36	16	37	29	12	12	33	20	31	12	19
11	21	29	54	16	19 ♋	33	28	41	16	38	29	46	13	46	21	21	12	16
12	22	0 ♊	51	58	3	3	28	46	16	40	0 ♌	21	14	59	22	5	12	13
13	23	1	49	39	14	56	28	50	16	41	0	55	16	12	22	44	12	9
14	24	2	47	19	27 ♌	59	28	55	16	43	1	30	17	25	23	17	12	6
15	25	3	44	58	11	29	29	0	16	45	2	4	18	38	23	44	12	3
F 16	26	4	42	36	25 ♍	20	29	4	16	47	2	39	19	51	24	4	12	0
17	27	5	40	13	9	31	29	9	16	50	3	13	21	4	24	18	11	57
18	28	6	37	49	23 ♎	58	29	13	16	53	3	46	22	17	24	25	11	53
19	29	7	35	24	8	37	29	18	16	55	4	22	23	30	24 R	25	11	50
20	30	8	32	58	23 ♏	21	29	22	16	58	4	57	24	43	24	18	11	47
21	31	9	30	31	8	5	29	26	17	1	5	32	25	56	24	4	11	44

Latitudo Planetarū ad diē	♄ G	M	♃ G	M	♂ G	M	♀ G	M	☿ G	M	
1	2	28	1	34	1	9	1	29	1	4	Mensis
11	2	32	1	31	1	1	1	9	2 D	10	
21	2	34	1	29	0	51	0	48	2	7	

Syzygiæ Lunares.

☽ et	☉	Orient. ♄	Occid. ♃	Occid. ♂	Orient. ♀	Occid. ☿	Syzygiæ Planetarũ mutuæ, & eorum congressus cum illustrioribus aliquibus stellis fixis
Dies	♓	♓	♓	♓	♓	♓	
1							♀ or. cum dextro hum. Aqui. a
2	[illegible]			8 □ 53	18 ☍ 46		☿ Per. * ♄ ☿ 12.13. b
3 ☍	23 5						☉ ☋ 23.10 ☿ oc. cũ bia.
4 Asc.	21 ♌	22 △ 26	4 * 52	11 △ 13			♀ oc. cum 20. Or. et Kel.
5						5 ☍ 12	♀ occ. cum Ald. (cũ Sy.
6			6 □ 55				♀ m. c. cũ cor. ♈. ☿ oc.
7		[illegible] □ 30			0 △ 23		△ ☉ ♃ 5.17.
8	13 △ 56		11 △ 33	23 ☍ [illegible]			♀ m. c. cum cum Aldeb.
9		7 * 41			21 □ 39		
10						4 △ 50	♀ occ. cum cor. ♈.
11 □	2 26						♀ or. cum hum. et oc. cũ 41
12 Asc.	28 ♍				2 * 44	22 □ 7	♀ m. c. cum hed. s.
13	18 * 19		5 ☍ 35	23 △ 58			
14		4 ☌ 30					♀ m. c. cũ capr. & 130.
15						17 * 4	♀ or. cũ Fo. et ☿ cũ ald.
16				15 □ 38			☉ Ap. □ ♃ ☿ 1.6. ☿
17					16 ☌ 51		☉ ☊ 22.16 (oc. cũ 20.
18			8 △ 58				△ ♄ ♂ 18.5.
19 ☌	6 9	6 * 36		7 * 8			* ☉ ♂ 14.30.
20 Asc.	14 ♒		18 □ 17				* ☉ ♂ 15.39 ♀ or. cũ pl.
21		17 □ 38				3 ☌ 41	♀ m. c. cum cap. hed.
22							
23			7 * 32		2 * 14		△ ♃ ♀ 9.48 ♂ or. cũ al. c
24	9 * 13	1 △ 40		6 ☌ 30			♀ occ. cum Rigel.
25					13 □ 36	21 * 49	♂ or. cũ Præs. & acer.
26 □	18 58						♂ m. c. cum asino.
27 Asc.	24 ♈		12 ☌ 9		10 △ 57		♂ oc. cũ 245 (c. cũ pleia.
28	22 △ 15	8 ☍ 39		16 * 45		0 □ 46	♂ or. cũ pr. et 245. ♀ m.
29							□ ♄ ☿ per orbem.
30				19 □ 41		2 △ 33	☉ Per. ♂ oc. cũ Ap. d.
31			14 * 51				☉ ☋ 7.43.

a. Die 1. ♂ m. c. cum cane minore.
b. Die 2. ♂ m. c. cum Hercule.
c. Die 23. ♀ m. c. cum acar. & 22. et ♂ oc. cum Hercule.
d. Die 30. ♀ occ. cum ple. & hiad.

	Anni Iuliani	Anni Grego.	☉ ♊			☽ ♐		♄ ♓ M D		♃ ♍ S D		♂ ♌ S D		♀ ♉ M A		☿ ♊ S D		☊ ♉	
	Dies		P	′	″	P	′	P	′	P	′	P	′	P	′	P	′	P	′
	22	1	10	28	5	22	26	29	30	17	4	6	7	27	10	23	42	11	41
F	23	2	11	25	34	6 ♓	55	29	34	17	8	6	42	28	23	23 M	13	11	38
	24	3	12	23	4	20 ♑	58	29	38	17	11	7	17	29 ♊	36	22	37	11	34
	25	4	13	20	33	4	43	29	41	17	15	7	52	0	49	21	55	11	31
	26	5	14	18	2	18	9	29	45	17	19	8	28	2	3	21	7	11	28
	27	6	15	15	30	1 ♐	17	29	48	17	23	9	3	3	15	20	15	11	25
	28	7	16	12	57	14	9	29	52	17	27	9	39	4	29	19	20	11	22
	29	8	17	10	23	16	47	29	56	17	31	10	14	5	42	18	22	11	18
F	30	9	18	7	48	9 ♓	14	29 ♈	59	17	36	10	50	6	55	17	23	11	15
	31	10	19	5	13	21 ♈	31	0	3	17	40	11	25	8	8	16	28	11	12
	Iun. 1	11	20	2	37	3	41	0	6	17	44	12	1	9	22	15	33	11	9
	2	12	21	0	0	15	40	0	9	17	49	12	36	10	36	14	41	11	6
	3	13	21	57	23	27 ♉	48	0	12	17	54	13	12	11	49	13	53	11	3
	4	14	22	54	45	9	51	0	15	17	59	13	48	13	2	13	9	10	59
	5	15	23	52	7	21 ♊	57	0	17	18	4	14	23	14	16	12	30	10	56
F	6	16	24	49	28	4	9	0	20	18	10	14	59	15	29	11	57	10	53
	7	17	25	46	49	16	29	0	22	18	15	15	35	16	42	11	31	10	50
	8	18	26	44	10	29	1	0	25	18	21	16	11	17	56	11	12	10	47
	9	19	27	41	30	11 ♋	47	0	27	18	27	16	47	19	9	11	1	10	43
	10	20	28	38	50	24 ♌	49	0	29	18	33	17	23	20	23	10 D	57	10	40
	11	21	29 ♋	36	10	8	9	0	32	18	39	17	59	21	36	11	0	10	37
	12	22	0	33	30	21 ♍	49	0	34	18	46	18	35	22	48	11	11	10	34
F	13	23	1	30	49	5	46	0	36	18	52	19	11	24	2	11 A	29	10	31
	14	24	2	28	8	20 ♎	3	0	38	18	59	19	48	25 S	15	11	54	10	28
	15	25	3	25	27	4	29	0	40	19	6	20	24	26	28	12	25	10	24
	16	26	4	22	45	19	1	0	42	19	13	21	0	27	41	13	2	10	21
	17	27	5	20	3	3 ♏	33	0	43	19	20	21	37	28	54	13	44	10	18
	18	28	6	17	21	18	0	0	45	19	28	22	13	0 ♋	8	14	32	10	15
	19	29	7	14	39	2 ♓	15	0	47	19	35	22	50	1	21	15	25	10	12
F	20	30	8	11	57	16	25	0	48	19	43	23	26	2	34	16	24	10	9

Latitudo Planetarũ ad diẽ		♄		♃		♂		♀		☿		
	1	1	38	1	26	0	47	0	41	0 M	9	Mensis
	11	1	42	1	23	0	41	0	23	2	1	
	21	1	46	1	19	0	36	0 S	5	4 A	23	

⚹ ♂ ☿ 4.31 ☿ m.c.cm;
♂ m.c.cũ lỹ. (☍ Re

□ ♃ ♀ 8.57.

☿ m.c.cum zona Ōrio.

Positus Planetarum Diurnus.

Anni Iuliani	Anni Gregor.	☉ ♋			☽ ♓		♄ ♈ (M D)		♃ ♍ (S D)		♂ ♌ (S D)		♀ ♋ (S A)		☿ ♊ (M A)		☊ ♉	
Dies		G	′	″	G	′	G	′	G	′	G	′	G	′	G	′	G	′
21	1	9	9	15	29 ♑	56	0	49	19	50	24	5	3	47	17	26	10	5
22	2	10	6	32	13	22	0	51	19	58	24	39	5	3	18	33	10	2
23	3	11	3	49	26 ♒	30	0	[illegible]	20	6	25	16	6	14	19	43	9	59
24	4	12	1	6	9	23	0	53	20	14	25	53	7	27	20	58	9	56
25	5	12	58	23	22 ♓	11	0	53	20	22	26	29	8	40	22	15	9	53
26	6	13	55	41	4	29	0	54	20	30	27	6	9	54	23	35	9	49
F 27	7	14	52	59	16	49	0	54	20	39	27	43	11	7	24	56	9	46
28	8	15	50	17	29 ♈	3	0	55	20	47	28	20	12	20	26	18	9	43
29	9	16	47	35	11	13	0	55	20	56	28	57	13	33	27	53	9	40
30	10	17	44	54	23 ♉	22	0	55	21	4	29 ♍	34	14	47	29 ♋	22	9	37
Iul. 1	11	18	42	13	5	32	0 R	55	21	13	0	11	16	0	0	54	9	34
2	12	19	39	32	17 ♊	46	0	55	21	22	0	48	17	13	2	28	9	30
3	13	20	36	51	0	5	0	55	21	31	1	25	18	27	4	4	9	27
F 4	14	21	34	11	12	33	0	55	21	40	2	2	19	40	5	41	9	24
5	15	22	31	31	25 ♋	9	0	54	21	50	2	39	20	54	7	20	9	21
6	16	23	28	52	7	59	0	54	21	59	3	17	22	8	9	1	9	17
7	17	24	26	13	21 ♌	5	0	53	22	9	3	54	23	21	10	43	9	14
8	18	25	23	35	4	29	0	53	22	19	4	31	24	35	12	27	9	11
9	19	26	20	57	18 ♍	11	0	52	22	28	5	9	25	48	14	12	9	8
10	20	27	18	19	2	9	0	51	22	38	5	46	27	2	15	58	9	5
F 11	21	28	15	42	16 ♎	22	0	50	22	48	6	24	28	16	17	45	9	2
12	22	29	13	5	0	48	0	49	22	58	7	1	29	29	19	33	8	55
13	23	0 ♌	10	29	15	19	0	48	23	8	7	39	0 ♌	43	21	22	8	56
14	24	1	7	53	29	50	0	46	23	18	8	16	1	57	23	11	8	52
15	25	2	5	16	14	14	0	45	23	29	8	54	3	10	25	1	8	49
16	26	3	2	41	28	31	0	43	23	39	9	31	4	24	26	51	8	46
17	27	4	0	9	11	32	0	42	23	49	10	9	5	38	28	42	8	43
F 18	28	4	57	35	16 ♑	14	0	40	24	0	10	47	6	51	0 ♌	33	8	40
19	29	5	55	2	9	36	0	38	24	10	11	24	8	5	2	25	8	36
20	30	6	52	30	22	40	0	36	24	21	12	2	9	19	4	17	8	33
21	31	7	49	59	5 ♒	26	0	34	24	31	12	40	10	32	6	9	8	30
Latitudo Planetarũ ad dies						1	2	50	1	35	0	31	0	14	3	22	Mensis	
						11	2	55	1	12	0	27	0	31	1	40		
						21	2	59	1	9	0	23	0	47	0 S	0		

Syzygiæ Lunares.

Dies		☽	Orient. ♄	Occid. ♃	Occid. ♂	Orient. ♀	Orient. ☿	Syzygiæ Planetarũ mutuæ, & eorum congressus cum illustrioribus aliquibus stellis fixis.
		H ʹ	H ʹ	H ʹ	H ʹ	H ʹ	H ʹ	
1	☍	17 45	1□33			7☌34		♂ ☌ cũ Re. ☿ or. cũ Bel.
2	Asc.	17 60		12△11				☿ m.c. cũ 20. Or. (et 32
3			8✱9					□ ♃ ☿ 8.14. ♀ m. c. cũ
4								(Syrio.
5					9☍4		0△30	☿ m.c. cũ da. hu. Auri.
6		10△55				11△42		
7				7☍36			18□7	☿ m.c. cũ dc. hum. Orio.
8			3☌40					♀ or. cũ 141. et oc. cũ hy.
9	□	12 0				5□7		☉ Apo. ♀ or. cum Her.
10	Asc.	4 ♉			12△53		13✱33	✱ ♂ ☿ 5.14. a.
11						22✱50		□ ♄ ☿ 0 15 ☉ ☋ 7.51 b
12		4✱0		7△6				☿ or. cũ 31. et oc. cũ Alg.
13			1✱37		2□43			♀ or. cũ Ri. et m.c. cũ pr.
14				17□36				✱ ☽ ♃ 3.3 ☿ or. cũ hy. c.
15			10□45		14✱46			✱ ♃ ♀ 20.41 ☿ m.c. cũ
16							2☌10	♀ occ. cum hyd. (Syrio.
17	☌	6 28	17△33	1✱55		4☌29		☿ or. cum 141. & Her.
18	Asc.	7 ♑						♀ or. cum zona Orio.
19								
20					6☌23			☿ or. cũ Ri. et oc. cũ hyd.
21		3✱22		10☌50		21✱36	2✱38	☌ ☉ ♀ 0.0 ☿ or. cũ 137
22			0☍2			Occid.		☉ Perig.
23							11□26	△ ♄ ☿ 1.35 △ ☉ ♄ 15.28 d
24	□	2 19			14✱40	3□51		✱ ♃ ☿ 1.42 ☉ ☿ 14.38 e
25	Asc.	22 ♒		15✱41			20△45	♀ or. cũ pr. et oc. cũ 245
26		8△18	3△44		19□43	11△2		♀ oc. cum Pr. & Apo.
27				20□0				(asi. & Presepe.
28			8□0					△ ♄ ☿ 1 28. ♀ or. cũ
29					3△28			♂ or. cum cauda ☋.
30			14✱54	3△50				♀ occ. cum asi boreali.
31	☍	4 53				10☍46	1☍26	
	Asc.	28 ♓						

a. Die 10. ♀ or. cum zona Orio. ♃ m.c. cum cauda ☋.

b. Die 11. ♀ m.c. cum Ap. ☿ or. cũ Bel. & Apo.

c. Die 14. ♀ or. cum ultima zona Orionis.

d. Die 23. ♀ or. cum asi boreali, & occ. cum Her.

e. Die 24. ♀ or. cum Pras. & acarnar.

Motus Planetarum Diurnus.

[illegible]	Anni Grego.	☉ ♌ P	'	''	☽ ♒ P	'	♄ ♈ M D P	'	♃ ♍ S D P	'	♂ ♍ S D P	'	♀ ♌ S A P	'	☿ ♌ S A P	'	☊ ♉ P	'
Dies		P	'	''	P	'	P	'	P	'	P	'	P	'	P	'	P	'
22	1	8	47	29	18 ♓	1	0	32	24	42	13	18	11	46	8	2	8	27
23	2	9	45	0	0	22	0	29	24	53	13	56	13	0	9	55	8	24
24	3	10	42	32	12	34	0	27	25	4	14	34	14	14	11	48	8	21
F 25	4	11	40	6	24 ♈	41	0	24	25	15	15	12	15	28	13	42	8	17
26	5	12	37	41	6	45	0	22	25	26	15	50	16	42	15	35	8	14
27	6	13	35	17	18 ♉	48	0	19	25	38	16	29	17	56	17	28	8	11
28	7	14	32	54	0	53	0	17	25	49	17	7	19	10	19	21	8	8
29	9	15	30	32	13	8	0	14	26	0	17	45	20	24	21	14	8	5
30	9	16	28	11	25 ♊	20	0	11	26	11	18	24	21	38	23 D	6	8	1
31	10	17	25	51	7	46	0	8	26	23	19	2	22	52	24	58	7	58
F 1	11	18	23	32	20 ♋	22	0	5	26	34	19	40	24	6	26	50	7	55
Au. 2	12	19	21	14	3	14	0	2	26	46	20	19	25	20	28 ♍	41	7	52
3	13	20	18	57	16	21	29 ♓	59	26	57	20	57	26	34	0	31	7	49
4	14	21	16	41	29 ♌	45	29	56	27	9	21	36	27	48	2	22	7	45
5	15	22	14	26	13	27	29	53	27	21	22	14	29 ♍	2	4	12	7	42
6	16	23	12	13	27 ♍	27	29	49	27	32	22	53	0	16	6	1	7	39
7	17	24	10	1	11	44	29	46	27	44	23	31	1	30	7	50	7	36
F 8	18	25	7	50	26 ♎	16	29	42	27	56	24	10	2	44	9	38	7	33
9	19	26	5	40	10	58	29	38	28	8	24	48	3	59	11	26	7	30
10	20	27	3	31	25 ♏	47	29	35	28	20	25	27	5	13	13	13	7	26
11	21	28	1	24	10	23	29	31	28	32	26	6	6 D	27	14	59	7	23
12	22	28	59	18	24 ♐	52	29	27	28	44	26	44	7	41	16	44	7	20
13	23	29 ♍	57	14	9	4	29	23	28	57	27	23	8	56	18	28	7	17
14	24	0	55	11	22 ♑	56	29	19	29	9	28	2	10	10	20	11	7	14
F 15	25	1	53	9	6	27	29	15	29	21	28	41	11	24	21	53	7	10
16	26	2	51	9	19 ♒	37	29	10	29	33	29	20	12	39	23	31	7	7
17	27	3	49	10	2	27	29	6	29	46	29 ♎	59	13	53	25	9	7	4
18	28	4	47	13	14	59	29	2	29	58	0	38	15	7	26	41	7	1
19	29	5	45	17	27 ♓	16	28	57	0 ♎	10	1	17	16	21	28	20	6	58
20	30	6	43	23	9	22	28	53	0	23	1	56	17	36	29	53	6	55
21	31	7	41	31	22	20	28	48	0	35	2	35	18	50	1 ♎	24	6	51

Latitudo Planetarum ad diem		♄	'	♃	'	♂	'	♀	'	☿	'	Mensis
	1	2	3	1	7	0	19	0	58	1 D	34	
	11	2	7	1	5	0	16	1	4	1	46	
	21	2	10	1	5	0	13	1 D	5	1	15	

		☿ m.c.cum ꝟ. ☿ or. ...
22 △ 12	20 △ 56	☽ Ap. ♀ oc.cũ 160. ☌ ☿ ☿ 17.14. ☊ ...
		☽ ♌ 14.18.
11 □ 57	18 □ 50	
		☿ or.cum Regulo.
7 ✶ 40	14 ✶ 4	☌ ♃ cum Regulo. ♀ occ.cum Regulo.
		♂ m.c.cum cau. ♌ (tri... ♃ m c cũ ro.cor. ☿ or.cũ ...
		☿ or.cum hydra.
5 ☌ 11	16 ☌ 30	
		♀ or. cum coma Bere. ♃ or.cum pinde. c.
		☽ Perig.
17 ✶ 0		☽ ☋ 19.5 ☿ or.cũ ca...
	♉ ✶ 41	
23 □ 45		
	18 □ 35	♂ m.c.cum rost. corui ☍ ♄ ♃ 15.0 ♂ or.cũ vind...
10 △ 0		☍ ♄ ☌ 16.33. ☿ or.cũ ...
	8 △ 21	☌ ♃ ♂ 12.0 (ca. ♌ ...
		(cum 16... ♂ m.c.cum trigu, ☋ ☿ ...
		☍ ♄ ☿ 7.9 ☿ or.cũ vin...
18 ☍ 25		☌ ♃ ♀ 9.7.
	23 ☍ 10	♂ m c. cum Algorab.

Rite

	Dies Iulian.	Dies Gregor.	Positus Planetarum Diurnus.																		
								M	D	S	D	S	D	S	D	M	D		
			☉ ♍			☽ ♈		♄ ♓		♃ ♎		♂ ♎		♀ ♍		☿ ♎		☊ ♉	
	Dies		P	′	″	P	′	P	′	P	′	P	′	P	′	P	′	P	′
F	22	1	8	39	40	3	12	28	43	0	48	3	15	10	4	2	53	6	48
	23	2	9	37	51	15	2	28	39	1	1	3	54	11	19	4	19	6	45
	24	3	10	36	4	26 ♉	53	28	34	1	13	4	33	12	33	5	45	6	42
	25	4	11	34	18	8	48	28	29	1	26	5	13	13	47	7	4	6	39
	26	5	12	32	34	20 ♊	50	28	25	1	39	5	52	15	3	8	22	6	35
	27	6	13	30	51	3	3	28	20	1	51	6	32	16	16	9	37	6	32
	28	7	14	29	10	15	27	28	15	2	4	7	11	17	30	10	49	6	29
F	29	8	15	27	31	28 ♋	7	28	10	2	17	7	51	18	45	11	58	6	26
	30	9	16	25	53	11	4	28	5	2	19	8	30	19 ♎	59	13	3	6	23
	31	10	17	24	17	24 ♌	19	28	0	2	42	9	10	1	14	14	5	6	20
	Sep. 1	11	18	22	48	7	54	27	55	2	54	9	40	2	28	15	4	6	16
	2	12	19	21	11	21 ♍	50	27	51	3	7	10	29	3	43	15	58	6	13
	3	13	20	19	40	0	0	27	46	3	20	11	9	4	57	16	47	6	10
	4	14	21	18	14	12 ♎	39	27	41	3	33	11	48	6	12	17	31	6	7
F	5	15	22	16	44	5	17	27	36	3	45	12	28	7	27	18	9	6	4
	6	16	23	15	19	10 ♏	32	27	31	3	58	13	8	8	41	18	41	6	0
	7	17	24	13	56	5	17	27	27	4	11	13	48	9	56	19	8	5	57
	8	18	25	12	35	10 ♐	5	27	22	4	24	14	28	11	11	19	30	5	54
	9	19	26	11	16	4	39	27	17	4 A	37	15	8	12	25	19	46	5	51
	10	20	27	9	58	18 ♑	55	27	12	4	50	15	48	13	40	19	56	5	48
	11	21	28	8	42	2	49	27	7	5	2	16	28	14	55	19 ℞	59	5	45
F	12	22	29	7	18	16	20	27	2	5	15	17	8	16	9	19	56	5	41
	13	23	0 ♎	6	16	29 ♒	37	26 A	57	5	28	17	48	17	24	19	46	5	38
	14	24	1	5	6	12	12	26	52	5	41	18	29	18	39	19	29	5	35
	15	25	2	3	58	24 ♓	37	26	47	5	54	19	9	19	53	19	6	5	32
	16	26	3	2	52	6	46	26	42	6	7	19	49	21	8	18 A	37	5	29
	17	27	4	1	48	18 ♈	43	26	37	6	20	20	30	22	22	18	3	5	25
	18	28	5	0	46	0	31	26	32	6	33	21	10	23	37	17	25	5	22
F	19	29	5	59	46	12	13	26	27	6	46	21	50	24	51	16	47	5	19
	20	30	6	58	48	23	53	26	22	6	59	22	31	26	6	15	57	5	16

Latitudo Planetarũ ad diẽ		♄		♃		♂		♀		☿		
	1	2	13	1	4	0	11	1	2	0	1	Mensis
	11	2	15	1 A	4	0	9	0	54	1	47	
	21	2 A	16	1	3	0	8	0	41	3 A	27	

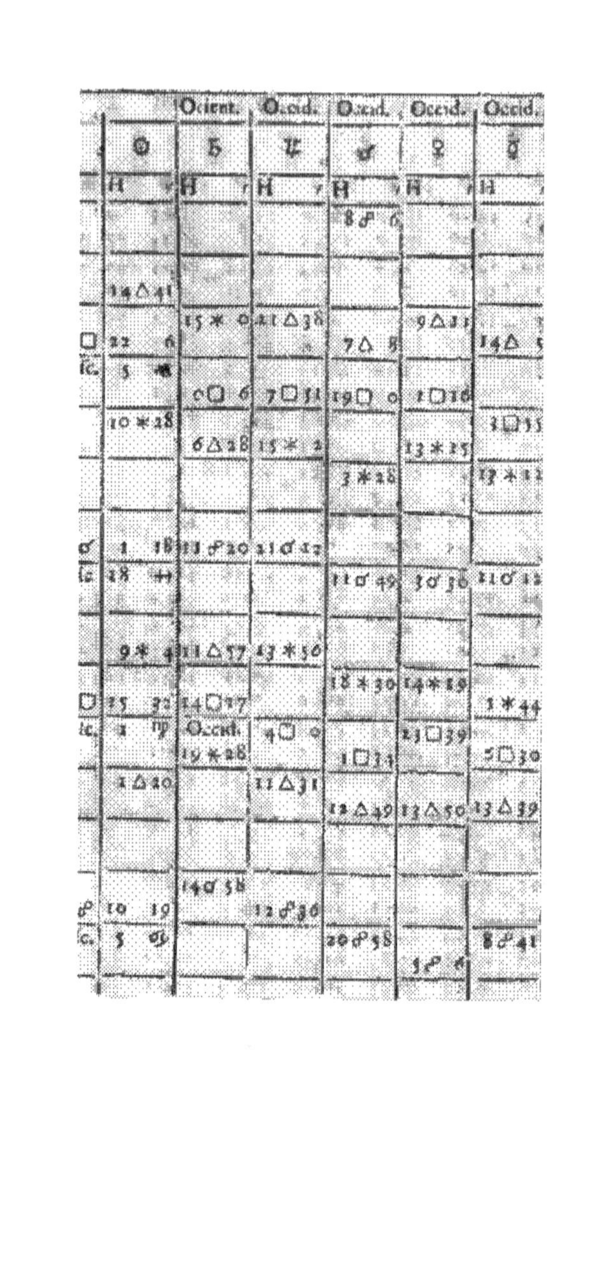

		Ocient.	Occid.	Occid.	Occid.	Occid.
	☉	♄	♃	♂	♀	☿
	H	H	H	H	H	H
				8 ☍ 6		
	14 △ 41					
		15 ✶ 0	21 △ 38		9 △ 31	
□	22 6			7 △ 8		14 △ 5
ic.	5 [illegible]					
		0 □ 6	7 □ 51	19 □ 0	2 □ 16	
	10 ✶ 28					3 □ 55
		6 △ 28	15 ✶ 2		13 ✶ 25	
				3 ✶ 26		13 ✶ 12
☌	1 18	13 ☍ 20	21 ☌ 12			
ic.	28 ♓			11 ☌ 49	3 ☌ 36	21 ☌ 12
	9 ✶ 4	11 △ 57	23 ✶ 56			
				18 ✶ 30	14 ✶ 19	
□	25 32	14 □ 17				1 ✶ 44
ic.	2 ♍	Occid. 19 ✶ 28	4 □ 0	1 □ 21	23 □ 39	5 □ 30
	2 △ 20		11 △ 31			
				12 △ 49	13 △ 50	13 △ 39
		14 ☌ 58				
☍	10 19		12 ☍ 30			
ic.	5 ♋			20 ☍ 58		8 ☍ 41
					5 ☍ 6	

Positus Planetarum Diurnus.

Dies (stilo veteri)	Dies (stilo novo)	☉ ♎ P	'	"	☽ ♉ P	'	♄ ♓ P (M)	' (A)	♃ ♍ P (S)	' (A)	♂ ♎ P (S)	' (D)	♀ ♎ P (M)	' (D)	☿ ♎ P (M)	' (A)	☊ ♉ P	'
21	1	7	57	51	5	34	26	17	7	12	23	11	27	23	15	9	5	13
22	2	8	56	57	17	20	26	13	7	25	23	52	28	36	14	19	5	10
23	3	9	56	4	29	14	26	8	7	38	24	33	29	51	13	30	5	6
24	4	10	55	13	11 ♊	18	26	3	7	51	25	14	1 ♏	5	12	43	5	3
25	5	11	54	24	23	37	25	59	8	4	25	54	2	20	11	59	5	0
F 26	6	12	53	37	6 ♋	22	25	54	8	17	26	35	3	35	11	18	4	57
27	7	13	52	52	19	7	25	49	8	30	27	15	4	50	10	41	4	54
28	8	14	52	9	2 ♌	24	25	45	8	43	27	56	6	5	10	8	4	51
29	9	15	51	28	16	3	25	40	8	56	28	36	7	20	9	40	4	47
30	10	16	50	44	0 ♍	5	25	36	9	9	29	17	8	34	9	17	4	44
Oc. 1	11	17	50	12	14	28	25	31	9	22	29	57	9 M	49	8	59	4	41
2	12	18	49	37	29	10	25	25	9	35	0 ♏	38	11	4	8	48	4	38
F 3	13	19	49	4	14 ♎	4	25	21	9	48	1	19	12	19	8 Di	44	4	35
4	14	20	48	33	29	5	25	16	10	1	2	6	13	34	8	47	4	31
5	15	21	48	4	14 ♏	6	25	12	10	14	2	45	14	49	8	56	4	28
6	16	22	47	37	28	59	25	8	10	27	3	23	16	3	9	11	4	25
7	17	23	47	12	13 ♐	37	25	4	10	40	4	3	17	18	9	32	4	22
8	18	24	46	49	27	56	25	1	10	53	4	44	18	33	9	58	4	19
9	19	25	46	28	11 ♑	52	24	57	11	5	5	25	19	48	10 S	26	4	16
F 10	20	26	46	9	25	25	24	53	11	18	6	7	21	2	11	3	4	12
11	21	27	45	52	8 ♒	34	24	50	11	31	6	48	22	17	11	42	4	9
12	22	28	45	37	21	22	24	46	11	44	7	29	23	32	12	26	4	6
13	23	29	45	24	3 ♓	50	24	43	11	56	8	11	24	47	13	24	4	3
14	24	0 ♏	45	13	16	2	24	39	12	9	8	52	26	2	14	6	4	0
15	25	1	45	2	28	0	24	36	12	21	9	34	27	17	15	3	3	56
16	26	2	44	51	9 ♈	49	24	33	12	34	10	15	28	31	16	4	3	53
F 17	27	3	44	48	21 ♉	29	24	30	12	46	10	57	29 ♐	46	17	7	3	50
18	28	4	44	45	3	7	24	27	12	59	11	38	1	1	18	13	3	47
19	29	5	44	42	14	45	24	24	13	11	12	20	2	16	19	22	3	44
20	30	6	44	42	26	27	24	21	13	23	13	1	3	31	20	34	3	41
21	31	7	44	44	8 ♊	15	24	19	13	36	13	43	4	45	21	49	3	[illegible]

Latitudo Planetarũ ad diẽ	♄	'	♃	'	♂	'	♀	'	☿	'	
1	2	15	1	4	0	6	0	21	3	43	
11	2	14	1	4	0	5	0 M	0	1 S	44	Meridies
21	2	12	1	5	0	3	0	11	0	14	

□ ☽ ♌	
	♀ occ. [illegible] ♂ ♃ ☿ 13. 31 ♀
☌ △ 2 4	(mat.) △ ♄ ♀ 1. 14 ♀
	☿ oc. [illegible]

November 1613

Positus Planetarum Diurnus.

Dies	Dies	☉			☽		♄		♃		♂		♀		☿		☊	
		♏			♋		♉		♎		♐		♑		♐		♉	
		P	M	S	P	M	P	M	P	M	P	M	P	M	P	M	P	M
22	1	8	44	47	10 ♋	14	24	16	15	48	14	25	6	0	23	6	3	34
23	2	9	44	52	2	27	24	14	14	0	15	7	7	15	24	26	3	31
F 24	3	10	44	59	14	58	24	11	14	12	15	48	8	30	25	48	3	28
25	4	11	45	8	27 ♌	50	24	9	14	24	16	30	9	44	27	12	3	25
26	5	12	45	18	11	4	24	7	14	36	17	12	10	59	28	38	3	21
27	6	13	45	30	24 ♍	42	24	4	14	48	17	54	12	14	0	15	3	18
28	7	14	45	44	8	43	24	2	15	0	18	36	13	29	1 D	[illegible]	3	15
29	8	15	46	0	23 ♎	4	24	0	15	11	19	18	14	43	3	[illegible]	3	12
30	9	16	46	17	7	45	23	58	15	23	20	0	15	58	4	34	3	9
F 31	10	17	46	36	22 ♏	39	23	56	15	35	20	41	17	11	6	6	3	6
Nov. 1	11	18	46	59	7	39	23	54	15	46	21	24	18	27	7	49	3	2
2	12	19	47	19	22 ♐	37	23	53	15	58	22	6	19	42	9	14	2	59
3	13	20	47	43	7	20	23	51	16	10	22	49	20	56	10	40	2	56
4	14	21	48	9	22	1	23	50	16	21	23	31	22	11	12	21	2	53
5	15	22	48	30	6	17	23	49	16	33	24	13	23	25	14	[illegible]	2	50
6	16	23	49	3	20	12	23	48	16	44	24	56	24	40	15	40	2	46
F 7	17	24	49	35	3	43	23	46	16	55	25	38	25	54	17	19	2	43
8	18	25	50	7	16	56	23	45	17	7	26	21	27	9	18	55	2	40
9	19	26	50	40	29 ♓	48	23	44	17	18	27	3	28	23	20	39	2	37
10	20	27	51	15	12	22	23	43	17	29	27	46	29	38	22	20	2	34
11	21	28	51	51	24 ♈	40	23	43	17	40	28	29	0 ♒	52	24	[illegible]	2	30
12	22	29	52	28	6	45	23	42	17	51	29 M	11	2	6	25 M	42	2	27
13	23	0 ♐	53	[illegible]	18	41	23	42	18	2	29	54	3	21	27	[illegible]	2	24
F 14	24	1	53	[illegible]	0 ♉	29	23	41	18	13	0 ♑	37	4	35	29	8	2	21
15	25	2	54	27	13	14	23	41	18	23	1	20	5	49	0 ♐	49	2	18
16	26	3	55	10	25	59	23	41	18	34	2	[illegible]	7	3	2	31	2	15
17	27	4	55	54	9	42	23 D	41	18	45	2	45	8	17	4	14	2	11
18	28	5	56	[illegible]	17	44	23	41	18	55	3	28	9	31	5	59	2	8
19	29	6	57	23	29 ♋	43	23	41	19	6	4	11	10	45	7	40	2	5
20	30	7	58	12	11	54	23	42	19	16	4	54	11	59	9	23	2	2

Latitudo Planetarũ ad diẽ	♄		♃		♂		♀		☿	
1	2	10	1	7	0	2	0	44	0	6
11	2	8	1	9	0	1	1	5	0	55
21	2	5	1	11	0 M	0	1	23	0 M	2

Menses

Syzygiae Lunares

Dies	☉	♄ Occid.	♃ Orient.	♂ Occid.	♀ Occid.	☿ Orient.	Syzygiae Planetarum mutuae, & eorum congressus cum illustrioribus aliquibus stellis fixis.
Dies	H	H	H	H	H	H	
1	[illegible]	7 □ [illegible]	[illegible]	[illegible]	[illegible]	6 △ [illegible]	[illegible]
2	14 △ [illegible]	[illegible]	22 □ [illegible]	[illegible]	[illegible]	[illegible]	♀ oc. cum corde [illegible]
3	[illegible]	17 △ [illegible]	[illegible]	8 △ 40	[illegible]	[illegible] □ [illegible]	♀ m. c. cum [illegible] ♍.
4	[illegible]	[illegible]	[illegible]	[illegible]	[illegible] △ 50	[illegible]	♂ m. c. cum [illegible]
5 □	[illegible]	[illegible]	[illegible] ✶ [illegible]	1 □ [illegible]	[illegible]	[illegible]	[illegible] cum cing. ♍.
6 Asc.	[illegible]	[illegible]	[illegible]	[illegible]	[illegible]	[illegible] ✶ [illegible]	[illegible]
7	[illegible] ✶ [illegible]	[illegible]	[illegible]	[illegible] ✶ [illegible]	[illegible] □ [illegible]	[illegible]	♀ m. c. cum arcturo.
8	[illegible]	[illegible]	[illegible]	[illegible]	[illegible]	[illegible]	[illegible] 10 [illegible]
9	[illegible]	[illegible]	[illegible] ☌ [illegible]	[illegible]	[illegible] ✶ [illegible]	[illegible]	[illegible] ♂ oc. cum [illegible]
10	[illegible]	[illegible]	[illegible]	[illegible]	[illegible]	[illegible]	[illegible] 16. [illegible] ☿ m. c. cum [illegible]
11 ☌	[illegible]	[illegible]	[illegible]	[illegible] ☌ [illegible]	[illegible]	[illegible]	[illegible] ♀ or. cum [illegible]
12 Asc.	[illegible]	12 △ [illegible]	[illegible]	[illegible]	[illegible]	[illegible]	[illegible] oc. cum [illegible]
13	[illegible]	[illegible]	[illegible] ✶ [illegible]	[illegible]	[illegible]	[illegible]	[illegible] occ. cum [illegible] ♍.
14	[illegible]	17 □ [illegible]	[illegible]	[illegible]	[illegible] ☌ 19	[illegible]	♄ ☌ [illegible] 10. [illegible] ☿ m. c. cum [illegible]
15	[illegible]	[illegible]	17 □ 16	[illegible]	[illegible]	[illegible] ✶ [illegible]	□ ♄ ♀ [illegible] ♂ oc. cum [illegible]
16	16 ✶ [illegible]	16 ✶ [illegible]	[illegible]	8 ✶ 50	[illegible]	[illegible]	△ ♄ [illegible]
17	[illegible]	[illegible]	[illegible]	[illegible]	[illegible]	[illegible]	☿ oc. cum cauda [illegible]
18 □	18 [illegible]	[illegible]	10 △ 11	18 □ [illegible]	[illegible] ✶ [illegible]	14 □ [illegible]	[illegible] b.
19 Asc.	[illegible]	[illegible]	[illegible]	[illegible]	[illegible]	[illegible]	☌ [illegible] ♂ 10. [illegible] m. c.
20	[illegible]	12 ☍ [illegible]	[illegible]	Orient.	[illegible]	12 △ 17	△ [illegible] ♀ 19. 57 [illegible]
21	[illegible]	[illegible]	[illegible]	18 △ [illegible]	[illegible] □ [illegible]	[illegible]	♂ or. cum [illegible]
22	[illegible]	[illegible]	22 ☍ [illegible]	[illegible]	[illegible]	[illegible]	♂ oc. cum [illegible]
23	[illegible]	[illegible]	[illegible]	[illegible]	[illegible]	[illegible]	[illegible] oc. cum [illegible] ☿ [illegible]
24	[illegible]	[illegible]	[illegible]	[illegible]	[illegible] △ [illegible]	[illegible]	[illegible] ♂ [illegible]
25	[illegible]	23 ✶ [illegible]	[illegible]	[illegible]	[illegible]	[illegible]	[illegible] □ ♂ ♀ [illegible]
26 ☍	12 [illegible]	[illegible]	[illegible]	17 ☍ [illegible]	[illegible]	10 ☍ 18	☿ oc. cum [illegible]
27 Asc.	[illegible]	[illegible]	[illegible]	[illegible]	[illegible]	[illegible]	☿ [illegible]
28	[illegible]	11 □ [illegible]	12 △ 52	[illegible]	[illegible]	[illegible]	♂ [illegible] ♂ m. c. cum [illegible]
29	[illegible]	[illegible]	[illegible]	[illegible]	[illegible]	Occid.	☿ or. cum [illegible]
30	[illegible]	12 △ 16	24 □ [illegible]	[illegible]	10 ☍ [illegible]	[illegible]	[illegible]

a. Die 11. ♂ m. c. cum lucida corona. ♀ occ. cum arcturo.
b. Die 18 ♂ m. c. cum prima ✶ fronte [illegible], ♂ occ. cum [illegible] corde [illegible]
c. Die 25. ☿ m. c. cum lyra.
Die 19 [illegible] ☌ [illegible] Luna & parallaxes per centra[illegible]

Positus Planetarum Diurnus.

Dies		☉ ♐			☽ ♋		♄ ♓ M A		♃ ♎ S A		♂ ♐ M D		♀ ♑ M D		☿ ♐ M D		☊ ♉	
		P	'	"	P	'	P	'	P	'	P	'	P	'	P	'	P	'
F 21	1	8	59	0	27 ♌	39	23	42	19	26	5	37	13	13	11	6	1	59
22	2	9	59	49	4	11	23	41	19	37	6	20	14	27	12	49	1	55
23	3	11	0	59	20 ♍	34	23	43	19	47	7	4	15	41	14	32	1	52
24	4	12	1	30	4	10	23	43	19	57	7	47	16	54	16	15	1	49
25	5	13	2	22	18 ♎	8	23	44	20	7	8	30	18	8	17	57	1	46
26	6	14	3	16	2	26	23	45	20	17	9	13	19	22	19	39	1	43
27	7	15	4	11	17 ♏	1	23	46	20	26	9	57	20	35	21	21	1	40
F 28	8	16	5	7	1	47	23	47	20	36	10	40	21	49	23	3	1	36
29	9	17	6	4	16 ♐	37	23	48	20	45	11	24	23	3	24	44	1	33
30	10	18	7	2	1	23	23	50	20	55	12	7	24	16	26	25	1	30
De. 1	11	19	8	1	16 ♑	0	23	52	21	5	12	51	25	30	28	5	1	27
2	12	20	9	0	0	25	23	53	21	14	13	34	26	43	29	45	1	24
3	13	21	10	0	14	26	23	55	21	23	14	18	27	57	1 ♑	25	1	20
4	14	22	11	1	28	13	23	57	21	32	15	1	29	10	3	4	1	17
F 5	15	23	12	2	11 ♒	39	23	59	21	41	15	45	0 ♒	24	4	44	1	14
6	16	24	13	4	24	47	24	1	21	50	16	29	1	37	6	19	1	11
7	17	25	14	6	7 ♓	38	24	4	21	58	17	12	2	50	7	55	1	8
8	18	26	15	9	20	14	24	6	22	7	17	56	4	3	9	30	1	5
9	19	27	16	12	2 ♈	38	24	9	22	15	18	40	5	16	11	4	1	2
10	20	28	17	15	14	51	24	12	22	24	19	24	6	29	12	37	0	58
11	21	29	18	19	26 ♉	56	24	14	22	32	20	8	7	41	14 A	8	0	55
F 12	22	0 ♑	19	23	8	46	24	17	22	41	20	52	8 A	55	15	38	0	52
13	23	1	20	28	20 ♊	32	24	20	22	49	21	36	10	7	17	6	0	49
14	24	2	21	33	2	50	24	23	22	57	22	20	11	20	18	33	0	46
15	25	3	22	38	14	50	24	26	23	5	23	4	12	32	19	58	0	[illegible]
16	26	4	23	43	26	56	24	29	23	13	23	48	13	45	21	21	0	[illegible]
17	27	5	24	48	9 ♋	11	24	33	23	20	24	33	14	57	22	43	0	36
18	28	6	25	53	21	[illegible]	24	35	23	28	25	17	16	9	24	3	0	[illegible]
F 19	29	7	26	59	4 ♌	22	24	39	23	30	26	1	17	21	25	21	0	[illegible]
20	30	8	28	5	17	2	24	41	23	41	26	45	18	33	26	36	0	[illegible]
21	31	9	29	11	0 ♍	[illegible]	24	46	23	49	27	30	19	45	27	[illegible]	0	[illegible]

Latitudo Planetarũ ad diẽ	♄		♃		♂		♀		☿	
1	2	2	1	13	0	1	1	39	0	[illegible]
11	1	59	1	16	0	1	1	55	[illegible]	[illegible]
21	1	56	1	10	0	2	1 A	12	[illegible]	[illegible]

Syzygiæ Lunares.

		☉	♄	♃	♂	♀	☿	Syzygię Planetarũ mutuę, & eorum congressus cum illustrioribus aliquibus stellis fixis.
			Occid.	Orient.	Orient.	Occid.	Occid.	
Dies		H ′	H ′	H ′	H ′	H ′	H ′	
1					21 △ 58			♂ or. cũ co. Ber. ♀ oc. cũ
2		5 △ 13		22 ✱ 34			11 △ 25	♃ or. cum spi. ♍. (coro.
3								(cum arct. a
4	□	14 48			6 □ 33		23 □ 38	♂ or. cum cor. ♏. ☿ oc.
5	Asc.	17 △	9 ☍ 24			0 △ 0		♀ or. cum aqui. (20.37
6		20 ✱ 33			11 ✱ 44			✱ ♃ ☿ 9.48 □ ♃ ♀
7				5 ☌ 37		6 □ 19	7 ✱ 58	☽ ☋ 13.40 ♀ m. c. cũ s
8								□ ♄ ☿ 10.34 ♃ oc. cũ c.
9			11 △ 43			11 ✱ 23		☽ Pe. ✱ ♄ ♀ 15.13 (☊
10					18 ☌ 33			☿ or. cum caude Del.
11	☌	5 50	13 □ 9	8 ✱ 34			22 ☌ 46	
12	Asc.	10 ♋						
13			16 ✱ 32	12 □ 13				✱ ☽ ♃ 6.0. ♀ m. c. cum
14						1 ☌ 54		(cor. ♌
15		12 ✱ 51		18 △ 33	7 ✱ 50			□ ☽ ♄ 19.7 ☿ or. cũ ne.
16								♀ m. c. cũ ca. Del. b ([illegible]
17					19 □ 20		0 ✱ 36	
18	□	12 50	7 ☌ 19					♂ m. c. cum aculeo ♏.
19	Asc.	6 ♎				5 ✱ 45	18 □ 58	♀ m. c. cum cauda ♑. c.
20				15 ☍ 9	9 △ 37			♂ oc. cum arcturo. d.
21		5 △ 10				23 □ 58		☽ ☊ 7.58 ♂ or. cũ aq.
22							15 △ 20	☽ Apog.
23			6 ✱ 57					♂ m. c. cum ne. ♏. ☌ ♀
24						18 △ 54		(cum ☿ 2.
25			19 □ 8	16 △ 33	17 ☍ 23			✱ ♃ ♂ 0.40 ♀ or. cũ Fo
26	☍	16 1						♀ occ. cũ aq. ☽ cum ♄.
27	Asc.	10 ♏						□ ♄ ♂ 0.0.
28			5 △ 35	3 □ 27			5 ☍ 3	
29								♀ m. c. cum cauda ♑.
30				11 ✱ 30	17 △ 55	2 ☍ 10		♀ or. cum cauda ♑.
31		16 △ 39						♀ m. c. cum corne ♑.

a. Die 4. ♀ m. c. cum rostro gallinę.
b. Die 16. ☿ or. cum a. ♏.
c. Die 19. ☿ or. cum neb. ♏.
d. Die 20. ☿ occ. cum corona.

[illegible]

EPHEMERIS IOANNIS ANTONII MAGINI PATAVINI

Ad annum Dominicæ Incarnationis

1614.

Qui est annus secundus post Bissextilem, à Kalendario reformato, & à principio Mundi 5576.

Constitutio cœli ad tempus ingressus Solis in Arietis principium.

Martij

D	H	'	''
20	19	11	54

P. M.

Præcedente ☌ luminarium in parti 9.13'. ♓.

Anni Tropici vera magnitudo.

Dierum 365. *Horarum* 5. *Scr.* 55'. 32''. 46'''. 36''''.

ANNO VIRGINEI PARTVS 1614. communi.

			D.	H.	′	″
Ingressus ☉ in principium	♋, Seu solstitij æstiui	Iunij	21	15	52	10
	♎, Seu æquinoctij autumni	Septemb.	23	3	11	35
	♑, Seu solstitij hiemalis	Decemb.	21	22	19	24

	P.	′	″	‴
Vera præcessio Æquinoctiorum	28	13	7	10
Obliquitas Zodiaci	23	28	1	52

Eccentricitas ☉ 32206. Qualium semidiameter eccentrici ☉ par. 1000000. seu par. 1, 55′. 56″. 35‴. Qualium P. 60.

		P.	′	″			
Locus Apogæi	♄	29	39	56	♓	Aureus Numerus	19
	♃	6	0	12	♎	Cyclus Solis	17
	♂	28	51	54	♌	Epacta	19
	☉	9	54	59	♋	Indictio Romana	12
	♀	16	34	7	♊	Litera Dominicalis	E
	☿	0	44	1	♓	Interuallum hebd. 6. Dies	4

Festa mobilia secundum Sacrosanctæ Romanæ Ecclesiæ usum iuxta annum reformatum.

Septuagesima	Ianuarij	26
Cinis	Februarij	12
Pascha	Martij	30
Rogationes	Maij	4
Ascensio Domini	Maij	8
Pentecostes	Maij	18
Corpus Christi	Maij	29
Aduentus Domini	Nouemb.	30

Quatuor Tempora anni, seu Ieiunia	Februarij	19	21	22
	Maij	21	23	24
	Septembris	17	19	20
	Decembris	17	19	20

Eclipticum Plenilunium anno Domini 1614.

Die 22. Aprilis H. 16. 42′. 4″. P. M. æquatis conspicietur ☽ in diametro Solis cum [illegible] in gra. 3. 15′. 9″. ☽ apud draconis ☋. Cuius anomalia coæquata reperitur par. 166. 16′. 51″. & eius apparens semidiameter 17′. 46″. Solis autem annua anomalia coæquata est par. 291. 37′. 50″. & eius semidiameter apparens 16′. 7″. Semidiameter verò umbræ telluris coæquata est 40′. 10″. Verus motus latitudinis ☽ par. 98. 52′. 13″. Vera item Lunæ latitudo 46′. 12″. Austrina. Verum ad initium defectus est 41′. 41″. Austr. & ad finem 50′. 39″. Austr. Digiti obscurationis numerabuntur 7. 4′. & tempus incidentiæ H. 1. 23′. 23″.

		H.	scr.		
Huius defectus Lunæ digitorum 7. 4′.	*Principium contingét*	15	19	P. M.	*A principio ad finem erunt H. 2. scr. 47′.*
		8	27	N. S.	
	Medium, seu vera ☍	16	42	P. M.	
		9	50	N. S.	
	Finis conspicietur	18	5	P. M.	
		11	13	Horol.	

Sed in nostro meridiano finis huius Eclipsis minimè videbitur: quoniam exoriente Sole accidet Lunæ in diminutione suæ obscurationis, multo minus qui nobis orientaliores existunt: nam qui Neapolim, Nolam Campaniæ, Capuam, Apuliam, Siciliam, Calabriam, Borussiam, Bulgariam, Livoniam, Russiam, Vngariam, Dalmatiam, & Græciam habitant, nec ipsum medium animadvertere poterunt, qui verò Cypri insulam, Damascum Syriæ, Cayrum, Ephesum, Ioniæ, Bethlem, & Hierosolymam degunt nullam prorsus Eclipsim videbunt. Contra verò qui versus occidentem habitant, vt sunt, qui Hispaniam, Portugalliam, Flandriam, Aragoniam, Scotiam, Aphricam, Angliam Britanniam, Landiam, & Hiberniam degunt totius durationis spatium obseruaturi sunt, ita & qui in aliquibus locis Galliæ versantur, vt sunt Aurelia, & Burdigala, Parisius, & Tolosa.

Schema prædictæ defectionis Lunæ.

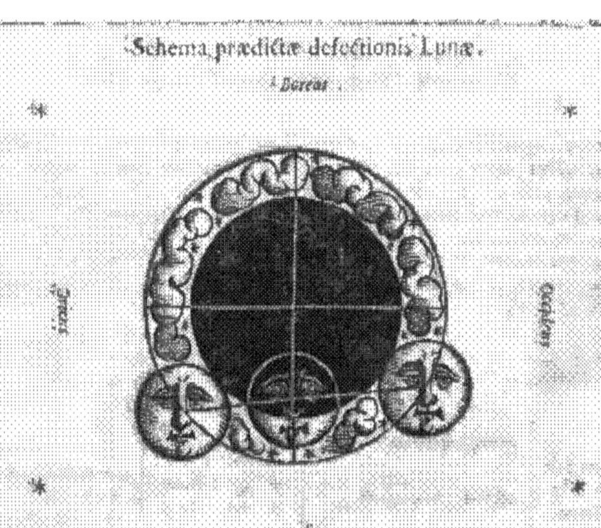

Ecliptica synodus prædicto anno 1614.

Die 5. Octob. H. 1. 32'. 54''. à meridie æquatis accidet ☌ luminarium in gr. 9. 44'. 34''. ♎ apud ☊ versante Sole in longitudine media sui Eccentrici, sed quoniam hæc Ecliptica ☌ celebrabitur in parte cæli Orientali: ideo ea, quæ secundum visum nostrum accidet, præcedet veram spacio scr. 5'. 9''. & erit H. 1. 27'. 45''. nam parallaxis longitudinis reperitur 2'. 48''. Ad tempus verò apparentis ☌ distabunt luminaria à Zenith nostro par. 52. 58'. Anomalia item ☉ invenitur par. 91. 38'. 42''. & eius apparens semidiameter 16'. 19''. Lunaris autem anomalia est par. 127. 8'. 0''. & eius semid. 17'. 8''. Verus latitudinis ☽ motus est par. 83. 54'. 38''. veraque ☽ latitudo 31'. 47''. Bor. Sed cum diversitas aspectus latitudinis sit scr. 46'. 10''. Austr. ideo relinquitur apparens, seu visa latitudo 14'. 23''. Austr. Latitudo denique ☽ apparens ad initium defectus 11'. 44''. Austr. & ad finem 17'. 1''. Austr. Puncta corporis Solis à Luna occultata numerantur 7. 0'. & tempus casus H. 1. 34'. 20''. Acquisitionis autem amissi luminis H. 1. 44'. 58''.

		H.	scr.		
Huius Solaris Eclipsis digitorum 7. 0'.	*Principium spectabitur*	23	53	*P. M.*	*A principio ad finem percurrent H. 3. scr. 19'.*
		18	9	*Horol.*	
	Medium, seu vera ☌	1	28	*P. M.*	
		19	44	*Horol.*	
	Finis continget	3	12	*P. M.*	
		21	28	*Horol.*	

Typus prædicti defectus Solis quemadmodum in sexto climate videbitur.

Parallaxes Eclipsis Solis ad infrascripta climata.

	Punct.						
Magnitudo huius Eclipsis ☉ erit	6 58	in climate	Quarto, &	gr.	36	Elevationis poli.
	6 53		Quinto, &	gr.	41	
	7 0		Sexto, &	gr.	45	
	7 1		Septimo, &	gr.	49	
	7 4		Octavo, &	gr.	51	

Descriptio alterius defectus Lunæ anno 1614.

Die 17. Octob. H. 4. 33′. 47″. à meridie absolutis, & æquatis apparebit ☽ iterum lumine obfuscata in par. 23. 42′. 58″. V in ☊ draconis. Ad dictum vero tempus argumentum ☽ æquatum erit par. 105. 34′. 4″. & eius semid. 16′. 27″. Anomalia autem ☽ æquata est par. 307. 26′. 4″. & eius semid. 15′. 27″. Sed umbra terræ semid. est 40′. 52″. Verus latitudinis ☽ motus par. 278. 40′. 52″. & vera ☽ latitudo 45′. 5″ Sept. Verum ad principium obscurationis latitudo ☽ est 42′. 3″. Sept. & ad finem 48′. 23″. Septentr. Digiti Lunares ecliptici 4. 21′. & tempus incidentiæ H. 1. 12′. 5″.

Positus Planetarum Diurnus.

M A S A M D M A M A

	Anni veteris	Anni Gregor.	☉ ♑			☽ ♍		♄ ♓		♃ ♎		♂ ♓		♀ ♒		☿ ♑		☊ ♉	
	Dies		G	′	″	G	′	G	′	G	′	G	′	G	′	G	′	G	′
	22	1	10	30	19	24	43	24	49	23	56	28	14	20	56	18 ♒	57	0	20
	23	2	11	31	24	28 ♌	23	24	53	24	3	28	59	22	8	0	3	0	17
	24	3	12	32	31	12	40	24	57	24	9	29 ♈	43	23	20	1	5	0	14
	25	4	13	33	38	27	9	25	1	24	16	0	28	24	31	2	3	0	11
E	26	5	14	34	45	11	44	25	5	24	22	1	12	25	43	2	57	0	7
	27	6	15	35	51	26	20	25	9	24	28	1	57	26	54	3	47	0	4
	28	7	16	36	57	10 ♐	51	25	13	24	34	2	41	28	6	4	33	0 ♈	1
	29	8	17	38	2	25 ♑	10	25	17	24	40	3	26	29	17	5	14	29	58
	30	9	18	39	7	9	44	25	22	24	46	4	11	0 ♓	28	5	50	29	55
	31	10	19	40	12	23	1	25	26	24	51	4	56	1	39	6 S	21	29	52
	Ian. 1	11	20	41	16	6 ♒	30	25	29	24	57	5	41	2	50	6	47	29	49
E	2	12	21	42	20	19	41	25	34	25	2	6	26	4	1	7	6	29	46
	3	13	22	43	23	2 ♓	36	25	38	25	7	7	11	5	12	7	19	29	43
	4	14	23	44	26	15	18	25	43	25	12	7	56	6	22	7	26	29	39
	5	15	24	45	28	27 ♈	49	25	48	25	17	8	41	7	33	7 R	26	29	36
	6	16	25	46	30	10	11	25	53	25	22	9	26	8	43	7	20	29	33
	7	17	26	47	31	22 ♉	26	25	58	25	26	10	11	9	53	7	7	29	30
	8	18	27	48	32	4	35	26	3	25	31	10	56	11	3	6	47	29	27
E	9	19	28	49	32	16	41	26	8	25	35	11	42	12	13	6	20	29	24
	10	20	29	50	32	28	51	26	14	25	39	12	27	13	22	5	47	29	20
	11	21	0 ♒	51	31	11 ♊	2	26	19	25	43	13	12	14	32	5	8	29	17
	12	22	1	52	29	23	18	26	24	25	47	13	58	15	41	4	24	29	14
	13	23	2	53	26	5 ♋	41	26	30	25	50	14	43	16	50	3	36	29	11
	14	24	3	54	23	18	14	26	35	25	54	15	29	17	59	2	45	29	8
	15	25	4	55	19	1 ♌	2	26	41	25	57	16	14	19	8	1	52	29	5
E	16	26	5	56	13	14	3	26	46	26	0	17	0	20	16	0	57	29	1
	17	27	6	57	6	27 ♍	21	26	52	26	3	17	45	21	25	0	2	28	58
	18	28	7	57	58	10	57	26	58	26	6	18	31	22	33	29 ♑ D	9	28	55
	19	29	8	58	49	24 ♎	51	27	3	26	8	19	16	23	41	28	19	28	52
	20	30	9	59	39	9	1	27	9	26	11	20	2	24	49	27	33	28	49
	21	31	11	0	28	23	43	27	15	26	13	20	48	25	57	26	51	28	45

Latitudo Planetarũ ad diẽ		♄		♃		♂		♀		☿		
	1	1	53	1	25	0	4	1	39	1 S	39	Mensis
	11	1	50	1	30	0	5	1	25	0	3	
	21	1	47	1	35	0	6	1	3	2 D	31	

Syzygiæ Lunares.								
			Occid.	Orient.	Orient.	Occid.	Occid.	Syzygiæ Planetarū mutuę, & earum congressus cum illustrioribus aliquibus stellis fixis.
		☉	♄	♃	♂	♀	☿	
Dies		H ′	H ′	H ′	H ′	H ′	H ′	
1			17 ☍ 57					♂ m. cum cauda Del.
2	□	25 46			11 □ 1		3 △ 2	
3	Asc.	19 4[illegible]		19 ☌ 11		19 △ 14		△ ♃ ☿ 18. 12.
4					5 ✶ 44		8 □ 11	☍ ♄ ☿ 4. 18. ♀ oc. cū ♄ 7.
5		5 ✶ [illegible]	22 △ 8					☿ Perig.
6						1 □ 1[illegible]	12 ✶ [illegible]	♂ or. cum cap. Algol.
7				13 ✶ 4[illegible]				(cum can. cyg.
8			[illegible] □ 1[illegible]		14 ☌ 3[illegible]	7 ✶ 4[illegible]		♀ occ. cū rostro gal. ☿ m. c.
9	☌	17 41						
10	Asc.	12 [illegible]	4 ✶ 2[illegible]	1 □ 15				♂ m. c. cum Fidicula.
11							0 ☌ 12	♂ or. cum neb. ♏.
12				21 △ 9				
13					9 ✶ 18	5 ☌ 45		♂ oc. cū nc. [illegible] ♀ oc. c.
14		17 ✶ 37	20 ☌ 6					♂ or. cū acu. [illegible] (lyr.
15					12 □ 30		18 ✶ 31	□ ♂ ♃ 13. 45. (58 [illegible]
16								✶ ♂ ♄ 2. 21. ☿ m. c. cum
17	□	9 20		5 ☌ 56				[illegible] 14. 0. ✶ ♂ ♄ 17. [illegible]
18	Asc.	21 ♍			13 △ 4[illegible]	14 ✶ 9	4 □ 12	
19			28 ✶ 4[illegible]					☿ Apog.
20		2 △ 10					12 △ 5[illegible]	
21						7 □ 33		♂ or. cū neb. [illegible] ☿ m.
22			6 □ 7	4 △ 50				(cū can. cyg.
23					18 ☌ 23	23 △ 29		☌ ♃ ☿ 9. 13. (acu.
24			13 △ 48	14 □ 21			Orient.	♂ oc. cū coro. ☍ ♀ cum
25	☍	7 40					1 ☌ 26	☿ m. c. cum cauda Del.
26	Asc.	10 ♍		21 ✶ 38				
27								♂ m. c. cum rostro gall.
28					13 △ 57	21 ☍ 49		
29			3 ☍ 45				5 △ 34	(cor. [illegible]
30		1 △ 49			19 □ 26			✶ ♄ ☿ 12. 0. ☿ m. c. cum
31				4 ☌ 39			5 □ 34	☍ [illegible] 6. 31. □ ♃ ☿ 23. [illegible]

a. Die 9. ☿ m. c. cum cauda Delphini.
b. Die 10. ☿ m. c. cum Fomah.
c. Die 31. ✶ ♀ ☿ 12. 28. ♂ m. c. cum aquila.

Positus Planetarum Diurnus.

Dies		☉			☽		♄		♃		♂		♀		☿		☊	
		♏			♊		♓		♎		♏		♐		♎		♉	
		P	M	S	P	M	P	M	P	M	P	M	P	M	P	M	P	M
22	1	8	44	47	10 ♋	14	14	16	13	48	14	25	6	0	23	9	3	34
23	2	9	44	52	2	27	14	14	14	0	15	7	7	35	24	16	3	31
F 24	3	10	44	59	14	53	14	11	14	12	15	48	8	30	25	48	3	28
25	4	11	45	7	27	10	14	9	14	24	16	30	9	44	27	12	3	25
26	5	12	45	18	11 ♌	4	14	7	14	36	17	12	10	59	28	38	3	21
27	6	13	45	30	24 ♍	42	14	4	14	48	17	54	12	14	0 ✱	15	3	18
28	7	14	45	44	8	43	24	2	15	0	18	36	13	29	1 D	33	3	15
29	8	15	46	0	23 ♎	4	24	0	15	11	19	18	14	43	[illegible]	[illegible]	3	12
30	9	16	46	17	7	45	23	58	15	23	20	0	15	58	4	24	3	9
F 31	10	17	46	36	22 ♏	39	23	56	15	35	20	42	17	11	6	0	3	6
Nou. 1	11	18	46	57	7	39	23	54	15	40	21	24	18	27	7	40	3	2
2	12	19	47	20	22 ♐	37	23	53	15	58	22	6	19	42	9	13	2	59
3	13	20	47	43	7	20	23	51	16	10	22	49	20	56	10	49	2	56
4	14	21	48	9	22	4	23	50	16	21	23	31	22	11	12	25	2	53
5	15	22	48	30	6 ♑	17	23	49	16	33	24	13	23	27	14	2	2	50
6	16	23	49	8	20	12	23	48	16	44	24	56	24	40	15	40	2	46
F 7	17	24	49	35	3 ♒	45	23	46	16	55	25	38	25	54	17	19	2	43
8	18	25	50	7	16	56	23	45	17	7	26	21	27	9	18	59	2	40
9	19	26	50	40	29 ♓	48	23	44	17	18	27	3	28	23	20	39	2	37
10	20	27	51	15	12	3	23	43	17	29	27	46	29	38	22	20	2	34
11	21	28	51	51	24 ♈	40	23	43	17	40	28	29	0 ♑	52	24	3	2	30
12	22	29	52	28	6	49	23	42	17	51	29 M	11	2	6	25 M	41	2	27
13	23	0 ♐	53	6	18 ♉	40	23	42	18	2	29	54	3	21	27	28	2	24
F 14	24	1	53	46	0	39	23	41	18	13	0 ♐	37	4	35	29	6	2	21
15	25	2	54	27	12	24	23	41	18	23	1	20	5	49	0 ♐	47	2	18
16	26	3	55	10	24	56	23	41	18	34	2	3	7	3	2	31	2	15
17	27	4	55	54	5	47	23 D	41	18	45	2	47	8	17	4	14	2	11
18	28	5	56	39	17	39	23	41	18	55	3	29	9	31	5	57	2	8
19	29	6	57	25	29 ♋	43	23	41	19	5	4	13	10	45	7	40	2	5
20	30	7	58	12	11	55	23	41	19	16	4	56	11	59	9	23	2	2
[illegible]											△ [illegible]							15

Latitudo Planetarū ad diē	♄		♃		♂		♀		☿	
1	2	10	1	7	0	3	0	44	1 D	6
11	2	8	1	9	0	1	1	5	0	55 Meridie
21	2	5	1	11	0 M	0	1	21	0 M	2

Syzygiae Lunares

Dies	☉	Occid. ♄	Orient. ♃	Occid. ♂	Occid. ♀	Orient. ☿	Syzygiae Planetarum mutuae, & eorum congressus cum illustrioribus aliquibus stellis fixis.
Dies	H	H	H	H	H	H	
1	[illegible]	7 ☐ 34	[illegible]	[illegible]	[illegible]	6 △ 18	
2	25 △ 29	[illegible]	22 ☐ 29	[illegible]	[illegible]	[illegible]	♀ or. cum corde ♌.
3	[illegible]	17 △ 19	[illegible]	8 △ 40	[illegible]	23 ☐ 46	♀ m.c. cum [illegible] ♍.
4	[illegible]	[illegible]	[illegible]	[illegible]	23 △ 50	[illegible]	♂ m.c. cũ [illegible]
5 ☐	8 [illegible]	[illegible]	9 ⚹ 19	11 ☐ 43	[illegible]	[illegible]	cum [illegible] ♍.
6 Asc.	8 [illegible]	[illegible]	[illegible]	[illegible]	[illegible]	20 ⚹ 58	
7	20 ⚹ 33	[illegible]	[illegible]	19 ⚹ 28	16 ☐ 41	[illegible]	♀ m.c. cum [illegible]
8	[illegible]	[illegible]	[illegible]	[illegible]	[illegible]	[illegible]	⚹ ♃ ☿ 10 [illegible]
9	[illegible]	[illegible]	23 ☍ 11	[illegible]	19 ⚹ 56	[illegible]	[illegible] ♂ oc. cũ [illegible]
10	[illegible]	[illegible]	[illegible]	[illegible]	[illegible]	[illegible]	[illegible] 16. [illegible] ♀ m.c. cum oc.
11 ☌	19 [illegible] 30	[illegible]	[illegible]	13 ☌ 8	[illegible]	[illegible]	[illegible] ♀ or. cum [illegible]
12 Asc.	22 [illegible]	24 △ 23	[illegible]	[illegible]	[illegible]	[illegible]	♃ oc. cum [illegible]
13	[illegible]	[illegible]	24 ⚹ 34	[illegible]	[illegible]	[illegible]	♃ oc. cum [illegible] ♍.
14	[illegible]	13 ☐ 17	[illegible]	[illegible]	☍ 19	[illegible]	∠ ♄ ♂ 10. 41 ☿ m.c. cũ [illegible]
15	[illegible]	[illegible]	17 ☐ 58	[illegible]	[illegible]	15 ⚹ 49	☐ ♄ ♃ 7. 38. ♂ oc. cũ [illegible]
16	16 ⚹ [illegible]	16 ⚹ 38	[illegible]	8 ⚹ 50	[illegible]	[illegible]	△ ♄ ☿ quasi [illegible]
17	[illegible]	[illegible]	[illegible]	[illegible]	[illegible]	[illegible]	☿ or. cum cauda [illegible]
18 ☐	18 [illegible]	[illegible]	20 △ 21	18 ☐ 4	21 ⚹ 8	4 ☐ 33	♃ or. cũ [illegible] b.
19 Asc.	15 [illegible]	[illegible]	[illegible]	[illegible]	[illegible]	[illegible]	☍ [illegible] ♂ 16. 55. ♃ m.c.
20	[illegible]	22 ☍ 8	[illegible]	Orient.	[illegible]	22 △ 17	△ ♄ ♀ 19. 57 [illegible]
21	4 △ 7	[illegible]	[illegible]	8 △ 42	23 ☐ 41	[illegible]	♂ or. cum [illegible]
22	[illegible]	[illegible]	22 ⚹ 44	[illegible]	[illegible]	[illegible]	♂ oc. cũ [illegible]
23	[illegible]	[illegible]	[illegible]	[illegible]	[illegible]	[illegible]	[illegible] 5. ☿ or. cum [illegible]
24	[illegible]	[illegible]	[illegible]	[illegible]	9 ⚹ 21	[illegible]	[illegible] ☌ m.c. [illegible]
25	[illegible]	25 ⚹ 23	[illegible]	[illegible]	[illegible]	[illegible]	[illegible] ☌ ☿ [illegible] ♀ [illegible]
26 ☍	23 [illegible]	[illegible]	[illegible]	17 ⚹ 25	[illegible]	20 ☍ 18	☿ oc. cũ [illegible]
27 Asc.	14 [illegible]	[illegible]	[illegible]	[illegible]	[illegible]	[illegible]	☿ [illegible]
28	[illegible]	13 ☐ [illegible]	2 △ 59	[illegible]	[illegible]	[illegible]	♂ [illegible] ☌ m.c. cũ [illegible]
29	[illegible]	[illegible]	[illegible]	[illegible]	[illegible]	Occid.	☿ or. cum [illegible]
30	[illegible]	12 △ 16	24 ☐ [illegible]	[illegible]	10 ☍ [illegible]	[illegible]	

a. Die 11. ♂ m.c. cum lucida corona. ♀ oc. cum [illegible]

b. Die 18 ☌ m.c. cum prima & [illegible] ♂ oc. cum [illegible]

c. Die 24. ☿ m. c. cum lyra.

Die 19 [illegible] ☽ bona & partiliter per centra.

Dies Iul.	Greg.	☉ ♐ P	′	″	☽ ♋ P	′	M A ♄ ♓ P	′	S A ♃ ♎ P	′	M D ♂ ♐ P	′	M D ♀ ♑ P	′	M D ☿ ♐ P	′	☊ ♉ P	′
F 21	1	8	59	0	27 ♌	29	23	41	19	26	5	37	13	13	11	6	1	59
22	2	9	59	49	4	11	23	42	19	37	6	20	14	27	12	49	1	55
23	3	11	0	39	20 ♍	34	23	43	19	47	7	4	15	41	14	32	1	52
24	4	12	1	30	4	10	23	43	19	57	7	47	16	54	16	15	1	49
25	5	13	2	22	18 ♎	8	23	44	20	7	8	30	18	8	17	57	1	46
26	6	14	3	16	2	26	23	45	20	17	9	13	19	22	19	39	1	43
27	7	15	4	11	17 ♏	1	23	46	20	26	9	57	20	35	21	21	1	40
F 28	8	16	5	7	1	47	23	47	20	36	10	40	21	49	23	3	1	36
29	9	17	6	4	16 ♐	37	23	48	20	45	11	24	23	3	24	45	1	33
30	10	18	7	2	1	23	23	50	20	55	12	7	24	16	26	25	1	30
Dec. 1	11	19	8	1	16 ♑	0	23	52	21	5	12	51	25	30	28	5	1	27
2	12	20	9	0	0	25	23	53	21	14	13	34	26	41	29	45	1	24
3	13	21	10	0	14	28	23	55	21	23	14	18	27	57	1 ♑	23	1	20
4	14	22	11	1	28	13	23	57	21	32	15	1	29	10	3	4	1	17
F 5	15	23	12	2	11 ♒	39	23	59	21	41	15	45	0 ♒	24	4	42	1	14
6	16	24	13	4	24	47	24	1	21	50	16	29	1	37	6	19	1	11
7	17	25	14	6	7 ♓	36	24	4	21	58	17	12	2	50	7	55	1	8
8	18	26	15	9	20	14	24	6	22	7	17	56	4	3	9	30	1	5
9	19	27	16	12	2 ♈	38	24	9	22	15	18	40	5	16	11	4	1	1
10	20	28	17	15	14	51	24	12	22	24	19	24	6	29	12	37	0	58
11	21	29	18	19	26 ♉	56	24	14	22	32	20	8	7	41	14 A	8	0	55
F 12	22	0 ♑	19	23	8	46	24	17	22	41	20	52	8 A	55	15	38	0	52
13	23	1	20	28	20 ♊	32	24	20	22	49	21	36	10	7	17	6	0	49
14	24	2	21	33	2	50	24	23	22	57	22	20	11	20	18	33	0	4[illegible]
15	25	3	22	38	14	50	24	26	23	5	23	4	12	32	19	58	0	4[illegible]
16	26	4	23	43	26	56	24	29	23	13	23	48	13	45	21	22	0	[illegible]
17	27	5	24	48	9 ♋	11	24	33	23	20	24	33	14	57	22	43	0	3[illegible]
18	28	6	25	53	21	3	24	35	23	28	25	17	16	9	24	3	0	[illegible]
F 19	29	7	26	59	4 ♌	2[illegible]	24	39	23	30	26	1	17	21	25	21	0	[illegible]
20	30	8	28	5	17 ♍	2[illegible]	24	41	23	41	26	40	18	33	26	36	0	[illegible]
21	31	9	29	11	0	4[illegible]	24	46	23	49	27	30	19	45	27	48	0	2
Latitudo Planetarū ad diē	1						2	2	1	13	0	1	1	39	[illegible]			
	11						1	59	1	16	0	1	1	45	1			
	21						1	56	1	20	0	2	1 A	12	[illegible]			

Syzygiæ Lunares.

		Occid.	Orient.	Orient.	Occid.	Occid.	
	☉	♄	♃	♂	♀	☿	Syzygię Planetarũ mutuę, & eorum congressus cum illustrioribus aliquibus stellis fixis.
Dies	H ′	H ′	H ′	H ′	H ′	H ′	
1				21 △ 56			♂ oc. cũ ca. 8cr ♀ oc. cũ
2	5 △ 23		22 ✶ 24			11 △ 25	♃ or. cum spi. ♍. (coro.
3							(cum arct. a
4 □	14 48			6 □ 33		23 □ 38	♂ or. cum cor. ♏. ☿ oc.
5 Asc.	17 ♎	9 ☍ 24			0 △ 0		☿ or. cum aqui. (20. 37
6	20 ✶ 33			21 ✶ 44			✶ ♃ ☿ 9. 48 □ ♃ ♀
7			5 ☌ 37		6 □ 19	7 ✶ 58	☊ ☋ 23. 40 ♀ m. c. cũ [illegible]
8							□ ♄ ☿ 10. 34 ♃ oc. cũ c.
9		21 △ 43			21 ✶ 23		☊ Pe. ✶ ♄ ♀ 15. 13 (☊
10				18 ☌ 33			☿ or. cum cauda Del.
11 ☌	5 59	13 □ 9	8 ✶ 34			22 ☌ 46	
12 Asc.	10 ♑						
13		16 ✶ 32	13 □ 12				✶ ☉ ♃ 0. 0. ♀ m. c. cum
14					1 ☌ 54		(cor. [illegible]
15	22 ✶ 51		18 △ 33	7 ✶ 50			□ ☉ ♄ 19. 7 ☿ or. clinc.
16							♀ m. c. cũ ca. Del. b (↔
17				19 □ 20		0 ✶ 36	
18 □	12 50	7 ☌ 29					♂ m. c. cum aculeo ♏.
19 Asc.	6 ♎				5 ✶ 45	18 □ 58	♀ m. c. cum cauda syg. c.
20			15 ☍ 9	9 △ 37			♂ oc. cum arcturo. d.
21	5 △ 10				23 □ 58		☊ ♂ 67. 58 ♂ or. cũ aq.
22						15 △ 20	☉ Apog.
23		6 ✶ 57					♂ m. c. cum ac. ♏, ☌ ♀
24					18 △ 54		(cum ♊ 2.
25		19 □ 8	16 △ 33	17 ☍ 23			✶ ♃ ☌ 0. 40 ♀ oc. cũ [illegible]
26 ☍	16 2						♀ occ. cũ aq. ☌ cum ♄.
27 Asc.	20 ♏						□ ♄ ☌ 0. 0.
28		3 △ 35	3 □ 17			5 ☍ 2	
29							♀ m. c. cum cauda ♌.
30			11 ✶ 30	17 △ 51	2 ☍ 10		♀ or. cum cauda ♌.
31	16 △ 39						♀ m. c. cum corde ♌.

a. Die 4. ♀ m. c. cum rostro gallinæ.
b. Die 16. ☿ or. cum a. ♏.
c. Die 19. ☿ or. cum neb. ♏.
d. Die 30. ☿ occ. cum corona.

Syzygiae Lunares.

Syzygiae Planetarum mutuae & eorum congressus cum fixis illustrioribus

EPHEMERIS
IOANNIS ANTONII
MAGINI PATAVINI

Ad annum Dominicæ
Incarnationis
1614.

Qui est annus secundus post Bissextilem, 32. à Kalendario reformato, & à principio Mundi 5576.

Constitutio cæli ad tempus ingressus Solis in Arietis principium.

197 58

Martij

D	H	'	"
20	19	11	54

P. M.

Præcedente ☍ luminarium
in part. 9.13'. ♓.

Anni Tropici vera magnitudo.

Dierum 365. *Horarum* 5. *Scr.* 55'. 32''. 46'''. 36''''.

ANNO VIRGINEI PARTVS 1614. communi.

			D.	H.	′	″
Ingressus ☉ in principium	♋, Seu solstitij æstiui	Iunij	21	15	51	10
	♎, Seu æquinoctij autumni	Septemb.	23	3	21	35
	♑, Seu solstitij hiemalis	Decemb.	21	22	19	24

	P.	′	″	‴
Vera præcessio Æquinoctiorum	28	13	7	10
Obliquitas Zodiaci	23	28	1	51

Eccentricitas ☉ 32206. Qualium semidiameter eccentrici ☉ par. 1000000. seu par. 1,55′,56″,35‴. Qualium P.60.

		P.	′	″			
Locus Apogæi	♄	29	39	58	♐	Aureus Numerus	19
	♃	6	0	12	♎	Cyclus Solis	27
	♂	28	31	54	♌	Epacta	19
	☉	9	54	59	♋	Indictio Romana	12
	♀	16	34	7	♊	Litera Dominicalis	E
	☿	0	44	1	♐	Interuallum hebd. 6. Dies	4

Festa mobilia secundum Sacrosanctæ Romanæ Ecclesiæ usum iuxta annum reformatum.

Septuagesima	Ianuarij	26
Cineres	Februarij	12
Pascha	Martij	30
Rogationes	Maij	4
Ascensio Domini	Maij	8
Pentecostes	Maij	18
Corpus Christi	Maij	29
Aduentus Domini	Nouemb.	30

Quattuor Tempora anni, seu Ieiunia	Februarij	19	21	22
	Maij	21	23	24
	Septembris	17	19	20
	Decembris	17	19	20

Eclipticum Plenilunium anno Domini 1614.

Die 22. Aprilis H. 16. 32'. 4''. P. M. aequatis conspicietur ☍ in diametro Solis cum suo luminis laesura, in gra. 3. 15'. 9''. ac apud draconis ☋. Cuius anomalia coaequata reperitur par. 166. 16'. 51''. & eius apparens semidiameter 17'. 45''. Solis autem annua anomalia coaequata est par. 291. 37'. 30''. & eius semidiameter apparens 16'. 7''. Semidiameter verò umbrae telluris coaequata est 30'. 19''. Verus motus latitudinis ☽ par. 98. 51'. 12''. Vera item Lunae latitudo 46'. 12''. Austrina. Verum ad initium defectus est 41'. 43''. Austr. & ad finem 50'. 39''. Austr. Digiti obscurationis numerabuntur 7. 4'. & tempus incidentiae H. 1. 23'. 23''.

		H.	scr.		
Huius defectus Lunae digitorum 7. 4'.	*Principium continget*	15	19	P. M.	*A principio ad finem erunt H. 2. scr. 47'.*
		8	27	N. S.	
	Medium, seu vera ☍	16	42	P. M.	
		9	50	N. S.	
	Finis conspicietur	18	5	P. M.	
		11	13	Horol.	

Sed in nostro meridiano finis huius Eclipsis minimè videbitur: quoniam exoriente Sole occidet Luna in diminutione suae obscurationis, multo minus qui nobis orientaliores existunt: nam qui Neapolim, Nolam Campaniae, Capuam, Apuliam, Siciliam, Calabriam, Borussiam, Bulgariam, Livoniam, Ruthenian, Vngariam, Dalmatiam, & Graeciam habitant, nec ipsum medium animaduertere poterunt, qui verò Cypri insulam, Damascum Syriae, Cayrum, Ephesum, Ioniae, Betlehem, & Hierosolymam degunt nullam prorsus Eclipsim videbunt. Contra verò qui versus occidentem habitant, vt sunt, qui Hispaniam, Portugalliam, Flandriam, Aragoniam, Scotiam, Aphricam, Angliam Britanniam, Landiam, & Hiberniam degunt totius durationis spatium obseruaturi sunt, ita & qui in aliquibus locis Galliae versantur, vt sunt Aurelia, & Burgdegala, Parisius, & Tolosa.

Schema prædictæ defectionis Lunæ.

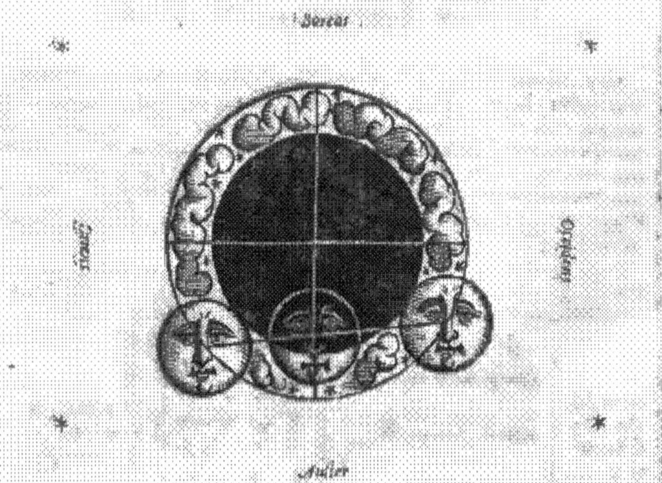

Boreas

Occidens

Oriens

Auster

Ecliptica synodus prædicto anno 1614.

Die 3. Octob. H. 1. 32'. 54''. à meridie æquatis accidet ☌ luminarium in gr. 9. 44'. 34''. ♎ apud ☊ versante Sole in longitudine media sui Eccentrici, sed quoniam hæc Ecliptica ☌ celebrabitur in parte cœli Orientali; ideo ea, quæ secundum visum nostrum accidet præcedet veram spacio scr. 5'. 9''. & erit H. 1. 27'. 45''. nam parallaxis longitudinis reperitur 2'. 48''. Ad tempus verò apparentis ☌ distabunt luminaria à Zenith nostro par. 52. 58'. Anomalia item ☉ invenitur par. 91. 38'. 42''. & eius apparens semidiameter 16'. 19''. Lunaris autem anomalia est par. 127. 8'. 0''. & eius semid. 17'. 8''. Verus latitudinis ☽ motus est par. 83. 54'. 38''. veraque ☽ latitudo 31'. 47''. Bor. Sed cum diversitas aspectus latitudinis sit scr. 46'. 10''. Austr. ideo relinquitur apparens, seu visa latitudo 14'. 23''. Austr. Latitudo denique ☽ apparens ad initium defectus 11'. 44''. Austr. & ad finem 17'. 1''. Austr. Puncta corporis Solis à Luna occultata numerantur 7. 0'. & tempus casus H. 1. 34'. 20''. Acquisitionis autem amissi luminis H. 1. 44'. 58''.

		H.	scr.		
Huius Solaris Eclipsis digitorum 7. 0'.	*Principium spectabitur*	23	53	P. M.	*A principio ad finem percurrent H. 3. scr. 19'.*
		18	9	Horol.	
	Medium, seu vera ☌	1	28	P. M.	
		19	44	Horol.	
	Finis continget	3	12	P. M	
		21	28	Horol.	

Typus prædicti defectus Solis quemadmodum in sexto climate videbitur.

Parallaxes Eclipsis Solis ad infrascripta climata.

	Puncta.					
Magnitudo huius Eclipsis ☉ erit	6. 58	in climate	Quarto, &	gr.	36	Eleuationis poli.
	6 57		Quinto, &	gr.	41	
	7 0		Sexto, &	gr.	45	
	7 1		Septimo, &	gr.	49	
	7 4		Octauo, &	gr.	52	

Descriptio alterius defectus Lunæ anno 1614.

Die 17. Octob. H. 4. 33'. 47". à meridie absolutis, & æquatis apparebit ☽ iterum lumine obfuscata in par. 23. 42'. 58". V in ☊ draconis. Ad dictum vero tempus argumentum ☉ æquatum erit par. 105. 34'. 4". & eius semid. 16'. 27". Anomalia autem ☽ æquata est par. 307. 26'. 4". & eius semid. 15'. 27". Sed umbra terræ semid. est 40'. 52". Verus latitudinis ☽ motus par. 278. 40'. 52". & vera ☽ latitudo 45'. 5". Sept. Verum ad principium obscurationis latitudo ☽ est 42'. 3". Sept. & ad finem 48'. 23". Septentr. Digiti Lunares eclipsati 4. 21'. & tempus incidentiæ H. 1. 22'. 5".

		H.	scr.		
Huius Lunaris Eclipsis digitorum 4. 22'.	Principium spectabitur	3	22	P. M.	A principio ad finem percurrent H. 2 scr. 24.
		22	0	Horol.	
	Medium, seu vera ☍	4	34	P. M.	
		23	12	Horol.	
	Finis continget	5	46	P. M.	
		0	24	N. S.	

Typus prædicti deliquij Lunaris.

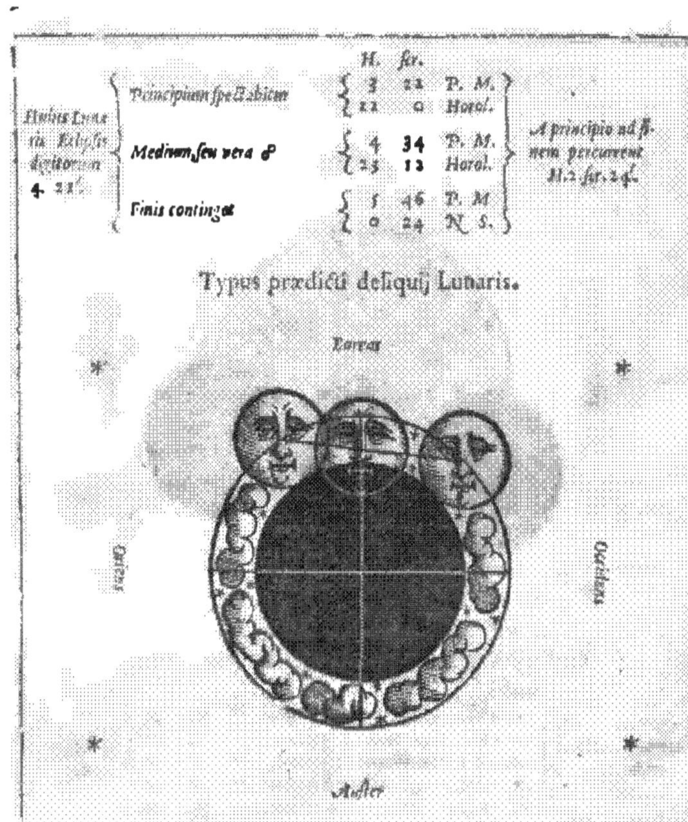

Sed hoc eclipticum Phænomenum in nostro Horizonte minimè obseruabitur, cum nec principium, nec medium, sed solum finem supra terram contingat: occidente enim Sole orietur & circiter puncti. 1 ½ à parte boreali obscurata. Qui verò occidentalia loca degunt, vtpote Hispaniam, Portugalliam, Regnum Castellæ & Granatæ nec non Galliam, Flandriam, Heluetiam, Sabaudiam, Brabantiam Scotiam, & Irlandiam, vel loca similis longitudinis nullam Eclipsim penitus habebunt. Attamen qui nobis orientaliores sunt maiorem partem obscurationis percipient, quoniam qui Nicæam, Liuoniam, Bulgariam, Græciam, & aliqua loca Dalmatiæ, & Vngariæ degunt Eclipsis medium commodè percipere poterunt; & qui insulam Cypri, Cayrum, Damascum Syriæ, Ephesum, Ioniæ, Tyrrhachium Macedoniæ, Bethlehem, & Hierosolymam incolunt integram Eclipsis durationem perfectè animaduertere poterunt.

Planetarum ſtatus.

♄ { Per totū anni ſpatiū recedit parū à longitudine Eccētri media verſus Perigęū.
Die 17. Martij Apogæum } Epicycli diſcurrit.
Die [illegible]. Octobris Perigæum }
Retrocurrit die 24. Iulij vſq; ad calcem Nouembris.

♃ { Hoc anno paulatim recedit ab Apogæo ſui deferentis.
Die 13. Aprilis Perigæum } Epicycli percurrit.
Die 25. Octobris Apogæum }
A die 11. Februarij vſque ad 14. Iulij retrogradationem ſubſtinebit.

♂ { Defertur ad infimam Eccentri partem die 17. Aprilis.
A die 9. Decembris vſque in proximum annum retrocedit.

♀ Die { 8. Iunij Apogæum } Deferentis percurrit.
8. Decemb. Perigæum }
10. Maij in Perigæo Epicycli verſatur.
18. Aprilis vſque ad exitum Maij retrogradabit.

☿ Die {
21 Maij in Perigæo } Eccentrici eſt.
22 Nouemb. in Apogæo }
25 Ianuarij in Perigæo }
24 Martij in Apogæo }
22 Maij in Perigæo }
19 Iulij in Apogæo } Epicycli eſt.
15 Septemb. in Perigæo }
12 Nouemb. in Apogæo }
13 Ianuarij vſque ad 6. Februarij }
22 Maij vſq; ad 2. Iunij }
4 Septemb. vſq; poſt 26. eiuſdem } Retrogradè mouetur.
28 Decemb. in finem anni, & vltra }

Positus Planetarum Diurnus.

Anni Iuliani	Anni Gregor.	☉ ♑ P	'	"	☽ ♍ P	'	♄ ♓ P	'	♃ ♎ P	'	♂ ♐ P	'	♀ ♒ P	'	☿ ♑ P	'	☊ ♉ P	'
							M A		S A		M D		M A		M A			
Dies		P	'	"	P	'	P	'	P	'	P	'	P	'	P	'	P	'
22	1	10	30	17	14	43	24	49	23	56	28	13	20	56	28	37	0	20
23	2	11	31	24	28	23	24	53	24	3	28	59	22	8	0 ♒	2	0	17
24	3	12	32	31	12 ♎	40	24	57	24	9	29	41	23	20	1	5	0	14
25	4	13	33	38	27	9	25	1	24	16	0 ♑	28	24	11	2	3	0	11
E 26	5	14	34	45	11 ♏	45	25	5	24	22	1	12	25	43	2	57	0	7
27	6	15	35	52	26	30	25	9	24	28	1	57	26	54	3	47	0 ♉	4
28	7	16	36	57	10 ♐	51	25	13	24	34	2	41	28	6	4	33	0	1
29	8	17	38	2	25	10	25	17	24	40	3	26	29	17	5	14	29 ♈	58
30	9	18	39	7	9 ♑	24	25	22	24	46	4	11	0 ♓	28	5	50	29	55
31	10	19	40	12	23	1	25	26	24	51	4	56	1	39	6 S	22	29	52
Ian. 1	11	20	41	16	6 ♒	30	25	29	24	57	5	41	2	50	6	47	29	49
E 2	12	21	42	20	19	41	25	34	25	2	6	26	4	1	7	6	29	46
3	13	22	43	23	2 ♓	30	25	38	25	7	7	11	5	12	7	19	29	43
4	14	23	44	26	15	18	25	43	25	12	7	56	6	22	7	26	29	39
5	15	24	45	28	27 ♈	49	25	48	25	17	8	41	7	33	7 R	26	29	36
6	16	25	46	30	10	11	25	53	25	22	9	26	8	43	7	20	29	33
7	17	26	47	31	22 ♉	26	25	58	25	20	10	11	9	53	7	7	29	30
8	18	27	48	32	4	35	26	3	25	31	10	56	11	3	6	47	29	27
E 9	19	28	49	32	16	43	26	8	25	35	11	42	12	13	6	20	29	24
10	20	29	50	32	28	51	26	14	25	39	12	27	13	22	5	47	29	20
11	21	0 ♒	51	31	11 ♊	2	26	19	25	43	13	12	14	32	5	8	29	17
12	22	1	52	29	23	18	26	24	25	47	13	58	15	41	4	24	29	14
13	23	2	53	26	5 ♋	41	26	30	25	50	14	43	16	50	3	36	29	11
14	24	3	54	23	18	14	26	35	25	54	15	29	17	59	2	45	29	8
15	25	4	55	19	1 ♌	2	26	41	25	57	16	14	19	8	1	52	29	5
E 16	26	5	56	13	14	3	26	46	26	0	17	0	20	16	0	57	29	1
17	27	6	57	6	27 ♍	11	26	52	26	3	17	45	21	25	0	2	28	58
18	28	7	57	58	10	57	26	58	26	6	18	31	22	33	29 ♑ D	9	28	55
19	29	8	58	49	24 ♎	51	27	3	26	8	19	16	23	41	28	19	28	52
20	30	9	59	39	9	1	27	9	26	11	20	2	24	49	27	33	28	49
21	31	11	0	28	23	23	27	13	26	13	20	48	25	57	26	51	28	45

Latitudo Planetarũ ad diẽ	♄		♃		♂		♀		☿		
1	1	53	1	25	0	4	1	39	1 S	39	Mensis
11	1	50	1	30	0	5	1	25	0	3	
21	1	47	1	35	0	6	1	3	2 D	31	

Syzygiæ Lunares.

Dies		☉	♄ Occid.	♃ Orient.	♂ Orient.	♀ Occid.	☿ Occid.	Syzygiæ Planetarũ mutuæ, & eorum congressus cum illustrioribus aliquibus stellis fixis.
		H ′	H ′	H ′	H ′	H ′	H ′	
1			17 ☍ 57					☌ ♂ or. cum cauda Del.
2	□	23 46			1 □ 5		3 △ 2	
3	Asc.	17 ♉		19 ☌ 11		19 △ 14		△ ♃ ☿ 18. 22.
4					5 ✱ 44		8 □ 35	☍ ♄ ☿ 4. 58. ♀ oc. cũ 7.
5		5 ✱ 7	22 △ 5					☍ Perig.
6						1 □		♂ or. cum cap. Algol.
7				13 ✱ 48				{cum can. cyg.
8			10 □ 15		14 ☌ 54	7 ✱ 42		♀ occ. cũ ... gal. ☿ m.
9	☍	17 41						
10	Asc.	12 ♐	4 ✱ 23	8 □ 16				♂ m. c. cum Fidicula.
11							10 ☍ 32	♂ or. cum neb. H.
12				21 △ 9				
13					9 ✱ 12	5 ☌ 23		☌ oc. cũ ... ☿ oc.
14		17 ✱ 12	20 ☌ 6					♂ or. cũ ... {Ipro
15					22 □ 30		16 ✱ 31	□ ☉ ♃ 13. 43. (58 b
16								✱ ... ♄ 2. 21. ♃ m. c. cum
17	□	9 20		5 ☌ 58				☍ ... ☌ ☿ 17. 1
18	Asc.	21 ♍			12 △ 24	14 ✱ 9	4 □ 13	
19			18 ✱ 47					☍ Apoge.
20		2 △ 15					21 △ 58	
21						7 □ 55		☌ ... neb. m. ☿ m.
22			6 □ 3	4 △ 50				(cũ cau. cyg.
23					18 ☌ 23	23 △ 29		☍ ☉ ♀ 9. 13. {cum
24			15 △ 48	14 □ 25			Orient.	♂ oc. cũ corv. ☍ ♀ cum
25	☍	7 49					1 ☌ 26	☿ m. c. cum cauda Del.
26	Asc.	10 ♍		21 ✱ 38				
27								♂ m. c. cum rostro gall.
28					13 △ 47	21 ☍ 49		
29			3 ☍ 45				5 △ 34	(cor. ...
30		1 △ 49			19 □ 16			✱ ♄ ☿ 12. 0. ☿ m. c. cum
31				4 ☌ 39			5 □ 38	☍ ☉ 6. 51. □ ♃ ☿ 13. 2.

a. Die 4. ☿ m. c. cum cauda Delphini.
b. Die 16. ☿ m. c. cum Pleiad.
c. Die 31. ✱ ♃ ☿ 12. 28. ♂ m. c. cum aquila.

Anni veteris	Anni Gregor.	Posites Planetarum Diurnus.					M A		S A		M D		M A		S D			
		☉ ♒			☽		♄ ♓		♃ ♎		♂ ♑		☿ ♓		♀ ♑		☊ ♈	
Dies		P	'	"	P	'	P	'	P	'	P	'	P	'	P	'	P	'
22	1	12	1	16	7	52	27	21	26	15	21	33	27	4	26	14	28	42
E 23	2	13	2	3	22	23	27	27	26	17	22	19	28	11	25	41	28	39
24	3	14	2	49	6 ♐	50	27	33	26	19	23	5	29 ♈	18	25	18	28	36
25	4	15	3	34	21	5	27	39	26	20	23	51	0	25	25	0	28	33
26	5	16	4	18	5 ♑	6	27	45	26	21	24	37	1	32	24	49	28	30
27	6	17	5	1	18	49	27	52	26	22	25	23	2	38	24 D	45	28	26
28	7	18	5	42	2 ♒	14	27	58	26	22	26	9	3	44	24	48	28	23
29	8	19	6	22	15	22	28	4	26	23	26	55	4 S	50	24	58	28	20
E 30	9	20	7	1	28 ♓	14	28	11	26	23	27	41	5	55	25	14	28	17
31	10	21	7	39	10	52	28	17	26	23	28	27	7	0	25	36	28	14
Feb 1	11	22	8	15	23 ♈	19	28	24	26 ℞	23	29	13	8	5	26	4	28	10
2	12	23	8	51	5	37	28	31	26	23	29	59	9	10	26	39	28	7
3	13	24	9	24	17	49	28	37	26	23	0 ♒	45	10	15	27	19	28	4
4	14	25	9	56	29	58	28	44	26	22	1	31	11	19	28	5	28	1
5	15	26	10	26	11 ♉	5	28	51	26	22	2	17	12	23	28	56	27	58
E 6	16	27	10	55	24	12	28	57	26	21	3	4	13	27	29	52	27	55
7	17	28	11	21	6 ♊	25	29	4	26	20	3	50	14	30	0 ♒	52	27	51
8	18	29	11	47	18	43	29	11	26	18	4	36	15	33	1	56	27	48
9	19	0 ♓	12	11	1 ♋	10	29	18	26	17	5	23	16	35	3	4	27	45
10	20	1	12	33	13	47	29	25	26	15	6	9	17	38	4	15	27	42
11	21	2	12	53	26 ♌	37	29	32	26	13	6	55	18	40	5	30	27	39
12	22	3	13	11	9	42	29	39	26	11	7	42	19	42	6	48	27	36
E 13	23	4	13	28	23 ♍	4	29	47	26	9	8	28	20	43	8	9	27	32
14	24	5	13	43	6	41	29	54	25	7	9	14	21	44	9 M	33	27	29
15	25	6	13	56	20 ♎	40	0 ♈	1	26	4	10	1	22	44	10	59	27	26
16	26	7	14	7	4	57	0	9	26	1	10	47	23	44	12	27	27	23
17	27	8	14	17	19 ♏	24	0	16	25	59	11	34	24	44	13	58	27	20
18	28	9	14	25	3	59	0	23	25	56	12	20	25	43	15	31	27	17

Latitudo Planetarū ad diē		♄		♃		♂		☿		♀		
	1	1	42	1	41	0	8	0 S	31	3	31	
	11	1	4	1	46	0	9	0	41	2	12	Mensis
	21	1	3	1	50	0	11	0	58	0 M	21	

Syzygiæ Lunares.

		Occid.	Orient.	Orient.	Occid.	Orient.	Syzygiæ Planetarũ mutuæ, & eorum congressus cum illustrioribus aliquibus stelis fixis.
	☽	♄	♃	♂	♀	☿	
Dies	H ′	H ′	H ′	H ′	H ′	H ′	
1 □	7 15			23 ✶ 53			☉ Perig. ☌ ♄ ☿ 6.41.
2 Asc.	10 ♍	8 △ 23			10 △ 26	5 ✶ 23	
3	13 ✶ 5						
4		11 □ 20	9 ✶ 0		17 □ 21		
5							☌ ♂ ♃ 5. 46.
6		16 ✶ 18	13 □ 30	12 ☌ 28		10 ☌ 39	
7					2 ✶ 59		□ ♃ ♂ 6.56.
8 ☌	7 25		20 △ 33				♂ m.c. cum cor. ♌.
9 Asc.	17 ♍						✶ ♄ ♂ 18. 0.
10							
11		10 ☌ 1		12 ✶ 17		5 ✶ 37	□ ♃ ☿ 13. 2.
12					7 ☌ 39		(cor. ♈ a.
13	13 ✶ 39		12 ☌ 56			10 □ 0	☽ ☊ 20.10. ♀ oc. cum
14				3 □ 16			☽ Ap. ✶ ♄ ☿ 21.16.
15							△ ☽ ♃ 4. 43. ♂ m.c.
16 □	6 13	9 ✶ 23		18 △ 25		12 △ 7	(cum 87.
17 Asc.	10 ♍				17 ✶ 13		
18	23 △ 0	20 □ 25	20 △ 36				☿ m.c. cum can. Del.
19							♂ m.c. cum can. cygni.
20			23 □ 14		7 □ 50		
21		5 △ 24		10 ☍ 6		18 ☍ 4	♀ oc. ☉ ☿ m.c. cũ cancr.
22					19 △ 26		
23 ☍	21 0		5 ✶ 24				☌ ♂ ☿ 12. 0.
24 Asc.	9 ♉						☿ or. cum hœdis.
25		15 ☍ 51					
26				10 △ 5		17 △ 55	☿ occ. cum Fomalh.
27			10 ☌ 47		9 ☍ 25		☽ ☋ 13.0. ☿ or. in 31. b.
28	9 △ 5			14 □ 28		21 □ 28	☽ Per. ☍ ♃ ☿ 5. 2. c.

a. *Die 13. ☿ m.c. cum cornu ♉.*
b. *Die 27. ☿ occ. cum aquila, & cauda ♉.*
c. *Die 28. ☿ m.c. cum cornu ♈.*

	Dies		☉ ♓ P	′	″	☾ ♒ P	′	♄ ♈ P	′	♃ ♎ P	′	♂ ♒ P	′	☿ ♈ P	′	♀ ♒ P	′	☊ ♈ P	′
			Positus Planetarum Diurnus.					M	A	S	A	M	D	S	A	M	D		
	19	1	10	14	31	18 ♓	30	0	31	25	53	13	7	26	42	17	6	27	13
E	20	2	11	14	36	3	8	0	38	25	50	13	53	27	40	18	43	27	10
	21	3	12	14	39	17 ♑	31	0	45	25	46	14	40	28	38	20	21	27	7
	22	4	13	14	40	1	39	0	53	25	43	15	26	29 ♉	35	22	1	27	4
	23	5	14	14	40	15	28	1	0	25	39	16	13	0	32	23	43	27	1
	24	6	15	14	38	28 ♒	56	1	7	25	35	17	0	1	28	25	25	26	57
	25	7	16	14	34	12	4	1	15	25	31	17	46	2	24	27	3	26	54
	26	9	17	14	28	24 ♓	52	1	21	25	27	18	32	3	19	28	54	26	51
E	27	9	18	14	20	7	27	1	29	25	21	19	19	4	14	0 ♓	40	26	48
	28	10	19	14	10	19 ♈	47	1	37	25	18	20	5	5	8	2	23	26	45
Ma.	1	11	20	13	58	1	50	1	44	25	13	20	51	6	2	4	17	26	41
	2	12	21	13	43	13	57	1	52	25	8	21	38	6	55	6	6	26	38
	3	13	22	13	28	25 ♉	55	1 ℞	59	25	3	22	24	7	43	7	56	26	35
	4	14	23	13	10	7	52	2	7	24	58	23	11	8	32	9	46	26	32
	5	15	24	12	52	19 ♊	50	2	14	24	53	23	58	9	28	11	37	26	29
E	6	16	25	12	28	1	52	2	21	24	48	24	45	10	18	13 A	28	26	26
	7	17	26	12	5	14	0	2	29	24	42	25	31	11	7	15	20	26	22
	8	18	27	11	40	26 ♋	18	2	37	24	37	26	18	11	55	17	12	26	19
	9	19	28	11	13	8	48	2	45	24	31	27	5	12	43	19	5	26	16
	10	20	29	10	43	21 ♌	34	2	52	24	25	27	51	13	31	20	58	26	13
	11	21	♈ 0	10	13	4	34	2	59	24	19	28	38	14	16	22	51	26	10
	12	22	1	9	40	17 ♍	52	3	7	24	13	29 ♓	25	15	1	24	45	26	7
E	13	23	2	9	5	1	29	3	14	24	6	0	12	15	45	26	39	26	3
	14	24	3	8	28	15	28	3	22	24	0	0	59	16	28	28	33	26	0
	15	25	4	7	49	29 ♎	45	3	30	23	53	1	45	17	10	0 ♈	27	25	57
	16	26	5	7	8	14	17	3	37	23	47	2	32	17	51	2	21	25	54
	17	27	6	6	25	29 ♏	0	3	45	23	40	3	19	18	31	4	15	25	51
	18	28	7	5	40	14	50	3	52	23	33	4	6	19	10	6	9	25	48
	19	29	8	4	53	28 ♐	39	4	0	23	26	4	53	19	48	8	3	25	44
E	20	30	9	4	4	13	19	4	8	23	19	5	40	20	24	9	56	25	41
	21	31	10	3	13	27	44	4	16	23	12	6	26	20	59	11	49	25	38

Latitudo Planetarũ ad diẽ		♄	′	♃	′	♂	′	☿	′	♀	′	
	1	1	37	1	54	0	12	1	36	0	52	
	11	1 D	37	1	57	0	14	2	24	1 A	46	Menfis
	21	1	38	1	0	0	17	3	19	1	49	

		Syzygiæ Lunares.					
		Occid.	Orient.	Orient.	Occid.	Orient.	Syzygiæ Planetarũ mutuæ, & eorum congressus cum illustrioribus aliquibus stellis fixis.
	☽	♄	♃	♂	♀	☿	
Dies	H ′	H ′	H ′	H ′	H ′	H ′	
1		19 △ 48					☿ oc. cũ nu. et m. c. cũ 3 21
2 □	14 27			19 ✱ 0			♂ occ. cum Fomah.
3 Asc.	25 ♓	22 □ 42	14 ✱ 4		20 △ 13	5 ✱ 33	♀ or. cum cauda ♑. a.
4	22 ✱ 7						
5			19 □ 14				☿ occ. cũ ca. Del. (cũ ♑
6		4 ✱ 31			4 □ 51		△ ♃ ☿ 2.13 ♂ m. c. cũ
7				11 ☌ 2			(cũ cor. ♈. b.
8			1 △ 4		17 ✱ 21	8 ☌ 55	☿ or. cũ cap. Me. ♀ oc.
9 ☌	22 47						
10 Asc.	18 ♊	23 ☌ 45					☿ m. c. cum cing. ♍.
11							♂ m. cũ cav. ♑. ♀ or. cũ
12			22 ☌ 16	16 ✱ 28			✱ ♀ ☿ 20.17. (lyra.
13							☽ Apo. ☌ ☿ 1.20. ☿
14					1 ☌ 59	3 ✱ 30	(m. c. cũ Fo.
15	9 ✱ 33			8 □ 48			
16		0 ✱ 59					△ ♃ ♂ 1.28.
17			21 △ 41			3 □ 4	♂ occ. cum cauda Del.
18 □	1 51	13 □ 15		0 △ 0			♀ occ. cum acar.
19 Asc.	11 ♋				7 ✱ 31	22 △ 40	
20	15 △ 14	21 △ 6	5 □ 14				
21					18 □ 32		♀ or. cũ Fo. et m. c. cũ 20
22			11 ✱ 6	21 ☍ 56			
23							♂ or. cũ cap. Algol. c.
24					1 △ 45		☌ ☉ ♄ 6.35 ♀ m. c. cũ oc.
25 ☍	7 46	7 ☍ 15				1 ☍ 20	♀ m. c. cũ dc. lat. Persei.
26 Asc.	24 ♎	Orient.	15 ☌ 23				☌ ♄ ☿ 17.12 ☉ ☿ 18.52
27				7 △ 12			☽ Perig.
28					9 ☍ 1		♀ or. cum cor. ♌.
29	10 △ 33	8 △ 51		10 □ 46		17 △ 38	☌ ☉ ♀ 0.53.
30			16 ✱ 31			Occid.	♀ occ. cum Rigel.
31 □	22 33	11 □ 12		15 ✱ 40			♂ oc. cum Palicula.
Asc.	12 ♋						

a. Die 3. ♂ occ. cum aquila, & cauda ♑.
b. Die 8. ♀ occ. cum rostro galli.
c. Die 23. ♂ occ. cum rostro gallinæ.
Die 26. accidit ☌ ☽ ♀ cum differentia scr. 12. secundum latitudinem.

Dies		☉ ♈ P	′	″	☽ ♑ P	′	♄ ♈ P	′	♃ ♎ P	′	♂ ♊ P	′	♀ ♉ P	′	☿ ♈ P	′	☊ ♈ P	′
							M	D	S	A	M	D	S	A	M	A		
22	1	11	2	20	11	51	4	23	23	4	7	13	21	33	13	42	25	35
23	2	12	1	25	25	37	4	31	22	57	8	0	22	5	15	34	25	31
24	3	13	0	28	9 ♒	0	4	38	22	50	8	47	22	36	17	26	25	28
25	4	13	59	29	22	0	4	46	22	42	9	34	23	5	19	17	25	25
26	5	14	58	28	♓ 4	40	4	53	22	35	10	20	23	32	21	8	25	22
E 27	6	15	57	25	17	2	5	1	22	27	11	7	23	58	22	58	25	19
28	7	16	56	20	29 ♈	10	5	8	22	20	11	54	24	22	24	47	25	16
29	8	17	55	13	11	7	5	16	22	12	12	40	24	44	26 S	35	25	13
30	9	18	54	5	23 ♉	56	5	23	22	4	13	27	25	4	28 ♉	23	25	9
31	10	19	52	55	4	40	5	31	21	57	13	14	25	22	0	10	25	6
Ap. 1	11	20	51	43	16	24	5	38	21	49	15	0	25	39	1	56	25	3
2	12	21	50	29	28	10	5	46	21	41	15	47	25	54	3	41	25	0
E 3	13	22	49	13	10 ♊	2	5	53	21	33	16	34	26	7	5	25	24	57
4	14	23	47	55	22	3	6	1	21	26	17	20	26	18	7	8	24	54
5	15	24	46	35	♋ 4	10	6	8	21 D	18	18	7	26	27	8	50	24	50
6	16	25	45	14	16	43	6	16	21	11	18	53	26	33	10	30	24	47
7	17	26	43	51	29 ♌	27	6	23	21	3	19	40	26	37	12	8	24	44
8	18	27	42	26	12	30	6	31	20	56	20	26	26 St.	39	13	45	24	41
9	19	28	40	59	25 ♍	14	6	38	20	48	21	13	26 D	38	15	20	24	38
E 10	20	29	39	30	9	40	6	46	20	41	21	59	26	34	16	53	24	34
11	21	♉ 0	37	59	23 ♎	47	6	53	20	34	22	46	26	28	18	24	24	31
12	22	1	36	26	8	14	7	0	20	26	23	32	26	20	19	53	24	28
13	23	2	34	51	22 ♏	56	7	8	20	19	24	19	26	9	21	19	24	25
14	24	3	33	15	7	53	7	15	20	12	25	5	25	56	22	42	24	22
15	25	4	31	37	22 ♐	13	7	22	20	4	25	52	25	41	24	2	24	19
16	26	5	29	57	7	51	7	29	19	57	26	38	25	24	25	19	24	15
E 17	27	6	28	16	22 ♑	39	7	36	19	50	27	24	25	5	26	33	24	12
18	28	7	26	33	7	10	7	44	19	43	28	11	24	47	27	44	24	9
19	29	8	24	48	21 ♒	30	7	51	19	36	28	57	24	19	28	51	24	6
20	30	9	23	3	5	7	7	58	19	29	29	43	23	53	29	50	24	3

Latitudo Planetarũ ad diẽ	♄	′	♃	′	♂	′	♀	′	☿	′	
1	1	38	2	3	0	19	4	15	1 S	1	
11	1	39	2 D	5	0	12	4 D	45	0	18	Mensis
21	1	40	2	4	0	15	4	34	1	40	

Syzygiæ Lunares.							
		Orient.	Orient.	Orient.	Occid.	Occid.	Syzygiæ Planetarũ mutuę, & eorum congressus cum illustrioribus aliquibus stellis fixis.
	☉	♄	♃	♂	♀	☿	
Dies	H ′	H ′	H ′	H ′	H ′	H ′	
1			19 □ 12		17 △ 35	3 □ 44	
2		16 ✶ 6					♀ or. cũ pl. ☿ m.c. cũ Fo.
3	3 ✶ 0					18 ✶ 9	♀ occ. cum cauda cygni.
4			1 △ 20		2 □ 9		☿ or. cum hædis.
5				11 ☌ 44			☍ ♃ ♀ 17.45 ☿ or. cũ
6					14 ✶ 11		(31.
7		11 ☌ 8					☿ m.c. cum cor. ♈ :
8 ☌	15 10		22 ☍ 16				♃ occ cum cauda ♌.
9 Alc.	14 ♒					13 ☌ 7	☿ ☌ 4.35.
10				21 ✶ 4			☿ Ap. ♄ or. cum cor. ♈.
11					19 ☌ 16		☍ ☉ ♃ 0.47 ♀ oc. cũ
12		15 ✶ 29	Occid.				(cor. ♈.
13			21 △ 46	13 □ 55			
14	3 ✶ 49						
15		3 □ 37				10 ✶ 9	☿ occ. cum acarnar.
16 □	18 32		8 □ 20	4 △ 21	18 ✶ 39		☿ or. cum Fomah.
17 Alc.	15 ♉	11 △ 52					
18			15 ✶ 15			2 □ 14	♀ m.c. cum cap. Algol
19	5 △ 13				1 □ 15		♀ m.c. cum acarnar.
20				22 ☍ 11		23 △ 45	♀ or. cũ pl. et m.c. cũ 22
21		21 ☍ 52			4 △ 35		
22			19 ☌ 41				☿ oc. cum Rigel.
23 ☍	16 42						☿ ☋ 2.19.
24 Alc.	12 ♈						☿ Per. ✶ ☌ ♀ 19.45. [illegible]
25		13 △ 20		5 △ 2	4 ☍ 24	2 ☍ 1	
26			19 ✶ 28				☌ ♀ ☿ 1.17.
27				8 □ 18			
28	0 △ 31	1 □ 2	21 □ 5				♃ or. cum spica ♍. b.
29				14 ✶ 2	4 △ 51	14 △ 13	✶ ☌ ♀ 0.40. ☿ oc. cũ
30 □	8 24	3 ✶ 34					☿ or. cũ Bella. (20. Ori.
Alc.	15 [illegible]						

a. Die 24. ☿ m.c. cum pleiadibus.
b. Die 28. ☿ occ. cum ple. & hiad.
♀ Toto hoc mense ori. cum pleia. & sic ♃ cum illo ortu, item occ. cum hiad. & zona Orio.

Positus Planetarum Diurnus.

Anni veteris	Anni Gregor.	☉ ♉			☽ ♒		♄ ♈ (M D)		♃ ♎ (S D)		♂ ♈ (M D)		♀ ♉ (S D)		☿ ♊ (S A)		☊ ♈	
Dies		P	′	″	P	′	P	′	P	′	P	′	P	′	P	′	P	′
21	1	10	21	14	18 ♓	35	8	5	19	23	0	29	22	25	0	56	24	0
22	2	11	19	25	1	33	8	12	19	16	1	16	23	55	1	51	23	56
23	3	12	17	34	14	11	8	19	19	9	2	3	22	24	2	43	23	53
24	4	13	15	41	26 ♈	31	8	26	19	2	2	48	21	51	3 D	28	23	50
25	5	14	13	47	8	50	8	33	18	56	3	34	21	17	4	8	23	47
26	6	15	11	51	20 ♉	29	8	40	18	49	4	10	20	42	4	43	23	44
27	7	16	9	54	2	13	8	47	18	41	5	6	20	6	5	9	23	40
28	8	17	7	55	14	53	8	54	18	36	5	52	19	29	5	29	23	37
29	9	18	5	55	25 ♊	58	9	0	18	30	6	38	18	51	5	43	23	34
30	10	19	3	53	7	8	9	7	18	24	7	24	18	12	5	50	23	31
E 1	11	20	1	50	18 ♋	53	9	14	18	18	8	10	17	34	5 S	51	23	28
Ma. 2	12	20	59	45	0	47	9	21	18	12	8	56	16	57	5	45	23	24
3	13	21	57	39	12	52	9	27	18	6	9	41	16	20	5	31	23	21
4	14	22	55	31	25 ♌	12	9	34	18	1	10	27	15	44	5	10	23	18
5	15	23	53	22	7	52	9	40	17	55	11	13	15	9	4	41	23	15
6	16	24	51	12	20 ♍	51	9	46	17	50	11	58	14	35	4	5	23	12
7	17	25	49	1	4	14	9	55	17	45	12	44	14	2	3 M	22	23	8
B 8	18	26	46	49	18	0	9	59	17	42	13	29	13	31	2	38	23	5
9	19	27	44	35	2 ♎	9	10	5	17	35	14	15	13	2	1	49	23	2
10	20	28	42	20	16	39	10	11	17	31	15	0	12	35	0	56	22	59
11	21	29	40	4	1 ♏	27	10	17	17	26	15	46	12	10	0 ♉	0	22	56
12	22	0 ♊	37	47	16	25	10	23	17	22	16	31	11	47	29	3	22	53
13	23	1	35	29	1 ♐	27	10	28	17	18	17	17	11	26	28	6	22	49
14	24	2	33	9	16	25	10	34	17	14	18	2	11	8	27	11	22	46
E 15	25	3	30	48	1 ♑	13	10	40	17	10	18	48	10	52	26	19	22	43
16	26	4	28	26	15	45	10	45	17	7	19	33	10	38	25	31	22	40
17	27	5	26	3	29 ♒	56	10	51	17	3	20	18	10	27	24	49	22	37
18	28	6	23	39	13	45	10	56	17	0	21	4	10 M	18	24	12	22	33
19	29	7	21	14	27 ♓	11	11	2	16	57	21	49	10	12	23	39	22	30
20	30	8	18	48	10	15	11	7	16	54	22	34	10	8	23	12	22	27
21	31	9	15	21	22	59	11	12	16	51	23	19	10 D	8	22	53	22	24

Latitudo Planetarũ ad diẽ		♄		♃		♂		♀		☿	
	1	1	42	2	4	0	28	4	16	2 D	33
	11	1	43	2	0	0	30	3	56	1 M	[illegible]
	21	1	43	1	52	0	31	1 M	7	0	47

Mensis

Syzygiæ Lunares.							
		Orient.	Occid.	Orient.	Occid.	Occid.	Syzygię Planetarū mutuę, & eorum congressus cum illustrioribus, aliquibus stellis fixis.
	☉	♄	♃	♂	♀	☿	
Dies	H ′	H ′	H ′	H ′	H ′	H ′	
1			1 △ 34		8 □ 41		♀ oc.cū vlt.zo.Or.et ald.
2	20 ✱ 5					0 □ 38	☿ oc.cū Sy.et m.c.cū bia.
3					15 ✱ 18		♃ oc.cum spica ♍.
4		23 ☌ 54		13 ☌ 19		14 ✱ 36	
5			10 ☍ 40				♀ occ.cum Rigel.
6							⊕ ♌ 6.39.
7							♃ or.cum cingulo ♍.
8 ☌	7 33				11 ☌ 0		☽ Apog.
9 Alc.	21 [illegible]					12 ☌ 22	☌ ☉ ♀ 11.8.
10		4 ✱ 8	12 △ 50	0 ✱ 13	Orient.		✱ ♄ ☿ platicè.
11							♂ or.cum cor. ♈.
12		17 □ 9		17 □ 13			☌ ♄ ♂ 15.13 ♀ m.c.cū 12.
13	19 ✱ 13		10 □ 10		6 ✱ 26		♀ m.c. cum ac.arnar.
14						18 ✱ 13	
15		5 △ 20	18 ✱ 28	6 △ 36	12 □ 51		
16 □	7 54					11 □ 34	
17 Alc.	1 ♓				16 △ 25		♀ m.c.cum cap. Med.
18	16 △ 0					23 △ 26	
19		13 ☍ 13		11 ☍ 6			(☌ biad.
20			1 ☌ 23				⊕ ♑ 10.21 ☿ oc.cū Syr.
21					16 ☍ 45		☌ ☉ ♀ 4.11.
22						18 ☍ 57	☽ Per. ♃ or.cū ro.cor.a
23 ☍	0 25	14 △ 34				Orient.	☍ ♃ ☌ ☉.19.b.
24 Alc.	11 ♍		1 ✱ 18	2 △ 35			♂ oc. cum cauda cygni.
25		15 □ 42			15 △ 40		
26			2 □ 20	6 □ 48		14 △ 43	♂ or.cum hyadis.
27	10 △ 16	19 ✱ 4			18 □ 5		
28			5 △ 47	13 ✱ 51		17 □ 54	♃ m.c.cum spica ♍.
29 □	20 23				23 ✱ 44		♂ or.cum de.hu.. Aur. c.
30 Alc.	1 ♌					13 ✱ 49	
31							

a. Die 22. ☿ occ.cum Alheb. & zona Orio.
b. Die 23. ☿ occ.cum pie, & Bella.
c. Die 29. ☿ m.c.cum pleia.
☿ Fit ♍ m.c. cum biadibus.

Positus Planetarum Diurnus.

Dies Iul.	Dies Greg.	☉ ♊			☽ ♈	M	♄ ♈ D	S	♃ ♎ D	M	♂ ♈ D	M	♀ ♉ D	M	☿ ♉ D		☊ ♈	
Dies		P	′	″	P	′	P	′	P	′	P	′	P	′	P	′	P	′
E 22	1	10	13	53	5	24	11	17	16	49	24	4	10	6	22	41	22	21
23	2	11	11	24	17	34	11	22	16	47	24	40	10	8	22 D	36	22	18
24	3	12	8	55	29 ♉	32	11	27	16	45	25	34	10	13	22	39	22	14
25	4	13	6	25	11	21	11	32	16	43	26	19	10	20	22	49	22	11
26	5	14	3	54	23 ♊	4	11	37	16	42	27	4	10	30	23	6	22	8
27	6	15	1	22	4	45	11	41	16	40	27	48	10	42	23	30	22	5
28	7	15	58	49	16	35	11	46	16	39	28	33	10	56	24	0	22	2
E 29	8	16	56	15	28 ♋	10	11	51	16	38	29 ♉	18	11	12	24 A	36	21	58
30	9	17	53	41	10	3	11	56	16	38	0	2	11	30	25	18	21	55
31	10	18	51	6	22 ♌	7	12	1	16	37	0	47	11	50	26	5	21	52
Iun. 1	11	19	48	30	4	26	12	6	16	37	1	31	12	11	26	57	21	49
2	12	20	45	54	17 ♍	3	12	10	16	37	2	16	12	34	27	53	21	46
3	13	21	43	17	0	0	12	15	16	37	3	0	12	59	28	51	21	43
4	14	22	40	40	13	20	12	19	16 D	37	3	45	13	25	29 ♊	58	21	39
E 5	15	23	38	2	27 ♎	4	12	23	16	37	4	29	13	53	1	7	21	36
6	16	24	35	24	11	10	12	27	16	37	5	13	14	22	2	20	21	33
7	17	25	32	45	25 ♏	36	12	31	16	37	5	57	14	53	3	36	21	30
8	18	26	30	6	10	18	12	35	16	38	6	41	15	25	4	55	21	27
9	19	27	27	26	25 ♐	11	12	39	16	38	7	25	15	59	6	17	21	23
10	20	28	24	46	10	7	12	43	16	39	8	9	16	34	7	42	21	20
11	21	29 ♋	22	6	24 ♑	57	12	46	16	40	8	53	17	10	9	10	21	17
E 12	22	0	19	25	9	36	12	49	16	41	9	36	17	47	10	39	21	14
13	23	1	16	44	24 ♒	0	12	53	16	43	10	19	18	25	12	10	21	11
14	24	2	14	3	8	5	12	56	16	45	11 A	3	19	5	13	43	21	8
15	25	3	11	22	21 ♓	49	13	0	16	47	11	46	19	46	15	18	21	4
16	26	4	8	40	5	13	13	3	16	49	12	29	20	28	16	55	21	1
17	27	5	5	58	18 ♈	17	13	6	16	52	13	13	21	11	18	34	20	58
18	28	6	3	16	1	3	13	9	16	54	13	56	21	55	20	14	20	55
E 19	29	7	0	34	13	34	13	11	16	57	14	39	22	40	21	56	20	52
20	30	7	57	52	25	52	13	13	17	0	15	22	23	25	23	39	20	49

Latitudo Planetarũ ad diẽ		♄		♃		♂		♀		☿		
	1	2	53	1	52	0	32	0	58	3 A	26	
	11	1	58	1	48	0	31	2	3	4	0	Mensis
	21	2	3	1	44	0 A	34	2	40	2	54	

Syzygiæ Lunares.

		Orient.	Occid.	Orient.	Orient.	Orient.	
	☉	♄	♃	♂	♀	☿	Syzygię Planetarũ mutuę, & eorum congressus cum illustrioribus aliquibus stellis fixis.
Dies	H '	H '	H '	H '	H '	H '	
1	9 ✶ 21	11 ☌ 42	21 ☍ 26				♀ m.c. cum pleia.
2				15 ☌ 29			✶ ☽ ♄ 5.15 ☽ ☊ 9.27a
3					21 ☌ 58		
4							
5						0 ☌ 4	☽ Apog.
6 ☌	23 9	14 ✶ 23					☿ oc. cum ple. & hiad.
7 Asc.	9 ♍		0 △ 28				△ ☽ ♃ 15.33.
8				2 ✶ 23			♀ or. cum pleia.
9		3 □ 46	13 □ 4		2 ✶ 58		☿ occ. cum zona Orio.
10				17 □ 16		8 ✶ 18	♀ occ. cum Bella.
11		14 △ 39	13 ✶ 10		15 □ 13		♂ oc. cum cor. ♈.
12	7 ✶ 26					21 □ 46	☿ occ. cum Ald. & Syr.
13				5 △ 47			♀ m.c. cum cap. Med.
14 □	17 40				0 △ 12		
15 Asc.	12 ♋					7 △ 32	♀ or. cũ ult. pl. ☿ m.c. cũ
16	13 △ 54	2 ☍ 12	9 ☌ 4				☽ ☋ 17.12. hiad.
17				17 ☍ 47			☿ or. cum hiad.
18					8 ☍ 35		♀ m.c. cũ oc. et ☿ cũ ald.
19						19 ☍ 42	☽ Per. ♂ or. cum Po. b
20		4 △ 12	10 ✶ 53				☿ or. cum Aldeb.
21 ☍	7 49						
22 Asc.	1 ♐	5 □ 13	11 □ 49	0 △ 0	14 △ 16		☿ m.c. cum hydis.
23							✶ ♄ ☿ 11.28 ♀ oc. cũ 20.
24		8 ✶ 31	15 △ 11	5 □ 28	20 □ 14	11 △ 7	♀ m.c. cũ cape. & 130.
25	21 △ 52						△ ♃ ♀ 12.29. ☿ m.c.
26				14 ✶ 8			cum Rigel.
27					5 ✶ 45	0 □ 36	♂ or. cũ ple. et m.c. cũ 20
28 □	10 26	13 ☌ 18					☿ m.c. cum ple.
29 Asc.	0 ♓		6 ☍ 37			18 ✶ 57	☽ ☊ 14.13 ☿ oc. cũ spi. ♍
30							♂ m.c. cũ oc. et ♀ cũ 31

a. Die 2. ♂ m.c. cum cor. ♈.
b. Die 19. ♀ m.c. cum de.La. Perf. & occ. cum Rigel. ☿ occ. cum 141.
♃ Fit stat. ad dir. oriendo cum ala dex corui, & m.c. cum spica ♍.
☿ Fit in principio mensis or. m.c. cum pleia.

Motus Planetarum Diurnus.

Dies		☉ ♋	☽ ♉	♄ ♈ M D	♃ ♎ S D	♂ ♉ M A	♀ ♉ M D	☿ ♊ M A	☊ ♈
		P ' ''	P '	P '	P '	P '	P '	P '	P '
21	1	8 35 9	7 59	13 17	17 3	16 5	24 11	25 34	10 41
22	2	9 32 26	19 58	13 20	17 6	16 48	24 58	27 10	10 41
23	3	10 29 43	1 ♊ 51	13 23	17 10	17 31	25 45	28 57	10 39
24	4	11 27 0	13 42	13 25	17 13	18 14	26 35	0 ♋ 45	10 36
25	5	12 24 17	25 33	13 27	17 17	18 56	27 24	2 33	10 33
E 26	6	13 21 35	7 ♋ 28	13 29	17 21	19 39	28 14	4 22	10 29
27	7	14 18 53	19 30	13 31	17 25	20 21	29 5	6 11	10 26
28	8	15 16 11	1 ♌ 41	13 33	17 29	21 4	29 A 57	8 S 1	10 23
29	9	16 13 30	14 8	13 34	17 34	21 46	0 ♊ 49	9 51	10 20
30	10	17 10 49	26 50	13 36	17 38	22 28	1 41	11 41	10 17
Iul. 1	11	18 8 8	9 ♍ 51	13 37	17 43	23 10	2 33	13 33	10 14
2	12	19 5 27	23 14	13 38	17 48	23 53	3 29	15 25	10 10
E 3	13	20 2 46	6 ♎ 58	13 40	17 53	24 35	4 21	17 18	10 7
4	14	21 0 6	21 3	13 41	17 58	25 17	5 18	19 11	10 4
5	15	21 57 26	5 ♏ 26	13 42	18 3	25 59	6 13	21 4	10 1
6	16	22 54 46	20 1	13 44	18 9	26 41	7 9	22 58	19 58
7	17	24 12 7	4 ♐ 43	13 43	18 14	27 23	8 5	24 52	19 55
8	18	25 9 28	19 25	13 41	18 20	28 5	9 2	26 47	19 52
9	19	26 6 50	4 ♑ 1	13 42	18 26	28 46	9 59	28 40	19 48
E 10	20	27 4 12	18 23	13 46	18 32	29 28	10 57	0 ♌ 34	19 45
11	21	28 1 35	2 ♒ 33	13 47	18 38	0 ♊ 9	11 56	2 29	19 42
12	22	28 58 58	16 33	13 47	18 44	0 51	12 55	4 23	10 39
13	23	29 56 22	29 54	13 47	18 51	1 33	13 54	6 16	19 36
14	24	0 ♌ 53 46	13 ♓ 8	13 S 47	18 57	2 14	14 54	8 9	19 33
15	25	1 51 11	26 4	13 47	19 4	2 55	15 54	10 2	19 29
16	26	2 48 36	8 ♈ 41	13 47	19 11	3 36	16 54	11 55	19 26
E 17	27	3 46 1	21 16	13 47	19 18	4 17	17 55	13 47	19 23
18	28	4 43 26	3 ♉ 36	13 46	19 25	4 58	18 56	15 39	19 20
19	29	5 40 55	15 48	13 46	19 32	5 38	19 57	17 31	19 16
20	30	6 38 23	27 54	13 46	19 40	6 19	20 58	19 D 21	19 13
21	31	7 35 42	9 ♊ 58	13 45	19 45	6 59	22 1	21 12	19 10

Latitudo Planetarū ad diē	♄	♃	♂	♀	☿	
1	2 7	1 40	0 33	3 A 2	1 S 10	
11	2 12	1 35	0 51	3 2	0 25	Mentis
21	2 16	1 31	0 50	2 54	1 D 24	

Syzygiæ Lunares.								
			Orient.	Occid.	Orient.	Orient.	Orient.	Syzygiæ Planetarũ mutuæ, & eorum congressus cum illustrioribus aliquibus stellis fixis.
		☉	♄	♃	♂	♀	☿	
Dies		H ʹ	H ʹ	H ʹ	H ʹ	H ʹ	H ʹ	
1		2 ✱ 1			17 ☌ 15			♂ m.c.cũ 12 ♀ oc.cũ pl.et
2						10 ☌ 50		☌ ♄ ♃ pls. ♀ oc.cũ Bel.(hi
3			13 ✱ 26					☽ Ap. ♂ or.cũ pl.ple.
4				7 △ 10				♂ occ.cum Rigel.
5							16 ☌ 38	□ ☉ ♄ 18.26 ☿ or.cũ Bel.
6	☍	13 12	12 □ 2	19 □ 46				♀ oc.cũ Ald. (et Apo
7	Alc.	3 21			1 ✱ 45	20 ✱ 19		♃ or.cum rostro corw.
8			22 △ 54					♀ occ.cum Syrio.
9				6 ✱ 31	15 □ 16			♂ m.c.cũ pl. et ♀ cũ hia.
10						9 □ 38		□ ☉ ♃ 3.14 ☿ or.cũ 41.et
11		15 ✱ 24					7 ✱ 42	♀ or.cũ 2a.Or. (oc.cũ 18.
12					8 △ 14	19 △ 10		♀ or.cum hiad. (20.a.
13			12 ☍ 25	18 ☌ 43			20 □ 19	□ ♃ ♀ 7.47 ☽ ☊ 12.
14	□	0 32						☿ m.c.cũ Her.(cũ 141
15	Alc.	24 △						♂ oc.cũ pl.& hia. ♀ oc.
16		5 △ 38			11 ☍ 26		5 △ 13	☌ ☉ ☿ 7.9 ♀ or.cũ ald.
17			14 △ 44	21 ✱ 11		5 ☍ 51	☿ occid.	☽ Pe. ♂ oc.cũ 2a.Orio.
18								♂ occ.cum Bella.
19			10 □ 15					✱ ☌ ♀ 2.0. (c.cũ hiad.
20	☍	15 45		0 □ 13	19 △ 44		23 ☍ 52	☿ or.cum asi.bor. ♀ m.
21	Alc.	18 49	19 ✱ 28			17 △ 31		♃ or.cũ 5.b(☉ 245.c.
22				4 △ 15				✱ ♄ ♀ 11.9 ☿ m.cũ pr.
23					3 □ 9			♂ m.c.cũ hia.et ♀ cũ 13 c
24						3 □ 34		☿ m.c.cum Rigel.
25		11 △ 49			13 ✱ 42			
26			9 ☌ 38	20 ☍ 11		17 ✱ 0	7 △ 6	☽ ☊ 10.23 ☿ or.cũ Sy.
27								△ ♄ ♀ 0.0. (29.c. d
28	□	2 23						△ ♃ ♀ 12.53. ✱ ☉ ♂
29	Alc.	25 [illegible]					4 □ 1	♃ or.cum spica ♍.
30		18 ✱ 51			17 ☌ 44			✱ ♃ ♀ 4.11.
31			7 ✱ 34	19 △ 46				☽ Ap. ♀ m.c.cum 137

a. Die 13. ☿ or.cum Rigel, & ultima zonæ Orio. & ♀ m.c.cum Aldeb.
b. Die 21. ☿ or.cum Pr(æ)sepe, & acarnar. ♂ occ.cum Syrio.
c. Die 22. ♀ m.c.cum capra, & occ.cum cap. Med.
d. Die 28. ♂ m.c.cum Aldeb. & ♀ cum 137.

Positus Planetarum Diurnus.

Dies	Dies	☉ ♌ °	′	″	☽ ♋ °	′	♄ ♈ ° (M A)	′	♃ ♎ ° (S D)	′	♂ ♊ ° (M A)	′	♀ ♊ ° (M A)	′	☿ ♌ ° (S D)	′	☊ ♈ °	′
22	1	8	33	22	21 ♋	2	13	45	19	55	7	20	13	3	23	1	19	7
23	2	9	30	53	4	8	13	44	20	3	8	10	14	6	24	50	19	4
E 24	3	10	28	25	16	19	13	43	20	11	9	0	25	9	26	38	19	1
25	4	11	25	58	28 ♌	37	13	42	20	19	9	40	26	12	28 ♍	25	18	57
26	5	12	23	32	11	6	13	41	20	27	10	20	27	15	0	11	18	54
27	6	13	21	7	23 ♍	45	13	40	20	36	10	59	28	19	1	56	18	51
28	7	14	18	43	6	45	13	38	20	44	11	35	29 ♋	21	3	40	18	48
29	9	15	16	21	20 ♎	9	13	37	20	53	12	18	0	27	5	23	18	45
30	9	16	14	0	3	34	13	35	21	1	12	58	1	31	7	5	18	41
E 31	10	17	11	40	17	27	13	33	21	10	13	37	2	36	8	40	18	38
Au. 1	11	18	9	21	1 ♏	37	13	31	21	19	14	16	3	41	10	25	18	35
2	12	19	7	3	16	0	13	29	21	28	14	55	4	46	12	2	18	32
3	13	20	4	46	0 ♐	30	13	27	21	37	15	34	5	52	13	37	18	29
4	14	21	2	30	15	2	13	25	21	46	16	12	6	57	15	10	18	25
5	15	22	0	15	29 ♑	31	13	23	21	56	16	51	8	3	16	41	18	22
6	16	22	58	1	13	50	13	19	22	5	17	29	9	9	18	9	18	19
E 7	17	23	55	49	27 ♒	54	13	17	22	15	18	8	10	15	19	35	18	16
8	18	24	53	38	11	41	13	15	22	24	18	46	11	21	20 M	58	18	13
9	19	25	51	28	25 ♓	10	13	12	22	34	19	24	12	28	22	18	18	10
10	20	26	49	19	8	23	13	10	22	44	20	2	13	34	23	35	18	6
11	21	27	47	11	21 ♈	19	13	7	22	54	20	40	14	41	24	50	18	3
12	22	28	45	5	4	1	13	4	23	4	21	17	15	48	26	1	18	0
13	23	29 ♍	43	0	16	32	13	1	23	14	21	55	16	55	27	9	17	57
E 14	24	0	40	56	28 ♉	54	12	58	23	24	22	32	18	2	28	13	17	54
15	25	1	38	53	11	9	12	55	23	35	23	10	19	10	29 ♎	13	17	50
16	26	2	36	52	23 ♊	20	12	51	23	45	23	47	20	18	0	8	17	47
17	27	3	34	53	5	29	12	48	23	55	24	24	21	26	0	58	17	44
18	28	4	32	55	17	38	12	45	24	6	25	1	22	34	1	43	17	41
19	29	5	30	59	29 ♋	51	12	41	24	16	25	39	23	42	2	22	17	38
20	30	6	29	4	12	9	12	38	24	27	26	14	24	51	2	55	17	35
E 21	31	7	27	11	24	34	12	34	24	37	26	51	25	59	3	23	17	31

Latitudo Planetarũ ad diẽ		♄ °	′	♃ °	′	♂ °	′	♀ °	′	☿ °	′	
	1	2	21	1	26	0	28	2	29	1	45	Mensis
	11	2	25	1	21	0	25	1	57	1 M	2	
	21	2	29	1	17	0	21	1	23	0	38	

Syzygiæ Lunares

Dies	☉	Orient. ♄	Occid. ♃	Orient. ♂	Orient. ♀	Occid. ☿	Syzygiç Planetarū mutuç, & eorum congressus cum illustrioribus aliquibus stellis fixis.
	H ′	H ′	H ′	H ′	H ′	H ′	
1					2☌12	2✶1	✶♀ ☿ 1.3 ♂ or.cū hia.a
2		18□58					☿ or.cū Re. ♀ m.c.cū q.
3			7□36				
4				21✶28			
5 ☌	2 41	4△52	17✶52				
6 Asc.	5 [illegible]				9✶7	17☌24	☌ ☉ ☿ 7.44 ☿ or.cū tri.b
7				9□21			♂ or.cū ald.et ☿ cū hy.
8					10□3		♃ oc.m.c.cū ☊. (et Ap.
9	23✶32	17☍16		17△2			✶♄ ♂ 21.41 ♀ or.cū Bel.
10			6☌20				☉ ☊ 2.0 ♂ m.c.cū cap.
11					3△43	16✶31	♂ m.c. cū 30. ♂ oc.cū 20
12 □	5 34						☿ or.cū ca.☊. ♂ m.c.cū
13 Asc.	20 [illegible]	11△21					☉ Perig. (Rigel.
14	10△59		11✶18	2☍0		0□16	✶☉ ♃ 12.0 ♀ m.c.cū 57.
15		23□9			15 [illegible] 30		□♂ ☿ 4.48.
16			14□11			8△12	♀ occ.cum hedis.
17							
18		2✶46	19△18	13△13			♀ or.cum 141. & Her.c.
19 ☍	1 24						□♄ ☿ 15.32 ♀ or.cū zo.
20 Asc.	0 [illegible]			22□41	10△30		(Ori.
21						7☍19	♀ or.cū Ri.et oc.cū hyd.
22		17☌17					♀ or.cū 37.et m.c.cū 32
23			13☍11	10✶58	0□49		☉ ☊ 2.45 ☿ or.cū vin.
24	3△47						♀ m.c.cum cane mi.
25					17✶13		△♃ ♂ 22.13. ♂ m.c.
26 □	19 59					14△25	(cum 31.d.
27 Asc.	3 [illegible]	14✶24					☉ Aph. ♂ m.c.cū 121. et
28			11△54	15☌16			(☿ cū 51.
29	12✶0					5□9	□♃ ♀ 14.4. ♀ m.c.cū
30		0□55					(Alge.
31			0□8		20☌53	17✶22	♀ or.cum arcturo.

a. Die 1. ♀ m.c.cum dex.hu.Auri. ♂ occ.cum dex.hum.Orio.
b. Die 6. ♂ m.c.cum hedis. ♀ oc.cum cane minore.
c. Die 18. ♂ m.c.cum zona Orio. & ☿ cum cauda ☊.
d. Die 25. ♀ m.c.cum Hercule.

		Positus Planetarum Diurnus.																
							M. D		S D		M A		M A		M D			
		☉ ♍			☽ ♌		♄ ♈		♃ ♎		♂ ♊		♀ ♋		☿ ♎		☊ ♈	
Dies		G	′	″	G	′	G	′	G	′	G	′	G	′	G	′	G	′
22	1	8	25	20	7	8	12	30	24	48	27	27	27	8	3	45	17	28
23	2	9	23	30	19	55	12	27	24	59	28	4	28	17	4	0	17	25
24	3	10	21	42	2 ♍	56	12	23	25	10	28	40	29	30	4	8	17	22
25	4	11	19	55	16	13	12	19	25	21	29	16	0 ♌	35	4 R	9	17	19
26	5	12	18	10	29	49	12	15	25	32	29	52	1	45	4	3	17	15
27	6	13	16	27	13 ♎	32	12	11	25	44	0 ♋	28	2	59	3	50	17	11
E 28	7	14	14	46	27	54	12	7	25	55	1	3	4	4	3	30	17	9
29	8	15	13	7	12 ♏	15	12	2	26	7	1	38	5	14	3	3	17	6
30	9	16	11	29	26	46	11	58	26	18	2	14	6	24	2	30	17	3
31	10	17	9	53	11 ♐	19	11	54	26	30	2	49	7	34	1 A	51	17	0
Sep. 1	11	18	8	19	25	48	11	49	26	41	3	24	8	44	1	6	16	56
2	12	19	6	46	10 ♑	8	11	45	26	53	3	59	9	55	0	38	16	53
3	13	20	5	15	24	13	11	40	27	5	4	33	11	5	29 ♍	26	16	50
E 4	14	21	3	46	8 ♒	0	11	36	27	16	5	8	12	16	28	32	16	47
5	15	22	2	19	21	28	11	31	27	28	5	42	13	26	27	30	16	44
6	16	23	0	53	4 ♓	37	11	26	27	41	6	16	14 S	37	26	41	16	40
7	17	23	59	29	17	29	11	22	27	51	6	50	15	47	25	48	16	37
8	18	24	58	7	0 ♈	6	11	17	28	3	7	24	16	58	24	58	16	34
9	19	25	56	47	12	31	11	12	28	15	7	57	18	9	24	9	16	31
10	20	26	55	29	24	45	11	7	28	27	8	31	19	20	23	25	16	28
E 11	21	27	54	13	6 ♉	53	11	2	28	39	9	4	20	31	22	46	16	25
12	22	28	52	59	18	57	10	58	28	51	9 S	37	21	43	22	12	16	21
13	23	29	51	46	0 ♊	59	10	53	29	3	10	10	22	54	21	45	16	18
14	24	0 ♎	50	35	13	3	10	48	29	15	10	43	24	6	21	25	16	15
15	25	1	49	26	25	10	10	43	29	28	11	15	25	17	21	13	16	12
16	26	2	48	20	7 ♋	23	10	38	29	40	11	48	26	29	21 DI	8	16	9
17	27	3	47	15	19	45	10	33	29	52	12	20	27	40	21	10	16	5
E 18	28	4	46	12	2 ♌	19	10	28	0 ♏	5	12	52	28	52	21	18	16	2
19	29	5	45	12	15	6	10	23	0	17	13	24	0 ♍	4	21	33	15	59
20	30	6	44	12	28	8	10	18	0	29	13	56	1	16	21	54	15	56

Latitudo Planetarũ ad diẽ		♄		♃		♂		♀		☿		
	1	2	33	1	14	0	16	0	48	2 A	35	Meridi
	11	2	36	1	12	0	9	0 S	24	3	36	
	21	2	38	1	10	0 S	1	0	16	3	1	

Syzygiæ Lunares.							
		Orient.	Occid.	Orient.	Orient.	Occid.	Syzygiæ Planetarũ mutuæ, & eorum congressus cum illustrioribus aliquibus stellis fixis.
	☉	♄	♃	♂	♀	☿	
Dies	H ′	H ′	H ′	H ′	H ′	H ′	
1		10 △ 2					
2			9 ✱ 28	15 ✱ 43			♀ oc. cum Hercule.
3 ☌	14 30						♀ or. cum asi. bor.
4 Alc.	8 ♌						♀ or. cum Pr. & acu.
5		11 ☍ 13		0 □ 6	3 ✱ 36	7 ☌ 13	♀ m. c. cum asinis. a.
6			20 ☌ 40				☽ ☋ 5. 51 ✱ ♀ ☿ 14. 56 b
7				5 △ 32	11 □ 13		♃ m. c. cum cing. ♍.
8	5 ✱ 15						
9					17 △ 57	9 ✱ 3	☽ Per. □ ♂ ♀ 5. 1 c.
10 □	10 51	0 △ 58					
11 Alc.	12 ♊		1 ✱ 31	13 ☍ 16		8 □ 25	♂ or. cum Bella.
12	15 △ 26	7 □ 45					♂ or. cum Apoll.
13			5 □ 14			8 △ 31	△ ♄ ♃ 11. 12. ♀ or. cũ Sp.
14		6 ✱ 27			3 ☍ 18		♀ occ. cum rostra cor.
15			11 △ 7				♀ occ. cũ dex. hu. Aur.
16				1 △ 14			☿ or. cũ ni. ♀ m. c. cũ hy
17 ☍	13 37					14 ☍ 30	♂ m. c. cum cane maio.
18 Alc.	6 ♌	2 ☌ 31		14 □ 40			☌ ☉ ☿ 0. 0.
19					12 △ 14	Orient.	☽ ☊ 7. 50.
20			7 ☍ 28				
21				4 ✱ 33			
22	11 △ 33				6 □ 7	6 △ 16	☽ Apog.
23		20 ✱ 0					
24						16 □ 21	□ ♄ ♂ 3. 15. ☌ ♀ cũ reg
25 □	14 20		8 △ 36		0 ✱ 15		♂ occ. cum hœdis.
26 Alc.	21 ♌	6 □ 15		8 ☌ 57			♂ or. cum dex. hu. Orio.
27			19 □ 39			2 ✱ 45	♂ or. cum Hercule.
28	4 ✱ 58	15 △ 12					
29							✱ ♃ ♀ 3. 12. ♂ or. cũ Sp
30			4 ✱ 17		6 ☌ 12		♀ or. cum trica. {Cornu

a. Die 5. ♂ occ. cum cane minore, & ♀ cum Præsepe, & Apoll.
b. Die 6. ♀ or. cum cane minore, & asino austr.
c. Die 9. ♀ occ. cum asino boreo.
♀ Fit ℞ oriendo ferè cum arcturo, & fit illic m. c. cum cauda ♌.

Positus Planetarum Diurnus.

	Dies	Dies	☉ ♎ P	'	"	☽ ♍ P	'	♄ ♈ P (M D)	'	♃ ♓ P (S D)	'	♂ ♋ P (S A)	'	♀ ♍ P (S A)	'	☿ ♍ P (M A)	'	☊ ♈ P	'
	21	1	7	43	15	11	27	10	15	0	42	14	27	3	18	22	21	15	53
	22	2	8	42	20	25	4	10	8	0	54	14	58	3	40	22	54	15	50
	23	3	9	41	27	♎ 9	0	10	3	1	7	15	29	4	59	23	30	15	47
	24	4	10	40	36	23	13	9	58	1	19	16	0	6	5	24	13	15	43
E	25	5	11	39	47	♏ 7	41	9	53	1	32	16	30	7	16	25	3	15	40
	26	6	12	39	0	22	20	9	48	1	45	17	0	8	30	25 S	55	15	37
	27	7	13	38	15	♐ 7	5	9	43	1	58	17	30	9	43	26	51	15	34
	28	8	14	37	32	21	47	9	38	2	11	18	0	10	55	27	51	15	31
	29	9	15	36	50	♑ 6	20	9 A	33	2	24	18	29	12	8	28	54	15	27
	30	10	16	36	10	20	38	9	28	2	37	18	58	13	20	♎ 0	1	15	24
Oc.	1	11	17	35	32	♒ 4	38	9	23	2	50	19	26	14	33	1	11	15	21
E	2	12	18	34	57	18	16	9	19	3	3	19	55	15	46	2	24	15	18
	3	13	19	34	24	♓ 1	33	9	14	3	16	20	23	16	59	3	40	15	15
	4	14	20	33	53	14	19	9	9	3	29	20	51	18	11	4	58	15	11
	5	15	21	33	23	27	6	9	4	3	42	21	19	19	25	6	18	15	8
	6	16	22	32	55	♈ 9	27	9	0	3	55	21	47	20	38	7	40	15	5
	7	17	23	32	29	21	36	8	55	4	8	22	14	21	52	9	4	15	2
	8	18	24	32	5	♉ 3	34	8	50	4	21	22	41	23	5	10	30	14	59
E	9	19	25	31	43	15	27	8	45	4	34	23	8	24	18	11	58	14	56
	10	20	26	31	23	27	17	8	41	4	47	23	34	25	32	13 D	27	14	53
	11	21	27	31	5	♊ 9	7	8	36	5	0	24	0	26	45	14	58	14	49
	12	22	28	30	40	21	0	8	31	5	14	24	26	27	59	16	30	14	46
	13	23	29	30	35	♋ 2	59	8	27	5	27	24	51	29	12	18	3	14	43
	14	24	♏ 0	30	23	15	7	8	22	5	40	25	16	♎ 0	26	19	38	14	40
	15	25	1	30	13	27	27	8	18	5	53	25	41	1	39	21	14	14	36
E	16	26	2	30	5	♌ 10	2	8	13	6	6	26	5	2	53	22	51	14	33
	17	27	3	29	59	22	53	8	9	6	19	26	29	4	7	24	29	14	30
	18	28	4	29	55	♍ 6	2	8	5	6	32	26	53	5	21	26	8	14	27
	19	29	5	29	52	19	31	8	1	6	45	27	16	6	35	27	47	14	24
	20	30	6	29	51	♎ 3	21	7	57	6	58	27	39	7	49	29	27	14	21
	21	31	7	29	52	17	31	7	53	7	11	28	1	9	3	♏ 1	7	14	17

Latitudo Planetarũ ad diẽ	♄	'	♃	'	♂	'	♀	'	☿	'	
1	2 A	39	1	9	0	8	0	42	0 S	43	Mensis
11	2	40	1	8	0	21	1	8	0	45	
21	2	39	1	7	0	36	1	23	1 D	14	

Syzygiæ Lunares.

		Orient.	Occid.	Orient.	Orient.	Orient.	
	☽	♄	♃	♂	♀	☿	Syzygię Planetarũ mutuę, & eorum congressus cum illustrioribus aliquibus stellis fixis.
Dies	H ′	H ′	H ′	H ′	H ′	H ′	
1				5 ✶ 30		20 ☌ 2	☿ or. cũ by. et oc. cũ ag.
2							
3 ☌	1 33	1 ☍ 47		11 □ 21			♂ ☊ ♄ 8.13 ☽ ☋ 11.25
4 Asc.	6 ♑	Occid.	13 ☌ 37		23 ✶ 17		♃ m. c. cũ arc. et ♂ cũ 3 2
5				23 △ 56			♂ or. cũ Hœd. et oc. cũ hyd.
6						6 ✶ 13	☽ Perig.
7	11 ✶ 27	4 △ 16			4 □ 40		♂ or. cum ult. zo. Ori. a.
8			17 ✶ 25			10 □ 37	☿ or. cum vindem.
9 □	19 59	5 □ 22		21 ☍ 6	10 △ 38		♃ or. cum Fidicula. b.
10 Asc.	4 [illegible]		20 □ 50			17 △ 33	♂ m. c. cum Hercule.
11		8 ✶ 19					♂ m. cum trica.
12	0 △ 38						☿ m. c. cum Algorab.
13			3 △ 13				
14				12 △ 34	7 ☍ 39		□ ☽ ♂ 8.10 ☿ or. cũ ar.
15		23 ☌ 7				20 ☍ 4	(21.35. c.
16							☽ ☊ 11.6. ☍ ♄ ☿
17 ☍	4 34			1 □ 12			✶ ♂ ☿ 11.29.
18 Asc.	1 ♈		1 ☍ 34				☿ m. c. cum eisdem.
19				16 ✶ 10	20 △ 2		
20		23 ✶ 57					☽ Ap. ☿ or. cum coro.
21						13 △ 32	☿ m. c. cũ ro. ♐ spi. ♍
22	16 △ 24				15 □ 35		☿ or. cũ Alg. et oc. cũ
23		10 □ 44	4 △ 58				♀ or. cũ vin. et ☿ cũ 150
24				20 ☌ 26		10 □ 5	☿ or. cũ spi. ♍ d. (et 58.
25 □	8 45	20 △ 34	16 □ 21		11 ✶ 57		☿ oc. cum cauda ♌.
26 Asc.	6 ♋						☿ m. c. cum Algorab.
27	21 ✶ 0					3 ✶ 19	(arcturo.
28			0 ✶ 54				□ ♂ ☿ 14.13. ♀ or. cũ
29				13 ✶ 48			(14.14. ☽ ☋ 18.14.
30		7 ☍ 46			8 ☌ 17		☍ ♄ ♀ 2.28 ☌ ☽ ♃
31				17 □ 54			☿ m. c. cum arcturo.

a. Die 7. ☿ m. c. cum rostro corvi.
b. Die 9. ☿ or. cum cauda ♌. ♂ m. c. cum procyone.
c. Die 16. ☿ m. c. cum cauda ♌.
d. Die 24. ☿ m. c. cum trica.

Anni Iuliani	Anni Gregor.	☉ ♏			☽ ♏		♄ ♈		♃ ♏		♂ ♋		♀ ♎		☿ ♏		☊ ♈	
		Positus Planetarum Diurnus.					M A S		A S		A S		A S		D			
Dies		G	'	"	G	'	G	'	G	'	G	'	G	'	G	'	G	'
22	1	8	29	55	1	59	7	50	7	24	28	24	10	18	2	48	14	14
E 23	2	9	30	0	16	43	7	46	7	37	28	46	11	32	4	29	14	11
24	3	10	30	6	1 ♐	36	7	42	7	50	29	7	12	40	6	10	14	8
25	4	11	30	14	16	33	7	38	8	3	29	28	14	1	7	52	14	5
26	5	12	30	24	1 ♑	24	7	35	8	16	29	48	15	15	9	34	14	2
27	6	13	30	36	16	4	7	31	8	29	0 ♌	8	16	30	11	16	13	58
28	7	14	30	50	0 ♒	26	7	28	8	42	0	28	17	44	12	59	13	55
29	8	15	31	5	14	28	7	24	8	55	0	47	18	59	14	41	13	52
E 30	9	16	31	22	28	7	7	21	9	8	1	6	20	13	16 M	[illegible]	13	49
31	10	17	31	41	11 ♓	23	7	18	9	21	1	24	21	28	18	7	13	46
Oc. 1	11	18	32	1	24 ♈	15	7	15	9	34	1	43	22	43	19	50	13	42
2	12	19	32	23	6	47	7	11	9	47	2	0	23	57	21	33	13	39
3	13	20	32	46	19	1	7	9	10	0	2	17	25 D	12	23	16	13	36
4	14	21	33	11	1 ♉	2	7	6	10	13	2	33	26	27	24	59	13	33
5	15	22	33	38	12	52	7	3	10	26	2	49	27	42	26	41	13	30
E 6	16	23	34	6	24	35	7	1	10	39	3	4	28	56	28	23	13	26
7	17	24	34	35	6 ♊	14	6	58	10	52	3	19	0 ♏	11	0 ♐	7	13	23
8	18	25	35	6	17	54	6	56	11	5	3	33	1	26	1	49	13	20
9	19	26	35	38	29	38	6	53	11	18	3	47	2	41	3	31	13	17
10	20	27	36	12	11 ♋	28	6	51	11	30	4	0	3	56	5	13	13	14
11	21	28	36	47	23	28	6	49	11	43	4	12	5	11	6	53	13	10
12	22	29	37	24	5 ♌	41	6	47	11	56	4	24	6	26	8	33	13	7
E 13	23	0 ♐	38	3	18	10	6	45	12	9	4	35	7	41	10	13	13	4
14	24	1	38	43	0 ♍	58	6	43	12	21	4	46	8	56	11	53	13	1
15	25	2	39	24	14	7	6	42	12	34	4	56	10	11	13	30	12	58
16	26	3	40	7	27	39	6	40	12	47	5	5	11	26	15	8	12	55
17	27	4	40	51	11 ♎	34	6	39	12	59	5	14	12	41	16	45	12	51
18	28	5	41	36	25	50	6	37	13	12	5	21	13	56	18	21	12	48
19	29	6	41	22	10 ♏	21	6	36	13	24	5	25	15	12	19	56	12	45
E 20	30	7	41	9	25	15	6	35	13	36	5	30	16	27	21	30	12	42

Latitudo Planetarū ad diē		♄		♃		♂		♀		☿		
	1	2	38	1	6	0	42	1	32	0 M	48	
	11	2	35	1	7	1	10	1 D	16	0	9	Mensis
	21	2	31	1	8	1	30	1	33	1	15	

Syzygiæ Lunares.							
		Occid.	Orient.	Orient.	Orient.	Orient.	Syzygiæ Planetarũ mutuæ, & eorum congressus cum illustrioribus aliquibus stellis fixis.
	☉	♄	♃	♂	♀	☿	
Dies	H ′	H ′	H ′	H ′	H ′	H ′	
1			8 ☌ 57			1 ☌ 38	☿ or. cum Fidi ♀ m.c.
2				19 △ 54			(cum 54.
3		9 △ 45			19 ⚹ 34		☽ Perig.
4							☌ ♃ ☿ 1,58 ♀ or. cũ co.
5	19 ⚹ 30	10 □ 4	11 ⚹ 23			13 ⚹ 7	♀ or. cũ 101. & cheli.
6					0 □ 49		♀ or. cũ Alc (cũ 26 5 4
7		11 ⚹ 58	14 □ 21	0 ☍ 4			♀ or. cũ rost. cor. & m.c.
8 □	2 21				8 △ 31	0 □ 25	♂ or. cum ast. bor. ♄.
9 Alc.	8 ♓		20 △ 16			Occid.	☌ ☉ ☿ 4.0 ♀ or. cũ spi ♍
10	12 △ 16					14 △ 29	♃ or. cũ 101. ♀ oc. cũ 50.
11				14 △ 38			♃ m.c. cum lance austr.
12		0 ☌ 49					☽ ☊ 12.20 ♃ or. cũ che.
13					15 ☍ 47		♂ m.c. cum aselus.
14			18 ☍ 57	3 □ 3			☌ occ. cũ Pr. ♀ m.c. cũ 58
15 ☍	22 1						♂ or. cum acarnar.
16 Alc	26 ♓			17 ⚹ 40		9 ☍ 19	☿ or. cum rostro galli.
17		1 ⚹ 32					☽ Apog.
18							♀ m.c. cum arcturo.
19		14 □ 40			0 △ 55		☌ ♂ ♀ 4.22. ♀ m.c. cũ cy.
20			0 △ 4				□ ♂ ♀ 1.31 △ ♄ ☿ 21,58
21	11 △ 2			21 ☌ 28			♂ or. cum canc. [illegible]
22		2 △ 8	12 □ 14		1 □ 33	6 △ 21	♂ or. cum ast. austr.
23							♃ oc. cum vindem.
24 □	1 42		21 ⚹ 7		16 ⚹ 0	24 □ 48	☿ or. cum cauda cygni.
25 Alc.	21 ♓						♀ or. cum lancibus.
26	11 ⚹ 12	15 ☍ 32		12 ⚹ 58			♂ oc. cũ ast. & Præsepe.
27						9 ⚹ 10	☌ ♃ ☿ 7.1. △ ☽ ♂
28				15 □ 19			△ ☽ ♄ 21.41 (15.14
29			4 ☌ 53		7 ☌ 53		☿ or. cũ aq. ♃ oc. 14 27 [illegible]
30 ☌	22 40	18 △ 9		16 △ 27			♀ m.c. cum lance bor.
Alc.	5 ♈						

a. Die 7. ☿ occ. cum spica ♍.
b. Die 8. ☿ or. cum cing. ♍.
c. Die 11. ♂ m.c. cum Præsepe.
d. Die 21. ☿ or. cum corde ♏.
e. Die 27 ☽ [illegible] 1.11. ♀ o. cum vin. et ☿ cũ [illegible]

Die 9 copulabuntur ☉, & ☿ per corpus partiliter. ♂ occ. cum Hercule.

Dies Nov.	Dies Dec.	Positus Planetarum Diurnus.																
							M A	S	A S		A		D M		I			
		☉ ♐			☽ ♐		♄ ♈		♃ ♒		♂ ♌		♀ ♒		☿ ♐		☊ ♈	
Dies		P	′	″	P	′	P	′	P	′	P	′	P	′	P	′	P	′
21	1	8	43	57	10	15	6	34	13	49	5	42	17	42	23	3	12	39
22	2	9	44	46	25 ♑	17	6	33	14	1	5	47	18	57	24	34	12	35
23	3	10	45	36	10	13	6	33	14	13	5	52	20	13	26	4	12	32
24	4	11	46	27	24	57	6	32	14	26	5	56	21	28	27	33	12	29
25	5	12	47	19	9 ♒	23	6	32	14	38	5	59	22	43	29 ♑	1	12	26
26	6	13	48	12	23	27	6	32	14	50	6	2	23	59	0	28	12	23
E 27	7	14	49	7	7 ♓	8	6	32	15	2	6	4	25	14	1	53	12	20
28	8	15	50	3	20	26	6	31	15	14	6	5	26	29	3	16	12	16
29	9	16	51	0	3 ♈	22	6	31	15	26	6 ℞	6	27	45	4	37	12	13
30	10	17	51	57	15	57	6 Di	31	15	38	6	5	29	0	5	55	12	10
Dec. 1	11	18	52	55	28 ♉	14	6	31	15	50	6	3	0 ♓	16	7 A	11	12	7
2	12	19	53	54	10	17	6	31	16	2	6	1	1	32	8	26	12	4
3	13	20	54	54	22 ♊	9	6	31	16	14	5	58	2	47	9	38	12	0
E 4	14	21	55	54	3	58	6	32	16	26	5	54	4	1	10	47	11	57
5	15	22	56	55	15	51	6	32	16	37	5	49	5	18	11	53	11	54
6	16	23	57	57	27 ♋	8	6	33	16	49	5	43	6	33	12	55	11	51
7	17	24	58	59	8	48	6	33	17	0	5	37	7	49	13	54	11	48
8	18	26	0	2	20 ♌	34	6	34	17	12	5	30	9	5	14	49	11	45
9	19	27	1	5	2	29	6	35	17	23	5	22	10	20	15	40	11	41
10	20	28	2	8	14	37	6	36	17	34	5	13	11	36	16	27	11	38
E 11	21	29 ♑	3	11	27 ♍	1	6	37	17	46	5	3	12	51	17	10	11	35
12	22	0	4	16	9	41	6	39	17	57	4	52	14	7	17	49	11	32
13	23	1	5	20	22 ♎	51	6	40	18	8	4	41	15	23	18	23	11	29
14	24	2	6	25	6	10	6	42	18	19	4	29	16	38	18	51	11	26
15	25	3	7	30	20 ♏	13	6	44	18	30	4	16	17	54	19	15	11	22
16	26	4	8	35	4	18	6	45	18	41	4	2	19	10	19	35	11	19
17	27	5	9	41	19 ♐	3	6	47	18	52	3	48	20	25	19	48	11	16
E 18	28	6	10	47	3	53	6	49	19	2	3	33	21	41	19	55	11	13
19	29	7	11	53	18 ♑	51	6	52	19	13	3	17	22	57	19 ℞ S	55	11	10
20	30	8	12	59	3	50	6	54	19	23	3	0	24	12	19	49	11	7
21	31	9	14	6	18	42	6	56	19	34	2	43	25	28	19	37	11	3

Latitudo Planetarū ad diē											
	1	2	27	1	9	1	54	1	25	2	9	Mensis
	11	2	23	1	10	2	22	1	8	2 A	26	
	21	2	20	1	11	2	54	0	49	1 S	47	

	Syzygiæ Lunares.						
		Occid.	Orient.	Orient.	Orient.	Occid.	Syzygiæ Planetarũ inter se, & eorum congressus cum illustrioribus aliquibus stellis fixis.
	☽	♄	♃	♂	♀	☿	
Dies	H ′	H ′	H ′	H ′	H ′	H ′	
1						21 ☌ 42	⊕ Perig.
2		18 □ 6					♀ occ. cum cing. ♍.
3			6 ✶ 36		17 ✶ 49		♀ or. cum cauda Del.
4		19 ✶ 22		18 ☍ 19			♀ m.c. cum corona.
5	6 ✶ 8		9 □ 5				♂ occ. cum Apoll.
6					1 □ 0	13 ✶ 44	♀ occ. cum aculeo ♏.
7 □	15 15		14 △ 29				(cũ pri. fron. ♏
8 Asc.	25 ♎				12 △ 24		☿ or. cũ ne. ♐. ♀ m.c.
9		6 ☌ 0		5 △ 12		2 □ 37	△ ♄ ♂ partilis ferè. a.
10	4 △ 3						□ ♄ ☿ 11.22.
11				15 □ 33		19 △ 51	♀ or. cũ δ 2. et oc. cũ ε 4. b
12			11 ☍ 50				♃ m.c. cum lance bor.
13							♀ m.c. cum corde ♏.
14		5 ✶ 29		4 ✶ 9	0 ☍ 22		♀ or. cum neb. ♏.
15 ☍	16 57						⊕ Ap. △ ♂ ☿ 9.11.
16 Asc.	21 ♏	19 □ 21					△ ♄ ♀ 0.0.
17			17 △ 1			11 ☍ 14	♀ or. cũ cor. ♏, et oc. cũ
18							♀ occ. cum corona. (51.
19		8 △ 7		5 ☌ 39	17 △ 20		
20			5 □ 48				
21	4 △ 9						♂ oc. cũ α 45 ♀ m.c. cũ ba
22			15 ✶ 4		8 □ 51	15 △ 17	✶ ♃ ☿ 8.21 ♂ or. cũ p.
23 □	15 58			20 ✶ 44			
24 Asc.	26 ♐	0 ☍ 41			19 ✶ 25	22 □ 17	⊕ ☋ 8.46.
25	23 ✶ 24			23 □ 16			♀ m.c. cũ acu. ♏. ♃ oc.
26			13 ☌ 40				♂ or. cum acor. (cũ 15.
27				21 △ 55		1 ✶ 24	♂ or. cũ Br. c. ♀ cũ aq. c.
28		4 △ 47					□ ⊙ ♄ 15.28. ☿ occ. cũ
29					7 ☌ 10		⊕ Perig. (121.
30 ☌	7 38	4 □ 56					♂ or. cum asi. bor.
31 Asc.	18 ♒		1 ✶ 25	22 ☍ 27		1 ☌ 39	✶ ♃ ☿ 1.24.

a. Die 9 ⊕ ☊ 16.49. ☿ or. cum aculeo ♏. ♀ occ. cum neb. & corde ♏.
b. Die 11 ♀ m.c. cum palma Spic.
c. Die 27. ♀ or. cum [illegible]
♂ [illegible] et [illegible] per totum mensem.

EPHEMERIS IOANNIS ANTONII MAGINI PATAVINI

Ad annum Dominicæ Incarnationis

1615.

Qui est annus tertius post Bissextilem, 33. à Kalendario reformato, & à principio Mundi 5577.

Constitutio cæli ad tempus ingressus Solis in Arietis principium.

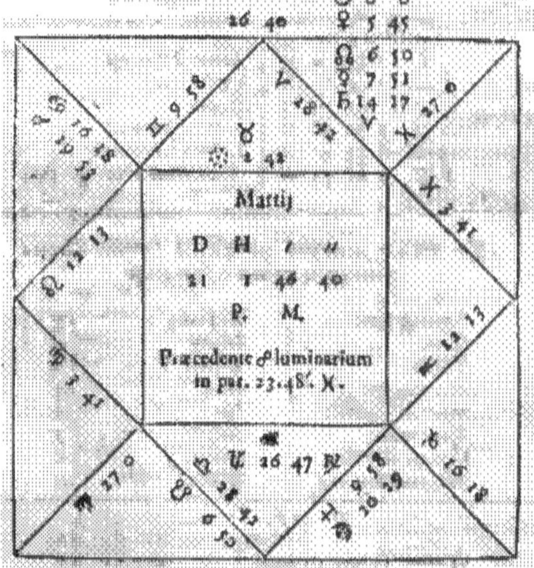

Anni Tropici vera magnitudo.

Dierum 365. *Horarum* 5. *Scr.* 55'. 32''. 48'''. 15''''.

ANNO VIRGINEI PARTVS 1615. communi.

Ingressus ☉ in principium			D.	H.	'	''
	♋, Seu solstitij æstiui	Iunij	21	21	51	41
	♎, Seu æquinoctij autumni.	Septemb.	23	9	29	26
	♑, Seu solstitij hiemalis	Decemb.	21	4	24	10

	P.	'	''	'''
Vera præcessio Æquinoctiorum	28	13	41	52
Obliquitas Zodiaci	23	28	1	46

Eccentricitas ☉ 32206. Qualium semidiameter eccentrici ☉ par. 100000. seu par. 1,55',56'',25'''. Qualium P. 60.

Locus Apogæi		P.	'	''			
	♄	29	41	9	♐	Aureus Numerus	1
	♃	7	0	57	♎	Cyclus Solis	28
	♂	28	52	57	♌	Epacta	1
	☉	9	56	54	♋	Indictio Romana	13
	♀	16	34	41	♊	Litera Dominicalis	D
	☿	0	45	34	♐	Interuallum hebd. 9. Dies	3

Festa mobilia secundum Sacrosanctæ Romanæ Ecclesiæ usum iuxta annum reformatum.

Septuagesima	Februarij	15
Cinis	Martij	4
Pascha	Aprilis	19
Rogationes	Maij	25
Ascensio Domini	Maij	28
Pentecostes	Iunij	7
Corpus Christi	Iunij	18
Aduentus Domini	Nouemb.	29

Quatuor Tempora anni, seu Ieiunia				
	Martij	11	13	14
	Iunij	10	12	13
	Septembris	16	18	19
	Decembris	16	18	19

Hoc anno vterque luminarium à luminis iactura liber est.

Planetarum status.

♄ { Descēdit in toto hoc anno parū à lōgitudine medi[illegible] Eccētrici versus imā partē.
Die 9. Aprilis in Apogæo } Epicycli reperitur.
Die 15. Octobris in Perigæo }
Contra signorum consequentiam torabitur à die 7. Augusti in 23. Decemb.

♃ { Recedit ab Auge Eccentri versus longitudinem mediam.
Die 15. Maij demissiorem } Epicycli partem possidet.
Die 29. Nouembris supremam }
Post 15. Martij in diem 15. Iulij retrogradè incedet.

♂ { Superiorem partem deferentis possidet die 2. Aprilis.
Die 16. Ianuarij infimam Epicycli partem tenet.
Liberatur à retrogressu die 26. Februarij, & inde continuò progredietur.

♀ Die { 8. Iunij per supremam } Eccentri partem incedit.
8. Decemb. per infimam }
27. Februarij per supremam } Epicycli partem discurrit.
13. Decembris per infimam }
23. Nouembris exitum anni cum retrocessu claudet.

☿ Die {
23 Maij in Perigæo } Eccentrici est.
22 Nouemb. in Apogæo }
8 Ianuarij in Perigæo }
7 Martij in Apogæo }
4 Maij in Perigæo }
2 Iulij in Apogæo } Epicycli est.
29 Augusti in Perigæo }
26 Octobris in Apogæo }
22 Decemb. in Perigæo }
Ab ineunte anno vsq; ad 10. eiusdem }
23 Aprilis vsq; ad diem 15. Maij } Regresiones complet.
18 Augusti vsq; ad 9. Septemb. }
11 Decemb. vsq; ad annū proximū }

Dies veteris	Dies Gregor.	☉ ♑ P	′	″	☽ ♒ P	′	♄ ♈ (M A) P	′	♃ ♒ (S A) P	′	♂ ♌ (S A) P	′	♀ ♓ (S D) P	′	☿ ♑ (S A) P	′
22	1	10	15	13	3	22	6	58	19	44	2	25	26	44	19	19
23	2	11	16	20	17 ♓	44	7	1	19	54	2	6	27	59	18	56
24	3	12	17	27	1	46	7	4	20	5	1	47	29 ♑	15	18	27
D 25	4	13	18	33	15	27	7	6	20	15	1	27	0	31	17	53
26	5	14	19	39	28 ♈	46	7	9	20	25	1	6	1	46	17	15
27	6	15	20	45	11	45	7	12	20	35	0	45	3	2	16	33
28	7	16	21	50	24 ♉	25	7	15	20	45	0	23	4	17	15	49
29	8	17	22	55	6	48	7	18	20	55	0	1	5	33	15	3
30	9	18	24	0	18 ♊	57	7	21	21	5	29 ♋	39	6	49	14	16
31	10	19	25	4	0	56	7	25	21	14	29	16	8	4	13	28
D 1	11	20	26	8	12	48	7	28	21	24	28	53	9	19	12	42
Ian. 2	12	21	27	12	24	35	7	31	21	33	28	30	10 M	36	11	58
3	13	22	28	15	6 ♋	20	7	35	21	43	28	7	11	51	11	17
4	14	23	29	18	18	6	7	39	21	53	27	42	13	7	10	40
5	15	24	30	20	29 ♌	57	7	42	22	1	27	19	14	24	10 D	8
6	16	25	31	22	11	57	7	46	22	10	26	55	15	38	9	42
7	17	26	32	25	24 ♍	8	7	50	22	19	26	31	16	53	9	21
D 8	18	27	33	24	6	34	7	54	22	28	26	7	18	8	9	8
9	19	28	34	24	19 ♎	18	7	58	22	38	25	43	19	23	9	[illegible]
10	20	29	35	24	2	23	8	2	22	45	25	20	20	39	8 D	59
11	21	♒ 0	36	23	15	51	8	6	22	54	24	57	21	54	9	4
12	22	1	37	22	29	42	8	11	23	3	24	34	23	10	9	15
13	23	2	38	20	13 ♏	54	8	15	23	11	24	11	24	25	9	32
14	24	3	39	17	28	24	8	20	23	19	23	49	25	41	9	55
D 15	25	4	40	13	13 ♐	7	8	25	23	27	23	27	26	56	10	23
16	26	5	41	8	27	55	8	29	23	35	23	5	28	12	10	57
17	27	6	42	2	12 ♑	43	8	34	23	43	22	44	29	27	11	37
18	28	7	42	55	27	24	8	39	23	50	22 D	23	0 ♒	43	12	21
19	29	8	43	47	11 ♒	52	8	44	23	58	22	[illegible]	1	58	13	12
20	30	9	44	38	26	2	8	49	24	5	21	42	3	14	14	7
21	31	10	45	28	9	53	8	54	24	12	21	21	4	19	15	[illegible]
Latitudo Planetarũ ad diẽ				1			2	16	1	13	3	18	0	25	0	31
				11			2	12	1	15	3	37	0 M	4	2 D	43
				21			2	7	1	19	3 D	50	0	17	2	4[illegible]

Syzygiæ Lunares.							
		Occid.	Orient.	Orient.	Orient.	Occid.	Syzygiæ Planetarũ mutuę, & eorum congressus cum illustrioribus aliquibus stellis fixis
☽	☉	♄	♃	♂	♀	☿	
Dies	H ′	H ′	H ′	H ′	H ′	H ′	
1		6 ✱ 1					☿ or. cum asi. bor.
2			3 □ 45		19 ✱ 16		
3	19 ✱ 50						♀ or. cũ ca. Del. ♂ m. c.
4			8 △ 45			4 ✱ 11	♂ m. c. cũ Pegase (cũ asi
5		16 ☌ 10		4 △ 10	6 □ 9		☽ ☊ 22.6 ☿ m. c. cũ ♄ :
6 □	7 24					8 □ 37	☌ ☉ ☿ 16.27. ☿ oc. cũ
7 Asc.	21 ♑			11 □ 24	21 △ 28	Orient.	☿ or. cũ neb. ♋. (coro.
8	22 △ 48					15 △ 18	♀ or. cũ 197. et m. c. cũ ly.
9			4 ☍ 21	20 ✱ 46			□ ♄ ♀ 10.49. ♀ m. c.
10		13 ✱ 10					♀ or. cũ ac. ♋ (cũ 197.
11							♃ m. c. cum corona.
12							☽ Ap ✱ ☉ ♃ 2.49. a.
13		2 □ 34			12 ☍ 57	9 ☌ 33	
14 ☍	21 33		7 △ 42	18 ☌ 54			♀ or. cum neb. ♋.
15 Asc.	18 ♎	15 △ 35					(corona. b.
16			20 □ 23				☍ ☉ ♂ 23.43 ♀ oc. cũ
17				Occid.			♀ m. c. cum rostro galli.
18						4 △ 47	
19	18 △ 26		6 ✱ 8	11 ✱ 16	0 △ 10		(spi. ♀ m. c. cũ vg.
20		10 ☍ 7				11 □ 50	☽ ☋ 13.31. □ ♄ ☿
21				13 □ 21	11 □ 53		✱ ♃ ☿ 21.11.
22 □	9 27					16 ✱ 18	☍ ♂ ☿ 10.34.
23 Asc.	18 ♋		15 ☌ 34	16 △ 36	19 ✱ 4		
24	9 ✱ 12	16 △ 17					♃ ort. cum aculeo ♏.
25							△ ♃ ♂ 0.0 ♀ m. c. cum
26		27 □ 14				22 ☌ 8	☽ Perig. (cor. ♄. c.
27			18 ✱ 8	16 ☍ 49			
28 ☌	18 18	18 ✱ 46			6 ☌ 0		♂ occ. cum hydra.
29 Asc.	20 ♈		10 □ 40				✱ ☉ ♃ 0.0 ♀ m. c. cũ 87
30							♀ or. cum neb. ♋.
31				19 △ 53		10 ✱ 1	

a. Die 12. ☌ ♀ ☿ 16.58. ☿ or. cum aculeo ♏.
b. Die 16. ☿ or. cum neb. ♓.
c. Die 25. ☿ or. cum aculeo ♏.
☿ fit directus apud neb. ♓.

[illegible]	[illegible]	☉ ♒				☽ ♓			♄ ♈ (M A)		♃ [illegible] (S A)		♂ ♋ (S D)		(M)
Dies		P		′	″	P		′	P	′	P	′	P	′	P
D 22	1	11		45	17	23	♈	25	8	59	24	19	21	3	5
23	2	12		47	5	6		38	9	5	24	20	20	45	7
24	3	13		47	52	19	♉	34	9	10	24	33	20	27	8
25	4	14		48	37	2		15	9	15	24	39	20	10	9
26	5	15		49	21	14		43	9	21	24	46	19	54	10
27	6	16		50	4	26		59	9	26	24	52	19	39	11
28	7	17		50	45	9	♊	7	9	32	24	58	19	24	13
D 29	8	18		51	25	21		9	9	38	25	4	19	10	14
30	9	19		52	3	3	♋	7	9	43	25	10	18	57	15
31	10	20		52	40	15		4	9	49	25	15	18	44	17
Iul. 1	11	21		53	15	27	♌	4	9	55	25	20	18	32	18
2	12	22		53	49	9		9	10	1	25	26	18	21	19
3	13	23		54	22	21	♍	22	10	7	25	31	18	11	20
4	14	24		54	54	3		47	10	13	25	36	18	1	21
D 5	15	25		55	24	16		25	10	19	25	41	17	52	23
6	16	26		55	53	29		10	10	25	25	46	17	44	24
7	17	27		56	20	12	♎	34	10	32	25	50	17	37	25
8	18	28		56	45	26		8	10	38	25	55	17	30	27
9	19	29		57	9	10	♏	2	10	44	25	59	17	24	28
10	20	0	♓	57	32	24		13	10	51	26	3	17	19	29
11	21	1		57	53	8	♐	37	10	57	26	7	17	14	[illegible]
D 12	22	2		58	12	23		11	11	4	26	11	17	10	[illegible]
13	23	3		58	30	7	♑	47	11	10	26	14	17	7	[illegible]
14	24	4		58	46	22		20	11	17	26	18	17	5	[illegible]
15	25	5		59	0	6	♒	43	11	24	26	21	17	3	[illegible]
16	26	6		59	13	20		51	11	30	26	24	17 Di	2	[illegible]
17	27	7		59	24	4	♓	42	11	37	26	27	17	3	[illegible]
18	28	8		59	33	18		15	11	44	26	30	17	5	[illegible]

Positus Planetarum Diurnus.

Latitudo Planetarũ ad diẽ		♄		♃		♂	
	1	1	3	1	23	3	52
	11	1	59	1	27	3	45
	21	1	56	1	31	3	33

	Syzygiæ Lunares.						
		Occid.	Orient.	Occid.	Orient.	Orient.	Syzygiæ Planetarũ mutuæ, decorum congressus cum il. affixis quibusdam & fixis [illegible]
[illegible]	☉	♄	♃	♂	♀	☿	
Dies	H	H	H	H	H	H	
1			1 △ 39				☿ m. c. [illegible] ☿ [illegible]
2	12 ✶ 23	3 ☌ 34			0 ✶ 44	11 □ 40	[illegible]
3				1 □ 40			✶ ♄ ♀ [illegible]
4					15 □ 33		☍ ♂ ☿ 8. 48.
5 ☊	[illegible]		15 ☍ 48	9 ✶ 35		13 △ 25	♀ m. c. cum aquila.
6 Asc	15 ♋						
7	19 △	0 ✶ 50			9 △ 10		♀ occ. cum Fomah.
8							✶ ♃ ♀ 2. 18. a.
9		13 □ 23					☽ [illegible]
10			20 △ 29	7 ☌ 13			♀ m. c. cum cauda, & ☿
11						5 ☌ [illegible]	♂ m. c. cum Hercule.
12		1 △ 40			22 ☍ 40		♃ m. c. capit. ✶ fron. [illegible]
13 ☍	5 [illegible]		8 □ 6				♀ or. cum cauda ♄.
14 Asc	26 ♌						□ ☉ ♃ 17. 31 ☿ m. c. [illegible]
15			17 ✶ 20	2 ✶ 48			♂ m. c. cum procyone.
16		20 ☍ 15				18 △ 45	☌ ☉ ☿ 16. 42 ♀ oc. cũ 8 [illegible]
17				8 □ 52			□ ♃ ♀ 0. 0. ✶ ♄ ♀
18	5 △ 14				1 △ 46		(2 [illegible] 45.
19				12 △ 13		4 □ 45	♀ occ. cum Fomah.
20 ☾	11 [illegible] 52		3 ☌ 3		9 □ 47		♀ [illegible] b
21 Asc	17 ✶	3 △ 52				19 ✶ 49	♀ m. c. cum cauda ♄.
22	17 ✶ 16				16 ✶ 0		[illegible]
23		6 □ 38		15 ☍ 21			
24			6 ✶ 39				♀ occ. cum Fidicula.
25		8 ✶ 0					☌ ☽ ♀ 14. 24. (Occid. [illegible]
26			9 □ 28		Occid.	8 ☌ 10	□ ♃ ♀ 19. 45. & occid. [illegible]
27 ☌	6 ♍			21 △ 56	7 ☌ [illegible]		♀ m. c. cum Fomah.
28 Asc	16		15 △ 0				♀ occ. cum rostr. galli.

a. Die 8. ♀ occ. cum aquila, & cauda ♄.
b. Die 20. ♀ occ. cum aquila, & cauda ♄.
c. Die 26. ☿ or. cum cap. Med. & occ. cum cauda Del.
☿ in quadr. [illegible] bodie.

[illegible]

Syzygiae Lunares.								
			Occid.	Orient.	Occid.	Occid.	Orient.	Syzygiae Planetarū mutuę, & eorum congressus cum illustrioribus aliquibus stellis fixis.
		☉	♄	♃	♂	♀	☿	
Dies		H ′	H ′	H ′	H ′	H ′	H ′	
1			19 ☌ 21					☽ ☊ 11.44
2					5 □ 0			
3							15 ✶ 26	♀ occ. cum Procicula.
4		6 ✶ 38			14 ✶ 28	10 ✶ 6		
5				8 ☍ 41				☿ m. c. cum [illegible] occ.
6	□	22 [illegible] 24	15 ✶ 45				12 □ 16	∠ ♂ ♀ 8.7. ☿ oc. cū scor.
7	Alc.	19 ♊				5 □ 29		
8								☽ Apog. △ ☉ ♂ 17.13.
9		15 △ 5	3 □ 30		13 ☌ 29	21 △ 33	10 △ 25	♂ m. c. cum ca. maiore.
10				7 △ 10				□ ♄ ♀ plat. △ ♂ ☿ 7.19.
11			15 △ 0					☌ ☉ ☿ 21.14.
12				17 □ 25			Occid.	
13								♃ oc. cum media fro. ♏.
14	☍	20 1			10 ✶ 17			♂ m. c. cum Hercule.
15	Alc.	14 ♉		1 ✶ 57		4 ☍ 34	1 ☍ 30	∠ ♃ ☿ 1.57. ☉ ☿ 20.13.
16			8 ☍ 1		17 □ 21			
17								☌ ♀ ☿ 12.21. ∠ ☉ ♃ 20.5[illegible]
18					21 △ 58			
19		13 △ 12		10 ☌ 25		23 △ 1		
20			15 △ 24				1 △ 54	
21	□	19 40						☉ Per. ☿ or. cū cor. ♌.
22	Alc.	16 ♉	17 □ 32			5 □ 22	10 □ 35	♀ or. cum cor. ♌.
23				14 ✶ 29	3 ☍ 22			♂ occ. cum hydra.
24		0 ✶ 22	10 ✶ 34			12 ✶ 18	10 ✶ 13	☌ ♄ ☿ 23.1.
25				17 □ 11				
26								
27				21 △ 41	13 △ 33			♄ or. cū hed. ☿ oc. cū 10[illegible]
28	☌	19 10						☽ ☊ 16.54 ☌ ♄ ♀ 18.5[illegible]
29	Alc.	13 ♉	9 ☌ 36		22 □ 30	11 ☌ 4		□ ♂ ☿ 1.17. ☿ [illegible]
30							0 ☌ 50	♀ or. cum dex. hu. Aur.
31								♀ or. cum haedis. b.

a. Die 10. ☿ occ. cum extrema Eridani.
b. Die 31. ♀ occ. cum cauda cygni. ☿ m. c. cum cor. ♌.
♃ Fit stat. occidendo cum media frontis ♏.

Positus Planetarum Diurnus.

M D S A S D M A S A

Dies		☉ ♈ °	'	"	☽ ♉ °	'	♄ ♈ °	'	♃ ♒ °	'	♂ ♋ °	'	♀ ♈ °	'	☿ ♈ °	'	☊ ♈ °
22	1	10	47	43	17	44	15	41	26	24	22	51	19	14	26	35	6
23	2	11	46	49	29	57	15	49	26	21	23	10	20	28	28	6	6
24	3	12	45	53	12 ♊	6	15	56	26	18	23	29	21	41	29 ♉	37	6
25	4	13	44	55	24	23	16	4	26	14	23	48	22	55	1	6	6
D 26	5	14	43	55	6 ♋	21	16	12	26	10	24	8	24	9	2	33	6
27	6	15	43	53	18	32	16	20	26	6	24	28	25	23	3	58	5
28	7	16	42	49	0 ♌	48	16	27	26	2	24	49	26	37	5	20	5
29	8	17	40	43	13	13	16	35	25	57	25	10	27	50	6	39	5
30	9	18	39	35	25 ♍	46	16	43	25	53	25	32	29 ♉	4	7	55	5
31	10	19	38	25	8	32	16	51	25	48	25	54	0	18	9	6	5
Ap. 1	11	20	37	13	21 ♎	35	16	59	25	43	26	16	1	31	10	16	5
D 2	12	21	35	59	4	50	17	7	25	38	26	38	2	45	11	18	5
3	13	22	34	43	18 ♏	24	17	15	25	33	27	1	3	58	12	14	5
4	14	23	33	26	2	17	17	23	25	28	27	24	5	12	13	20	5
5	15	24	32	7	16 ♐	26	17	30	25	22	27	47	6	25	14	11	5
6	16	25	30	46	0	49	17	38	25	16	28	11	7	38	14	57	5
7	17	26	29	23	15 ♑	43	17	46	25	12	28	35	8	52	15	38	5
8	18	27	27	58	0	2	17	54	25	7	28	59	10	5	16	13	5
D 9	19	28	26	31	14	35	18	1	25	1	29	23	11	19	16 D	41	5
10	20	29	25	3	29	5	18	9	24	55	29	48	12	32	17	3	5
11	21	0 ♉	23	32	13 ♒	18	18	17	24	49	0 ♌	13	13	45	17	18	5
12	22	1	22	0	27	13	18	24	24	41	0	38	14	59	17	27	5
13	23	2	20	26	10 ♓	43	18	32	24	37	1	4	16	12	17 R	29	5
14	24	3	18	50	24	2	18	40	24	30	1	29	17	25	17	24	5
15	25	4	17	13	6 ♈	57	18	47	24	24	1	55	18 S	39	17	11	4
D 16	26	5	15	35	19	28	18	55	24	17	2	21	19	52	16	51	4
17	27	6	13	54	1 ♉	59	19	3	24	11	2	47	21	5	16	23	4
18	28	7	12	11	14	11	19	10	24	4	3	13	22	18	15	48	4
19	29	8	10	27	26 ♊	14	19	18	23	5	3	40	23	32	15	6	4
20	30	9	8	41	8	15	19	25	23	50	4	7	24	45	14	19	4

Latitudo Planetarũ ad diẽ											
	1	1	51	1	4	2	13	0	50	6	56
	11	1	52	1	42	2	6	0	31	2 D	21
	21	1	53	1	50	1	53	0 S	10	2	52

Syzygiæ Lunares.

Dies	☽ H ′	Occid. ♄ H ′	Orient. ♃ H ′	Occid. ♂ H ′	Occid. ♀ H ′	Occid. ☿ H ′	Syzygiæ Planetarũ mutuæ, & eorum congressus cum illustrioribus aliquibus stelis fixis.
1			16 ☍ 57	10 ✱ 19			
2							♀ or. cũ dex. hum. Aur.
3	1 ✱ 27	7 ✱ 40			21 ✱ 31		☽ Apog.
4						15 ✱ 27	□ ♂ ♀ 23.33.
5 □	18 2	19 □ 38					♄ or. cum 31. ♀ occ. cũ
6 Asc.	24 ♈		14 △ 45	11 ☌ 57	14 □ 56		☌ ☉ ♄ 17.40.(a99.
7		☉ occ.				9 □ 48	♃ m. c. cum pri. fron. ♏.
8	9 △ 17	6 △ 3					
9			0 □ 13		0 △ 53		△ ♃ ♂ 18.40.
10						1 △ 12	
11			7 ✱ 29	8 ✱ 45			♀ occ. cum cor. ♈.
12		21 ☍ 59					☽ ☿ 1.19.
13 ☌	7 51			15 □ 18			(cum 20. b.
14 Asc.	7 ♏				5 ☍ 23	19 ☍ 55	♄ occ. cũ nebul. ☿ m. c.
15			14 ☌ 50	19 △ 28			
16							☿ or. cum Fomalh.
17	19 △ 30	3 △ 56					☽ Per. ♀ m. c. cum ma.
18					18 △ 2		(c 12.
19		5 □ 40	17 ✱ 8			3 △ 19	
20 □	0 45			1 ☍ 15			□ ☉ ♂ 16.15.
21 Asc.	21 ♌	8 ✱ 46	19 □ 40		0 □ 50	6 □ 58	♀ or. cũ pl. et m. c. cũ 20
22	7 ✱ 53						♃ oc. cũ ac. ♏ (b 12. (c 22
23					10 ✱ 47	12 ✱ 2	☌ ♃ ☿ 23.36 ♀ m. c. cũ
24			0 △ 53	14 △ 18			☽ ☊ 20.21 ♂ or. cũ 23.40
25		22 ☌ 44					♀ or. cũ ple. pl. et oc. cũ
26							♂ oc. cum Her. (Rigel.
27 ☌	9 14			1 □ 36			♂ or. cum Pra. (c acr.
28 Asc.	3 ♐		19 ☍ 29		18 ☌ 1	3 ☌ 1	♀ m. c. cũ pl. et ☿ cũ ac.
29				15 ✱ 32			☌ ♃ ♀ 7.30 ♂ or. cũ pl.
30		22 ✱ 51					♂ or. cum ast. austr.

a. Die 6. ♀ m. c. cum cor. ♈.
b. Die 14. ☿ or. cum ultima fulio. ...
c. Die 29. ♂ m. c. cum Prœsepe.
☿ Fit ☽ oriendo cum pleiadibus.

Syzygiæ Lunares.							
		Orient.	Orient.	Occid.	Occid.	Occid.	Syzygiæ Planetarũ mutuæ, & eorum congressus cum illustrioribus aliquibus stellis fixis.
	☉	♄	♃	♂	♀	☿	
Dies	H ʹ	H ʹ	H ʹ	H ʹ	H ʹ	H ʹ	
1							☽ Ap. ♀ oc. cũ ... ap.
2	19 ✶ 57					19 ✶ 37	☌ ☉ ☿ 8.37 ♂ oc. cũ ...
3		22 □ 28	18 △ 30			Orient.	♀ oc. cum 3 om. Orio.
4				19 ☌ 55	7 ✶ 30		♂ occ. cũ ... et Ap.
5 □	11 49	22 △ 38				2 □ 28	♀ m.c. ...
6 Alc.	13 ♌		2 □ 23		23 □ 32		♀ ... ald.
7						7 △ 34	□ ♂ ♀ 8.12.
8	1 △ 48		11 ✶ 53				
9				16 ✶ 2	21 △ 49		☽ ☋ 6.9 ♀ m.c. cũ ...
10		13 ☍ 8					
11				21 □ 53		14 ☌ 2	☿ oc. cũ 24 ...
12 ☍	18 38		18 ☌ 19				✶ ♂ ♀ 14.51 ♀ oc. cũ bi.
13 Alc.	25 ♏						☍ ☽ ♃ 10.20 ♀ m.c. cũ
14		17 △ 40	Occid.	0 △ 51	2 ☍ 16		(hadr.
15						14 △ 12	☽ Pe. ♂ oc. cũ Sp. (13o
16		18 □ 41	19 ✶ 6				♀ oc. cũ ald. et m.c. cũ ca.
17	1 △ 31					13 □ 40	♀ m.c.c. cũ Rig. et oc. cũ
18		21 ✶ 0	20 □ 35	6 ☍ 10	13 △ 37		(20.
19 □	7 41					20 ✶ 31	
20 Alc.	1 ♓				22 □ 46		♀ m.c. cum 3 bus Orio.
21	16 ✶ 56		0 △ 35				☽ ☊ 23.11 ♂ oc. cũ ald.
22				21 △ 12			✶ ♄ ♀ 13.27 ♂ oc. cũ g 1.
23		10 ☌ 31			12 ✶ 34		♃ m.c. cũ oc. et ♂ cũ ry.
24						18 ☌ 57	♀ m.c. cum 31. ♃ oc. cũ
25			18 ☍ 22	10 □ 32			☿ m.c. cum 141. (55
26							
27 ☌	0 2						
28 Alc.	10 ♍	11 ✶ 48		1 ✶ 57			
29					2 ☌ 33		☽ Apog. ♀ m.c. cũ 20.
30			19 △ 18			9 ✶ 34	♀ occ. cum cane mino.
31		1 □ 16					□ ♃ ♂ 15.21 ☿ oc. cũ ci. d

a. Die 4. ♀ oc. cum lucido hum. Orio. & ult. plejad.
b. Die 6. ☿ or. cum Fomah.
c. Die 22. ☿ or. cum plejad.
d. Die 31. ☿ m.c. cum acar. & 22.

Iunius

Dies		☉ ♊			☽ ♌		M…
Dies		P	′	″	P	″	P
22	1	9	59	44	4	16	23
23	2	10	57	16	16	33	23
24	3	11	54	47	28 ♍	44	23
25	4	12	52	17	11	22	23
26	5	13	49	46	14 ♎	16	23
27	6	14	47	14	7	34	23
D 28	7	15	44	42	21 ♏	12	23
29	8	16	42	9	5	13	23
30	9	17	39	35	19 ♐	34	23
31	10	18	37	0	4	13	24
Iun 1	11	19	34	24	19 ♑	6	24
2	12	20	31	47	4	5	24
3	13	21	29	10	19 ♒	5	24
D 4	14	22	26	32	3	57	24
5	15	23	23	54	18 ♓	24	24
6	16	24	21	16	2	51	24
7	17	25	18	37	15 ♈	47	24
8	18	16	15	58	0	13	24
9	19	27	13	19	13	28	24
10	20	28	10	37	26	15	24
D 11	21	29 ♋	7	59	8 ♉	42	24
12	22	0	5	19	20	12	25
13	23	1	2	38	2 ♊	49	25
14	24	1	59	57	14	36	25
15	25	2	57	16	26 ♋	16	25
16	26	3	54	35	7	58	25
17	27	4	51	53	19 ♌	31	25
D 18	28	5	49	11	1	14	25
19	29	6	46	29	13	4	25
20	30	7	43	47	25	4	25

Syzygiæ Lunares.							
		Orient.	Occid.	Occid.	Occid.	Orient.	Syzygiæ Planetarū mutuæ, & eorum congressus cum illustrioribus, aliquibus stellis fixis.
	☉	♄	♃	♂	♀	☿	
Dies	H ′	H ′	H ′	H ′	H ′	H ′	
1	11 ✱ 21						(Bella. & Apoll.
2		13 △ 18	6 □ 10	8 ☌ 38		5 □ 19	☌ ♃ ☿ 15.4. ♀ or. cū
3					13 ✱ 54		(Syrio.
4 □	3 0		15 ✱ 1			21 △ 45	□ ♂ ☿ 0.25 ♀ m.c. cū
5 Asc.	21 ♎						☉ ☋ 15.19 ☿ or. cū in a.
6	13 △ 40				3 □ 48		(& pleia.
7		4 ☍ 24		3 ✱ 52			△ ♄ ♂ 19.43 ☿ or. cū
8			23 ☌ 0		11 △ 15		☿ or. cū Bel. (zona Orio.
9				8 □ 21		18 ☍ 32	☌ ♂ cū Re. ♀ oc. cū br. a
10							♀ or. cum zona Orio.
11 ☍	0 50	8 △ 5		10 △ 48			♀ m.c. cum Apoll.
12 Asc.	2 ♎		13 ✱ 12		22 ☍ 0		☽ Perig. ☿ or. cū hiad.
13		8 □ 27					△ ♃ ♀ 12.9 ♀ or. cū Rig.
14			23 □ 45			7 △ 53	♀ m.c. cū ca. mi. et 2 37
15	8 △ 42	16 ✱ 1		16 ☍ 14			h m c. cū 19 9. ☿ or. cū ald.
16						17 □ 33	✱ ☉ ☿ 6.0 ☿ m.c. cū br.
17 □	10 12		2 △ 32		11 △ 35		☿ oc. cū ap. et m.c. cū a.
18 Asc.	17 ♊						☉ ☊ 3.17 □ ♄ ♀ 17.33
19		11 ☌ 27				8 ✱ 6	
20	4 ✱ 2			8 △ 57	0 □ 6		☿ m.c. cum zona Orio.
21			18 ☍ 5				♂ or. cum coma Beren.
22				23 □ 10	17 ✱ 28		♂ oc. cum Alzorab.
23							✱ ♄ ♀ 7.37 ♂ or. cū hy.
24		23 ✱ 0					♀ or. cum ast. bor.
25 ☌	15 7			13 ✱ 53		5 ☌ 3	☽ Ap. ☿ m.c. cū Pras.
26 Asc.	16 ♊		19 △ 47				✱ ☉ ♂ 15 16 ♀ or. cū Pr.
27		12 □ 13					♀ or. cū pr. et 2 45 (et ac.
28					10 ☌ 24		♀ oc. cū ast. Pr. et Ap.
29			8 □ 31			Occid.	✱ ♂ ☿ 9.21. ☌ ☉ ☿
30		1 △ 10		23 ☌ 30			☿ m.c. cum S. (22.49

a. Die 9. ☿ or. cum dex. hu. Orio. & Here. & ☿ occ. cum Aldeb. & Syrio.
b. Die 24. ☿ occ. cum hydra.
c. Die 26. ☿ occ. cum Hercu. & ☿ cum procyo.
d. Die 28. ☿ or. cum Bella & Apoll.

17	7	11
17	7	12
17	7	13

		Syzygiæ Lunares.					
		Orient.	Occid.	Occid.	Occid.	Occid.	Syzygiæ Planetarũ mutuæ, & eorum congressus cum illustrioribus aliquibus stellis fixis.
	☽	♄	♃	♂	♀	☿	
Dies	H ′	H ′	H ′	H ′	H ′	H ′	
1	2 ✶ 49		19 ✶ 8			5 ✶ 20	(a) bor.
2							☽ ☊ 21.26. ☿ or. cum
3 □	15 26				18 ✶ 8	22 □ 50	♀ or. cũ ca. ma. a (20. Or.
4 Asc.	29 ♊	17 ☍ 35					△ ♃ ☿ 22.31. ☿ or. cũ
5	23 △ 41			17 ✶ 36			(160. & 31. b.
6			5 ☌ 53		3 □ 9	10 △ 44	♀ m. c. cum hyd. et oc. cũ
7				4 □ 29			□ ♃ ♀ 22.0.
8		11 △ 28			8 △ 46		♂ or. cum cauda ☊.
9				23 △ 38			□ ♄ ☿ 17.2. △ ☽ ♃
10 ☍	7 ♑ 38	21 □ 46	7 ✶ 9				☽ Perig. (20.13.
11 Asc.	23 ♑					1 ☍ 48	
12		12 ✶ 45	7 □ 31		17 ☍ 41		
13							☿ or. cũ as. bo. & oc. cũ
14	17 △ 51		9 △ 43	6 ☍ 20			☿ or. cum Basilis. c (Her.
15						21 △ 50	☽ ☋ 9.22. △ ♄ ☿ 9
16							(32. d
17 □	3 43	8 ☌ 17			11 △ 49		✶ ♃ ♂ 16.28. ☿ oc. cu
18 Asc.	2 ♓		23 ☍ 14			24 □ 31	☿ or. cum 57 (a. bor.
19	17 ✶ 40			0 △ 50			□ ☉ ♄ 19.38 (18 31.
20					4 □ 43		☿ or. cũ tri. ☿ oc. cũ abc
21				15 □ 40		11 ✶ 48	□ ♃ ☿ 5.7 ☿ or. cũ hy
22		16 ✶ 15					☿ oc. cum Algomb.
23					0 ✶ 0		
24		10 □ 55	0 △ 10	8 ✶ 24			☽ Ap. ♂ m. c. cũ ca. ☊.
25 ☌	16 17						
26 Asc.	22 ♑		13 □ 25				☿ or. cum Basilisc.
27		9 △ 3				16 ☌ 23	△ ♄ ☿ 0.0.
28					15 ☌ 4		
29			1 ✶ 32	15 ☌ 14			☿ or. cum cauda ☊.
30	14 ✶ 46						☽ ☊ 1.31. ☿ or. cum
31							☿ or. c. hy. et oc. cũ Alg.

a. Die 3. ☿ or. cum de. hu. Orio. & Hercule, & occ. cum hydis.
b. Die 6. ☿ or. cum sini pede Orio. & ultima zona Orio. & occ. cum hydra.
c. Die 14. ☿ or. cum Præsepe, acer. & procyone.
d. Die 15. ☿ occ. cum Trif. & Apoll.

Positus Planetarum Diurnus.

Anni veteris	Anni Gregor.	☉ ♌ P	'	"	☽ ♎ P	'	♄ ♈ P (M)	' (D)	♃ P (S)	' (D)	♂ ♍ P (S)	' (D)	♀ ♍ P (S)	' (D)	☿ ♍ P (S)	' (D)	☊ ♓ P	'
Dies																		
22	1	8	19	14	23 ♏	7	26	57	17	33	26	0	15	59	4	24	29	47
☽ 23	2	9	16	45	8	43	16	58	17	36	26	38	17	9	5	46	29	44
24	3	10	14	17	22 ♐	42	26	58	17	40	27	15	18	19	7	4	29	41
25	4	11	11	50	7	2	26	59	17	44	27	53	19	29	8 M	19	29	37
26	5	12	9	24	21 ♑	39	26	59	17	47	28	31	20	38	9	31	29	34
27	6	13	6	59	6	29	26	59	17	51	29	9	21	48	10	40	29	31
28	7	14	4	35	21 ♒	24	26 ℞	59	17	55	29	47	22	58	11	45	29	28
29	8	15	2	11	6	16	26	59	17	59	0 ♎	25	24	7	12	46	29	25
☽ 30	9	15	59	50	20 ♓	59	26	59	18	4	1	3	25	17	13	42	29	21
31	10	16	57	29	5	27	26	58	18	8	1	41	26	26	14	35	29	18
Au. 1	11	17	55	10	19 ♈	38	26	58	18	13	2	20	27	36	15	19	29	15
2	12	18	52	52	3	28	26	58	18	18	2	58	28	45	15	59	29	12
3	13	19	50	35	16 ♉	58	26	58	18	23	3	36	29	54	16	33	29	9
4	14	20	48	19	0	10	26	57	18	28	4	15	1 ♎	4	17	0	29	5
5	15	21	46	4	13	3	26	57	18	34	4	53	2	13	17	21	29	2
☽ 6	16	22	43	50	25	39	26	56	18	39	5	31	3	23	17	35	28	59
7	17	23	41	37	8 ♊	1	26	55	18	45	6	10	4	31	17	42	28	56
8	18	24	39	25	10	11	26	54	18	51	6	49	5	40	17 ℞	41	28	53
9	19	25	37	15	2 ♋	13	16	53	18	57	7	27	6	49	17	35	28	50
10	20	26	35	6	14	9	26	52	19	3	8	6	7	57	17	20	28	46
11	21	27	32	58	26 ♌	1	26	50	19	9	8	45	9	6	16	57	28	43
12	22	28	30	51	7	52	26	48	19	16	9	24	10	14	16	27	28	40
☽ 13	23	29	28	45	19 ♍	45	26	47	19	22	10	3	11 M	23	15	50	28	37
14	24	0 ♍	26	40	1	45	16	45	19	29	10	42	12	31	15	7	28	34
15	25	1	24	37	14	54	26	43	19	36	11	21	13	39	14	18	28	30
16	26	2	22	35	26	15	26	41	19	43	12	1	14	47	13	24	28	27
17	27	3	20	35	8 ♎	52	26	38	19	50	12	40	15	55	11 A	26	28	24
18	28	4	18	36	21	47	26	36	19	57	13	19	17	3	11	25	28	21
19	29	5	16	39	5 ♏	2	26	33	20	5	13	58	18	10	10	24	28	18
☽ 20	30	6	14	44	18	30	26	31	20	12	14	38	19	18	9	22	28	15
21	31	7	12	50	2 ♐	38	26	28	20	20	15	18	20	25	8	33	28	11

Latitudo Planetarũ ad diẽ	♄	'	♃	'	♂	'	♀	'	☿	'	
1	2	30	1	15	0	21	1	9	0 M	24	
11	2	35	1	20	0	16	0	43	1	9	Mensis
21	2	40	1	25	0	12	0 M	9	1 A	20	

Syzygiae Lunares.							
		Orient.	Occid.	Occid.	Occid.	Occid.	Syzygiae Planetarũ mutuae, & eorum congressus cum illustrioribus aliquibus stellis facti.
☽	☉	♄	♃	♂	♀	☿	
Dies	H ′	H ′	H ′	H ′	H ′	H ′	
1		7 ☍ 56				18 ✶ 19	
2 □	1 3		15 ☌ 29		11 ✶ 49		✶ ♃ ♀ 9.40.
3 Asc.	13 [illegible]			7 ✶ 58			♂ m.c. cum rostro corui.
4	7 △ 19				22 □ 13	2 □ 17	♂ or. cum vindem.
5		8 △ 37		11 □ 36			♀ m.c. cum cauda ♌.
6			19 ✶ 21			7 △ 15	☿ or. cum cauda ♌.
7		9 □ 0		14 △ 8	2 △ 43	a	☽ Perig.
8 ☍	15 19		19 □ 12				
9 Asc.	28 ♋	9 ✶ 56					♂ m.c. cum trica.
10			21 △ 35			16 ☍ 17	♀ m.c. cum rostro corui.
11				13 ☍ 8	15 ☍ 3		☽ ☊ 10.37. ♂ m.c. cum
12							♀ or. cum vind. (Algo.
13	5 △ 38	18 ☌ 10					
14							♀ m.c. cum trica.
15 □	18 2		10 ☍ 33			8 △ 22	♂ or. cũ arct. ♀ m.c. cũ
16 Asc.	3 ♍			20 △ 23	16 △ 31		(Algo.
17						19 □ 6	✶ ♃ ☿ partiel.
18	9 ✶ 42	13 ✶ 23					♀ or. cum arcturo.
19				12 □ 7	10 □ 13		(7.22.
20			10 △ 0			6 ✶ 35	△ ☽ ♄ 6.11. ☌ ♂ ♀
21		1 □ 42					☽ Apog.
22			25 □ 14	3 ✶ 16	5 ✶ 17		♀ m.c. cum vinde.
23 ☌	21 14	14 △ 2					♂ m.c. cum vindem.
24 Asc.	16 ♎						♀ or. cum corona.
25			11 ✶ 11			6 ☌ 45	[illegible] ☿ cu spi. ♍
26							☽ ☋ 2.10. (Algo. a
27				7 ☌ 50	14 ☌ 21		♂ o. cũ cor. ♌ ☿ cum
28		8 ☍ 41					♀ or. cum ro. cor. ♌ [illegible]
29	0 ✶ 28					8 ✶ 47	♀ or. cum spica ♍. b.
30			2 ☌ 43				☿ or. cum cauda ♌.
31 □	8 22			22 ✶ 17		9 □ 1	☌ ☽ ☿ 1.44.
Asc.	17 ♈						

a. Die 27. ♀ occ. cum cauda ♌.

b. Die 19. ♂ oc. cum spica ♍.

Die 20. spectabitur ☌ ♂, & ♀ partiliter per centra, differentia latitudinis scr. 1. quae intra semid. eorum comprehenditur.

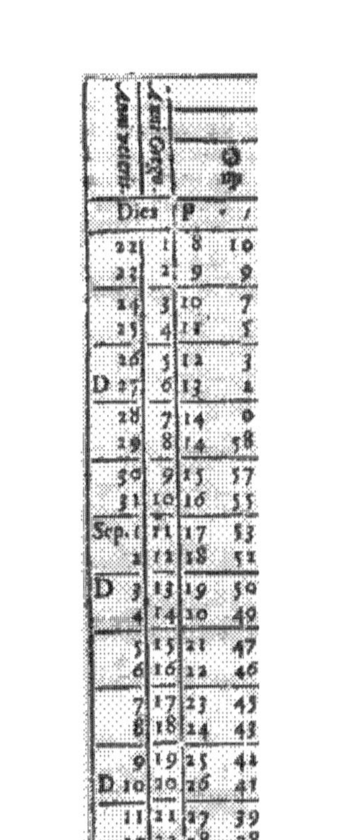

Anni Iuliani	Anni Gregor.	☉ ♍	
Dies		P	'
22	1	8	10
23	2	9	9
24	3	10	7
25	4	11	5
26	5	12	3
D 27	6	13	2
28	7	14	0
29	8	14	58
30	9	15	57
31	10	16	55
Sep. 1	11	17	53
2	12	18	52
D 3	13	19	50
4	14	20	49
5	15	21	47
6	16	22	46
7	17	23	45
8	18	24	43
9	19	25	42
D 10	20	26	41
11	21	27	39
12	22	28	38
13	23	29	37
14	24	0 ♎	36

Syzygiæ Lunares.

Dies	☉	Orient. ♄	Occid. ♃	Occid. ♂	Occid. ♀	Orient. ☿	Syzygiæ Planetarũ mutuæ, & eorum congressus cum illustrioribus aliquibus stellis fixis.
	H ′	H ′	H ′	H ′	H ′	H ′	
1		15 △ 43			8 ✱ 21		♂ or. cum Algorab.
2	13 △ 35					8 △ 4	♂ or. cum rostro corui.
3		16 □ 43	7 ✱ 41	2 □ 1	13 □ 38		☾ Per. ♂ m.c. cũ spi. ♍ a
4							♂ or. cum cingulo ♍.
5		17 ✱ 58	9 □ 25	5 △ 34	19 △ 5		☍ ♄ ♀ 4.52 ♀ m.c. cu 58
6						6 ☍ 51	♂ or. cum spica ♍.
7 ☍	0 0		12 △ 36				☾ ☊ 21.34
8 Asc.	17 ♒						♃ m.c. cum corona.
9				18 ☍ 22			(39.
10		1 ☌ 56			13 ☍ 31	15 △ 41	♀ or. cũ Fidi. et m.c. cum
11	20 △ 13						
12			2 ☍ 33				✱ ♀ ☿ o.o.
13						1 □ 40	
14 □	13 14	21 ✱ 32		18 △ 34			
15 Asc.	0 ♌				19 △ 40	15 ✱ 2	☌ ♄ ♂ 11.12 ✱ ☾ ♃ 21.7
16							♀ or. cum 101. & che.
17	3 ✱ 24	6 □ 38	1 △ 18	9 □ 27			☾ Apog.
18					13 □ 1		♃ occ. cum acu. ♒.
19		17 △ 56	13 □ 37				
20				0 ✱ 25		22 ☌ 53	
21					5 ✱ 39		♀ oc. cum cing. ♍. (♌).
22 ☌	11 32		0 ✱ 55				☾ ☋ 7.32. ♀ or. cũ cum
23 Asc.	15 ♋						
24		11 ☍ 33					☿ m.c. cũ or. et ♀ cũ ♌ 4.
25				0 ☌ 32			♂ or. cum fidicula.
26			15 ☌ 35		6 ☌ 16	1 ✱ 51	
27	8 ✱ 10						☿ oc. cũ medio fron. ♏
28		19 △ 16				10 □ 57	(oc. & cor. ♏.
29 □	14 19			12 ✱ 46			☿ m.c. cũ coro. ♀ occ. cũ
30 Asc.	29 ♌	10 □ 41	21 ✱ 51		19 ✱ 5	16 △ 31	☾ Per. ♀ m.c. cũ cu. ♌.

a. Die 3. ♂ occ. cum cauda ♌.
b. Die 15. ♀ occ. cum ventre.
c. Die 16. ☿ m.c. cum cingulo ♍. ♀ occ. cum lance australi.
d. Die 24. ♀ occ. cum aculeo ♏.

Positus Planetarum Diurnus.

Dies	Dies	⊙ ♎ P	′	″	☽ P		′	♄ ♈ P	′	♃ ♒ P	′	♂ ♒ P	′	♀ ♒ P	′	☿ ♍ P	′	P
								M	D	S	D	S	D	M	D	S	A	
21	1	7	28	40	16	♒	32	24	31	25	14	6	14	23	46	21	28	26
22	2	8	27	45	11		2	24	26	25	25	6	55	24	46	24	59	26
23	3	9	26	52	25	♓	23	24	21	25	36	7	30	25	40	26	32	26
D 24	4	10	26	0	9		30	24	16	25	47	8	18	26	45	28	6	26
25	5	11	25	10	23	♈	21	24	11	25	59	8	59	27	44	19 ♎	41	26
26	6	12	24	22	6		55	24	7	26	10	9	41	28	43	1	18	26
27	7	13	23	36	10	♉	12	24	2	26	22	10	22	29 ♓	41	2 D	56	26
28	8	14	22	52	3		13	23	57	26	34	11	4	0	39	4	34	26
29	9	15	22	10	15		59	23	52	26	45	11	46	1	36	6	13	26
30	10	16	21	30	18	♊	53	23	47	26	57	12	17	4	32	7	53	26
D 1	11	17	20	51	10		57	23	42	27	9	13	9	3	29	9	34	26
Oc. 2	12	18	20	16	23		34	23	37	27	20	13	51	4	25	11	14	25
3	13	19	19	42	5	♋	26	23	32	27	32	14	33	5	20	12	55	25
E 4	14	20	19	10	17		35	23	27	27	44	15 M	15	6	15	14	37	25
5	15	21	18	40	29	♌	44	23 A	22	27	56	15	57	7	9	16	19	25
6	16	22	18	12	11		55	23	17	28	8	16	39	8	3	18	2	25
7	17	23	17	46	24	♍	11	23	12	28	20	17	21	8	56	19	45	25
D 8	18	24	17	22	6		33	23	6	28	32	18	4	9	48	21	29	25
9	19	25	17	0	19	♎	6	23	1	28	44	18	46	10	39	23	13	25
10	20	26	16	40	1		50	22	56	28	57	19	29	11	30	24	57	25
11	21	27	16	22	14		48	22	51	29	9	20	11	12	24	26	42	25
12	22	28	16	5	28	♏	2	22	46	29	21	20	54	13	8	28	27	25
13	23	29	15	50	11		33	22	41	29	34	21	36	13	57	0 ♏	12	25
14	24	0 ♏	15	37	25		21	22	36	29	46	22	19	14	45	1	57	25
D 15	25	1	15	26	9	♐	26	22	31	29 ♓	59	23	1	15	32	3	42	25
16	26	2	15	17	23		45	22	27	0	11	23	45	16	19	5	26	25
17	27	3	15	10	8	♑	15	22	22	0	24	24	26	17	5	7	10	25
18	28	4	15	5	22		48	22	17	0	37	25	9	17	47	8 M	54	25
19	29	5	15	2	7	♒	19	22	12	0	49	25	51	18	30	10	38	25
20	30	6	15	1	21		42	22	8	1	2	26	34	19	12	12	21	25
21	31	7	15	1	5	♓	52	22	3	1	15	27	17	19	53	14	4	24

Syzygiæ Lunares.							
		Orient.	Occid.	Occid.	Occid.	Orient.	Syzygiæ Planetarũ mutuę, & eorum congressus cum illustrioribus aliquibus stellis fixis.
	☉	♄	♃	♂	♀	☿	
Dies	H ′	H ′	H ′	H ′	H ′	H ′	
1	19 △ 25			16 □ 52			(19.6.
2		2 ✱ 43					✱ ♃ ☿ 7.57. ☌ ♃ ♀
3			9 □ 24	21 △ 52	0 □ 42		♀ m.c.cũ pri.fron. ♏ .a.
4							♀ or.cũ rostro gallinę.b.
5			4 △ 43		8 △ 23	22 ☍ 43	☽ ☊ 5.15 ☿ or.cũ 101.ce
6 ☍	17 ♈						♃ m.c.cũ pri.fr. ♏ .c.(cb.
7 Alc.	19 ♋	7 ☌ 2					♄ m.c.cũ cor. ♌ (cũ 51d
8				14 ☍ 27			♀ m.c.cũ pal.Oph.& oc.
9			20 ☍ 53				☿ or.cum arcturo.
10					8 ☍ 22	10 △ 54	
11	13 △ 36						♀ m.c.cum cor. ♏, et ☿
12		0 ✱ 46					(cum vind.
13				19 △ 5		17 □ 21	♀ or.cum antare.
14 □	6 ♋	11 □ 30	10 △ 24				☽ Ap. ☿ or.cũ cor.(55.
15 Alc.	11 ♉				15 △ 46		♂ m.c.cũ lan.bo, et oc.cũ
16	22 ✱ 10	22 △ 5		9 □ 49		13 ✱ 54	☌ ☽ ♄ 21.47 ☿ or.cũ 160
17		Occid.	8 □ 10				♃ occ.cum ueh. ♏. e.
18				13 ✱ 10	6 □ 38		☌ ♄ ☿ 22.22.
19			13 ✱ 27				☽ ☋ 17.48.
20					19 ✱ 8		♃ occ.cum corde ♏.
21		14 ☍ 30					☌ ☉ ☿ 18.8 ☿ m.c.cũ 5 8
22 ☌	0 49					0 ☌ 52	♃ or. cũ med.fron. ♏ .f.
23 Alc.	13 ♑			18 ☌ 26		Occid.	♃ or. cum rostro galli. g.
24			7 ☌ 38				♀ oc.et ☿ m.c. cũ arct. h
25		21 △ 48			10 ☌ 48		☿ m.c.cum palma Oph.
26	15 ✱ 6					21 ✱ 54	♂ oc.cũ media fron. ♏.
27		23 □ 9					☽ Perig. (10 1. et ebe.
28 □	20 41		13 ✱ 6	4 ✱ 6			♀ m.c.cũ ac. ♏. ☿ or.cũ
29 Alc.	25 ♏				19 ✱ 39	6 □ 27	♀ or.cum aquila.
30		0 ✱ 49	16 □ 1	8 □ 41			♂ oc.cũ ne. ♏, et anta.
31	2 △ 33					16 △ 10	

a. Die 3. ☿ occ. cum boreali lance.
b. Die 4. ♃ occ. cum media fron. ♏.
c. Die 6. ☿ m.c.cũ 12.auſ.et oc.cũ ♏.
d. Die 8. ♂ occ. cum lance auſt.
e. Die 17. ☿ or. cum cing. & ſpica ♍.
f. Die 22. ♂ occ. cum aculeo ♏.
g. Die 23. ♂ m.c. cum corona.
h. Die 24. ☿ or. cum lyra.

Aspectus	Dies Gregor.	☉ ♏			☽ ♈		♄ ♈		♃ ♓		♂ ♏		♀ ♓	
		Positus Planetarum Diurnus					M	A S		D M		D M		A
Dies		P	'	"	P	'	P	'	P	'	P	'	P	'
☽ 22	1	8	15	3	19 ♈	44	21	56	1	37	28	9	20	33
23	2	9	15	7	3	18	21	53	1	49	28	43	21	12
24	3	10	15	13	16	32	21	49	1	53	29 ♐	26	21	49
25	4	11	15	21	29	23	21	44	2	6	0	9	22	29
26	5	12	15	30	12 ♉	9	21	39	2	19	0	51	23	0
27	6	13	15	41	24	57	21	35	2	32	1	35	23	34
28	7	14	15	54	6 ♊	53	21	30	2	45	2	18	24	7
☽ 29	8	15	16	9	19	2	21	26	2	58	3	2	24	38
30	9	16	16	26	1 ♋	7	21	22	3	18	3	45	25	7
31	10	17	16	45	13	9	21	17	3	24	4	28	25	38
No. 1	11	18	17	5	25 ♌	51	21	13	3	38	5	12	25	59
2	12	19	17	27	7	27	21	8	3	52	5	55	26	23
3	13	20	17	50	19 ♍	28	21	4	4	4	6	39	26	45
4	14	21	18	15	1	47	21	0	4	17	7	22	27	5
☽ 5	15	22	18	41	14	16	20	56	4	31	8	6	27	24
6	16	23	19	9	26	58	20	53	4	44	8	50	27	41
7	17	24	19	38	9 ♎	55	20	49	4	57	9	33	27	56
8	18	25	20	9	23	9	20	45	5	11	10	17	28	9
9	19	26	20	41	6 ♏	40	20	42	5	24	11	1	28	20
10	20	27	21	14	20	30	20	38	5	37	11	45	28	28
11	21	28	21	49	4 ♐	38	20	35	5	51	12	29	28	34
☽ 12	22	29	22	25	19	3	20	31	6	4	13	13	28	38
13	23	0 ♐	23	3	3 ♑	41	20	28	6	17	13	57	28	℞ 40
14	24	1	23	42	18	26	20	25	6	30	14	41	28	[illegible]
15	25	2	24	23	3 ♒	10	20	22	6	44	15	25	28	[illegible]
16	26	3	25	5	17	47	20	19	6	57	16	10	28	[illegible]
17	27	4	25	48	2 ♓	11	20	16	7	10	16	54	28	[illegible]
18	28	5	26	32	16	18	20	14	7	24	17	38	28	[illegible]
☽ 19	29	6	27	18	0 ♈	4	20	11	7	37	18	23	28	[illegible]
20	30	7	28	5	13	29	20	9	7	50	19	7	27	[illegible]

Latitudo Planetarũ ad diẽ	♄		♃		♂		♀	
1	2	55	0	53	0	2	3	[illegible]
11	2	53	0	52	0	5	3	[illegible]
21	2	50	0	52	0	3	3	[illegible]

Syzygiæ Lunares

		Occid.	Occid.	Occid.	Occid.	Occid.	Syzygiæ Planetarum mutuæ, & eorum congressus cum illustrioribus aliquibus stellis fixis.
	☽	♄	♃	♂	♀	☿	
Dies	H	H	H	H	H	H	
1			22 △ 46	15 △ 40	4 □ 31		☽ a 5. 9. 7 ♃ occid. [illegible]
2							♂ or. cum rostro gall.
3		9 ☍ 41			20 △ 16		☌ ♄ ♀ 0. 0 ♀ m. c. cū neb.
4							♂ m. c. cū pal. Oph. [illegible]
5 ☍	0 38					22 ☍ 58	☿ occ. cum medea [illegible]
6 Asc.	24 ♑		25 ☍ 46	14 ☍ 28			☿ or. cū m. & corde [illegible]
7							☌ ♃ ☿ 0. 5 [illegible]
8		2 ✶ 45			1 ☌ 35		☿ or. cum cauda Del. b.
9							♂ m. c. cum antare,
10	8 △ 59	16 □ 10					☿ [illegible] ♃ m. c. cū cor ♏
11			17 △ 2	21 △ 0		16 △ 0	☿ occ. cum trina (cor ♏
12							☌ ♃ ☿ d. 22. ♂ occ.
13 □	2 8	3 △ [illegible]			1 △ 25		☿ or. cū cor. ♏ [illegible]
14 Asc.	12 ♓		4 □ 51	21 □ 24		12 □ 17	☌ ♂ ☿ 11. 13. ♂ or. cum
15	16 ✶ 34						☽ ☋ 16. 17.
16			14 ✶ 38	13 ✶ 18	1 □ [illegible]		
17		19 ☍ 39				3 ✶ 4	
18					9 ✶ 0		
19							
20 ☌	12 52						
21 Asc.	14 ♍		5 ☌ 3	13 ☌ 45		21 ☌ 26	☿ occ. cum [illegible] (177.
22		2 △ 24			15 ☌ 4		☿ or. cū aq. & m. c. cum
23							☽ Perig. △ ♄ ♀ 13. 5
24	22 ✶ 41	3 □ 12					
25			5 ✶ 17	21 ✶ 47			☿ m. c. cum neb. [illegible]
26		4 ✶ 0			17 ✶ 4	9 ✶ 33	
27 □	4 25		8 □ 35				(cor. [illegible]
28 Asc.	4 ♊			2 □ 24	11 □ 9	16 □ 47	☽ ☊ 17. 27. ♂ m. c. cū
29	12 △ 21		13 △ 43				☿ or. cum cauda Del.
30		12 ☌ 16		11 △ 1			☌ ☽ ♃ 11. 0 ☌ ♀ ☿ 12.
							(41. c.

a. Die 3. ♂ occ. cum lance bor.
b. Die 8. ☿ or. cum rostro gall.
c. Die 28. ♃ occ. cum coma Berenices.
d. Die 10. ♂ occ. cum arcturo.

Iunius

	Iuliana	Gregoriana	☉ ♊ P	′	″	☽ ♌ P		″	M… P
	Dies		P	′	″	P		″	P
	22	1	9	59	44	4		16	23
	23	2	10	57	16	16		23	23
	24	3	11	54	47	28	♍	44	23
	25	4	12	52	17	11		12	23
	26	5	13	49	46	24	♎	18	23
	27	6	14	47	14	7		34	23
D	28	7	15	44	42	21	♏	12	23
	29	8	16	42	9	5		23	23
	30	9	17	39	35	19	♐	34	23
	31	10	18	37	0	4		13	24
Iun	1	11	19	34	24	19	♑	6	24
	2	12	20	31	47	4		5	24
	3	13	21	29	10	19	♒	5	24
D	4	14	22	26	32	3		57	24
	5	15	23	23	54	18	♓	54	24
	6	16	24	21	16	2		51	24
	7	17	25	18	37	15	♈	47	24
	8	18	26	15	58	0		19	24
	9	19	27	13	19	13		26	24
	10	20	28	10	39	26	♉	16	24
D	11	21	29	7	59	8		41	24
	12	22	0 ♋	5	19	20	♊	52	25
	13	23	1	2	38	2		49	25
	14	24	1	59	57	14		39	25
	15	25	2	57	16	26	♋	10	25
	16	26	3	54	35	7		33	25
	17	27	4	51	53	19	♌	31	25
D	18	28	5	49	11	1		24	25

Syzygiæ Lunares.

Dies	☊	Orient. ♄	Occid. ♃	Occid. ♂	Occid. ♀	Orient. ☿	Syzygiæ Planetarũ mutuæ, & eorum congressus cum illustrioribus aliquibus stellis fixis.
	H '	H '	H '	H '	H '	H '	
1	13 ✱ 41						(Bella. & Apoll.
2		12 △ 28	6 □ 20	8 ☌ 38		5 □ 15	☍ ♃ ♀ 15.4. ♀ m.c.cũ
3					13 ✱ 54		(Syrio.
4 □	3 9		13 ✱ 1			21 △ 45	□ ♂ ☿ 0.25 ♀ m.c.cũ
5 Asc.	22 ♎						☽ ☋ 15.19 ☿ oc.cũ lxa.
6	13 △ 40				3 □ 48		(& plora.
7		4 ☍ 24		3 ✱ 52			△ ♄ ♂ 19.43 ☿ oc.cũ
8			23 ☌ 0		12 △ 15		☿ or.cũ Bel.(zona Orio.
9				8 □ 21		18 ☍ 32	☌ ♂ cũ Rg. ♀ oc.cũ hu.o
10							♀ or. cum zona Orio.
11 ☍	0 56	8 △ 5		10 △ 48			♀ m.c.cum Apoll.
12 Asc.	2 ♎		13 ✱ 12		22 ☍ 0		☽ Perig. ☿ or.cũ hiad.
13		8 □ 27					△ ♃ ♀ 12.9 ♀ or.cũ Rig.
14			13 □ 45			7 △ 53	♀ m.c.cũ cani.st23 7 b
15	8 △ 42	16 ✱ 1		16 ☍ 12			♄ m c.cũ 19 9. ☿ or.cũ ald.
16						17 □ 33	✱ ☽ ♄ 6.0 ☿ m.c.cũ hyd.
17 □	26 22		2 △ 32		11 △ 33		♀ oc.cũ 20.et m.c.cũ ca.
18 Asc.	27 ♊						☽ ☊ 3.17 □ ♄ ♀ 17.33
19		21 ☌ 27				8 ✱ 6	
20	4 ✱ 2			8 △ 57	0 □ 6		☿ m.c. cum zona Orio.
21			18 ☍ 5				♂ or. cum coma Beren.
22				23 □ 10	17 ✱ 28		♂ oc.cum Algorab.
23							✱ ♄ ♀ 7.37 ♂ or.cũ hy.
24		23 ✱ 0					♀ or.cum ast.bor.
25 ☌	15 7			15 ✱ 53		5 ☌ 3	☽ Ap. ♀ m.c.cũ Pres.
26 Asc.	16 ♊		19 △ 47				✱ ☽ ♂ 15 18 ♀ or.cũ Pr.
27		12 □ 13					♀ or.cũ pr.st2 43 (et ac.a
28					10 ☌ 24		♀ oc.cũ ast.Pr.et Ap.d
29			8 □ 41			Occid.	✱ ♂ ♀ 0.21. ♂ ☽ ♀
30		1 △ 50		13 ☌ 39			☿ m.c.cum Sy.(22.44

a. Die 9. ♀ or.cum dex hu. Orio. & Herc. & ☿ occ.cum Aldeb. & Syrio.
b. Die 24. ♀ occ cum hydra.
c. Die 26. ♀ occ.cum Hercu. & ☿ cum procyo.
d. Die 28. ☿ or.cum Bella & Apollo.

12		31	10	30	17	6	13
27	♓	9	26	23	17	6	14
11		27	26	26	17	6	14
25	♈	22	26	25	17 Di	6	15
8		56	26	31	17	6	16
22	♉	8	26	33	17	6	16
4		59	26	36	17	7	17
17		31	26	38	17	7	17
[illegible]		46	26	40	[illegible]	8	18

Syzygiæ Lunares.

Dies	☽	Orient. ♄	Occid. ♃	Occid. ♂	Occid. ♀	Occid. ☿	Syzygiæ Planetarũ mutuæ, & eorum congressus cum illustrioribus aliquibus stellis fixis.
	H ′	H ′	H ′	H ′	H ′	H ′	
1	2 ✶ 49		19 ✶ 8			5 ✶ 20	(asi. bor.
2							☉ ☋ 21.26. ♀ occ. cum
3 □	15 26				18 ✶ 8	21 □ 50	♀ or. cũ camu. a (2a Or.
4 Alc.	29 ♊	17 ☍ 35					△ ♃ ☿ 22.33. ☿ or. cũ
5	28 △ 41			17 ✶ 36			(160. ☋ 31. b.
6			5 ☍ 53		3 □ 9	10 △ 44	♀ m. c. cum hyd. et or. cũ
7				4 □ 29			□ ♃ ♀ 12.0.
8		21 △ 18			8 △ 46		♂ or. cum cauda ☊.
9				23 △ 38			□ ♄ ☿ 17.2. △ [illegible] ♃
10 ☍	7 18	21 □ 46	17 ✶ 9				☉ Perig. (20.11.
11 Alc.	23 ♑					1 ☍ 48	
12		22 ✶ 45	7 □ 11		17 ☍ 45		
13							♀ or. cũ asi. bor. & oc. cũ
14	17 △ 51		9 △ 43	6 ☍ 20			♀ or. cum Basilis. c (Her.
15						21 △ 50	☉ ☊ 9.22. △ ♄ ☿ 9
16							(32. d
17 □	3 43	8 ☌ 17			12 △ 49		✶ ♃ ♂ 16.28. ☿ oc. cũ
18 Alc.	1 [illegible]		23 ☍ 14			24 □ 31	♀ or. cum Sy (asi. bor.
19	17 ✶ 40			0 △ 50			□ ☉ ♄ 19.38 (16 31
20					4 □ 43		♀ or. cũ cã. ☿ oc. cũ [illegible]
21				15 □ 40		11 ✶ 48	□ ♃ ♀ 5.7 ♀ or. cũ hy
22		6 ✶ 25					♀ oc. cum Algomib.
23					0 ✶ 0		
24		20 □ 55	0 △ 10	8 ✶ 24			☉ Ap. ♂ m. c. cũ ca ☊
25 ☌	6 27						
26 Alc.	22 ♑		13 □ 25				☿ or. cum Basilisco.
27		9 △ 3				16 ☌ 13	△ ♄ ☿ 0.0.
28					15 ☌ 4		
29			1 ✶ 31	15 ☌ 14			☿ or. cum cauda ☊.
30	14 ✶ 46						☉ ☋ 1.31. ☿ or. cum
31							☿ or. cũ hy. et oc. cũ. Al.

a. Die 3. ☿ or. cum de. hu. Orio. & Hercule, & occ. cum hydr.
b. Die 6. ☿ or. cum fini pede Orio. & ultima zona Orio. & occ. cum hydra.
c. Die 14. ☿ or. cum Præsepe, ac or. & procyone.
d. Die 15. ☿ occ. cum Trig. & Apoll.

D	S	D	S	D		
♂ ♍	♃ ♍		♀ ♍		☊ ♓	
M	P	M	P	M	P	M
16 0	15	59	4	24	19	47
16 38	17	9	5	46	19	44
17 15	18	19	7	4	19	41
17 53	19	29	8	M 19	19	37
18 31	20	38	9	31	19	34
19 9	21	48	10	40	19	31

Syzygiæ Lunares.							
		Orient.	Occid.	Occid.	Occid.	Occid.	Syzygiæ Planetarũ mutuæ, & eorum congressus cum illustrioribus aliquibus stellis fixis.
	☽	♄	♃	♂	♀	☿	
Dies	H ′	H ′	H ′	H ′	H ′	H ′	
1		2 ☍ 56				18 ✶ 13	
2 □	1 5		15 ☌ 19		15 ✶ 49		✶ ♃ ♀ 9.49.
3 Alc.	13 ♒			7 ✶ 58			♂ m. c. cum rostro corui.
4	7 △ 19				22 □ 13	2 □ 17	♂ or. cum vindem.
5		8 △ 37		11 □ 36			☿ m. c. cum cauda ♌.
6			19 ✶ 21			7 △ 15	☿ or. cum cauda ♌.
7		9 □ 0		14 △ 8	2 △ 43		☽ Perig.
8 ☍	15 19		19 □ 12				
9 Alc.	28 ♋	9 ✶ 56					♂ m. c. cum spica.
10			21 △ 35			16 ☍ 17	♀ m. c. cum rostro corui.
11				23 ☍ 8	15 ☍ 3		☽ ☊ 16.37. ♂ m. c. cum
12							♀ or. cum vind. (Algo.
13	5 △ 38	18 ☌ 10					
14							♀ m. c. cum spica.
15 □	18 2		10 ☍ 31			8 △ 22	♂ or. cũ arct. ♀ m. c. cũ
16 Alc.	3 ♍			10 △ 13	16 △ 31		(Algo.
17						19 □ 4	✶ ♃ ♀ partil.
18	9 ✶ 41	11 ✶ 23					♀ or. cum arcturo.
19				11 □ 7	10 □ 13		(7.12.
20			10 △ 0			6 ✶ 13	△ ☽ ♄ 6.11. ☌ ♂ ♀
21		1 □ 42					☽ Apog.
22			15 □ 14	3 ✶ 10	5 ✶ 17		♀ m. c. cum vinde.
23 ☌	21 14	14 △ 2					♂ m. c. cum vindem.
24 Alc.	16 ♎						♀ or. cum corona.
25			11 ✶ 11			0 ☌ 45	[illegible]
26							☽ ☋ [illegible] 10. (Algo. [illegible]
27				7 ☌ 20	14 ☌ 23		♂ [illegible] ☌ ☿ [illegible]
28		8 ☍ 41					♀ or. cum [illegible]
29	0 ✶ 28					8 ✶ 47	♀ or. cum spica ♍. b.
30			2 ☌ 41				☿ or. cum cauda ♌.
31 □	8 21			23 ✶ 17		9 □ 5	☌ ☽ ♀ [illegible]
Alc.	27 ♈						

a. Die 27. ♀ oc. cum cauda ♌.

b. Die 29. ♂ oc. cum spica ♍.

Die 20. Spectabitur ☌ ♂, & ♀ partiliter per centra, differentia latitudinis scr. 2. quæ intra semid. eorum comprehendetur.

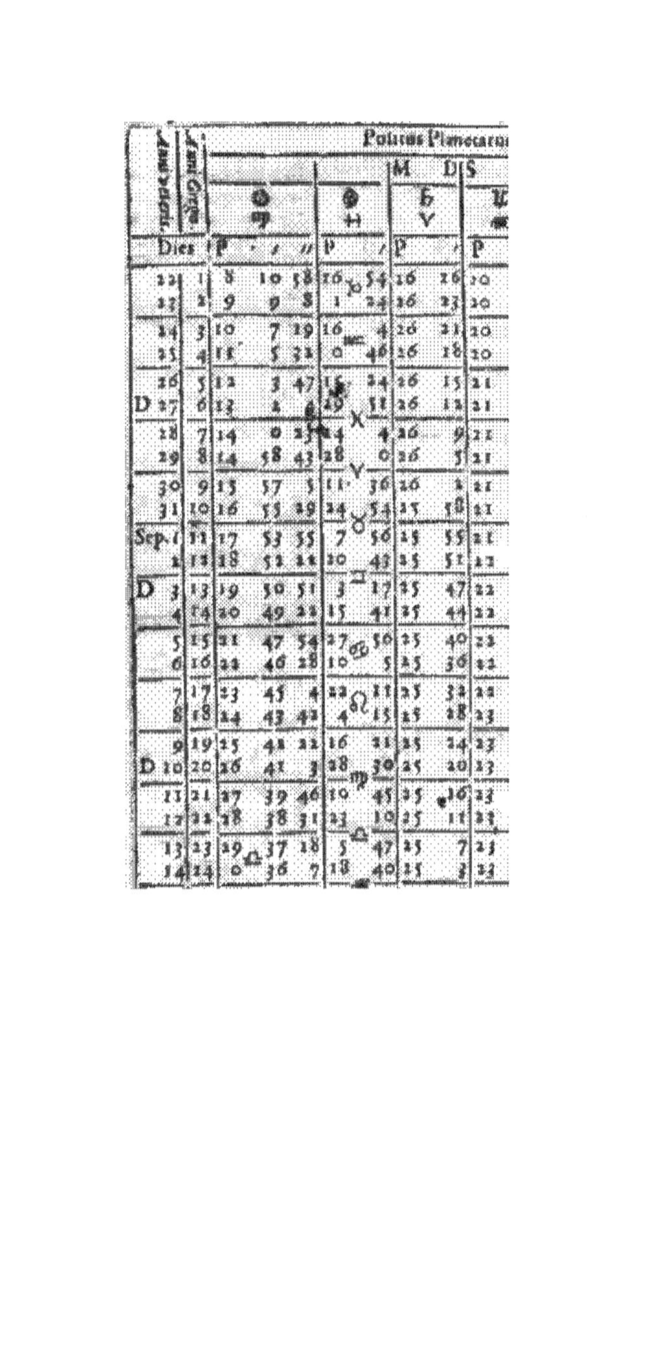

Positus Planetarum

Anni Iuliani	Anni Grego.	☉ ♍			☽ ♓			M ♄ ♈	D	S ♃ ♒
Dies		P	′	″	P		′	P	′	P
22	1	8	10	58	26	♑	54	26	26	20
23	2	9	9	8	1		24	26	23	20
24	3	10	7	29	16	♒	4	26	21	20
25	4	11	5	32	0		46	26	18	20
26	5	12	3	47	15		24	26	15	21
D 27	6	13	2	6	29	♓	51	26	12	21
28	7	14	0	25	14		4	26	9	21
29	8	14	58	43	28	♈	0	26	5	21
30	9	15	57	5	11		36	26	2	21
31	10	16	55	29	24	♉	54	25	58	21
Sep. 1	11	17	53	55	7		56	25	55	21
2	12	18	52	22	20	♊	43	25	51	22
D 3	13	19	50	51	3		17	25	47	22
4	14	20	49	22	15		41	25	44	22
5	15	21	47	54	27	♋	50	25	40	22
6	16	22	46	28	10		5	25	36	22
7	17	23	45	4	22	♌	11	25	32	22
8	18	24	43	42	4		15	25	28	23
9	19	25	42	22	16		21	25	24	23
D 10	20	26	41	3	28	♍	30	25	20	23
11	21	27	39	46	10		45	25	16	23
12	22	28	38	31	23	♎	10	25	11	23
13	23	29 ♎	37	18	5		47	25	7	23
14	24	0	36	7	18		40	25	3	23

	Syzygiæ Lunares.						
		Orient.	Occid.	Occid.	Occid.	Orient.	Syzygiæ Planetarũ mutuę, & eorum congressus cum illustrioribus aliquibus stellis fixis.
	☉	♄	♃	♂	♀	☿	
Dies	H ′	H ′	H ′	H ′	H ′	H ′	
1		15 △ 43			8 ✶ 21		♂ or. cum Algorab.
2	13 △ 35					8 △ 4	♂ or. cum rostro corui.
3		16 □ 43	7 ✶ 41	2 □ 3	13 □ 38		☉ Per. ☿ m.c. cũ spi. ♍ a
4							♂ or. cum cingulo ♍.
5		17 ✶ 58	9 □ 25	5 △ 34	19 △ 5		☍ ♄ ♀ 4.52 ♀ m.c. cũ 58
6						6 ☍ 51	♂ or. cum spica ♍.
7 ☍	0 0		11 △ 36				☉ ☊ 1.34
8 Asc.	17 [illegible]						♃ m.c. cum corona.
9				18 ☍ 21			(59
10		1 ☌ 56			13 ☍ 21	15 △ 41	♀ or. cũ Fidi. et m.c. cum
11	20 △ 13						
12			2 ☍ 33				✶ ♀ ☿ 0.0.
13						1 □ 40	
14 □	13 14	21 ✶ 31		18 △ 34			
15 Asc.	0 ♌				19 △ 40	15 ✶ 2	☌ ♄ ♂ 11.12 ✶ ☉ ♃ 11.7 b
16							♀ or. cum 10 2. & che. c
17	3 ✶ 24	6 □ 38	1 △ 18	9 □ 17			☊ Apog.
18					13 □ 1		♃ occ. cum acu. ♏.
19		17 △ 56	13 □ 37				
20				0 ✶ 25		21 ☌ 53	
21					5 ✶ 39		♀ oc. cum cing. ♍. (♌.
22 ☌	11 32		0 ✶ 55				☉ ☋ 7.32. ♀ or. cũ cau.
23 Asc.	25 ♋						
24		11 ☍ 33					☿ m.c. cũ or. et ♀ cũ 64.d
25				0 ☌ 31			♂ or. cum Fidicula.
26			15 ☌ 55		6 ☌ 16	1 ✶ 51	
27	8 ✶ 10						☿ oc. cũ media fron. ♏.
28		19 △ 16				10 □ 57	(m. & cor. ♏.
29 □	14 29			12 ✶ 46			☿ m.c. cũ coro. ♀ occ. cũ
30 Asc.	14 ♌	20 □ 41	21 ✶ 51		19 ✶ 5	16 △ 31	☉ Per. ☿ m.c. cũ cau. ♌.

a. Die 3. ♂ occ. cum cauda ♌.
b. Die 15. ☿ occ. cum ♏ ndem.
c. Die 16. ☿ m.c. cum cingulo ♍. ♀ occ. cum lance australi.
d. Die 24. ☿ occ. cum aculeo ♏.

Poitus Planetarum

		☉				M	D S	♄	D	♃	
Dies		P	M	S	P		M	P	M	P	M
21	1	7	28	40	16 ♒		32	24	51	25	14
22	2	8	27	45	11		2	24	26	25	25
23	3	9	26	52	25 ♓		13	24	21	25	36
C 24	4	10	26	0	9		30	24	16	25	47
25	5	11	25	10	23 ♈		21	24	11	25	59
26	6	12	24	21	6		55	24	7	26	10
27	7	13	23	36	20 ♉		12	24	2	26	21
28	8	14	22	52	3		13	23	57	26	34
29	9	15	22	10	15		59	23	52	26	45
30	10	16	21	30	28 ♊		33	23	47	26	57
D 1	11	17	20	52	10		57	23	42	27	9
Dc 2	12	18	20	16	22		14	23	37	27	20
3	13	19	19	41	5 ♋		26	23	33	27	32
E 4	14	20	19	10	17		29	23	27	27	44
5	15	21	18	40	29 ♌		44	23 A	22	27	56
6	16	22	18	12	11		55	23	17	28	8
7	17	23	17	46	24 ♍		11	23	12	28	20
D 8	18	24	17	21	6		34	23	6	28	32
9	19	25	17	0	19 ♎		6	23	1	28	44
10	20	26	16	40	1		50	22	56	28	57
11	21	27	16	21	14		48	22	51	29	9
12	22	28	16	5	28		2	22	46	29	21
13	23	29 ♐	15	50	11 ♏		33	22	41	29	34
14	24	0	15	37	25		21	22	36	29	46
D 15	25	1	15	26	9 ♐		28	22	31	29 ♓	59
16	26	2	15	17	23		45	22	27	0	11
17	27	3	15	10	8 ♑		15	22	22	0	24
18	28	4	15	5	22		48	22	17	0	37
19	29	5	15	2	7 ♒		19	22	12	0	49
20	30	6	15	1	21		41	22	8	1	1
21	31	7	15	1	5 ♓		52	22	3	1	15

Latitudo Planetarū ad diē				
1	2	55	1	
12	2 A	53	0	5
21	2	56	0	5

Syzygiæ Lunares.							Syzygiæ Planetarū mutuæ, & eorum congressus cum illustrioribus aliquibus stellis fixis.
		Orient.	Occid.	Occid.	Occid.	Orient.	
	☉	♄	♃	♂	♀	☿	
Dies	H ′	H ′	H ′	H ′	H ′	H ′	
1	19△25			16☐51			(19:6.
2		2✱43					✱ ♃ ☿ 7.37. ☌ ♃ ♀
3			0☐24	21△51	0☐42		♀ m.c. cū pri. fron. ♏. a.
4							♀ or. cū rostro gallinæ. b.
5			4△43		8△21	22☍43	☉ ☊ 5.15. ♂ or. cū 101. et
6 ☍	11 ●						♃ m.c. cū pri. f. ♏. c. (cb.
7 Asc.	19 ♋	7☌ 2					♄ m.c. cū cor. ♈ (cū 51d
8				15☍37			♀ m.c. cū pal. Oph. & oc.
9			20☍53				☿ or. cum arcturo.
10					8☍22	20△54	
11	13△30						♀ m.c. cum cor. ♏, et ☿
12		0✱46					(cum vind.
13				19△ 1		17☐11	☿ or. cum antare.
14 ☐	6 12	11☐30	10△24				☉ Ap. ☿ or. cū cor. (55.
15 Asc.	11 ♉				15△46		♂ m.c. cū lan. bo. et oc. cū
16	22✱10	22△ 5		9☐40		17✱54	☌ ☉ ♄ 21.47 ☿ or. cū 160
17		Occid.	8☐10				♃ occ. cum neb. ♏. e.
18				23✱20	6☐38		☍ ♄ ☿ 21.21.
19			18✱27				☉ ☋ 17.48.
20					19✱ 8		♃ occ. cum corde ♏.
21		14☍30					☌ ☉ ☿ 18.8 ☿ m.c. cū 5 H
22 ☌	0 49					0☌52	♃ or. cū med. fron. ♏ f.
23 Asc.	13 ♑			18☌26		Occid.	♃ or. cum rostro galli. g.
24			7☌38				♀ oc. et ☿ m.c. cū arct. h
25		21△48			10☌48		☿ m.c. cum palma Oph.
26	15✱ 6					21✱54	♂ oc. cū media fron ♏.
27		23☐ 9					☉ Perig. (101. et che.
28 ☐	20 41		13✱ 6	4✱ 6			♀ m.c. cū ac. ♏. ☿ or. cū
29 Asc.	25 ♓				19✱36	6☐27	♀ or. cum aquila.
30		0✱49	16☐ 2	8☐41			♂ oc. cū ne. ♏, et ant a.
31	2△33					16△10	

a. Die 3. ♀ occ. cum boreali lance.	e. Die 17. ☿ or. cum cing. & spica ♍.
b. Die 4. ♃ occ. cum media fron. ♏.	f. Die 22. ♂ occ. cum aculeo ♏.
c. Die 6. ♂ m.c. cū 13. aus. et oc. cū ♏.	g. Die 23. ♂ m.c. cum corona.
d. Die 8. ♂ occ. cum lance austr.	h. Die 24. ☿ or. cum lyra.

		Occid.	Occid.	Occid.	Occid.	Occid.	
	☉	♄	♃	♂	♀	☿	Syzygiæ Planetarum inter se, & eorum congressus cum illustrioribus aliquibus stellis fixis
Dies	H	H	H	H	H	H	
1			22 △ 44	15 △ 20	4 □ 35		[illegible]
2							♂ oc. cum [illegible]
3		9 ☌ 43			10 △ 16		☌ ♄ ☿ [illegible] ☿ m. c. cu neb.
4							♂ m. c. cu pal. [illegible]
5 ☍	0 30					24 ☍ 58	☿ occ. cum media fr. [illegible]
6 Asc.	24 ♈		15 ☍ 46	14 ☍ 28			☿ oc. cu n. [illegible] corde [illegible]
7							☌ ♃ ☿ 10.5 [illegible]
8		2 ⚹ 45			15 ☍ 35		☿ or. cum cauda Del. b.
9							♂ m. c. cum [illegible]
10	8 △ 59	16 □ 10					[illegible] ♃ m. c. cu cu [illegible]
11			17 △ 2	21 △ 6		16 △ 6	☿ occ. cum [illegible]
12							☌ ♃ ☿ 6. 22. ♂ occ.
13 □	2 ♓	3 △ [illegible]			5 △ 35		[illegible]
14 Asc.	11 ♓		4 □ 3[illegible]	21 □ 24		11 □ 17	☌ ♂ ☿ 1. 31. ♂ or. cum [illegible]
15	16 ⚹ 31						[illegible] 16. 37.
16			18 ⚹ 8	22 ⚹ 15	1 □ [illegible]		
17		19 ☍ 39				3 ⚹ 4	
18					9 ⚹ 0		
19							
20 ☌	12 52						
21 Asc.	14 ♍		20 ☌ 3	13 ☌ 35		21 ☌ 26	☿ occ. cum [illegible] (177
22		3 △ 24			15 ☌ 4		☿ or. cu aq. [illegible] m. c. cum
23							[illegible] Perig. △ ♄ ☿ 18. 5
24	22 ⚹ 41	3 □ 12					
25			3 ⚹ 37	21 ⚹ 47			☿ m. c. cum neb. [illegible]
26		4 ⚹ 0			17 ⚹ 4	9 ⚹ 33	
27 □	4 25		8 □ 35				(cum [illegible]
28 Asc.	4 ♊			2 □ 24	21 □ 9	16 □ 27	☿ ☊ 12. 27. ♂ m. c. [illegible]
29	12 △ 21		13 △ 41				☿ or. cum cauda Leo.
30		12 ☌ 16		11 △ 1			☌ [illegible] ♃ 11.0 ☌ ♀ ☿ 12.
							(41. [illegible]

a. Die 5. ♂ occ. cum lance bor.
b. Die 8. ☿ or. cum rostro galli.
c. Die 13. ♃ occ. cum cuspi Herculis.
d. Die 30. ♂ occ. cum arcturo.

M A S D M A D M A

	☉ ♈		♄ ♈		♃ ♓		♂ ♓		♀ ♓	
′	P	′	P	′	P	′	P	′	P	′
53	26 ♉	31	20	7	8	3	19	52	27	31
42	9	13	20	4	8	17	20	36	27	12
32	21 ♊	38	20	1	8	30	21	21	26	52
23	3	50	20	0	8	43	22	5	26	28
15	15	51	19	58	8	56	22	50	26	3
8	27	45	19	56	9	10	23	34	25	37
1	9 ♋	35	19	54	9	23	24	19	25	10
57	21	25	19	53	9	36	25	4	24	41
53	3 ♌	16	19	51	9	49	25	48	24 S	11
50	15	12	19	50	10	3	26	33	23	40
48	27 ♍	16	19	49	10	16	27	18	23	8
47	9	31	19	48	10	29	28	3	22	35
47	21 ♎	59	19	47	10	42	28	48	22	1
47	4	44	19	46	10	56	29	33	21	27
48	17 ♏	47	19	45	11	9	0 ♈	18	20	54
49	1	9	19	44	11	22	1 A	3	20	22
51	14	52	19	43	11	35	1	48	19	51
53	28	56	19	43	11	49	2	33	19	21
56	13 ♐	20	19	42	12	2	3	19	18	52
59	28	0	19	42	12	15	4	4	18	24
3	12 ♑	53	19	41	12	28	4	49	17	57
7	27	47	19	41	12	41	5	35	17	31
11	12 ♒	42	19 D	41	12	54	6	20	17	7
16	27	27	19	41	13	7	7	6	16	45
21	11 ♓	56	19	41	13	20	7	51	16	25
26	26	6	19	41	13	33	8	37	16	6
31	9 ♈	53	19	42	13	46	9	22	15	49
36	23	16	19	42	13	58	10	7	15	35
42	6 ♉	16	19	43	14	11	10	53	15	23
48	18	55	19	43	14	24	11	39	15	14
54	1 ♊	15	19	44	14	36	12	24	15	7

		Syzygiæ Lunares.					
		Occid.	Orient.	Occid.	Occid.	Occid.	Syzygiæ Planetarũ mutuæ, & eorum congressus cum illustrioribus aliquibus fixis.
	☉	♄	♃	♂	♀	☿	
Dies	H ′	H ′	H ′	H ′	H ′	H ′	
1					2△0	3△8	△ ♄ ♂ 7.38.
2							♂ or. cum aquila.
3							♃ or. cum corde ♌. a
4 ☍	17 1		0☍56				♂ m. c. cum neb. ♋.
5 Asc.	12 ♋	8✱17		15☍1	20☍11		
6						7☌45	
7		20□51					☽ Apo. ☌ ♂ ♀ 16.32.
8							
9			13△25				
10	5△14	9△12			16△7		
11				0△4		10△50	
12 □	21 26		1□53				△ ☉ ♄ 1.29 ♂ or. cũ 87
13 Asc.	15 ♑			13□38	0□4	19□53	☽ ☋ 1.15 ☌ ☽ ♀ 5.18. b
14			11✱36		Orient.		
15	9✱32	3☍31		23✱48	5✱22		♀ or. cũ aq. et oc. cũ arc.
16						1✱16	☌ ♂ ☿ 17.19.
17							△ ♄ ♀ 6.24.
18			21☌47				
19 ☌	23 47	10△25			8☌47		
20 Asc.	22 ♓			10☌10		2☌50	
21		10□58					☽ Per. ☌ ☉ ☿ 5.7. c.
22						Orient.	♂ or. cum neb. ♓.
23		11✱21	0✱21		7✱1	23✱29	
24	7✱52			16✱52			♂ occ. cum neb. ♓.
25			2□24		7□14	23□39	☽ ☊ 17.7 ♂ or. cũ ac. ♍
26 □	24 42			23□0			
27 Asc.	4 ♋	27☌35	7△3		20△28		
28						2△50	
29	1△24			9△19			
30							
31							♂ or. cum neb. ♋.

a. Die 3. ♀ or. cum cauda Del.

b. Die 13. ♀ m. c. cum neb. ♋.

c. Die 21. ♂ m. c. cum lyra, ☌ ♀ cum ack. ♋. ☿ or. cum cauda Del.

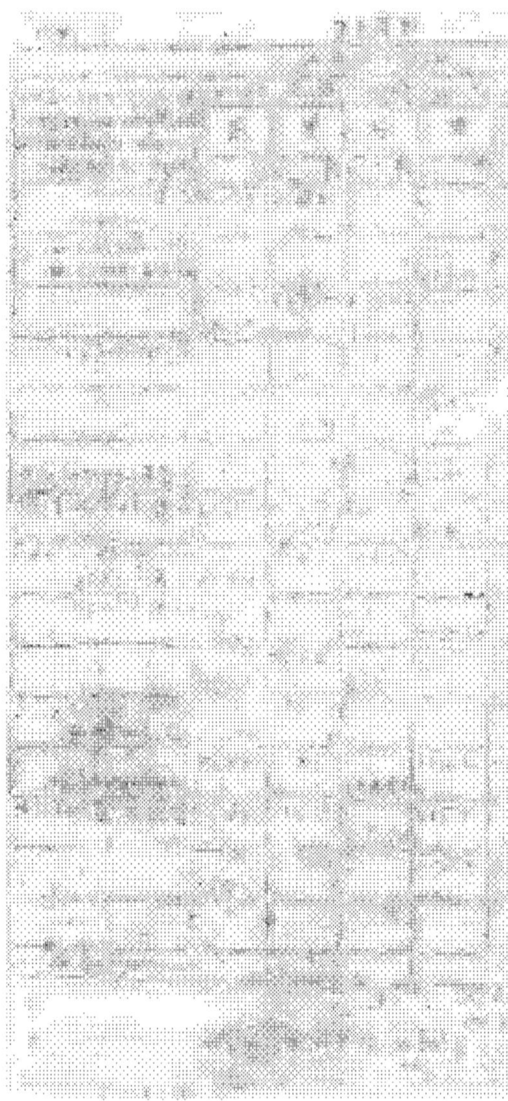

EPHEMERIS
IOANNIS ANTONII MAGINI PATAVINI

Ad annum Dominicæ Incarnationis 1616.

Bissextilem, qui est à Gregoriana Kalendarij restitutione 34. & à principio Mundi 5578.

Figura cæli in ingressu Solis in ♈ æquinoctium veris.

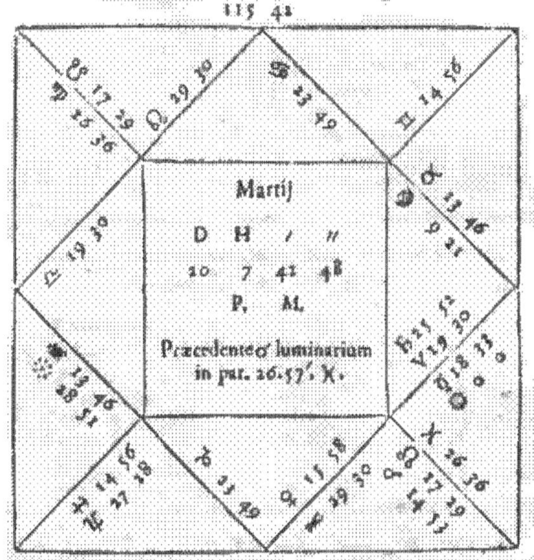

Anni Tropici vera magnitudo.

Dierum 365. *Horarum* 5. *Scr.* 55′. 32″. 49‴. 58⁗.

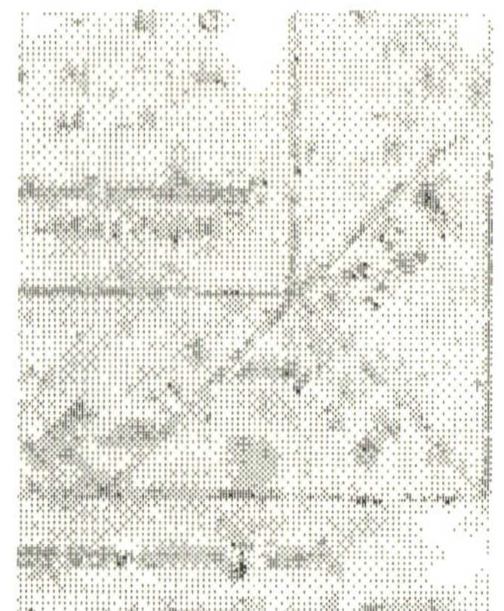

ANNO VIRGINEI PARTVS
1616 Bissextili.

Ingressus ☉ in principium			D.	H.	′	″
	♋, Seu solstitij æstiui	Iunij	21	5	45	28
	♎, Seu æquinoctij autumnal.	Septemb.	22	15	25	30
	♑, Seu solstitij hiemalis	Decemb.	21	10	21	25

	P.	′	″	‴
Vera præcessio Æquinoctiorum	28	14	16	33
Obliquitas Zodiaci	23	28	1	41

Eccentricitas ☉ 32205. Qualium semidiameter eccentrici ☉ par. 1000000, seu par. 1. 55′. 56″. 16‴. Qualium P. 60.

Locus Apogæi		P.	′	″			
	♄	29	42	21	♓	Aureus Numerus	2
	♃	7	1	43	♎	Cyclus Solis	1
	♂	28	54	1	♌	Epacta	12
	☉	9	51	50	♋	Indictio Romana	14
	♀	16	35	16	♊	Litera Dominicalis	C B
	☿	0	47	7	♓	Interuallum hebd. 7, Dies	2

Festa mobilia secundum Sacrosanctæ Romanæ Ecclesiæ vsum iuxta annum reformatum.

Septuagesima	Ianuarij	31
Cinis	Februarij	17
Pascha	Aprilis	3
Rogationes	Maij	8
Ascensio Domini	Maij	12
Pentecostes	Maij	22
Corpus Christi	Iunij	2
Aduentus Domini	Nouemb.	27

Quatuor Tempora anni, seu Ieiunia				
	Februarij	24	26	27
	Maij	25	27	28
	Septembris	21	23	24
	Decembris	14	16	17

Eclipsis Lunæ anno Domini 1616.

Die 26. Augusti H. 13.54′.9″. à meridie coæquatis conspicietur ☾ toto lumine hebetata donec hæret per 3.44′.32″. ♓ in ☊ drac. per diametrum ☾ transiens. Anomalia autem ☾ ad dictum tempus est par. 186.42′.51″. & eius semid. 17′.49″. Solis verò annua anomalia est par. 5 [illegible] 3′.45″. unde eius semid. est 16′.1″. Semidiameter denique terrenæ umbræ æquata est 49′.32″. Verus latitudinis ☾ motus 264.41′.43″. veraque ☾ latitudo 27′.40″. Aquilonaris. Sed ad initium Eclipsis 33′.10″. Aquil. & ad finem 22′.4″. similiter Aquil. Puncta corporis ☾ in umbra terræ inuoluta erunt 13.21′. Tempus incidentiæ, seu casus H. 1.23′.13″. Moræ autem dimidiatæ H. 0.28′.8″.

		H.	scr.			
Eclipsis huius Lunaris digitorum 13.21′.	*Principium accidet*	14 7	3 22	P. M. N. S.		*Cõsumabuntur ĩ tota integra Eclipsis H. scr. 3. 43.*
	Initium totalis obscurationis	15 8	26 45	P. M. N. S.	*Moratur ĩ tenebris H. scr. 0. 56.*	
	Medium, seu summa obscura.	15 9	54 13	P. M. N. S.		
	Finis totalis obscurationis, & initium recuper. luminis	16 9	22 41	P. M. N. S.		
	Finis totius Eclipsis	17 11	45 4	P. M. Horol.		

Boreas

Oriens

Occidens

Auster

Planetarum status.

♄
- Per totũ anni circuitũ à lõgitudine media descẽdit versus Perigæũ sui Eccẽtri.
- Die 21. Aprilis in Apogæo / Die 28. Octobris in Perigæo } Epicycli reperitur.
- Regressum patitur à die 20. Augusti per totum anni residuum.

♃
- Ad Eccentrici longitudinem mediam properat.
- Die 15. Iunij in inferiori / Die 31. Decemb. in superiori } Epicycli parte inuenitur.
- Post 15. Aprilis in 15. Augusti contra successionem signorum graditur.

♂
- Die 10. Martij ad Perigæum Epicycli defertur.
- Die 12. Ianuarij in Epicycli Auge reperitur.
- Hoc anno nunquam regresionem patietur.

♀ Die
- 7. Iunij per supremam / 7. Decemb. per infimam } Eccentri partem incedit.
- 27. Septemb. per summam Epicycli partem percurrit.
- Hoc anno nunquam regressum incurret post diem 3. Ianuarij.

☿ Die
- 22 Maij circa Perigæum / 21 Nouemb. circa Apogæum } Eccentrici rotatur.
- 17 Februarij in Apogæo / 15 Aprilis in Perigæo / 13 Iunij in Apogæo / 11 Augusti in Perigæo / 7 Octobris in Apogæo / 3 Decemb. in Perigæo } Epicycli est.
- 3 Ianuarij liber fit à retrogradatione.
- 4 Aprilis vsq; in 27. eiusdem / 30 Iulij vsq; post 22. Augusti / 23 Nouemb. vsq; ad 15. Decemb. } Cõtra signorũ sequelã gradietur

Dies Mens. vet.	Dies Mens. Greg.	☉ ♑ P	'	''	☽ ♊ P	'	♄ ♈ P	'	♃ ♓ P	'	♂ ♑ P	'	♀ ♓ P	'	☿ ♓ P	'	☊ ♋ P	'
Positus Planetarum Diurnus.						M	A S		A	M	A S		A S		A			
22	1	10	0	0	13	30	19	45	14	40	13	10	15	3	23	38	21	40
23	2	11	1	7	25 ♋	13	19	48	15	2	13	56	15 Di	1	22 Di	33	21	37
C 24	3	12	2	14	6	53	19	47	15	14	14	43	15	1	23 D	32	21	34
25	4	13	3	44	18 ♌	58	19	49	15	26	15	28	15	3	23	40	21	31
26	5	14	4	27	0	17	19	50	15	39	16	14	15	8	23	52	21	27
27	6	15	5	33	11	59	19	52	15	51	17	0	15	15	24	10	21	24
28	7	16	6	39	23 ♍	46	19	53	16	4	17	46	15	24	24	28	21	21
29	8	17	7	45	5	41	19	55	16	16	18	32	15	35	25	4	21	18
30	9	18	8	50	17 ♎	48	19	56	16	29	19	18	15	48	25	36	21	15
C 31	10	19	9	55	0	10	19	58	16	41	20 D	4	16	2	26	13	21	11
Ian. 1	11	20	11	0	12	53	20	0	16	54	20	50	16	20	26	53	21	8
2	12	21	12	4	25	34	20	2	17	6	21	36	16	39	27	41	21	5
3	13	22	13	8	9 ♏	17	20	5	17	18	22	22	17	0	28	39	21	2
4	14	23	14	11	23 ♐	4	20	7	17	30	23	8	17	23	29	36	20	59
5	15	24	15	14	7	13	20	10	17	42	23	55	17	48	0 ♈	37	20	56
6	16	25	16	16	21 ♑	43	20	13	17	54	24	41	18	15	1	41	20	53
C 7	17	26	17	18	6	30	20	15	18	6	25	27	18	41	2	49	20	49
8	18	27	18	19	21	28	20	18	18	18	26	13	19	10	4	0	20	46
9	19	28	19	19	6 ♒	30	20	21	18	30	27	0	19	41	5	17	20	43
10	20	29	20	19	21 ♓	[illegible]	20	23	18	42	27	46	20 D	13	6	30	20	40
11	21	0	21	18	6	18	20	26	18	53	28	33	20	48	7	49	20	37
12	22	1	22	16	20 ♈	50	20	29	19	5	29	20	21	23	9	11	20	34
13	23	2	23	14	5	1	20	31	19	16	0	6	21	59	10	35	20	30
C 14	24	3	24	11	18 ♉	50	20	34	19	28	0	53	22	36	12	3	20	28
15	25	4	25	7	2	16	20	38	19	39	1	39	23	15	13	29	20	25
16	26	5	26	2	15	19	20	41	19	51	2	26	23	55	14 M	59	20	21
17	27	6	26	56	28 ♊	2	20	44	20	2	3	12	24	36	16	31	20	18
18	28	7	27	49	10	26	20	50	20	14	3	59	25	18	18	5	20	15
19	29	8	28	41	22 ♋	35	20	54	20	26	4	45	26	2	19	41	20	12
20	30	9	29	32	4	28	20	58	20	37	5	32	26	47	21	18	20	9
C 21	31	10	30	22	16	14	21	2	20	48	6	18	27	31	22	57	20	5
Latitudo Planetarũ ad diẽ						1	2	29	0	50	0 D	3	3	39	2 D	24	Mensis	
						11	2	28	0	50	0	3	4 D	14	1	53		
						21	2	34	0	51	0	4	4	43	0 M	14		

Syzygiæ Lunares.

		Occid.	Orient.	Occid.	Orient.	Orient.	Syzygiæ Planetarũ ... tuç, & eorum cong... ſus cum illuſtriori... aliquibus ſtellis fixi...
	☉	♄	♃	♂	♀	☿	
...ies	H ′	H ′	H ′	H ′	H ′	H ′	
1 2		12 ✱ 58	5 ☍ 12		3 ☍ 29	20 ☍ 38	☌ ♃ ♀ 0 0.
3 ☍ 4 Aſc.	11 26 4 ♌	2 □ 25		17 ☍ 2			△ ♄ ☿ per orbem. ☽ Apog. ♂ oc. cũ c...
5 6		16 △ 3	8 △ 1		6 △ 44		♂ m.c. cum raſtro g...
7 8			21 □ 22		20 □ 0	1 △ 33	
9 0	0 △ 44			3 △ 6		15 □ 57	☽ ☋ 6.39 □ ♄ ♂ 10... □ ☉ ♄ 19.32.
1 □ 2 Aſc.	14 34 16 ♒	13 ☍ 8	7 ✱ 32	13 □ 36	6 ✱ 31	3 ✱ 35	♂ m.c. cum aquila.
3 4	0 ✱ 19			0 ✱ 7			☌ ☽ ♂ 11.24 a... ☌ ♃ ♀ 14 r ♀ m.c. cũ...
5 6		21 △ 31	17 ☌ 35	Orient.	18 ☌ 2	17 ☌ 31	♃ m.c. cum ach. ♒ ...
7 8 ☌	9 56	22 □ 6		8 ☌ 0			☉ Perig.
9 Aſc.	20 ♍	23 ✱ 11	10 ✱ 27		22 ✱ 50		♂ m.c. cũ cor. ♌ ...

Dies anni veteris	Gregorij	☉ ♒			☽ ♋		♄ ♈		♃ ♐		♂ ♒		♀ ♐		☿ ♑		☊ ♓	
		Motus Planetarum Diurnus					M	A	S	A	M	D	S	D	M	D		
Dies		P	′	″	P	′	P	′	P	′	P	′	P	′	P	′	P	′
22	1	11	31	11	27 ♌	55	21	6	20	57	7	5	28	17	24	37	20	2
23	2	12	31	59	9	33	21	10	21	7	7	52	29	4	26	17	19	59
24	3	13	32	46	21 ♍	22	21	14	21	18	8	38	29 ♑	52	28	0	19	56
25	4	14	33	32	3	56	21	19	21	28	9	25	0	41	29	40	19	53
26	5	15	34	16	15	48	21	23	21	39	10	12	1	30	1 ♒	27	19	50
27	6	16	34	59	26 ♎	51	21	28	21	49	10	58	2	20	3	12	19	46
C 28	7	17	35	41	9	9	21	33	22	0	11	45	3	11	4	58	19	43
29	8	18	36	22	21 ♏	46	21	38	22	10	12	32	4	2	6	45	19	40
30	9	19	37	1	4	44	21	43	22	20	13	19	4	54	8	32	19	37
31	10	20	37	39	18 ♐	4	21	48	22	30	14	6	5	47	10	20	19	34
Feb 1	11	21	38	15	1	48	21	53	22	40	14	52	6	40	12	8	19	30
2	12	22	38	50	15 ♑	55	21	58	22	50	15	39	7	34	13	57	19	27
3	13	23	39	23	0	23	22	3	23	0	16	26	8	28	15	47	19	24
C 4	14	24	39	55	15 ♒	8	22	8	23	9	17	13	9	21	17	37	19	21
5	15	25	40	26	0	4	22	14	23	19	18	0	10	19	19	28	19	18
6	16	26	40	55	15	7	22	19	23	28	18	47	11	15	21	19	19	15
7	17	27	41	23	29 ♓	18	22	24	23	38	19	34	12	12	23	10	19	11
8	18	28	41	49	14	12	22	30	23	47	20	21	13	9	25 A	2	19	8
9	19	29 ♓	42	13	29 ♈	10	22	35	23	56	21	8	14	7	26	54	19	5
10	20	0	42	37	13	18	22	41	24	5	21	55	15	5	28	46	19	2
C 11	21	1	42	59	27 ♉	5	22	47	24	14	22	42	16	4	0 ♓	35	18	59
12	22	2	43	19	10	31	22	53	24	23	23	29	17	3	2	29	18	56
13	23	3	43	37	23 ♊	37	22	58	24	31	24	16	18	2	4	20	18	53
14	24	4	43	53	6	23	23	4	24	40	25	3	19	2	6	11	18	49
15	25	5	44	7	18 ♋	53	23	10	24	48	25	50	20	2	8	1	18	46
16	26	6	44	20	1	8	23	16	24	56	26	37	21	3	9	51	18	43
17	27	7	44	31	13	10	23	22	25	4	27	24	22	4	11	41	18	40
B 18	28	8	44	40	25	5	23	29	25	12	28	11	23	5	13	30	18	37
19	29	9	44	47	6 ♌	54	23	35	25	19	28	58	24	6	15	19	18	34

Latitudo Planetarũ ad diẽ		♄		♃		♂		♀		☿		
	1	2	19	0	53	0	4	3	59	0	42	
	11	2	14	0	55	0	5	3	25	1 A	35	Mensis
	21	2	10	0	57	0	7	2	35	1	45	

♃ ♀ 6.31 ♀ or. cū

𝔇 ♌ 7.19 ☿ oc. cū

♂ or. cum cau. ♄ (

☿ occ. cum rostro

♄ ♂ 2.51 ♀ or. cū

𝔇 ☿ 6.37 ♀ m. cū

Positus Planetarum Diurnus.

Dies	Dies	☉ ♑ P	′	″	☽ ♈ P	′	♄ ♈ P	′	♃ ♓ P	′	♂ ♓ P	′	♀ ♓ P	′	☿ ♓ P	′	☊ ♓ P	′
							M	A S		D	M	D	M	A	M	A		
21	1	8	28	53	26 ♉	31	20	7	8	3	19	53	27	31	28	4	23	19
22	2	9	29	42	9	13	20	4	8	17	20	36	27	12	28	53	23	15
23	3	10	30	32	21 ♊	38	20	2	8	30	21	21	26	51	29 ♑	38	23	12
24	4	11	31	23	3	10	20	0	8	43	22	9	26	28	0	19	23	9
25	5	12	32	15	15	51	19	58	8	56	22	50	26	3	0	55	23	6
D 26	6	13	33	8	27	45	19	56	9	10	23	34	25	37	1	26	23	3
27	7	14	34	2	9 ♋	35	19	54	9	23	24	19	25	10	1	53	23	0
28	8	15	34	57	21	25	19	53	9	36	25	4	24	41	2	15	22	56
29	9	16	35	53	3 ♌	16	19	51	9	49	25	48	24 S	11	2	31	22	53
30	10	17	36	50	15	12	19	50	10	3	26	32	23	40	2	42	22	50
De. 1	11	18	37	48	27 ♍	16	19	49	10	16	27	16	23	8	2 ℞	48	22	47
2	12	19	38	47	9	31	19	48	10	29	28	0	22	35	2	48	22	44
D 3	13	20	39	47	21 ♎	59	19	47	10	43	28	48	22	1	2	42	22	40
4	14	21	40	47	4	44	19	46	10	56	29	33	21	27	2	31	22	37
5	15	22	41	48	17 ♏	47	19	45	11	9	0 ♑	18	20	54	2	15	22	34
6	16	23	42	49	1	9	19	44	11	22	1 A	3	20	21	1	54	22	31
7	17	24	43	51	14	52	19	43	11	35	1	48	19	51	1 S	29	22	28
8	18	25	44	53	28	56	19	42	11	48	2	33	19	21	1	0	22	25
9	19	26	45	56	13 ♐	20	19	42	12	2	3	19	18	53	0	27	22	21
D 10	20	27	46	59	28	0	19	42	12	15	4	4	18	24	29 ♐	50	22	18
11	21	28	48	3	12 ♑	51	19	41	12	28	4	49	17	59	29	10	22	15
12	22	29 ♑	49	7	27	47	19	41	12	41	5	35	17	31	28	28	22	12
13	23	0	50	11	12 ♒	41	19 ☊	41	12	54	6	20	17	7	27	47	22	9
14	24	1	51	16	27	27	19	41	13	7	7	6	16	43	27	7	22	6
15	25	2	52	21	11 ♓	50	19	41	13	20	7	51	16	23	26	29	22	3
16	26	3	53	26	25	6	19	42	13	34	8	37	16	0	25	53	21	59
D 17	27	4	54	31	9 ♈	53	19	42	13	46	9	22	15	40	25	20	21	56
18	28	5	55	36	22	26	19	42	13	58	10	7	15	25	24	51	21	53
19	29	6	56	42	6 ♉	10	19	43	14	11	10	53	15	13	24	26	21	50
20	30	7	57	48	18	55	19	43	14	24	11	39	15	4	24	5	21	47
21	31	8	58	54	1 ♊	25	19	44	14	30	12	24	15	7	23	49	21	43

Latitudo Planetarũ ad diẽ	♄		♃		♂		♀		☿		
1	2	46	0	50	0	4	1 S	26	2	41	Mensis
11	2	42	0	49	0 A	4	0	21	1 S	29	
21	2	38	0	49	0	4	2	8	0	49	

Syzygiæ Lunares.							
		Occid.	O fem.	Occid.	Occid.	Occid.	Syzygię Planetarũ mutuę, & eorum congressus cum illustrioribus aliquibus stelis fixis.
	☉	♄	♃	♂	♀	☿	
Dies	H '	H '	H '	H '	H '	H '	
1					2 △ 0	3 △ 8	△ ♄ ☿ 7.38.
2							♂ or. cum aquila.
3							♃ or. cum corde ♏. a.
4 ☍	17 1		0 ☍ 56				♂ m. c. cum neb. ♏.
5 Asc.	12 ♏	8 ⚹ 17		15 ☍ 1	10 ☍ 11		
6						7 ☍ 45	
7		20 □ 51					☽ Apo. ☌ ♂ ♀ 16.32.
8							
9			13 △ 25				
10	5 △ 14	9 △ 11			16 △ 7		
11				0 △ 4		10 △ 50	
12 □	21 26		1 □ 59				△ ☉ ♄ 3.20 ♂ or. cũ ♎ 7
13 Asc.	15 ♐			13 □ 38	0 □ 4	19 □ 53	☽ ☋ 1.15 ☌ ☽ ♀ 5.18. b.
14			11 ⚹ 36		Orient.		
15	9 ⚹ 32	3 ☍ 31		23 ⚹ 48	5 ⚹ 22		♀ or. cũ aq. et oc. ☿ arc.
16						1 ⚹ 16	☌ ♂ ☿ 17.29.
17							△ ♄ ♀ 6.24.
18			21 ☌ 47				
19 ☌	23 47	10 △ 25			8 ☌ 47		
20 Asc.	22 ♓			10 ☌ 20		2 ☌ 50	
21		10 □ 58					☽ Per. ☌ ☽ ☿ 5.7. c.
22						Orient.	♂ or. cum neb. ♓.
23		21 ⚹ 22	0 ⚹ 21		7 ⚹ 1	13 ⚹ 29	
24	7 ⚹ 52			16 ⚹ 52			♂ occ. cum neb. ♓.
25			2 □ 24		7 □ 14	23 □ 39	☽ ☊ 17.7 ♂ or. cũ ac. ♏
26 □	14 42			23 □ 0			
27 Asc.	4 ♒	17 ☌ 35	7 △ 5		10 △ 28		
28						2 △ 50	
29	1 △ 24			9 △ 59			
30							
31							♂ or. cum neb. ♏.

a. Die 7. ♀ or. cum cauda Del.
b. Die 13. ☿ m. c. cum neb. ♏.
c. Die 21. ♂ m. c. cum lyra, & ♀ cum acu. ♏. ☿ or. cum cauda Del.

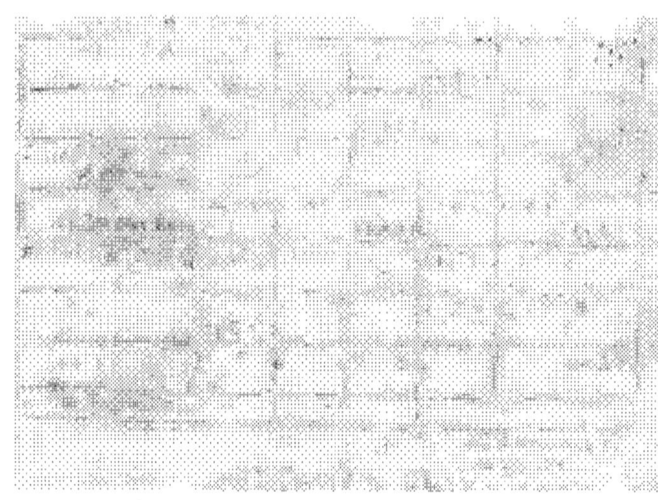

EPHEMERIS
IOANNIS ANTONII MAGINI PATAVINI

Ad annum Dominicæ Incarnationis

1616.

Bissextilem, qui est à Gregoriana Kalendarij restitutione 34. & à principio Mundi 5578.

Figura cæli in ingressu Solis in ♈ æquinoctium veris.

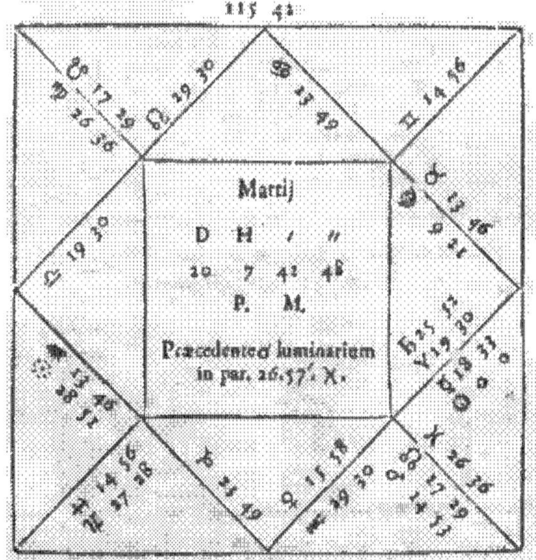

Anni Tropici vera magnitudo.

Dierum 365. Horarum 5. Scr. 55'. 32''. 49'''. 59''''.

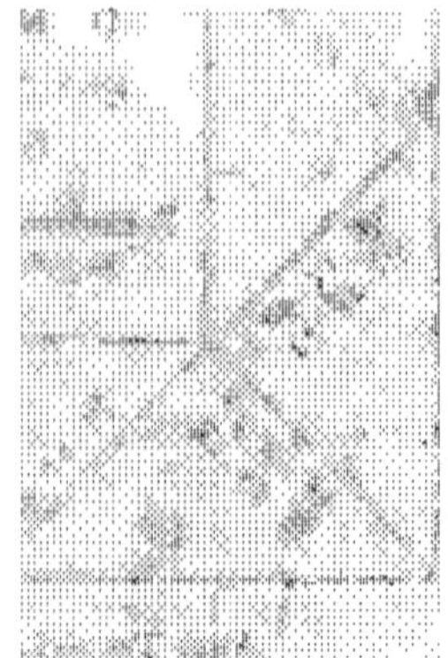

ANNO VIRGINEI PARTVS
1616 Bissextili.

			D.	H.	'	"
Ingressus ☉ in principium	♋, Seu solstitij æstiui	Iunij	21	5	45	18
	♎, Seu æquinoctij autumnal.	Septemb.	22	[illegible]	25	30
	♑, Seu solstitij hiemalis	Decemb.	21	10	21	35

	P.	'	"	'''
Vera præcessio Æquinoctiorum	28	14	16	33
Obliquitas Zodiaci	23	28	1	41

Eccentricitas ☉ 32205. Qualium semidiameter eccentrici ☉ par. 1000000, seu par. 1, 55', 56", 16'''. Qualium P. 60.

Locus Apogæi		P.	'	"	
	♄	29	42	21	♐
	♃	7	1	43	♎
	♂	28	54	1	♌
	☉	9	58	50	♋
	♀	16	35	16	♊
	☿	0	47	7	♐

Aureus Numerus	2
Cyclus Solis	1
Epacta	12
Indictio Romana	14
Litera Dominicalis	C B
Interuallum hebd. 7. Dies	2

Festa mobilia secundum Sacrosanctæ Romanæ Ecclesiæ vsum iuxta annum reformatum.

Septuagesima	Ianuarij	31
Cinis	Februarij	17
Pascha	Aprilis	3
Rogationes	Maij	8
Ascensio Domini	Maij	12
Pentecostes	Maij	22
Corpus Christi	Iunij	2
Aduentus Domini	Nouemb.	27

Quatuor Tempora anni, seu Ieiunia				
	Februarij	24	26	27
	Maij	25	27	28
	Septembris	21	23	24
	Decembris	14	16	17

Eclipsis Lunæ anno Domini 1616.

Die 26. Augusti H. 15. 54′. 9″. à meridie coæquatis conspicietur ☾ toto lumine hebetata dum haret par. 3. 44′. 33″. ♓ in ☊ drac. per diametrum ☾ transitum. Anomalia autem ☾ ad dictum tempus est par. 186. 42′. 51″. & eius semid. 17′. 49″. Solis verò annua anomalia est par. 55. 53′. 45″. unde eius semid. est 16′. 1″. Semidiameter denique terrena umbra æquata est 49′. 32″. Verus latitudinis ☾ motus 264. 41′. 43″. veraque ☾ latitudo 17′. 40″. Aquilonaris. Sed ad initium Eclipsis 33′. 20″. Aquil. & ad finem 22′. 4″. similiter Aquil. Puncta corporis ☾ in umbra terræ involuta erunt 13. 21′. Tempus incidentiæ, seu casus H. 1. 23′. 13″. Moræ autem dimidiatæ H. 0. 28′. 8″.

Eclipsis huius Lunaris digitorum 13. 21′.

	H.	scr.	
Principium accidet	14	3	P. M.
	7	22	N. S.
Initium totalis obscurationis	15	26	P. M.
	8	45	N. S.
Medium, seu summa obscura.	15	54	P. M.
	9	13	N. S.
Finis totalis obscurationis, & initium recuper. luminis	16	22	P. M.
	9	41	N. S.
Finis totius Eclipsis	17	45	P. M.
	11	4	Horol.

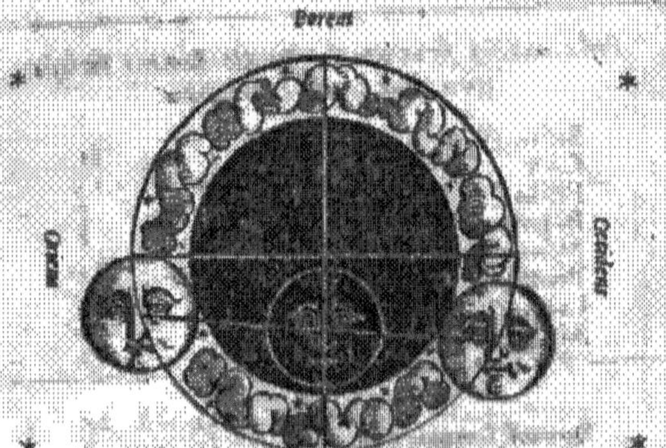

Morantur in tenebris H. scr. 0. 56.

Cõsumabuntur tota integra Eclipsis H. scr. 3. 43.

Boreas

Oriens

Occidens

Auster

Sed in nostro cælo finem talis Eclipsis minimè habebimus & multo minus in orientalioribus locis, imo in certis locis nec ipsum medium uideri dabitur, ut sunt Cypri insula, Syria, Hierosolyma, Ionia, & cætera similis longitudinis.

Planetarum status.

♄ {
Per totũ anni circuitũ à lõgitudine media descẽdit versus Perigæũ sui Eccẽtri.
Die 21. Aprilis in Apogæo } Epicycli reperitur.
Die 28. Octobris in Perigæo } Epicycli reperitur.
Regressum patitur à die 20. Augusti per totum anni residuum.

♃ {
Ad Eccentrici longitudinem mediam properat.
Die 15. Iunij in inferiori } Epicycli parte inuenitur.
Die 31. Decemb. in superiori } Epicycli parte inuenitur.
Post 15. Aprilis in 15. Augusti contra successionem signorum gradietur.

♂ {
Die 10. Martij ad Perigæum Epicycli defertur.
Die 12. Ianuarij in Epicycli Auge reperitur.
Hoc anno nunquam regresionem patietur.

♀ Die {
7. Iunij per supremam } Eccentri partem incedit.
7. Decemb. per infimam } Eccentri partem incedit.
27. Septemb. per summam Epicycli partem percurrit.
Hoc anno nunquam regressum incurret post diem 3. Ianuarij.

☿ Die {
12 Maij circa Perigæum } Eccentrici rotatur.
11 Nouemb. circa Apogæum } Eccentrici rotatur.
17 Februarij in Apogæo } Epicycli est.
15 Aprilis in Perigæo } Epicycli est.
13 Iunij in Apogæo } Epicycli est.
11 Augusti in Perigæo } Epicycli est.
7 Octobris in Apogæo } Epicycli est.
3 Decemb. in Perigæo } Epicycli est.
3 Ianuarij liber sit à retrogradatione.
4 Aprilis usq; in 27. eiusdem } Cõtra signorũ sequelã gradietur
30 Iulij usq; post 22. Augusti } Cõtra signorũ sequelã gradietur
23 Nouemb. usq; ad 15. Decemb. } Cõtra signorũ sequelã gradietur

Positus Planetarum Diurnus.

Dies	Dies	☉ ♑ P	'	"	☽ ♊ P	'	♄ ♈ P	'	♃ ♐ P	'	♂ ♑ P	'	♀ ♐ P	'	☿ ♐ P	'	☊ ♓ P	'
							M	A S		A	M	A S		A S		A		
22	1	10	0	0	13	20	19	45	14	49	13	10	15	3	23	38	21	40
23	2	11	1	7	25	18	19	46	15	1	13	56	15 Di	1	22 Di	22	21	37
C 24	3	12	2	14	6 ♌	58	19	47	15	14	14	42	15	1	23 D	33	21	34
25	4	13	3	21	18	38	19	49	15	26	15	28	15	3	23	40	21	31
26	5	14	4	27	0 ♍	27	19	50	15	39	16	14	15	8	23	52	21	27
27	6	15	5	33	12	19	19	52	15	51	17	0	15	15	24	10	21	24
28	7	16	6	39	23	16	19	53	16	4	17	46	15	24	24	34	21	21
29	8	17	7	45	5 ♎	41	19	55	16	16	18	32	15	35	25	2	21	18
30	9	18	8	50	17	48	19	56	16	29	19	18	15	48	25	36	21	15
C 31	10	19	9	55	0 ♏	10	19	58	16	41	20 D	4	16	2	26	14	21	12
Ian. 1	11	20	11	[illegible]	[illegible]	33	20	0	16	54	20	50	16	30	26	57	21	9
2	12	21	12	4	25	54	20	2	17	6	21	36	16	39	27	4	21	5
3	13	22	13	8	9	12	20	5	17	18	22	22	17	0	28	39	21	2
4	14	23	14	11	23 ♐	4	20	7	17	29	23	8	17	23	29	36	20	59
5	15	24	15	14	7	15	20	10	17	[illegible]	23	54	17	47	0 ♑	37	20	56
6	16	25	16	16	21 ♑	41	20	12	17	54	24	40	18	13	1	41	20	53
C 7	17	26	17	18	6	30	20	15	18	6	25	27	18	41	2	49	20	49
8	18	27	18	19	21	28	20	18	18	18	26	13	19	10	4	0	20	46
9	19	28	19	19	6 ♒	30	20	21	18	30	27	0	19	41	5	14	20	43
10	20	29	20	19	21 ♓	29	20	23	18	41	27	46	20 D	13	6	30	20	40
11	21	0 ♒	21	18	6	18	20	26	18	53	28	33	20	48	7	49	20	37
12	22	1	22	16	20 ♈	50	20	29	19	5	29	20	21	23	9	11	20	34
13	23	2	23	14	5	1	20	31	19	16	0 ♒	6	21	59	10	35	20	31
C 14	24	3	24	11	18 ♉	50	20	36	19	28	0	53	22	36	12	1	20	28
15	25	4	25	7	2	10	20	39	19	39	1	40	23	15	13	29	20	25
16	26	5	26	3	15	19	20	47	19	51	2	26	23	55	14 M	59	20	21
17	27	6	26	56	28 ♊	2	20	47	20	2	3	[illegible]	24	[illegible]	16	31	20	18
18	28	7	27	49	10	26	20	50	20	14	3	59	25	[illegible]	18	5	20	15
19	29	8	28	41	22 ♋	33	20	54	20	25	4	45	26	4	19	41	20	12
20	30	9	29	31	4	28	20	58	20	37	5	32	26	47	21	18	20	9
C 21	31	10	30	21	16	14	21	2	20	48	6	18	27	31	22	57	20	5

Latitudo Planetarũ ad diẽ		♄		♃		♂		♀		☿		
	1	2	29	0	49	0 D	3	1	39	2 D	24	
	11	2	28	0	50	0	3	1 D	14	1	53	Mensis
	21	2	24	0	51	0	4	1	13	0 M	24	

♂ m. c. cum aquila.

♂ ☊ ♂ 1 1. 2 4. A.

☌ ☿ 14.51.(rr.
t ☿ m t. cū cau.

Peri. ☿ or. cū cau.
☿ 13.35 ♀ or cū

r ☿ 0.31 ☿ or. cū
♌ 7.19 ☿ oc. cū

or. cum cau. ♄ (.

[illegible] 9	♑
[illegible] 4 9	♒
[illegible] 4 8	♓

	Syzygiae Lunares	Occid.	Orient.	Orient.	Orient.	Occid.	Syzygiae Planetarũ mutuę, & eorum congressus cum illustrioribus aliquibus stellis fixis.
	☽	♄	♃	♂	♀	☿	
Dies	H ′	H ′	H ′	H ′	H ′	H ′	
1		8△21	13△37				♂ or. cum cap. Med. a.
2				10☍14			
3 ☍	0 37					20☌ 0	☽ ☋ 12.20. ♀ m.c. cum
4 Asc.	21 [illegible]		13□11		8△41		(cor. ♄.
5							□ ♃ ☿ 23.39.
6		10☍58	14✱5				
7				10△7	0□[illegible]		♀ m.c. cum cauda Del.
8	6△45						♄ m.c. cum cor. ♌.
9				15□33	11✱12	7△15	♂ occ. cum Fidicula.
10 □	15 20	17△54					♀ m.c. cum cauda cygni.
11 Asc.	19 ♐		1☌58	21✱24		17□16	(Fomah.
12	10✱55						✱ ♀ ☿ 29.13 ♂ m.c. cu
13		0□33			23☌45		
14						0✱19	☽ Perig.
15		1✱54	4✱17				☿ or. cum cor. ♌.
16				4☌43			☽ ☊ 21.18.
17 ☌	6 9		6□33				□ ☽ ♃ 12.39.
18 Asc.	0 ♎				10✱45	15☌ 4	
19		7☌41	10△26				♀ occ. cum Fomah.
20				18✱11	10□30		♀ oc. cũ aqui & ca. ♑. b
21							♀ m.c. cum cauda ♓.
22	0✱30						
23		23✱14		5□43	9△41	16✱[illegible]	
24 □	14 40		0☍58				♂ occ. cum Acamar.
25 Asc.	18 ♑			10△30			♀ or. cum cauda ♓.
26		10□43				8□ 0	♀ or. cum umbilic.
27	7△ 8						☿ m.c. cum cor. ♌.
28		23△21			10☍		☽ Apo. ☌ ♄ ♀ 6 p.r.
29			1△34			0△17	♀ oc. cum cauda Del.
30							✱ ♄ ♀ 20.31 ☽ ☋ 15.2 d
31			13□10	3☍56			✱ ♃ ♀ 8.21.

a. Die 1. ♂ occ. cum rostro galli, & ☿ cum gen.
b. Die 20. ☿ occ. cum cauda cygni.
c. Die 28. ☿ or. cum de hu. Aqr.
d. Die 30. ☊ ♃ ☿ 2.16.

Dies		☉ ♈ P	′	″	☽ ♎ P	′	♄ ♈ P (M A)	′	♃ ♐ P (S A)	′	♂ ♓ P (M D)	′	♀ ♒ P (M D)	′	☿ ♈ P (S A)	′	☊ ♓ P	′
22	1	11	32	15	3	31	27	20	28	12	23	57	28 ♓	57	28	57	16	52
23	2	12	31	19	15	51	27	27	28	14	24	44	0	0	29	15	16	49
B 24	3	13	30	21	28 ♏	25	27	35	28	17	25	31	1	8	29	26	16	45
25	4	14	29	21	11	15	27	43	28	19	26	17	2	16	29 ℞	30	16	42
26	5	15	28	19	24 ♐	24	27	50	28	21	27	4	3	24	29	26	16	39
27	6	16	27	15	7	52	27	58	28	23	27	50	4	32	29	14	16	36
28	7	17	26	10	21 ♑	40	28	6	28	25	28	37	5	40	28 D	53	16	33
29	8	18	25	3	5	46	28	14	28	26	29 ♈	24	6	49	28	18	16	30
30	9	19	23	54	20 ♒	7	28	22	28	28	0	10	7	57	27	53	16	26
B 31	10	20	22	43	4	38	28	30	28	29	0	57	9	6	27	11	16	23
Ap. 1	11	21	21	30	19 ♓	14	28	39	28	30	1	44	10	15	26	23	16	20
2	12	22	20	15	3	48	28	47	28	31	2	30	11	24	25	53	16	17
3	13	23	18	58	18 ♈	1	28	55	28	31	3	17	12	33	24	37	16	14
4	14	24	17	39	2	25	29 D	3	28	32	4	3	13	42	23	39	16	11
5	15	25	16	19	16 ♉	22	29	10	28 ℞	32	4	50	14	51	22	38	16	7
6	16	26	14	57	0	1	29	18	28	32	5	36	16	0	21	38	16	4
B 7	17	27	13	33	13	22	29	26	28	32	6	22	17	10	20 D	36	16	1
8	18	28	12	7	26	25	29	34	28	31	7	9	18	19	19	38	15	58
9	19	29 ♉	10	39	9 ♊	14	29	42	28	31	7	55	19	28	18	43	15	55
10	20	0	9	9	21	52	29	50	28	30	8	41	20	38	17	52	15	51
11	21	1	7	37	4 ♋	18	29 ♉	58	28	29	9	27	21	47	17	7	15	48
12	22	2	6	4	16	37	0	6	28	28	10	13	22	57	16 M	28	15	45
13	23	3	4	29	28 ♌	50	0	14	28	27	10	59	24	6	15	56	15	42
B 14	24	4	2	52	10	59	0	22	28	25	11	45	25	16	15	32	15	39
15	25	5	1	13	23 ♍	7	0	30	28	24	12	31	26	25	15	16	15	36
16	26	5	59	32	5	17	0	38	28	22	13	17	27	35	15 Di	7	15	33
17	27	6	57	50	17	30	0	46	28	20	14	3	28	45	15	6	15	29
18	28	7	56	6	29 ♎	49	0	53	28	18	14	48	29 ♈	55	15	13	15	26
19	29	8	54	21	12	16	1	1	28	15	15	34	1	3	15	27	15	23
20	30	9	52	34	24	55	1	9	28	13	16	20	2	13	15	48	15	20

Latitudo Planetarũ ad diẽ	♄		♃		♂		♀		☿		
1	2	1	1	4	0	10	0	17	3 D	8	
11	2 D	1	1	5	0	10	0	48	2	49	Mensis
21	2	0	1	7	0	10	1	9	0 M	7	

Syzygiæ Lunares.

Dies	☉	Occid. ♄	Orient. ♃	Orient. ♂	Orient. ♀	Occid. ☿	Syzygię Planetarū mutuę, & eorum congressus cum illustrioribus aliquibus fixis.
	H ′	H ′	H ′	H ′	H ′	H ′	
1 ☍	16 58						⚹ ♃ ☿ 1. 58.
2 Asc.	22 ♓	22 ☍ 15	21 ⚹ 44				♀ oc. cum sup. Med. a.
3					5 △ 34	1 ☍ 52	
4							
5				5 △ 1	17 □ 31		
6	16 △ 5						□ ♃ ♂ 17. 36.
7		11 △ 3	11 ☌ 38	12 □ 31		11 △ 56	☿ oc. cum Fidicula.
8 □	22 57				1 ⚹ 56		△ ♃ ☿ 1.18 ☌ ♄ ☿ 7.53
9 Asc.	23 ♋	13 □ 18		17 ⚹ 33		12 □ 14	△ ♄ ♃ 20.36. b.
10							
11	3 ⚹ 44	15 ⚹ 40	15 ⚹ 17			11 ⚹ 7	☽ Perig. cor. ♈.
12					13 ☌ 43		☽ ☊ 20.41. ☿ m.c. cū
13			17 □ 24				☌ ☉ ☿ 16.1.
14				4 ☌ 57		Orient.	
15 ☌	17 2	11 ☌ 45	21 △ 24			10 ☌ 13	
16 Asc.	18 ♈						
17					7 ⚹ 39		♀ occ. cum acumin.
18				21 ⚹ 21			△ ☉ ♃ 7.52.
19					21 □ 25	16 ⚹ 52	☌ ☉ ♄ 14.53. ☿ oc. cū
20	17 ⚹ 21	15 ⚹ 35	12 ☍ 47				cau. cygni.
21		Orient.		16 □ 41		23 □ 44	☌ or. cum cor. ♈.
22					13 △ 44		
23 □	9 13	2 □ 48					
24 Asc.	0 ♓			1 △ 57		8 △ 46	☽ Apog.
25		14 △ 44	10 △ 24				
26	1 △ 31						□ ♃ ☿ 15.41 ☽ ☊ 20.5
27			21 □ 2				
28					0 ☍ 14		☌ ♂ ☿ 18.45.
29				6 ☍ 40		6 ☍ 12	♄ occ. cum cor. ♈.
30		11 ☍ 41	6 ⚹ 5				

a. Die 2. ♀ occ. cum rostro gallinæ.
b. Die 9. ♀ m.c. cum ult. fusto. occ.

Positus Planetarum Diurnus.

Dies			☉ ♉			☽ [illegible]		♄ ♉		♃ ♓		♂ ♈		♀ ♈		☿ ♈		☊ ♓	
								M	D	S	A	M	D	M	D	M	D		
			P	'	"	P	'	P	'	P	'	P	'	P	'	P	'	P	'
B	21	1	10	50	45	7	51	1	17	18	10	17	5	3	25	16	15	15	17
	22	2	11	48	55	21	0	1	25	18	7	17	51	4	36	16	49	15	13
	23	3	12	47	3	♐ 4	26	1	33	18	4	18	37	5	46	17	29	15	10
	24	4	13	45	10	18	10	1	40	18	1	19	23	6	56	18	15	15	7
	25	5	14	43	15	♑ 2	12	1	48	17	57	20	8	8	7	19	6	15	4
	26	6	15	41	19	16	28	1	56	17	54	20	54	9	17	20	2	15	1
	27	7	16	39	21	♒ 0	54	2	3	17	50	21	39	10	28	21	2	14	57
B	28	8	17	37	23	15	25	2	11	17	46	22	24	11	38	22	6	14	54
	29	9	18	35	21	29	54	2	19	17	42	23	10	12	49	23	13	14	51
	30	10	19	33	19	♓ 14	17	2	26	17	38	23	56	13	59	24	23	14	48
	Ma. 1	11	20	31	15	28	27	2	34	17	33	24	42	15	10	25 A	36	14	45
	2	12	21	29	10	♈ 12	21	2	42	17	29	25	27	16	20	26	53	14	41
	3	13	22	27	5	25	56	2	50	17	24	26	13	17	31	28	13	14	38
	4	14	23	24	55	♉ 9	13	2	57	17	19	26 A	58	18	42	29	35	14	35
B	5	15	24	22	46	22	14	3	5	17	14	27	44	19	52	♉ 1	1	14	32
	6	16	25	20	35	♊ 4	59	3	12	17	8	28	29	21	3	2	30	14	29
	7	17	26	18	23	17	31	3	20	17	3	29	14	22	14	4	1	14	25
	8	18	27	16	10	29	53	3	28	16	57	29	59	23	25	5	34	14	22
	9	19	28	13	55	♋ 12	7	3	35	16	51	♉ 0	44	24	36	7	9	14	19
	10	20	29	11	39	24	16	3	43	16	46	1	29	25 A	47	8	40	14	16
	11	21	♊ 0	9	22	♌ 6	21	3	50	16	40	2	14	26	58	10	25	14	13
B	12	22	1	7	4	18	20	3	58	16	34	2	59	28	9	12	6	14	10
	13	23	2	4	45	♍ 0	39	4	5	16	28	3	44	29	20	13	48	14	6
	14	24	3	2	25	12	53	4	13	16	22	4	28	♉ 0	31	15	32	14	3
	15	25	4	0	4	25	14	4	20	16	15	5	13	1	42	17	16	14	0
	16	26	4	57	42	♎ 7	45	4	27	16	9	5	58	2	54	19	1	13	57
	17	27	5	55	19	20	27	4	34	16	2	6	42	4	5	20	47	13	54
	18	28	6	52	55	♏ 3	21	4	42	15	55	7	27	5	16	22	34	13	50
B	19	29	7	50	30	16	35	4	49	15	48	8	12	6	28	24	22	13	47
	20	30	8	48	4	♐ 0	4	4	56	15	42	8	56	7	39	26	11	13	44
	21	31	9	45	37	13	51	5	3	15	35	9	40	8	51	28	0	13	41

Latitudo Planetarũ ad diē		♄		♃		♂		♀		☿		
	1	2	1	1	8	0	10	1	25	2	30	
	11	2	1	1	9	0 A	10	1 A	35	3 A	36	Mensis
	21	2	2	1	9	0	10	1	34	3	5	

17			10 ✱ 10				♄ ✱ ♃ 11. 3.
18		2 ☍ 25		7 ☍ 49	3 ☍ 46		♀ or. cum Pomab. d.
29						16 ☍ 0	☿ oc. cũ pl. & bin. (Ur.
30 ♌	16 30						♂ or. cũ Po. ☿ oc. cũ ζo.
31 Alt.	10 ♊		20 ♂ 1				☿ occ. cum Aldeb.

a. Die 3. ☿ occ. cum cauda Cygni.
b. Die 8. ♂ or. cum de hum. Aur.
c. Die 24. ☿ occ. cum Rigel, & m. c. cum acer. & dex. lat. Persei.
d. Die 28. ♀ m. c. cum pleias.

Dies		☉ ♊ P	′	″	☽ ♐ P	′	♄ ♉ M D P	′	♃ ♓ S D P	′	♂ ♉ M A P	′	♀ ♉ M A P	′	☿ ♉ M A P	′	☊ ♓ P	′
Positus Planetarum Diurnus.																		
22	1	10	43	9	27 ♑	55	5	10	25	28	10	24	10	2	29	50	13	38
23	2	11	40	40	12	16	5	17	25	21	11	9	11	14	1 ♊	41	13	35
24	3	12	38	10	26	48	5	24	25	14	11	53	12	25	3	32	13	31
25	4	13	35	39	11 ♒	27	5	31	25	6	12	37	13	37	5	24	13	28
B 26	5	14	33	7	26	5	5	38	24	59	13	21	14	48	7	16	13	25
27	6	15	30	34	10 ♓	36	5	44	24	51	14	5	16	0	9	9	13	22
28	7	16	28	1	24	54	5	51	24	44	14	49	17	12	11	2	13	19
29	8	17	25	27	8 ♈	55	5	58	24	36	15	33	18	23	12	55	13	15
30	9	18	22	52	22	37	6	4	24	29	16	17	19	35	14	49	13	12
31	10	19	20	17	5 ♉	58	6	11	24	21	17	0	20	47	16	41	13	9
Iun. 1	11	20	17	41	18	59	6	17	24	13	17	44	21	59	18	37	13	6
B 2	12	21	15	4	1 ♊	41	6	24	24	5	18	28	23	11	20 S	31	13	3
3	13	22	12	27	14	8	6	30	23	57	19	11	24	23	22	26	13	0
4	14	23	9	49	26	23	6	36	23	50	19	55	25	35	24	21	12	56
5	15	24	7	11	8 ♋	26	6	43	23	42	20	38	26	47	26	15	12	53
6	16	25	4	31	20	27	6	49	23	34	21	22	27	59	28	10	12	50
7	17	26	1	53	2 ♌	22	6	55	23	26	22	5	29	11	0 ♋	4	12	47
8	18	26	59	24	14	17	7	1	23	19	22	49	0 ♊	23	1	58	12	44
B 9	19	27	56	34	26 ♍	14	7	7	23	11	23	32	1	35	3	52	12	40
10	20	28	53	54	8	17	7	13	23	3	24	15	2	47	5	45	12	37
11	21	29	51	14	20	28	7	19	22	56	24	59	3	59	7	38	12	34
12	22	0 ♋	48	33	2 ♎	50	7	24	22	48	25	42	5	11	9	30	12	31
13	23	1	45	52	15	25	7	30	22	41	16	25	6	24	11	22	12	28
14	24	2	49	11	28	15	7	36	22	33	27	8	7	36	13	14	12	25
15	25	3	40	30	11 ♏	23	7	42	22	26	27	51	8	49	15	5	12	21
B 16	26	4	37	48	24	47	7	47	22	18	28	34	10	1	16	56	12	18
17	27	5	35	6	8 ♐	31	7	52	22	11	29	17	11	14	18	46	12	15
18	28	6	32	24	22	37	7	57	22	4	29	59	12	26	20	35	12	12
19	29	7	29	41	7 ♑	0	8	3	21	56	0 ♊	42	13	39	22	24	12	9
20	30	8	26	59	21	35	8	8	21	49	1	24	14	51	24	13	12	6

Latitudo Planetarū ad diē	♄		♃		♂		♀		☿		
1	2	4	1	9	0	10	1	32	1	42	Mensis
11	2	7	1	8	0	10	1	16	0 S	8	
21	2	11	1	7	0	9	1	6	1	9	

Syzygiæ Lunares.

☉	Orient. ♄	Orient. ♃	Orient. ♂	Orient. ♀	Orient. ☿	Syzygiæ Planetarũ mutuę, & eorum congressus cum illustrioribus aliquibus stellis fixis
H ′	H ′	H ′	H ′	H ′	H ′	
	12 △ 13		22 △ 4	22 △ 7		☌ ♂ ♀ 19.51 ♀ or. sup ☿ m.c. cum hiad.
3 △ 46	14 □ 13	21 ✶ 12	2 □ 1	3 □ 51	12 △ 30	♍ Perg. ♀ m.c. cũ cap. Algol.
8 58	15 ✶ 51	23 □ 42	6 ✶ 10	9 ✶ 54	21 □ 15	♂ m.c. cũ cap. Algol. a. ♍ ♌ 4.7 8 ♀ m.c. cũ
13 30 16 ✶ 1					8 ✶ 8	♀ occ. cũ Reg.(☍ 22.b ♂ m.c. cũ oc. et ☿ cũ i.p
	10 ☌ 25	3 △ 19	21 ☌ 30			♂ m.c. cum se. lat. Per.
				6 ☌ 16		♀ m.c. cum ple.(pleia. ☌ ☽ ☿ 18.6 ♂ or. cũ vl
17 15 5 ♋	20 ✶ 50	19 ☍ 3			19 ☌ 17 Occid.	☍ ♃ ♀ 17.53 (☍ hia ☍ ☉ ♃ 14 46 ♀ oc. cũ pl
		Occid.	1 ✶ 53	16 ✶ 51		♀ oc. cũ zo. Or. ☍ Bella
	9 □ 12	27 △ 58	18 □ 14			♍ Ap. ♂ m.c. cum ple, ♀ occ. cum cane maiore
3 ✶ 42	21 △ 52			11 □ 50	18 ✶ 2	♀ m.c. cum hiad. ♍ ☊ 8.31 ✶ ♄ ☿ 19.45
19 48 13 ♌		4 □ 43	9 △ 18	5 △ 0	14 □ 55	♀ m.c. cum Aldeb.
8 △ 47	17 ☍ 14	13 ✶ 27				♂ oc. cũ hiad. ☍ pleiad. ♀ or. cũ hia. et oc. cũ
			6 ☍ 58		7 △ 41	♂ oc. cum zona Orio. ♂ occ. cum Bellatrice.
		23 ☌ 3		5 ☍ 1		♀ m.c. cũ bz. et oc. cũ Ald. ♂ occ. cum Aldeb.
0 56 17 ♎	1 △ 45		16 △ 38		4 ☍ 45	✶ ☽ ♄ 15.14 (cũ hia ♃ m.c. cũ

Syzygiæ Lunares.

Dies		☉	Orient. ♄	Occid. ♃	Orient. ♂	Orient. ♀	Occid. ☿	Syzygiæ Planetarũ mutuæ, & eorum congressus cum illustrioribus aliquibus stellis fixis
		H '	H '	H '	H '	H '	H '	
1			2 □ 53			16 △ 54		☾ Perig.
2				10 ✱ 27	19 □ 37			♃ or. cum aquila.
3		9 △ 10	3 ✱ 46			12 □ 12		☽ ☊ 9.33. ♀ m.c.cum
4				1 □ 4	21 ✱ 48		20 △ 0	☿ oc.cũ Her.(zona Ori.
5	□	15 2						☌ ♃ ♀ 6.41 ♂ m.c.cũ ald.
6	Asc.	26 ♊		3 △ 35		5 ✱ 47		♀ m.c.cum vir.zo.Or.a.
7			10 ☌ 55				7 □ 26	✱ ♂ ☿ 0.51 ♀ m.c.cũ 3 r
8		0 ✱ 14						□ ♄ ☿ 12.39 ♀ m.c.cũ 4 r
9					28 ☌ 4		23 ✱ 34	☿ occ.cum ala.bor.(141
10				18 ☍ 5				♂ or.cũ hiad. et occ.cum
11						9 ☌ 52		
12			6 ✱ 48					♀ occ cum cane mi.
13	☌	7 15						♀ oc.cũ rost.cor. & 31
14	Asc.	16 ♒	19 □ 52					♂ m.c.cum badit.
15				18 △ 34	1 ✱ 48		17 ☌ 4	☿ ..sp. ♄ or.cum ple.b.
16								☌ ♃ ☿ 5.36 ♂ or.cũ ald.
17			9 △ 42		18 □ 38	1 ✱ 40		☽ ☋ 13.15 ♂ m.c.cũ ca
18		19 ✱ 47		6 □ 54				♂ m.c.cũ 20.et ♀ cũ 57.
19						20 □ 12		♂ m.c cum Rigel. c.
20				17 ✱ 11	9 △ 15			✱ ♄ ♀ 10.6.
21	□	10 29					4 ✱ 30	♀ occ.cum badit.
22	Asc.	17 ♈	6 ☍ 28			10 △ 44		♀ or.cum 141. & Her.
23		21 △ 14					15 □ 11	♀ or.cum zona Orio.
24								
25				4 ☌ 39	3 ☍ 41		21 △ 29	☍ ♃ ♂ 22.21(cũ 32.d
26			14 △ 45					♂ m.c cum zo.Ori.et ♀
27						3 ☍ 42		☿ occ cum Algo.
28	☍	8 22	21 □ 29					♀ m.c.cũ ca.mi. & 237
29	Asc.	29 ♍		6 ✱ 19	10 △ 25			☾ Perig.
30			15 ✱ 45				0 ☍ 30	☽ ☊ 16.21.
31				6 □ 29	13 □ 3	12 △ 55		

a. Die 6. ☿ occ. cum Apolli.
b. Die 15. ☿ or. cum Bell. & Apoll.
c. Die 19. ♂ occ. cum cap. Algol.
d. Die 26. ♀ or. cum sin. pede Orio. & occ. cum hydra.

Positus Planetarum Diurnus.

Anni Iuliani	Anni Gregor.	☉ ♌			☽ ♓		M D ♄ ♉		S D ♃ ♐		M A ♂ ♊		S A ♀ ♋		M D ☿ ♋		☊ ♓	
Dies		P	'	"	P	'	P	'	P	'	P	'	P	'	P	'	P	'
22	1	9	2	36	29 ♈	57	10	8	19	8	23	32	23	45	0	24	10	24
23	2	10	0	7	14	22	10	10	19	5	24	13	24	57	0	7	10	21
24	3	10	57	39	28 ♉	25	10	12	19	2	24	53	26	10	29 ♌	42	10	18
25	4	11	55	13	12	5	10	14	19	0	25	34	27	23	29	9	10	14
26	5	12	52	48	25	22	10	16	18	58	26	14	28	37	28	29	10	11
27	6	13	50	24	8 ♊	16	10	17	18	56	26	54	29	50	27	42	10	8
B 28	7	14	48	1	20 ♋	50	10	19	18	55	27	34	1 ♌	3	26	49	10	5
29	8	15	45	39	3	6	10	21	18	53	28 S	14	2	17	25	51	10	2
30	9	16	43	18	15	7	10	22	18	52	28	54	3	30	24	50	9	58
31	10	17	40	58	26	57	10	24	18	51	29	34	4	44	23	47	9	55
Au. 1	11	18	38	39	8 ♌	39	10	25	18	50	0 ♋	13	5	57	22 A	44	9	52
2	12	19	36	21	20	17	10	26	18	50	0	53	7	10	21	40	9	49
3	13	20	34	4	1 ♍	54	10	27	18	49	1	32	8	24	20	39	9	46
B 4	14	21	31	48	13	34	10	28	18	49	2	12	9	37	19	41	9	42
5	15	22	29	33	25	21	10	28	18 Di	49	2	51	10	51	18	47	9	39
6	16	23	27	20	7 ♎	18	10	29	18	49	3	31	12	4	17	58	9	36
7	17	24	25	8	19 ♏	27	10	29	18	49	4	10	13	18	17	14	9	33
8	18	25	22	57	1	52	10	30	18	49	4	50	14	32	16	37	9	30
9	19	26	20	47	14	57	10	30	18	50	5	29	15	46	16	8	9	27
10	20	27	18	39	27	44	10 St	30	18	50	6	8	17	0	15	46	9	23
B 11	21	28	16	32	11 ♐	15	10	30	18	51	6	47	18	14	15	31	9	20
12	22	29	14	27	25	9	10	30	18	52	7	26	19	28	15	24	9	17
13	23	0 ♍	12	23	9 ♑	25	10	30	18	54	8	5	20	42	15 Di	25	9	14
14	24	1	10	20	24	0	10	29	18	56	8	43	21	56	15	34	9	11
15	25	2	8	19	8 ♒	30	10	29	18	58	9	21	23	10	15	50	9	7
16	26	3	6	19	23	10	10	29	19	0	10	0	24	25	16	13	9	4
17	27	4	4	21	8 ♓	51	10	28	19	3	10	38	25	39	16	43	9	1
B 18	28	5	2	24	23	46	10	28	19	5	11	17	26	53	17	19	8	58
19	29	6	0	29	8 ♈	29	10	27	19	8	11	55	28	8	18	1	8	55
20	30	6	58	35	22	54	10	26	19	11	12	33	29	22	18	48	8	52
21	31	7	50	41	6 ♉	58	10	25	19	14	13	11	0 ♍	36	19	40	8	48
Latitudo Planetarũ ad diẽ						1	2	32	0	54	0 S	2	0	16	2	22		
						11	2	37	0	50	0	[illegible]	0	35	4 A	[illegible]	Mensis	
						21	2	42	0	47	0	5	0	46	2	[illegible]		

		Orient.	Occid.	Orient.	Orient.
	☉	♄	♃	♂	♀
Dies	H ʹ	H ʹ	H ʹ	H ʹ	H ʹ
1	16 △ 14				
2			8 △ 5	17 ✱ 40	19 □ 45
3 □	23 42	20 ☌ 44			
4 Asc.	19 ♎				
5					6 ✱ 40
6	11 ✱ 31		20 ☍ 10		
7				13 ☌ 56	
8		14 ✱ 30			
9					

…r.	Occid. ♃	Orient. ♂	Orient. ♀	Orient. ☿	Syzygię Planetarū mutuę, & eorum congressus cum illustrioribus aliquibus stellis fixis.
	H	H	H	H	
			22□11		♀ or. cum coma Beren. △ ☉ ♄ 11.0 ♀ or cū hy…
48	4☍37		11✱56	22✱3	☌ ☿ cum Reg. (Rig. b
		9☌10			♂ m.c.cū Apo. ☉ or. cu… ♂ or. cū ult. zonæ Orio.
39	4△7				△ ♄ ♀ 17.41. ♂ m.c.cū ca. mi. (cū 10,
56	18□5	17✱52	4☌17	3☌4	☉ Ap. et ☋ 18.…☿ or. ♂ m.c.cū Her. ☿ oc. cum
					(Algarab. □ ☉ ♃ 12.41.
42	7✱3	9□41		20✱24	✱ ☉ ♂ 19.50.
		22△30	17✱0		△ ♄ ♀ 6.4. □ ♃ ♀ ♀ m.c. cū ca ☊ (22.5
	0☌27		4□56	11□52	
17		12☍8	13△1	22△40	♃ occ. cum arcturo. ✱ ♂ ♀ 0.37.
43	5✱21				□ ♃ ♀ 22.30. ♀ m.c.cū ♀ or cū vinde. c. (160
1	6□10	17△33	23☍0	13☍1	☉ Peri. ☉ ☊ 7.58. ☿ m.c. cum trica.
	7△53	21□22			♃ or. cū aqui. (Algurab ✱ ♂ ☿ 11.13 ♀ m.c. cum
54			Occid.		☌ ☉ ☿ 4.30. (cū arc. c ♂ or. cum asi. bor. ♀ or.
	18☍44	4✱0	16△0	9△33	♃ m.c. cum neb. [illegible].

…lgorab.
…ydra.
…auda ☊.
…ercule.

		Positus Planetarum Diurnus.					M	D	S	D	S	A	S	D	S	D		
		☉ ♎			☽ ♊		♄ ♉		♃ ♓		♂ ♌		♀ ♎		☿ ♎		☊ ♓	
Dies		P	′	″	P	′	P	′	P	′	P	′	P	′	P	′	P	′
21	1	8	13	10	24 ♋	58	8	59	22	9	1	58	9	14	6	49	7	10
B 22	2	9	12	16	7	40	8	55	22	17	2	33	10	30	8	35	7	7
23	3	10	11	24	20 ♌	8	8	51	22	25	3	7	11	41	10	22	7	3
24	4	11	10	34	2	22	8	46	22	33	3	42	13	0	12	9	7	0
25	5	12	9	40	14	27	8	42	22	42	4	16	14	15	13	56	6	57
26	6	13	8	50	26	24	8	38	22	50	4	50	15	30	15	43	6	54
27	7	14	8	14	8 ♍	18	8	33	22	59	5	24	16	46	17	29	6	51
28	8	15	7	21	20	10	8	29	23	8	5	58	18	1	19	15	6	48
B 29	9	16	6	50	2 ♎	3	8	24	23	17	6	32	19	16	21	1	6	44
30	10	17	6	11	15	0	8	20	23	26	7	5	20	32	22	46	6	41
Oc. 1	11	18	5	34	26 ♏	6	8	15	23	36	7	39	21	47	24	31	6	38
2	12	19	4	59	8	24	8	10	23	45	8	12	23	3	26	15	6	35
3	13	20	4	26	20 ♐	55	8	5	23	55	8	45	24	18	27	59	6	32
4	14	21	3	55	3	44	8	1	24	5	9	18	25	34	29	43	6	28
5	15	22	3	26	16 ♑	53	7	56	24	24	9	51	26	49	1 ♏	26	6	25
B 6	16	23	2	59	0	22	7	51	24	34	10	23	28	5	3 M	9	6	22
7	17	24	2	34	14	13	7	46	24	44	10	56	29	20	4	51	6	19
8	18	25	2	11	28	23	7	41	24	54	11	28	0 ♏	36	6	33	6	16
9	19	26	1	51	12 ♒	49	7	36	25	4	12	1	1	51	8	14	6	13
10	20	27	1	33	27	26	7	31	25	14	12	33	3	7	9	54	6	9
11	21	28	1	16	12 ♓	8	7	26	25	24	13	5	4	22	11	33	6	6
12	22	29	1	1	26	48	7	21	25	35	13	37	5	38	13	11	6	3
B 13	23	0 ♏	0	48	11 ♈	19	7	16	25	45	14	9	6	53	14	48	6	0
14	24	1	0	37	25	38	7	11	25	56	14	40	8	9	16	23	5	57
15	25	2	0	28	9 ♉	36	7	6	26	7	15	12	9	24	17	57	5	53
16	26	3	0	21	23	18	7	1	26	17	15	43	10	40	19	30	5	50
17	27	4	0	16	6 ♊	42	6	56	26	18	16	14	11	55	21	2	5	47
18	28	5	0	12	19	49	6	50	26	28	16	45	13	11	22	33	5	44
19	29	6	0	10	2 ♋	41	6	45	26	37	17	15	14	26	24	7	5	41
B 20	30	7	0	10	15	18	6	40	26	53	17	46	15	42	25	38	5	38
21	31	8	0	12	27	44	6	35	27	1	18	16	16	58	26	53	5	34
Latitudo Planetarũ ad diẽ						1	2	59	0	35	0	32	0	52	1	23		
						11	3	1	0	33	0	40	0	10	0 M	11	Mensis	
						21	3	2	0	29	0	5	0	3	0	59		

Syzygiæ Lunares.

	☉	♄ Orient.	♃ Occid.	♂ Orient.	♀ Occid.	☿ Orient.	Syzygiæ Planetarũ mutuæ, & eorum congressus cum illustrioribus aliquibus fixis stellis.
es	H ′	H ′	H ′	H ′	H ′	H ′	
							♂ or. cum Præs. & ocur.
□	3 30	2 ✱ 26			6 □ 3	2 □ 7	☌ ☉ ☿ 18.30. ☿ m.c.
Asc.	10 ♏					Occid.	♂ or. cũ ca. ma. (cũ ast. a.
	19 ✱ 4	12 □ 39		2 ☌ 47	23 ✱ 34	22 ✱ 49	
			15 △ 45				☌ ♀ ☿ 14.15 ☿ or. cũ co. b
							☉ ☋ 21.6 ♀ oc. cũ 265
		0 △ 30					☉ Ap. ☿ or. cũ Alg. et
			6 □ 6				♀ or. cum cing. ♍ (160
				9 ✱ 26			♀ or. cũ sp. ♍ et oc. cum
☌	7 0		18 ✱ 47		14 ☌ 26	20 ☌ 20	✱ ♃ ☿ 10.6. (50.
Asc.	23 ♉	23 ☌ 12		23 □ 35			□ ♄ ♂ 22.44 (cũ 58.
							✱ ♃ ♀ 15.31. ☿ m.c.
				10 △ 37			
	9 ✱ 55		13 ☌ 33		20 ✱ 9		☿ m.c. cũ 55. et ☿ cũ 59
		13 △ 53				5 ✱ 30	
□	18 17						✱ ☉ ♃ 20.5. ♂ or. cũ
Asc.	21 ♎	15 □ 23		22 ☍ 55	4 □ 2	15 □ 21	☍ ♄ ☿ 17.0. (Syrio.
	23 △ 17		20 ✱ 21				♀ m.c. cum [illegible]
		16 ✱ 22			10 △ 8	22 △ 58	☉ ☊ 14.11 ♀ or. cũ [illegible]
			22 □ 0				☉ Perig.
							□ ♂ ☿ 9.36.
				4 △ 56			☌ ♄ ☿ 6.49 ♂ or. cũ 60
☍	20 22	19 ☌ 44	0 △ 34		23 ☍ 39		♂ occ. cum de lan. aus.
Asc.	26 ♋			10 □ 21		16 ☍ 20	♂ m.c. cum hydra. d.
				18 ✱ 10			♀ oc. cũ vi. ☿ m.c. cũ [illegible]
			12 ☍ 35				☿ oc. cum lance austr.
	6 △ 50	7 ✱ 41					☌ ☉ ☿ 10.37 ☿ oc. cũ ne.
		Occid.			0 △ 51	22 △ 14	♀ m.c. cũ sil. bo. set cor. ♏
□	13 12	17 □ 10					☿ oc. cũ 55. et ☿ cũ 64
Sc.	16 ♓						

a. Die 2. ♀ m.c. cum pleiadem.

Die 5. ♂ occ. cum Apolline.

Die 20. ☿ oc. cum lance australi.

Die 25. ☿ or. cum cauda ceruis. & lancillis.

Dies Anni veteris	Anni Gregor.	Positus Planetarum Diurnus ☉ ♏ P	'	"	☽ ♌ P	'	M ♄ ♉ P	'	A S ♃ ♐ P	'	D S ♂ ♌ P	'	A S ♀ ♏ P	'	D M ♀ ♏ P	'	D ☊ ♓ P	'
22	1	9	0	16	10	1	6	30	27	12	18	40	18	13	28	17	5	31
23	2	10	0	21	21	12	6	25	27	23	19	16	19	29	29	18	5	28
24	3	11	0	26	4 ♍	19	6	20	27	35	19	46	20	45	0 ♐	59	5	25
25	4	12	0	37	16	24	6	15	27	46	20	15	22	0	2	17	5	22
26	5	13	0	48	28	30	6	10	27	58	20	44	23	16	3	33	5	18
B 27	6	14	1	2	10 ♎	39	6	5	28	10	21	13	24	31	4	48	5	15
28	7	15	1	15	22	53	6	0	28	21	21	42	25	47	5	56	5	12
29	8	16	1	31	5 ♏	15	5	55	28	33	22	10	27	2	7	1	5	9
30	9	17	1	49	17	51	5	50	28	45	22	39	28	18	8	7	5	6
31	10	18	2	9	0 ♐	30	5	45	28	57	23	7	29	34	9	8	5	3
No. 1	11	19	2	30	13	43	5	41	29	9	23	35	0 ♐ M	49	10	6	4	59
2	12	20	2	53	27 ♑	5	5	36	29	21	24	3	2	5	11	0	4	56
B 3	13	21	3	17	10	47	5	31	29	33	24	31	3	20	11	50	4	53
4	14	22	3	43	24	47	5	26	29	45	24	58	4	36	12 A	37	4	50
5	15	23	4	10	9 ♒	3	5	22	29 ♑	57	25	25	5	52	13	20	4	47
6	16	24	4	39	23	29	5	17	0	9	25	52	7	7	13	59	4	43
7	17	25	5	9	8 ♓	0	5	12	0	22	26	18	8	23	14	34	4	40
8	18	26	5	41	22	31	5	8	0	34	26	44	9	39	15	4	4	37
9	19	27	6	14	6 ♈	35	5	3	0	46	27	10	10	55	15	29	4	34
B 10	20	28	6	49	21	8	4	59	0	59	27	35	12	10	15	48	4	31
11	21	29	7	25	5 ♉	4	4	54	1	12	28	0	13	26	16	2	4	27
12	22	0 ♐	8	2	18	43	4	50	1	25	28	25	14	42	16	11	4	24
13	23	1	8	41	2 ♊	5	4	46	1	38	28	50	15	57	16 ℞	14	4	21
14	24	2	9	21	15	10	4	41	1	50	29	14	17	13	16	12	4	18
15	25	3	10	2	27 ♋	59	4	37	2	3	29 ♍	38	18	29	16	5	4	15
16	26	4	10	45	10	35	4	33	2	16	0	2	19	45	15	53	4	12
B 17	27	5	11	29	23 ♌	1	4	29	2	29	0	25	21	1	15	37	4	8
18	28	6	12	14	5	19	4	25	2	42	0	48	22	17	15	17	4	5
19	29	7	13	0	17	32	4	21	2	55	1	11	23	32	14	53	4	2
20	30	8	13	47	29	41	4	17	3	8	1	34	24	48	14	25	3	59

Latitudo Planetarũ ad dies		♄	'	♃	'	♂	'	♀	'	☿	'	
	1	3	3	0	27	1	2	0	17	1	56	
	11	3	3	0	25	1	17	0 M	0	1 A	53	Menses
	21	3	2	0	23	1	33	0	19	2	43	

Positus Planetarum Diurnus.

Stilo vet.	Stilo Greg.	☉ ♐ G	′	″	☽ ♍ G	′	♄ ♉ G	′ A	♃ ♑ G S	′ D	♂ ♍ G S	′ A	♀ ♐ G M	′ D	☿ ♐ G M	′ A	☊ ♓ G	′
Dies		P	′	″	P	′	P	′	P	′	P	′	P	′	P	′	P	′
21	1	9	14	35	11	51	4	14	3	22	1	56	26	4	13	54	3	56
22	2	10	15	34	24	1	4	10	3	35	2	18	27	19	13	20	3	53
23	3	11	16	35	6 ♎	15	4	7	3	40	2	40	28	35	12	44	3	49
B. 24	4	12	17	7	18	36	4	3	4	1	3	1	29	54	12	8	3	46
25	5	13	18	0	1 ♏	6	4	0	4	15	3	22	1 ♒	0	11 S	31	3	43
26	6	14	18	54	13	47	3	57	4	28	3	42	2	22	10	57	3	40
27	7	15	19	49	26 ♐	11	3	54	4	41	4	2	3	37	10	20	3	37
28	8	16	20	45	9	50	3	51	4	54	4	22	4	52	9	48	3	33
29	9	17	21	42	23 ♑	16	3	48	5	8	4	41	6	8	9	19	3	30
30	10	18	22	40	6	59	3	46	5	21	5	0	7	24	8	54	3	27
B. 1	11	19	23	38	20 ♒	59	3	43	5	34	5	18	8	39	8	33	3	24
Dec. 2	12	20	24	37	5	15	3	41	5	47	5	36	9	55	8	17	3	21
3	13	21	25	37	19 ♓	42	3	39	6	1	5	53	11	10	8	5	3	17
4	14	22	26	38	4	15	3	36	6	14	6	10	12	26	7	58	3	14
5	15	23	27	39	18 ♈	48	3	34	6	26	6	26	13	41	7 D	56	3	11
6	16	24	28	41	3	15	3	32	6	41	6	42	14	56	8	0	3	8
7	17	25	29	43	17 ♉	31	3	30	6	54	6	58	16	12	8 D	9	3	5
B 8	18	26	30	46	1	30	3	28	7	8	7	13	17	27	8	24	3	2
9	19	27	31	50	15	10	3	26	7	22	7	28	18	42	8	44	2	58
10	20	28	32	54	28 ♊	30	3	24	7	35	7	42	19	58	9	9	2	55
11	21	29	33	58	11	31	3	23	7	49	7	56	21	13	9	39	2	52
12	22	0 ♑	35	2	24 ♋	15	3	21	8	2	8	9	22	28	10	14	2	49
13	23	1	36	7	6	41	3	20	8	16	8	22	23	43	10	53	2	46
14	24	2	37	12	19 ♌	13	3	18	8	30	8	34	24	58	11	37	2	43
B 15	25	3	38	17	1	24	3	17	8	44	8	46	26	14	12	25	2	39
16	26	4	39	22	13	28	3	15	8	57	8	57	27	29	13	17	2	36
17	27	5	40	28	25 ♍	20	3	14	9	11	9	8	28	44	14	13	2	33
18	28	6	41	34	7	12	3	13	9	25	9	18	29	59	15	13	2	30
19	29	7	42	40	19 ♎	25	3	12	9	39	9	28	1 ♒	15	16	17	2	27
20	30	8	43	47	1	33	3	11	9	52	9	38	2	29	17	24	2	23
21	31	9	44	54	13	49	3	11	10	6	9	47	3	44	18	34	2	20

Latitudo Planetarũ ad diẽ		♄		♃		♂		♀		☿		
	1	2	58	0	22	1	50	0	35	0 S	57	Mensis
	11	2	54	0	21	2	8	0	51	1 D	15	
	21	2	49	0	20	2	29	1	8	1	49	

Syzygię Lunares.

		Occid.	Occid.	Oriens.	Occid.	Occid.	Syzygię Planetarũ mutuę, & eorum congressus cum illustrioribus aliquibus stellis fixis.
	☉	♄	♃	♂	♀	☿	
Dies	H ′	H ′	H ′	H ′	H ′	H ′	
1						3 □ 50	
2			19 □ 7		7 □ 15		♀ or. cum cauda Del.
3	10 ✱ 37					12 ✱ 0	☌ ☉ ☿ 12.46 ♂ or. cũ hy.
4						Orient.	△ ♄ ♃ 2.49.
5		5 ☍ 28	6 ✱ 3	4 ✱ 24	0 ✱ 0		
6							△ ♄ ♂ 15.39.
7				13 □ 44		23 ☌ 56	△ ♄ ♀ 5.10. △ ♂ ♀
8 ☌	12 50						△ ♃ ♀ 0.46 a(10.4
9 Alc.	29 ♍	18 △ 12	21 ☌ 7	10 △ 26			♃ m.c. cum Fidicula. b
10					0 ☌ 47		♂ occ. cum Algorab.
11		21 □ 23					
12						4 ✱ 57	
13	2 ✱ 52	22 ✱ 55					☽ Perig. & ☊ 22.17.c.
14			3 ✱ 19	3 ☍ 13	14 ✱ 46	6 □ 2	♃ or. cum neb. ♓.
15 □	8 31						△ ♃ ♂ 16.0 (oc cũ co.
16 Alc.	16 ♌		5 □ 57		21 □ 21	8 △ 5	♃ m.c. cum neb. ♓. ♀
17	24 △ 46						(cum 8 2.
18		3 ☌ 28	10 △ 3	10 △ 13			□ ♂ ☿ per orbẽ ♀ m.c
19					7 △ 1		
20				17 □ 16		20 ☍ 15	♀ m.c. cum aquila.
21							
22 ☍	13 21	17 ✱ 26					♃ occ. cum neb. ♓.
23 Alc.	16 ♎		2 ☌ 54	3 ✱ 10			♃ or. cum acu. ♏.
24					13 ☍ [illegible]		△ ☉ ♄ 15.52.
25		4 □ 3				23 △ 58	
26							♀ m.c. cum cor. ♌.
27	22 △ 33	15 △ 40					☽ Ap. & ☋ 14.21.
28			4 △ 6	3 ☌ 51		17 □ 7	
29							♀ m.c. cum cauda Del.
30 □	15 22		16 □ 35		2 △ 1		□ ♄ ♀ 13.26 ∠ ☉ ♂ 12.
31 Alc.	16 [illegible]					10 ✱ 19	☌ ☽ ♃ 10.30. (38.d

a. Die 8. ♀ m.c. cum Fidicula, et or. cum neb. ♓.
b. Die 9. ♀ or. cum aculeo ♏, et occ. cum neb. ♓.
c. Die 13. ♀ or. cum neb. ♏.
d. Die 30. ☿ m.c. cum [illegible] ♏.

EPHEMERIS
IOANNIS ANTONII MAGINI PATAVINI

Ad annum Dominicæ Incarnationis
1617.

Qui est primus post Intercalarem 35. post Gregorianam anni constitutionem, & à Mundo condito 5579.

Constitutio cæli ad tempus ingressus Solis in Arietis principium.

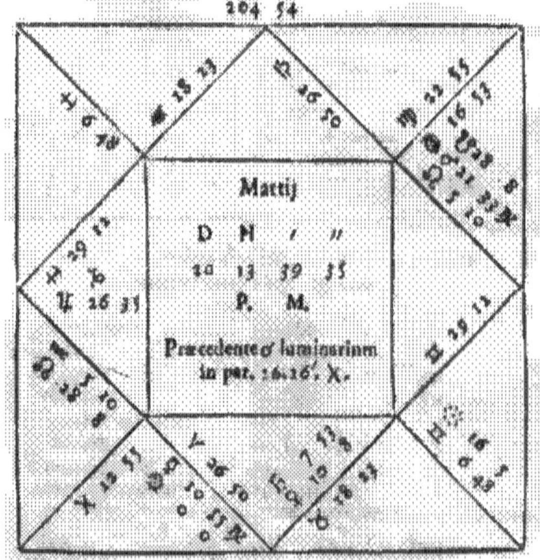

Anni Tropici vera magnitudo.

Dierum 365. Horarum 5. Scr. 55'. 32''. 51'''. 14''''.

Eclipsis Lunæ anno Domini 1617.

Accidit hoc anno Plenilunium cum totali amissione luminis Lunaris, & hoc die 16. Augusti H.8.36′.38″. à meridie æquatis gestante ☽ par.23.33′.46″. πc. in ☊ draconis, ad dictum verò momentum Solis anomalia est par.44.48′.5″. vnde eius semid.15′.57″. Sed Lunaris anomalia est par.193.5′.0″. & eius semid.17′.28″. Semidiameter denique telluris vmbra coæquata est 38′.43″. Verus item motus latitudinis Lunaris par.273.18′.22″. & vera latitudo ☽ 17′.17″. à Borea. Tempore verò initij obscurationis ☽ latitudo est 11′.33″. in fine verò 23′.10″. similiter Borea. Puncta corporis ☽ in vmbra terræ inuoluta apparebunt 16.41′. & tempus casus H.1.2′.12″. Mora autem dimidiata H.0.42′.4″.

Eclipsis huius Lunaris digitorum 16.41′.		H.	scr.			
	Principium accidet	6	52	P. M.		Consummabuntur tota integra Eclipsis H. scr. 3. 29.
		23	56	Horol.		
	Initium totalis obscurationis	7	55	P. M.	Morabitur in tenebris H. scr. 1. 24.	
		0	59	N. S.		
	Medium, seu summa obscurat.	8	37	P. M.		
		1	41	N. S.		
	Finis totalis obscurationis, & initium recuper. luminis	9	19	P. M.		
		2	23	N. S.		
	Finis totius Eclipsis	10	21	P. M.		
		3	25	N. S.		

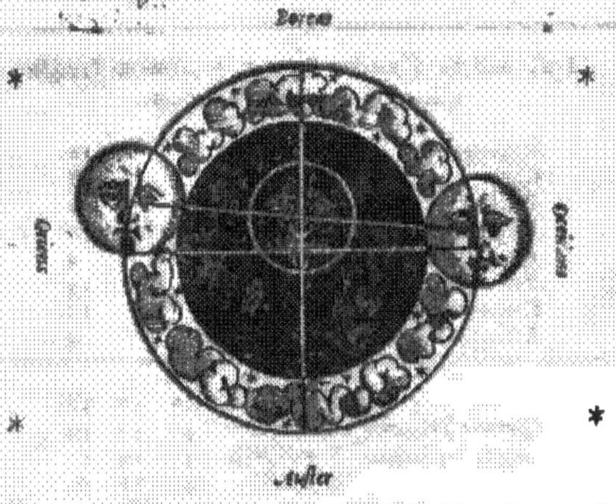

Borea

Oriens

Occidens

Auster

Planetarum status.

♄ Toto hoc anno descendit versus Eccentri Perigæum.
Die 6. Maij in Apogæo
Die 12. Nouemb. in Perigæo } Epicycli reperitur.
Die 4. Septemb. vsque in finem anni & vltra regressum subibit.

♃ Hoc anno recedit à longitudine media versus imam Eccentri partem.
Die 19. Iulij in Perigæo Epicycli inuenitur.
Die 5. Ianuarij liberatur à retrogradatione, postea iterum die 20. Maij vsq; ad diem 17. Septemb. retrogradè perambulabit.

♂ Die 17. Februarij summum Absidis Eccentrici attingit.
Die 20. Februarij Epicycli Perigæum perlustrat.
Regressum die 11. Ianuarij exorditur, & die 2. Aprilis eum perficit.

♀ Die
8. Iunij superiora
7. Decemb. inferiora } Deferentis tenet.
17. Iulij per inferiora sui Epicycli discurrit.
25. Iunij vsque ad 7. Augusti regressu afficitur.

☿ Die
23 Maij circa Perigæum
21 Nouemb. circa Apogæum } Eccentrici rotatur.
30 Ianuarij in Apogæo
29 Martij in Perigæo
27 Maij in Apogæo
24 Iulij in Perigæo
20 Septemb. in Apogæo
16 Nouemb. in Perigæo } Epicycli est.
18 Martij vsq; ad 9. Aprilis
13 Iulij vsq; ad 5. Augusti
6 Nouemb. vsq; post 27. eiusdem } Contra signorũ ordinẽ incedit.

Dies Iul.	Dies Greg.	☉ ♍ P	′	″	☽ ♉ P	′	♄ ♉ P	′	♃ ♐ P	′	♂ ♋ P	′	♀ ♍ P	′	☿ ♌ P	′	☊ ♓ P	′
		Positus Planetarum Diurnus.					M D S		D S		A S		A M		A			
22	1	8	54	32	20	59	10	24	19	17	13	49	1	51	20	37	8	45
23	2	9	52	2	4 ♊	59	10	22	19	21	14	27	3	5	21	38	8	42
24	3	10	51	15	16	57	10	21	19	24	15	4	4	20	22	43	8	39
B 25	4	11	49	28	29	35	10	19	19	28	15	42	5	34	23	52	8	36
26	5	12	47	45	11 ♋	56	10	18	19	32	16	19	6	49	25	4	8	32
27	6	13	46	3	24	2	10	16	19	36	16	57	8	3	26 S	19	8	29
28	7	14	44	23	5 ♌	58	10	14	19	40	17	34	9	18	27	37	8	26
29	8	15	42	43	17	45	10	12	19	45	18	11	10	32	28	58	8	23
30	9	16	41	7	29 ♍	19	10	10	19	49	18	48	11	47	0 ♍	21	8	20
31	10	17	39	32	11	9	10	8	19	54	19	25	13	1	1	49	8	17
B 1	11	18	37	58	22	51	10	5	19	59	20	2	14	16	3	19	8	13
Sep. 2	12	19	36	26	4 ♎	40	10	3	20	4	20	38	15	31	4	50	8	10
3	13	20	34	56	16	36	10	1	20	9	21	15	16	45	6	22	8	7
4	14	21	33	27	28	44	9	58	20	15	21	52	18	0	7	56	8	4
5	15	22	32	0	11 ♏	8	9	56	20	20	22	28	19	15	9	31	8	1
6	16	23	30	35	23	51	9	53	20	26	23	5	20	30	11	7	7	57
7	17	24	29	12	6 ♐	55	9	50	20	32	23	41	21	44	12	45	7	54
B 8	18	25	27	51	20	23	9	47	20	38	24	18	22	59	14	24	7	51
9	19	26	26	32	4 ♑	14	9	44	20	43	24	54	24	14	16	4	7	48
10	20	27	25	15	18	27	9	40	20	50	25	30	25	29	18	45	7	45
11	21	28	23	59	2 ♒	59	9	37	20	57	26	6	26	44	19	27	7	42
12	22	29	22	45	17	45	9	33	21	3	26	42	27 D	59	21	9	7	38
13	23	0 ♎	21	34	2 ♓	38	9	30	21	10	27	18	29	14	22	53	7	35
14	24	1	20	23	17	32	9	26	21	17	27	53	0 ♎	29	24	37	7	32
B 15	25	2	19	16	2 ♈	17	9	22	21	24	28	29	1	44	26	19	7	29
16	26	3	18	10	16	52	9	19	21	31	29	4	2	59	28 D	3	7	26
17	27	4	17	6	1 ♉	8	9	15	21	38	29	39	4	14	29	47	7	23
18	28	5	16	4	15	5	9	11	21	46	0 ♌	14	5	29	1 ♎	32	7	19
19	29	6	15	4	28 ♊	42	9	7	21	53	0	49	6	44	3	17	7	16
20	30	7	14	6	11	59	9	3	22	1	1	24	7	59	5	3	7	13

Latitudo Planetarũ ad d.		♄		♃		♂		♀		☿	
	1	2	47	0	43	0	11	0	58	0 S	43
	11	2	51	0	41	0	17	1	1	0	47
	21	2	56	0	38	0	24	1 D	1	1 D	27

Mensis

△ ♄ ♀ 6. 4. □
♀ m. c. cū ca ☊ (

☿ occ. cum ca ☊ur
✶ ♂ ♀ o. 3 7.

Dies anni veteris	Dies anni Gregor.	☉ ♎ P	'	''	☽ ♊ P	'	♄ ♉ P (M D)	'	♃ ♓ P (S D)	'	♂ ♌ P (S A)	'	♀ ♎ P (S D)	'	☿ ♎ P (S D)	'	☊ ♓ P	'
21	1	8	13	10	24 ♋	58	8	59	22	9	1	58	9	14	6	49	7	10
B 22	2	9	12	16	7	40	8	55	22	17	2	33	10	30	8	35	7	7
23	3	10	11	24	20 ♌	8	8	51	22	25	3	7	11	45	10	22	7	3
24	4	11	10	34	3	21	8	46	22	33	3	42	13	0	12	9	7	0
25	5	12	9	40	14	27	8	42	22	42	4	16	14	15	13	56	6	57
26	6	13	8	50	26	24	8	38	22	50	4	50	15	30	15	43	6	54
27	7	14	8	14	8 ♍	18	8	33	22	59	5	24	16	46	17	29	6	51
28	8	15	7	31	10	10	8	29	23	8	5	58	18	1	19	15	6	48
B 29	9	16	6	50	2 ♎	3	8	24	23	17	6	32	19	16	21	2	6	44
30	10	17	6	11	14	0	8	20	23	26	7	5	20	32	22	49	6	41
Oc. 1	11	18	5	34	26 ♏	6	8	15	23	36	7	38	21	47	24	33	6	38
2	12	19	4	59	8	24	8	10	23	45	8	12	23	3	26	15	6	35
3	13	20	4	26	20 ♐	55	8	5	23	55	8	45	24	18	27	59	6	32
4	14	21	3	55	3	44	8	1	24	5	9	18	25	34	29	43	6	28
5	15	22	3	26	16 ♑	53	7	56	24	14	9	51	26	49	1 ♏	26	6	25
B 6	16	23	2	59	0	21	7	51	24	34	10	23	28	5	3 M	9	6	22
7	17	24	2	34	14	13	7	46	24	44	10	56	29	20	4	51	6	19
8	18	25	2	11	28	33	7	41	24	54	11	28	0 ♏	36	6	33	6	16
9	19	26	1	51	12 ♒	49	7	36	25	4	12	1	1	51	8	14	6	13
10	20	27	1	33	27	20	7	31	25	14	12	31	3	7	9	54	6	9
11	21	28	1	16	12 ♓	8	7	26	25	24	13	3	4	22	11	33	6	6
12	22	29	1	1	26	48	7	21	25	35	13	37	5	38	13	12	6	3
B 13	23	0 ♏	0	48	11 ♈	19	7	16	25	45	14	9	6	54	14	48	6	0
14	24	1	0	37	25	38	7	11	25	56	14	40	8	9	16	23	5	57
15	25	2	0	28	9 ♉	30	7	6	26	7	15	11	9	24	17	57	5	53
16	26	3	0	21	23	18	7	1	26	17	15	43	10	40	19	30	5	50
17	27	4	0	16	6 ♊	42	6	56	26	18	16	14	11	55	21	3	5	47
18	28	5	0	12	19	49	6	50	26	28	16	45	13	11	22	33	5	44
19	29	6	0	10	2 ♋	41	6	45	26	37	17	15	14	26	24	3	5	41
B 20	30	7	0	10	15	18	6	40	26	50	17	46	15	42	25	28	5	38
21	31	8	0	12	27	44	6	35	27	1	18	16	16	58	26	53	5	34

Latitudo Planetarũ ad diẽ		♄		♃		♂		♀		☿		
	1	2	59	0	35	0	32	0	58	1	22	Meridies
	11	3	1	0	32	0	45	0	50	0 M	32	
	21	3	2	0	29	0	5	0	37	0	39	

♀ 106.

♂ 22.44
♀ 15.21.

Positus Planetarum Diurnus.

Dies		☉ ♏ P	′	″	☽ ♌ P	′	♄ ♉ P	′	♃ ♐ P	′	♂ ♌ P	′	♀ ♏ P	′	☿ ♏ P	′	☊ ♓ P	′
							M	A	S	D	S	A	S	D	M	D		
22	1	9	0	16	10	1	6	30	27	12	18	46	18	13	28	17	5	31
23	2	10	0	21	22 ♍	22	6	25	27	23	19	16	19	29	29	30	5	28
24	3	11	0	28	4	19	6	20	27	35	19	46	20	45	0 ♐	59	5	25
25	4	12	0	37	16	24	6	15	27	46	20	15	22	0	2	17	5	22
26	5	13	0	48	28	30	6	10	27	58	20	44	23	16	3	33	5	18
B 27	6	14	1	1	10 ♎	39	6	5	28	10	21	13	24	31	4	48	5	15
28	7	15	1	15	22	53	6	0	28	21	21	42	25	47	5	56	5	12
29	8	16	1	31	5 ♏	13	5	55	28	33	22	10	27	2	7	3	5	9
30	9	17	1	49	17	51	5	50	28	45	22	39	28	18	8	7	5	6
31	10	18	2	9	0 ♐	39	5	45	28	57	23	7	29	34	9	8	5	3
No. 1	11	19	2	30	13	43	5	41	29	9	23	35	0 ♐ M	49	10	6	4	59
2	12	20	2	53	27	5	5	36	29	21	24	3	2	5	11	0	4	56
B 3	13	21	3	17	10 ♑	47	5	31	29	33	24	31	3	20	11	50	4	53
4	14	22	3	43	24	47	5	26	29	45	24	58	4	36	12 A	37	4	50
5	15	23	4	10	9 ♒	3	5	22	29	57	25	25	5	52	13	20	4	47
6	16	24	4	39	23	29	5	17	0 ♑	9	25	52	7	7	13	59	4	43
7	17	25	5	9	8 ♓	0	5	12	0	22	26	18	8	23	14	34	4	40
8	18	26	5	41	22	31	5	8	0	34	26	44	9	39	15	4	4	37
9	19	27	6	14	6 ♈	55	5	3	0	46	27	10	10	55	15	29	4	34
B 10	20	28	6	49	21	8	4	59	0	59	27	35	12	10	15	48	4	31
11	21	29	7	25	5 ♉	4	4	54	1	12	28	0	13	26	16	2	4	27
12	22	0 ♐	8	2	18	43	4	50	1	25	28	25	14	42	16	11	4	24
13	23	1	8	41	2 ♊	3	4	46	1	38	28	50	15	57	16 R	14	4	21
14	24	2	9	21	15	10	4	41	1	50	29	14	17	13	16	12	4	18
15	25	3	10	2	27 ♋	59	4	37	2	3	29	38	18	29	16	5	4	15
16	26	4	10	45	10	35	4	33	2	16	0 ♍	2	19	45	15	53	4	12
B 17	27	5	11	29	23 ♌	1	4	29	2	29	0	25	21	1	15	37	4	8
18	28	6	12	14	5	19	4	25	2	42	0	48	22	17	15	17	4	5
19	29	7	13	0	17	32	4	21	2	55	1	12	23	32	14	53	4	2
20	30	8	13	47	29	42	4	17	3	8	1	34	24	48	14	25	3	59

Latitudo Planetarũ ad diẽ		♄		♃		♂		♀		☿		
	1	3	3	0	27	1	2	0	17	1	56	
	11	3	3	0	25	1	17	0 M	0	2 A	53	Merid.
	21	3	1	0	23	1	37	0	19	2	43	

Dies		☽	♄	♃	♂	♀	☿	Syzygię Planetarū mutuę, & eorum congressus cum illustrioribus aliquibus stellis fixis.
		Syzygiæ Lunares						
			Occid.	Occid.	Orient.	Occid.	Occid.	
		H ′	H ′	H ′	H ′	H ′	H ′	
1					17 ☍ 58	18 □ 1		□ ♂ ♀ 17.13.
2				10 △ 16			16 □ 35	
3		14 ✶ 18	3 △ 57					☽ Ap. & ☊ 2.12. a,
4				22 □ 56		12 ✶ 24		♀ m.c. cum corona.
5							11 ✶ 6	☿ oc. cū tri. et m.c. cū an.
6					21 ✶ 35			♀ occ. cum media fr. ♏.
7				10 ✶ 48				♀ m.c. cū pri. fr. ♏. & oc.
8	☌	22 41	1 ☍ 17					(cū ne. & cor. ♏.
9	Alc.	19 ♏			9 □ 31	22 ☌ 50		☿ or. cū media fr. ♏. &
10							16 ☌ 50	♃ or. cum ca. Del. b (☌ 2.
11					18 △ 21			♀ m.c. cum palma Oph.
12			14 △ 50	4 ☌ 1				♂ ☍ cum Regulo.
13		18 ✶ 57						♀ m.c. cum corde ♏.
14			17 □ 50			18 ✶ 7		
15							7 ✶ 26	♀ occ. cum cri. Beren.
16	□	1 24	19 ✶ 23	11 ✶ 12	4 ☍ 3			☽ ☊ 18.31 ♀ or. cū cor. ♏
17	Alc.	28 ♎				0 □ 41	11 □ 14	☿ Perig.
18		6 △ 20		13 □ 16				
19						7 △ 23	14 △ 48	□ ☉ ♂ 2. 40.
20			23 ☌ 43	17 △ 15	11 △ 36			
21								
22	☍	12 19			17 □ 48			
23	Alc.	10 ♑						☌ ♀ ☿ 5.14.
24						4 ☍ 25	1 ☍ 57	♀ m.c. cum aculeo ♏.
25			12 ✶ 35	7 ☍ 52	3 ✶ 13			♀ occ. cum arcturo.
26								♀ or. cum aquila.
27			22 □ 14					
28		1 △ 51					18 △ 56	♀ m.c. cum neb. ♏.
29						13 △ 13		
30	□	18 41	9 △ 0	6 △ 54	3 ☌ 52			☽ Apog. & ☊ 8. 24 c
	Alc.	28 ♏						

a. Die 3. ♀ occ. cum aculeo ♏. ☿ m.c. cum palma Oph.
b. Die 10. ♀ occ. cum lance austr.
c. Die 30. ♂ or. cum crinis Berenices.
☿ Fit R. non procul ab occasu eius cum arcturo.

	Anni veteris	Anni Gregor.	Positus Planetarum Diurnus. ☉ ♐			☽ ♍		♄ ♉		♃ ♑		♂ ♍		♀ ♐		☿ ♐		☊ ♓	
								A.		S.	D.	S.	A.	M.	D.	M.	A.		
	Dies		P	′	″	P	′	P	′	P	′	P	′	P	′	P	′	P	′
	21	1	9	14	35	11	51	4	14	3	23	1	56	26	4	13	54	3	56
	22	2	10	15	24	24	1	4	10	3	35	2	18	27	19	13	20	3	52
	23	3	11	16	15	6 ♎	15	4	7	3	47	2	40	28	35	12	44	3	49
B	24	4	12	17	7	18	36	4	3	4		3	1	29	51	12	8	3	46
	25	5	13	18	0	1 ♏	6	4	0	4	15	3	22	1	6	11 S	31	3	43
	26	6	14	18	54	13	47	3	57	4	28	3	42	2	22	10	59	3	40
	27	7	15	19	49	26 ♐	41	3	54	4	41	4	2	3	37	10	20	3	37
	28	8	16	20	45	9	50	3	51	4	55	4	21	4	52	9	48	3	33
	29	9	17	21	42	23 ♑	16	3	48	5	8	4	41	6	8	9	19	3	30
	30	10	18	22	40	6	59	3	46	5	21	5	0	7	24	8	54	3	27
B	1	11	19	23	38	20 ♒	59	3	43	5	34	5	18	8	39	8	33	3	24
De.	2	12	20	24	37	5	15	3	41	5	48	5	36	9	55	8	17	3	21
	3	13	21	25	37	19 ♓	42	3	39	6	1	5	53	11	10	8	5	3	17
	4	14	22	26	38	4	41	3	36	6	14	6	10	12	26	7	58	3	14
	5	15	23	27	39	18 ♈	48	3	34	6	26	6	26	13	41	7 D	56	3	11
	6	16	24	28	41	3	15	3	32	6	41	6	44	14	56	8	6	3	8
	7	17	25	29	43	17 ♉	31	3	30	6	54	6	58	16	12	8 D	9	3	5
B	8	18	26	30	46	1	30	3	28	7	8	7	13	17	27	8	24	3	2
	9	19	27	31	50	15	10	3	26	7	21	7	28	18	42	8	44	2	58
	10	20	28	32	54	28	30	3	24	7	35	7	43	19	58	9	9	2	55
	11	21	29	33	58	11 ♊	31	3	23	7	49	7	56	21	13	9	38	2	52
	12	22	0 ♑	35	2	24	15	3	21	8	[illegible]	8	9	22	28	10	14	2	49
	13	23	1	36	7	6 ♋	43	3	20	8	16	8	22	23	43	10	53	2	46
	14	24	2	37	12	19	7	3	18	8	30	8	34	24	59	11	37	2	43
B	15	25	3	38	17	1 ♌	13	3	17	8	44	8	45	26	14	12	25	2	39
	16	26	4	39	22	13	18	3	15	8	57	8	56	27	29	13	17	2	36
	17	27	5	40	28	25 ♍	20	3	14	9	11	9	6	28	44	14	12	2	33
	18	28	6	41	34	7	22	3	13	9	25	9	16	9	59	15	13	2	30
	19	29	7	42	40	19 ♎	25	3	12	9	39	9	25	1 ♒	14	16	17	2	27
	20	30	8	43	47	1	33	3	11	9	52	9	34	2	29	17	24	2	24
	21	31	9	44	54	13	49	3	10	10	6	9	42	3	44	18	34	2	20

Latitudo Planetarũ ad diẽ		♄		♃		♂		♀		☿		
	1	2	58	0	22	1	50	0	35	0 S	57	Mensis
	11	2	54	0	21	2	8	0	51	1 D	15	
	21	2	49	0	20	2	29	1	8	1	49	

△ ♃ ☌
♃ m. c.

□ ♂ ☿

EPHEMERIS IOANNIS ANTONII MAGINI PATAVINI

Ad annum Dominicæ Incarnationis 1617.

Qui est primus post Intercalarem 35. post Gregorianam anni constitutionem, & à Mundo condito 5579.

Constitutio cæli ad tempus ingressus Solis in Arietis principium.

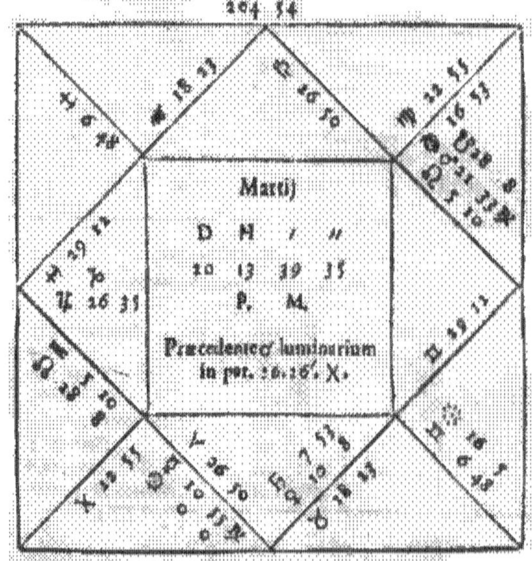

Anni Tropici vera magnitudo.

Dierum 365. *Horarum* 5. *Scr.* 55′. 32″. 51‴. 14⁗.

EPHEMERIS IOANNIS ANTONII MAGINI PATAVINI

Ad annum Domini
Incarnationis

ANNO DOMINICAE INCARNATIONIS 1617 communi.

			D.	H.	′	″
Ingressus ☉ in principium	♋, Seu solstitij æstiui	Iunij	21	9	40	25
	♎, Seu æquinoctij autumni	Septemb.	22	21	10	55
	♑, Seu solstitij hiemalis	Decemb.	21	16	19	4

	P.	′	″	‴
Vera precessio Æquinoctiorum	28	14	51	18
Obliquitas Zodiaci	23	28	1	36

Eccentricitas ☉ [illegible] Qualium semidiameter eccentrici ☉ par. 1000000, seu par. 1,55′.56″.6‴. Qualium P. 60.

		P.	′	″			
Locus Apogæi	♄	29	41	32	♐	Aureus Numerus	3
	♃	7	2	28	♎	Cyclus Solis	2
	♂	28	55	4	♌	Epacta	21
	☉	10	0	46	♋	Indictio Romana	15
	♀	16	35	51	♊	Litera Dominicalis	A
	☿	0	48	39	♐	Interuallum hebd. 6. Dies	0

Festa mobilia secundum Sacrosancta Romana Ecclesia usum iuxta annum reformatum.

Septuagesima	Ianuarij	22
Cinis	Februarij	8
Pascha	Martij	26
Rogationes	Aprilis	30
Ascensio Domini	Maij	4
Pentecostes	Maij	14
Corpus Christi	Maij	25
Aduentus Domini	Decemb.	3

Quattuor Tempora anni, seu Ieiunia	Februarij	15	17	18
	Maij	17	19	20
	Septembris	20	22	23
	Decembris	20	22	23

Eclipsis Lunæ anno Domini 1617.

Accidit hoc anno Plenilunium cum totali ommissione luminis Lunaris, & hoc die 16. Augusti H.8.36'.38". à meridie æquatis gestante ☾ par.23.33'.46".nc. in ☊ draconis, ad dictum verò momentum Solis anomalia est par.44.48'.5". vnde eius semid.15'.57". Sed Lunaris anomalia est par.143.3'.0". & eius semid.17'.28". Semidiameter denique telluris vmbræ coæquata est 48'.43". Verus item motus latitudinis Lunaris par.273.18'.22". & vera latitudo ☾ 17'.17". à Borea. Tempore verò initij obscurationis ☾ latitudo est 11'.23". in fine verò 23'.10". similiter Borea. Puncta corporis ☾ in vmbra terræ inuoluta apparebunt 16.41'. & tempus casus H.1.2'.12". Mora autem dimidiata H.0.42'.4".

		H.	scr.			
Eclipsis huius Lunaris digitorum 26.41'.	*Principium accidet*	6	52	P. M.		*Cõsumabuntur tota integra Eclipsis H. scr. 3. 29.*
		23	56	Horol.		
	Initium totalis obscurationis	7	55	P. M.	*Morabitur in tenebris H. scr. 1. 24.*	
		0	59	N. S.		
	Medium, seu summa obscura.	8	37	P. M.		
		1	41	N. S.		
	Finis totalis obscurationis, & initium recuper. luminis	9	19	P. M.		
		2	23	N. S.		
	Finis totius Eclipsis	10	21	P. M.		
		3	25	N. S.		

Boreas

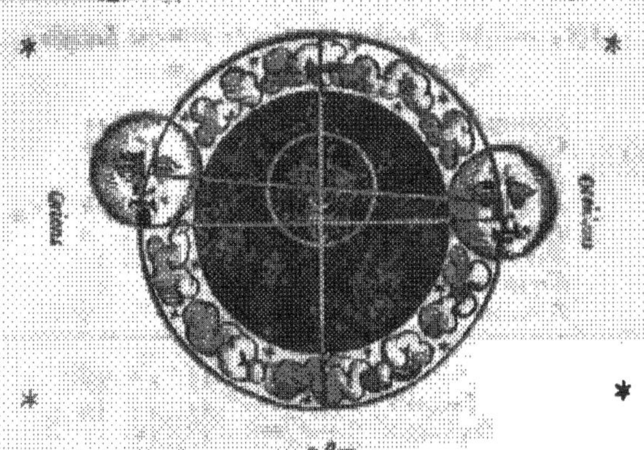

Auster

Planetarum status.

♄
Toto hoc anno descendit versus Eccentri Perigæum.
Die 6. Maij in Apogæo
Die 12. Nouemb. in Perigæo
} Epicycli reperitur.
Die 4. Septemb. vsque in finem anni & vltra regressum subibit.

♃
Hoc anno recedit à longitudine media versus imam Eccentri partem.
Die 19. Iulij in Perigæo Epicycli inuenitur.
Die 5. Ianuarij liberatur à retrogradatione, postea iterum die 20. Maij vsq; ad diem 17. Septemb. retrogradè perambulabit.

♂
Die 17. Februarij summum Absidis Eccentrici attingit.
Die 20. Februarij Epicycli Perigæum perlustrat.
Regressum die 11. Ianuarij exorditur, & die 2. Aprilis eum perficit.

♀ Die
8. Iunij superiora
7. Decemb. inferiora
} Deferentis tenet.
17. Iulij per inferiora sui Epicycli discurrit.
25. Iunij vsque ad 7. Augusti regressu afficitur.

☿ Die
23 Maij circa Perigæum
21 Nouemb. circa Apogæum
} Eccentrici rotatur.
30 Ianuarij in Apogæo
19 Martij in Perigæo
27 Maij in Apogæo
24 Iulij in Perigæo
20 Septemb. in Apogæo
16 Nouemb. in Perigæo
} Epicycli est.
18 Martij vsq; ad 9. Aprilis
13 Iulij vsq; ad 5. Augusti
6 Nouemb. vsq; post 27. eiusdem
} Contra signorũ ordinẽ incedit.

♈
13
17 ♉
11

Syzygiæ Lunares.

		Occid.	Orient.	Orient.	Occid.	Orient.	
	☽	♄	♃	♂	♀	☿	Syzygiæ Planetarū mutuæ, & eorum congressus cum illustrioribus aliquibus stellis fixis.
Dies	H ′	H ′	H ′	H ′	H ′	H ′	
1		13 ☍ 8			18 □ 24		△ ♃ ♂ ferè. ♀ m.c.cum [illegible]
2	5 ✱ 53		3 ✱ 10	2 ✱ 0			☿ or. cū aq. et oc. cū ar.
3							☿ m.c. cum neb. ♏.
4				9 □ 24	7 ✱ 34		
5						13 ☌ 5	
6		1 △ 51	16 ☌ 18	14 △ 0			
7 ☌	1 29						♀ occ. cum Fomah.
8 Asc	2 ♊	4 □ 24			23 ☌ 49		☿ or. cum cauda Del. a.
9							(10.17.
10		5 ✱ 39	21 ✱ 47	17 ☍ 14		4 ✱ 39	☉ Per. et ☿ 3.17. △ ♄ ☿
11	15 ✱ 14						♀ m.c. cum cauda ♑.
12			22 □ 54			12 □ 38	♀ or. cum cauda ♑. b.
13 □	16 40				11 ✱ 29		☿ oc. cum aculeo ♏.
14 Asc	14 ♈	9 ☌ 8		21 △ 10		21 △ 9	△ ♂ ☿ 22.21.
15			3 △ 4		20 □ 43		♃ or. cum neb. ♏.
16	1 △ 25						☿ or. cum neb. ♏.
17				2 □ 58			☌ ♃ ☿ 4.5 ☿ oc. cū 87.
18		13 ✱ 4			10 △ 16		
19			21 ☍ 9	11 ✱ 49			♀ m.c. cum rostro galli.
20						6 ☍ 32	♀ or. cū 20. & oc. cū 81.
21 ☍	6 27	10 □ 36					♂ oc. cū Alg. ☿ m.c. cū
22 Asc.	23 ♌						(30.
23		23 △ 36			23 ☍ 42		□ ☉ ♄ 7.44 ✱ ♄ ☿ 23.0.
24				11 ☌ 4			☉ Apo (☌ ☿ 18.41.
25			0 △ 32				♃ oc. cū [illegible]
26	19 △ 9					4 △ 44	(87.
27			13 □ 40				☍ ♂ ♀ 23.27. ☿ m.c. cū
28		23 ☍ 28					□ ♄ ☿ 8.46 ♀ m.c. cū Fo.
29 □	10 43			8 ✱ 0	12 △ 1	1 □ 48	☿ m.c. cum cauda cygni.
30 Asc.	17 ♏		0 ✱ 29				
31	22 ✱ 56			14 □ 12		18 ✱ 38	

a. Die 8. ☿ occ. cum aquila, & cauda ♑.
b. Die 12. ☿ m.c. cum lyra, & or. cum neb. ♑.
c. Die 17. ☿ occ. cum corona.
♄ Fit dir. oriendo cum ultima fus. ♒.

10	19
21	19
25	19

		Occid.	Orient.	Orient.	Occid.	Orient.	Syzygiæ Planetarũ mutuæ, & eorum congressus cum illustrioribus aliquibus stellis fixis.
	☉	♄	♃	♂	♀	☿	
Dies	H ʹ	H ʹ	H ʹ	H ʹ	H ʹ	H ʹ	
1					1 □ 2		
2		12 △ 52		18 △ 0			♃ m.c. cum rost. galli. a.
3			12 ☌ 34		10 ⚹ 0		☌ ☉ ☿ 9.48. b.
4		15 □ 23				Occid.	⚹ ♃ ♀ 21.2 ☿ oc. cũ oc.
5 ☌	12 10					15 ☌ 27	☿ or. cum media ♃. c.
6 Asc.	9 [illegible]	16 ⚹ 11		18 ☍ 34			☽ ☊ 10.5.
7			15 ⚹ 38		20 ☌ 27		☽ Perig.
8							☿ occ. cum cauda Del.
9	20 ⚹ 28		17 □ 8				
10		18 ☌ 30		18 △ 14		6 ⚹ 25	△ ♄ ♂ 9.24. d.
11			20 △ 26				☿ or. cũ 20 & oc. cũ 62.
12 □	3 15			21 □ 5	10 ⚹ 11	17 □ 47	♂ or. cum hydra.
13 Asc.	5 ♌						☍ ♂ ☿ 16.25.
14	14 △ 38				22 □ 31		⚹ ♄ ☿ 11.24.
15		6 ⚹ 37		3 ⚹ 5		10 △ 15	♂ or. cũ tri. ☿ oc. cũ lyra.
16			14 ☍ 12				
17		18 □ 39			16 △ 9		♃ m.c. cũ aq. ☿ or Fo.
18							
19				13 ☌ 12			☌ ☽ ♂ 9.53 ☽ ☋ 22.12
20 ☍	0 53	8 △ 24		Occid.			
21 Asc.	11 ♋		18 △ 35			7 ☍ 30	☽ ap. ♀ or. cum cor. ♈
22							☿ occ. cum Acarnar.
23					8 ☍ 58		⚹ ☉ ♄ 21.49.
24			8 □ 32	20 ⚹ 30			
25	13 △ 48	10 ☍ 50					⚹ ♃ ☿ 2.14.
26			10 ⚹ 0				
27				5 □ 21		0 △ 53	
28 □	3 22				16 △ 30		
Asc.	16 ♌						

a. Die 2. ☿ occ. cum ultima sin. ins.
b. Die 3. ☿ occ. cum aquila, & cauda ♑.
c. Die 5. ☿ m.c. cum priori cauda ♑.
d. Die 10. ♂ occ. cum Regulo.

Positus Planetarum Diurnus

Anni veteris	Anni correcti	☉ ♓ P	'	"	☽ ♐ P	'	♄ ♉ P (M A)	'	♃ ♑ P (S D)	'	♂ ♌ P (S D)	'	♀ ♈ P (M A)	'	☿ ♓ P (S A)	'	☊ ♒ P	'
Dies		P	'	"	P	'	P	'	P	'	P	'	P	'	P	'	P	'
19	1	10	29	59	21 ♑	0	5	51	23	9	27	3	17	14	28	7	19	10
20	2	11	30	[illegible]	4	19	5	57	23	20	26	41	18	25	29	29	19	7
21	3	12	30	6	18 ♒	40	6	2	23	31	26	20	19	36	0 ♈	48	19	4
22	4	13	30	7	3	3	6	8	23	43	25	59	20 S	47	2	4	19	1
A 23	5	14	30	6	17 ♓	44	6	14	23	54	25	38	21	58	3	17	18	58
24	6	15	30	4	1	39	6	19	24	5	25	18	23	9	4	26	18	54
25	7	16	30	0	17 ♈	31	6	25	24	16	24	58	24	19	5	31	18	51
26	8	17	29	54	2	42	6	31	24	27	24	38	25	30	6	32	18	48
27	9	18	29	46	17 ♉	55	6	37	24	37	24	19	26	40	7	28	18	45
28	10	19	29	36	2	43	6	43	24	48	24	1	27	51	8	19	18	42
Ma. 1	11	20	29	24	16 ♊	32	6	50	24	58	23	43	29 ♉	1	9	5	18	38
A 2	12	21	29	10	0	19	6	57	25	9	23	26	0	11	9	45	18	35
3	13	22	28	54	14	3	7	3	25	19	23	10	1	21	10	19	18	32
4	14	23	28	36	27 ♋	14	7	9	25	30	22	55	2	31	10	47	18	29
5	15	24	28	16	10	4	7	16	25	40	22	40	3	41	11	9	18	26
6	16	25	27	54	22 ♌	34	7	22	25	50	22	26	4	51	11	24	18	23
7	17	26	27	30	4	46	7	29	26	0	22	13	6	0	11	32	18	19
8	18	27	27	4	16	45	7	36	26	10	22	1	7	10	11 ℞	32	18	16
A 9	19	28	26	36	28 ♍	31	7	42	26	20	21	49	8	19	11	24	18	13
10	20	29	26	7	10	15	7	49	26	30	21	38	9	29	11	8	18	10
11	21	0 ♈	25	35	22 ♎	54	7	56	26	39	21	28	10	38	10	43	18	7
12	22	1	25	1	3	32	8	2	26	49	21	19	11	47	10	10	18	4
13	23	2	24	26	15	14	8	9	26	58	21	11	12	56	9	30	18	0
14	24	3	23	49	27	3	8	16	27	7	21	3	14	5	8 D	41	27	57
15	25	4	23	10	9	2	8	23	27	17	20	56	15	13	7	51	27	54
A 16	26	5	22	29	21	15	8	30	27	26	20	50	16	22	6	55	27	51
17	27	6	21	45	3 ♐	43	8	37	27	35	20	45	17	30	5	56	27	48
18	28	7	20	59	16	39	8	44	27	44	20	41	18	38	4	54	27	45
19	29	8	20	11	29 ♑	47	8	51	27	53	20	37	19	46	3	50	27	41
20	30	9	19	21	13	23	8	58	28	2	20	34	20	54	2	47	27	38
21	31	10	18	29	27	22	9	6	28	10	20	32	22	3	1	41	27	35

Latitudo Planetarũ ad diẽ	♄	'	♃	'	♂	'	♀	'	☿	'	
1	2	26	0	13	4	23	0 S	9	0	21	Mensis
11	2	12	0	12	4	11	0	18	2	16	
21	2	9	0	12	3	47	0	54	3 D	40	

Syzygiæ Lunares.

		Occid.	Orient.	Occid.	Occid.	Occid.	
	☉	♄	♃	♂	♀	☿	Syzygiæ Planetarũ mutuæ, & eorum congressus cum illustrioribus aliquibus stellis fixis.
Dies	H ′	H ′	H ′	H ′	H ′	H ′	
1				10 △ 21		13 □ 55	
2	12 ✶ 38	2 △ 14					♀ occ. cum cauda cygni.
3			8 ☌ 13		1 □ 48	23 ✶ 5	
4		5 □ 4					♂ occ. cũ basil. et ♀ cũ hed.
5				12 ☌ 25	7 ✶ 24		☽ ☊ 17. 59. (de lat. Au
6 ☌	22 55	5 ✶ 31					□ ♃ ♀ 12. 47. ♀ or. cum
7 Asc.	12 ♓		01 ✶ 39				☽ Perig.
8						6 ☌ 35	♀ m.c. cum cor. ♌.
9			11 □ 40	10 △ 48	16 ☌ 13		
10		7 ☌ 37					
11	7 ✶ 16		14 △ 42	22 □ 52			
12						17 ✶ 6	
13 □	16 33			16 ✶ 18			♀ occ. cum cor. ♌.
14 Asc.	22 ♒	18 ✶ 42			10 ✶ 52		
15						2 □ 10	♂ m.c. cum regulo.
16	6 △ 15		6 ☍ 30				✶ ☽ ♃ 10. 34.
17		5 □ 30			8 □ 44	13 △ 32	
18				10 ☌ 32			☌ ♄ ♀ 9. 54. ☽ ☋ 22. 20
19		18 △ 57			22 △ 20		
20							
21 ☍	19 17		9 △ 56				☽ Apog.
22 Asc.	7 ♉					12 ☍ 52	♀ or. cum Fomah.
23				22 ✶ 57			♀ m.c. cum cap. Med.
24		22 ☍ 42	0 □ 8				
25				23 □ 10	13 ☍ 25		♀ m.c. cũ acar. (cor. ♌) a
26			12 ✶ 0				☌ ☉ ☿ 17. 26. ♀ m.c. cum
27	5 △ 18					3 △ 47	♀ or. cum pleia.
28				7 △ 25		Orient.	
29 □	16 18	16 △ 8				6 □ 38	□ ♂ ♀ 17. 14. ♀ oc. cũ reg.
30 Asc.	28 ♒				14 △ 12		
31	23 ✶ 13	19 □ 47	1 ☌ 23			6 ✶ 52	♀ m.c. cum pleia.

a. Die 26. ♀ m.c. cum dex. latere Persei.

	Dies		☉ ♈ P	′	″	☽ P	
	22	1	11	17	36	11	
A	23	2	12	16	41	26	
	24	3	13	15	44	11	♓
	25	4	14	14	45	26	
	26	5	15	13	44	11	♈
	27	6	16	12	41	26	
	28	7	17	11	36	10	♉
	29	8	18	10	29	24	
A	30	9	19	9	21	8	♊
	31	10	20	8	11	22	
Ap.	1	11	21	6	59	5	♋
	2	12	22	5	45	18	
	3	13	23	4	29	0	♌
	4	14	24	3	11	13	
	5	15	25	1	51	25	♍
A	6	16	26	0	29	7	
	7	17	26	59	5	19	♎
	8	18	27	57	39	1	
	9	19	28	56	11	12	
	10	20	29	54	42	24	
	11	21	♉ 0	53	11	6	♏
	12	22	1	51	38	18	
A	13	23	2	50	3	0	♐
	14	24	3	48	26	13	
	15	25	4	46	48	26	♑
	16	26	5	45	8	9	
	17	27	6	43	26	23	♒
	18	28	7	41	43	6	
	19	29	8	39	58	21	♓
A	20	30	9	38	12	5	

Latitudo Planetarũ ad diẽ 1

	Syzygiæ Lunares.							
		Occid.	Orient.	Occid.	Occid.	Orient.	Syzygiæ Planetarũ mutuæ, & eorum congressus cum illustrioribus aliquibus stellis fixis.
	☉	♄	♃	♂	♀	☿	
Dies	H. ′	H. ′	H. ′	H. ′	H. ′	H. ′	
1				14 ☍ 30	20 □ 16		
2		21 ✶ 2					☉ ☊ 1.45.
3							✶ ♃ ☿ 12.0.
4			4 ✶ 0		0 ✶ 17	2 ☌	☿ Perig. ♄ or. cũ pleia
5 ☌	7 2			15 △ 10			✶ ♀ ☿ 0.21. ♀ oc. cũ p
6 Asc.	12 ♎	23 ☌ 0	5 □ 56				△ ♃ ♀ 5.48. (♂ hiad.
7				17 □ 2			☿ oc. cum zona Orio.
8			7 △ 40		11 ☌ 37	2 ✶ 57	♀ oc. cũ Bel. & vlt ple.
9	19 ✶ 53			21 ✶ 31			☿ occ. cum Ald. & 5
10						7 □ 41	☌ ☽ ♂ 20 21.
11		9 ✶ 21					
12 □	7 30		21 ☌ 46			16 △ 53	♀ m. c. cum Aldeb.
13 Asc.	6 ♒	19 □ 16			11 ✶ 43		
14	23 △ 10			16 ☌ 30			
15							☉ ♉ 2 43.
16		7 △ 36			5 □ 10		(♂ m. c. cum [illegible] be.
17			21 △ 40			23 ☌ 41	✶ ♃ ♀ 9.0 ☿ oc. cũ [illegible]
18							☿ Ap. ♀ or. cum hiad
19				19 ✶ 24	0 △ 17		[illegible]cor. ♉. b
20 ☍	21 53		12 □ 9				□ ☽ ♃ 17.40. ☿ or. [illegible]
21 Asc.	0 ♑	10 ☍ 33					♀ m. c. cum Rigel.
22			3 ✶ 56	8 □ 21			♀ or. cum Aldeb.
23						11 △ 50	♀ occ. cum cap. Med.
24				18 △ 31	9 ☍ 44		
25	16 △ 48						♂ m. c. cum Reg. & ♀ c
26		5 △ 17				1 □ 54	(137
27			14 ☌ 2				
28 □	1 32	9 □ 39				12 ✶ 51	☿ or. cum hedis.
29 Asc.	6 ♍			5 ☍ 27	3 △ 40		☉ ☍ ♄ 7.53. ♀ m. c. cũ 3 [illegible]
30	6 ✶ 40	11 ✶ 43					✶ ♂ ♀ 14.18 ☿ or. cũ 3 [illegible]

a. Die 8. ♀ m. c. cum hiad.
b. Die 20 ♀ m. c. cum capra, & sin. hu. Orio.
c. Die 30. ♀ m. c. cum de. hu. Orio. ☿ occ. cum cauda cygni.
♂ Eu d. r. occidendo ferè cum de. hu. Aur.

8	17	23	5
9	18	21	4
10	19	19	2
11	20	16	58

Syzygiæ Lunares.

		Occid.	Orient.	Occid.	Occid.	Orient.	Syzygiæ Planetarũ mutuæ, & eorum congressus cum illustrioribus aliquibus stellis fixis.
	☉	♄	♃	♂	♀	☿	
Dies	H ′	H ′	H ′	H ′	H ′	H ′	
1			17 ✱ 43		8 □ 14		
2							☉ Perig. ♂ or. cũ Reg.
3		14 ☌ 54	18 □ 55	9 △ 14	12 ✱ 52	1 ☌ 38	☌ ☉ ♄ 21.34 ♄ m.c. cũ [illegible]
4 ☌	16 6	Orient.					
5 Asc.	15 ♈		20 △ 41	12 □ 35			♀ m.c. cum cor. ♈.
6							△ ♃ ☿ 6.51.
7				28 ✱ 42		23 ✱ 6	(cor. ♈
8					4 ☌ 4		♄ or. cũ p'cple. ♀ oc. cũ
9	10 ✱ 13	2 ✱ 35					□ ♃ ♀ 4.32.
10			10 ☍ 52			15 □ 51	✱ ♀ ☿ 23.9 ♀ oc. cũ pro
11		11 □ 2					☿ or. cum Fomah.
12 □	0 23			15 ☌ 14			☉ ♉ 8 14 ♂ oc. cũ Reg.
13 Asc.	3 ♍	21 △ 36			7 ✱ 30	12 △ 28	♀ m.c. cum Sp. (or. cũ pl.
14	14 ☍ 12						♀ or. cũ Bel. et Ap. ☿
15			8 △ 54				☉ Apog.
16					0 □ 13		☌ ♄ ♃ 11.19 ☿ m.c. cũ [illegible]
17			20 □ 53	18 ✱ 42			☿ oc. cũ Re. et m.c. cũ [illegible]
18		13 ☍ 32			16 △ 42		(☉ 21.
19						9 ☍ 37	♂ or. cum Erica.
20 ☍	2 18		7 ✱ 38	7 □ 11			♄ m.c. cum acarnar.
21 Asc.	[illegible] ♎						♂ or. cũ hy. ☿ oc. cũ pl. et
22				17 △ 49			♀ or. cũ [illegible] et Her. (hia.
23		17 △ 35			17 ☍ 47		△ [illegible]
24			21 ☌ 34			19 △ 41	♀ or. cũ [illegible] (9.31. b
25	0 △ 48	22 □ 17					□ [illegible] ♂ 4.31 [illegible]
26							☉ [illegible]
27 □	7 22			5 ☍ 17		0 □ 43	☌ [illegible] ♀ 15.35. c
28 Asc.	4 [illegible]	0 ✱ 35			5 △ 41	Occid.	♀ or. cũ [illegible]
29	12 ✱ 13		1 ✱ 38			15 ✱ 33	☉ Perig. ♀ or. cũ [illegible]
30					9 □ 58		♀ occ. cum hydra.
31			5 □ 38	21 △ 49			♀ or. cum Aldeb.

a. Die 23, ☿ oc. cum [illegible].
b. Die 25, ♂ occ. cum Algorab. ♄ m.c. cum de latere Persei.
c. Die 27, ☿ or. cum Rigel, & m.c. cum procyone.
♃ [illegible] hoc mense culminat cum cauda [illegible] & fit [illegible] m.c.

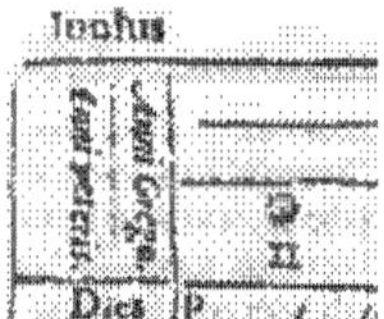

Syzygiæ Lunares.							
		Orient.	Orient.	Occid.	Occid.	Occid.	Syzygiæ Planetarũ mutuæ, & eorum congressus cum illustrioribus aliquibus stellis fixis.
	☽	♄	♃	♂	♀	☿	
Dies	H ′	H ′	H ′	H ′	H ′	H ′	
1		5 ☌ 24			15 ⚹ 3		☿ oc. cũ cap. Med. Orion.
2			6 △ 50	21 □ 4			(c. cũ 152. et Rig.
3 ☌	4 16					13 ☌ 44	♄ occ. cũ sin. pede Or. ☿
4 Asc	2 ♌						(occ. cũ 137.
5		17 ⚹ 45		1 ⚹ 3			☿ oc. c. ... 20. Orio.
6			10 ☌ 34		8 ☌ 34		☿ oc. cũ dex. hum. Aur.
7							(☿ 141.
8	1 ⚹ 41	7 □ 12					☽ ☊ 11. 46.
9						2 ⚹ 40	(præsep.
10 □	17 34	14 △ 34		6 ☌ 41			♂ or. cũ cau. ♌. ☿ oc. cũ
11 Asc	7 ♋		16 △ 20		10 ⚹ 20	23 □ 32	☽ Apog.
12							☿ oc. cũ Bulbo et Apoll.
13	9 △ 40				23 □ 15		☿ m. c. cum Syrio.
14			2 □ 56			20 △ 32	
15		13 ☍ 34		3 ⚹ 54			
16			12 ⚹ 26		11 △ 28		☿ oc. cũ hed. a. et Hed.
17				15 □ 29			♄ ☌ ☿ 20. 4. ☿ oc. ...
18 ☍	14 ♉						♂ ♄ ☿ quasi. ☿ or. cũ
19 Asc	17 ♉						☿ or. cũ ... bor. (20. Or.
20		5 △ 48		0 △ 20		5 ☍ 27	⚹ ♄ ☿ 8. 32. ☿ m. cũ
21			1 ☌ 41		2 ☌ 53		(Rigel. b.
22		10 □ 0					☽ ☊ 15. 40.
23	6 △ 29						
24		22 ⚹ 28		10 ☍ 11		23 △ 34	
25 □	11 38		5 ⚹ 10		8 △ 13		☽ Perig.
26 Asc	28 ♓						☿ or. cum Præsep. et ascr.
27	17 ⚹ 41		8 □ 30		20 □ 2	6 □ 52	♄ ☌ 1. 40. ♃ ☿ 0. 21
28		17 ☌ 42		19 △ 0			□ ♃ ☿ 14. 42.
29			9 △ 48		13 ⚹ b	15 ⚹ 40	☿ or. cũ ... bor. et ac. ...
30							☿ or. cũ ... et ac. (Herc.

a. Die 16. ♀ occ. cum Hercule.
b. Die 20. ♀ occ. cum hydra, & m. c. cum cane mino & Hercule.
c. Die 29. ♂ m. c. cum cauda ♌.
♀ ... or. cum præsepe, ascellis, & asinis.

	Dies		☉ ♋			☽ ♊		♄ ♉ (M D)		♃ ♑ (S D)		♂ ♍ (S D)		♀ ♌ (M D)		☿ ♌ (S D)		☊ ♒	
			P	'	''	P	'	P	'	P	'	P	'	P	'	P	'	P	'
	21	1	9	10	13	11	7	10	37	29	28	22	21	2	16	4	37	22	42
A	22	2	10	7	38	♋ 4	12	20	43	29	21	22	55	1	2	5	45	22	39
	23	3	11	4	45	17	0	20	49	29	14	23	28	0	46	6	49	22	36
	24	4	12	2	2	29	35	20	55	29	7	24	2	0	28	7	49	22	33
	25	5	12	59	19	♌ 11	59	21	1	29	0	24	35	0	7	8	41	22	30
	26	6	13	56	37	24	14	21	7	28	52	25	9	♋ 29	44	9	36	22	26
	27	7	14	53	55	♍ 6	24	21	13	28	45	25	43	29	19	10	22	22	23
	28	8	15	51	13	18	31	21	18	28	37	26	17	28	52	11 M	2	22	20
A	29	9	16	48	32	♎ 0	37	21	24	28	30	26	52	28	23	11	36	22	17
	30	10	17	45	51	12	45	21	30	28	22	27	26	27	52	12	3	22	14
	Iul. 1	11	18	43	10	24	57	21	36	28	15	28	1	27	19	12	23	22	11
	2	12	19	40	29	♏ 7	17	21	41	28	7	28	36	26	45	12	35	22	7
	3	13	20	37	48	19	44	21	47	27	59	29	10	26	10	12 St	39	22	4
	4	14	21	35	8	♐ 2	22	21	52	27	51	29	45	25	34	12	35	22	1
	5	15	22	32	28	15	14	21	57	27	43	♎ 0	20	24	57	12	24	21	58
A	6	16	23	29	49	28	21	22	3	27 M	35	0	55	24	20	12	5	21	55
	7	17	24	27	10	♑ 11	45	22	8	27	27	1	30	23	42	11	39	21	52
	8	18	25	24	32	25	28	22	13	27	20	2	6	23	4	11	5	21	48
	9	19	26	21	54	♒ 9	28	22	18	27	12	2	41	22	27	10	24	21	45
	10	20	27	19	16	23	44	22	23	27	4	3	17	21	51	9	36	21	42
	11	21	28	16	39	♓ 8	14	22	27	26	56	3	53	21	15	8	42	21	39
	12	22	29	14	2	22	52	22	32	26	48	4	29	20	40	7	43	21	36
A	13	23	♌ 0	11	26	♈ 7	31	22	37	26	40	5	5	20	6	6	41	21	33
	14	24	1	8	50	22	6	22	41	26	32	5	41	19	34	5	38	21	29
	15	25	2	6	15	♉ 6	29	22	46	26	25	6	17	19	3	4	34	21	26
	16	26	3	3	40	20	36	22	50	26	17	6	54	18	34	3	30	21	23
	17	27	4	1	6	♊ 4	24	22	54	26	9	7	30	18	7	2 A	29	21	20
	18	28	4	58	32	17	51	22	58	26	2	8	7	17	42	1	31	21	17
	19	29	5	55	59	♋ 0	56	23	2	25	54	8	43	17	19	0	37	21	13
A	20	30	6	53	27	13	49	23	6	25	47	9	20	16	57	♋ 29	48	21	10
	21	31	7	50	56	26	10	23	10	25	40	9	57	16	37	29	5	21	7
Laétudo Planetarũ ad diẽ							1	2	11	0	3	0	39	0	34	1 M	25	Mensis	
							11	2	15	0 M	1	0	30	2	29	0	38		
							21	2	15	0	1	0	22	4	2	3 A	14		

		Orient.	Orient.	Occid.	Occid.	Occid.	
Syzygiæ Lunares	☽	♄	♃	♂	♀	☿	Syzygiæ Planetarũ mutuæ, & eorum congressus cum illustrioribus aliquibus stellis fixis.
Dies	H ′	H ′	H ′	H ′	H ′	H ′	
1				2 □ 11			♃ or. sũ cum med. ast. aus. a
2 ☌	12 3						
3 Asc.	23 ♈	7 ✶ 19	23 ☍ 6	12 ✶ 55			
4					1 ☌ 50	17 ☌ 16	☿ occ. cum ast. boreali.
5		17 □ 55					☽ ☋ 20. ug.
6							
7	18 ✶ 17						♀ or. cum c. mane.
8		5 △ 35	19 △ 14	16 ☌ 0	19 ✶ 44		☽ Apog.
9						22 ✶ 31	♂ m. c. cum rostro cor.
10 □	10 44						☿ or. cum ast. bor.
11 Asc.	2 ♈		6 □ 21		4 □ 23		♂ or. cũ hum. ☿ ex. cum b.
12						10 □ 16	☿ occ. cum dex. hum. Aur.
13	1 △ 51	3 ☍ 55	15 ✶ 30	18 ✶ 47	11 △ 40		
14						18 △ 47	✶ ☽ ♄ 7. 51.
15							
16				4 □ 48			☌ ☽ ♀ 12. 38 ♂ m. c. cũ 51
17 ☍	13 54	18 △ 16			10 ☍ 0		♀ occ. cum Hercule.
18 Asc.	19 ♎		3 ☌ 10	11 △ 51	Orient.		♄ m. c. cũ pl. & ♃ cũ 30 9
19		21 □ 43				1 ☌ 31	✶ ♄ ♀ 5. 16 ☌ ☽ ♃ 8. 26 b
20			Occid.				☿ or. cum Syrio.
21		23 ✶ 17			20 △ 31		
22	11 △ 10		6 ✶ 23	19 ☍ 50		11 △ 44	☽ Apog.
23					19 □ 38		✶ ♂ ♀ 23. 20. c.
24 □	16 7		7 □ 20			21 □ 3	
25 Asc.	26 ♋				20 ✶ 59		♀ m. c. cum Hercule.
26	13 ✶ 17	3 ☌ 14	9 △ 47			20 ✶ 53	☌ ☽ ☿ 5. 18 ♀ m. c. cũ pr.
27				5 △ 48		Orient.	☿ or. cũ ast. aus. & prec.
28							☿ m. c. cum Præsepe.
29				15 □ 18			
30		18 ✶ 1	22 ☍ 53		6 ☌ 0		☿ or. cũ stu. & Træse.
31						5 ☌ 14	

a. Die 1. ☿ occ. cum Præsepe, & Apoll.
b. Die 19. ☽ ☊ 3. 24. ♂ m. c. cum ala dex. corui.
c. Die 23. ♂ or. cum aselino.
☿ Pit ♃ occ. cum rostro corui, & dex. hum. Auriga.

Positus Planetarum Diurnus

Dies		☉ ♌ P	'	"	☽ ♌ P	'	♄ ♉ P (M D)	'	♃ ♑ P (M D)	'	♂ ♎ P (S D)	'	♀ ♋ P (M D)	'	☿ ♋ P (M A)	'	☊ ♒ P	'
22	1	8	48	26	8	34	23	13	25	32	10	34	16	19	28	30	21	4
23	2	9	45	57	20 ♍	41	23	17	25	25	11	11	16	4	28	2	21	1
24	3	10	43	29	2	41	23	21	25	18	11	48	15	52	27	42	20	58
25	4	11	41	2	14	37	23	24	25	11	12	26	15	42	27	30	20	54
26	5	12	38	36	26 ♎	31	23	28	25	4	13	3	15	35	27 Di	26	20	51
A 27	6	13	36	12	8	27	23	31	24	57	13	41	15 A	30	27	30	20	48
28	7	14	33	49	20	27	23	34	24	50	14	18	15 D	28	27	42	20	41
29	8	15	31	27	2	34	23	37	24	44	14	56	15	28	28	3	20	42
30	9	16	29	6	14	52	23	40	24	37	15	34	15	50	28	26	20	38
31	10	17	26	46	27	22	23	43	24	31	16	12	15	35	28	57	20	35
Au. 1	11	18	24	27	10 ♓	7	23	45	24	24	16	50	15	42	29 ♌	34	20	32
2	12	19	22	9	23	9	23	48	24	18	17	28	15	53	0	18	20	29
A 3	13	20	19	52	6	26	23	50	24	11	18	6	16	2	1	7	20	26
4	14	21	17	36	20	8	23	52	24	5	18	45	16	15	2	1	20	22
5	15	22	15	21	4	5	23	54	23	59	19	23	16	31	3	0	20	19
6	16	23	13	8	18	22	23	56	23	53	20	[illegible]	16	49	4	4	20	16
7	17	24	10	56	2 ♓	55	23	58	23	47	20	40	17	9	5	12	20	13
8	18	25	8	45	17 ♈	41	24	0	23	42	21	18	17	30	6	24	20	10
9	19	26	6	35	2	33	24	1	23	36	21	57	17	53	7	38	20	7
A 10	20	27	4	26	17	23	24	3	23	31	22	35	18	18	8 S	55	20	3
11	21	28	2	19	2 ♉	6	24	5	23	26	23	14	18	44	10	15	20	0
12	22	29	0	13	16	33	24	6	23	21	23	53	19	12	11	38	19	57
13	23	29 ♍	58	8	0 ♊	42	24	8	23	16	24	32	19	42	13	4	19	54
14	24	0	56	4	14	29	24	9	23	12	25	11	20	13	14	32	19	51
15	25	1	54	2	27	56	24	11	23	7	25	50	20	46	16	2	19	47
16	26	2	52	1	10 ♋	53	24	12	23	3	26	29	21	20	17	34	19	44
A 17	27	3	50	2	23	31	24	13	22	59	27	9	21	55	19	8	19	41
18	28	4	48	4	5 ♌	53	24	14	22	55	27 Mi	48	22	31	20	43	19	38
19	29	5	46	8	18	0	24	14	22	52	28	28	23	9	22	21	19	35
20	30	6	44	14	29 ♍	56	24	15	22	48	29	7	23	48	24	0	19	32
21	31	7	42	21	11	44	24	15	22	45	29	47	24	28	25	40	19	28

Latitudo Planetarũ ad diẽ		♄		♃		♂		♀		☿		
	1	2	24	0	3	0	12	4 A	58	3	54	
	11	2	25	0	4	0	8	4	55	2 S	7	Mensis
	21	2	27	0	5	0 M	3	4	21	0	10	

Dies	☽	♄ Occident.	♃ Occid.	♂ Occid.	♀ Orient.	☿ Orient.	Syzygiae Planetarum mutuae, & eorum congressus cum illustrioribus aliquibus stellis fixis.
1 ☌	♀ 30			4 ✱ 10			♂ m. c. cum vindem.
2 Asc.	7 ♒	5 □ 10					☽ ☊ 0.40 ♀ m. c. cu. ap.
3							♂ or. cu̅ coro.
4		17 △ 50	21 △ 0		2 ✱ 10		☽ ap. ☍ ♃ ☿ per orb.
5						1 ✱ 30	✱ ♄ ♀ per orbem.
6	11 ✱ 13			11 ☌ 2	14 □ 4		✱ ☉ ♂ 5.44.
7			8 □ 40			14 □ 44	♂ occ. cum spica ♍.
8							□ ♂ ♀ 21.40.
9 □	7 22	18 ☍ 50	28 ✱ 35		2 △ 26		♂ or. cum Algorab.
10 Asc.	16 ♐					3 △ 20	♄ occ. cum Hiad.
11	16 △ 29			13 ✱ 0			♂ or. cum rostro corvi.
12							♂ or. cu̅ 5 5 et oc. sig. 0 4
13				21 □ 29	17 ☍ 6		☿ or. cum Deg. & quar.
14		6 △ 28	6 ☌ 52			22 ☍ 0	♂ or. cum spi. ♍ di. ap.
15							△ ♄ ♃ 15.9. ♀ m. c. cum
16 ☍	8 27	9 □ 23		1 △ 19			☽ ☊ 3.7. □ ☉ ♄ 18.26.
17 Asc.	10 ♈				13 △ 40		
18		10 ✱ 11	9 ✱ 19				☽ Perig.
19						9 △ 9	
20	16 △ 54		9 □ 56	8 ☍ 53	1 □ 42		♀ m. c. cum cane mino.
21						14 □ 17	□ ♃ ♂ 6.33 ☿ m. c. cu̅ S).
22 □	22 41	16 ☌ 49	11 △ 27		4 ✱ 38		♀ m. c. cum Hercule.
23 Asc.	2 [illegible]						☿ oc. cu̅ rostro cor. et 31
24				10 △ 10		0 ✱ 6	☿ m. c. cum hydra.
25	8 ✱ 2						
26			22 ☍ 56		10 ☌ 48		♂ m. c. cum cing. ♍.
27		3 ✱ 20		7 □ 28			♀ occ. cum Hercule.
28							☍ ♃ ♀ 1.43.
29		12 □ 33		21 ✱ 12		10 ☌ 8	☽ ☊ 3.16.
30 ☌	15 41						□ ♄ ☿ 3.18 ✱ ♄ ♀ 16.37.
31 Asc.	11 ♊		21 △ 30				

a. Die 10. ♂ m. c. cum spica ♍.
b. Die 14. ☿ or. cum cane minore, & ast. austr. ♄ occ. cum Hiad.
c. Die 30. ☌ ☿ cum Regulo.
☿ fit dir. oriendo cum ast. bor.

Dies		☉ ♍ P	'	"	☽ ♍ P	'	♄ ♉ P	'	♃ ♑ P	'	♂ ♏ P	'	♀ ♋ P	'	☿ ♌ P	'	☊ ♒ P	'
							M	D	M	D	M	D	M	A	S	A		
22	1	8	40	30	23 ♎	27	24	16	22	42	0	27	25	9	27	22	19	25
23	2	9	38	46	5	10	24	17	22	39	1	7	25	51	29 ♍	5	19	22
A 24	3	10	36	53	16	51	24	17	22	36	1	47	26	34	0	48	19	19
25	4	11	35	7	28	40	24 R	17	22	34	2	27	27	18	2	32	19	16
26	5	12	33	23	10 ♏	45	24	17	22	31	3	7	28	3	4	16	19	13
27	6	13	31	40	22	55	24	17	22	29	3	48	28	49	6	1	19	9
28	7	14	29	59	5 ♐	20	24	17	22	27	4	28	29	36	7	47	19	6
29	8	15	28	10	18	3	24	16	22	25	5	9	0 ♌	24	9	33	19	3
30	9	16	26	42	1 ♑	6	24	16	22	24	5	49	1	13	11	20	19	0
A 31	10	17	25	6	14	29	24	15	22	22	6	30	2	3	13	7	18	57
Sep. 1	11	18	23	32	28 ♒	14	24	15	22	21	7	10	2	54	14 D	55	18	53
2	12	19	22	0	12	11	24	14	22	20	7	51	3	45	16	42	18	50
3	13	20	20	29	26	48	24	13	22	19	8	31	4	37	18	30	18	47
4	14	21	19	0	11 ♓	37	24	12	22	19	9	12	5	30	20	18	18	44
5	15	22	17	33	26 ♈	29	24	11	22	18	9	53	6	23	22	6	18	41
6	16	23	16	8	11	30	24	9	22	18	10	34	7	17	23	55	18	37
A 7	17	24	14	44	26 ♉	29	24	8	22 D	18	11	15	8	11	25	42	18	34
8	18	25	13	22	11	18	24	6	22	18	11	56	9	6	27	32	18	31
9	19	26	12	2	25 ♊	50	24	5	22	18	12	37	10	2	29	21	18	28
10	20	27	10	44	10	0	24	3	22	18	13	19	10	58	1 ♎	10	18	25
11	21	28	9	28	23 ♋	40	24	1	22	19	14	0	11	55	2	58	18	22
12	22	29	8	14	7	14	23	59	22	19	14	41	12	52	4	46	18	18
13	23	0 ♎	7	1	20 ♌	16	23	57	22	20	15	23	13	50	6	34	18	15
A 14	24	1	5	52	2	57	23	54	22	21	16	4	14	48	8	21	18	12
15	25	2	4	44	15	18	23	52	22	22	16	46	15	47	10	8	18	9
16	26	3	3	38	27 ♍	24	23	49	22	24	17	27	16	46	11	54	18	6
17	27	4	2	34	9	17	23	47	22	26	18	9	17	45	13	40	18	2
18	28	5	1	31	21	3	23	44	22	28	18	50	18	45	15	25	18	59
19	29	6	0	30	2 ♎	41	23	41	22	31	19	32	19	45	17	10	17	56
20	30	6	59	31	14	18	23	39	22	33	20	14	20	46	18	54	17	53

Latitudo Planetarũ ad diē		♄		♃		♂		♀		☿		
	1	2	35	0	6	0	3	1	25	1	12	
	11	2	43	0	7	0	4	2	26	1 D	40	Menfis
	21	2	47	0	9	0	6	1	29	1	18	

Syzygiæ Lunares.							
		Orient.	Occid.	Occid.	Orient.	Orient.	Syzygiæ Planetarũ mutuæ, & eorum congressus cum illustrioribus aliquibus stellis fixis.
☽	☉	♄	♃	♂	♀	☿	
Dies	H ′	H ′	H ′	H ′	H ′	H ′	
1		1△40			3✶41		☽ Apog.
2							
3			11□29		10□49		✶♂☿ 12.8 ☿ or. cum ♂
4				7☌48		1✶49	♂ or. cũ Fid. asm. c. cũ or.
5	3✶52		27✶8				♃ or. cum asi. bor.
6		2☍39			12△11		
7 □	18 53					5□23	♀ or. cum Prag. & occ. or.
8 Asc.	0 ♎						
9				8✶55		21△10	♀ or. cum cauda ♌.
10	5△30	17△ 2	13☌45				♀ or. cũ ca. m. & asi. aus.
11				15□58	8☍26		
12		19□44					☽ ☊ 10.44.
13				10△0			♂ or. cum cauda cygni.
14 ☍	16 57	19✶27	17✶17			16☍0	♂ or. cũ la. ☿ m. c. cũ 50
15 Asc.	12 ♍				16△49		△ ☉ ♃ ☌ 6. ☽ Per. b.
16			17□18			Occid.	☍ ♄ ☿ 3.5 △ ☉ ♄ 21.12.
17					20□32		♂ occ. cum lance austr.
18			18△10	0☍53			☿ m. c. cum rostro cor.
19	0△41					6△49	♀ or. cũ 57. & ☿ ...
20					1✶47		☿ m. c. cum troia.
21 □	9 13	0☌42				18□54	☿ m. c. cum Algorab.
22 Asc.	13 ♑			14△30			☿ or. cum arcturo.
23	20✶53		3☍36				♀ occ. cũ ... 31.
24						11✶15	♂ occ. cũ 43 & m. c. cũ
25		26✶55		7□3	0☌58		☽ ☋ 5.59. (c)
26							
27				19✶24			☿ or. cum corona.
28		5□33	2△55				□ ♂ ♀ 6.40.
29 ☌	7 45						☽ Ap. ♀ or. cũ ...
30 Asc.	24 ♉	29△25	16□50		19✶37	11☌8	☿ m. c. cũ cing. et spica ♍.

a. Die 4. ☿ or. cum hydra, & occ. cum Algorab.
b. Die 15. △ ♃ ☿ 7.39. ☌ ☉ ☿ 5.38. ♂ occ. cum vindem. & m. c. cum lance austr.
c. Die 24. ♀ m. c. cum hydra.
♄ Toto hoc mense occidit cum ple. & hiad. itaque ♃ in eodem mei exortu

Positus Planetarum Diurnus.

Dies	Dies anni	☉ ♎ P	M	S	☽ P	M	♄ ♉ P	M	♃ ♑ P	M	♂ P	M	♀ ♌ P	M	☿ ♎ P	M	☊ P	M
A 21	1	7	56	38	25	50	23	17	22	36	20	56	21	47	20	17	17	50
22	2	8	57	30	7	40	23	14	22	39	21	38	22	49	22	19	17	47
23	3	9	58	46	19 ♓	32	23	32	22	42	22	30	23	51	24	9	17	43
24	4	10	59	51	1	30	23	28	22	45	23	3	24	53	25 M	50	17	40
25	5	11	59	6	13	50	23	25	22	49	23	44	25	56	27	19	17	37
26	6	12	54	19	26	34	23	21	22	52	24	27	26	59	28	57	17	34
27	7	13	53	34	9	14	23	18	22	56	25	9	28	2	0	34	17	31
A 28	8	14	52	51	21	56	23	13	23	0	25	51	29	6	2	10	17	27
29	9	15	52	10	6	41	23	11	23	4	26	34	0	10	3	45	17	24
30	10	16	51	31	20	49	23	7	23	8	27	16	1	14	5	18	17	21
Oc. 1	11	17	50	54	5	18	23	4	23	12	27	59	2	19	6	50	17	18
2	12	18	50	19	20	5	23	0	23	17	28	42	3	24	8	20	17	15
3	13	19	49	46	5 ♈	3	22	56	23	22	29	24	4	29	9	49	17	12
4	14	20	49	15	20 ♉	4	22	52	23	27	0	7	5	34	11	16	17	8
A 5	15	21	48	46	5	2	22	48	23	32	0	50	6	40	12	41	17	5
6	16	22	48	19	19	50	22	44	23	37	1	33	7	46	14	4	17	2
7	17	23	47	54	4 ♊	21	22	40	23	42	2	16	8	52	15	25	16	59
8	18	24	47	31	18	31	22	36	23	48	2	59	9	58	16	43	16	56
9	19	25	47	10	2 ♋	20	22	32	23	54	3	42	11	5	17	58	16	53
10	20	26	46	51	15	47	22	27	24	0	4	25	12	12	19	10	16	49
11	21	27	46	33	28 ♌	53	22	23	24	6	5	9	13	19	20	19	16	46
A 12	22	28	46	17	11	37	22	18	24	12	5	52	14	26	21	25	16	43
13	23	29	46	3	24 ♍	3	22	13	24	19	6	35	15	34	22	28	16	40
14	24	0	45	51	6	15	22	9	24	25	7	19	16	42	23	25	16	37
15	25	1	45	41	18 ♎	15	22	4	24	31	8	2	17	50	24	25	16	33
16	26	2	45	33	0	6	21	59	24	39	8	46	18	57	25	19	16	30
17	27	3	45	27	11	51	21	55	24	46	9	29	20	5	26	6	16	27
18	28	4	45	23	23 ♏	42	21	50	24	53	10	13	21	13	16	44	16	24
A 19	29	5	45	21	5	34	21	45	25	0	10	57	22	21	27	35	16	21
20	30	6	45	21	17	30	21	40	25	8	11	40	23	30	28	11	16	18
21	31	7	45	22	28	53	21	35	25	15	12	24	24	39	28	43	16	14

Latitudo Planetarū ad diē	♄		♃		♂		♀		☿		
1	2	51	0	11	0	8	0 S	58	0 M	20	
11	2	55	0	12	0	10	0	18	1	1	Mensis
21	2	58	0	13	0	11	0	54	2	23	

		Orient.	Occid.	Occid.	Orient.	Occid.	
	☽	♄	♃	♂	♀	☿	Syzygiæ Planetarũ mutuę, & eorum congressus cum illustrioribus aliquibus stellis fixis.
Dies	H ′	H ′	H ′	H ′	H ′	H ′	
1							♂ oc. cũ ac. ♏. (16.37 a
2							□ ♃ ♀ 4.54 □ ♄ ♀
3		7 ☍ 55	6 ⚹ 20	5 ☌ 54	11 □ 35		⚹ ♃ ♂ 15.32 ☌ ♀ cũ Re.
4	19 ⚹ 44						☍ ♄ ♂ 13.52.
5							♂ oc. cũ media fron. ♏.
6					0 △ 50	5 ⚹ 1	
7 □	8 41						(59. 6
8 △ Alc.	19 ♊	0 △ 34	0 ☌ 8	5 ⚹ 22		18 □ 12	☿ or. cũ Fidi. et m. c. cũ
9	16 △ 46						☽ ☊ 18.8 △ ♄ ♃ 21.0.
10		3 □ 48		21 □ 15	19 ☍ 16		♀ or. cũ tri. et oc. cũ alg.
11						2 △ 40	♀ or. cum hydra.
12		4 ⚹ 40	5 ⚹ 9	14 △ 29			♂ or cum rostro galli.
13							☽ Pe. ☿ or. cũ ⊙, et lã. c.
14 ☍	1 37		5 □ 27				♂ m. c. cum palma Oph.
15 Alc.	18 ♑				2 △ 52	13 ☍ 41	
16		4 ☌ 46	6 △ 18	20 ☍ 22			□ ☽ ♃ 21.47.
17					8 □ 18		
18	11 △ 46						☿ m. c. cum lance bor.
19					17 ⚹ 2		♂ m. c. cum corde ♏.
20 □	21 58	11 ⚹ 11	15 ☍ 20			6 △ 49	☿ or. cũ cau ♌. ☿ oc. cũ
21 Alc.	4 ♓			12 △ 32			(can. ♏.
22		20 □ 29				20 □ 39	☽ ☋ 9.48 ☍ ♄ ☿ 18.41 d
23	12 ⚹ 15						
24				2 □ 11	23 ☌ 4		♂ or. cum corde ♏.
25		7 △ 38	12 △ 51			13 ⚹ 43	⚹ ♃ ♀ 3.34 ☿ oc. cũ ne.
26				18 ⚹ 51			(☌ cor. ♏.
27							☽ ap. ☿ m. c. cũ pru. & ♍
28			2 □ 48				♄ ♀ 11.10 ☿ or. cũ 8.2 ♀
29 ☌	1 30						☿ oc. cũ ã bo. (m. c. cũ 50
30 Alc.	3 ♒	9 ☍ 21	16 ⚹ 39		14 ⚹ 32	23 ☌ 38	
31							△ ♃ ♀ 14.10.

a. Die 2. ⚹ ♀ ☿ 18.18. ♂ m. c. cum corona.
b. Die 8. ♂ occ. cum neb. ♏, ☌ cum ant. sec, ☌ m. c. cum prima ⚹ frontis ♏.
c. Die 13. ♂ occ. cum lance boreali.
d. Die 22. ♂ occ. cum cornu Beren. ☿ m. c. cum corona.

Positus Planetarum Diurnus.

☉ ♓		♄ ♉		♃ ♑		♂ ♓		☿ ♍		♀ ♒		☊ ♒	
		M	D	M	D	M	D	S	A	M	A		
P	'	P	'	P	'	P	'	P	'	P	'	P	'
10	57	21	30	25	23	13	8	25	48	19	10	16	11
23 ♑	15	21	25	25	31	13	52	26	5[illegible]	19	32	16	8
5	51	21	20	25	39	14	36	28	7	29 ♓	29	16	5
18	48	21	15	25	47	15	20	29	16	0	1	16	2
2 ♒	8	21	10	25	56	16	4	0 ♎	26	0	8	15	58
15	51	21	5	26	4	16	48	1	31	0 R	9	15	55
29	57	21	0	26	13	17	31	2	41	0	5	15	51
14 ♓	23	20	55	26	22	18	17	3	50	29 ♒	55	15	49
29 ♈	4	20	50	26	31	19	1	5	7	29	40	15	46
13	55	20	44	26	40	19	46	6	17	29	21	15	43
28 ♉	48	20	39	26	49	20	31	7	25	28	58	15	39
13	36	20	34	26	58	21	15	8	30	28	31	15	36
28 ♊	13	20	29	27	8	22 A	0	9	50	28	1	15	33
12	35	20	24	27	17	22	44	11	1	27	28	15	30
26 ♋	38	20	19	27	27	23	29	12	12	26	54	15	27
10	21	20	14	27	36	24	14	13	23	26	20	15	23
23 ♌	44	20	8	27	46	24	58	14	34	25	45	15	20
6	49	20	3	27	56	25	43	15	46	25	10	15	17
19 ♍	37	19	5[illegible]	28	6	26	28	16	5[illegible]	[illegible]	[illegible]	15	1[illegible]
2	9	19	5[illegible]	18	16	27	1[illegible]	18	[illegible]	[illegible]	[illegible]	15	1[illegible]
14	28	19	48	28	26	27	58	19	20	[illegible]	[illegible]	15	7
26	30	19	43	28	37	28	[illegible]	[illegible]	[illegible]	[illegible]	[illegible]	15	[illegible]
8 ♎	30	19	38	28	47	29 ♑	28	21	45	22	40	15	[illegible]
20	31	19	33	28	57	0	1[illegible]	22	56	22 S	28	1[illegible]	[illegible]
2 ♏	19	19	28	29	8	0	58	24	[illegible]	22	1[illegible]	14	55
14	18	19	24	29	18	1	4[illegible]	25	20	21	6	14	52
26 ♐	15	19	19	29	2[illegible]	2	29	26	33	21 Dr	2	14	48
8	19	19	14	29	4[illegible]	3	14	27	45	21	3	14	45
20 ♑	33	19	9	29	51	4	0	28	57	21	10	14	42
3	[illegible]	19	5	0 ♒	[illegible]	[illegible]	45	0 ♐	10	21	21	14	39

	1	3	0	0	14	0	12	1	27	3	17	
[illegible]die	11	3 A	1	0	12	0 A	13	1	5[illegible]	3	36	Mensis
	21	3	0	0	13	0	12	1	5	0 S	35	[illegible]

		Syzygiæ Lunares.						
		Orient.	Occid.	Occid.	Orient.	Occid.		Syzygiæ Planetarũ mutuę, & eorum congressus cum illustrioribus aliquibus stellis fixis.
	☉	♄	♃	♂	♀	☿		
Dies	H ′	H ′	H ′	H ′	H ′	H ′		
1				4☌32				
2					7□46			♀ m.c. cum rostro cor.
3	5✶32							♀ or. cum vindem.
4		4△13	12☌43		20△40	20✶21		✶ ♀ ☿ 17.9.
5 □	10 20							♀ m.c. cum crat.
6 Asc.	28 ♏	8□51		1✶45				☉ ☊ 0.8.
7						0□15		♂ m.c. cum aculeo ♏. a.
8	2△15	10✶37	19✶47	6□43				
9					10☍36	1△7		♀ or. ☌ ☿ oc. cũ arcturo
10			20□45	9△56				☉ Perig.
11								♂ or. cum cauda Del.
12 ☍	11 17	11☌23	22△13			23☍40		☍ ☉ ♄ 17.0.
13 Asc.		Occid.			22△8			♂ m.c. cum neb. ♏. b.
14				18☍18				✶ ♃ ☿ 6.0 ♀ m. cũ [illegible]
15								♃ m.c. cum cor. ♌.
16		17✶36			6□0			♀ or. cum extra c. (cor. ♏
17	2△12		7☍29			5△33		☌ ☉ ☿ 13.45. ☿ occ. cum
18					18✶28	Orient.		☉ ☊ 15.48 ☿ oc. cũ ne. ♏
19 □	15 23	0□40		13△54		9□9		♀ or. cũ alg. et m.c. cũ 20 [illegible]
20 Asc.	20 ♌							5 ☿ ♏. 31 ♀ or. cũ 60. [illegible]
21		10△30				17✶21		♀ or. cum spica ♍. (5[illegible]
22	7✶10		4△7	4□31				☿ oc. cũ media fron. ♏.
23								
24			17□18	20✶54	5☌25			☉ Apog. ♀ oc. cũ cau. ♌.
25								
26		10☍10				15☌35		
27 ☌	19 ♐		6✶32					☍ ♄ ♀ plu. ☿ m. c. cũ 5 [illegible]
28 Asc.	1 ♓							☿ m. c. cum corona.
29					17✶56			□ ♃ ♀ 20.51 ☿ oc. cũ m.
30				3☌30				♂ m.c. cũ Hidr. (♏.

a. Die 7. ♀ m.c. cum ala dex. corui.
b. Die 13. ☿ m. c. cum vindẽ.
c. Die 16. ☿ m. c. cum prima ✶ frontis ♏.
☿ Eis [illegible] culminando cum palm. Oph. & fit d[illegible] occ. cum acu ♏, & m.c cum lucida corona.

Stilo veteri	Stilo Gregor.	Positus Planetarum Diurnus.																
							M	A	M	D	M	A	S	A	S	A		
		☉ ♐			☽ ♑		♄ ♉		♃ ♒		♂ ♑		♀ ♓		☿ ♓		☊ ♒	
Dies		P	'	"	P	'	P	'	P	'	P	'	P	'	P	'	P	'
21	1	8	59	34	15	44	19	0	0	13	5	31	1	13	22	39	14	36
22	2	10	0	13	28	46	18	55	0	25	6	16	2	50	23	1	14	33
A 23	3	11	1	13	12 ♒	9	18	51	0	36	7	2	3 D	48	23	28	14	29
24	4	12	2	4	25	54	18	46	0	48	7	47	5	1	24	0	14	26
25	5	13	2	56	9 ♓	58	18	42	0	59	8	33	6	14	24 D	36	14	23
26	6	14	3	49	24	19	18	37	1	11	9	19	7	27	25	17	14	20
27	7	15	4	43	8 ♈	53	18	33	1	23	10	4	8	40	26	2	14	17
28	8	16	5	38	23	33	18	29	1	34	10	50	9	53	26	51	14	13
29	9	17	6	34	8 ♉	13	18	24	1	46	11	36	11	6	27	44	14	10
A 30	10	18	7	31	22	47	18	20	1	58	12	22	12	20	28	40	14	7
Dec. 1	11	19	8	29	7 ♊	7	18	16	2	10	13	8	13	33	29	40	14	4
2	12	20	9	28	21	12	18	12	2	22	13	54	14	47	0 ♈	43	14	1
3	13	21	10	28	5 ♋	0	18	8	2	34	14	39	16	0	1	49	13	57
4	14	22	11	29	18	18	18	5	2	46	15	25	17	13	2	58	13	54
5	15	23	12	30	1 ♌	39	18	1	2	59	16	11	18	27	4	10	13	51
6	16	24	13	32	14	35	17	58	3	11	16	57	19	40	5	25	13	48
A 7	17	25	14	34	27 ♍	17	17	54	3	23	17	43	20	54	6	42	13	45
8	18	26	15	37	9	47	17	51	3	36	18	29	22	7	8	2	13	41
9	19	27	16	40	22	7	17	47	3	48	19	15	23	21	9	24	13	38
10	20	28	17	44	4 ♎	20	17	44	4	1	20	1	24	34	10	47	13	35
11	21	29 ♑	18	48	16	28	17	41	4	14	20	47	25	48	12	11	13	32
12	22	0	19	52	28	34	17	38	4	26	21	33	27	2	13	39	13	29
13	23	1	20	57	10 ♏	40	17	35	4	39	22	20	28	15	15	8	13	26
A 14	24	2	22	3	22	48	17	32	4	52	23	6	29	29	16	38	13	23
15	25	3	23	7	5 ♐	1	17	30	5	5	23	52	0 ♈	43	18	10	13	19
16	26	4	24	13	17	21	17	27	5	18	24	39	1	57	19	43	13	16
17	27	5	25	19	29 ♑	52	17	24	5	31	25	26	3	11	21 M	18	13	13
18	28	6	26	25	11	36	17	22	5	44	26	13	4	25	22	54	13	10
19	29	7	27	31	25	37	17	20	5	58	26	59	5	39	24	31	13	7
20	30	8	28	37	8 ♒	55	17	17	6	11	27	46	6	53	26	9	13	4
A 21	31	9	29	44	21	31	17	15	6	24	28	32	8	7	27	48	13	0
Latitudo Planetarũ ad diẽ						1	2	58	0	15	0	11	2 D	10	1 D	13	Mensis	
						11	2	55	0	16	0	11	2	8	1	21		
						21	2	51	0	16	0	11	1	58	0 M	36		

Syzygiae Lunares.							
		Occid.	Occid.	Occid.	Orient.	Orient.	Syzygiae Planetarũ mutuae, & eorum congressus cum illustrioribus aliquibus stellis fixis.
	☉	♄	♃	♂	♀	☿	
Dies	H ′	H ′	H ′	H ′	H ′	H ′	
1		5△58				13✱7	♀ m.c. cum arcturo.
2	21✱45		2☌57		7□32		♂ or. cum neb. ♐.
3		11□38				20□31	☿ ☊ 4.4 ♀ or. cũ ♄. ♂
4				21✱26	17△1		♂ or. cũ ar. ♏ (oc. cũ 297
5 □	5 48	14✱31					
6 Asc.	4 ♋		11✱28			1△40	
7	10△54			2□2			☿ m.c. cũ pri. ✱ fr. ♏.
8			13□18				☿ Pe. ♀ or. cũ ca. cyg. a.
9		16☌42		5△53	5☍11		♀ or. cum chelis.
10			15△36			10☍35	♃ m.c. cum cauda Del.
11 ☍	22 18						♂ or. cum neb. ♏.
12 Asc.	0 ♒						☿ or. cũ 82. et m.c. cũ 70.b
13		23✱17		18☍15	20△13		✱ ♃ ☿ 19.0 ♀ oc. cũ 270.c
14							☍ ♄ ♀ 16.0. ♂ oc. cũ cor.
15			2☍44			1△30	☿ ☋ 22.34.
16	19△50	6□21			10□38		♀ occ. cum cing. ♍.
17						10□15	△ ♄ ♂ 5.23 ♂ m.c. cũ 82
18		15△37		18△3			♀ or. cũ cor. ♏. ♀ m.c.
19 □	11 13		23△22		2✱42		♀ occ. cũ ar. ♏ (cũ cora.
20 Asc.	19 ♍					14✱26	
21				9□8			♂ m.c. cum aquila.
22	3✱50		11□51				☽ Apog.
23 [illegible]		13☍38					♀ occ. cum media fr. ♏.
24				0✱37	24☌35		♀ oc. cũ neb. ♂ cor. ♏.
25			0✱8				♀ or. cum 82. (cũ arct.
26						5☌11	♃ m.c. cũ ca. cyg. ☿ oc.
27 ☌	11 27						♀ or. cũ aq. ♀ oc. cũ 64.d
28 Asc.	29 ♍	8△46					
29			19☌0	2☌40	19✱58		✱ ♃ ♀ 7.31 ♂ m.c. cũ 305
30		14□44					☿ ☊ 7.20 ♀ oc. cum 51.
31						10✱20	♀ or. cum cauda Del.

a. *Die* 8. ♀ *m.c. cum lance australi.*
b. *Die* 12. ♀ *occ. cum eadem.*
c. *Die* 13. ♀ *m.c. cum lance boreali.*
d. *Die* 27. ♀ *m.c. cum corde* ♏.

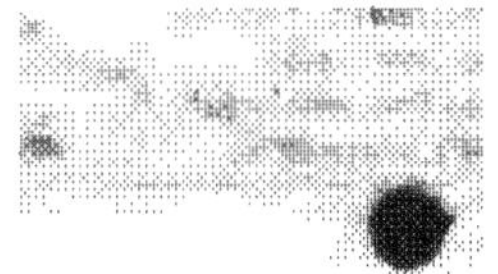

EPHEMERIS IOANNIS ANTONII MAGINI PATAVINI

Ad annum Dominicæ Incarnationis

1618.

Qui est secundus post Intercalarem, 36. post Gregorianam anni constitutionem, & à Mundo condito 5580.

Figura cæli in ingressu Solis in ♈ equinoctium veris.

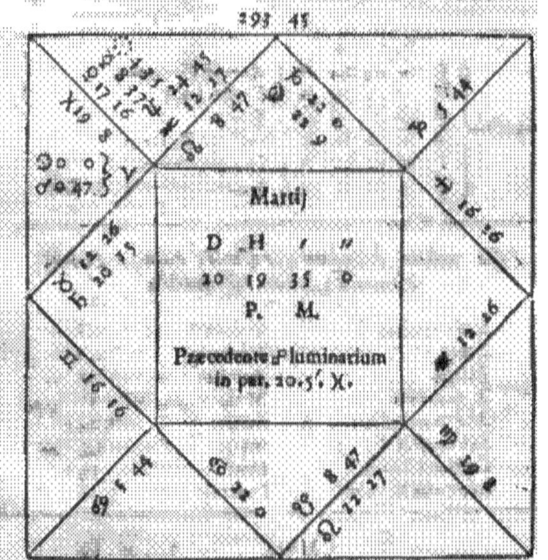

Anni Tropici vera magnitudo.

Dierum 365. Horarum 5. Scr. 55′. 32″. 53‴. 20⁗.

ANNO VIRGINEI PARTVS 1618 communi.

			D.	H.	′	″
Ingressus ☉ in principium	♋, Seu solstitij æstiui	Iunij	21	15	34	57
	♎, Seu æquinoctij autumni	Septemb.	23	3	16	3
	♑, Seu solstitij hiemalis	Decemb.	21	22	15	8

	P.	′	″	‴
Vera præcessio Æquinoctiorum	28	15	25	58
Obliquitas Zodiaci	23	28	1	31

Eccentricitas ☉ 32203. Qualium semidiameter eccentrici ☉ par. 1000000. seu par. 1.55′.55″.57‴. Qualium P. 60.

Locus Apogæi		P.	′	″			
	♄	29	44	44	♐	Aureus Numerus	4
	♃	7	3	14	♎	Cyclus Solis	3
	♂	28	56	8	♌	Epacta	4
	☉	10	2	42	♋	Indictio Romana	1
	♀	16	36	26	♊	Litera Dominicalis	G
	☿	0	50	12	♐	Interuallum hebd. 8. Dies	6

Festa mobilia secundum Sacrosanctæ Romanæ Ecclesiæ usum iuxta annum reformatum.

Septuagesima	Februarij	11
Cinis	Februarij	28
Pascha	Aprilis	15
Rogationes	Maij	20
Ascensio Domini	Maij	24
Pentecostes	Iunij	3
Corpus Christi	Iunij	14
Aduentus Domini	Decemb.	2

Quatuor Tempora anni, seu Ieiunia	Martij	7	9	10
	Iunij	6	8	9
	Septembris	19	21	22
	Decembris	19	21	22

Eclipsis Solis anno 1618.

Die 21. Iulij in exortu Solis apparebit orientalibus exoriente Sole maximus defectus eius, quoniam qui à nostra merid. ano hora vna & dimidia versus orientem distabunt, medium eius & finem videre poterunt, sed nos tum occidentalioribus nobis hanc Eclipsin haud habebimus, eius medium ad nostrum meridianum relatum accidet H. 7.25'. P.M. diei 21. & dimidia duratio H.0.32'. Digiti obscurationis erunt 5.37'. in nostro climate.

Planetarum status.

♄
- Toto hoc anno versus Eccentri Perigæum properat.
- Die 20. Maij ad Apogæum } Sui Epicycli deuenit.
- Die 25 Nouemb. ad Perigæum
- Regressum absoluit die 19. Ianuarij, & inde fit directus, postea die 18. Septembris iterum regressu afficitur vsque in proximum annum.

♃
- Descendit à longitudine media ad deferentis Perigæum.
- Die 17. Februarij in Apogæo. } Parui orbis commoratur.
- Die 24. Augusti in Perigæo.
- A die 16. Iunij vsq; post 22. Octob. reuertetur in præcedentia.

♂
- Die 16. Ianuarij in Perigæo Eccentri est.
- Die vltimo Martij Apogæum Epicycli permeat.
- Hoc anno nunquam contra signorum sequelam defertur.

♀ Die
- 8. Iunij superiorem } Eccentrici partē perlustrat
- 7. Decemb. inferiorem
- 8. Maij in Apogæo Epicycli resfidet.
- Hoc anno à retrocessu minimè molestabitur.

☿ Die
- 23 Maij in Apogæo } Deferentis manet.
- 22 Nouemb. in Perigæo
- 13 Ianuarij in Apogæo } Epicycli est.
- 11 Martij in Perigæo
- 9 Aprilis in Apogæo
- 7 Iulij in Perigæo
- 1 Septemb. in Apogæo
- 30 Octobris in Perigæo
- 28 Decemb. in Apogæo
- 18 Februarij vsq; ad 23. Martij } In priora signa deuoluitur.
- 16 Iunij vsq; ad 10. Iulij
- 19 Octobris vsq; ad 10 Nouemb.

Syzygiæ Lunares.

		Occid.	Occid.	Occid.	Orient.	Orient	Syzygiæ Planetarũ mutuæ, & eorum congressus cum illustrioribus aliquibus stellis fixis
	☉	♄	♃	♂	♀	☿	
Dies	H ′	H ′	H ′	H ′	H ′	H ′	
1	7 ✱ 26	18 ✱ 13			5 □ 26		♀ or. cum corde ♌.
2				16 ✱ 42		19 □ 56	
3 □	13 28		3 ✱ 30		12 △ 21		
4 Asc.	27 ♎			21 □ 31			☽ Per. ♂ m.c. cum [illegible] Del.
5	18 △ 53	12 ☌ 41	5 □ 56			9 △ 10	
6							
7			9 △ 7	2 △ 25			△ ☽ ♄ 0.54.
8					2 ☍ 25		♀ m.c. cum aculeo ♏.
9							♂ m.c. cum cauda cygni.
10 ☍	11 43	5 ✱ 36				2 ☍ 17	♀ occ. cum [illegible].
11 Asc.	13 ♎		22 ☌ 28	19 ☌ 34			△ ♄ ♀ 2. 40. ☿ or. cũ
12		13 □ 18					☽ ♀♀ 4.15. Capri a.
13					3 △ 31		
14		23 △ 10					☌ ♃ ♂ 7.16.
15	15 △ 45				20 □ 20	14 △ 57	
16			20 △ 56	25 △ 54			☌ ☽ ☿ 2.2.
17						Occid.	☽ Apog.
18 □	8 12				13 ✱ 16	10 □ 0	♀ or. cum cauda Del.
19 Asc.	10 ♍	21 ☍ 21	9 □ 14	25 □ 5			♂ occ. cum Fomah.
20							
21	0 ✱ 23		10 ✱ 46			8 ✱ 56	♂ oc. cũ aq. ☋ cau. ♑.
22				5 ✱ 10			♀ m.c. cum lyra.
23					22 ☌ 42		□ ♄ ♂ 14.45. (3 2 1.
24		15 △ 13					♀ or. cũ ne. [illegible]. ♂ m.c. cũ
25							☌ ♃ ♀ 7.7. ♀ or. cum
26 ☌	1 44	21 □ 3	13 ☌ 15			17 ☌ 3	☽ ☊ 11 42. (ocu. ♉.
27 Asc.	0 ♋			0 ☌ 54			
28					19 ✱ 10		□ ♄ ☿ 0.56.
29		0 ✱ 30					♂ or. cũ ca ♑ ♀ cũ ne.
30	25 ✱ 41		19 ✱ 25				♀ occ. cum corona. (♏.
31				12 ✱ 14	1 □ 44	11 ✱ 48	☽ Per. △ ♄ ☿ 8.26 b

a. Die 11. ♀ m.c. cum neb. ♏.
b. Die 31. ☌ ♂ ☿ 18.13.
Die 14. accidit ☌ ♃ ♂ cum differentia lat. scr. 7. quę intra semid. eius continetur.
♄ Fit dir. occ. cum sinistro pede Orio.

Dies veteres	Dies Gregor.	☉ ♒ P	′	″	☽ ♉ P	′	M ♄ ♉ P	A ′	M ♃ ♒ P	D ′	M ♂ ♒ P	A ′	S ♀ ♑ P	D ′	M ☿ ♒ P	A ′	☊ ♒ P	′
		Positus Planetarum Diurnus,																
22	1	12	2	50	0	16	17	4	13	48	23	30	17	52	23	43	11	15
23	2	13	2	37	14	45	17	6	14	2	24	17	19	7	25	23	11	15
24	3	14	3	23	29	5	17	8	14	16	25	4	20	21	27	8	11	11
G 25	4	15	4	8	13 ♊	9	17	9	14	30	25	51	21	36	28	40	11	9
26	5	16	4	52	26	55	17	11	14	44	26	38	22	51	0 ♓	17	11	6
27	6	17	5	35	10 ♋	21	17	13	14	58	27	25	24	5	1	52	11	3
28	7	18	6	16	23	26	17	15	15	12	28	12	25	20	3	26	11	0
29	8	19	6	56	6 ♌	17	17	17	15	26	28	59	26 M	35	4	58	10	56
30	9	20	7	35	18	51	17	20	15	40	29	46	27	49	6	28	10	53
31	10	21	8	13	1 ♍	13	17	22	15	54	0 ♓	33	29	4	7	56	10	50
G 1	11	22	8	49	13	25	17	25	16	8	1	20	0 ♒	19	9	21	10	47
Febr. 2	12	23	9	24	25	30	17	28	16	22	2	7	1	34	10	43	10	43
3	13	24	9	58	7 ♎	31	17	30	16	37	2	54	2	48	12 S	3	10	40
4	14	25	10	30	19	33	17	33	16	51	3	41	4	3	13	20	10	37
5	15	26	11	0	1 ♏	35	17	36	17	5	4	28	5	17	14	34	10	34
6	16	27	11	29	13	41	17	39	17	19	5	15	6	32	15	45	10	31
7	17	28	11	56	25	54	17	42	17	33	6	2	7	47	16	52	10	27
G 8	18	29	12	21	8 ♐	16	17	45	17	47	6	49	9	1	17	55	10	24
9	19	0 ♓	12	45	20	50	17	48	18	1	7	36	10	16	18	54	10	21
10	20	1	13	7	3 ♑	38	17	52	18	15	8	23	11	31	19	49	10	18
11	21	2	13	27	16	41	17	55	18	29	9	10	12	45	20	39	10	15
12	22	3	13	46	0 ♒	1	17	59	18	43	9	57	14	0	21	23	10	12
13	23	4	14	3	13	40	18	3	18	57	10	44	15	14	22	1	10	8
14	24	5	14	18	27	39	18	6	19	10	11	30	16	29	22	33	10	5
G 15	25	6	14	31	11 ♓	53	18	10	19	24	12	17	17	43	22	59	10	2
16	26	7	14	43	26	26	18	14	19	38	13	4	18	58	23	19	9	59
17	27	8	14	53	11 ♈	8	18	18	19	52	13	51	20	12	23	31	9	50
18	28	9	15	2	15	54	18	22	20	5	14	38	21	27	23 St.	35	9	53

Latitudo Planetarũ ad diẽ	♄	′	♃	′	♂	′	♀	′	☿	′	
1	2	31	0	20	0	9	0 M	19	1	29	Mensis
11	2	26	0	20	0	8	0	7	0 S	21	
21	2	21	0	21	0	7	0	29	1	26	

Syzygiæ Lunares.

Dies	☽	Occid. ♄	Occid. ♃	Occid. ♂	Orient. ♀	Occid. ☿	Syzygiæ Planetarū mutuæ, & eorum congressus cum illustrioribus aliquibus stelis fixis.
	H ′	H ′	H ′	H ′	H ′	H ′	
1 □	20 53		22 □ 45				♃ oc. cū Fo. ♀ m. c. cū [illegible]
2 Asc.	26 ♓	3 ☌ 58		16 □ 52	8 △ 1	20 □ 6	
3							☌ ☉ ♃ 6.37. ☿ m. c. cu
4	3 △ 35		2 △ 34	23 △ 28			♃ oc. cū aqui. a. (aquila.
5			Orient.			6 △ 49	♃ occ. cum cauda ♑.
6		22 ✱ 35					□ ☉ ♄ 3.1.
7					3 ☍ 52		
8		21 □ 4	17 ☍ 49				☉ ☋ 8.50.
9 ☍	2 35			22 ☍ 40			♂ or. cū cop. Med ☉ oc
10 Asc.	23 ♋					14 ☍ 56	(cum 82. b.
11		3 △ 55					
12					13 △ 29		♀ m. c. cum cauda Del.
13			17 △ 52				☉ Apog.
14	22 △ 13						
15				6 △ 5	8 □ 21		♃ m. c. cū can. [illegible] ☍ ♀
16		7 ☍ 49	7 □ 15			4 △ 28	(cum 101.
17 □	4 43			21 □ 0			□ ♄ ♃ 19.39. ✱ ♄ ♀
18 Asc.	23 ♌		18 ✱ 31		1 ✱ 33	20 □ 0	(20.1. c.
19	19 ✱ 5						
20				9 ✱ 18			♂ m. c. cum Pomdi.
21		2 △ 20				7 ✱ 39	
22							☉ ☊ 17.12. ♀ oc. cū Fo.
23		7 □ 32	9 ☌ 12		2 ☌ 57		☿ oc. cū aqu ☌ cap. [illegible]
24 ☌	16 3						♀ m. c. cum cap. ♑.
25 Asc.	13 ♑	10 ✱ 22		0 ☌ 41		18 ☌ 42	□ ♄ ☿ 9.7.
26							☌ ♃ ♀ 16.0.
27			14 ✱ 24		16 ✱ 5		☉ Ver. ☿ m. c. cū sca. [illegible]
28	23 ✱ 17						

a. Die 4. ♂ occ. cum cauda Del.
b. Die 9. ♀ m. c. cum corum [illegible].
c. Die 17. ♂ occ. cum Fidicula.

Positus Planetarum Diurnus.

Stilo veteri	Stilo Greg.	☉ ♓			☽ ♉		M ♄ ♉	A	M ♃ ♒	D	M ♂ ♓	A	M ♀ ♒	D	S ☿ ♓	A	☊ ♒	
Dies		gr	'	"	gr	'	gr	'	gr	'	gr	'	gr	'	gr	'	gr	'
19	1	10	15	9	10	38	18	26	20	19	15	24	22	42	23	32	9	49
20	2	11	15	14	25	12	18	32	20	33	16	11	23	56	23	22	9	46
21	3	12	15	18	♊ 8	31	18	36	20	46	16	58	25	10	23	2	9	43
G 22	4	13	15	20	23	23	18	41	21	0	17	45	26	25	22	35	9	40
23	5	14	15	20	♋ 7	11	18	46	21	14	18	32	27	39	22	0	9	37
24	6	15	15	18	20	27	18	51	21	27	19	18	28	54	21	18	9	33
25	7	16	15	14	♌ 3	22	18	56	21	41	20	5	♓ 0	8	20	29	9	30
26	8	17	15	8	15	58	19	1	21	54	20	51	1	23	19	34	9	27
27	9	18	15	0	28 ♍	18	19	6	22	8	21	38	2	37	18 D	35	9	24
28	10	19	14	50	10	25	19	11	22	21	22	25	3	52	17	34	9	21
G 1	11	20	14	38	22 ♎	22	19	16	22	35	23	11	5	6	16	31	9	17
Ma. 2	12	21	14	24	4	13	19	25	22	48	23	58	6	20	15	27	9	14
3	13	22	14	8	16	0	19	30	23	1	24	44	7	35	14	14	9	11
4	14	23	13	50	27	48	19	36	23	15	25	31	8	49	13	22	9	8
5	15	24	13	31	♏ 9	39	19	41	23	28	26	17	10	3	12	23	9	5
6	16	25	13	10	21	56	19	47	23	41	27	4	11	18	11	29	9	2
7	17	26	12	47	♐ 3	43	19	53	23	54	27	50	12	32	10	40	8	59
G 8	18	27	12	22	16	2	19	58	24	8	28	37	13	46	9	57	8	55
9	19	28	11	55	28 ♑	35	20	4	24	21	29 ♈	23	15	1	9	21	8	52
10	20	29	11	26	11	25	20	10	24	34	0	10	16	15	8	53	8	49
11	21	♈ 0	10	55	24 ♒	34	20	16	24	47	0	56	17	29	8	33	8	46
12	22	1	10	22	8	4	20	22	25	0	1	43	18	44	8	10	8	43
13	23	2	9	47	21 ♓	54	20	28	25	13	2	29	19	58	8 D	15	8	40
14	24	3	9	10	6	5	20	34	25	26	3	15	21	12	8	19	8	37
G 15	25	4	8	31	20 ♈	35	20	40	25	39	4	2	22	27	8	30	8	34
16	26	5	7	50	5	11	20	47	25	51	4	48	23	41	8	49	8	31
17	27	6	7	7	20 ♉	16	20	53	26	4	5	34	24	55	9	15	8	28
18	28	7	6	23	5	14	20	59	26	17	6	20	26	9	9 M	48	8	25
19	29	8	5	35	20 ♊	8	21	6	26	29	7	6	27	23	10	37	8	21
20	30	9	4	46	4	49	21	12	26	42	7	52	28	37	11	13	8	18
21	31	10	3	55	19	23	21	19	26	54	8	38	29	51	14	2	8	15

Latitudo Planetarum ad diem		♄		♃		♂		♀		☿		
	1	2	17	0	22	0	6	0	47	3 D	6	Mensis
	11	2	12	0	23	0	5	0	59	3	51	
	21	2	8	0	24	0	4	1	4	1 M	49	

♀ occ. cum Fidicula.

☉ Apog.
♀ m. c. cum Pomah.

Positus Planetarum Diurnus.

Dies		☉ ♈ P	′	″	☽ ♋ P	′	♄ ♉ M P	A ′	♃ ♒ M P	D ′	♂ ♈ M P	A ′	♀ ♈ M P	D ′	☿ ♓ M P	D ′	☊ ♒ P	′
G 22	1	11	3	2	3	10	21	20	27	7	9	24	1	5	12	57	8	12
23	2	12	2	7	16	52	21	28	27	19	10	10	2	19	13	57	8	9
24	3	13	1	10	0 ♌	8	21	39	27	31	10	56	3	33	15	1	8	5
25	4	14	0	12	13	2	21	46	27	43	11	42	4 A	47	16	9	8	2
26	5	14	59	12	25 ♍	35	21	52	27	55	12	28	6	0	17	20	7	59
27	6	15	58	10	7	50	21	59	28	7	13	13	7	14	18	35	7	56
28	7	16	57	5	19 ♎	51	22	6	28	19	13	59	8	28	19	51	7	53
G 29	8	17	55	59	1	41	22	12	28	30	14	45	9	42	21	10	7	50
30	9	18	54	51	13	24	22	19	28	42	15	31	10	56	22	39	7	46
31	10	19	53	41	25	3	22	26	28	53	16	16	12	9	24	7	7	43
Ap. 1	11	20	52	29	6 ♏	42	22	33	29	5	17	2	13	23	25	37	7	40
2	12	21	51	15	18	24	22	40	29	16	17	47	14	37	27	10	7	37
3	13	22	49	59	0 ♐	13	22	47	29	27	18	33	15	51	28	48	7	34
4	14	23	48	41	12	11	22	54	29	38	19	18	17	4	0 ♈	28	7	31
G 5	15	24	47	21	24 ♑	23	23	2	29 ♓	49	20	4	18	18	1	59	7	27
6	16	25	46	0	6	49	23	9	0	0	20	49	19	32	3 A	39	7	24
7	17	26	44	37	19 ♒	30	23	16	0	11	21	35	20	45	5	20	7	21
8	18	27	43	12	2	44	23	24	0	22	22	20	21	59	7	3	7	18
9	19	28	41	45	16 ♓	15	23	31	0	32	23	6	23	13	8	47	7	15
10	20	29	40	16	0	9	23	39	0	42	23	51	24	26	10	32	7	12
11	21	0 ♉	38	45	14	25	23	46	0	53	24	36	25	40	12	16	7	8
G 12	22	1	37	13	29 ♈	1	23	54	1	4	25	20	26	54	14	5	7	5
13	23	2	35	39	13	52	24	2	1	14	26	7	28	7	15	53	7	1
14	24	3	34	3	28 ♉	52	24	9	1	25	26	52	29 ♉	21	17	41	6	58
15	25	4	32	25	13	54	24	17	1	35	27	37	0	35	19	30	6	55
16	26	5	30	46	28	40	24	25	1	45	28	22	1	48	21	19	6	52
17	27	6	29	5	13 ♊	33	24	32	1	55	29	7	3	2	23	9	6	49
18	28	7	27	22	27	59	24	40	2	5	29	52	4	15	25	0	6	46
G 19	29	8	25	38	12 ♋	4	24	48	2	15	0 ♉	37	5	29	26	51	6	43
20	30	9	23	53	25	40	24	56	2	24	1	22	6	42	28	42	6	40

Latitudo Planetarũ ad diẽ	♄		♃		♂		♀		☿		
1	2	4	0	26	0	4	1 A	9	0	57	
11	2	1	0	28	0	3	1	[illegible]	2 A	27	Meridi.
21	1	59	0	31	0	3	0	51	2	36	

Positus Planetarum Diurnus.

Dies		☉ ♉ P	'	"	☽ ♌ P	'	♄ ♉ P (M A)	'	♃ ♓ P (M D)	'	♂ ♉ P (M A)	'	♀ ♉ P (M A)	'	☿ ♉ P (M A)	'	☊ ♒ P	'
21	1	10	22	5	9	6	25	4	2	34	2	7	7	56	0	35	6	37
22	2	11	20	46	22	7	25	11	2	43	2	51	9	10	2	28	6	33
23	3	12	18	25	♍ 4	39	25	19	2	53	3	36	10	25	4	21	6	30
24	4	13	16	33	16	57	25	27	3	2	4	21	11	37	6	15	6	27
25	5	14	14	39	29	1	25	35	3	11	5	5	12	51	8	9	6	24
G 26	6	15	12	43	♎ 10	54	25	43	3	20	5	50	14	4	10	3	6	21
27	7	16	10	46	22	39	25	51	3	29	6	34	15	18	11	57	6	17
28	8	17	8	47	♏ 4	19	25	59	3	37	7	19	16	31	13	52	6	14
29	9	18	6	47	15	57	26	7	3	46	8	3	17	45	15	46	6	11
30	10	19	4	45	27	37	26	14	3	54	8	48	18	58	17	41	6	8
Ma. 1	11	20	2	42	♐ 9	23	26	22	4	2	9	32	20	12	19	36	6	5
2	12	21	0	37	21	18	26	30	4	10	10	17	21	25	21	30	6	1
G 3	13	21	58	31	♑ 3	26	26	38	4	18	11	1	22	38	23	24	5	58
4	14	22	56	24	15	49	26	46	4	26	11	45	23	52	25	18	5	55
5	15	23	54	15	28	31	26	54	4	33	12	30	25	5	27	11	5	52
6	16	24	52	3	♒ 11	36	27	2	4	41	13	14	26	18	29 S	4	5	49
7	17	25	49	54	25	4	27	10	4	48	13	58	27	32	♊ 0	57	5	45
8	18	26	47	41	♓ 8	53	27	18	4	55	14	42	28	45	2	49	5	42
9	19	27	45	29	23	9	27	26	5	2	15	25	29	58	4	41	5	39
G 10	20	28	43	14	♈ 7	43	27	34	5	9	16	10	♊ 1	12	6	33	5	36
11	21	29	40	58	22	32	27	42	5	15	16	54	2	25	8	24	5	33
12	22	♊ 0	38	41	♉ 7	29	27	50	5	22	17	38	3 S	38	10	15	5	30
13	23	1	36	23	21	47	27	58	5	28	18	22	4	52	12	5	5	26
14	24	2	34	3	♊ 7	18	28	6	5	34	19	5	6	5	13	54	5	23
15	25	3	31	41	21	57	28	14	5	40	19	49	7	18	15	43	5	20
16	26	4	29	20	♋ 6	18	28 D	22	5	46	20	33	8	32	17	31	5	17
G 17	27	5	26	57	20	19	28	30	5	52	21	16	9	45	19	18	5	14
18	28	6	24	33	♌ 3	59	28	38	5	57	22	0	10	58	21	4	5	10
19	29	7	22	8	17	28	28	46	6	3	22	43	12	11	22	49	5	7
20	30	8	19	42	♍ 0	37	28	54	6	8	23	27	13	25	24	33	5	4
21	31	9	17	15	12	58	29	2	6	13	24	10	14	38	26	16	5	1

Latitudo Planetarũ ad diẽ	♄ P	'	♃ P	'	♂ P	'	♀ P	'	☿ P	'	
1	1	58	0	34	0	3	0	28	1	57	Mensis
11	1	57	0	38	0	3	0	22	0 S	47	
21	1 D	56	0	41	0	2	0 S	3	0	45	

Syzygiæ Lunares.							
		Occid.	Orient.	Orient.	Orient.	Orient.	Syzygię Planetarũ mutuę, & eorum congressus cum illustrioribus aliquibus stellis fixis.
	☉	♄	♃	♂	♀	☿	
Dies	H ′	H ′	H ′	H ′	H ′	H ′	
1 □	2 41						✱ ♃ ♂ 13 31. (8.7.
2 Asc.	21 ♍	6 □ 1	20 ☍ 35	21 △ 52		23 △ 22	✱ ♃ ☿ 2.30 ☌ ♂ ☿
3	16 △ 12				12 △ 27		
4		17 △ 6					
5							♀ or. cũ pl. et m. c. cũ 20.
6							
7			22 △ 36				♀ m.c. cum apertur.
8				6 ☍ 36		23 ☍ 36	☿ Apog. ♀ m.c. cum 23
9 ☍	5 2	21 ☍ 7			4 ☍ 7		♀ or. cũ ... pl. et oc. cũ Re.
10 Asc.	24 ♎		12 □ 58				☌ ☉ ♀ 10.30 ♂ oc. cũ Ee.
11					Occid.		☌ ☉ ☿ 11.54 ☌ ♀ ☿ 21.4
12						Occid.	
13			1 ✱ 44	15 △ 37			♀ m.c. cum pleia.
14	14 △ 31	20 △ 52			16 △ 48	21 △ 3	☌ ♄ ☿ 20.7.
15							☉ ☊ 13.26 ♄ oc. cũ ...
16				3 □ 5			☌ ♄ ♀ 16.0. ♀ oc. cũ pl. et
17 □	1 37	3 □ 40	17 ☌ 1		4 □ 41	11 □ 47	♂ m.c. cum ple. b. (Hed. a.
18 Asc.	20 ♍			10 ✱ 16			☌ ☉ ♄ 4.24 ♀ or. cũ Bel.
19	6 ✱ 0	7 ✱ 8			12 ✱ 16	21 ✱ 48	□ ♃ ☿ 1.40 ♀ oc. cũ ald.
20		Orient.					♄ occ. cum Bellatrice. c.
21			20 ✱ 35				♄ occ. cum ultima ple.
22				17 ☌ 7			☉ Perig. ♄ oc. cũ Alde.
23 ☌	15 59	9 ☌ 0	21 □ 10		21 ☌ 51		□ ♃ ♀ 12.54. ♂ or. cum
24 Asc.	28 ♉					12 ☌ 20	♃ oc. cũ lyra. (ult pleia d.
25			25 △ 7				
26							♀ or. cũ hu. et oc. cũ 14.
27		14 ✱ 31		0 ✱ 51			□ ☉ ♃ 11.19.
28	4 ✱ 44				13 ✱ 52		☉ ☋ 2.8 ☿ m.c. cũ he.
29		21 □ 24		10 □ 46		11 ✱ 46	♂ m.c. cũ ple. (c. cũ 29.
30 □	16 39		12 ☍ 9				♀ or. cum Aldeb. et oc
31 Asc.	13 ♊			21 △ 0	3 □ 35		♀ oc. cũ 20. et m.c. cũ 29

a. Die 16. ♂ m.c. cum cap. Med.
b. Die 17. ♀ occ. cum zona Orio.
c. Die 20. ♀ m.c. cum Ald. et occ. cum cane maiore. ♂ m.c. cum arcu. et 22.
d. Die 23. ♂ occ. cum sin. pede Orio.

Dies anni Veteris	Dies anni Gregor.	☉ ♊ P	′	″	☽ ♍ P	′	♄ ♉ P	′	♃ ♓ P	′	♂ ♉ P	′	♀ ♊ P	′	☿ ♊ P	′	☊ ♒ P	′
							M	D	M	D	M	A	S	A	S	A		
22	1	10	14	47	25 ♎	23	29	10	6	18	24	53	15	52	27	58	4	58
23	2	11	12	19	7	35	29	18	6	23	25	37	17	5	29	38	4	55
G 24	3	12	9	50	19 ♏	36	29	26	6	27	26	20	18	18	♋ 1	16	4	51
25	4	13	7	20	1	29	29	34	6	31	27	3	19	31	2	52	4	48
26	5	14	4	49	13	18	29	42	6	36	27	46	20	45	4	28	4	45
27	6	15	2	17	25	5	29	50	6	40	28	29	21	58	5	58	4	42
28	7	15	59	44	♐ 6	54	29	58	6	44	29	12	23	11	7 D	28	4	39
29	8	16	57	11	18	47	♊ 0	6	6	48	29	55	24	24	8	55	4	35
30	9	17	54	37	♑ 0	48	0	14	6	51	♊ 0	38	25	38	10	19	4	32
G 31	10	18	52	2	13	0	0	22	6	54	1	21	26	51	11	41	4	29
Iun. 1	11	19	49	26	25 ♒	27	0	30	6	57	2	3	28	4	13	0	4	26
2	12	20	46	50	8	12	0	38	7	0	2	46	29	17	14	16	4	23
3	13	21	44	13	21 ♓	18	0	45	7	2	3	29	♋ 0	30	15	29	4	20
4	14	22	41	36	4	40	0	53	7	4	4	11	1	43	16	39	4	16
5	15	23	38	58	18 ♈	36	1	1	7	6	4	54	2	56	17	45	4	13
6	16	24	36	20	2	46	1	8	7	8	5	37	4	9	18	47	4	10
G 7	17	25	33	41	17 ♉	13	1	16	7	9	6	19	5	23	19	44	4	7
8	18	26	31	2	1	53	1	24	7	11	7	1	6	36	20	37	4	4
9	19	27	28	22	10 ♊	40	1	31	7	12	7	44	7	49	21	35	4	0
10	20	28	25	41	1	26	1	39	7	14	8	27	9	2	22	8	3	57
11	21	29 ♋	23	2	16 ♋	3	1	47	7	15	9	9	10	15	22	45	3	54
12	22	0	20	21	0	28	1	55	7	16	9	51	11	28	23	16	3	51
13	23	1	17	40	14	36	2	2	7	17	10 S	34	12	41	23	40	3	48
G 14	24	2	14	59	28	26	2	10	7	17	11	16	13	55	23	57	3	45
15	25	3	12	18	11 ♌	57	2	17	7	18	11	58	15	8	24 M	7	3	41
16	26	4	9	37	25 ♍	8	2	24	7 ℞	18	12	40	16	21	24 ℞	10	3	38
17	27	5	6	55	8	4	2	31	7	18	13	22	17	34	24	5	3	35
18	28	6	4	13	20 ♎	44	2	39	7	18	14	4	18	47	24	52	3	32
19	29	7	1	31	3	11	2	46	7	18	14	46	20	0	23	31	3	29
20	30	8	58	49	15	28	2	53	7	17	15	28	21	14	23	3	3	26

Latitudo Planetarũ ad diẽ	♄		♃		♂		♀		☿		
1	1	56	0	45	0	2	0	17	1 D	51	Mensis
11	1	57	0	49	0	1	0	41	2	1	
21	1	58	0	53	0 S	0	0	57	0 M	45	

Syzygiæ Lunares.

		Orient.	Orient.	Orient.	Occid.	Occid.	Syzygiæ Planetarũ mutuę, & eorum congressus cum illustrioribus aliquibus stelis fixis.
	☉	♄	♃	♂	♀	☿	
Dies	H ′	H ′	H ′	H ′	H ′	H ′	
1		7△31				5□53	
2	7△50				21△11		
3							♂ oc. cum hiad. & pleia.
4			10△19			3△14	♀ m. c. cum zona Orio.
5							☾ Ap. ☌ occ. cũ zo. Ori.
6		9☍45	23□40	7☍21			☌ ♃ ☿ 11. 43 ♂ or. cũ Bel.
7 ☍	20 6						♄ oc. cũ Sy. ♀ m. c. cũ 31
8 Asc.	5 ♌				12☍30		☌ ♄ ♂ 7. 13. ♂ oc. cum
9			11✱57			21☌ 6	(Aldeb. a.
10							♂ oc. cũ cama et m. c. cũ
11		9△37		13△10			☾ ☊ 16. 50. (hiad.
12							
13	0△52	17□ 2		22□34	18△ 3		♀ occ. cum cane mino.
14			4☌ 0			22△25	
15 □	9 16	21✱ 2					♄ m. c. cũ hiad. et ♂ cum
16 Asc.	17 30			4✱59	2□30		♀ or. cũ Bel. et Ap. (ald.
17	14✱37					4□23	(m. c. cũ Sy.
18			8✱36		8✱21		□ ♃ ☌ 5. 16. ☌ ♃ ♀ 11. 41 ♀
19						8✱ 8	☾ Perig.
20		0☌24	9□33	12☌ 5			♂ or. cũ hia. et oc. cũ 41.
21 ☌	23 50						
22 Asc.	28 ♍		11△33		20☌25		♀ or. cum hedis.
23						16☌ 3	♀ or. cum 141. & Her.
24		6✱42					☾ ☋ 9. 24. ♀ or. cũ zo.
25				0✱ 1			(Ori. b.
26	18✱ 5	13□35	22☍35				♂ or. cũ ald. ♀ m. c. cũ 32
27				10□38	19✱54		♀ or. cũ Ri. et oc. cũ hy. c
28		13△13				5✱52	♀ or cum ult. zo. Orio. d.
29 □	8 10						☌ ☾ ♃ 6. 37 ♂ m. cũ 29
30 Asc.	15 30			0△ 0	11□41	14□36	(♂ m. c. cũ fin. pede Ori.

a. Die 8. ♀ m. c. cum de. hu. Orio.
b. Die 24. ♂ m. c. cum hedis.
c. Die 27. ♂ m. c. cum capra.
d. Die 28 ♂ m. c. cum sin. hu. Orio. & ♀ cum cane minore, & Hercule.

20	♈	53	4	21	6	54
13		40	4	27	6	51
27	♉	34	4	33	6	47
12		7	4	40	6	[illegible]
26	♊	18	4	46	6	4[illegible]
11		13	4	51	6	26

17
18
19

		Syzygiæ Lunares.						
			Orient.	Orient.	Oriens.	Occid.	Orient.	Syzygiæ Planetarũ mutuæ, & eorum congressus cum illustrioribus aliquibus stellis fixis
		☉	♄	♃	♂	♀	☿	
Dies		H ′	H ′	H ′	H ′	H ′	H ′	
1								
2				21 ✶ 18		16 △ 0		♀ or. cum coma Beren.
3					4 ☍ 31			♀ oc. cum hydra. a. (30
4							8 ☍ 30	☍ ♃ ♀ 0. 40 ☊ ♌ 27
5	☌	21 27	8 △ 54					☿ occ. cum dex. hu. Orio.
6	Asc.	4 ♎						□ ♄ ♀ 5. 17.
7			15 □ 26	11 ☌ 45		18 ☍ 31		♂ occ. cum hœdis.
8					0 △ 45			♂ or. cum 141. & He.
9			19 ✶ 27				9 ☌ 27	
10		17 △ 45			6 □ 30			♂ or. cũ 30. Or. et ♀ cũ c.
11				16 ✶ 54			18 □ 3	
12	□	19 3			10 ✶ 43	9 ☌ 28		☋ Perig.
13	Asc.	13 ♍	23 ☌ 37	18 □ 11				✶ ♄ ♀ 2. 58 ✶ ♂ ♀ 18. c
14						15 □ 2	2 ✶ 19	♂ or. cum Rigel. b.
15		0 ✶ 41		20 △ 20				♂ occ. cum hydra.
16					21 ☌ 3			♂ m. cum ult. zonæ Orio.
17						0 ✶ 30		☊ ♉ 10. 12.
18			8 ✶ 8					♂ m. c. cũ comi. et ♀ cũ 5 c.
19	☌	19 40					2 ☌ 36	♂ m. c. cum Hercule.
20	Asc.	15 ♍	16 □ 8	7 ☍ 33				
21					17 ✶ 57			
22						3 ☌ 46		
23			2 △ 27					♀ m. c. cum rostro corui.
24					8 □ 7		18 ✶ 8	♀ or. cum vinde.
25		1 ✶ 4		1 △ 20				☊ Ap. ☍ ☉ ♃ 15. 39.
26				Occid.	22 △ 54			♀ m. c. cum coma Beren.
27	□	18 46		14 □ 7		15 ✶ 24	16 □ 9	☍ ♃ ☿ 3. 28.
28	Asc	20 ♍	1 ☍ 58					♀ m. c. cum Algorab.
29				23 ✶ 58			Occid.	☌ ☊ ☿ 0. 24.
30		9 △ 49				8 □ 6	12 △ 34	□ ♄ ♀ 7. 42 ☿ or. cũ m.
31								□ ☊ ♄ 13. 17.

a. Die 3. ♀ occ. cum ala dex. corui.
b. Die 14. ♂ m. c. cum Apolline.

Syzygiæ Lunares.

…ent.	Occid.	Orient.	Occid.	Occid.	Syzygiæ Planetarū mutuæ, & eorum congressus cum illustrioribus aliquibus stellis fixis.
…♄	♃	♂	♀	☿	
′	H ′	H ′	H ′	H ′	
△ 4		0 ☍ 48	11 △ 6		△ ♄ ♀ 0.0 ☽ ☊ 5.23.
□ 36	13 ☌ 31			18 ☍ 48	♀ m.c.cum vindem.
✱ 51		16 △ 3	16 ☍ 4		♂ or. cū 4 bo. et ♀ cū co… (♂ oc. cū Her.
	17 ✱ 57	10 □ 2			♀ or. cū alg. et oc. cū 26… ☽ Pe. ♂ or. cū Py. et oc. a…
☌ 45	18 □ 35	23 ✱ 25		7 △ 0	♀ or. cū cn. ♍ b. (aus… ♂ or. cum ca. m. & asi.
	20 △ 28		3 △ 59	21 □ 43	♂ occ. cum Apoll.
✱ 35		11 ☌ 31	12 □ 33	10 ✱ 5	☽ ☋ 13.25.
□ 46	7 ☍ 22		0 ✱ 14		✱ ♂ ♀ 2.11. △ ♄ ☿ 4.11 ♀ m.c. cū 58.
					♂ oc. cum asi. bo. (14.35 ✱ ♄ ♂ 1.54 △ ♃ ♀
△ 41		12 ✱ 30		13 ☌ 32	♃ oc. cū 82. ♀ m.c. cū 59
	4 △ 38	4 □ 9	12 ☌ 16		♀ or. cum Fidicula. ☽ … ♂ or. cum Syrio.
☍ 10	16 □ 34	19 △ 21			
	5 ✱ 30			16 ✱ 23	♀ or. cū cau. cyg. & lau.
			0 ✱ 31	20 □ 56	♂ oc. cū rost. corui. & 31 ☽ ☊ 12.16 ♀ oc. cū 270
△ 53	18 ☌ 5	19 ☍ 8	14 □ 9	23 △ 0	△ ♃ ☿ 0.0. ♂ m.c. cū (hydra.

…ostro corui.
…cauda ♌, & m.c. cum spica ♍.
…spica ♍.
…cum hiad bus.

Positus Planetarum Diurnus.

Stylo vet.	Stylo nov.	☉ ♎ G	′	″	☽ ♓ G	′	♄ ♊ (M D) G	′	♃ ♒ (M A) G	′	♂ ♌ (S A) G	′	♀ ♏ (M D) G	′	☿ ♏ (M D) G	′	☊ ♑ G	′
Dies																		
11	1	7	44	1	1	43	8	10	28	22	16	14	14	27	1	12	28	30
12	2	8	43	6	15	35	8	9	28	18	16	50	15	39	2	26	28	27
13	3	9	42	13	29 ♈	47	8	7	28	14	17	26	16	52	3	41	28	23
14	4	10	41	22	14	17	8	6	28	10	18	2	18	4	4	51	28	20
15	5	11	40	33	29 ♉	0	8	4	28	7	18	38	19	17	5	58	28	17
16	6	12	39	45	13	51	8	2	28	3	19	14	20	29	7	2	28	14
G 17	7	13	38	59	28 ♊	44	8	0	28	0	19	49	21	41	8	3	28	11
18	8	14	38	15	13	30	7	58	27	57	20	25	22	54	9	0	28	8
19	9	15	37	33	28 ♋	3	7	56	27	54	21	1	24	6	9	54	28	4
20	10	16	36	53	12	19	7	54	27	51	21	36	25	18	10	43	28	1
Oc. 1	11	17	36	15	26 ♌	13	7	51	27	49	22	12	26	29	11	28	27	58
2	12	18	35	39	9	44	7	49	27	46	22	47	27	41	12	8	27	55
3	13	19	35	5	22 ♍	52	7	46	27	44	23	22	28 ♐	53	12	44	27	52
G 4	14	20	34	33	5	38	7	43	27	42	23	58	0	5	13	15	27	48
5	15	21	34	3	18 ♎	5	7	40	27	40	24	33	1	17	13	41	27	45
6	16	22	33	35	0	16	7	37	27	38	25	8	2	29	14	1	27	42
7	17	23	33	9	12	15	7	34	27	37	25	43	3	41	14	16	27	39
8	18	24	32	45	24 ♏	5	7	31	27	36	26	18	4	52	14	25	27	36
9	19	25	32	23	5	48	7	28	27	35	26	53	6	4	14 St.	29	27	33
10	20	26	32	3	17	30	7	24	27	35	27	27	7	16	14 A	26	27	29
G 11	21	27	31	45	29 ♐	14	7	20	27	34	28	2	8	27	14	18	27	26
12	22	28	31	29	11	2	7	17	27	34 Di.	28	36	9	39	14	5	27	23
13	23	29 ♏	31	15	22 ♑	57	7	13	27	34	29	11	10	50	13	47	27	20
14	24	0	31	3	5	3	7	10	27	34	29 ♍	45	12	2	13	24	27	17
15	25	1	30	53	17	22	7	6	27	34	0	20	13	13	12	57	27	13
16	26	2	30	44	29	58	7	3	27	35	0	54	14	24	12	26	27	10
17	27	3	30	37	12 ♒	53	6	59	27	35	1	28	15	35	11	51	27	7
G 18	28	4	30	32	26	9	6	55	27	36	2	1	16	46	11	16	27	4
19	29	5	30	29	9 ♓	47	6	51	27	37	2	36	17	57	10	38	27	1
20	30	6	30	28	23	47	6	47	27	38	3	10	19	7	10	0	26	58
21	31	7	30	29	8 ♈	8	6	43	27	40	3	43	20	18	9	22	26	54

Latitudo Planetarũ ad diẽ		♄ G	′	♃ G	′	♂ G	′	♀ G	′	☿ G	′	
	1	2	35	1	15	0	33	0	45	1	28	
	11	2	39	1	13	0	39	1	16	2 A	31	Mensis
	21	2	47	1	10	0	46	1	39	3	34	

Syzygiae Lunares.

		Orient	Occid.	Orient.	Occid.	Occid.	Syzygiae Planetarũ mutuae, & eorum congressus cum illustrioribus aliquibus stellis fixis.
	☉	♄	♃	♂	♀	☿	
Dies	H ′	H ′	H ′	H ′	H ′	H ′	
1		11 □ 10					☌ ☉ ♄ 10.24 ♀ or. cũ 55
2					0 △ 8		♃ or. cum cap. Med.
3 ☍	17 53	13 ✶ 47					□ ♂ ♀ 22.40 ♀ m.c. cũ
4 Asc.	6 ♎		22 ✶ 35	6 △ 21			(6 4.
5						12 ☍ 8	♀ oc. cum aculeo ♏.
6			22 □ 40	9 □ 3	11 ☍ 38		☉ Perig.
7		15 ☌ 5					♀ oc. cũ media fro. ♏. a.
8	2 △ 6		23 △ 45	11 ✶ 55			
9						21 △ 9	♀ occ. cũ neb. et cor. ♏.
10 □	8 17						
11 Asc.	16 ♊	10 ✶ 35			0 △ 30		☉ ☿ 3.6. ♀ oc. cũ 64. b.
12	13 ✶ 31					4 □ 36	□ ♃ ♀ 1.37. ♀ or. cũ ○ 1.
13			9 ☍ 7	1 ☌ 0	12 □ 29		
14		4 □ 0				15 ✶ 13	♀ m.c. cum palma Oph.
15							♂ oc. cum Basilisco.
16		14 △ 40			4 ✶ 56		
17							♀ oc. cũ tri. ☌ m.c. cum
18 ☌	1 20		7 △ 11	4 ✶ 47			(corde ♏.
19 Asc.	1 ♑					17 ☌ 46	♀ or. cum corde ♏.
20			10 □ 35	21 □ 30			☉ Apo. ☍ ♄ ♀ 1.34. c
21		16 ☍ 25			20 ☌ 32		△ ☉ ♃ 0.48.
22							✶ ☉ ♂ 4.48.
23	14 ✶ 12		9 ✶ 10	12 △ 58			
24						16 ✶ 19	
25							☉ ☊ 18.41.
26 □	5 30	13 △ 5				22 □ 8	♂ or. cum triga.
27 Asc.	11 ♉				5 ✶ 22		♂ occ. cum Algorab.
28	15 △ 56	18 □ 52	2 ☌ 40	10 ☍ 49			♀ occ. cum arcturo.
29					15 □ 17	1 △ 25	♂ or. cũ hy. ☌ ♀ cũ aq. d
30		21 ✶ 38					
31					21 △ 37		

a. *Die 7. ♀ m.c. cum lucida coronae.*
b. *Die 11. ♀ m.c. cum prima stella frontis ♏.*
c. *Die 20. ☍ ♃ ☌ 5.20.*
d. *Die 29. ♀ m.c. cum aculeo ♏.*

Positus Planetarum Diurnus.

Dies Iuliani	Dies Gregor.	☉ ♏ P	′	″	☽ ♈ P	′	M ♄ ♈ P	D ′	M ♃ ♒ P	A ′	S ♂ ♍ P	A ′	M ♀ ♐ P	D ′	M ☿ ♏ P	A ′	☊ ♑ P	′
22	1	8	30	32	22 ♉	48	6	39	27	42	4	17	21	21	8	45	26	51
23	2	9	30	3	7	41	6	34	27	4	4	50	22	39	8	10	26	48
24	3	10	30	4	22 ♊	41	6	30	27	46	5	24	23	49	7	37	26	45
G 25	4	11	30	50	7	41	6	26	27	49	5	57	25	0	7	7	26	42
26	5	12	31	0	22 ♋	14	6	21	27	52	6	31	26	10	6	41	26	38
27	6	13	31	13	7	12	6	17	27	55	7	4	27	20	6	19	26	35
28	7	14	31	25	21 ♌	50	6	12	27	58	7	37	28	30	6	1	26	32
29	8	15	31	40	5	27	6	8	28	2	8	10	29	40	5	48	26	29
30	9	16	31	57	19 ♍	1	6	3	28	5	8	43	♑ 0	50	5	40	26	26
31	10	17	32	16	2	12	5	58	28	9	9	15	1	59	5 Di	38	26	23
G 1	11	18	32	36	15	0	5	53	28	13	9	48	3	9	5 S	42	26	19
No. 2	12	19	32	58	27	27	5	48	28	17	10	20	4	18	5	52	26	16
3	13	20	33	21	9 ♎	38	5	43	28	21	10	53	5	28	6	7	26	13
4	14	21	33	46	21	35	5	38	28	26	11	25	6	37	6	27	26	10
5	15	22	34	12	3 ♏	21	5	33	28	30	11	57	7	46	6	51	26	7
6	16	23	34	40	15	3	5	28	28	35	12	29	8	55	7	20	26	3
7	17	24	35	9	26 ♐	40	5	23	28	40	13	1	10	4	7	54	26	0
G 8	18	25	35	40	8	17	5	18	28	45	13	33	11	12	8	33	25	57
9	19	26	36	13	19 ♑	59	5	13	28	50	14	4	12	21	9	15	25	54
10	20	27	36	46	1	45	5 A	8	28	56	14	36	13	29	10	2	25	51
11	21	28	37	21	13	49	5	3	29	1	15	7	14	37	10	53	25	47
12	22	29	37	58	26	3	4	58	29	7	15	38	15	45	11	48	25	44
13	23	♐ 0	38	36	8 ♒	35	4	53	29	13	16	9	16	53	12 D	46	25	41
14	24	1	39	16	21	28	4	48	29	19	16	40	18	0	13	47	25	38
G 15	25	2	39	57	4 ♓	39	4	43	29	25	17	10	19	7	14	51	25	35
16	26	3	40	40	18	16	4	38	29	32	17	40	20 A	14	15	58	25	31
17	27	4	41	24	2 ♈	16	4	32	29	38	18	11	21	21	17	8	25	28
18	28	5	42	9	16	38	4	27	29	45	18	41	22	27	18	20	25	25
19	29	6	42	55	1 ♉	19	4	22	29	51	19	11	23	33	19	35	25	22
20	30	7	43	42	16	13	4	17	29	58	19	41	24	39	20	52	25	19

Latitudo Planetarũ ad diẽ	♄		♃		♂		♀		☿		
1	2	45	1	7	0	55	1	2	2 S	6	Mensis
11	2 A	47	1	5	1	5	2	23	0	17	
21	2	48	1	3	1	15	2 A	28	1 D	11	

Syzygiæ Lunares								
		Orient.	Occid.	Orient.	Occid.	Orient.		
	☉	♄	♃	♂	♀	☿	Syzygiæ Planetarũ mutuæ & eorum congressus cum illustrioribus aliquibus stellis fixis.	
Dies	H '	H '	H '	H '	H '	H '		
1			7 ✶ 54	19 △ 13			☌ ☉ ☿ 2.32 ☿ m.c.cum ...	
2 ☍	3 31					0 ☍ 50	♃ or.cum cap. Med.	
3 Alc.	0 ♈		8 □ 10	21 □ 6			☉ Per. ♄ occ.cum 1.41	
4		21 ☌ 41					□ ♄ ♂ 17.51.	
5			8 △ 44	25 ✶ 45	6 ☍ 25	22 △ 38	✶ ♂ ☿ 4.22 ☿ or.cum ...	
6	11 △ 23							
7							☉ ☋ 8.39.	
8 □	19 38	1 ✶ 16				0 □ 34		
9 Alc.	21 [illegible]		16 ☍ 35		23 △ 34			
10		7 □ 1		13 ☌ 49		6 ✶ 28		
11	7 ✶ 26						♀ or.cum neb. ++.	
12		16 △ 22			14 □ 54		☿ occ.cum neb. ++.	
13							✶ ♀ ☿ 19.6 ☿ or.cum ...	
14			14 △ 0				♂ or. cũ cau. ♌. b([illegible] .a.	
15				18 ✶ 28	10 ✶ 2	7 ☌ 28		
16 ☌	19 30							
17 Alc.	27 [illegible]	17 ☍ 51	4 □ 8				☉ Apog. ☿ or. cũ oc. ♏	
18				11 □ 18				
19			15 ✶ 7					
20						17 ✶ 41	♀ occ.cum cornua.	
21				2 △ 42	1 ☌ 44		□ ☉ ♃ 10.28. △ ♂ ♀	
22	7 ✶ 28	17 △ 10					(19.27.c.	
23						8 □ 26	♀ m.c.cum rostro galli.	
24 □	20 25		14 ☌ 26					
25 Alc.	13 ++	0 □ 0		22 ☍ 54		19 △ 35	♄ m.c.cum Aldeb.	
26		Occid.			3 ✶ 39		☌ ☉ ♄ 20.47 ☿ m.c.cum ...	
27	4 △ 20	3 ✶ 46					♃ occ. cum rostro galli.	
28			23 ✶ 10		10 □ 16		✶ ♂ ☿ 11.12.	
29								
30			22 □ 9	5 △ 45	14 △ 32	8 ☍ 8		

a. *Die 13. ☿ m.c.cum Fidicula.*
b. *Die 14. ☿ m.c.cum neb. oculi ++.*
c. *Die 21. ☉ ♌ 23.24.*

Positus Planetarum Diurnus.

	Dies		☉ ♐			☽ ♊		♄ ♊ M A		♃ ♓ M A		♂ ♍ S 1 A		♀ ♑ M A		☿ S D		☊ ♑	
			P	′	″	P	′	P	′	P	′	P	′	P	′	P	′	P	′
	21	1	8	44	30	1	14	4	11	0	5	20	11	25	45	22	12	25	16
G	22	2	9	45	19	16	13	4	7	0	12	20	40	26	50	23	34	25	12
	23	3	10	46	9	1 ♋	4	4	2	0	19	21	10	27	55	24	58	25	9
	24	4	11	47	0	15	41	3	56	0	27	21	39	29	0	26	24	25	6
	25	5	12	47	52	29	59	3	51	0	34	22	6	0 ♒	5	27	51	25	3
	26	6	13	48	45	13 ♌	56	3	46	0	42	22	37	1	9	29	20	25	0
	27	7	14	49	39	27 ♍	32	3	41	0	50	23	6	2	13	0 ♐	50	24	57
	28	8	15	50	34	10	44	3	36	0	58	23	34	3	17	2	21	24	53
G	29	9	16	51	30	23 ♎	36	3	31	1	6	24	3	4	20	3	54	24	50
	30	10	17	52	27	6	10	3	26	1	15	24	31	5	23	5	28	24	47
	De. 1	11	18	53	25	18 ♏	27	3	21	1	23	24	59	6	26	7	3	24	44
	2	12	19	54	24	0	31	3	17	1	32	25	27	7	28	8	38	24	41
	3	13	20	55	24	12	25	3	12	1	41	25	54	8	30	10 M	16	24	37
	4	14	21	56	24	24 ♐	12	3	7	1	50	26	21	9	31	11	54	24	34
	5	15	22	57	25	5	55	3	2	1	59	26	49	10	33	13	35	24	31
G	6	16	23	58	27	17	37	2	58	2	8	27	16	11	34	15	13	24	28
	7	17	24	59	29	29 ♑	22	2	53	2	16	27	43	12	35	16	57	24	25
	8	18	26	0	32	12	13	2	49	2	27	28	11	13	35	18	34	24	22
	9	19	27	1	35	23	14	2	44	2	37	28	37	14	35	20	10	24	18
	10	20	28	2	38	5 ♒	27	2	40	2	46	29	3	15	35	21	58	24	15
	11	21	29 ♑	3	42	17	57	2	35	2	56	29	29	16	34	23	41	24	12
	12	22	0	4	46	0 ♓	48	2	31	3	6	29	54	17	33	25	24	24	9
G	13	23	1	5	50	13	58	2	27	3	16	0 ♎	19	18	31	27	8	24	6
	14	24	2	6	55	27	32	2	22	3	26	0	44	19	29	28	52	24	3
	15	25	3	8	0	11 ♈	29	2	18	3	36	1	9	20	26	0 ♑	36	23	59
	16	26	4	9	5	25	47	2	14	3	47	1	33	21	22	2	20	23	56
	17	27	5	10	11	10 ♉	23	2	10	3	57	1	57	22	18	4	5	23	53
	18	28	6	11	17	25	11	2	6	4	8	2	21	23	13	5	50	23	50
	19	29	7	12	23	10 ♊	4	2	2	4	18	2	45	24	7	7	35	23	47
G	20	30	8	13	29	24	54	1	58	4	29	3	8	25	1	9	21	23	44
	21	31	9	14	36	9 ♋	35	1	55	4	39	3	31	25	54	11	7	23	40

Latitudo Planetarũ ad diẽ		♄		♃		♂		♀		☿		
	1	2	46	1	1	1	16	2	20	1	6	
	11	2	44	1	0	1	30	2	8	0	13	Mensis
	21	2	41	0	58	1	42	1	47	0 M	30	

Syzygiæ Lunares.

Dies	☽	Occid. ♄	Occid. ♃	Orient. ♂	Occid. ♀	Orient. ☿	Syzygiæ Planetarũ mutuę, & eorum congressus cum illustrioribus aliquibus stellis fixis.
	H ′	H ′	H ′	H ′	H ′	H ′	
1 ☍	13 12	4☌44					☽ Perig.
2 Asc.	27 ♍		12△47	7□27			♀ m.c. cum cornu ♉.
3							♂ m.c. cum cauda ♌.
4				10✶22		20△0	☽ ☊ 15.45.
5	23△46	6✶37			0☍12		
6							
7		11□16	6☍5			6□48	□ ♃ ☿ 2.0 ♀ m.c. cũ 87.
8 □	10 30						△ ♄ ♀ 5.51. ☌ ♄ ☿ 18.
9 Asc.	3 ♍	18△48		0☌54	22△25	22✶32	✶ ♀ ☿ 3.52. (12.
10							☿ m.c. cum cauda cyg.
11	0✶55						
12			2△5		15□12		
13							
14		18☍4	15□50	4✶37			
15					10✶23	18☌13	☽ Apog.
16 ☌	14 22			20□33			♂ m.c. cum rost. corvi
17 Asc.	22 ♎		5✶32				♀ occ. cum [illegible].
18							♂ or. cum vindem. a.
19		18△33		10△57			● 36 2.0 □ ♄ ♃ 12.5
20					21☌7		
21	22✶36					12✶25	□ ☽ ♂ 16.40. ♀ or. cũ
22		5□8	4☌16				♀ m.c. cũ can. [illegible] (ca. [illegible].
23							
24 □	8 57	8✶16		5☍41		3□36	♂ m.c. cum trica.
25 Asc.	24 ♌				16✶5		✶ ☽ ♄ 13.2. □ ♂ ☿ [illegible].40
26	14△47		13✶18			13△14	✶ ♃ ♀ 21.59.
27					20□35		△ ♄ ♂ 11.9. (Algo.
28		11☌7	14□35	11△52			☌ ☽ ☿ 11.28. ♂ m.c. cũ
29						Occid.	☽ Perig.
30 ☍	23 28		15△30	13□49	0△13		♀ occ. cum cauda Del.
31 Asc.	4 ♈					2☍53	☽ ☋ 23.24.

a. Die 18. ♀ occ. cum aquila, & cauda ♑.

Stylo veteri	Stylo novo	☉ ♐ P	'	"	☽ ♊ P	'	♄ ♊ P (M A)	'	♃ ♓ P (M A)	'	♂ ♍ P (S A)	'	♀ ♑ P (M A)	'	☿ ♐ P (S D)	'	☊ ♑ P	'
Motus Planetarum Diurnos.																		
Dies		P	'	"	P	'	P	'	P	'	P	'	P	'	P	'	P	'
21	1	8	44	30	1	34	4	12	0	5	20	11	25	45	22	12	25	16
G 22	2	9	45	10	16	13	4	7	0	12	20	40	26	50	23	34	25	12
23	3	10	46	9	1 ♋	4	4	2	0	19	21	10	27	55	24	58	25	9
24	4	11	47	0	15	41	3	56	0	27	21	39	29	0	26	24	25	6
25	5	12	47	52	29 ♌	59	3	51	0	34	22	8	0 ♒	5	27	51	25	3
26	6	13	48	45	13	36	3	46	0	42	22	37	1	9	29	20	25	0
27	7	14	49	39	27 ♍	31	3	41	0	50	23	6	2	13	0 ♑	50	24	57
28	8	15	50	34	10	44	3	36	0	58	23	34	3	17	2	21	24	53
G 29	9	16	51	30	23 ♎	36	3	31	1	6	24	3	4	20	3	54	24	50
30	10	17	52	27	6	10	3	26	1	15	24	31	5	23	5	28	24	47
De. 1	11	18	53	25	18 ♏	27	3	21	1	23	24	59	6	26	7	3	24	44
2	12	19	54	24	0	31	3	17	1	32	25	27	7	28	8	39	24	41
3	13	20	55	24	12	25	3	12	1	41	25	54	8	30	10 M	16	24	37
4	14	21	56	24	24	12	3	7	1	50	26	21	9	32	11	54	24	34
5	15	22	57	25	5 ♐	55	3	2	1	59	26	47	10	33	13	33	24	31
G 6	16	23	58	27	17	37	2	58	2	8	27	16	11	34	15	13	24	28
7	17	24	59	29	29 ♑	22	2	54	2	18	27	45	12	35	16	53	24	25
8	18	25	0	31	12	13	2	49	2	27	28	11	13	35	18	34	24	22
9	19	27	1	34	23 ♒	14	2	44	2	37	28	37	14	35	20	16	24	18
10	20	28	2	38	5	27	2	40	2	46	29	3	15	35	21	58	24	15
11	21	29 ♑	3	42	17 ♓	57	2	35	2	56	29	29	16	34	23	41	24	12
12	22	0	4	46	0	40	2	31	3	6	29	54	17	33	25	24	24	9
G 13	23	1	5	50	13	58	2	27	3	16	0 ♎	19	18	31	27	8	24	6
14	24	2	6	55	27 ♈	32	2	22	3	26	0	44	19	29	28	52	24	3
15	25	3	8	0	11	25	2	18	3	36	1	9	20	26	0 ♑	36	23	59
16	26	4	9	5	25 ♉	47	2	14	3	47	1	33	21	22	2	20	23	56
17	27	5	10	11	10	23	2	10	3	57	1	57	22	18	4	5	23	53
18	28	6	11	17	25 ♊	12	2	6	4	8	2	21	23	13	5	50	23	50
19	29	7	12	23	10	4	2	2	4	18	2	45	24	7	7	35	23	47
G 20	30	8	13	29	24 ♋	54	1	58	4	29	3	8	25	1	9	21	23	44
21	31	9	14	36	9	35	1	55	4	39	3	31	25	54	11	7	23	40

Latitudo Planetarũ ad diẽ		♄	'	♃	'	♂	'	♀	'	☿	'	
	1	2	46	1	2	1	26	2	20	1	0	
	11	2	44	1	0	1	36	2	8	0 M	13	Mensis
	21	2	42	0	58	1	48	1	47	0	30	

Syzygiæ Lunares.

		Occid.	Occid.	Orient.	Occid.	Orient.	Syzygiæ Planetarũ mutuę, & earum congressus cum illustrioribus aliquibus stellis fixis.
	⊙	♄	♃	♂	♀	☿	
	H ′	H ′	H ′	H ′	H ′	H ′	
☍	13 12	4☌44					☾ Perig.
Asc.	27 ♍		11△47	7□27			♀ m. c. cum cornu ♄.
							♂ m. c. cum cauda ♌.
				10✶22		20△ 0	☾ ☋ 15.45.
	23△46	6✶37			0☍12		
		11□16	6☍ 5			6□48	□♃☿ 2.0 ♀ m. c. cũ ♉7.
□	10 36						△ ♄ ♀ 5 51 ☌ ♄ ☿ 18.
Asc.	3 ♍	18△48		0☌54	22△23	22✶32	✶ ♀ ♀ 3 42. (22.
							♀ m. c. cum cauda cyg.
	0✶55						
			2△ 5		15□12		
		18☍ 4	15□50	4✶37			
					10✶23	18☌15	☾ Apog.
☌	14 22			20□33			♂ m. c. cum rost. corui.
Asc.	22 ♎		5✶32				♀ occ. cum [illegible].
							♂ or. cum eadem, [illegible]
		18△33		10△57			⊙ 5 ♄ 2.0 □ ♄ ♃ 12.5
					21☌ 7		
	22✶36					12✶23	□ ☾ ♂ 16.40. ♀ or. cũ
		3□ 8	4☌16				♀ m. c. cũ cau. [illegible]
□	8 37	8✶16		5☍41		3□36	♂ m. c. cum trica.
Asc.	14 ♌				16✶ 5		✶☾♃ 3.2 □ ☌ ☿ [illegible].48
	14△47		13✶18			12△24	✶ ♃ ♀ 21.59.
					20□35		△ ♄ ♂ 11.9. (Algo.
		11☌ 7	14□35	11△52			☌ ☾ ☿ 11.28. ♂ m. c. cũ
						Occid.	☾ Perig.
☍	23 28		15△50	13□49	0△14		♀ occ. cum cauda Del.
Asc.	4 ♈					2☍53	☾ ☋ 13.24.

Die 18. ♀ occ. cum aquila, & cauda ♄.

EPHEMERIDES

IOANNIS ANTONII MAGINI PATAVINI

Ad annum Dominicæ Incarnationis 1619.

Qui est tertius post Intercalarem, 37. post Gregorianam anni constitutionem, & à Mundo condito 5581.

Figura cœli in ingressu Solis in ♈ æquinoctium vernis.

Martij

D	H	M
21	1	31 6

Præcedentis ☌ luminarium in par. 24.32'. ♓.

Anni Tropici vera magnitudo.

Dierum 365. Horarum 5. Scr. 55'. 32''. 53'''. 12''''.

ANNO DOMINICAE INCARNATIONIS 1619 communi.

			D.	H.	′	″
Ingressus ☉ in principium	♋, Seu solstitij æstiui	Iunij	21	21	27	49
	♎, Seu æquinoctij autumni	Septemb.	23	9	10	24
	♑, Seu solstitij hiemalis	Decemb.	22	4	11	23

	P.	′	″	‴
Vera præcessio Æquinoctiorum	28	16	0	37
Obliquitas Zodiaci	23	28	1	26

Eccentricitas ☉ 32203. Qualium semidiameter eccentrici ☉ par. 1000000, seu par. 1, 55′, 55″, 47‴. Qualium P. 60.

		P.	′	″			
Locus Apogæi	♄	29	45	55	♓	Aureus Numerus	5
	♃	7	4	0	♎	Cyclus Solis	4
	♂	18	57	11	♌	Epacta	15
	☉	10	4	37	♋	Indictio Romana	2
	♀	16	37	0	♊	Litera Dominicalis	F
	☿	0	51	45	♓	Interuallum hebd. 6. Dies	5

Festa mobilia secundum Sacrosanctæ Romanæ Ecclesiæ usum iuxta annum reformatum.

Septuagesima	Ianuarij	27
Cinis	Februarij	13
Pascha	Martij	31
Rogationes	Maij	5
Ascensio Domini	Maij	9
Pentecostes	Maij	19
Corpus Christi	Maij	30
Aduentus Domini	Decemb.	1

Quatuor Tempora anni, seu Ieiunia	Februarij	20	22	23
	Maij	22	24	25
	Septembris	18	20	21
	Decembris	18	20	21

Deliquium Lunare anno Domini 1619.

Die 26 Iunij H. 12. 35'. 21". P. M. æquatis deficiet Luna suo lumine ex aliqua eius parte prope draconis ☊, dum transit par. 4. 25'. 10". ☽ in diametro Solis sita. Quo quidem tempore habet anomalia par. 16. 4'. 24". & semidiameter eius reperitur 15'. 2". Sol verò reperitur ferè in Apogæo sui Eccentrici, cum eius anomalia æquata sit par. 354. 9'. 1". & eius semidiameter 15'. 49". semidiameter verò umbræ terræ æquata est scr. 39' 56". Verus motus latitudinis ☽ par. 160. 8'. 24". unde vera latitudo ☽ 51'. 19". Austr. ad medium tempore Eclipsis: sed ad eius initium 53'. 9". Austr. & ad finem 49'. 27". Austr. Puncta ecliptica numerabuntur 1. 28'. Tempus autem incidentiæ, seu dimidia duratio scr. 44'. 26".

		H.	scr.		
Huius defectus Lunæ, digitorum 1. 28'.	*Principium continget*	11	52	P. M.	*A principio ad finem erunt H. 1. scr. 29'.*
		4	10	N. S.	
	Medium, seu vera ☍	12	36	P. M.	
		4	54	N. S.	
	Finis conspicietur	13	21	P. M.	
		5	39	N. S.	

Schema prædictæ Eclipsis Lunæ.

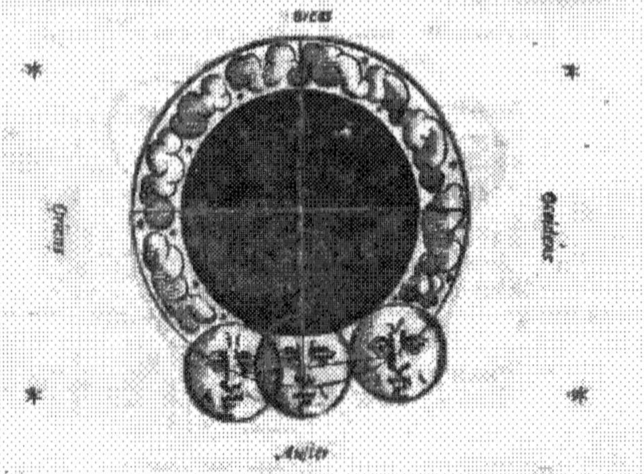

Alter defectus Lunæ anno prædicto.

Accidit hoc anno alius etiam defectus ☾ die 20. Decemb. H. 15. 25′. 8″. P. M diebus æquatis, quo quidem temporis momento Luna reperitur in par. 28. 26′. 23″. ♊ in ☋ ex aduerso Solis sita, eiusque anomalia par. 169. 36′. 23″. vnde eius semidiameter 17′. 48″. Sol verò accedit ferè ad Perigæum sui Eccentrici, nam eius anomalia annua est 168. 32′. 19″. vnde eius semid. 16′. 51″. semidiameter autem vmbræ terræ 48′. 46″. Verus motus latitudinis ☾ par. 83. 32′. 15″. Vera item latitudo ☾ 33′. 43″. Bor. Et ad principium defectus 39′. 2″. Bor. ad finem verò 28′. 23″. Bor. Digiti ecliptici 11. 5′. Tempus incidentiæ, seu casus H. 1. 38′. 13″.

Huius Lunaris Eclipsis digitorum 11. 5′.		H.	scr.		A principio ad finem percurrent H. 3 scr. 16′.
	Principium spectabitur	13	47	P. M.	
		9	30	N. S.	
	Medium, seu vera ☍	15	25	P. M.	
		11	8	N. S.	
	Finis continget	17	3	P. M.	
		12	46	N. S.	

Typus prædicti deliquij Lunaris.

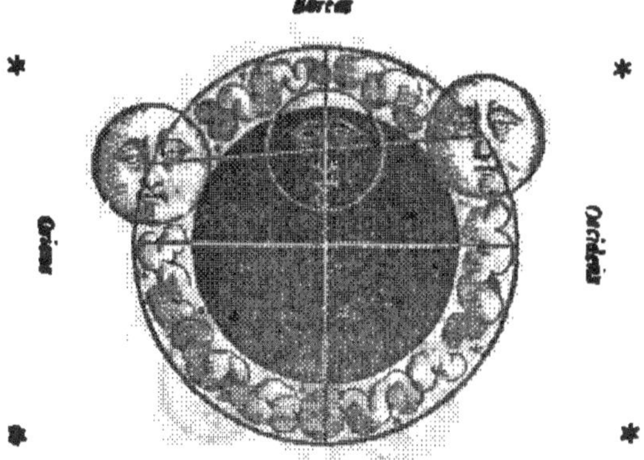

Planetarum status.

♄	Per totam annuam reuolutionem rotatur circa Eccentri Perigæum.	
	Die 3. Iunij ad Apogæum	Epicycli deuenit.
	Die 10. Decemb. ad Perigæum	
	Die 2. Februarij regressum perficit, & in consequentiam reuertitur, postea iterum die 3. Octob. retrocessionem incipit vsque in futurum annum.	
♃	Ad Eccentri Perigæum deuenit 10. Septemb. parumq; ab eo per totum anni residuum elongatur.	
	Die 13. Martij in Apogæo.	Epicycli existit.
	Die vlt. Septemb. in Perigæo.	
	Reuertitur in priora signa à 3. Augusti vsq; in 28 Nouembris.	
♂	Die 5 Ianuarij in Apogæo	Eccentri sui commoratur.
	Die 14. Decembris in Perigæo	
	Die 17. Martij circa Perigæum Epicycli discurrit.	
	Retrogradus fit à die 16. Februarij vsque ad 6 Maij.	
♀ Die	7. Iunij in Auge	Eccentrici manet.
	7. Decemb. in opposito Augis	
	26. Februarij in Perigæo Epicycli commoratur.	
	6. Februarij vsque in diem 19. Martij in priora signa reflectitur.	
☿ Die	25 Maij circa Perigæum	Eccentrici rotatur.
	22 Nouemb. circa Apogæum	
	22 Februarij in Perigæo	Epicycli est.
	21 Aprilis in Apogæo	
	19 Iunij in Perigæo	
	17 Augusti in Apogæo	
	13 Octobris in Perigæo	
	9 Decemb. in Apogæo	
	11 Februarij vsq; ad 6. Martij	Regressu afficitur.
	8 Iunij vsq; ad caput Iulij	
	2 Octobris vsq; ad 24 eiusdem	

Syzygiæ Lunares.

Dies	☽	Occid. ♄	Occid. ♃	Orient. ♂	Occid. ♀	Occid. ☿	Syzygiæ Planetarũ mutuæ, & eorum congressus cum illustrioribus aliquibus, stellis fixis.
	H ′	H ′	H ′	H ′	H ′	H ′	
1		13 ✱ 11		17 ✱ 9			
2							☿ occ. cum corona.
3		17 □ 11	13 ☌ 45		12 ☌ 12		☿ m. c. cum rostro galli.
4	15 △ 27						♀ occ. cum rostro galli.
5						2 △ 26	♂ or. cum ocul. [illegible] ☿ cum oc. a
6		0 △ 2		8 ☌ 11			□ ♄ ♀ 18.49.
7 □	4 45					20 □ 33	♃ occ. cum lyra.
8 Alc.	10 [illegible]		11 △ 12		12 △ 28		
9	21 ✱ 12						♀ m. c. cum cor. ♌.
10		11 ☍ 14				17 ✱ 51	
11			5 □ 8	9 ✱ 47	4 □ 14		△ ♄ ♀ 17.5.
12							☽ Ap. ☿ m. c. cum ca. Del.
13			21 ✱ 35	13 □ 15	20 ✱ 2		
14							♀ or. cum Fl. ☿ m. c. cum [illegible]
15 ☍	8 27	20 △ 17					☌ ♃ ♀ 3.55 ☽ [illegible]
16 Alc.	10 ♍			11 △ 26		12 ☌ 13	☌ ♂ ♀ 1.31 ☿ m. c. cum Fo.
17							♃ m. c. cum Fomah.
18		6 □ 13	10 ☌ 38		22 ☌ 20		☿ occ. cum Fomah.
19							♂ m. c. cum [illegible] b.
20	10 ✱ 44	12 ✱ 31					
21				4 ☌ 52		16 ✱ 34	△ ☽ ♄ 9.54.
22 □	18 7						☿ m. c. cum cauda ♌.
23 Alc.	11 ♍		5 ✱ 34		23 ✱ 20		
24	21 △ 33	10 ☌ 58				0 □ 28	
25			7 □ 50	10 △ 36	13 □ 4		☽ Perig.
26						6 △ 37	
27			9 △ 35	12 □ 45	15 △ 47		☿ oc. cum cauda Del.
28		10 ✱ 52					☽ ☿ 6.14.
29 ☍	11. 2			15 ✱ 27			
30 Alc.	10 ♎					21 ☍ 9	
31		1 □ 21	19 ☌ 49				☿ occ. cum rostro galli.

a. *Die 5. ☿ m. c. cum aquila volante.*
b. *Die 19. ☿ occ. cum aquila, & cauda ♑.*

Positus Planetarum Diurnus.

Dies	Anni Gregor.	☉ ♒ P	'	"	☽ ♍ P	'	M ♄ ♊ P	A '	M ♃ ♓ P	A '	S ♂ ♎ P	A '	S ♀ ♓ P	A '	S ☿ ♓ P	A '	☊ ♑ P	'
22	1	11	46	47	13	28	0	55	11	11	12	41	14	45	0	14	21	59
23	2	12	47	31	26	28	0 D	55	11	24	12	50	14	54	1	10	21	56
F 24	3	13	48	22	9 ♎	14	0	55	11	38	12	59	15	0	2	2	21	53
25	4	14	49	6	21	48	0	55	11	51	13	7	15	4	2	49	21	50
26	5	15	49	52	4 ♏	12	0	56	12	5	13	15	15	6	3	31	21	47
27	6	16	50	35	16	27	0	56	12	18	13	22	15 ℞	6	4	7	21	43
28	7	17	51	16	28	36	0	56	12	32	13	29	15	4	4	38	21	40
29	8	18	51	56	10 ♐	43	0	57	12	46	13	35	14	59	5	3	21	37
30	9	19	52	35	22	49	0	57	13	0	13	40	14	51	5	22	21	34
F 31	10	20	53	11	4 ♑	57	0	58	13	13	13	45	14	41	5	34	21	31
Feb. 1	11	21	53	45	17	8	0	59	13	27	13	49	14	28	5 ℞	39	21	27
2	12	22	54	17	29	26	1	0	13	41	13	52	14	13	5	34	21	24
3	13	23	54	56	11 ♒	54	1	1	13	55	13	54	13	56	5	21	21	21
4	14	24	55	28	24	35	1	3	14	9	13	56	13	37	5	1	21	18
5	15	25	55	59	7 ♓	31	1	4	14	23	13	57	13	15	4	34	21	15
6	16	26	56	28	20	44	1	6	14 D	37	13 ℞	57	12	52	3	59	21	12
F 7	17	27	56	55	4 ♈	15	1	8	14	51	13	57	12	27	3	17	21	8
8	18	28	57	21	18	4	1	9	15	5	13	56	12	0	2	29	21	5
9	19	29	57	45	2 ♉	10	1	11	15	19	13	54	11	31	1	36	21	2
10	20	0 ♓	58	8	16	30	1	13	15	33	13	52	11	1	0	39	20	59
11	21	1	58	29	0 ♊	59	1	15	15	47	13	49	10	30	29 ♒	39	20	56
12	22	2	58	48	15	30	1	17	16	2	13	45	9	58	28 D	36	20	53
13	23	3	59	6	29	58	1	20	16	16	13	40	9	25	27	33	20	49
F 14	24	4	59	22	14 ♋	17	1	22	16	30	13	34	8	51	26	31	20	46
15	25	5	59	36	28	23	1	25	16	44	13	28	8	16	25	31	20	43
16	26	6	59	49	12 ♌	12	1	28	16	59	13	21	7	40	24	34	20	40
17	27	8	0	0	25 ♍	41	1	30	17	13	13	13	7	4	23	42	20	37
18	28	9	0	9	8	56	1	33	17	27	13	4	6	29	22	56	20	34

Latitudo Planetarũ ad diẽ	♄	'	♃	'	♂	'	♀	'	☿	'	Mensis
1	2	25	0	52	2	59	3	4	0	6	
11	2	20	0 D	52	3	16	4	37	1	[illegible]	
21	2	15	0	52	3	28	5	40	4 D	1	

[illegible]	[illegible]	Motus Planetarum Diurnus.												
		☉ ♓			☽ ♍		M ♄ ♊ A		M ♃ ♓ D		S ♂ ♎ A		S ♀ ♓
Dies		P	′	″	P	′	P	′	P	′	P	′	P
19	1	10	0	16	21 ♎	54	1	36	17	41	12	55	5
20	2	11	0	22	4	37	1	39	17	56	12	45	5
21	3	12	0	26	17	8	1	42	18	10	12	34	4

Syzygiæ Lunares.			Occid.	Occid.	Orient.	Orient.	Orient.	Syzygię Planetarũ mutuę, & eorum congressus cum illustrioribus aliquibus stellis fixis.
		☽	♄	♃	♂	♀	☿	
Dies		H ′	H ′	H ′	H ′	H ′	H ′	
1			18 ∠ 24					
2					15 ☌ 22			
3							7 △ 52	
4						8 △ 58		
5		4 △ 50		13 △ 40			17 □ 54	
6			15 ☍ 47			17 □ 51		☽ Apog.
7	□	11 15			10 ✱ 50			
8	Asc.	1 ♊		2 □ 14			5 ✱ 45	♀ occ. cum rostro galli
9					20 □ 41	3 ✱ 3		□ ♄ ☿ 0.0.
10		13 ✱ 13		14 ✱ 3				● ☊ 11.5.
11			13 △ 34					☌ ☽ ♃ 2.5.
12				Orient.	5 △ 0			
13			12 □ 0			18 ☌ 47	6 ☌ 31	
14								
15	☌	13 50		7 ☌ 44				♀ occ. cum cauda Del.
16	Asc.	17 ♓	7 ✱ 55		15 ☍ 0			
17								♂ ma. cum vindem.
18						3 ✱ 9	1 ✱ 7	
19				13 ✱ 40				☌ ♀ ☿ 4.50. ☿ oc. cũ ro. galli.
20		2 ✱ 56	9 ☌ 23		17 △ 0	4 □ 59	7 □ 11	☽ Perig.
21				17 □ 57				□ ♄ ☿ 8.25.
22	□	8 20			27 □ 27	16 △ 51	13 △ 58	
23	Asc.	28 ♌		21 △ 7				☽ ☋ 14.37 ☿ oc. cũ cy.
24		15 △ 1	14 ✱ 33		19 ✱ 17			✱ ♃ ♄ 7 7.
25								♂ or. cũ arc. ☿ m. c. cũ [illegible]
26			20 □ 19			16 ☍ 25		☍ ● ♂ 10.25.
27					Occid.		14 ☍ 33	
28				21 ☍ 10				
29	☌	14 28	5 △ 9		6 ☌ 10			♀ occ. cum rostro galli.
30	Asc.	19 ♑						∠ ♄ ♂ 8.0 ☿ oc. cũ [illegible]
31						14 △ 12		

37	57	11
47	42	12

Syzygiæ Lunares.

	Occid.	Orient.	Occid.	Orient.
☽	♄	♃	♂	♀
H ′	H ′	H ′	H ′	H ′
		11 △ 22		
0 △ 2	4 ☍ 47		1 ✶ 1	4 □ 5[illegible]
16 29		9 □ 24	10 □ 55	17 ✶ 14
15 ♓	3 △ 27	12 ✶ 6	19 △ 34	
6 ✶ 18	11 □ 34			18 ☌ 12
	17 ✶ 1	4 ☌ 10	6 ☍ 27	
0 30				
14 [illegible]	11 ☌ 20	10 ✶ 5	8 △ 45	6 ✶ 16
9 ✶ 38		11 □ 41	8 □ 47	9 □ 45
15 27		14 △ 31	9 ✶ 54	13 △ 48
11 ♓ 23 △ 58	2 ✶ 33			
	7 □ 18		20 ☌ 9	6 ☍ 16
	16 △ 16	4 ☍ 50		
5 43				
13 △	18 ☍ 8	6 △ 51	18 ✶ 4	13 △ 49

47	25	39
[illegible]	25	65
10	25	51
22	25	[illegible]

♀ *occ. cum cauda*

♀ *op. cum de. bis.*
♄ *or. cum cor.* V.

Dies mensis Maij	Dies mensis Iunij	Loca Planetarum Diurna. ☉ ♊			☽ ♑		♄ ♊ (M A)		♃ ♈ (M D)		♂ ♍ (S D)		♀ ♈ (M U)		☿ ♋ (S D)		☊ ♑	
Dies		P	′	″	P	′	P	′	P	′	P	′	P	′	P	′	P	′
22	1	10	0	39	24	24	11	20	7	55	28	57	25	48	2	50	15	38
F 23	2	10	58	11	6 ♒	30	11	29	8	5	29	14	26	57	3	5	15	35
24	3	11	55	43	18	32	11	37	8	16	29	31	27	58	3	44	15	31
25	4	12	53	12	1 ♓	22	11	45	8	26	29	49	29	3	4	17	15	28
26	5	13	50	41	14	33	11	53	8	36	0 ♎	6	0 ♉	6	4	43	15	25
27	6	14	48	9	27	56	12	1	8	46	0	17	1	14	5	2	15	22
28	7	15	45	37	11 ♈	42	12	9	8	56	0	43	2	19	5	15	15	19
29	8	16	43	4	25	50	12	17	9	5	1	6	3	14	5 R	21	15	15
F 30	9	17	40	30	10 ♉	19	12	25	9	15	1	26	4	30	5	19	15	12
31	10	18	37	55	25	5	12	33	9	24	1	47	5	36	5 M	10	15	9
Iun. 1	11	19	35	20	10 ♊	3	12	41	9	33	2	8	6	41	4	55	15	6
2	12	20	32	44	25	5	12	49	9	42	2	29	7	49	4	33	15	3
3	13	21	30	7	10 ♋	4	12	57	9	51	2	51	8	56	4	0	15	0
4	14	22	27	30	14	17	13 D	5	10	0	3	13	10	2	3	22	14	57
5	15	23	24	52	9 ♌	20	13	13	10	9	3	36	11	9	2	35	14	53
F 6	16	24	22	14	23 ♍	28	13	20	10	17	3	59	12 A	16	1	49	14	50
7	17	25	19	35	7	28	13	28	10	26	4	22	13	23	0 ♊	56	14	47
8	18	26	16	56	20	55	13	36	10	34	4	46	14	30	29	59	14	44
9	19	27	14	16	4 ♎	0	13	41	10	42	5	10	15	37	29	0	14	41
10	20	28	11	36	16	41	13	52	10	50	5	33	16	45	28	0	14	37
11	21	29	8	56	29 ♏	7	14	0	10	58	6	0	17	52	27	0	14	34
12	22	0 ♋	6	16	11	16	14	7	11	6	6	25	19	0	26	3	14	31
F 13	23	1	3	35	23 ♐	13	14	15	11	13	6	51	20	6	25	10	14	28
14	24	2	0	54	5	1	14	23	11	21	7	17	21	16	24	21	14	25
15	25	2	58	13	16	47	14	32	11	28	7	43	22	24	23	36	14	21
16	26	3	55	32	28 ♑	21	14	39	11	35	8	10	23	32	22	57	14	18
17	27	4	52	50	10	0	14	47	11	42	8	37	24	41	22	25	14	15
18	28	5	50	8	21 ♒	44	14	53	11	49	9	4	25	49	22	0	14	12
19	29	6	47	26	3	30	15	2	11	55	9	31	26	58	21	42	14	9
F 20	30	7	44	41	15	38	15	10	12	2	9	59	28	6	21	33	14	6

Latitudo Planetarũ ad diẽ	♄		♃		♂		♀		☿		Mensis
1	1	41	1	10	1	8	2	5	1 M	49	
11	1 D	41	1	14	0	48	2 A	9	0	9	
21	1	43	1	18	0	32	2	8	3	15	

			Occid.	Orient.	Occid.	Orient.	Occid.	Syzygię Planetarũ mutuę, & eorum congressus cum illustrioribus aliquibus stellis fixis.
		☽	♄	♃	♂	♀	☿	
Dies		H '	H '	H '	H '	H '	H '	
1					9 △ 13	3 □ 4		
2		9 △ 24	9 △ 47	3 ✱ 7				☌ ☽ ♄ 14. 12.
3			Orient.			18 ✱ 50		
4	□	12 45	18 □ 1				5 △ 14	
5	Asc.	2 ♍						♃ occ. cum cor. ♌.
6				19 ☌ 7	4 ☍ 30		12 □ 35	♂ m. c. cum coma Beren.
7		7 ✱ 43	0 ✱ 50					
8						13 ☌ 33	15 ✱ 45	□ ♃ ☿ platicè.
9								✱ ♀ ☿ 15. 41. ♀ or. cũ Fo.
10				23 ✱ 0	11 △ 0			♂ m. c. cum Algorab.
11	☌	16 22	4 ☌ 14					☽ Perig.
12	Asc.	21 ♊		22 □ 38	12 □ 9	22 ✱ 2	14 ☌ 36	♄ occ. cum cap. Med.
13								☽ ☊ 7. 58.
14					14 ✱ 7			□ ♂ ☿ 3. 13 ♀ or. cũ ple.
15			6 ✱ 26	1 △ 15		3 □ 9		
16		2 ✱ 21					13 ✱ 20	
17			10 □ 48			11 △ 31		♄ m. c. cũ cap. et ☿ cũ 10.
18	□	10 43					15 □ 28	♀ or. cum ultima pleia.
19	Asc.	20 ♒	18 △ 33	12 ☍ 47	2 ☌ 17			☌ ☉ ☿ 21. 3. ♄ m. c. cũ 3 ♋ a
20							20 △ 12	♂ or. cũ ar. ♀ m. c. cũ 1 2 b
21		0 △ 4					Orient.	
22						17 ☍ 10		
23								
24			19 ☍ 20	13 △ 7	4 ✱ 50			♄ m. c. cũ Ri. et ☿ cũ 4 1.
25							13 ☍ 26	☽ Apog. ♀ m. c. cũ ple.
26	☍	12 36			21 □ 2			♀ m. c. cum zona Orio.
27	Asc.	25 ♈		3 □ 31				☽ ☊ 8. 41 ♀ oc. cũ ple.
28						9 △ 8		♀ oc. cũ 20. Or. (& hœd.
29			15 △ 4	10 ✱ 41	12 △ 17			♀ occ. cum Bellatrice.
30							11 △ 29	♂ m. c. cum vindem. c

a. Die 19. ♀ m. c. cum acarnar. ☿ occ. cum cane minore.
b. Die 20. ♀ occ. cum sin pede Orio.
c. Die 30. ♀ occ. cum Aldeb.

Anni Iuliani	Anni Gregor.	Positus Planetarum Diurnus.																
							M D		M D		S D		M A		M A			
		☉ ♋			☽ ♒		♄ ♊		♃ ♈		♂ ♎		♀ ♉		☿ ♊		☊ ♑	
Dies		P	′	″	P	′	P	′	P	′	P	′	P	′	P	′	P	′
21	1	8	42	1	27 ♓	55	15	18	12	8	10	27	29 ♊	15	21 D	29	14	2
22	2	9	39	18	10	31	15	25	12	14	10	55	0	24	21	33	13	59
23	3	10	36	35	23 ♈	28	15	33	12	20	11	24	1	33	21	45	13	56
24	4	11	33	52	6	48	15	41	12	26	11	52	2	42	21	[illegible]	13	53
25	5	12	31	9	20 ♉	31	15	49	12	31	12	21	3	51	22	31	13	50
26	6	13	28	27	4	37	15	56	12	30	12	50	5	1	23	3	13	47
F 27	7	14	25	45	19 ♊	4	16	4	12	41	13	19	6	10	23	41	13	43
28	8	15	23	3	3	48	16	12	12	46	13	49	7	19	24	24	13	40
29	9	16	20	21	18 ♋	43	16	19	12	50	14	19	8	29	25	13	13	37
30	10	17	17	40	3	41	16	27	12	55	14	49	9	38	26	7	13	34
Iul. 1	11	18	14	59	18 ♌	34	16	35	12	59	15	20	10	48	27	5	13	31
2	12	19	12	18	3	17	16	42	13	3	15	51	11	58	28	8	13	28
3	13	10	9	37	17 ♍	4	16	50	13	7	16	22	13	8	29 ♋	16	13	24
F 4	14	21	6	59	1	52	16	57	13	11	16	53	14	18	0	28	[illegible]	[illegible]
5	15	22	4	19	15	39	17	4	13	14	17	24	15	28	1	43	13	18
6	16	23	1	39	29 ♎	5	17	11	13	16	17	56	16	38	3	1	13	15
7	17	23	59	0	12	13	17	19	13	22	18 M	28	17	48	4	21	13	12
8	18	24	56	21	24	58	17	26	13	24	19	0	18	58	5	44	13	8
9	19	25	53	42	7 ♏	29	17	33	13	27	19	33	20	9	7	10	13	5
10	20	26	51	4	19	46	17	40	13	30	20	5	21	19	8	38	13	2
F 11	21	27	48	26	1 ♐	51	17	47	13	32	20	38	22	30	10	8	12	59
12	22	28	45	49	13	47	17	54	13	35	21	11	23	40	11	40	12	56
13	23	29	43	12	25 ♑	37	18	1	13	37	21	44	24	51	13	14	12	53
14	24	0 ♌	40	36	7	25	18	7	13	39	22	17	26	1	14	50	12	49
15	25	1	38	0	19 ♒	13	18	14	13	41	22	51	27	12	16	28	12	46
16	26	2	35	25	1	4	18	20	13	42	23	24	28	23	18	8	12	43
17	27	3	32	51	13	3	18	27	13	44	23	58	29 ♋	34	19	50	12	40
F 18	28	4	30	17	25	12	18	33	13	45	24	32	0	45	21 S	33	12	37
19	29	5	27	44	7 ♓	34	18	39	13	46	25	6	1	56	23	17	12	33
20	30	6	25	11	20	13	18	46	13	47	25	40	3	7	25	3	12	30
21	31	7	22	39	3 ♈	22	18	52	13	47	26	15	4	19	26	48	12	27

Latitudo Planetarũ ad diẽ		♄		♃		♂		♀		☿		
	1	1	44	1	23	0	18	1	55	4	10	Mensis
	11	1	45	1	28	0 M	6	1	41	3	6	
	21	1	47	1	33	0	3	1	17	1 S	16	

	♉ m.s. cu nf. ☿
	✱ ♃ ☿ 23. 38.
1 ✱ 24	♂ or. cū rosl co
	♄ ♐ 0. 4 ♀ m
	♂ in. c. cū 265. ei
8 □ 2	☌ ♄ ♀ 12. 46. ♂

a. Die 6. △ ☉ ♃ 16 8 ♀ or. cum dex. hum. Orio. & Hercule.
n. c. cum Apoll. & occ. cum hydra.
n. c. cum cani. & Her. | e. Die 23. ♂ occ. cum vindem.
cc. cum Hercule. | f. Die 24. ♂ occ. cum lance austr. & ♀ cum Apoll.

Syzygiæ Lunares.

…nt.	Orient. ♃	Occid. ♂	Orient. ♀	Occid. ☿	Syzygię Planetarũ mutuę & eorum congressus cum illustrioribus aliquibus stellis fixis.
…	H ′	H ′	H ′	H ′	
39	5 ⚹ 34		6 ⚹ 51	6 □ 27	♂ m.c. cũ lan.bor.et oc. ♀ m.c.cũ 60. (cũ 55.a.
	6 □ 47	15 △ 55		14 ⚹ 33	☿ Peri. ☋ 4.5 ♀ m.c.cũ ☿ m.c.cum 51. (hydra.
6	8 △ 27	20 □ 38	19 ☌ 52		☿ m.c.cum Algorab. □ ♂ ♀ 13.43.
45		3 ⚹ 58			⚹ ♄ ♀ 9.8 ♂ oc.cũ ac. ♏
	17 ☍ 33		18 ⚹ 21	13 ☌ 15	(coro.b. ☌ ♀ cũ Re. ♂ m.c. cum
					☍ ♃ ☿ 0.16. ☿ occ cum spica ♍.
	11 △ 33	2 ☌ 21	10 □ 17	22 ⚹ 56	♂ oc.cũ media fron. ♏. ☿ occ. cum cauda ♌.
37	22 □ 4		3 △ 53		□ ♃ ♄ 9.16. ♃ Apog. & ☊ 10.32.
		7 ⚹ 25		16 □ 40	♀ or.cũ hy. ♂ oc. cũ ant. ♄ m.c.cum ult. 20. Orio.
30	8 ⚹ 24	20 □ 58		8 △ 37	△ ♄ ♀ 18.24 ♂ or.cũ 32
24			13 ☌ 34		♂ occ.cum lance bor. ♂ m.c. cum palma Oph.
28	0 ☌ 4	8 △ 9			♀ or.cum cauda ♌.
			12 △ 16	6 ☍ 19	
	6 ⚹ 24	22 ☍ 1	19 □ 23		⚹ ♃ ♂ 2.1 ♂ m.c.cum (cancri
20	8 □ 8			14 △ 40	♃ Perig. ♃ ☋ 7.57 ♂ oc.cũ tric.

…ilco corni, & de.lin. Aur.
…endem.
…a Bere. ♂ m.c.cum prima ⚹ frontis ♏, & occ.cum neb. ♋. ♀ oc

Dies Iulij veteris	Dies Gregorij	☉ ♎ P	'	"	☽ ♋ P	'	♄ ♊ (M D) P	'	♃ ♈ (M D) P	'	♂ ♓ (M D) P	'	♀ ♍ (S A) P	'	☿ ♎ (M D) P	'	☊ ♑ P	'
Positus Planetarum Diurnus.																		
21	1	7	29	24	17 ♌	53	22	30	8	53	6	23	19	48	28	58	9	10
22	2	8	28	38	3	14	22	30	8	45	7	5	21	3	28 ℞	59	9	7
23	3	9	27	34	17 ♍	23	22 ℞	30	8	37	7	47	21	17	28	54	9	3
24	4	10	26	42	1	15	22	30	8	29	8	29	23	31	28	42	9	0
25	5	11	25	52	14	47	22	30	8 A	21	9	12	24	46	28	25	8	57
F 26	6	12	25	4	28	1	22	30	8	13	9	54	26	0	28 A	2	8	54
27	7	13	24	18	10 ♎	59	22	29	8	6	10	36	27	15	27	34	8	51
28	8	14	23	34	23	41	22	29	7	58	11	19	28	30	27	1	8	48
29	9	15	22	52	6 ♏	10	22	28	7	50	12	2	29	44	26	24	8	44
30	10	16	22	12	18	29	22	28	7	43	12	45	0 ♎	59	25	44	8	41
Oc. 1	11	17	21	34	0 ♐	41	22	27	7	35	13	28	2	14	25	1	8	38
2	12	18	20	58	12	49	22	26	7	27	14	11	3	29	24	18	8	35
F 3	13	19	20	24	24 ♑	54	22	25	7	20	14	54	4	44	23	33	8	32
4	14	20	19	52	7	0	22	24	7	12	15	37	5	59	22	48	8	28
5	15	21	19	22	19	9	22	23	7	4	16	21	7	14	22	5	8	25
6	16	22	18	54	1 ♒	23	22	22	6	57	17	4	8	29	21	25	8	22
7	17	23	18	26	13	45	22	20	6	49	17 A	47	9	44	20	48	8	19
8	18	24	18	3	26	17	22	19	6	42	18	31	10	59	20	15	8	16
9	19	25	17	40	9 ♓	1	22	17	6	35	19	14	12	14	19	46	8	13
F 10	20	26	17	19	21	59	22	15	6	28	19	58	13 D	29	19	22	8	9
11	21	27	17	0	5 ♈	13	22	13	6	21	20	41	14	45	19	3	8	6
12	22	28	16	43	18	45	22	10	6	14	21	25	16	0	18	50	8	3
13	23	29	16	28	2 ♉	35	22	8	6	8	22	9	17	15	18 D	43	8	0
14	24	0 ♏	16	15	16	42	22	5	6	1	22	53	18	31	18	42	7	57
15	25	1	16	4	1 ♊	5	22	3	5	55	23	37	19	46	18	48	7	53
16	26	2	15	55	15	40	22	0	5	49	24	21	21	1	19	0	7	50
F 17	27	3	15	48	0 ♋	21	21	58	5	43	25	5	22	17	19	17	7	47
18	28	4	15	43	15	0	21	55	5	37	25	50	23	32	19 S	39	7	44
19	29	5	15	40	29 ♌	31	21	[illegible]	5	32	26	34	24	48	20	6	7	41
20	30	6	15	38	13	50	21	[illegible]	5	26	27	18	26	3	20	38	7	38
21	31	7	15	36	27	54	21	47	5	21	28	3	27	19	21	15	7	34

Latitudo Planetarū ad diē		♄		♃		♂		♀		☿		
	1	2	10	2 A	1	0	36	1	9	3 A	29	
	11	2	13	1	2	0 A	37	1 D	13	3	32	Mensis
	21	2	16	1	0	0	37	1	15	1 S	27	

	19 ✶ 39	□ ♄ ♀ 4.42. △ ♃ ♂ 0. 0.
19 ☌ 50		
	6 ☌ 7	♀ m.c. cum trica. ♀ or. cum vindem.
3 ✶ 25	21 ✶ 28	☿ m.c. cum Algorab.
21 □ 44		☿ Apog. ♀ or. cum arc ☿ ☊ 2.53 ☌ ♃ ♀ 22.76
15 △ 19	5 □ 28 Orient.	☌ ☉ ♀ 11.2. □ ☉ ♄ 1.10 ☿ or. cum cor. V
	12 △ 50	♂ m.c. cum audeo [illegible] ♀ m.c. cum vindem.
		✶ ♂ ☿ 21.18 ♂ or. cum ar ♀ or. cum cor. (☉ oc. cum
16 ☍ 38	0 ☍ 9	(☉ oc. cum spi. ♍ ☌ ♄ ♂ 23.41 ♀ or. cum a
		♀ or. cum rostra corui c. ☌ ♀ ☿ 3.50 ♀ or. cum [illegible]
9 △ 24	5 △ 22	♀ or. cum spi. ♍ et oc. cum ☉ Tor. △ ♄ ♀ 18.10

Nouember 1619

Anni veteris	Anni Grego.	Positus Planetarum Diurnus					M	D	M	A	M	A	S	D	S	A		
		☉ ♏			☽ ♍		♄ ♊		♃ ♈		♂ ♐		♀ ♎		☿ ♎		☊ ♑	
Dies		P	'	"	P	'	P	'	P	'	P	'	P	'	P	'	P	'
22	1	8	15	40	11	33	21	44	5	16	28	47	28	34	21	56	7	31
23	2	9	15	44	24	53	21	41	5	11	29	32	29	50	22	41	7	28
F 24	3	10	15	50	7 ♎	52	21	37	5	6	0 ♑	16	1 ♏	5	23	31	7	25
25	4	11	15	57	20	32	21	34	5	2	1	1	2	21	24	25	7	22
26	5	12	16	6	2 ♏	57	21	30	4	57	1	45	3	36	25	18	7	18
27	6	13	16	17	15	10	21	27	4	53	2	30	4	52	26	12	7	15
28	7	14	16	30	27 ♐	13	21	23	4	49	3	14	6	7	27	5	7	12
29	8	15	16	45	9	9	21	19	4	45	3	59	7	23	28	31	7	9
30	9	16	17	2	21 ♑	2	21	16	4	41	4	44	8	39	29	41	7	6
F 31	10	17	17	20	2	55	21	12	4	38	5	29	9	54	0 ♏	13	7	3
No. 1	11	18	17	40	14	51	21	8	4	34	6	14	11	10	2 D	8	6	59
2	12	19	18	2	26	52	21	5	4	31	6	59	12	26	3	25	6	56
3	13	20	18	25	9 ♒	1	21	1	4	27	7	44	13	42	4	44	6	53
4	14	21	18	50	21	18	20	57	4	24	8	29	14	57	6	5	6	50
5	15	22	19	16	3 ♓	57	20	53	4	21	9	14	16	13	7	28	6	47
6	16	23	19	44	16	47	20	48	4	18	9	59	17	29	8	52	6	43
F 7	17	24	20	13	29 ♈	53	20	44	4	15	10	45	18	45	10	18	6	40
8	18	25	20	44	13	22	20	40	4	13	11	30	20	1	11	46	6	37
9	19	26	21	16	27 ♉	8	20	35	4	11	12	15	21	17	13	15	6	34
10	20	27	21	49	11	14	20	30	4	9	13	1	22	33	14	46	6	31
11	21	28	22	24	25 ♊	38	20	26	4	8	13	46	23	49	16	18	6	27
12	22	29	23	0	10	17	20	21	4	6	14	32	25	5	17	51	6	24
13	23	0 ♐	23	37	25 ♋	7	20	16	4	5	15	17	26	21	19	26	6	21
F 14	24	1	24	16	10	1	20	11	4	4	16	3	27	36	21	2	6	18
15	25	2	24	56	24 ♌	52	20	6	4	3	16	48	28	52	22	39	6	15
16	26	3	25	37	9	30	20	1	4	2	17	34	0 ♐	8	24	17	6	12
17	27	4	26	20	23 ♍	53	19	56	4	2	18	19	1	24	25	55	6	8
18	28	5	27	4	7	55	19	51	4 Di	2	19	5	2	40	27	34	6	5
19	29	6	27	49	21 ♎	34	19	46	4	2	19	51	3	56	29	13	6	2
20	30	7	28	36	4	49	19	41	4	2	20	37	5	12	0 ♐	53	5	59

Latitudo Planetarũ ad diẽ		♄		♃		♂		♀		☿		
	1	2	18	1	57	0	16	1	6	0 D	36	
	11	2	20	1	54	0	35	0	55	1	8	Mensis
	21	2	22	1	30	0	33	0	42	0	26	

Syzygiæ Lunares.

Dies	☉	Orient. ♄	Occid. ♃	Occid. ♂	Orient. ♀	Orient. ☿	Syzygiæ Planetarũ mutuæ, & eorum congressus cum illustrioribus aliquibus stellis fixis.
	H ′	H ′	H ′	H ′	H ′	H ′	
1		18□14					✱ ♂ ☿ 10.4.
2			18☍56	9□7			
3							♀ m.c.cum arcturo.
4		0△18		21✱10		8☌7	♀ or.cum lyra.
5 ☌	10 17				11☌23		
6 Asc.	26 ♏						
7			15△12				
8							□ ♃ ♂ 12.32.
9		0☍23				19✱27	☉ ap. ♀ or.cũ cau.cyg.
10			3□26	5☌30	15✱43		☉ ☊ 8.16 ♂ or.cũ a.
11	7✱31						☿ or.cum vindem. (✱4.a.
12			15✱2			14□31	♂ or.cũ ... ♀ oc.cũ ...
13		23△12			10□8		♂ occ.cum neb. ♓.
14 □	0 16						
15 Asc.	28 ♑			10✱30		7△13	♀ m.c. cum lance bor.
16	12△57	7□18			1△24		♀ occ. cum cing. ♍.
17			7☌43	20□28			✱ ♂ ☿ 11.12.
18		12✱38					☿ occ cum vindem.
19							♂ oc.cum nebulo. ♏ b.
20				3△7	20☍41	6☍36	♀ oc. cum aculeo ♏.
21 ☍	5 8		13✱53				
22 Asc.	9 ♊	16☌10					♀ oc.cũ media fron. ♏.
23			14□25				☉ Pe.☌ ☋ 18.1 ☿ oc.cũ
24				10☍17		20△0	♀ oc.cũ ne.et co. ♏ (co.c
25	13△16		15△2		7△13		♀ occ.cum aus. ne.
26		17✱18					△ ☉ ♃ 1.31 ☿ or.cũ 8 1. d
27 □	19 45				14□7	3□56	♀ oc.cum med.fron. ♏.
28 Asc.	8 ♓	10□50		20△46			☿ oc.cũ ne. ☉ cor. ♏.
29			22☍34			15✱50	☌ ♃ ☿ 2.54 ♀ m.c.cum
30	5✱20				0✱46		♂ m.c.cum aq. (castare.

a. *Die 10. ♀ or. cum lancibus. ♂ m.c. cum lyra.*
b. *Die 19. ♀ m.c. cum 61. ☿ occ. cum lance austr.*
c. *Die 23. ♀ occ. cum cing. ♍.*
d. *Die 26. ♂ m.c. cum rostro gallinæ. & ♀ cum 70. ♀ etiam occ. cum 64.*

Syzygiæ Lunares.

…ien.	Occid.	Occid.	Orient.	Orient.	Syzygiæ Planetarũ mutuæ, & eorum congressus cum illustrioribus aliquibus stellis fixis.
♄	♃	♂	♀	☿	
… ′	H ′	H ′	H ′	H ′	
△35		7□34			△♃♀ 21.23 ♀ oc. cũ … ♀ or. cum corde ♏.
	19△13	22✱8			☿ occ. cum coma Bere.
☍3			11☌40	6☌53	
	8□51				☾ Apog. ☌ ☊ 11.47.
	22✱12	9☌11	Occid.	Occid.	☌☾♀ 0.0 ☌☾☿ 14.54 ☍♄☿ 12.7 ☍♄♀ 17.51
△3 Occid.			4✱14	5✱36	☍☾♄ 2.33 ☿ oc. cum … ♀ or. cum aqui. (extremo.
□24	17☌51	12✱58	10□15	0□13	♀ m. c. cum neb. ♏.
✱30		21□16	7△41	13△38	♂ m. c. cum cauda …
					✱♃♂ 5.43 ♀ or. cũ …
☌28	1✱14	2△4	10☍19		□♃♀ 19.51 ♂ m. c. cum …
	1□37			5☍15	☾ … ☋ 2.33 ♀ oc. cu… (neb. …
✱30	2△1	7☍51			□♃☿ 15.33. … ♀ oc. cum ne. … et m. c.
□43			7△9	20△11	♀ oc. cum neb. … ♀ or. cum … ♏.
△58	8☍24	20△31	16□32	9□2	□☾♃ 10.55.
		8□52	7✱46		☿ or. cum ne. … ♂ oc. cu… (Fomah.
				2✱38	♂ oc. cũ aq. & cum …

…3.26. ♂ m. c. cum cornu ♉.
…n oculo ♏. ☿ occ. cum …
…corona.
…n corona.

EPHEMERIS IOANNIS ANTONII MAGINI PATAVINI

Ad annum Dominicæ Incarnationis 1620.

Intercalarem, seu Bissextilem, qui est 38. ab anni & Kalendarij reformatione, & ab orbis principio 5582.

Figura cœli in ingressu Solis in ♈ æquinoctium veris.

III 40

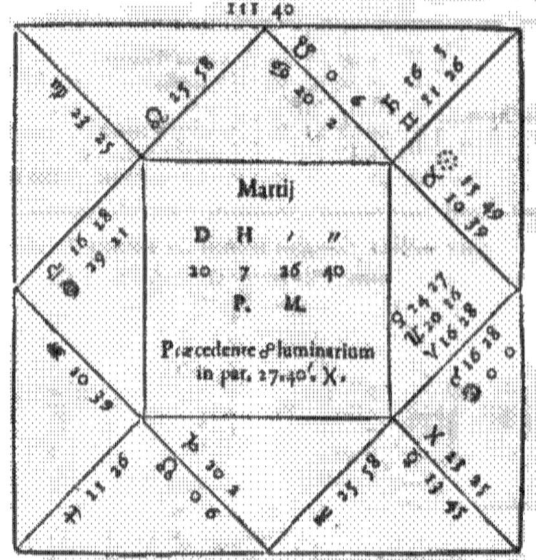

Anni Tropici vera magnitudo.

Dierum 365. *Horarum* 5. *Scr.* 55′. 32″. 57‴. 17⁗.

ANNO VIRGINEI PARTVS 1620 Bissextili.

Ingressus ☉ in principium			D.	H.	′	″
	♋, Seu solstitij æstiui	Iunij	21	3	22	1
	♎, Seu æquinoctij autumni	Septemb.	22	15	6	4
	♑, Seu solstitij hiemalis	Decemb.	21	10	9	38

	P.	′	″	‴
Vera præcessio Æquinoctiorum	18	16	35	17
Obliquitas Zodiaci	23	28	1	21

Eccentricitas ☉ 32101. Qualium semidiameter eccentrici ☉ par. 1000000. seu par. 1.55′.55″.36‴. Qualium P. 60.

Locus Apogæi		P.	′	″			
	♄	29	47	7	♐	Aureus Numerus	6
	♃	7	4	45	♎	Cyclus Solis	5
	♂	28	58	15	♌	Epacta	26
	☉	10	6	35	♋	Indictio Romana	3
	♀	16	37	35	♊	Litera Dominicalis	E D
	☿	0	53	18	♐	Interuallum hebd. 9. Dies	4

Festa mobilia secundum Sacrosanctæ Romanæ Ecclesiæ vsum iuxta annum reformatum.

Septuagesima	Februarij	16
Cinis	Martij	4
Pascha	Aprilis	19
Rogationes	Maij	24
Ascensio Domini	Maij	28
Pentecostes	Iunij	7
Corpus Christi	Iunij	18
Aduentus Domini	Nouemb.	29

Quatuor Tempora anni, seu Ieiunia				
	Martij	11	13	14
	Iunij	10	12	13
	Septembris	16	18	19
	Decembris	16	18	19

Epilogus calculi Eclipsis Lunaris anno 1620.

Die 14. Junij H. 13. 43'. 7". à meridie numeratis adhibita correctione inæqualitatis dierum amittet ☾ totale lumen in diametro Solis posita, dum hæret par. 23. 48'. 15". & non procul à ☊. Eius anomalia reperitur par. 319. 30'. 15". & eius semidiameter 15'. 16". Sol vero paulatim accedens ad Augem sui Eccentrici habet anomaliæ par. 333. 4'. 38". unde eius semid. 15'. 50". Semidiameter autem umbræ terræ coæquata est 40'. 35". Verus motus latitudinis ☾ 268. 11'. 23". unde eius latitudo est 9'. 16". Austr. Sed ad initium defectus 14'. 42". Austr. & ad finem 4'. 13". Austr. Partes obscuratæ erunt 18. 38'. Tempus incidentiæ H. 1. 9'. 0". Moræ dimidiæ H. 0. 51'. 48".

		H.	scr.			
Eclipsis huius Lunaris digitorum 18. 18'.	*Principium accidet*	11	42	P. M.		*Consumebuntur in tota integra Eclipsi H. scr. 4. 2.*
		4	0	N. S.		
	Initium totalis obscurationis	12	51	P. M.	*Moratur in tenebris H. scr. 1. 44.*	
		5	9	N. S.		
	Medium, seu summa obscura.	13	43	P. M.		
		6	1	N. S.		
	Finis totalis obscurationis, & initium recuper. luminis	14	35	P. M.		
		6	53	N. S.		
	Finis totius Eclipsis	15	44	P. M.		
		8	2	N. S.		

Septentrio

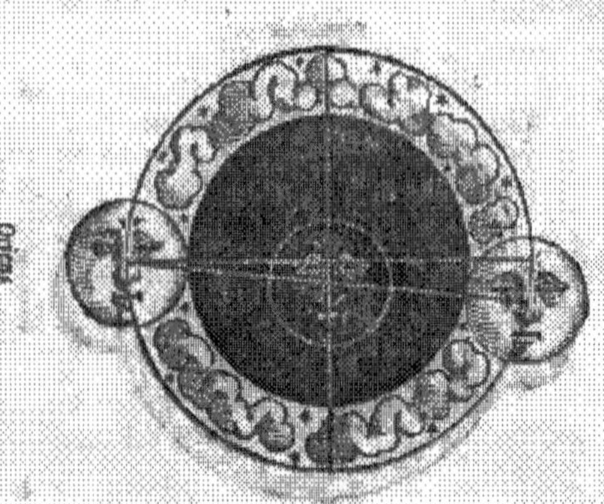

Meridies

Altera Eclipsis Lunæ prædicto anno 1620.

Die 9. Decemb. H. 6. 11′. 13″. à meridie coæquatis conspicietur ☽ iterum lumine hebetata, dum pertinget ad par. 17. 37′. 13″. ♊ in diametro ☉ iuxta ☋ draconis. Anomalia eius æquata est par. 124. 14′. 0″. semidiameterq; eius 17′. 4″. Solis autem anomalia est par. 158. 11′. 30″. & eius semid. 16′. 49″. semidiameter autem vmbræ terrenæ 46′. 15″. Verus latitudinis ☽ motus est par. 91. 30′. 13″. veraque ☽ latitudo 7′. 52″. Austr. Sed ad initium Eclipsis 1′. 57″. & ad finem 13′. 43″. semper Austr. Digiti ecliptici apparebunt 19. 30′. Tempus casus H. 1. 3′. 18″. Mora autem dimidiata H. 0. 51′. 15″.

		H.	scr.			
Eclipsis huius Lunaris digitorum 19. 30′.	Principium accidet	4	17	P. M.		Continuabitur tota integra Eclipsis H. scr. 3. 49.
		23	57	Horol.		
	Initium totalis obscurationis	5	10	P. M.	Morabitur ☽ tenebris H. scr. 1. 42.	
		1	0	N. S.		
	Medium, seu summa obscura.	6	11	P. M.		
		1	51	N. S.		
	Finis totalis obscurationis, & initium recuper. luminis	7	2	P. M.		
		2	42	N. S.		
	Finis totius Eclipsis	8	6	P. M.		
		3	46	N. S.		

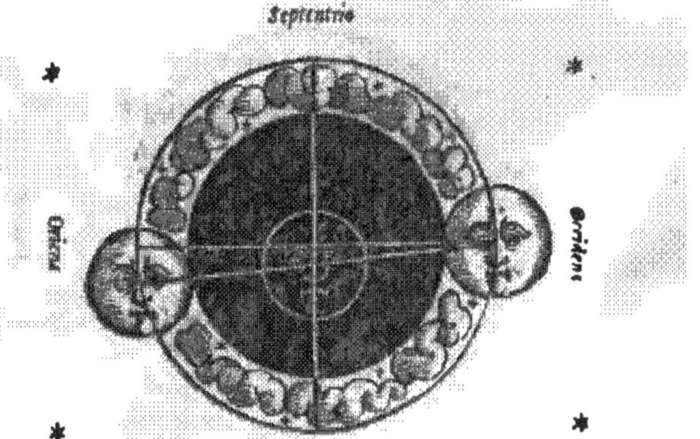

Planetarum status.

hoc anno versatur circa Perigęū Eccētrici,& die 28.Septēb.ipsū attingit.
7.Iunij in Apogæo
4 Decemb. in Perigo } Epicycli commoratur.
retrocessum quem præterito anno ceperat die 17.Febr.& die 17.Octob.
um regressu laborabit vsque ad calcem anni & vltra.

nno paulatim ab opposito augis versus medietatem Eccentrici ascendit.
9. Aprilis Apogæum
5. Nouembris Perigæum } Epicycli tenet.
ssum patitur à die 7. Septembris vsq; ad futurum annum.

entrici summa abside inuenitur die 21. Nouembris.
ima Epicycli abside die 30.Maij commoratur.
nno semper secundum signorum sequelam graditur.

7.Iunij in Apogæo
7 Decemb. in Perigæo } Eccentrici inuenitur.
6.Septembris in Perigæo parui orbis est.
5.Septembris vsque ad 16.Octobris à retrocessu impeditur.

Maij in Perigæo
Nouemb. in Apogæo } Deferentis commoratur.
5 Februarij in Perigæo
3 Aprilis in Apogæo
1 Maij in Perigæo
9 Iulij in Apogæo
5 Septemb.in Perigæo
1 Nouemb.in Apogæo } Epicycli est.
5 Ianuarij vsq; in diem 17.Febr.
0 Maij vsq; ad 12. Iunij
3 Septemb. vsq; in 6.Octobris } Cōtra signorū sequelā defertur.

12 – 26

---

17 ♌ 17
12 22

or. cum cauda ♈.

♃ ♀ 16. 33.
m.e. cum corn ♑.

50	41	4
28	6	3
59	21	2
29	0	1

Syzygiæ Lunares.

Dies	☽	Occid. ♄	Occid. ♃	Occid. ♂	Occid. ♀	Occid. ☿	Syzygiæ Planetarū mutuæ, & eorum congressus cum illustrioribus aliquibus stellis fixis.
	H ′	H ′	H ′	H ′	H ′	H ′	
1							☽ Ap. ♀ oc. cum Del
2			11 ✶ 50				♂ □ ♀ 18.41.
3 ☌	4 1	7 △ 15				10 ☌ 43	
4 Asc.	5 ♌				11 ☌ 6	Orient.	△ ☉ ♄ 15.6 ♀ oc. cū co
5		17 □ 13		15 ☌ 0			✶ ♃ ♀ 5.50 ♀ oc. cum
6							(rost. gall.
7			11 ☌ 40			16 ✶ 18	
8	11 ✶ 45	4 ✶ 26					□ ♄ ♂ 7.30.
9					17 ✶ 32	19 □ 43	
10 □	21 13			13 ✶ 16			♀ occ. cum Fidicula.
11 Asc.	17 ♉					10 △ 38	(atar.
12		13 ☌ 56	8 ✶ 24	18 □ 43	2 □ 6		♀ m.c. cum 90 ♂ oc. cū
13	3 △ 10						☉ ☋ 15.0.
14			10 □ 5	23 △ 4	7 △ 48		
15						20 ☍ 38	☽ Perig.
16		14 ✶ 24	11 △ 18				
17 ☍	11 52						□ ♄ ☿ 8.6.
18 Asc.	14 ✱	16 □ 12			19 ☍ 14		
19				6 ☍ 43			♀ oc. cum acarnar.
20		20 △ 12	18 ☍ 19			1 △ 6	
21							♀ m.c. cum cauda cygni.
22	4 △ 30					10 □ 9	
23					18 △ 5		
24 □	17 49			2 △ 6		21 ✶ 28	
25 Asc.	14 ✱	12 ☍ 42	12 △ 27				
26				15 □ 27	10 □ 48		☌ ♄ ♃ 4.0. ☽ ☊ 20.41.
27	10 ✶ 11						
28			1 □ 6				
29				8 ✶ 13	5 ✶ 32		☽ Apog.

Positus Planetarum Diurnus,

Dies	Dies	☉ ♓ P	′	″	☽ ♒ P	′	M ♄ ♊ P	A ′	M ♃ ♈ P	A ′	M ♂ ♈ P	A ′	M ♀ ♈ P	A ′	S ☿ ♒ P	D ′	☊ ♑ P	′
D 20	1	10	45	30	8	50	15	13	15	57	1	49	0	46	13	7	1	7
21	2	11	45	34	10	46	15	15	16	10	2	35	2	0	14	21	1	4
22	3	12	45	36	2 ♓	46	15	17	16	23	3	20	3	14	15 M	39	1	1
23	4	13	45	26	14	54	15	19	16	36	4	6	4	28	17	0	0	58
24	5	14	45	35	27 ♈	13	15	21	16	49	4	52	5	42	18	24	0	55
25	6	15	45	33	9	47	15	23	17	2	5	38	6	56	19	51	0	51
26	7	16	45	27	21 ♉	38	15	26	17	15	6	23	8	10	21	20	0	48
D 27	8	17	45	20	5	48	15	28	17	29	7	9	9	24	22	51	0	45
28	9	18	45	11	19 ♊	18	15	30	17	42	7	55	10	37	24	24	0	42
29	10	19	45	1	3	9	15	32	17	55	8	40	11	51	25	59	0	39
Ma. 1	11	20	44	49	17 ♋	21	15	36	18	9	9	26	13	5	27	36	0	35
2	12	21	44	35	1	46	15	38	18	22	10	11	14	13	29	15	0	32
3	13	22	44	19	16 ♌	21	15	41	18	35	10	57	15	32	0 ♓	56	0	29
4	14	23	44	1	1	1	15	43	18	49	11	42	16	45	2	38	0	26
D 5	15	24	43	41	15 ♍	26	15	47	19	3	12	28	17	59	4	21	0	23
6	16	25	43	19	0	6	15	50	19	17	13	13	19	12	6	5	0	20
7	17	26	42	55	14	20	15	54	19	30	13	59	20	25	7	50	0	16
8	18	27	42	29	28 ♎	17	15	57	19	44	14	44	21	39	9	36	0	13
9	19	28	42	1	11	57	16	0	19	58	15	29	22	52	11	23	0	10
10	20	29	41	31	25	18	16	4	20	12	16	15	24	5	13	11	0	7
11	21	0 ♈	40	59	8 ♏	22	16	8	20	25	17	0	25	17	15 A	0	0	4
D 12	22	1	40	25	21	11	16	11	20	39	17	45	26	31	16	50	0	1
13	23	2	39	49	3 ♐	49	16	15	20	53	18	30	27	44	18	41	29 ♐	57
14	24	3	39	11	16	15	16	19	21	7	19	15	28	57	20	31	29	54
15	25	4	38	31	28 ♑	32	16	23	21	21	20	0	0 ♉	10	22	24	29	51
16	26	5	37	50	10	43	16	27	21	35	20	45	1 S	23	24	16	29	48
17	27	6	37	6	22 ♒	50	16	31	21	49	21	30	2	35	26	8	29	45
18	28	7	36	20	4	56	16	36	22	3	22	15	3	48	28	1	29	42
19	29	8	35	32	17	3	16	40	22	17	22	59	5	0	29 ♈	54	29	38
D 20	30	9	34	42	29	14	16	44	22	31	23	43	6	13	1	47	29	35
21	31	10	33	50	11 ♓	31	16	49	22	45	24	28	7	25	3	41	29	32
Latitudo Planetarũ ad diẽ						1	1	55	1	11	0	8	0	52	0 M	13	Mensis	
						11	1	51	1	9	0	6	0	30	1	12		
						21	1	47	1	7	0	5	0 S	14	1 A	0		

Syzygiæ Lunares.

Dies	☉	Occid. ♄	Occid. ♃	Occid. ♂	Occid. ♀	Orient. ☿	Syzygiæ Planetarū mutuæ, & eorum congressus cum illustrioribus aliquibus stellis fixis.
	H ′	H ′	H ′	H ′	H ′	H ′	
1		12△32	14✶33			9☌36	
2							△♄☿ 7.3. ☿ occ. cū Fo
3 ☌	22 28						☌♂♀ 5.9. ✶♃☿ 15.
4 Asc.	0 ♊	0□50					(32.a.
5				15☌33	17☌58		□♃♄ 14.29.
6		10✶20	13☌47			21✶15	
7							☿ or. cum cap. ♈.
8	22✶58						♃ occ. cum cauda cygni.
9						10□0	♀ occ. cum cauda Del.
10		21☌0		2✶43	16✶6		♃ or. cum hædis.
11 □	6 1		1✶29			19△16	☽ ☋ 21.57 ♂ or. cū cor.
12 Asc.	24 ♍			14□38	21□30		♀ or. cū rostr. galli. (♈.
13	21 [illegible] 22		3□44				✶♄♀ 1.5.
14				18△30			☽ Perig.
15		0✶16	3△45		4△13		♀ occ. cum cauda cygni.
16						11☍29	☌♃☿ 2.0 ♀ or. cū ba. b.
17 ☍	22 51	2□40					
18 Asc.	6 ♋						♀ or. cum de. hum. Aur.
19		7△19	14☍41	6☍40	21☍38		✶♄☿ 17.43.
20							♃ or. cum de. hum. Aur.
21						14△28	□♄☿ 15.10 ♀ oc. cū cor.
22	21△36						☿ occ. cum acu. (♈.
23							♂ occ. cum cauda cygni.
24		0☍8	9△42	6△15		9□51	
25 □	13 6				3△34		☽ ☊ 2.36. (cor. ♈.
26 Asc.	25 ♓		22□16	21□14			♂ or. cū hœdis. ☿ or. cum
27					21□52	7✶43	☌♃♂ 14.49.
28	5✶45	23△14					☽ Apog.
29			16✶31	12✶28			♂ or. cum dex. hu. Aur.
30					15✶6		
31		10□30					

a. Die 3. ☿ occ. cum agnino, & cauda ♑.
b. Die 16. ☿ occ. cum [illegible].

Aprilis 1620

Dies (Iuliani)	Dies (Gregor.)	☉ ♈ P	′	″	☽ ♓ P	′	♄ ♊ P	′	♃ ♈ P	′	♂ ♈ P	′	♀ ♉ P	′	☿ ♈ P	′	☊ ♓ P	′
		Positus Planetarum Diurnus.					M	A	M	A	M	A	S	A	M	A		
22	1	11	32	56	23	57	10	53	22	59	25	23	8	38	5	35	29	29
23	2	12	32	0	6 ♈	35	16	58	23	14	25	57	9	50	7	29	29	26
24	3	13	31	3	19	27	17	3	23	28	26	42	11	3	9	24	29	22
25	4	14	30	4	2 ♉	35	17	8	23	42	27	26	12	15	11	18	29	19
☽ 26	5	15	29	5	16	0	17	13	23	56	28	11	13	27	13	13	29	16
27	6	16	28	0	29	44	17	18	24	10	28	55	14	40	15	7	29	13
28	7	17	26	55	13 ♊	45	17	23	24	25	29	40	15	52	17	1	29	10
29	8	18	25	48	28	2	17	28	24	39	0 ♉	24	17	4	18	55	29	7
30	9	19	24	39	12 ♋	28	17	34	24	53	1	9	18	16	20	48	29	3
31	10	20	23	28	26	55	17	39	25	7	1	54	19	28	22	41	29	0
Ap. 1	11	21	22	15	11 ♌	29	17	45	25	22	2	38	20	40	24	34	28	57
☽ 2	12	22	21	0	25	51	17	51	25	36	3	22	21	52	26	26	28	54
3	13	23	19	43	10 ♍	1	17	56	25	50	4	7	23	4	28	17	28	51
4	14	24	18	25	23	53	18	2	26	5	4	51	24	16	0 ♉	8	28	47
5	15	25	17	5	7 ♎	31	18	8	26	19	5	35	25	28	1	58	28	44
6	16	26	15	43	20	49	18	14	26	33	6	19	26	39	3	48	28	41
7	17	27	14	19	3 ♏	51	18	20	26	47	7	3	27	51	5 S	37	28	38
8	18	28	12	53	16	38	18	26	27	2	7	47	29	3	7	26	28	35
☽ 9	19	29	11	25	29	12	18	32	27 D	16	8	31	0 ♊	14	9	14	28	32
10	20	0 ♉	9	55	11 ♐	36	18	38	27	30	9	14	1	26	11	1	28	28
11	21	1	8	24	23	32	18	45	27	45	9	58	2	37	12	47	28	25
12	22	2	6	52	6 ♑	4	18	51	27	59	10	41	3	48	14	31	28	22
13	23	3	5	16	18	13	18	57	28	14	11	25	5	0	16	16	28	19
14	24	4	3	39	0 ♒	21	19	4	28	28	12	9	6	11	17	59	28	16
15	25	5	2	0	12	32	19	10	28	42	12	52	7	22	19	41	28	13
☽ 16	26	6	0	20	24	47	19	17	28	57	13	36	8	33	21	21	28	9
17	27	6	58	38	7 ♓	9	19	24	29	12	14	19	9	44	23	0	28	6
18	28	7	56	55	19	40	19	30	29	26	15	3	10	55	24	37	28	3
19	29	8	55	10	2 ♈	22	19	37	29	41	15	46	12	6	26	12	28	0
20	30	9	53	23	15	17	19	44	29	55	16	30	13	16	27	45	27	57

Latitudo Planetarũ ad diẽ	♄ P	′	♃ P	′	♂ P	′	♀ P	′	☿ P	′	
1	1	43	1	6	0	4	0	14	1	42	Mensis
11	1	39	1 D	5	0	3	0	39	0 S	47	
21	1	35	1	4	0	1	1	5	0	37	

Syzygiæ Lunares.

		Occid.	Occid.	Occid.	Occid.	Orient.	
	☉	♄	♃	♂	♀	☿	Syzygiæ Planetarũ mutuę, & eorum congressus cum illustrioribus aliquibus stellis fixis.
Dies	H ′	H ′	H ′	H ′	H ′	H ′	
1							☿ or. cũ Fo. ♂ m. c. cum
2 ☌	12 3	19 ⚹ 30				1 ☌ 53	cor. V.
3 Asc.	19 [illegible]		7 ☌ 28	14 ☌ 1			
4					19 ☌ 1		
5							♀ m. c. cum cap. Med.
6							⚹ ☉ ♄ 2. 23. ♀ or. cũ pl.
7	6 ⚹ 41	6 ☌ 9	18 ⚹ 13			6 ⚹ 19	⚹ ♄ ☿ 10. 47 ☌ ☉ ☿ 12. 31 a
8				4 ⚹ 9		Occid.	☉ ☋ 1. 47 ☿ oc. cũ 10
9 □	12 35		20 □ 51		10 ⚹ 26	15 □ 50	♃ m. c. cum cor. V.
10 Asc.	29 [illegible]			8 □ 34			☉ Ter. ♂ oc. cũ cor. V. b
11	17 △ 42	10 ⚹ 33	23 △ 34		16 □ 45		☌ ♃ ☿ 11. 45.
12				13 △ 26		1 △ 8	♀ m. c. cum pleia.
13		13 □ 46					
14					0 △ 42		
15		19 △ 19					☿ occ. cum or. V.
16 ☍	10 58		10 ☍ 45				☌ ☉ ♃ 9. 16.
17 Asc.	16 [illegible]		Orient.	6 ☍ 22		3 ☍ 52	♀ or. cũ ple. & bia. (Or.
18		3 ☍ 27					☌ ♂ ☿ 7. 53 ♀ oc. cũ zo.
19					2 ☍ 13		♂ or. cũ Fo ♀ oc. cũ Bel.
20							♀ occ. cum Alarb.
21	15 △ 33		7 △ 48				☉ ☊ 9. 0. ☿ oc. cũ Syr.
22				9 △ 44		19 △ 28	♄ m. c. cum zona Orio.
23		1 △ 28	20 □ 9				☿ Ap. ♀ m. c. cũ Alde.
24 □	8 6				12 △ 44		
25 Asc.	18 [illegible]	13 □ 7		0 □ 43		16 □ 11	☿ occ. cum Rigel.
26	23 ⚹ 49		8 ⚹ 15				♂ m. c. cum cap. Med
27		23 ⚹ 42		14 ⚹ 38	5 □ 29		♂ or. cũ ple. ♀ m. cũ 14
28						10 ⚹ 41	♀ or. cũ bia. & m. c. cũ 27
29					17 ⚹ 50		♂ m. c. cum acarnar.
30							☌ m. c. cũ 22. et ☿ cũ 29 c

a. Die 7. ☿ m. c. cum acarnar. & oc. L. s. Persei.
b. Die 10. ☿ occ. cum sin. pede Orio.
c. Die 30. ☿ occ. cum biad. & ple.

3	13	22	27	54
4	14	23	25	40
5	15	24	23	5[illegible]
6	16	[illegible]	21	2[illegible]
7	17	20	19	1[illegible]
8	18	17	17	[illegible]

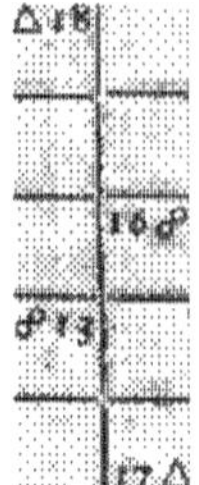

Poſitus Planetarum Diurnus.

Dies	Dies	☉ ♊			☽ ♊		♄ ♊ M	A	♃ ♉ M	D	♂ ♊ S	A	♀ ♋ S	A	☿ ♊ M	D	☊ ♓	
		P	′	″	P	′	P	′	P	′	P	′	P	′	P	′	P	′
22	1	10	44	3	19 ♋	12	23	43	7	17	9	16	20	18	9	44	26	15
23	2	11	41	33	3	48	23	51	7	30	9	58	21	26	8	46	26	12
24	3	12	39	3	18 ♌	32	23	59	7	43	10	40	22	34	7	50	26	8
25	4	13	36	32	3	22	24	7	7	56	11	22	23	41	6	57	26	5
26	5	14	34	2	18 ♍	5	24	15	8	9	12	4	24	49	6	8	26	2
27	6	15	31	29	2	36	24	23	8	22	12	46	25	56	5	23	25	59
☊ 28	7	16	28	56	16 ♎	50	24	31	8	35	13	28	27	4	4	44	25	56
29	8	17	26	22	0	44	24	38	8	48	14	9	28	11	4	11	25	53
30	9	18	23	47	14	15	24	47	9	0	14	51	29	18	3	44	25	49
31	10	19	21	12	27 ♏	24	24	55	9	13	15	33	0 ♌ D	25	3	24	25	46
Iun. 1	11	20	18	36	10	12	25	3	9	26	16	14	1	31	3	11	25	43
2	12	21	15	59	22	42	25	11	9	38	16	56	2	38	3 Di	7	25	40
3	13	22	13	22	4 ♐	57	25	20	9	51	17	37	3	44	3	10	25	37
D 4	14	23	10	44	16	59	25	28	10	3	18	19	4	50	3	20	25	33
5	15	24	8	1	28 ♑	51	25	36	10	16	19	0	5	56	3 A	37	25	30
6	16	25	5	28	10	40	25	44	10	28	19	42	7	2	4	1	25	27
7	17	26	2	49	22 ♒	26	25	52	10	40	20	23	8	8	4	31	25	24
8	18	27	0	10	4	14	26	0	10	52	21	4	9	13	5	7	25	21
9	19	27	57	30	16	6	26	8	11	4	21	46	10	19	5	49	25	17
10	20	28	54	50	28 ♓	5	26	17	11	16	22	27	11	24	6	38	25	14
D 11	21	29	52	10	10	14	26	25	11	28	23	8	12	29	7	31	25	11
12	22	0 ♋	49	29	22 ♈	30	26	33	11	39	23	49	13	34	8	30	25	8
13	23	1	46	48	5	13	26	41	11	51	24	30	14	38	9	31	25	5
14	24	2	44	7	18 ♉	9	26	49	12	2	25	11	15	43	10	39	25	2
15	25	3	41	26	1	24	26	57	12	14	25	52	16	47	11	49	24	58
16	26	4	38	44	15	0	27	5	12	25	26	33	17	51	13	4	24	53
17	27	5	36	2	29 ♊	58	27	14	12	37	27	14	18	55	14	20	24	52
D 18	28	6	33	20	13	16	27	22	12	48	27	55	19	58	15	39	24	49
19	29	7	30	37	27 ♋	52	27	30	12	59	28	35	21	2	17	1	24	46
20	30	8	27	54	11	42	27	38	13	10	29	16	22	5	18	27	24	43

Latitudo Planetarũ ad diẽ												
	1	1	25	1	9	0	1	2 D	26	1	50	
	11	1	24	1	11	0	2	2	27	3 A	58	Menſis
	21	1	24	1	14	0	3	2	21	3	54	

29	♂	16	44		
30	A^c.	14	50		o ✶ 46

a. *Die 7. ♂ m.c. cum capra.*
b. *Die 15. ♀ occ. cum ass. Pras. & acat.*
c. *Die 23. ☿ m.c. cum hydra.*

Dies		☉ ♋ P	′	″	☽ ♋ P	′	♄ ♊ P	′	♃ ♉ P	′	♂ ♊ P	′	♀ ♌ P	′	☿ ♊ P	′	☊ ♓ P	′
Motus Planetarum Diurnus.							M	D	M	D	S	A	S	B	M	A			
21	1	9	25	11	27 ♌	39	27	46	13	21	29 ♋	57	23	8	19	55	24	39
22	2	10	22	32	12	37	27	54	13	31	0	37	24	11	21	25	24	36
23	3	11	19	45	27 ♍	28	28	2	13	42	1	18	25	13	22	57	24	33
24	4	12	17	3	12	4	28	10	13	52	1	58	26	15	24	31	24	30
D 25	5	13	14	21	26	21	28	18	14	3	2	39	27	17	26	7	24	27
26	6	14	11	39	10 ♎	27	28	26	14	13	3	19	28	19	27	44	24	23
27	7	15	8	57	23 ♏	49	28	34	14	24	4	0	29 ♍	20	29 ♋	23	24	20
28	8	16	6	15	6	59	28	42	14	34	4	40	0	21	1	3	24	17
29	9	17	3	34	19 ♐	47	28	50	14	44	5	21	1	22	2	45	24	14
30	10	18	0	53	2	13	28	57	14	54	6	1	2	22	4	28	24	11
Kal. 1	11	18	58	12	14	25	29	5	15	4	6	42	3	23	6	13	24	8
D 2	12	19	55	32	26 ♑	12	29	13	15	14	7	22	4	22	7	59	24	5
3	13	20	52	50	8	9	29	21	15	23	8	3	5	21	9	45	24	1
4	14	21	50	10	19	56	29	29	15	33	8	43	6	20	11	34	23	58
5	15	22	47	30	1 ♒	48	29	36	15	42	9	24	7	19	13 S	22	23	55
6	16	23	44	50	13	7	29	44	15	51	10	4	8	17	15	11	23	52
7	17	24	42	11	25 ♓	50	29	52	16	0	10	45	9	15	17	1	23	49
8	18	25	39	32	6	40	29	59	16	9	11	25	10	12	18	51	23	46
D 9	19	26	36	53	18 ♈	41	0 ♋	7	16	18	12	5	11	9	20	42	23	42
10	20	27	34	16	0	57	0	14	16	27	12	46	12	6	22	33	23	39
11	21	28	31	39	13	33	0	22	16	35	13	26	13	2	24	25	23	36
12	22	29	29	3	26 ♉	26	0	29	16	44	14	6	13	58	26	17	23	33
13	23	0 ♌	26	27	9	40	0	37	16	52	14	46	14	53	28 ♌	10	23	30
14	24	1	23	51	23	16	0	44	17	0	15	26	15	48	0	3	23	26
15	25	2	21	17	7 ♊	16	0	52	17	8	16	6	16	43	1	56	23	23
D 16	26	3	18	42	21	35	0	59	17	16	16	46	17	37	3	49	23	20
17	27	4	16	5	6 ♋	29	1	6	17	24	17	26	18	31	5	43	23	17
18	28	5	13	37	21	24	1	14	17	31	18	6	19 ♎	23	7	37	23	14
19	29	6	11	4	6 ♌	15	1	21	17	39	18	45	20	15	9	31	23	10
20	30	7	8	32	21	16	1	28	17	46	19	25	21	6	11	25	23	7
21	31	8	6	1	6 ♍	16	1	35	17	53	20	5	21	57	13	19	23	4

Latitudo Planetarũ ad diẽ	♄		♃		♂		♀		☿		
1	1	25	1	18	0	4	2	1	2	29	Mensis
11	1	25	1	22	0	6	1	26	0 S	40	
21	1	26	1	27	0	7	0 M	42	0	50	

Dies		☉	♄	♃	♂	♀	☿	Syzygiæ Planetarũ mutuę, & eorum congressus cum illustrioribus aliquibus stellis fixis.
		Syzygiæ Lunares.						
			Orient.	Orient.	Orient.	Occid.	Orient.	
Dies		H ′	H ′	H ′	H ′	H ′	H ′	
1								☾ Per. ♂ oc. cum ca. mi.
2				1 □ 19		20 ☌ 5	15 ✱ 51	
3			0 ✱ 56		6 ✱ 16			♀ or. cum Regulo.
4		0 ✱ 24		3 △ 4			23 □ 32	
5			3 □ 24		11 □ 23			♀ oc. cũ Reg. (3.10. a
6	□	7 29						✱ ☉ ♃ 0.31. ✱ ♄ ♀
7	Asc.	11 ♏	8 △ 45		19 △ 33	10 ✱ 53	11 △ 37	♄ occ. cum cane minore.
8		18 △ 28		14 ☍ 24				
9								♀ or. cum coma Beren.
10						0 □ 17		♀ or. cũ hy. et oc. cũ Alg.
11								☌ ♂ ♀ 10.33 ☾ ☊ 19.
12			5 ☍ 52		23 ☍ 48	17 △ 47		(16. b
13				15 △ 4			3 ☍ 55	♃ or. cũ vlt. pl. (cũ bad.
14	☍	4 29						♃ m. c. cum acw. ☿ occ.
15	Asc.	9 [illegible]						☾ Apog.
16				5 □ 44				✱ ♃ ☿ 9.30.
17			10 △ 18					♃ m. c. cum de. lat. Per. c
18				19 ✱ 11	10 △ 2	7 ☍ 39		♂ or. cum de. hum. Orio.
19		16 △ 49	22 □ 34				4 △ 38	♂ or. cũ Her. & ♀ cũ 50
20					23 □ 46			
21							23 □ 42	♂ or. cum zona Orio.
22	□	5 57	7 ✱ 26					✱ ♂ ♀ 12.48.
23	Asc.	5 ♏		12 ☌ 30	9 ✱ 28	9 △ 52		
24		14 ✱ 57					13 ✱ 26	☿ occ. cum Her. (3. d
25						16 □ 51		☌ ☉ ☿ 10.54 △ ♃ ♀ 13.
26			15 ☌ 25				Occid.	☾ ☋ 2.45 ✱ ♃ ♂ 12.30
27				17 ✱ 58	18 ☌ 42	20 ✱ 50		♂ or. cum vlt. zonę Orio.
28	☌	23 53						♃ occ. cum Rigel.
29	Asc.	28 [illegible]		18 □ 22			5 ☌ 58	☾ Peri. ♂ m. c. cũ ca. mi.
30			16 ✱ 13					♂ m. c. cũ Her. et ♀ cũ 50
31				19 △ 21	23 ✱ 50			

a. Die 6. ✱ ♀ ☿ 1.54. ☌ ♄ ☿ 11.4. ♂ or. cum Bellz. & Apoll.
b. Die 11. ♂ m. c. cum cane minore.
c. Die 17. ♂ occ. cum hœdis, & ☿ cum hydra.
d. Die 25. ♂ or. cum finist. pede Or. & m. c. cum Apoll. & occ. cum hydra.

♀ A	M D	S
♂ ♋	♀ ♍	
P ′	P ′	P
20 44	22 47	15
21 24	23 36	17
22 3	24 25	18
22 43	25 13	20
23 21	26 0	22
24 1	26 46	24
24 40	27 33	26
25 20	28 17	28
25 59	29 3	0
26 38	29 44	1
27 17	♎ 0 26	3

Syzygiæ Lunares.

		Orient.	Orient.	Orient.	Occid.	Occid.	Syzygiæ Planetarũ mutuæ, & eorum congressus cum illustrioribus aliquibus stellis fixis.
	☉	♄	♃	♂	♀	☿	
Dies	H ′	H ′	H ′	H ′	H ′	H ′	
1		18 □ 24			3 ☌ 29		☿ oc. cũ rost. cor. et 31.
2	9 ✱ 0					23 ✱ 41	□ ♃ ☿ 13.55.
3		21 △ 52		5 □ 27			
4 □	18 9						♄ or. cum B. latrice.
5 Asc.	17 ♉		4 ☍ 49	14 △ 45	10 ✱ 7	14 □ 53	♄ or. cum Apolline.
6							♀ m. c. cum rostro corvi.
7	7 △ 37						☍ ☊ 22.20 ♀ or. cũ vi. a
8		18 ☍ 10 c			10 □ 12	11 △ 10	
9							(Algorab.
10			3 △ 8	10 ☍ 5			✱ ♄ ☿ 11.46. ☿ oc. cũ
11					2 △ 55		□ ☽ ♃ 9.3 ♀ m. c. cũ spi
12 ☍	19 58		17 □ 19				♍. spic.
13 Asc.	24 ♍	22 △ 4					
14						11 ☍ 47	♀ m. c. cum Algorab. b.
15			6 ✱ 53				□ ♄ ♀ 8.0 ♂ m. cũ ast. bo.
16		10 □ 49		5 △ 30	11 ☍ 50		♀ or. cum arcturo.
17							
18	5 △ 45	10 ✱ 41		18 □ 16			♂ or. cũ Præs. & ar.
19							♂ m. c. cum Præs. & ast. c
20 □	16 41		1 ☌ 0			1 △ 16	☌ ♃ ☿ 5.58. ♂ or. cũ pr
21 Asc.	22 ♌			2 ✱ 51	7 △ 29		(☍ 24.3 d.
22	23 ✱ 29					11 □ 41	☿ ☋ 9.35.
23		5 ☌ 50			11 □ 30		
24			7 ✱ 40			18 ✱ 30	
25				10 ☌ 19	13 ✱ 21		
26			8 □ 6				☿ Peri. ♂ oc. cũ ast. bo.
27 ☌	7 27	7 ✱ 24					✱ ☿ ♄ 7.51.
28 Asc.	28 ♓		8 △ 58				
29		9 □ 9		17 ✱ 9	17 ☌ 33	5 ☌ 52	(17.
30							✱ ♂ ♀ 6.43. □ ♄ ☿ 22
31	20 ✱ 22	14 △ 18		23 □ 54			

a. Die 7. ☿ occ. cum Regulo.
b. Die 14 ♂ occ. cum Hercule.
c. Die 19. ♂ occ. cum ast. austr.
d. Die 25. ♂ occ. cum Præs. & Apoll.

19	X	44	5
1		32	5
13		12	5

		Orient.	Orient.	Orient.	Occid.	Occid.	
Syzygiæ Lunares.	☉	♄	♃	♂	♀	☿	Syzygiæ Planetarū mutuę, & eorum congressus cum illustrioribus aliquibus stellis fixis.
Dies	H ′	H ′	H ′	H ′	H ′	H ′	
1			16 ☍ 57				♂ or. cum cane maiore.
2							
3 □	11 12			10 △ 14	6 ⚹ 16	2 ⚹ 0	
4 Asc.	18 ♈						☽ ☊ 3.16 ♀ or. cū coro.
5	13 △ 26	6 ☍ 23			16 □ 36	15 □ 34	☌ ♀ ☿ 16.39. ☿ oc. cū (16 0. ☍ 31.
6			12 △ 23				
7							⚹ ♂ ♀ per orbem.
8				15 ☍ 38	4 △ 31.	8 △ 22	♂ m.c. cum hydra.
9			1 □ 0				☽ Apog.
10		8 △ 1					
11 ☍	11 42		13 ⚹ 46				
12 Asc.	10 ♋	20 □ 31					△ ☉ ♃ 14.0.
13				22 △ 32	3 ☍ 12	11 ☍ 40	
14							
15		6 ⚹ 10					□ ♃ ♂ 18.57.
16	16 △ 29		9 ☌ 2	9 □ 47			
17					15 △ 57		
18				17 ⚹ 17		0 △ 28	☽ ☋ 14.39.
19 □	2 15	17 ☌ 5			17 □ 38		
20 Asc.	21 ♓		16 ⚹ 14			1 □ 22	□ ♄ ♀ 7.46.
21	6 ⚹ 36				17 ⚹ 25		
22			17 □ 6			0 ⚹ 11	☽ Perig. ☌ ☿ cū Regu. a.
23		19 ⚹ 45		0 ☌ 54			
24			17 △ 58				
25 ☌	16 25	21 □ 42			16 ☌ 18	21 ☌ 24	☌ ☉ ♀ 16.21 □ ♄ ☿ 10.45
26 Asc.	14 ♍				Orient.		♀ or. cū ar. et m. c. cū 51
27				10 ⚹ 1			☌ ☉ ☿ 12.21.
28		1 △ 39				Orient.	
29			1 ☍ 20	18 □ 31	21 ⚹ 30		□ ☽ ♄ 3.22.
30	10 ⚹ 37					2 ⚹ 16	

4. *Die 22. ☿ m. c. cum Algorab,*
☿ fit ℞ oriendo cum Corona.

1620

Planetarum

D M	D

Syzygiæ Lunares.

Dies	☉ H ′	Orient. ♄ H ′	Orient. ♃ H ′	Orient. ♂ H ′	Orient. ♀ H ′	Orient. ☿ H ′	Syzygiæ Planetarũ mutuæ, & eorum congressus cum illustrioribus aliquibus fixis.
1							☽ ☊ 9.41.
2		17 ☍ 53		6 △ 0	4 □ 13	9 □ 0	☿ m.c. cum rostro corui.
3 □	1 23		18 △ 27				♂ or. cum spica.
4 Asc.	4 31				12 △ 41	18 △ 38	♂ occ. cum Algorab.
5	16 △ 6						♂ or. cum hydra.
6			5 □ 33				☽ Apog.
7		17 △ 0		10 ☍ 51			
8			16 ✱ 55				
9					8 ☍ 32	19 ☌ 42	
10		4 □ 26					☿ or. cum vindem.
11 ☌	3 2						
12 Asc.	12 ♎	11 ✱ 51		13 △ 46			✱ ♄ ♂ 15.46.
13			11 ☌ 8				
14				23 □ 8	0 △ 56	18 △ 13	
15							☽ ☋ 18.11.
16	1 △ 23				3 □ 35		□ ♄ ☿ 8.34.
17		0 ☌ 43	19 ✱ 4	5 ✱ 18		1 □ 58	
18 □	8 14				8 ✱ 11		
19 Asc.	23 22		20 □ 24			7 ✱ 44	♃ occ. cum Rigel.
20	13 ✱ 6						☽ Per. ♂ or. cum cau. ♌.
21		4 ✱ 14	11 △ 41	13 ☌ 11			
22					12 ☌ 58		
23		3 □ 37				21 ☌ 50	
24							☿ occ. cum spica ♍.
25 ☌	3 20	11 △ 8					
26 Asc.	11 ♓		5 ☍ 11	1 ✱ 47			
27					1 ✱ 20		♀ occ. cum cauda ♌.
28				13 □ 21			△ ♃ ♂ 15.16. ☽ ☊ 16.11.
29					11 □ 54	0 ✱ 6	△ ♃ ♄ 13.46.
30	4 ✱ 29	3 ☍ 16	21 △ 54				
31				1 △ 7		18 □ 26	☿ m.c. cum rostro corui.

♀ Fit dir. oriendo ferè cum vindemiatrice.

♄ Toto hoc mense m.c. cum cane maiore, & fit ℞ in illam c.

Anni veteris	Anni Gregor.	☉ ♏			☽ ♑		♄ ℞ ♋		♃ ℞ ♉		♂ ♍		♀ ♍		☿ ♎		☊ ♓	
					Positus Planetarum Diurnus.		M	D	M	A	S	A	M	A	S	D		
Dies		P	'	"	P	'	P	'	P	'	P	'	P	'	P	'	P	'
D 22	1	9	0	42	29 ♒	28	6	32	15	56	18	22	29 ♎	48	26	59	18	[illegible]
23	2	10	0	57	11	38	6	31	15	48	18	58	0	20	28	31	18	5
24	3	11	1	4	23 ♓	47	6	29	15	41	19	33	0	53	0 ♏	5	18	2
25	4	12	1	13	5	57	6	27	15	33	20	9	1	27	1	41	17	59
26	5	13	1	24	18 ♈	11	6	25	15	25	20	44	2 S	2	3	17	17	55
27	6	14	1	36	0	31	6	23	15	18	21	20	2	39	4	53	17	52
28	7	15	1	50	12	59	6	20	15	10	21	55	3	17	6	30	17	49
D 29	8	16	2	6	25 ♉	38	6	18	15	3	22	30	3	57	8	8	17	46
30	9	17	2	24	8	39	6	15	14	55	23	6	4	38	9	46	17	43
31	10	18	2	43	21	36	6	13	14	47	23	41	5	20	11	25	17	40
No. 1	11	19	3	4	5 ♊	0	6	10	14	39	24	16	6	3	13	5	17	36
2	12	20	3	27	18	42	6	6	14	31	24	51	6	47	14	45	17	33
3	13	21	3	51	2 ♋	41	6	3	14	24	25	26	7	32	16	26	17	30
4	14	22	4	17	16	56	5	59	14	16	26	1	8	18	18	7	17	27
D 5	15	23	4	44	1 ♌	22	5	56	14	9	26	36	9	5	19	49	17	24
6	16	24	5	13	15	51	5	52	14	1	27	11	9	53	21	31	17	20
7	17	25	5	43	0 ♍	14	5	49	13	53	27	46	10	42	23 M	13	17	17
8	18	26	6	15	14	49	5	46	13	46	28	21	11	32	24	55	17	14
9	19	27	6	43	29 ♎	1	5	42	13	38	28	55	12	21	26	38	17	11
10	20	28	7	22	12	53	5	39	13	31	29 ♎	30	13	13	28 ♐	21	17	8
11	21	29 ♐	7	56	26	36	5	35	13	24	0	5	14	4	0	4	17	4
D 12	22	0	8	35	9 ♏	55	5	31	13	16	0	39	14	56	1	48	17	1
13	23	1	9	14	22 ♐	47	5	28	13	9	1	14	15	49	3	31	16	58
14	24	2	9	54	5	43	5	24	13	2	1	48	16	42	5	14	16	55
15	25	3	10	35	18 ♑	16	5	20	12	55	2	23	17	36	6	57	16	52
16	26	4	11	18	0	37	5	16	12	48	2	57	18	31	8	39	16	49
17	27	5	12	2	12	51	5	12	12	41	3	31	19	29	10	21	16	45
18	28	6	12	47	24	59	5	8	12	35	4	5	20	25	12	3	16	42
D 19	29	7	13	33	7 ♒	5	5	3	12	28	4	39	21	22	13	45	16	39
20	30	8	14	20	19	10	4	59	12	22	5	13	22	19	15	26	16	36

Latitudo Planetarũ ad diẽ		♄		♃		♂		♀		☿		
	1	1	46	2	1	0	42	0 S	46	1	6	Mensis
	11	1	48	1	59	0	47	0	43	0 M	31	
	21	1	49	1	57	0	53	1	45	0	29	

Syzygiæ Lunares.							
		Orient.	Orient.	Orient.	Orient.	Orient.	Syzygiæ Planetarũ mutuæ & eorum congressus cum illustrioribus aliquibus stellis fixis.
	☉	♄	♃	♂	♀	☿	
Dies	H ʹ	H ʹ	H ʹ	H ʹ	H ʹ	H ʹ	
1 □	10 54				0 △ 43		♃ m.c. cum dc. lat. Perſ.
2 Aſc.	1 ♓		8 □ 9				
3						14 △ 19	☊ Apog. ☿ m.c. cũ 51.
4	12 △ 58	1 △ 0	18 ✶ 38				
5				5 ☍ 17			♃ m.c. cum acar. (50. a
6		11 □ 14			4 ☍ 19		✶ ♄ ♀ 21.36 ♂ m.c. cũ
7							☍ ☊ ♃ 2.52.
8		19 ✶ 50	Occid.				
9 ☍	17 19		11 ☌ 38			2 ☍ 42	☿ or. cum æſtiuo,
10 Aſc.	27 ♎			3 △ 55			♀ occ. cum vindem.
11					1 △ 0		□ ♄ ♀ 3.30 ☊ ☋ 22.06
12				15 □ 1			
13		5 ☌ 38	19 ✶ 33		8 □ 38		♀ occ. cum cing. ♍.
14	9 △ 10			15 ✶ 49		2 △ 14	
15			20 □ 56		17 ✶ 29		♃ or. cũ pl. ♂ m.c. cũ 100
16 □	14 56					10 □ 32	☊ Perig.
17 Aſc.	5 ♎	9 ✶ 0					☿ m.c. cum vindem.
18	20 ✶ 31		22 △ 6	23 ☌ 48		19 ✶ 25	♂ or. cum vindem. c.
19		11 □ 28					☌ ☊ ♀ 16.20.
20					0 ☌ 26	Occid.	♀ or. cum corona.
21		16 △ 6					✶ ♂ ♀ 0.21.
22			6 ☍ 7				♂ m.c. cum trica.
23 ☌	17 4			16 ✶ 18		15 ☌ 0	✶ ☊ ♂ 4.27.
24 Aſc.	5 ♏				22 ✶ 46		☊ 36 21.10 ♀ or. cũ alg. d
25							☿ or. cũ 10. cor. et m.c. cũ
26		9 ☍ 4	23 △ 40	4 □ 48			♀ or. cum cing. ♍ (20 5
27					14 □ 12		☿ or. cum ſpica ♍.
28				18 △ 56			
29	0 ✶ 18		10 □ 35			15 ✶ 23	☊ Apo. □ ♄ ♂ 15.9
30					6 △ 40		☿ or. cum æſtiuo.

a. Die 6. ☿ m.c. cum Algorab.
b. Die 11. ☌ ♃ ♀ 20.53.
c. Die 18. ☿ occ. cum antec. ♏.
✶ Die 24. ♃ m.c. cum cap. Med. & ♂ cum Algorab.

Positus Planetarum Diurnus.

Dies	Dies	☉ ♐ P	′	″	☽ ♓ P	′	♄ ♋ P	′	♃ ♉ P	′	♂ ♎ P	′	♀ ♎ P	′	☿ ♐ P	′	☊ ♐ P	′
							M	D	M	A	S	A	S	A	M	D		
21	1	9	15	8	1	17	4	55	12	16	5	46	23	17	17	7	16	33
22	2	10	15	57	13	29	4	50	12	10	6	20	24	15	18	47	16	29
23	3	11	16	47	25 ♈	48	4	46	12	4	6	53	25	14	20	27	16	26
24	4	12	17	39	8	16	4	42	11	56	7	27	26	13	22	0	16	23
25	5	13	18	32	20 ♉	56	4	37	11	53	8	0	27	13	23	44	16	20
D 26	6	14	19	26	3	50	4	33	11	48	8	33	28	13	25	22	16	17
27	7	15	20	21	17 ♊	0	4	28	11	43	9	6	29 ♏	14	26	59	16	14
28	8	16	21	17	0	27	4	24	11	38	9	39	0	15	28	36	16	10
29	9	17	22	14	14	12	4	19	11	33	10	12	1	17	0 ♑	12	16	7
30	10	18	23	12	28	15	4 A	14	11	29	10	44	2	19	1	47	16	4
De. 1	11	19	24	10	12 ♋	34	4	9	11	24	11	17	3	21	3	21	16	1
2	12	20	25	9	27	6	4	4	11	20	11	50	4	24	4	53	15	58
D 3	13	21	26	9	11 ♌	46	3	59	11	16	12	22	5	27	6	24	15	54
4	14	22	27	10	16 ♍	27	3	54	11	12	12	55	6	30	7	53	15	51
5	15	23	28	11	11	2	3	49	11	8	13	27	7	34	9	21	15	48
6	16	24	29	13	25	18	3	44	11	5	13	59	8	38	10	48	15	45
7	17	25	30	15	9 ♎	35	3	39	11	1	14	32	9	42	12 A	13	15	42
8	18	26	31	16	22	23	3	34	10	58	15	4	10	47	13	36	15	39
9	19	27	32	21	6 ♏	50	3	29	10	54	15	36	11	52	14	57	15	35
D 10	20	28	33	24	19	55	3	24	10	51	16	8	12	57	16	16	15	32
11	21	29 ♑	34	28	2 ♐	41	3	19	10	48	16	40	14	3	17	33	15	29
12	22	0	35	32	15	1	3	14	10	45	17	12	15	8	18	47	15	26
13	23	1	36	37	27 ♑	25	3	9	10	42	17	44	16 D	14	19	59	15	23
14	24	2	37	41	9	19	3	4	10	40	18	15	17	19	21	8	15	20
15	25	3	38	47	21 ♒	25	2	59	10	38	18	47	18	26	22	14	15	16
16	26	4	39	52	3	38	2	54	10	36	19	19	19	33	23	17	15	13
D 17	27	5	40	58	15	10	2	48	10	35	19	50	20	39	24	16	15	10
18	28	6	42	4	27 ♓	4	2	43	10	33	20	22	21	46	25	11	15	7
19	29	7	43	11	9	2	2	38	10	32	20	53	22	53	26	2	15	4
20	30	8	44	17	21	16	2	33	10	31	21	24	24	0	26	49	15	1
21	31	9	45	24	3 ♈	24	2	28	10	31	21	55	25	7	27	32	14	57

Latitudo Planetarũ ad diẽ	♄		♃		♂		♀		☿		
1	1 A	50	1	54	1	0	2	26	1	33	Mensis
11	1	50	1	51	1	7	2	50	2 A	13	
21	1	49	1	46	1	14	2 D	56	1	11	

Syzygiæ Lunares.

Dies			Orient.	Occid.	Orient.	Orient.	Occid.	
		☽	♄	♃	♂	♀	☿	Syzygię Planetarũ mutuę, & eorum congressus cum illustrioribus aliquibus ſtellis fixis.
Dies		H ′	H ′	H ′	H ′	H ′	H ′	
1	□	17 22	7△6	21✱22				♀ or.cũ ca. ♌, & ☿ cũ
2	Aſc.	14 [illegible]					11□56	(arcturo.
3			17□10		22☍21			
4		8△18						♀ m.c.cum cing. ♍.
5						12☍40	5△58	
6			1✱20	14☌25				
7								
8					16△44			
9	☍	6 11						☽ ☋ 3.17 ♂ m.c.cũ vi. a
10	Aſc.	14 ♋	9☌58	22✱0	21□45	7△20	6☍38	
11								✱♀ ☿ 0.0 ☍ ♄ ☿ 11.53. c
12				23□10		12□52		♀ or.cũ Fr. (♄ ☿ 16.56
13		16△58			1✱3			☽ Per. ♀ occ.cũ ne. [illegible]
14			12✱10			17✱49	10△54	♂ or. cum corona.
15	□	22 22		0△9				
16	Aſc.	7 ♒	13□58					△ ♃ ☿ 4.35.
17					8☌57		5□6	♀ m.c.cũ 27 ☌ ☿ oc.cũ co.
18		6✱1	18△4					☍ ♃ ♀ 3 50 ☿ or.cũ 101.
19				7☍26		10☌4	16✱31	□ ♂ ☿ 19.51. (☿ lact.
20								♂ or. cum ala de. corui. b.
21								♂ or. cum roſtro corui. c.
22					4✱25			☽ ☊ 0.31 ♂ m.c.cũ 265 d
23	☌	9 14	11☍19					♀ m.c.cum 64.
24	Aſc.	0 ♍		2△22	18□28	19✱37		☌ ☽ ♄ 9.27 ♂ or.cũ 58
25			Occid.				1☌46	
26				14□44				☽ Apog.
27					9△51	12□32		♂ or. cum ſpica ♍.
28		21✱6	11△15					♀ m.c. cum corona.
29				3✱0				♂ occ. cum cauda ♌.
30			22□12			6△10	11✱47	
31	□	13 20						△ ☽ ♃ 18.6.
Aſc.		23 ♎						

a. Die 9. ♀ m.c. cum arcturo.
b. Die 10. ♂ occ. cum ſpica ♍.
c. Die 11. ♀ occ. cum vindem.
d. Die 22. ♀ occ. cum lance auſtr.

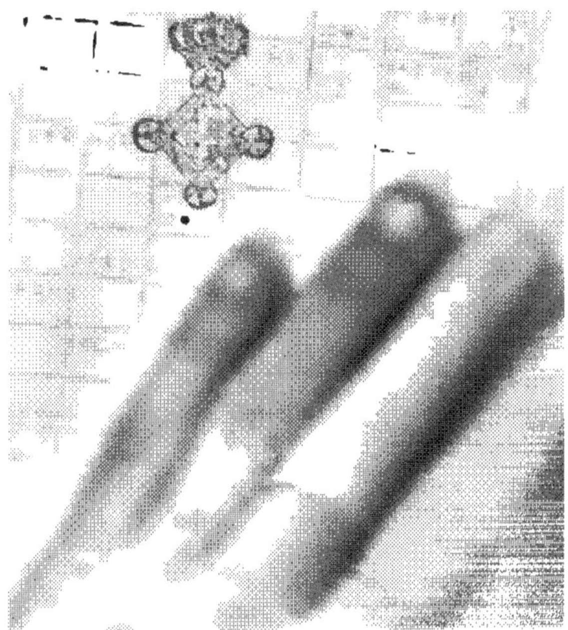

VENETIIS,

EX OFFICINA DAMIANI ZENARII

Anno Humanæ Redemptionis

1582.

Mense Decembri.

29	22	15
29	29	15
29	36	15
29	44	15
29	52	16
29	50	16

Syzygiæ Lunares.

		Orient.	Orient.	Orient.	Occid.	Orient.	Syzygiæ Planetarũ inu tuę, & eorum congressus cum illustrioribus aliquibus stellis fixis.
	☽	♄	♃	♂	♀	☿	
Dies	♓	♓	♓	♓	♓	♓	
1							☽ Per. ♂ oc. cum ca. mi.
2			1□29		10☌5	15✶51	
3		0✶36		6✶36			♀ or. cum Regulo.
4	0✶24		3△4			23□32	
5		3□24		11□23			♀ oc. cũ Reg. (3.10. a
6 □	7 29						✶ ☽ ♃ 0.31. ✶ ♄ ♀
7 Alc.	11 ♑	8△45		19△33	10✶53	21△37	♄ occ. cum cane minore.
8	18△28		14☍24				
9							♀ or. cum coma Beren.
10					0□17		♀ or. cũ by. et oc. cũ Alg.
11							☌ ☿ ♀ 10.33 ☽ ☊ 19.
12		5☍52		23☍48	17△47		(26. b
13			15△4			3☍55	♃ or. cũ ult. pl. (cũ hedi
14 ☍	4 29						♃ m.c. cum ocul. ☿ occ.
15 Alc.	9 ♓						☽ Apog.
16			5□44				✶ ♃ ☿ 9.30.
17		10△18					♃ m.c. cum de lat. Per. c
18			19✶11	10△2	7☍39		♂ or. cum de. hum. Orio.
19	16△49	22□34				4△38	♂ or. cũ Her. ☍ ♀ cũ 50
20				23□46			
21						23□42	♂ or. cum zona Orio.
22 □	5 57	7✶26					✶ ☿ ♀ 12.48.
23 Alc.	5 ♑		12☌50	9✶28	9△52		
24	14✶17					23✶26	☿ occ. cum Her. (3. d.
25					16□52		☌ ☽ ☿ 10.54 △ ♃ ♀ 13.
26		15☌25				Occid.	☽ ☋ 2.45 ✶ ♃ ☿ 12.30
27			17✶58	18☌42	20✶50		♂ or. cum ult. zonę Orio.
28 ☌	23 53						♃ occ. cum Rigel.
29 Alc.	28 ♒		18□22			5☌58	☽ Peri. ☿ m.c. cũ ca. mi.
30		16✶13					☿ m.c. cũ Her. et ♀ cũ 50
31			19△21	23✶50			

a. Die 6. ✶ ♀ ☿ 1.54 ☌ ♄ ☿ 11.4 ♂ or. cum Bellat. & Apoll.
b. Die 11. ♂ m.c. cum cane maiore.
c. Die 17. ♂ occ. cum hedis, & ☿ cum hydra.
d. Die 25. ♂ or. cum finist. pede ✶ & m.c. cum Apoll. & occ. cum hydra.

Syzygiæ Lunares.

Dies		☉	Orient. ♄	Orient. ♃	Orient. ♂	Occid. ♀	Occid. ☿	Syzygiæ Planetarū mutuæ, & eorum congressus cum illustrioribus aliquibus stellis fixis.
		H ′	H ′	H ′	H ′	H ′	H ′	
1			18□24			3☌29		☿ or. cū rost. cor. et 31.
2		9✶0					23✶42	□ ♃ ☿ 13.55.
3			12△52		5□27			
4	□	18 0						♄ or. cum Bellatrice.
5	Asc.	27 ♌		4☍49	14△45	20✶7	14□53	♄ or. cum Apulina.
6								♀ m. c. cum rostro corvi.
7		7△8						☍ ☊ 22.20 ☿ or. cū vi a
8			18☍10			10□13	11△10	
9								(Algorab.
10				3△8	10☍5			✶ ♄ ☿ 11.46. ☿ oc. cū
11						2△55		□ ☽ ♃ 9.3 ♀ m. c. cū 31
12	☍	19 58		17□19				☉ . spez.
13	Asc.	24 ♍	22△4					
14							11☍47	♀ m. c. cum Algorab b.
15				6✶55				□ ♄ ♀ 8.0 ♂ or. cū a bo.
16			10□49		5△30	11☍56		♀ or. cum arcturo.
17								
18		5△45	20✶41		18□16			♂ or. cū Prese. & arc.
19								♂ m. c. cum Peg. & apl.
20	□	16 41		1☌0			1△15	∠ ♃ ☿ 5.58. ♂ or. cū pr
21	Asc.	22 ♌			2✶51	7△29		(☍ 2.45. d.
22		23✶29					11□41	☍ ♃ 9.35.
23			5☌50			11□30		
24				7✶40			18✶30	
25					10☌39	13✶23		
26				8□6				☿ Peri. ♂ oc. cū a ſ. bor.
27	☌	7 27	7✶24					✶ ♃ ♄ 7.51.
28	Asc.	28 ♓		8△58				
29			9□9		17✶9	17☌33	5☌52	(17.
30								✶ ♂ ♀ 6.43. □ ♄ ☿ 22
31		20✶22	14△18		23□54			

a. Die 7. ☿ occ. cum Regulo.
b. Die 14 ♂ occ. cum Hercule.
c. Die 19. ♂ occ. cum as. austr.
d. Die 20. ♂ a occ. cum Pras. & Apoll.

20	13	17
20	12	17
20	11	18
20	10	19
20	8	19
20	7	20

Syzygiæ Lunares.

		Orient.	Orient.	Orient.	Occid.	Occid.	
	☉	♄	♃	♂	♀	☿	Syzygiæ Planetarũ mutuę, & eorum congressus cum illustrioribus aliquibus stellis fixis.
Dies	H ′	H ′	H ′	H ′	H ′	H ′	
1 2			16 ☍ 57				☌ or. cum cane maiore.
3 □ 4 Asc.	8 17 28 ♈			10 △ 14	6 ✶ 18	2 ✶ 0	☽ ☊ 3.16 ♀ or. cū coro.
5 6	23 △ 36	6 ☍ 23	 12 △ 23		16 □ 36	16 □ 34	☌ ♀ ☿ 16.39. ☌ oc. cū (16○. ☍ 31.
7 8				15 ☍ 38	4 △ 31	8 △ 22	✶ ♂ ☿ per orbem. ♂ m. c. cum hydra.
9 10		 8 △ 2	1 □ 0				☽ Apog.
11 ☍ 12 Asc.	11 44 10 ♋	 10 □ 31	13 ✶ 46				△ ☉ ♃ 14.0.
13 14				22 △ 32	3 ☍ 12	11 ☍ 40	
15 16	 16 △ 29	6 ✶ 16	 9 ☌ 2	 9 □ 47			□ ♃ ♂ 18.37.
17 18				 17 ✶ 17	15 △ 53	 0 △ 28	☽ ☋ 14.39.
19 □ 20 Asc.	3 15 21 ♐	17 ☌ 5	 16 ✶ 14		17 □ 38	 1 □ 22	□ ♄ ♀ 7.46.
21 22	6 ✶ 36		 27 □ 6		17 ✶ 25	 0 ✶ 11	☽ Perig. ☌ ☉ cū Regu. a.
23 24		19 ✶ 45	 17 △ 58	0 ☌ 54			
25 ☌ 26 Asc.	16 25 14 ♍	21 □ 42			16 ☌ 18 Orient.	21 ☌ 24	☌ ☉ ♀ 16.21 ☌ ♄ ☿ 16.45 ♀ or. cū ar. et m. c. cū 51
27 28		 1 △ 39		10 ✶ 1		 Orient.	☌ ☉ ☿ 12.21.
29 30	 20 ✶ 37		1 ☍ 20	18 □ 31	21 ✶ 30	 2 ✶ 16	□ ☉ ♄ 3.22.

a. Die 21. ☿ m. c. cum Algorab.
☿ cū ☿ oriendo cum corona.

12	6
3(	6
10	6

Syzygiæ Lunares.

Dies		☉	Orient. ♄	Orient. ♃	Orient. ♂	Orient. ♀	Orient. ☿	Syzygiæ Planetarũ mutuę, & eorum congressus cum illustrioribus aliquibus fixis.
		H ′	H ′	H ′	H ′	H ′	H ′	
1								☽ ☊ 9.41.
2			17 ☍ 53		6 △ 0	4 □ 13	9 □ 0	♀ occ. cum rostro corvi.
3	□	1 23		18 △ 27				♂ occ. cum [illegible].
4	Asc.	4 [illegible]				22 △ 41	18 △ 38	♂ occ. cum Algorab.
5		16 △ 6						♂ or. cum hydra.
6				5 □ 33				☽ Apog.
7			17 △ 0		10 ☍ 51			
8				16 ✶ 55				
9						8 ☍ 32	19 ☌ 42	
10			4 □ 16					♀ or. cum vindem.
11	☍	3 2						
12	Asc.	12 ♒	11 ✶ 51		12 △ 46			✶ ♄ ♂ 15.46.
13				11 ☌ 8				
14					23 □ 8	0 △ 56	18 △ 12	
15								☽ ☋ 18.11.
16		1 △ 22				3 □ 31		□ ♄ ☿ 8.34.
17			0 ☌ 47	19 ✶ 4	5 ✶ 18		1 □ 58	
18	□	8 14				8 ✶ 21		
19	Asc.	23 ♊		20 □ 24			7 ✶ 44	♃ occ. cum Rigel.
20		13 ✶ 6						☽ Per. ♂ or. cum cau. ♌.
21			4 ✶ 34	21 △ 41	13 ☌ 11			
22						12 ☌ 58		
23			3 □ 37				21 ☌ 50	
24								☿ occ. cum spica ♍.
25	☌	3 20	11 △ 8					
26	Asc.	11 ♓		5 ☍ 11	1 ✶ 47			
27						1 ✶ 20		♀ occ. cum cauda ♌.
28					12 □ 21			△ ♃ ♂ 13.18. ☽ ☊ 16.21.
29						11 □ 54	0 ✶ 6	△ ☽ ♄ 13.40.
30		4 ✶ 29	3 ☍ 16	21 △ 54				
31					1 △ 7		18 □ 36	♀ m.c. cum rostro corvi.

♀ Fit dir. oriendo ferè cum vindemiatrice.

♄ Tota hoc mense in m. c. cum cane maiore, & fit ℞ in illa m c.

Syzygiæ Lunares.							
		Orient.	Orient.	Orient.	Orient.	Orient.	Syzygię Planetarũ mutuę eorum congressus cum illustrioribus aliquibus stellis fixis.
	☽	♄	♃	♂	♀	☿	
Dies	H ′	H ′	H ′	H ′	H ′	H ′	
1 □	20 54				0 △ 43		♃ m.c. cum dc. lat. Pers.
2 Asc.	1 44		8 □ 9				
3						14 △ 19	☊ Apog. ☿ m.c. cũ 5 1.
4	12 △ 53	1 △ 0	18 ✶ 28				
5				5 ☍ 12			♃ m.c. cum acer. (50. a
6		11 □ 14			4 ☍ 19		✶ ♄ ☿ 21.36 ♂ m.c. cũ
7							☍ ☊ ♃ 2.52.
8		19 ✶ 10	Occid.				
9 ☍	17 19		11 ☌ 38			2 ☍ 42	♀ or. cum arcturo.
10 Asc.	27 △			3 △ 55			☿ occ. cum vindem.
11					1 △ 0		□ ♄ ♀ 3.30 ☽ ☋ 12. ob
12				11 □ 1			
13		5 ☌ 38	19 ✶ 33		8 □ 38		☿ occ. cum cing. ♍.
14	9 △ 10			15 ✶ 44		2 △ 14	
15			20 □ 56		17 ✶ 29		♃ sta. pl. ♂ m.c. cũ 10
16 □	14 56					10 □ 32	☊ Perig.
17 Asc.	5 ♎	9 ✶ 0					♀ m.c. cum vindem.
18	20 ✶ 31		22 △ 6	23 ☌ 48		19 ✶ 25	♂ or. cum vindem. c.
19		11 □ 28					☌ ☊ ♀ 16.20.
20					0 ☌ 26	Occid.	♀ or. cum corona.
21		16 △ 6					✶ ♂ ☿ 0.21.
22			6 ☍ 7				♂ m.c. cum spica.
23 ☌	17 4			16 ✶ 18		23 ☌ 0	✶ ☊ ♂ 4.27.
24 Asc.	5 ♒				22 ✶ 46		☽ ☍ 21.20 ♀ or. cũ alg. d
25							☿ or. cũ ro. cor. et m.c. cũ
26		9 ☍ 4	23 △ 40	4 □ 48			☿ or. cum cing. ♍ (20)
27					14 □ 12		☿ or. cum spica ♍.
28				18 △ 56			
29	0 ✶ 28		10 □ 35			15 ✶ 23	☊ Apo. □ ♄ ☌ 15.9
30					6 △ 40		☌ or. cum arcturo.

a. Die 6. ☿ m.c. cum Algorab.
b. Die 11. ☌ ♃ ☿ 20.53.
c. Die 18. ☿ occ. cum [illegible] ✶.
d. Die 24. ☿ m.c. cum cap. Med. ♉ ♂ cum Algorab.

Syzygiæ Lunares.							
		Orient.	Occid.	Orient.	Orient.	Occid.	Syzygiæ Planetarũ mutuæ, & eorum congressus cum illustrioribus aliquibus stellis fixis.
	☉	♄	♃	♂	♀	☿	
Dies	H ′	H ′	H ′	H ′	H ′	H ′	
1 □	17 22	7△6	21✱22				♀ or. cũ ca. ♌, ☍ ♀ cũ (arcturo.
2 Asc.	14 [illegible]					11□56	
3		17□10		22☍22			
4	[illegible]△18						♀ m.c. cum ving. ♍.
5					12☍40	5△58	
6		1✱20	14☌25				
7							
8				16△43			
9 ☍	6 11						☽ ☋ 3.17 ♂ m.c. cũ vi. a
10 Asc.	14 [illegible]	9☌58	22✱0	21□45	7△20	6☍38	
11							✱♀ ☿ 0.0 ☍ ♄ ☿ 11.53. △
12			23□10		12□52		♀ or. cũ Pl. (♄ ♀ 16.56
13	16△58			1✱3			☽ Per. ☿ occ. cũ ne. ♓
14		12✱10			17✱49	20△54	♂ or. cum corona.
15 □	22 22		0△9				
16 Asc.	7 ♒	13□58					△ ♃ ☿ 4.35.
17				8☌57		5□6	♀ m.c. cũ 27 ○ ☿ oc. cũ co.
18	6✱1	18△4					☍ ♃ ♀ 3.50 ☿ or. cũ 101.
19			7☍20		10☌4	16✱31	□ ♂ ♀ 19.51. (☍ luci.
20							♂ or. cum ala de. corvi. b.
21							♂ or. cum rostro corvi. c.
22				4✱25			☽ ☊ 0.51 ♂ m.c. cũ 365
23 ☌	9 13	11☍19					♀ m.c. cum 64.
24 Asc.	0 ♍		2△32	18□28	19✱37		☌ ☉ ♄ 9.27 ♂ or. cũ 58
25		Occid.				1☌40	
26			24□44				☽ Apog.
27				9△51	12□32		♂ or. cum spica ♍.
28	21✱6	11△15					♀ m.c. cum corona.
29			3✱0				♂ occ. cum cauda ♌.
30		22□12			6△10	11✱47	
31 □	13 20						△ ☉ ♃ 18.6.
Asc.	12 ♎						

a. Die 9. ♀ m.c. cum arcturo.
b. Die 20. ♂ occ. cum spica ♍.
c. Die 21. ♀ occ. cum vindem.
d. Die 22. ♀ occ. cum lance austr.

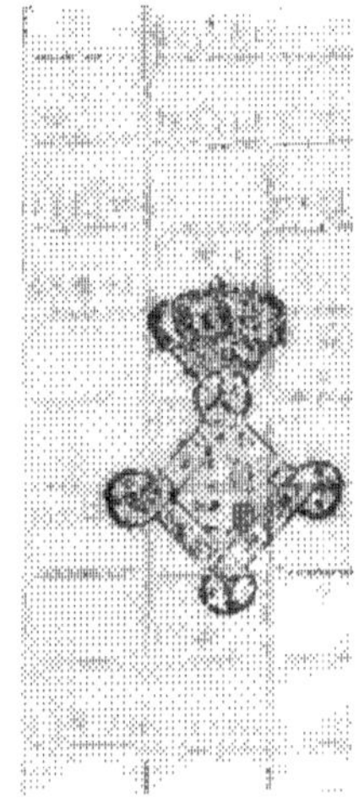

VENETIIS,

EX OFFICINA DAMIANI ZENARII

Anno Humanæ Redemptionis

1582.

Mense Decembri.

www.ingramcontent.com/pod-product-compliance
Lightning Source LLC
Chambersburg PA
CBHW021928110726
47901CB00003B/752